HET LIED VAN DE SIRENE

Van Amanda Hocking is verschenen:

◈ Ook als e-book verschenen

AMANDA HOCKING

HET LIED VAN DE SIRENE

Watersong — boek 4

UITGEVERIJ LUITINGH-SIJTHOFF

Uitgeverij Luitingh Sijthoff en Drukkerij Ten Brink vinden het belangrijk om op milieuvriendelijke en verantwoorde wijze met natuurlijke bronnen om te gaan.

© 2013 Amanda Hocking

All rights reserved

© 2014 Nederlandse vertaling

Uitgeverij Luitingh-Sijthoff B.V., Amsterdam

Alle rechten voorbehouden

Oorspronkelijke titel: *Elegy*

Vertaling: Hanneke van Soest

Omslagontwerp: Marlies Visser

Omslagfotografie: Danielle Kwaaitaal, Whispering Waters

ISBN 978 90 218 0836 9

NUR 302

www.lsamsterdam.nl

www.watleesjij.nu

www.boekenwereld.com

Voor oma

I

Intimidatie

Harper had de hele ochtend geoefend op wat ze tegen haar kamergenoot Liv zou zeggen, maar toen Liv haar tegen de muur van hun studentenkamer duwde, wist ze dat ze in moeilijkheden verkeerde.

Harper kende Liv pas zes dagen, sinds ze haar intrek had genomen in haar kamer op de campus van de universiteit van Sundham. Haar kamergenoot had haar enthousiast geholpen met uitpakken en haar verzekerd dat ze nog voor het einde van het semester de beste vriendinnen zouden zijn. Vervolgens had ze Harper de campus laten zien en haar de oren van het hoofd gekletst.

De volgende dag was Harper echter in allerijl teruggekeerd naar Capri om haar zus en vriendje bij te staan in hun opgelaaide strijd tegen de sirenen.

Harper was volledig in paniek geraakt. Liv had haar naar haar auto gebracht en erop gestaan mee te rijden om er zeker van te zijn dat ze veilig zou aankomen. Harper had haar praktisch de auto uit moeten duwen.

Ze kon Liv niet meenemen naar huis. De paranormale band met haar zus viel niet uit te leggen, laat staan dat ze Liv kon vertellen over de monsters die haar in Capri opwachtten.

Harper had Liv achtergelaten in de stromende regen, hoewel haar kamergenoot niets liever wilde dan haar vriendin worden. Hoe anders was de situatie toen ze terugkeerde op de campus.

Liv sliep de hele dag en ging niet naar college. Vervolgens kwam ze elke nacht wel een paar keer hun kamer binnen stommelen terwijl Harper probeerde te slapen. Ze botste overal tegenaan en maakte een hoop herrie zonder ook maar één keer haar excuses aan te bieden.

Harper wilde Liv niet de wet voorschrijven, maar kon het zich niet veroorloven veel slaap te missen.

De dinsdag daarop wist ze eindelijk wat ze tegen Liv wilde zeggen en terwijl ze naar hun kamer liep, repeteerde ze de zinnen in haar hoofd. Voordat ze de deur opende, haalde ze diep adem, vastbesloten haar mening te geven zonder Liv de les te lezen.

Het was even na het middaguur. Harper had verwacht dat Liv nog zou slapen, maar tot haar verbazing was ze klaarwakker. Sterker nog, ze had bezoek.

Liv – slechts gekleed in een pyjamashort en een roze beha – zat schrijlings op een jongen die op haar bed lag. Zodra Harper zag dat Liv nog niet aangekleed was, wendde ze haar blik af, maar ze had genoeg gezien om te weten dat haar kamergenoot verwikkeld was in een hevige vrijpartij.

Vanaf de plek waar ze stond had ze geen goed zicht op de jongen, want Liv sliep net als zijzelf in een hoogslaper waar hun bureau onder stond. Uit de spijkerbroek en het t-shirt op de grond leidde ze echter af dat ook hij schaars gekleed moest zijn.

'Sorry,' zei Harper snel, en ze draaide zich om zodat Liv wat meer privacy zou hebben. 'Ik dacht dat je alleen was.'

'Donder op,' siste Liv. Haar stem had een ongewoon scherpe klank.

Harper had de afgelopen dagen slechts een paar woorden met Liv gewisseld, maar ze was de vriendelijkheid zelve geweest en haar stem had poeslief geklonken. Nu droop haar stem echter van het venijn.

'Ik ben al weg,' mompelde Harper. 'Ik moet alleen nog mijn scheikundeboek pakken.' Ze haastte zich naar haar bureau onder de hoogslaper en zocht naar het boek.

Een van de redenen dat ze had besloten om tussen de middag met Liv te praten, was dat ze op haar kamer moest zijn om haar boeken te verruilen voor de middagcolleges.

'Schiet nou op,' snauwde Liv.

'Ik doe mijn best,' verzekerde Harper haar.

Ze gooide haar rugzak op de bureaustoel om sneller te kunnen zoeken. Gewoonlijk had ze haar zaakjes keurig op orde en lag alles op zijn plek, maar nu ze haast had, was haar boek ineens nergens te vinden.

'Je mag er wel bij komen liggen, hoor,' opperde Livs logé.

Harper besloot hem te negeren en verder te gaan met zoeken. Ze stond nog steeds de spullen op haar bureau te doorzoeken toen ze achter haar rug iemand hoorde bewegen en het bed hoorde kraken.

Liv gromde. 'Wegwezen jij.'

'Een seconde nog.' Harper draaide zich om en keek de kamer rond.

'Nú!' brulde Liv.

Harper verstijfde en in haar verwarring wist ze even niet meer wat ze zocht. Ze knipperde met haar ogen en zei toen zwakjes: 'Ik ben zo weg. Ik kan... Ik kan alleen mijn boek niet vinden.'

'Jij niet,' zei Liv. 'Hij hier.'

Voordat Harper of de jongen iets kon zeggen, duwde Liv hem uit bed. Hij rolde over de rand en kwam met een harde klap op de grond terecht. Hij kreunde van de pijn.

Harper knielde naast hem neer. 'Gaat het?' vroeg ze bezorgd.

De jongen kwam verdwaasd overeind en wreef over zijn achterhoofd. 'Ja... Ik denk het wel.'

Harper bekeek hem nog eens goed. Tot haar opluchting had hij zijn boxershort nog aan. Hij had een paar flinke schrammen op zijn borst en schouders, en zijn lip bloedde, maar ze kon niet zeggen of het door de val kwam of door Livs toedoen.

'Als ik zeg wegwezen, dan bedoel ik ook wegwezen,' zei Liv. Ze wierp een woedende blik over de rand van het bed.

In haar ogen, die Harper een week daarvoor nog zo onschuldig hadden aangekeken, lag een duistere, sluwe blik.

'Ik ben al weg,' zei de jongen. Hij stond snel op en raapte met een van pijn vertrokken gezicht zijn kleren van de vloer.

Op dat moment viel Harpers oog op haar scheikundeboek, dat onder zijn spijkerbroek had gelegen.

De jongen nam niet eens de tijd zich aan te kleden en vloog de deur uit. Kennelijk liep hij liever in zijn ondergoed de gang op dan dat hij nog een seconde langer op hun kamer verbleef. Harper kon hem geen ongelijk geven.

'Ik heb het boek gevonden,' zei ze tegen Liv, en ze stopte het snel in haar rugzak. 'Ik zal je niet langer storen.'

'Doe maar kalm aan, hoor,' zei Liv, ineens weer de vriendelijkheid zelve. 'Hij is nu toch weg.'

Vanuit haar ooghoeken zag Harper dat Liv van het bed sprong en met een soepele beweging op de grond neerkwam. Omdat ze het nog altijd niet vertrouwde, draaide ze zich langzaam naar haar toe. Livs golvende blonde haren vielen tot op haar schouders, en hoewel ze kleiner was dan Harper, leek er geen eind te komen aan haar zongebruinde benen in de korte pyjamashort.

'Hij wilde vast wat meer privacy.' Liv keek over haar schouder en knipoogde naar Harper, waarna ze een topje uit haar kast pakte.

'Dat denk ik ook,' zei Harper met een geforceerde glimlach. 'Hij leek me wel... aardig. Is hij je vriendje?'

Liv snoof. 'Mocht-ie willen. Toen ik vanmorgen wakker werd, had ik zo'n dorst dat ik in de keuken iets ben gaan drinken. En omdat ik ook honger had, heb ik hem maar gelijk meegenomen.'

'O.' Harper leunde tegen haar bureau. Ze had de neiging om de rommel op haar bureau te gaan opruimen, maar wilde een oogje op Liv kunnen houden. 'Denk je dat hij nog terugkomt?'

'Dat je hier mag blijven, wil niet zeggen dat we ook moeten praten,' zei Liv, en ze trok het topje over haar hoofd aan.

Harper zuchtte. Ze zou het liefst rechtsomkeert maken, maar besefte dat ze het gesprek met Liv toch een keer moest aangaan. Ze kon het maar beter achter de rug hebben.

'Eh, ik wilde toch al met je praten,' viel Harper met de deur in huis.

Liv kneep haar ogen samen. 'O ja? Waarover dan?'

'Gewoon, voor de gezelligheid.' Harper haalde haar schouders op en probeerde haar toon luchtig te houden. 'We hebben elkaar amper gesproken. Het leek me leuk even bij te kletsen.'

'Ik zou niet weten waarom. We hoeven toch niet meteen hartsvriendinnen te worden?' Liv keek haar met een spottend glimlachje aan.

'Nee, maar je zei dat je vriendinnen wilde worden, en dat wil ik ook graag.'

Liv keek haar met een schuin hoofd aan, alsof ze geen flauw idee had waarover Harper het had. 'Heb ík dat gezegd?'

'Ja.' Harper knikte. 'Een paar keer zelfs.'

'O.' Verveeld plukte Liv een draadje van haar pyjamashort. 'Was dat vorige week? Het lijkt wel een eeuw geleden.'

Liv draaide zich om en begon weer in haar kast te rommelen. Harpers mond viel open.

'Is er soms iets gebeurd?' vroeg ze aan Liv, die een spijkerrokje uit de kast pakte.

'Hoezo?' Met de rug naar haar toe trok Liv de pyjamashort uit en het rokje aan.

'Je bent zo... anders,' zei Harper.

Toen Liv zich omdraaide, zag Harper voor de tweede keer die dag dat haar ogen donkerder waren, alsof er een schaduw overheen was getrokken die haar boosaardigheid moest verhullen.

'Aha, nou begrijp ik het,' zei Liv met een gemene grijns.

'Wat?'

'Je bent jaloers omdat ik uitga en het naar mijn zin heb.' Liv deed een stap naar haar toe.

Harper wilde een stap achteruit doen, maar ze kon geen kant op met het bureau achter haar. In plaats daarvan rechtte ze haar rug. 'O, nee. Nee, natuurlijk niet.' Ze schudde haar hoofd. 'Ik ben blij dat je het naar je zin hebt. Ik vroeg me alleen af of je 's nachts misschien wat stiller zou willen zijn als je thuiskomt.' Het had geen zin langer om de hete brij heen te draaien. 'Ik word er wakker van en kom dan niet meer in slaap.'

'Je wilt helemaal geen vriendinnen worden, hè?' Liv deed nog een paar stappen in haar richting. Alle warmte was nu uit haar stem verdwenen. 'Je komt me vertellen dat ik me gedeisd moet houden.'

'Nee, zo bedoelde ik het niet,' verbeterde Harper zich snel. 'Ik vind je heel aardig en...'

Liv lachte op een manier die Harper koude rillingen bezorgde. 'Ik ben allesbehalve aardig.'

Harper had het gevoel dat haar kamergenoot, ondanks haar geringere lengte, boven haar uittorende. Ze kon Livs imponerende houding niet verklaren en slikte haar angst weg.

Terwijl Liv haar met grote, gevoelloze ogen bleef aanstaren, besefte Harper dat haar kamergenoot gek was. Op een andere manier vielen Livs heftige, agressieve stemmingswisselingen niet te verklaren.

'Sorry,' zei Harper. 'Ik heb geen idee waar je het over hebt. Het ene moment doe je normaal, het volgende gedraag je je als een idioot. Ik heb hier geen tijd voor. Ik moet naar college.'

'Ik gedraag me niet als een idioot!' schreeuwde Liv haar in het gezicht, en Harper voelde het speeksel op haar wangen. 'Ik ben nog niet klaar met jou.'

'We hebben het er nog wel over, oké?' Harper probeerde haar stem sussend te laten klinken. 'Ik moet nu echt weg. Als ik jou was, zou ik ook maar opschieten en naar college gaan. Anders hoeven we niet eens vriendinnen te worden, want dan haal je het eerste jaar niet.'

'Is dat een dreigement?' zei Liv grimmig.

'Nee.' Harper bukte zich om haar rugzak te pakken. 'Als je geen colleges volgt, haal je...'

Vanuit haar ooghoek zag ze iets voorbijflitsen en het volgende moment voelde ze Livs hand om haar keel en werd ze tegen de muur gedrukt. Een spiegel raakte los van de muur en viel op de grond aan scherven.

Harper kon geen kant op. Livs vingers waren verrassend lang en sterk, en haar greep ijzersterk. Snakkend naar adem haalde ze vergeefs uit naar Livs arm.

'Liv,' piepte Harper. Ze probeerde zich los te rukken.

'Dat flik je me niet nog een keer,' gromde Liv dreigend. 'Als je nog eens zo intimiderend en neerbuigend tegen me doet, maak ik je kapot, stomme trut.'

Ze liet Harper los en deed een stap achteruit. Harper hapte naar adem en wreef hoestend over haar hals. Haar keel brandde.

'Wat bezielt jou in hemelsnaam?' snauwde Harper tussen het hoesten door. Ze keek op naar Liv. 'Ik probeer je helemaal niet te intimideren! Ik raad je alleen aan colleges te volgen als je dit jaar wilt halen.'

Een brede glimlach verspreidde zich over Livs gezicht. 'Je hebt gelijk. Als ik dit jaar wil halen, moet ik colleges volgen. Maar ik wil dit jaar helemaal niet halen. En het kan me niets schelen wat anderen daarvan denken. Ik heb geen zin om nog langer opgescheept te zitten met zo'n serpent als jij. Ik heb het hier wel gezien.'

Liv schoot haar schoenen aan, griste haar tasje mee en verliet neuriënd de kamer. Harper kon de melodie niet thuisbrengen, maar ze wist zeker dat ze haar eerder had gehoord.

2

Nachtelijk bezoek

Gemma had de nachtmerrie die ze al zo vaak had gehad sinds Lexi's dood: ze zwom in een ijskoude zee en werd meegesleurd door woeste golven.

Het was op de avond dat Penn haar het drankje had gegeven om haar te veranderen in een sirene en haar vervolgens, gewikkeld in Persephones shawl, in zee had gegooid. Gemma voelde zich als een vis in een net, terwijl ze zich een weg naar buiten probeerde te klauwen voordat ze verdronk.

Ze voelde zich diep vanbinnen veranderen in het monster dat haar vulde met een agressieve honger. Maar haar lichaam veranderde niet mee: haar benen weigerden te transformeren in vinnen. Wat ze ook deed, het lukte haar niet om aan de oppervlakte te komen.

Haar vleugels braken pijnlijk door haar rug en de shawl scheurde. Ze voelde zich bevrijd en klapperde onder water met haar vleugels, maar haar pogingen waren nog altijd tevergeefs. Net toen ze dacht dat ze zou verdrinken, kwam ze ineens boven. Opgelucht hapte ze naar adem, maar haar vreugde was van korte duur.

De droom veranderde. De nacht dat ze een sirene werd ging over in de storm van de week ervoor toen ze watertrappelend in de woeste golven onder aan het klif bij het huis van de sirenen lag.

Lexi's afgerukte hoofd kwam met wapperend haar en opengesperde ogen op haar af gevlogen. Lexi leefde nog: ze was zich bewust van haar omgeving en schreeuwde naar Gemma door de rijen vlijmscherpe tanden in haar mond.

Dat was het moment dat Gemma altijd wakker schrok uit de droom en nat bezweet naar adem hapte. Ze ging rechtop zitten, in de hoop dat ze weer in slaap zou vallen als ze was gekalmeerd, maar dat gebeurde nooit.

Niet dat ze veel om Lexi had gegeven. Het was vooral het gevoel van machteloosheid geweest. Ze had van onder aan het klif moeten toekijken hoe Lexi en Daniel boven op de rand een gevecht op leven en dood voerden. Ze had zich nog nooit zo zwak en angstig gevoeld.

Gemma was vastbesloten het nooit meer zover te laten komen. Van nu af aan zou zíj de baas zijn over haar krachten, in plaats van andersom.

Een harde klop op de voordeur haalde haar uit haar gedachten. Ze pakte haar telefoon van het nachtkastje en keek op het schermpje: voorbij middernacht. Ze had gelukkig geen gemiste oproepen of sms'jes.

Ze wachtte of er nog een keer zou worden geklopt, en toen ze weer een roffel hoorde, sprong ze uit bed. Haar vader moest vroeg naar zijn werk, en ze wilde niet dat hij wakker werd.

'Wat duurde dat lang,' mopperde Penn toen ze opendeed.

'Sst, dadelijk hoort mijn vader je.' Gemma keek over haar schouder naar de trap. Boven op de gang bleef het donker. Ze hoopte maar dat hij niets had gehoord.

Penn haalde haar schouders op. 'Nou en?'

'Ik kom wel naar buiten.' Gemma stapte de donkere nacht in en trok zachtjes de deur achter zich dicht. Het had geen zin te proberen Penn aan haar verstand te brengen dat ze rekening moest houden met anderen.

Het was nieuwe maan en op een paar vage sterren aan de hemel na was het donker. Gemma had de buitenlamp niet willen aandoen en zag in eerste instantie alleen de vage omtrekken van drie meisjes.

Toen voelde ze echter dat er iets veranderde in haar ogen en dat haar pupillen zich verwijdden. Door de duisternis werden haar sirenenzintuigen automatisch ingeschakeld en kreeg ze, net als een uil, ogen waarmee ze uitstekend kon zien in het donker.

Penn stond vlak voor haar, en daarachter Thea en nog een ander meisje. Het nieuwe meisje had blond haar en grote ogen. Op de een of andere manier kwam ze Gemma bekend voor, maar ze had geen tijd om erachter te komen waarvan.

Het enige wat telde was dat er een nieuw meisje was en wat de consequenties daarvan waren.

'Wat komen jullie doen?' vroeg Gemma.

'Ik wou je even voorstellen aan je nieuwe hartsvriendin.' Penn deed een stap opzij en gebaarde naar het onbekende meisje.

'Hoi.' Het meisje glimlachte en zwaaide even met haar vingers naar Gemma. Thea snoof en wendde zich geërgerd af.

'En wie mag dat dan wel zijn?' vroeg Gemma aan Penn.

'Ken je mij niet meer?' Het nieuwe meisje ging naast Penn staan, zodat Gemma haar beter zou kunnen zien. 'Ik ben Liv. Ik was de kamergenoot van je zus op de universiteit.'

'Totdat ze besloot te stoppen met haar studie en bij ons te komen wonen,' mompelde Thea. Ze staarde de nacht in, tegelijk verveeld en geërgerd, zoals alleen zij dat kon.

Vandaar dat het meisje haar bekend voorkwam. Gemma had kort kennis met haar gemaakt toen ze Harper had geholpen met verhuizen. Liv was heel vriendelijk tegen haar geweest, maar ze had zoveel andere dingen aan haar hoofd gehad dat ze haar meteen weer was vergeten.

Bovendien zag Liv er anders uit. Niet dat ze voorheen onaantrekkelijk was geweest, maar wel een tikje doorsnee. Nu straalde haar gezicht en had haar haar een diepe glans. En anders dan vorige week, had ze nu iets zwoels over zich.

Ook al waren de veranderingen subtiel, Gemma zag het meteen. Liv had echter nog altijd een ietwat naïeve blik, en het verbaasde haar dan ook dat ze Harpers kamergenoot niet eerder had herkend.

'Waarom? Waarom zou ze stoppen met haar studie?' vroeg Gemma aan Penn, zonder acht te slaan op Liv. 'Waar kennen jullie elkaar eigenlijk van?'

'Snap je het nog niet?' Penn grijnsde. 'Ze is je nieuwe zus.'

Gemma zuchtte. 'Daar was ik al bang voor.'

'Je hoeft niet zo teleurgesteld te kijken, hoor,' zei Liv opgewekt. 'Ik ben heel gezellig.'

'Nou en of,' zei Thea. Het sarcasme droop van haar hese stem af.

Penn wierp een geïrriteerde blik op Thea en wendde zich toen weer met een geforceerde glimlach tot Gemma. 'Jij weet ook altijd de pret te drukken, hè? Ik bedoel, kom op! Als we Liv niet hadden gevonden, waren we over twee weken dood geweest! Liv heeft je leven gered. Je zou haar dankbaar moeten zijn.'

Penn had gelijk. Ze was er blij om, hoe vervelend ze het ook vond om dat te moeten toegeven. Maar ze voelde zich ook schuldig omdat Liv bij deze onverkwikkelijke zaak betrokken was geraakt. Als ze de vloek had weten te verbreken, zouden er geen nieuwe slachtoffers hoeven te vallen.

'Mij heb je nooit bedankt dat ik je leven heb gered,' zei Gemma.

'Omdat jij ons alleen maar tegenwerkt,' bracht Penn haar in herinnering. 'Liv wil het zelf.'

'Echt waar?' Gemma richtte zich voor het eerst tot Liv.

'Jij niet dan?' Liv klonk verbijsterd. 'Maar dit is toch geweldig, Gemma! Iets mooiers kun je je niet wensen!'

Gemma maande Liv met opgeheven hand tot stilte en keek over haar schouder naar het huis. Het was nog steeds donker binnen, dus vermoedelijk had haar vader nog niets in de gaten.

'Oeps, sorry,' zei Liv. 'Ik was even vergeten dat je vader ligt te slapen.'

'Zie je?' Penn wees met een knikje op Liv. 'Zo kan het dus ook.'

'Sorry dat ik niet zo sta te juichen als zij,' zei Gemma met een gebaar naar Liv.

'Excuses aanvaard,' antwoordde Penn.

'Maar wat komen jullie zo laat nog doen?' vroeg Gemma.

'We gaan zwemmen. Ik dacht dat je Liv wel zou willen ontmoeten,' verklaarde Penn. 'Omdat ze bij ons komt wonen, zal jij haar moeten inwerken.'

'Ik moet haar inwerken?' Gemma schudde haar hoofd. 'Ik weet zelf amper hoe alles in zijn werk gaat. Hoe kan ik haar dan inwerken?'

'Penn bedoelt dat ze een oppas nodig heeft,' zei Thea droogjes.

'Ik heb geen oppas nodig,' protesteerde Liv, en Gemma meende een bittere ondertoon in haar stem te horen. 'Jullie hebben me dit weekend alles al laten zien. Ik voel me prima. Ik ben er klaar voor.'

'Ze is een tikje te enthousiast en zal bijgestuurd moeten worden,' zei Penn.

'Dat hoeft helemaal niet!' schreeuwde Liv verontwaardigd. Gemma keek verbaasd op van haar totaal misplaatste reactie.

Penn gedroeg zich tegen haar altijd neerbuigend aardig of bazig, maar tegen Liv sloeg ze een redelijke, vriendschappelijke toon aan, dus ze begreep niet waarom Liv zo kribbig moest reageren.

'Klinkt goed, maar ik sla jullie zwempartijtje toch maar liever over,' zei Gemma.

'Meen je dat?' zei Penn. 'Sinds wanneer laat jij de kans schieten om een duik in zee te kunnen nemen?'

'Sinds ik eerlijk probeer te zijn tegen mijn vader,' zei Gemma. 'Ik heb hem beloofd dat ik niet meer stiekem het huis zal uitglippen of zal weglopen, dus dat doe ik dan ook niet.'

'Klinkt saai.' Penn trok haar neus op. 'Wat zeg ik, je bént saai.'

De buitenlamp knipperde plots aan. Dat betekende dat haar vader wakker was geworden. Gemma vloekte binnensmonds.

Niet veel later opende hij de voordeur, met zijn nieuwe jachtgeweer in zijn hand. Hij hield het geweer niet in de aanslag, maar wilde kennelijk duidelijk maken dat hij er een had.

Gemma had hem al herhaaldelijk uitgelegd dat een jachtgeweer niets uithaalde tegen sirenen, maar Brian stond erop hun te laten weten dat hij gewapend was.

Hij wist anders niet hoe hij zijn dochter tegen de sirenen kon beschermen. Hij kon immers niet naar de politie of hun ouders stappen, en als hij hen te lijf zou gaan, zouden ze hem verscheuren. Hij moest zelf uitkijken dat hij niet te dicht bij hen in de buurt kwam, want als hij niet uitkeek, hypnotiseerden ze hem met hun lied.

Vandaar dat hij een geweer had aangeschaft en hen nu boos vanuit de deuropening aankeek.

'Oké. Leuk jullie even te hebben gesproken,' zei Gemma. Ze schuifelde achteruit naar de deur. 'Maar ik ga nu weer naar binnen.'

'Gelukkig,' mompelde Thea.

'Leuk je weer gezien te hebben, Gemma,' zei Liv, en ze boog naar voren alsof ze Gemma een hand wilde geven.

'Ja. Nou, veel plezier,' zei Gemma. Ze ontweek Liv en glipte snel naar binnen. Haar vader stond zo dicht bij de deur dat ze bijna tegen hem op botste.

'Is er iets? Wat kwamen ze doen?' wilde Brian weten.

Gemma zag dat hij haar bevreemd aankeek. 'Wat is er, pap?' vroeg ze bij het zien van de verwarde uitdrukking op zijn gezicht.

'Je ogen... zijn anders,' antwoordde hij met een vertrokken gezicht.

Gemma begreep ineens waarom het licht in de schaars verlichte woonkamer zo fel was. Haar vogelogen hadden hun oorspronkelijke vorm nog niet aangenomen. Snel knipperde ze een paar keer met haar ogen en concentreerde zich op de transformatie, totdat het weer schemerig werd in de woonkamer, die slechts werd verlicht door een kleine lamp.

'Zo beter?' vroeg Gemma, hoewel ze al aan Brians blik had gezien dat ze er weer normaal moest uitzien.

'Ja,' zei Brian. 'Maar wat kwamen ze nu doen?'

'Geen idee,' zei Gemma. Ze besefte dat het geen eerlijk antwoord was en voegde eraan toe: 'Ze wilden me voorstellen aan de nieuwe Lexi.'

'Hebben ze al weer een vervanger gevonden?' Hij trok verbaasd een wenkbrauw op. 'Dat is snel.'

'Dat vind ik ook,' zei Gemma.

Ze zei er niet bij dat het zo snel was gegaan omdat het meisje al had klaargestaan. Waarschijnlijk was Liv als vervangster voor Gemma bedoeld geweest, maar omdat Penn later had besloten dat Lexi dood moest in plaats van Gemma, hadden ze hun plannen moeten bijstellen.

Nog geen week daarvoor had Lexi Gemma willen vermoorden, maar Daniel had daar een stokje voor gestoken. Dat zou haar een paar extra weken respijt opleveren. Gezien de snelheid waarmee Liv na Lexi's dood was getransformeerd, zou Gemma waarschijnlijk binnen een of twee dagen door Penn zijn gedood. Liv had al in de startblokken gestaan.

'Hebben jullie lang staan praten?' vroeg Brian.

'Maar een paar minuten.'

'Waarom heb je me niet geroepen?'

Gemma liep langs haar vader heen de woonkamer in en ging op de bank zitten. 'Ik wilde je niet wakker maken. Je moet vroeg op en ik was toch niet van plan om weg te gaan.'

'Je weet wat we hebben afgesproken,' zei Brian streng. 'Je zou het me laten weten als er iets was. Je zou me op de hoogte houden.'

'Dat doe ik nu toch?'

Haar vader ontspande zich iets en ging in de fauteuil naast de bank zitten. 'Hoe staat het met de papyrusrol?'

'Eh... gaat wel,' zei Gemma. Ze had de neiging eromheen te draaien.

Het ging helemaal niet goed. Nadat ze de papyrusrol van Thea had gekregen, was ze de hele nacht opgebleven om samen met Harper en Brian de tekst te bestuderen. De rol was geschreven in een oude taal. Eerst dachten ze dat het Grieks was, maar toen ze de tekst via internet probeerden te vertalen, bleek hij niet te ontcijferen.

Eerder die zaterdag waren Harper en Gemma bij Lydia langsgegaan om haar de papyrusrol te laten zien. Omdat Gemma de rol liever niet uit het oog verloor, had Lydia er fotokopieën van gemaakt. Ze had beloofd met de vertaling aan de slag te gaan en te proberen zo veel mogelijk informatie uit de tekst te halen.

Gemma had besloten zich op een andere manier nuttig te maken: ze zou proberen de papyrusrol te vernietigen. Harper was het daar niet mee eens geweest. Per slot van rekening wisten ze niet hoe de vloek werkte. Voor hetzelfde geld gingen alle sirenen, Gemma incluis, dood als de rol werd vernietigd. Gemma was bereid dat risico te nemen, maar Harper wilde per se dat de tekst eerst werd vertaald.

Het bleek een overbodige discussie. Wat Gemma ook deed, de rol liep geen krasje op.

Het document was gemaakt van stevige papyrus. Het deed Gemma denken aan karton, maar dan zo dun dat het kon worden opgerold. Het had een beige kleur. Ze wist niet of het de oorspronkelijke kleur was of dat het papier in de loop der jaren was verkleurd. De uiteinden waren gerafeld en gelig, maar verder zag de rol er nog goed uit.

De inkt was diep donkerbruin, bijna zwart en glinsterde als ze het papier onder een lamp hield. Ze vroeg zich af of het de inkt was die het papier zijn krachtige eigenschappen gaf of dat het papier zelf betoverd was.

Vaststond dat de rol door magische krachten werd beschermd. Ondanks de dikke kwaliteit, voelde de papyrus breekbaar aan. Het deed Gemma denken aan droge maïsschillen, alsof het makkelijk kapot te knijpen was of kon scheuren.

Het papier bleek echter onverwoestbaar. Zelfs een schaar haalde niets uit; hij liet nog geen krasje achter. Na de schaar had Gemma zich uitgeleefd met een snoeischaar, en ze had zelfs aan haar vader gevraagd of hij haar wilde helpen met de elektrische zaag. Maar het papier liet zich alleen buigen of vouwen. Niets kwam erdoorheen. Zelfs de shredder in de bibliotheek was vastgelopen.

Ook vuur en water kregen geen vat op de rol. Gemma kon geen manier meer bedenken om het papier te vernietigen. Als ze de rol onderdompelde in water, leek de inkt te glanzen, maar zodra ze hem eruit haalde, zag hij er weer net zo uit als daarvoor. De inkt liep niet uit en het papier bleef intact.

Nu het haar niet lukte om het papier te vernietigen, kon ze beter proberen te achterhalen wat er op de rol te lezen stond. Ze besloot niet te wachten totdat Lydia met de officiële vertaling kwam en op internet te zoeken naar documenten waarvoor dezelfde letters waren gebruikt. Hopelijk lukte het haar zo de tekst te ontcijferen.

Brian had haar geholpen met de aanwijzingen die Bernie hem had gegeven, maar tot dusver hadden die weinig opgeleverd. Bernies informatie riekte te veel naar bijgeloof.

'Nog geen nieuws dus?' vroeg Brian.

Gemma trok haar knieën op tot onder haar kin. 'Helaas niet.'

'Nou ja. Lydia heeft de rol ook pas een paar dagen. We moeten het de tijd geven. Wanneer dacht ze klaar te zijn met de vertaling?'

'Lydia? Dat weet ik niet precies.' Gemma schudde haar hoofd. 'Ze hoopt deze week nog.'

'Als we weten wat er op de rol staat, vinden we vast een oplossing,' zei Brian geruststellend.

'Dat denk ik ook.' Gemma dwong zichzelf te glimlachen. 'Ik red me wel. Maak je maar geen zorgen.'

'Als vader is het mijn taak me zorgen te maken.'

Ze praatten nog een tijdje, totdat Brian weer zijn bed opzocht. Ook Gemma ging naar haar kamer, maar ze wist dat ze die nacht niet meer zou slapen.

Het voelde nog steeds vreemd om zo openlijk met haar vader over de situatie te praten. Aan een kant vond ze het prettig eerlijk tegen hem te kunnen zijn, omdat het geheim als een molensteen om haar nek had gehangen, maar aan de andere kant voelde ze zich schuldig. Ze wilde niet dat hij zich zorgen om haar maakte. Hij had het al zwaar genoeg.

Vandaar dat ze bepaalde dingen toch voor zich had gehouden. Bijvoorbeeld dat het een slecht teken was dat Liv in een sirene was veranderd. Dat betekende immers dat Penn niet meer naar een vervanger hoefde te zoeken en Gemma opnieuw kon beginnen met aftellen.

En wat nog erger was: een nieuwe sirene betekende een nieuw monster dat haar naar het leven zou kunnen staan. Penn wilde haar doden, Lexi had het geprobeerd, en als ze pech had, dacht Liv er net zo over.

Gemma besefte dat Liv een extra hinderpaal vormde en dat ze uit de weg geruimd zou moeten worden voordat ze bevrijd kon worden van de vloek.

3

Toeval

Harpers eerste gedachte nadat Liv haar de dag ervoor had aangevallen was: *Ze is een sirene.*

Die conclusie had ze echter meteen weer verworpen, in de veronderstelling dat ze aan niets anders kon denken dan aan sirenen. Maar behalve Livs onvoorspelbare woede en kracht, waren er nog andere tekenen die Harpers argwaan hadden gewekt: haar vaalblonde haar, dat ineens een goudkleurige glans had gekregen, en de diepere kleur van haar bruine ogen.

Maar zeker weten deed ze het niet. Ze had niet echt goed opgelet. Voor hetzelfde geld was Liv aan de drugs of hingen haar kracht en stemmingswisselingen samen met een ernstige psychische stoornis.

Harper was na Livs vertrek eerst op adem gekomen voordat ze haar spullen had gepakt en naar college was gegaan. Toen ze later die middag terugkwam op haar kamer, bleek alles kort en klein te zijn geslagen. Tenminste aan Livs kant, hoewel er ook rommel in Harpers deel van de kamer was terechtgekomen. Livs bed lag in duigen, haar posters hingen in flarden aan de muur en overal lag troep.

Harper had even overwogen in de gemeenschappelijke ruimte te gaan slapen, maar had ervan afgezien toen ze ontdekte dat Livs persoonlijke spullen weg waren. Het had goed uitgepakt. Liv had zich niet meer laten zien, en Harper hoopte maar dat ze voor altijd zou wegblijven.

Toen haar middagcollege Psychologie kwam te vervallen vanwege afwezigheid van de docent, besloot ze op het campusgazon te lunchen in plaats van op haar kamer. Het was een vak dat Liv ook volgde, dus ze zou niet weten of Liv nog op haar kamer was geweest, maar het was een te mooie gelegenheid om niet alvast wat huiswerk te maken.

Bovendien was het heerlijk weer. De lucht voelde zacht aan, wat een welkome afwisseling was na de drukkende hitte van de voorbije week. Harper haalde haar studieboek uit haar tas en begon haar medische terminologie op te halen. Pas toen haar telefoon ging, besefte ze hoelang ze had zitten werken.

Toen ze de tijd op het telefoonschermpje zag, vloekte ze binnensmonds. Als ze niet opschoot, kwam ze te laat voor haar afspraak. Ze besloot toch maar op te nemen, want het was haar vader, die belde vanaf zijn werk. Hij zou zich ongerust maken als ze niet opnam.

'Hoi, pap,' zei Harper. Ze drukte de telefoon tegen haar oor en stopte met haar andere hand de boeken in haar rugzak.

'Is er iets?' vroeg Brian, meteen bezorgd.

'Nee hoor, alles prima hier,' loog Harper. Ze gooide haar tas over haar schouder. Thuis in Capri wist niemand dat Liv haar naar de keel was gevlogen. Ze hadden al problemen genoeg, en ze wilde niet dat ze zich ook nog zorgen moesten maken over haar kamergenoot.

'Je klinkt buiten adem,' drong hij aan.

'Ik ben een beetje aan de late kant.' Harper zette de pas erin. 'Ik heb een afspraak met professor Pine.'

'Met wie?' vroeg Brian.

'Weet je dat niet meer? Ik heb je over hem verteld,' zei Harper. 'Die geschiedenisdocent die eerst archeoloog was.'

'O ja, die Indiana Jones,' zei Brian.

Harper lachte. 'Ja, die.'

Brian leek even te aarzelen en vroeg toen: 'In verband met Gemma, toch?'

'Ja.' Harper knikte en sloeg haar ogen neer, alsof ze bang was dat de andere studenten op het gazon begrepen waar het over ging.

'Oké, dan zal ik je niet langer ophouden.'

'Sorry, ik wou je niet opjagen,' verontschuldigde Harper zich, en ze zweeg even toen ze bij de deuren van het faculteitsgebouw aankwam. 'Maar ik zie je aanstaande vrijdag. Dan kom ik naar huis voor Gemma's toneelstuk.'

Harper hing snel op en ging het gebouw in, op zoek naar professor Pines kamer. Ze had hem niet als docent, maar haar studieadviseur had hem haar aangeraden omdat hij ervaring had als archeoloog.

Toen Harper hem de dag ervoor had gebeld om een afspraak te maken, had ze een verhaal verzonnen over de herkomst van de papyrusrol. Als ze over monsters en sirenen was begonnen, had hij haar waarschijnlijk naar een psycholoog verwezen. Vandaar dat ze tegen hem gezegd had dat haar zus tijdens het schoonmaken van het huis van de overleden Bernie McCallister een oude papyrusrol had gevonden en dat ze hem een paar vragen wilde stellen.

Pine was zo vriendelijk geweest haar uit te nodigen voor een gesprek op zijn kamer, hoewel hij betwijfelde of hij haar verder kon helpen. Harper wilde echter alles op alles zetten om iets over de tekst te weten te komen.

Ze wist sneller de weg op het campusterrein dan ze had gedacht en had Pines kamer ruim vijf minuten voor de afgesproken tijd gevonden. Op het melkglas van de deur stond PROFESSOR KIP-LING PINE. Even overwoog ze buiten te wachten, maar omdat de deur op een kier stond, klopte ze zacht aan.

Toen hij niet reageerde, duwde ze de deur iets verder open. Ze zag een man over zijn bureau gebogen zitten. Hij had blond haar, dat naar een kant was gekamd. Ze schatte hem begin dertig, een beetje jong voor iemand die, gezien zijn reputatie en de verzamelde artefacten in zijn kamer, al veel van de wereld moest hebben gezien.

Hij droeg oordopjes waarvan de draden naar een iPad liepen die gevaarlijk dicht naast een open blikje Red Bull op zijn grote, eikenhouten bureau lag. Voor hem stond een doosje met symbolen, dat Harper deed denken aan een kruising tussen een cryptex-puzzel en een Lemarchand's box uit *Hellraiser*.

De professor had een klein vergrootglas op zijn bril bevestigd, zoals de voorzetloep die juweliers gebruikten om diamanten te inspecteren. Hij had een soort kleine naald in zijn hand waarmee hij tegen het doosje tikte, om vervolgens razendsnel iets in te tikken op zijn iPad. Vermoedelijk documenteerde hij elke ontdekking.

Hij ging zo op in zijn werk dat Harper tijd had om de kamer rond te kijken, die van vloer tot plafond vol stond met spullen.

Zijn kamer was een ratjetoe van stijlen, van oud-Egyptisch tot steampunk en techno-modern. De boekenplanken puilden uit van artefacten en oude boeken, afgewisseld met antieke gadgets: een ankh, een oude globe met verschuifbaar vergrootglas, een knipperende digitale weegschaal. Behalve de tablet op zijn bureau, zag ze ook een gelikte computer, en in een hoek van de kamer, tussen stapels studieboeken en Syrische kranten, knipperde een blauw laserlicht.

De kamer van een verwoed verzamelaar.

'Professor?' zei Harper aarzelend.

'Ja?' Hij hief zijn hoofd op en keek haar over de rand van de loep aan. Toen haalde hij een oordopje uit zijn oor.

Harper onderdrukte een glimlach. Hij had inderdaad iets van een jonge versie van Indiana Jones. Helaas droeg hij geen tweed jasje met hoed, maar een openstaand overhemd met daaronder een T-shirt van Joy Division.

'Ik had met u een afspraak om kwart over een.' Harper gebaarde naar een van de vier klokken die zijn kamer rijk was en die als enige de juiste tijd aangaf. 'Ik ben iets te vroeg, maar ik kan later terugkomen als u...'

'Nee, kom binnen.' Professor Pine trok ook het andere dopje uit zijn oor en klikte iets aan op zijn iPad, waarna hij de tablet samen met de puzzelbox opzijschoof. 'Harper Fisher, toch?'

'Ja.' Ze glimlachte naar hem.

Hij gebaarde naar een ergonomische stoel aan de andere kant van zijn bureau. 'Ga zitten.'

'Fijn dat u me wilt ontvangen,' zei ze. Ze liet haar rugzak van haar schouder glijden en zette hem naast haar stoel op de grond.

'Je zei aan de telefoon dat je zus iets had gevonden?' De professor zette zijn bril af en legde hem op zijn bureau.

'Ja, een eh... oude papyrusrol,' zei Harper aarzelend terwijl ze op de stoel ging zitten.

'En waar ook al weer? In de buurt van jullie woonplaats?'

'Ja, zo ongeveer. Een goede vriend van mijn vader is onlangs overleden en bij het schoonmaken van het huis vond ze de papyrusrol tussen zijn andere spullen.'

Pine leunde achterover in zijn stoel en wreef over zijn kin. 'Waar kwam je ook al weer vandaan?'

'Maryland,' antwoordde ze. 'Capri, om precies te zijn.'

'Ik betwijfel of de rol erg oud is, maar ik wil er wel even naar kijken,' opperde Pine.

'Ik heb hem niet bij me. Maar ik heb wel een paar foto's op mijn telefoon staan.' Harper haalde snel haar mobieltje uit haar zak.

Hij stak zijn hand uit. 'Laat maar eens kijken.'

Harper scrolde door haar telefoon, totdat ze de foto's vond die ze van de rol had genomen. Ze had er in het weekend zeker twintig gemaakt.

'We denken dat hij uit het oude Griekenland stamt,' zei Harper terwijl ze hem de telefoon aanreikte.

'Oké...' Hij haalde de loep van zijn bril en zette hem op. Terwijl hij de foto's bestudeerde, kantelde hij de telefoon iets om ze beter te kunnen zien. 'Het lijkt op oud-Grieks, maar ik weet niet zeker of het dat ook is.'

'Zou u het kunnen vertalen?' vroeg Harper.

Harper was eerder die zaterdag met Gemma langs geweest bij Marcy's vriendin Lydia, in Cherry Lane Books. Lydia zou met de vertaling aan de slag gaan. Maar hoe eerder ze een vertaling hadden, hoe beter, dus als het professor Pine lukte de tekst te vertalen, zouden ze tijd winnen.

'Sorry.' Hij schudde zijn hoofd. 'Ik ben die oude talen een beetje verleerd. Ik was vooral goed in Egyptisch.' Hij gebaarde naar een poster met het Oog van Horus die achter hem aan de muur hing.

'Herkent u misschien woorden?' vroeg Harper.

'Nee, alleen letters.' Hij scrolde naar een andere foto en steunde met zijn kin in zijn hand. Weer schudde hij zijn hoofd. 'Het is volgens mij geen Grieks. Kan ik op de foto inzoomen?'

'Ja, sorry. Hier.' Ze boog zich naar hem toe en vergrootte de foto voor hem. 'Zo beter?'

Hij knikte. 'Eens even kijken...' Hij haalde diep adem en blies de lucht tussen zijn tanden door uit. 'Eerlijk gezegd denk ik dat dit Fenicisch is, of misschien wel Aramees. Dit zou een kappa of een alef kunnen zijn,' zei Pine, en hij wees naar een gekartelde letter die het midden hield tussen een 'k' en een 'x'. 'Maar dat kan ik niet met zekerheid zeggen.'

'Dus u kunt er eigenlijk niets over vertellen?' vroeg Harper. Ze moest haar best doen niet teleurgesteld te klinken.

'Nee, tenzij ik me er nog een keer wat langer over kan buigen.' Hij gaf haar de telefoon terug. 'Maar de kans is groot dat het niks is. Ik kan er niets van maken. Het komt op mij over als een warboel van hanenpoten en oude talen. Alsof ze door elkaar zijn gegooid om de tekst oud te doen lijken.'

'En als dat niet zo is?' drong Harper aan. 'Als de rol wel echt is?'

'Als hij echt is...' Hij zuchtte, nam zijn bril af en gooide hem op zijn bureau. 'Nogmaals, om dat met zekerheid te kunnen zeggen moet ik de rol zien. Maar als hij echt is, moet hij heel oud zijn. In dat geval is hij verrassend goed bewaard gebleven. Waar had je hem ook al weer gevonden?'

'Eh, ergens op zolder.'

'Heb je enig idee van wie die vriend van je vader de rol heeft gekregen? Of hoe hij daar terecht is gekomen?' vroeg Pine.

'Nee, helaas. Maar ik meen me te herinneren dat meneer McCallister familie in Griekenland had,' loog Harper.

Hij leunde peinzend achterover in zijn stoel. 'En jij komt uit Capri?'

'Ja, Capri, Maryland.'

'Weet je dat het oorspronkelijke Capri een eilandje aan de Italiaanse kust is? Het maakte eeuwen geleden deel uit van Magna Graecia, ofwel Groot-Griekenland. Veel Grieken noemen het nog steeds zo.' Hij draaide heen en weer in zijn bureaustoel, zodat hij over zijn schouder moest kijken om Harper te kunnen zien. 'Wanneer is je woonplaats gesticht? Weet je dat toevallig?'

'14 juni...' Harper fronste haar voorhoofd. '1801? 1802? Ergens rond die tijd.'

Hij trok verbaasd een wenkbrauw op. 'Dat je dat zo precies weet.'

'We hebben elk jaar op 14 juni een Stichtingsdagpicknick.' Ze haalde haar schouders op.

'Dus Capri – jouw Capri – is een relatief jonge plaats vergeleken bij het Italiaanse eiland, want dat is al zo'n tweeduizend jaar oud.' Hij staarde even uit het raam. 'Hoe groot is de kans dat een oude Griekse papyrusrol toevallig opduikt in een betrekkelijk moderne plaats die genoemd is naar een oud Grieks eiland?'

'Geen idee,' zei Harper. 'De stad is gesticht door een Griek. Hij heeft Capri zo genoemd omdat het hem herinnerde aan het eiland waar hij zijn jeugd had doorgebracht. Tenminste, dat heb ik geleerd op de middelbare school.'

Pine leunde met zijn ellebogen op zijn bureau. 'Ik moet toegeven dat de rol op de foto's heel oud lijkt. Maar dat zou wel erg toevallig zijn, of niet?'

'Daar heb ik nooit bij stilgestaan,' zei Harper.

Daar was geen woord van gelogen. Van haar onderzoek naar de Griekse mythologie had ze geleerd dat sirenen afkomstig waren van het eiland Anthemusa, zoals Capri volgens sommige teksten vroeger zou hebben geheten.

Harper had er tijdens haar research weinig aandacht aan geschonken. Het had haar niet zo belangrijk geleken waarom de sirenen voor Capri hadden gekozen, maar wel hoe ze van hen af kon komen. Ze veronderstelde dat ze in Capri waren gebleven omdat de naam hen aan thuis deed denken, en dat hun oog toen op Gemma was gevallen, omdat ze op zoek waren naar een vervanger.

Geen van de drie sirenen maakte de indruk heimwee te hebben. Bovendien had ze Penn en Lexi vaak genoeg horen zeggen dat ze Capri een verschrikkelijk dorp vonden en dat ze het liefst meteen zouden vertrekken. Maar nu professor Pine haar op het merkwaardige verband wees, begon ze zich af te vragen waarom de sirenen voor Capri hadden gekozen.

'Dat soort toevalligheden vertrouw ik niet. Maar ik kan me niet voorstellen dat jullie me iets op de mouw proberen te spelden,' vervolgde Pine. 'Ik denk niet dat jullie dit verzinnen om iemand een poets te bakken. Maar het zou natuurlijk kunnen dat iemand anders júllie een poets wil bakken.'

'Niet dat ik weet.' Harper sloeg haar ogen neer en schudde haar hoofd.

'Nogmaals, ik zou de echte rol wel een keer willen zien,' zei Pine. 'Graag zelfs. Dan kan ik er nog eens goed naar kijken, ook al is het waarschijnlijk geen origineel artefact.'

'Ik ga dit weekend naar huis. Mijn zus doet er niet graag afstand van, maar misschien kan ik de rol voor een paar dagen meekrijgen.'

Dat was gemakkelijker gezegd dan gedaan. Gemma verloor de rol niet graag uit het oog. Ze was bang dat ze hem zou kwijtraken of dat Penn hem zou vinden.

'Oké. Als je hem meekrijgt, hoor ik het wel.' Pine leunde weer achterover in zijn stoel. 'Het zou interessant zijn om te zien wat eruit komt.'

Harper bedankte hem, en terwijl ze de kamerdeur achter zich dichtdeed, besefte ze dat ze met meer vragen vertrok dan ze was gekomen. Maar boven aan haar prioriteitenlijstje stond nu de opdracht uit te zoeken in welke taal de papyrusrol was geschreven en waarom de sirenen naar Capri waren gekomen.

4

Provocatie

Daniel had net gedoucht en stond zijn werkschoenen aan te trekken toen hij zijn telefoon voelde trillen in zijn broekzak. Harper had hem in de pauze tussen haar colleges sms'jes over haar ontmoeting met professor Pine gestuurd die hij tussen het douchen en aankleden door had gelezen.

Helaas waren Harper en Gemma nog niet veel meer te weten gekomen over de papyrusrol. Daniel hielp hen waar hij maar kon, maar tot dusver had zijn hulp vooral bestaan uit meedenken en het aanhoren van ideeën.

Hij hoopte dat ze inmiddels een stap dichter bij het verbreken van de vloek waren gekomen. Omwille van Gemma's veiligheid, uiteraard, maar ook omdat de sirenen genadeloze moordenaars waren die gestopt dienden te worden.

Het was echter ook in zijn eigen belang: hij wilde niet dat zijn 'date' met Penn doorging. Om Gemma en Harper te beschermen had hij Penn haar zin gegeven. Aanvankelijk hadden ze voor afgelopen vrijdag afgesproken, maar omdat hij donderdag gewond was geraakt in het gevecht met Lexi, had Penn hun date uitgesteld totdat hij hersteld zou zijn.

Het zat hem niet lekker dat ze nog geen nieuwe datum hadden geprikt voor hun date. Penn liet er gewoonlijk geen gras over groeien. Hij was bang dat ze iets in haar schild voerde en dat Harper en Gemma gevaar liepen. En hijzelf misschien ook.

Daniel schudde zijn hoofd. Hij bande Penn uit zijn gedachten en haalde zijn telefoon uit zijn broekzak. Hij kon zich beter met zijn vriendin bezighouden. Hij hield van Harper, en als hij bij haar wilde blijven, kon hij niet altijd met zijn gedachten bij Penn zijn.

Hij kan er pas meer over zeggen als hij de papyrusrol heeft gezien, sms'te Harper.

Daniel liep zijn huis uit en sms'te terug: *Jammer dat hij je niet verder heeft kunnen helpen.*

Hij sloot de deur achter zich af, ook al woonde hij op een eiland. Hij vertrouwde Penn niet, net zomin als de andere sirenen, en wilde niet dat ze in zijn spullen gingen snuffelen. Niet dat ze zich door een slot zouden laten tegenhouden, maar dan wist hij in elk geval dat er was ingebroken en dat ze binnen waren geweest.

Hij was halverwege het pad naar het boothuis toen hij weer een sms'je van Harper kreeg: *Ik wou volgende week langskomen voor je verjaardag.*

Daniel bleef staan om haar te antwoorden. Sms'en onder het lopen was nooit zijn sterkste kant geweest. Hij stond een paar meter van het boothuis tussen de cipressen toen hij tikte: *Dat hoeft niet, hoor. We kunnen het ook dit weekend vieren.*

'O... Ben je volgende week jarig?' lispelde Penn poeslief in zijn oor.

'Jezus, Penn!' Hij draaide zich met een ruk om en stopte zijn telefoon snel in zijn broekzak, voor ze nog meer berichten kon lezen. 'Je moet nooit zomaar plotseling achter iemand opduiken.' Hij deed zijn best niet te laten merken dat ze hem de stuipen op het lijf had gejaagd.

Penn glimlachte, bijna trots dat ze hem had laten schrikken. Haar zwarte haar was drijfnat, net als haar jurk, die aan haar lijf plakte. Meestal vloog ze naar het eiland, maar waarschijnlijk was ze komen zwemmen omdat het nog licht was en een grote vogel te veel aandacht zou trekken.

'Sorry,' zei Penn, zonder een spoor van berouw.

'Hoe flik je dat trouwens? Ik heb je helemaal niet horen aankomen.' Daniel gebaarde naar de baai van Anthemusa achter haar. Hij had haar toch uit het water moeten horen komen. Om nog maar te zwijgen van de dennennaalden en takken op de grond, die altijd kraakten onder zijn voeten.

Penn haalde glimlachend haar schouders op. 'Met een smerig trucje.'

'Een smerig trucje?' Daniel trok een wenkbrauw op, verbaasd dat ze toegaf dat ze er smerige trucjes op na hield.

'Wat?' vroeg ze met een grijns, en ze liep om hem heen. Hij bleef echter strak voor zich uit kijken. 'Ik weet ook wel dat je mij als de grote boeman in je eigen soapje ziet.'

'Ik beschouw mijn leven niet als een soap.'

Penn bleef vlak voor zijn neus staan. Ze was nu zo dichtbij dat ze hem bijna aanraakte. 'Maar terug naar mijn vraag. Ben je volgende week jarig?'

Hij knikte. 'Ja, woensdag. Dan word ik eenentwintig.'

Tijdens de storm eerder die week was een dikke cipres doormidden gebroken, zodat het pad naar het boothuis gedeeltelijk was geblokkeerd. Hij had de boom willen weghalen, maar door alle drukte was dat er niet van gekomen.

'Wat ben je eigenlijk nog een broekie,' merkte Penn op. Ze liep naar de omgewaaide boom en leunde tegen de ruwe bast. De takken kraakten onder haar gewicht. 'Ik voel me een kinderlokker.'

'Ik zou met een haai gaan daten, als ik jou was,' kaatste Daniel terug. 'Die worden heel oud, en soort zoekt soort.'

Penn keek hem strak aan. 'Haha.'

'Ja, leuk hè? Maar ik moet er helaas vandoor,' zei hij, en hij deed een stap opzij om de daad bij het woord te voegen.

In een flits stond ze echter weer voor hem en kon hij opnieuw geen kant op. 'Niet zo snel, jarige job.'

'Luister, Penn, ik weet dat je nog iets van me te goed hebt, maar ik kan nu niet,' hield hij vol. 'Vandaag is de laatste toneelrepetitie en ik moet de puntjes nog op de i zetten.'

'Sinds wanneer bepaal jij mijn agenda?' zei Penn plots met zo'n kille, vastberaden blik in haar ogen dat hij er bang van werd. 'Je bent nu van mij. Ik kom de buit binnenhalen.'

Daniel zag haar niet eens bewegen. Het ene moment stond hij nog voor haar, het volgende moment lag hij op zijn rug op de grond. Hij wist dat hij was gevallen – takken kraakten onder zijn rug en de lucht was uit zijn longen geperst – maar niet hoe Penn hem had gevloerd.

Tijd om erover na te denken had hij echter niet, want het volgende moment zat Penn schrijlings op hem en klemde haar benen om zijn middel. Het koude vocht uit haar jurk drong in zijn spijkerbroek.

'Geloof me, Daniel,' zei ze glimlachend terwijl ze haar handen onder zijn shirt liet glijden, 'later zul je me hier dankbaar voor zijn.'

'Dat betwijfel ik,' mompelde hij.

Penn boog zich over hem heen, schoof zijn shirt omhoog en staarde naar zijn ontblote buik.

Daniel hief zijn hoofd op. 'Wat doe je?'

'Ik check iets,' antwoordde Penn simpelweg.

Haar koude vingers deden hem naar adem happen en hij liet zijn hoofd zakken. Hij wilde niet zien hoe haar handen over zijn borst gleden en haar zongebruinde vingers de grote paarsblauwe plek in zijn rechterzij betastten.

'Dat zie ik, maar...' Zijn gezicht vertrok toen ze hem pijnlijk in zijn ribben porde.

'Doet het nog pijn?' vroeg Penn. Ze begon hem te strelen, waardoor de pijn afnam.

'Ja, Lexi hield niet van half werk.'

Daniel had zich kranig geweerd tegen het reusachtige vogelmonster, maar Lexi was geen partij voor hem geweest. Ze had hem eerst alle hoeken van de kamer laten zien en daarna door het raam gesmeten, waaraan hij een fikse kneuzing en mogelijk een gebroken rib had overgehouden. Hij vertikte het om naar de huisarts te gaan en wist dus niet hoe groot de schade was, maar zolang hij zich kon redden, was er niets aan de hand en veronderstelde hij dat de pijn vanzelf weer zou overgaan.

De rest van de verwondingen waren voornamelijk schrammen en blauwe plekken van de gebroken ruit en Lexi's klauwen, op een pijnlijke snee in zijn borst en een rij gaatjes in zijn rechterarm van Lexi's beet na. De meeste schrammen waren al redelijk geheeld; de bijtwond had klaarblijkelijk meer tijd nodig om te genezen.

'Het spijt me dat ik je niet eerder heb kunnen redden.' Bijna teder raakte Penn de kneuzing aan. Vervolgens kuste ze heel voorzichtig zijn ribben en de klauwwond net boven zijn hart. 'Dat die heks je zo heeft durven toetakelen.'

Daniel meende bezorgdheid en medeleven in haar doorgaans zo lege, fluwelen stem te horen, maar omdat hij Penn nog nooit op een teken van medeleven had kunnen betrappen, wist hij niet hoe hij moest reageren.

'Ik ben blij dat je mijn leven hebt gered, en mijn dank was gemeend,' zei Daniel uiteindelijk toen ze weer rechtop zat. 'Maar zit jij er niet mee?'

'Waarmee?' Ze fronste haar voorhoofd en keek hem met een schuin hoofd vorsend aan.

'Het is misschien niet netjes om erover te beginnen, maar...' Hij besloot het erop te wagen. 'Je hebt je zus vermoord. Voel je je daar dan helemaal niet schuldig over?'

Penn ontspande en haalde haar schouders op. 'Ze was niet echt mijn zus.'

'Penn...' Hij zuchtte.

'Waar zou ik me schuldig over moeten voelen, Daniel?' vroeg ze. Haar stem, die zo-even nog een warme ondertoon had gehad, droop nu van het venijn. 'Ik haatte haar. Ze was gemeen en weerzinwekkend. Ik zat al driehonderd jaar met haar opgescheept.'

'Zou je haar ook gedood hebben als ze mij niet had willen verslinden?'

'Niet op dat moment, maar later misschien wel. Of niet.' Ze schudde haar hoofd. 'Het doet er niet meer toe. Ik heb gekozen.'

'Gekozen waarvoor?' vroeg Daniel.

'Voor jou. Dus ik zal er alles aan doen om jou te veroveren.' Ze glimlachte. 'Lexi stond ons in de weg.'

'Ons?'

'Ja.' Ze lachte hoog. 'Als stel.'

Met haar handen nog altijd op zijn borst, boog ze zich naar hem toe en drukte haar mond op de zijne. Hij voelde zijn hart tekeergaan, maar probeerde het niet tot bedaren te brengen; het kwam hem goed uit als Penn zijn onrust zou aanzien voor opwinding.

Hij probeerde niet aan Harper te denken en moest zich bedwingen Penn niet van zich af te duwen. Niet dat het vervelend was wat ze deed, maar het voelde verkeerd. Haar aanrakingen en kussen waren zowel prettig als weerzinwekkend, en als hij aan Harper bleef denken, zou hij ze nooit kunnen beantwoorden.

Hij had wel eens eerder met Penn gezoend, maar toen was ze veel agressiever geweest, alsof ze zich had moeten inhouden om hem niet te verslinden. Nu toonde ze echter, net als zo-even, een zekere genegenheid en zelfbeheersing.

Haar aanrakingen hadden bijna iets teders, ondanks de onderhuidse passie. Zelfs als Penn zich inhield, kon ze haar ware aard niet verhullen. Zoals ze haar lichaam door de dunne, natte stof tegen hem aan drukte en met haar beweeglijke tong zijn mond verkende... ze was een wezen dat tot in het diepst van haar vezels werd verteerd door verlangen.

Ze maakte zich van hem los. Om haar mond speelde een flauwe glimlach en haar zwarte haar hing als een golvend gordijn voor haar ogen. Daniel streek een lok achter haar oor, en voor hij zijn hand kon terugtrekken, drukte ze haar wang in zijn handpalm.

Hij keek haar vorsend aan. Hij was benieuwd of de warmte en tederheid die hij in haar kus had bemerkt ook in haar ogen te zien waren. Tot zijn verbazing hoopte hij het bijna. Op de een of andere manier zou hij het prettiger vinden als ze menselijke trekjes had in plaats van een hart van steen.

Haar irissen, die bijna zwart waren, waren slechts een tint lichter dan haar pupillen. Hoe diep hij Penn echter ook in de ogen keek, het enige wat hij zag was een onpeilbare duisternis. Ze was koud en leeg vanbinnen.

Daniel liet zijn hand zakken. 'Je gaat me vermoorden, hè?'

'Moet ik daar een eerlijk antwoord op geven?' vroeg Penn. De flauwe glimlach was van haar gezicht verdwenen, maar haar uitdrukking was nog hetzelfde.

'Ja.'

'Waarschijnlijk wel,' bekende ze emotieloos. 'Maar dat duurt nog wel even.'

'Zal het pijn doen?' vroeg Daniel, al even kalm en uitdrukkingsloos.

'Hangt ervan af of je een beetje aardig voor me bent. In dat geval zal ik zorgen dat het pijnloos gebeurt.'

Penn keek nog altijd op hem neer, maar hij kon haar blik niet langer verdragen. Of beter gezegd, het spel dat ze met hem speelde. Als ze hem wilde, en hij zijn dierbaren daarmee kon beschermen, kon hij zich maar beter meteen aan haar geven.

Daniel ging rechtop zitten, legde zijn hand op haar onderrug en trok haar naar zich toe. Toen kuste hij haar. Hij gedroeg zich agressiever dan zij, maar niet zo onstuimig als Penn tijdens hun eerdere vrijpartij.

'Wat doe je nou?' zei Penn zodra zijn lippen de hare raakten.

'Dit wil je toch?' zei Daniel, verbaasd dat ze weerstand bood.

Ze schudde haar hoofd. 'Ik zei toch dat ik voor iets anders kwam.'

'Waarom niet nu? Dan hebben we het gehad.'

'Dan hebben we het gehad?' Lachend duwde ze zijn hand van haar rug. 'Hoe romantisch.' Ze stond op en liet hem in totale verwarring op de grond liggen.

'Wauw. Het lijkt *The Twilight Zone* wel. Wil je echt geen seks?' vroeg hij.

'Jawel, maar alleen als ik in de stemming ben. Het is lang geleden dat ik een jongen heb moeten veroveren, dus als ik je eenmaal heb, wil ik er ook van genieten.'

'Oké...' Hij krabde zich achter zijn oor en stond op. 'Als je niet bent gekomen voor de seks, waarvoor dan wel?'

'Ik wist dat er iets mis was met je oren, Daniel, maar niet dat het zó erg was... Ik wilde weten of je voldoende bent hersteld om te presteren.'

'Op wat schrammen na doen alleen mijn arm en ribben nog pijn. Dus dat moet lukken.'

Penn beet op haar lip. 'Jij weet écht niet wat ik voor je in petto heb, hè?'

'Als je met me wilt flirten, zou ik het toch echt anders aanpakken,' zei Daniel. Hij trok zijn shirt omlaag en klopte zijn kleren af. 'Ik weet waartoe je in staat bent, dus het klinkt eerder bedreigend dan erotisch.'

Ze lachte. 'Je hebt weer praatjes. En je rolde net zo soepel om dat je er inderdaad klaar voor lijkt. Dus als we als datum voor onze date nu eens...' Penn kantelde haar hoofd, alsof ze nadacht, '... vandaag over een week prikken?'

'Vandaag over een week? Maar dan ben ik jarig.' Hij zuchtte. 'Dat wist je. Daarom kies je die dag.'

'Ik geef je het beste verjaarscadeau van je leven. En wat is er mooier dan een nacht met mij?'

'O, ik weet nog wel een paar dingen te verzinnen,' mompelde hij.

'Daniel toch. Dat soort dingen zou ik maar niet te vaak zeggen. Je wilt me toch niet kwetsen? Stel dat ik boos op je word en me per ongeluk op je vriendinnetje en haar zus afreageer?' Ze keek glimlachend naar hem op. 'Misschien moet ik ze dan wel doden.'

'Ik wil het spannend voor je houden, Penn,' zei Daniel koeltjes. Hij zou haar het liefst naar de keel vliegen en willen toeschreeuwen dat hij haar zou vermoorden als ze Harper ook maar met één vinger zou aanraken. 'Omdat je niet van slaafjes houdt. Het moet niet te gemakkelijk gaan.'

'Klopt. Daarom val ik ook op jou. Je weet precies waar ik van hou.'

Penn drukte zich tegen hem aan en kuste hem op zijn mond terwijl ze haar hand door zijn haar liet gaan. Toen voelde hij de scherpe punten van haar tanden in zijn lip. Hij wilde haar net van zich af duwen toen ze hem losliet en een stap achteruit deed.

'Woensdagavond, acht uur,' sommeerde ze. 'Alleen jij en ik.'

'Ik zal het niet vergeten,' beloofde hij.

Penn draaide zich lachend om, rende naar de steiger en dook in de golven. Er spatte nauwelijks water op.

Hij proefde bloed op zijn lip, en veegde het af met de rug van zijn hand. Zijn hart ging tekeer in zijn borst. Hij had het gevoel dat hij moest overgeven en zou het liefst meteen onder de douche gaan, zoals altijd als Penn hem had aangeraakt.

Hij moest echter ook tot zijn schaamte bekennen dat hij ervan had genoten. Reden te meer om naar een douche te verlangen. Hij walgde van Penn, en toch maakte ze iets in hem los waar hij geen controle over had.

Daniel keek geërgerd naar zijn natte, vuile kleren. Hij zou zich eerst weer moeten omkleden voordat hij naar het theater ging. Hij viste zijn telefoon uit zijn broekzak om te zien of hij nog tijd had om te douchen.

Toen pas zag hij dat hij twee gemiste sms'jes van Harper had. Door al dat gedoe met Penn had hij het trilalarm niet opgemerkt.

Maar ik wil iets speciaals voor je doen, had Harper terug ge-sms't op het moment dat Penn achter hem was opgedoken.

Daniel? Ben je daar nog? luidde haar laatste sms'je.

Hij staarde schuldbewust naar het schermpje en wist niet goed wat hij zou antwoorden. Terwijl hij met Penn had staan zoenen, had Harper hem een sms'je gestuurd. Ze moest eens weten.

Hij wist dat hij er alles aan zou doen om Harper te beschermen, maar wilde haar niet op deze manier bedriegen. Ze verdiende beter.

Als hij haar echter zijn afspraak met Penn zou opbiechten, zou ze proberen het hem uit zijn hoofd te praten. En met succes waarschijnlijk. Daar zou hij niets mee opschieten. Dan was zijn relatie gered, maar waren Harper en Gemma nog altijd in gevaar.

Ik moet naar college. Ik bel je straks. Ik hou van je, sms'te Harper nu. Hij staarde naar zijn telefoon en vroeg zich af wat hij Harper zou antwoorden, maar ook wat hij met Penn aan moest.

Vreemd genoeg sterkte het sms'je hem in zijn besluit. Harper vertrouwde hem. Ze hield van hem en had hem harder nodig dan ooit. Hij moest haar beschermen, en dat kon maar op een manier, ook al zette hij daarmee hun relatie op het spel.

Sorry. Ik hou ook van jou, antwoordde Daniel, en hij hoopte dat ze begreep hoeveel.

5

Vergissing

'Wanneer komt Penn weer thuis?' vroeg Liv voor de honderdste keer nadat Penn eerder die middag was vertrokken.

Thea slaakte een diepe zucht en sloeg een bladzijde van haar script om. Ze probeerde Liv zo veel mogelijk te negeren. Ze was met haar rug tegen de armleuning van de bank gaan zitten, zodat ze haar boek op haar bovenbenen kon leggen, en streek een haarlok uit haar gezicht die was ontsnapt uit haar slordige wrong.

'Thea?' zei Liv ongeduldig.

'Geen idee,' antwoordde Thea. Ze deed geen moeite de ergernis in haar stem te verbergen.

'Maar ik verveel me zo,' jammerde Liv als een klein kind op de tweede dag van de zomervakantie. 'Kunnen we niet gaan zwemmen?'

Thea liet zich nog verder onderuitzakken, zodat Liv achter haar knieën zou verdwijnen. 'Ga maar met Penn als ze terug is.'

'Weet je echt niet wanneer ze terugkomt?' Liv zette de tv uit en draaide zich naar Thea toe om haar te kunnen aankijken. 'Weet je eigenlijk wel waar ze is?'

'Nope,' loog Thea. Ze had wel een idee, maar wist het niet zeker.

Penn gedroeg zich de laatste tijd nogal geheimzinnig. Een uur daarvoor had ze gezegd dat ze weg moest en dat Thea thuis moest blijven om op Liv te passen. Toen Thea daartegen inbracht dat ze een toneelrepetitie had, had Penn gezegd dat ze het stuk al zo vaak had gespeeld dat ze het niet meer hoefde te repeteren.

Vervolgens was Penn van het klif achter het huis in zee gedoken en in de golven verdwenen, Thea en Liv alleen achterlatend.

Liv zuchtte geërgerd. 'Woont Gemma daarom soms niet hier?'

'Gemma woont liever bij haar familie.'

Liv schudde haar hoofd. 'Daar begrijp ik niets van. Ik dacht trouwens dat ik Gemma moest vervangen, maar waarom is zij er dan nog en Lexi niet meer?'

'Dat hebben we je al uitgelegd. De situatie is veranderd. Penn heeft nu andere prioriteiten. Gemma blijft en Lexi is weg.'

Buiten trok de bries aan, en een zilte lucht woei door de gebroken ruiten aan de achterzijde van het huis naar binnen. Tijdens het gevecht eerder die week had Lexi de ruiten vernield en de meubels beschadigd. Later die week zouden de ruiten worden vervangen. Als het koud was of regende, plakte Thea er plastic voor, maar nu was het mooi weer en genoot ze van de frisse lucht.

Wat de beschadigde meubels betrof: op een nieuwe televisie na hadden Thea en Penn weinig kapotte spullen vervangen. Ze hadden alles terug op z'n plaats gezet en met tape gerepareerd. De televisiekast was nog gammel, zodat de tv naar een kant overhelde, en her en der piepte schuimvulling uit de kussens op de stoelen.

'Kunnen we echt niet iets leuks gaan doen?' vroeg Liv.

'Nee, dat kan niet. Ik mis ook al mijn repetitie omdat ik op jou moet passen. Ga maar tv-kijken of iets anders doen. Ik moet mijn tekst leren.'

'Hoezo oppassen?' Liv snoof. 'Ik heb echt geen oppas nodig. Ik ben achttien.'

'Dat heb je wel.' Thea liet haar knieën tegen de rugleuning zakken zodat ze Liv kon aankijken. 'We kunnen jou geen seconde alleen laten.'

Livs mond viel open en ze keek Thea gekwetst aan. 'Dat is gemeen.'

'Hoezo?' Thea ging rechtop zitten en legde haar script op een bijzettafeltje. 'Je bent pas sinds vrijdag een sirene en toch hebben we alleen maar ellende met jou gehad,' vervolgde ze. 'Na al die moeite die we hebben moeten doen om jou en Harper op één kamer te krijgen. Penn had je gevraagd om Harper in de gaten te houden, maar wat doe jij? Je valt haar aan. En dan ga je ook nog op strooptocht en vermoord maar liefst drie mensen. Een psychologiedocent nota bene. We konden meteen komen opdraven om jouw rotzooi op te ruimen.'

'Wat maakt dat nou uit?' Liv glimlachte en maakte een wegwuifgebaar. 'Jullie praten je toch overal uit met je charme?'

'Dat maakt wél uit,' zei Thea nadrukkelijk. 'Ik heb geen zin om jouw lijken op te ruimen. Je hebt jezelf niet in de hand, Liv. Einde verhaal.'

'Ik heb mezelf uitstekend in de hand. Kijk maar. Ik ben de rust zelve,' zei Liv poeslief. Ze keek Thea met een tandpastaglimlach aan en deed verleidelijk haar ogen half dicht.

Thea kreunde en zei: 'Het is je eigen schuld als je het hier niet naar je zin hebt. Je hebt er zelf om gevraagd. Sterker nog, je hebt ons erom gesmeekt om je in een sirene te veranderen. We vertrouwden je. We lieten je zelf je zaakjes opknappen, maar je ging door het lint. Je had het bijna voor ons verpest.'

Livs glimlach verdween van haar gezicht en haar ogen werden donker. 'Ik ging niet door het lint.'

'Wel waar. Je kreeg een woedeaanval omdat Harpers toon je niet aanstond. Penn vroeg je één ding.' Thea stak demonstratief de wijsvinger van haar rechterhand op. 'Eén ding. Ze vroeg je om op Harper te letten en uit te zoeken wat Gemma van plan was. Meer niet. En zelfs dat kon je niet.'

'Natuurlijk kon ik dat wel,' hield Liv vol. 'Ik vond het alleen niet eerlijk.'

'Het leven is nu eenmaal niet eerlijk.' Thea haalde haar schouders op. 'Wen daar maar aan.'

'Waarom geven jullie mij al die krachten als ik ze toch niet mag gebruiken? Ik kan van gedaante veranderen, ik kan mannen met mijn stem verleiden...'

Liv was steeds harder gaan praten en toen ze opstond, schreeuwde ze bijna. Haar donkerbruine ogen waren veranderd in goudkleurige arendsogen, en haar hoektanden staken over haar onderlip.

'Ik kan vermoorden wie ik wil,' ging ze verder. Haar stem bulderde door de woonkamer. Van haar poeslieve toon was niets meer over. 'Ik kan bijna als een god over het lot van stervelingen beslissen en dan wil jij dat ik hier op de bank blijf zitten terwijl jij zit te lézen?'

Thea schrok zo van de maniakale blik in Livs ogen dat ze even niet wist wat ze moest zeggen. Toen fluisterde ze: 'Penn heeft zich vreselijk in jou vergist.'

Ze had het nog niet gezegd of Liv boog zich dreigend over haar heen. Thea deinsde in een reflex terug en stootte haar hoofd tegen de armleuning. Liv keek minachtend op haar neer. Op de paar rijen vlijmscherpe tanden na zag ze er nog uit als een mens.

'Nee, jíj vergist je,' zei Liv met monsterlijk vervormde stem. Het klonk duivels. 'Ik ben geen parkietje dat je in een kooi kunt stoppen.'

'Net zomin als ik,' gromde Thea, en ze greep Liv bij de keel. Haar vingers groeiden en knepen Livs luchtpijp dicht. Niet om haar te doden, maar om haar te laten voelen hoe sterk ze was.

'En jij denkt dat je sterk bent?' zei Thea. Ze bracht haar gezicht tot vlak bij dat van Liv, die haar met grote ogen van verbazing aankeek. 'Ik heb mijn krachten langer dan jij en weet ook hoe ik ze moet gebruiken. Dus ik zou maar een toontje lager zingen als ik jou was, want anders bijt ik je de strot af.'

Op dat moment klonk het geluid van een dichtslaande deur. Livs ogen werden meteen weer menselijk en haar tanden trokken zich terug achter haar lippen. Thea hoorde Penns voetstappen naderen en wilde net Livs keel loslaten toen Penn de kamer binnenkwam.

'Jezus, wat is hier aan de hand?' vroeg Penn. 'Ik ben een paar uurtjes weg en jullie vliegen elkaar meteen naar de keel? Ik had gezegd dat jullie je moesten gedragen.'

'We gedragen ons ook,' zei Liv met een stralende glimlach. Thea had haar eindelijk losgelaten. 'We waren een beetje aan het stoeien.'

'Ja, we hadden even een onderonsje,' mompelde Thea, overeind komend.

Penn nam hen vorsend op. 'Dat dacht ik al.'

'Hé, je bent kletsnat,' zei Liv verbaasd. 'Heb je gezwommen?'

'Ik had iets te regelen,' antwoordde Penn, en ze ging in een stoel zitten zonder zich te bekommeren om het kussen dat drijfnat zou worden van haar jurk.

'Ik wilde ook gaan zwemmen, maar ik moest van Thea op jou wachten,' zei Liv.

'Straks misschien.' Penn glimlachte even naar haar en wendde zich toen weer tot Thea.

'Maar ik zit me hier al de hele middag te vervelen,' jammerde Liv.

Penn legde haar met opgeheven hand het zwijgen op en vroeg aan Thea: 'Heb je Gemma vandaag al gesproken?'

Thea pakte haar script van het bijzettafeltje en deed alsof ze las. 'Ze sms'te me om te vragen waarom ik niet op de repetitie was.'

'Is ze nog steeds op zoek naar de papyrusrol?' vroeg Penn. Ze kamde met haar lange vingers door haar haar.

Thea bleef met een stalen gezicht naar de bladzijde staren. 'Daar heb ik haar niet meer over gehoord.'

'Welke papyrusrol?' vroeg Liv.

Penn wierp Liv een boze blik toe. 'Die waar jij meer over te weten zou proberen te komen. Je zou Harper in de gaten houden zodat ze ons niet kon vermoorden. Maar in plaats van door te brieven wat ze over de papyrusrol weet, sloeg je volledig door. En nu zit je dus hier.'

'O ja.' Liv fronste haar voorhoofd. 'Díe papyrusrol.'

'Ja, die,' zei Penn, rollend met haar ogen.

'Maar... die hebben jullie toch zelf?' vroeg Liv.

'Ja, achter slot en grendel,' loog Thea zonder op te kijken.

Ze had de rol de week daarvoor aan Gemma en Harper mee-gegeven, maar als Penn daar achter kwam, zou ze haar vermoor-den. Niet figuurlijk maar letterlijk: ze zou haar hart eruit rukken. Ze had van Penn de opdracht gekregen de rol te bewaken omdat ze Lexi niet vertrouwde en het zelf te druk had met Daniel.

Het was maar goed dat Liv de campus had verlaten. Als ze nog langer in Harpers buurt was blijven rondhangen, had ze zeker ontdekt dat Gemma de papyrusrol had en had Penn daaruit de conclusie kunnen trekken dat Thea degene moest zijn geweest die de rol aan haar had doorgespeeld.

Feit bleef dat Liv een ongeleid projectiel was en de meest sim-pele opdracht niet aankon.

'Waar is die rol nu?' vroeg Liv.

Thea wierp haar een vernietigende blik toe. 'Dat ga ik jou niet aan je neus hangen.'

'Waarom niet? Ik zal jullie echt niets aandoen.' Ze glimlachte warm naar hen. 'We zijn nu familie.'

'Het is beter dat je het niet weet,' zei Penn. 'Hoe minder men-sen er vanaf weten, hoe veiliger het is.'

'Als Thea de rol heeft, hebben Harper en Gemma hem in elk geval niet. En dus zijn we veilig. Dan geeft het toch ook niet dat ik niet meer op de campus woon?' zei Liv.

'Waarom ga jij niet even zwemmen?' opperde Penn. Ze deed verrassend kalm tegen Liv, beheerster dan Thea van haar gewend was.

'Meen je dat?' zei Liv. Ze sprong praktisch van de bank.

'Penn,' zei Thea nadrukkelijk. 'Je kunt haar niet alleen laten.'

Penn wuifde Thea's bezorgdheid weg. 'Ach, even kan geen

kwaad. Ik ga ook zo zwemmen. Dus wel in de buurt van de kust blijven, hè, Liv?' Toen Liv naar de achterdeur stormde, riep Penn haar na: 'En denk erom, niemand vermoorden, want dan krijg je het met mij aan de stok!'

'Tuurlijk niet. Dank je!' riep Liv terug, en ze holde de deur uit.

'Snap jij het nog?' Penn schudde haar hoofd. 'De een weigert te eten, de ander lust er wel pap van. Misschien kunnen we Gemma beter op Liv laten passen, dan kunnen ze elkaar opvoeden. Als ze dan ergens in het midden uitkomen, worden ze net als ik.'

'Alsof jij zo gemiddeld bent. Jij eet zeker eens per week,' zei Thea.

'Dat is minder dan Liv. Die denkt dat ze drie keer per dag moet eten. En jouw dieet van een keer per maand is niet te doen.'

'Jawel hoor.'

'Wat was er eigenlijk aan de hand toen ik binnenkwam?' vroeg Penn.

'Niks bijzonders. Liv is gewoon niet goed snik. Ze is erger dan Lexi en Gemma bij elkaar.'

'Dat valt wel mee,' hield Penn vol. 'Ze is nieuw. Geef haar de tijd.'

'Jij wilt haar de tijd geven?' Thea trok haar wenkbrauwen op. 'Is dat je nieuwe aanpak? Je wilde om heel wat minder van Gemma af.'

'Ze zijn beiden lastig, maar één moet er nog langer mee dan vandaag.'

'En jij kiest voor Liv?' vroeg Thea twijfelend.

'Op dit moment kies ik nog voor geen van beiden.' Penn zuchtte en stond op. 'Ik zal maar gauw naar haar toe gaan.'

'Ga je echt met haar zwemmen?'

Penn haalde haar schouders op. 'Waarom niet?'

'Je komt net uit het water,' zei Thea. 'Ik bedoel, ik neem aan dat je Daniel bent wezen stalken, maar dat kan nooit zo lang hebben geduurd.'

'Ik heb hem niet gestalkt.' Penn lachte en liep naar de achterdeur. 'Ik heb hem maar kort gesproken. Daarna heb ik nog een flink eind gezwommen.'

Thea stond op en liep achter Penn aan. 'Hoe ging het?'

'Hoe ging wat?' Penn bleef naast het keukeneiland staan en draaide zich naar Thea om.

'Je praatje met Daniel? Ik krijg de indruk dat het wel is bevallen. Je bent in een goed humeur.'

Penn glimlachte koket. 'Maak je maar geen zorgen.'

'Waarom doe je eigenlijk zo stiekem? Je kunt toch gewoon tegen me zeggen dat je naar Daniel gaat?' zei Thea. 'Dat weet ik echt wel. Het maakt mij niet uit dat je smoorverliefd bent op hem. Al snap ik niet waarom.'

Penn legde lachend haar handen om Thea's gezicht en wiegde haar hoofd zachtjes heen en weer. 'Lieve Thea, ik hou van je. Maar we zijn al ons hele leven samen. Dit is iets wat ik voor mezelf wil houden. Iets wat van mij alleen is. Gun me dat dan ook.'

Penn gaf Thea snel een zoen op beide wangen en liep toen naar de deur.

'Oké...' Thea stond even met haar mond vol tanden. 'Wat is er? Je maakt me bang. Heeft Daniel iets met je gedaan?'

'Nee, hoor,' verzekerde Penn haar, en ze opende de achterdeur. 'Maak je maar geen zorgen. Ik krijg Liv er wel onder en dan komt alles op zijn pootjes terecht. Dat beloof ik je.'

Penn lachte weer en sloot de deur achter zich. Door de kapotte ruit zag Thea haar naar de klifrand rennen en in zee duiken.

Ze vouwde haar handen achter haar hoofd en slaakte een diepe zucht. Penns poging haar gerust te stellen had een averechts effect: zodra Penn haar dacht te moeten verzekeren dat alles op zijn pootjes terechtkwam, liep de zaak volledig uit de hand.

Afgaande op haar ervaringen uit het verleden, voorspelden Penns sussende woorden niet veel goeds. Integendeel.

6

Ademloos

Gemma vond het nog altijd vreemd om wakker te worden in een huis zonder Harper. De was lag 's ochtends niet als door een wonder opgevouwen in de wasmand en ook de afwas werd niet vanzelf gedaan. Niet dat ze het erg vond om haar steentje te moeten bijdragen aan het huishouden, maar het voelde nog altijd onwennig.

Gemma genoot van haar vrijheid, ook al belde en sms'te Harper met de regelmaat van de klok. Het was Gemma een raadsel hoe ze haar studie wist te combineren met de problemen thuis, maar Harper kennende slaagde ze ook daar waarschijnlijk heel goed in en haalde ze nog extra studiepunten ook.

Maar het grootste voordeel van Harpers afwezigheid was dat ze tijd had om na te denken, omdat er niet langer iemand aan de andere kant van de gang was om mee te praten. Gemma had haar vader nu alles verteld, maar dat was niet hetzelfde als praten met haar zus.

Terwijl Gemma de afwas van de vorige avond stond te doen, dwaalden haar gedachten af naar de papyrusrol. Het verbaasde haar dat ze nog niets van Lydia had gehoord over de vertaling en ze vroeg zich bezorgd af of ze de vloek ooit zouden kunnen verbreken.

En waarom was Thea de avond ervoor niet naar de toneelrepetitie gekomen? Ze had gezegd dat ze op Liv moest passen omdat Penn weg moest, maar had er verder niet op in willen gaan.

Daniel was te laat op de repetitie verschenen en had de hele avond met een chagrijnig gezicht rondgelopen. Gemma had geprobeerd met hem te praten, maar hij had haar ontlopen. Ze was bang dat Daniels humeur en Thea's afwezigheid iets met elkaar te maken hadden.

Gemma zette het laatste bord in het afdruiprek en leunde tegen het aanrecht. Haar blik gleed door het raam naar het buurhuis, en meteen maakte haar bezorgdheid plaats voor een vertrouwd, warm gevoel.

Het was nu ruim een week geleden dat ze Alex voor het laatst had gesproken. Het was een emotioneel gesprek geweest. Hij was net zo lang tegen haar tekeergegaan tot ze had bekend dat ze hem met het sirenenlied had betoverd en hem had opgedragen met haar te breken. Hij had gekwetst en woedend gereageerd, maar uiteindelijk had hij haar gezoend.

Ze had er een nacht van wakker gelegen. Alex had zijn mond boos op de hare gedrukt, maar onder de passie had ze zijn tederheid gevoeld. Het was de eerste kus in ruim een maand geweest. Als ze eraan terugdacht, ging er weer een steek door haar hart.

Gemma besefte dat het zo niet langer kon. Hij woonde naast haar, dus als ze hem miste, moest ze naar hem toe gaan. Waarom zou ze de tijd die haar restte op deze planeet verspillen met iemand missen die zo dichtbij was.

Ze droogde haar handen af, fatsoeneerde haar haar en liep naar Alex' huis. Nadat ze bij de voordeur even diep had ademgehaald, klopte ze aan. Ze vermande zich, maar zodra hij opendeed, zakte haar de moed al weer in de schoenen.

Zijn t-shirt spande om zijn borst en schouders. Ze was bijna vergeten hoe gespierd hij was geworden sinds hij in de haven werkte. Zijn kastanjebruine haar, dat tot op zijn wenkbrauwen viel, was korter dan de laatste keer dat ze hem had gezien, maar nog altijd langer dan ze van hem gewend was.

Waar Gemma ook nog steeds niet aan gewend was, was dat hij er veel ouder uitzag. Hij had nog altijd iets onschuldigs over zich, maar door de strakkere kaaklijn en wenkbrauwen oogde zijn gezicht volwassener.

Toen ze hem aankeek, was ze even met stomheid geslagen. Voor het eerst in lange tijd zag ze de echte Alex weer in zijn mahoniebruine ogen, alsof er een masker was weggenomen. De jongen op wie ze verliefd was geworden was terug.

Ademloos staarde ze hem aan.

'Hallo?' zei Alex verstrooid.

'Hoi,' zei Gemma met een schaapachtige glimlach. 'Mag ik even binnenkomen?'

'Natuurlijk,' zei hij met een grijns. Zijn gezicht klaarde op en hij deed een stap opzij. 'Kom erin.'

'Weet je het zeker?' vroeg Gemma aarzelend.

'Ja hoor.' Hij nodigde haar met een weids armgebaar binnen. 'Ik wilde toch al met je praten.'

'O ja?' zei Gemma onzeker. Ze liep langs hem heen naar binnen.

'Ja.' Alex ging haar voor naar de woonkamer en vervolgde over zijn schouder: 'Ik heb Harper gesproken toen ze nog hier was. Ze heeft me verteld wat er is gebeurd.'

'Oké,' zei Gemma. 'Prima.'

De week daarvoor had Daniel Alex' auto geleend om Gemma te redden, maar hij was vast komen te zitten in de modder. Harper en Daniel hadden de auto samen teruggebracht naar Alex en hem geholpen met schoonmaken.

Gemma had hen graag willen helpen, maar had Alex niet onder ogen durven komen. In plaats daarvan had ze geprobeerd de papyrusrol te vertalen terwijl Harper Alex had bijgepraat over de problemen met de sirenen.

'Waar wilde je het over hebben?' vroeg Gemma.

Alex gebaarde haar te gaan zitten. Gemma ging aarzelend op

het puntje van de bank zitten. Zelf bleef hij nog even staan en nam toen in de andere hoek plaats.

'Ik vind het vervelend dat we vorige week op zo'n nare manier uit elkaar zijn gegaan,' zei hij ten slotte. 'Maar ik wil je niet lastigvallen met mijn gezeur.'

'Je valt me niet lastig,' zei Gemma snel.

Hij glimlachte flauw en staarde in de stenen open haard in de hoek van de kamer. Zijn moeder had de woonkamer shabby-chic ingericht. De bank had een roze, gebloemde bekleding en aan de muur hingen basisschoolfoto's van Alex in lijstjes van sloophout.

Gemma staarde naar een foto van Alex op twaalfjarige leeftijd. Ondanks zijn vreselijke kuif had hij toen al iets leuks over zich. Ze waren een keer samen van school naar huis gelopen toen Harper ziek was.

Zelf zat hij al op de middelbare school, maar hij was haar komen ophalen bij de basisschool, omdat hij een paraplu had en ervan uitging dat Gemma er geen had meegenomen. Die dag zou wel eens het begin van haar verliefdheid kunnen zijn geweest.

'Ik weet niet goed wat ik moet doen.' Alex haalde een hand door zijn haar en keek haar van opzij aan.

'Hoe bedoel je?'

'Met jou. We hebben geen verkering meer en zijn zelfs geen...' Hij schudde zijn hoofd. 'Wat ik wil zeggen, is dat ik me zorgen om je maak. Dus als je me nodig hebt, laat het me dan weten. Het maakt niet uit waarvoor. Ik wil je helpen.'

Ze glimlachte naar hem. 'Dat is fijn om te horen.'

'Sorry. Ik zit hier maar te kletsen terwijl jij hier bent omdat je me iets wilde vertellen. Ga je gang.'

'Nee, hoor,' zei ze. 'Ik wilde alleen weten hoe het met je gaat.'

'Met mij?' zei hij verbaasd. 'Waarom?'

'Omdat ik het ook vervelend vind dat we de laatste keer met ruzie uit elkaar zijn gegaan.'

Zijn gezicht betrok. 'Het spijt me dat ik zo tegen je heb geschreeuwd.'

'Daar had je alle reden toe,' zei Gemma.

'Dat ben ik niet met je eens.' Hij schudde zijn hoofd. 'Ik was boos en gekwetst, maar ik weet dat je het deed omdat je om me geeft. Je deed het om me te beschermen.'

'Ja, dat is echt zo, Alex.' Ze keek hem recht aan, zodat hij zag dat ze het meende. 'Ik hoop dat je het begrijpt. Alles wat ik heb gedaan, deed ik omdat... omdat ik om je geef.'

'Dat weet ik. Ik denk dat ik dat toen ook al wist. Maar ik was in de war en voelde me ellendig en... somber. Ik had niet zo tegen je mogen uitvallen. Ik sloeg door. Het spijt me.'

'Geeft niet. Ik begrijp het,' zei ze. 'Je hebt een zware tijd achter de rug en dat komt door mij. Zo raar is het dus niet dat je boos op me bent. Ik heb je ongevraagd iets vreselijks aangedaan.'

'Gemma, ik neem het je niet kwalijk. Het gaat nu weer goed met me,' verzekerde hij haar.

'Je ziet er ook veel beter uit dan de laatste keer.'

Het was niet alleen de blik in zijn ogen, of het feit dat hij weer op de oude Alex leek. Hij zag er rustiger uit nu, meer ontspannen. Hij had iets luchtigs over zich en maakte niet langer een tobberige indruk.

'Ik voel me ook beter,' zei Alex, en hij glimlachte opgelucht. 'Alsof de mist in mijn hoofd is opgetrokken.'

'Gelukkig,' zei ze, en dat meende ze.

Ze durfde echter niet te vragen waarom hij zich beter voelde. Niet dat ze het niet wilde weten, maar ze was bang voor het antwoord.

Ze had Alex met haar gezang betoverd om zijn liefde voor haar ongedaan te maken. En dat was gelukt. Althans, die indruk wekte hij. Maar hij was er ook door in een neerwaartse spiraal van wanhoop en woede geraakt.

Nu voelde hij zich een stuk beter. Ze was blij dat de magie was uitgewerkt, hoewel ze het niet kon verklaren. Zolang de betovering van het lied niet was doorbroken, zou haar gezang nog effect op hem moeten hebben.

Tenzij hij niet meer van haar hield. Misschien werd de pijn niet veroorzaakt door het lied, maar door het feit dat het inging tegen zijn gevoelens voor haar. Maar als hij niet meer van haar hield, zou dat tegenstrijdige gevoel ook verdwijnen.

'Niet dat ik nu gelukkig ben, maar het gaat de goede kant op,' vervolgde Alex, nog altijd met een grijns.

'Ik zal een manier vinden waardoor je weer helemaal de oude wordt,' beloofde ze met een brok in haar keel. Ze slikte even. 'Als het me lukt de vloek te verbreken, zijn we allebei vrij.'

Dat was tenminste haar plan. Van wat ze van Lydia had begrepen, en wat Thea haar had verteld over Asterion en de minotaurussen, zou het na het verbreken van de vloek zijn alsof hij nooit had bestaan. Bij Asterion, die door een vloek onsterfelijk was geworden en een stierenkop had gekregen, waren zijn nieuw verworven eigenschappen vervallen, en omdat hij al eeuwen oud was, was hij tot stof vergaan.

Hoewel niemand het met zoveel woorden had gezegd, hoopte Gemma dat de gevolgen van hun gezang ook kwamen te vervallen als de sirenenvloek werd verbroken. Ze vroeg zich af of een verbroken vloek alleen effect zou hebben op de vervloekten – in dat geval zouden Thea en Penn tot stof vergaan – of ook op de betoverden. Ze hoopte dat alle gevolgen werden uitgewist, inclusief Alex' betovering.

Tot die tijd kon ze alleen maar hopen dat de betovering, zoals het ernaar uitzag, steeds zwakker werd, totdat zij uiteindelijk helemaal verdwenen zou zijn.

Niet dat het veel verschil zou maken als Alex al was bevrijd omdat zijn liefde voor haar was doodgebloed.

Tot haar verbazing werd de pijn in haar binnenste juist heftiger in plaats van minder, alsof haar hart voor de tweede keer brak. Terwijl ze dit zelf had gewild. Ze had Alex betoverd, zodat hij bij haar uit de buurt zou blijven en veilig zou zijn. Dat was beter voor hem, en dat wist ze.

Ze had daadwerkelijk het gevoel dat ze hem voor de tweede

keer verloor. Door hun kus van vorige week was ze zo dom en egoïstisch geweest te hopen dat alles weer goed zou komen als de ellende met de sirenen achter de rug was... en misschien wel eerder dan dat.

'Gaat het over de papyrusrol waarover Harper me heeft verteld?' vroeg Alex.

Gemma schrok op uit haar mijmeringen. Hij zat nog steeds naast haar op de bank en keek haar met zijn donkere ogen vragend aan. De afstand tussen hen had nog nooit zo groot geleken. Ze wilde niets liever dan hem aanraken en zich in zijn armen nestelen, zijn lippen proeven op de hare.

Maar dat kon niet. Ze knikte en lachte geforceerd. 'Ja. Daar zijn we nog mee bezig. Maar we vinden wel een manier.'

'Doe jij nou maar wat nodig is om jezelf in veiligheid te brengen en maak je om mij geen zorgen.'

'Dat gaat vanzelf. Ik heb je diep gekwetst.'

'Nogmaals,' zei hij, en hij bevochtigde zijn lippen, 'daar ben ik overheen.'

'Dat kan ik aan je zien,' zei ze. Ze hoopte dat het niet zo spijtig klonk als het voelde.

'Ik denk...' Alex sloeg zijn ogen neer en kreeg een lichte blos op zijn gebruinde wangen. 'Ik denk dat het komt omdat we gezoend hebben.'

Haar hart sloeg over en ze staarde hem verbaasd aan. 'Denk je?'

'Ja, dat denk ik echt.' Hij hief zijn hoofd op en keek haar recht aan. 'Sindsdien voel ik me steeds meer zoals daarvoor.'

Gemma wist niet of het waar was, of waarom hun zoen invloed kon hebben gehad op de betovering van haar gezang, maar dat deed er ook niet toe. Ze had gedacht dat het nooit meer goed tussen hen zou komen, en nu zag het ernaar uit dat ze zich had vergist. Dat was het enige wat telde.

'Eh... we zouden het nog eens kunnen proberen,' opperde ze met ingehouden adem. Het bloed klopte in haar oren, en haar wangen werden warm.

Toen hij haar met een lege, ondoorgrondelijke blik aankeek, was ze bang dat ze te ver was gegaan. Het leek een eeuwigheid te duren, ook al waren er in werkelijkheid misschien een paar seconden verstreken. Ze kreeg geen lucht meer en haar hart bonkte tegen haar ribben.

Totdat hij zich eindelijk naar haar toe boog en haar zachtjes op haar mond kuste. Teder, zoals ze van hem gewend was, en wat ze zo fijn vond. Onschuldig bijna.

Maar die onschuld maakte al snel plaats voor een diepe honger. Hun laatste echte zoen was zo lang geleden geweest dat de vonk weer oversloeg. Haar huid begon te tintelen. Alex' tedere aanrakingen maakten de sirene in haar wakker, maar ze drukte haar lustgevoelens weg. Ze wilde niet ophouden met zoenen.

Alex duwde haar achterover op de bank en bleef steunend op zijn handen boven haar hangen. Ze voelde het gewicht van zijn lichaam op haar lijf, de harde spieren van zijn borst en buik tegen haar zachte vlees.

Toen hij haar innig zoende, sloeg Gemma haar armen om zijn middel en trok hem dichter tegen zich aan. Zijn lichaam voelde anders aan dan in haar herinnering. Ze voelde de warme, stevige spieren door de stof van zijn shirt heen, en ook zijn rug en schouders waren breder dan ze zich herinnerde, zijn mond veeleisender.

Toen ze hem nog dichter tegen zich aan wilde trekken, verroerde hij zich niet. Ze zou haar sirenenkracht moeten gebruiken om hem zover te krijgen, maar wilde het monster in haar binnenste niet tot leven wekken. Alex bleef haar echter zoenen en kneedde zacht haar middel.

Hij leek het rustiger aan te willen doen dan zij, maar de honger diep in haar laaide nog hoger op. Haar huid leek vlam te vatten, om van de hitte in haar buik, die uitstraalde naar haar benen, nog maar te zwijgen.

Gemma hapte naar adem en duwde hem iets van zich af. Ze voelde zijn hart bonken onder haar hand.

'Is er iets?' Alex keek haar vorsend aan.

'Nee,' zei ze met een glimlach. 'Je bent sterker geworden.'

'Sorry.'

'Nee.' Gemma lachte. 'Het voelt alleen... vreemd. Ik denk nog vaak terug aan hoe het voelde in je armen. Je bent veranderd.'

'Jij ook.' Hij streek een lok uit haar gezicht. 'Je voelt nog hetzelfde, maar je ogen...'

'Wat is er met mijn ogen?'

'Ik weet niet, je lijkt ouder. Je hebt veel meegemaakt deze zomer.'

'Wij allebei,' zei ze.

Hij haalde diep adem en zei toen zacht: 'Ik heb je gemist.'

'Ik heb jou ook gemist.'

Toen Alex haar weer kuste, besloot ze zich niets van het monster aan te trekken. Het enige wat ze wilde, was hem voelen en zo dicht mogelijk bij hem zijn. Ze had hem erg gemist en wilde dat hij haar vasthield, aanraakte, omhulde.

Met haar lippen op de zijne schoof ze zijn t-shirt omhoog. Toen hij iets wilde zeggen, smoorde ze zijn gemompel met haar mond en trok in een snelle beweging zijn shirt uit over zijn hoofd. En toen zoenden ze weer en voelde ze zijn warme blote huid tegen de hare.

Alex liet net zijn handen onder haar t-shirt glijden toen ze werden opgeschrikt door een luid keelgeschraap.

Ze keken allebei verschrikt op en zagen Alex' vader in de deuropening van de woonkamer staan. Zijn uitdrukking ging verborgen achter zijn bril en grijzende baard. Alex en Gemma vlogen overeind en fatsoeneerden nerveus hun kleren.

'Hé pa, ik dacht dat je pas laat thuis zou komen,' zei Alex. De helft van zijn zin werd gedempt door de stof van zijn t-shirt, dat hij snel over zijn hoofd aantrok. Onderwijl schoof hij naar de andere hoek van de bank om de afstand tot Gemma zo groot mogelijk te maken. 'Ik dacht dat je de hele dag moest lesgeven.'

'En ik dacht dat jij je baan terug had,' zei meneer Lane met de emotieloze stem die Gemma herkende van zijn lessen op de middelbare school.

'Eh... dat is ook zo, maar ik begin morgen pas weer.' Alex streek zijn haar naar achteren, en Gemma haalde nerveus een hand door haar haar.

'Dat is lang geleden, Gemma.' Meneer Lane nam zijn bril af en poetste de glazen met de slip van zijn overhemd.

Gemma lachte nerveus. 'Er is de laatste tijd nogal veel gebeurd, meneer Lane.'

'En? Heb je al zin om over een paar weken naar de vijfde te gaan?'

'Jawel hoor.' Ze glimlachte omdat ze niet wist wat ze verder nog moest zeggen.

'Als Alex beter zijn best had gedaan, had hij naar de universiteit gekund,' merkte meneer Lane op. Hij zette zijn bril weer op zijn neus. Er klonk voor het eerst afkeuring door in zijn stem.

Alex zuchtte diep. 'Daar wordt aan gewerkt, pa.'

'Ik ga maar eens op huis aan,' doorbrak Gemma de ongemakkelijke situatie.

'Oké. Ik laat je wel even uit,' zei Alex, en hij sprong op voordat Gemma zelfs maar de kans had om op te staan.

Hij liep haastig met haar naar de deur en maakte hem voor haar open. Zodra Gemma over de drempel was, draaide ze zich naar hem om.

'Sorry dat mijn vader ineens in de kamer stond,' zei hij.

'Geeft niet.' Ze kauwde op haar lip en wachtte totdat hij iets zou zeggen of haar een afscheidskus zou geven. Toen hij haar zwijgend bleef aankijken, zei ze: 'Oké... dus we zien elkaar weer?'

'Ja.' Hij knikte kort. 'Natuurlijk.' Hij wuifde even en sloot toen de deur.

Gemma draaide zich om en liep in gedachten verzonken naar huis.

Ze had genoten van hun kus maar had geen flauw idee of het iets te betekenen had gehad. Waarom had hij haar zo snel de deur uit gewerkt? Toegegeven, ze waren allebei in verlegenheid gebracht, maar de situatie was nu nog verwarrender dan daarvoor.

Ze gaf nog altijd veel om Alex en hoopte dat het wederzijds was. Maar misschien wilde hij alleen bewerkstelligen dat alles weer zijn gewone gangetje ging en dacht hij dat een zoen daarbij zou helpen.

Meteen bekroop haar de volgende twijfel: waarom was Alex weer de oude? Kwam het door hun zoen? Maar waarom zou een kus dat effect hebben?

Of was er gebeurd waar ze bang voor was? Had ze zijn hart gebroken omdat ze hem had betoverd met het sirenenlied? Hield hij daarom niet meer van haar en waren de negatieve gevolgen van het lied daarom zwakker geworden?

Misschien was het nu echt uit tussen hen en was de kus van zo-even niet meer geweest dan een lange afscheidszoen.

7

Vertaling

'Wat is hier in hemelsnaam gebeurd?' zei Marcy toen ze de ravage aan Livs kant van de studentenkamer zag.

Harper, die bezig was met een werkstuk, had even daarvoor een sms'je van Marcy ontvangen waarin stond dat ze op de campus was. Ze had de alinea snel afgemaakt, zodat ze het document kon afsluiten en vertrekken. Ze had Marcy teruggesms't met de vraag of ze naar haar kamer wilde komen, maar had niet gemerkt dat ze binnen was gekomen.

'Hè?' Harper keek over haar schouder naar Marcy, die verbaasd naar het vernielde bed staarde, dat was bezaaid met kleren, aan stukken gescheurde boeken en posters. 'O, dat.'

'O, dat?' Marcy snoof. 'Hoezo "o, dat"? De halve kamer is vernield.'

'Dat is de helft van mijn kamergenoot,' verduidelijkte Harper.

'Ik zie het. Het lijkt wel of de kamer precies in tweeën is gedeeld. Had je soms tape op de grond geplakt en gezegd dat ze alles kort en klein mocht slaan tot aan de streep?'

Harper schudde haar hoofd. 'Ik was er niet bij toen ze de kamer overhoophaalde. Ik heb de troep later op haar helft gegooid.'

'Ik had het kunnen weten,' mompelde Marcy. 'Pietje-precies. Niet normaal, hoor.'

'Dank je.'

'Dat was geen compliment.'

'Heb je een ogenblikje?' vroeg Harper. Ze keek op van haar toetsenbord. 'Ik ben bijna klaar. Daarna praat ik je bij over dat serpent.'

Harper ging verder met haar werkstuk, maar het duurde niet lang of Marcy kwam in de problemen. Ze hoorde haar vriendin achter zich rondscharrelen toen er ineens een harde bons klonk en de rest van de hoogslaper omviel.

'Oeps, sorry.'

'Geeft niet. Ik was toch klaar.' Harper bewaarde het document, sloot alle programma's af en draaide zich in haar bureaustoel om naar Marcy.

'Ik zou die rotzooi wel laten weghalen als ik jou was.' Marcy wees met haar duim naar de puinhoop achter zich. 'Het ziet er nogal brandgevaarlijk uit.'

'Dat wou ik ook doen, maar ik weet niet of het mag. Formeel woont ze nog hier.'

'Wat is er eigenlijk gebeurd?' Marcy boog zich naar het bed toe en bekeek het aandachtig. 'Waarom ging die Tasmaanse duivel uit haar dak?'

'Geen idee. Ik vermoed dat ze aan de drugs is. Kennelijk zei ik iets verkeerds, want ze sloeg op tilt en viel me aan.' Harper draaide haar hoofd opzij en streek haar haar uit haar gezicht zodat Marcy de schrammen kon zien.

'Wauw!' Marcy's ogen achter de brillenglazen met zwart montuur werden groot van verbazing. 'Je moet aan de bel trekken. Ze kan hier echt niet blijven.'

'Dat weet ik. Maar ik heb daar nu geen tijd voor. Ik heb genoeg andere dingen aan mijn hoofd. Ik moet nog achter een baantje aan, lig achter op de collegestof, weet niet wat ik voor Daniels verjaardag moet kopen en, o ja, ik moet ook nog even de code van de papyrusrol kraken die mijn zus in een afgrijselijke vloek gevangen houdt.'

'Wat dacht je van manchetknopen?' zei Marcy.

Harper fronste haar voorhoofd. 'Hè?'

'Voor Daniels verjaardag. Een man moet op z'n minst een paar manchetknopen hebben.'

'Bedankt voor de tip, Marce.' Harper stond op. 'Zullen we naar Lydia gaan? Ik heb over een paar uur een werkgroep.'

Marcy knikte. Harper pakte haar tas en liep met haar vriendin de gang op.

'Je neemt die studie veel te serieus,' zei Marcy terwijl Harper haar kamer afsloot.

'Heb jij eigenlijk gestudeerd?' vroeg Harper toen ze langs de andere kamers naar de lift liepen.

'Ja, een jaartje,' zei Marcy. 'Ik heb op een newageschool gezeten in Arizona. Daar deden ze niet aan cijfers. Dat leek me wel wat. Maar al snel bleek dat ik de godganse dag over gevoelens moest praten. Ik heb er wel *discgolf* geleerd, dus het was niet helemaal voor niks.'

'Welke studierichting deed je?'

'Geen idee. Ze hadden geen majorvakken. Je ging voor een graad in zonneschijn of zoiets. Het was duidelijk niet aan mij besteed.'

'Nee, dat denk ik ook niet,' beaamde Harper. Ze stapten de lift in. Normaal zou ze de trap hebben genomen, maar ze wist dat Marcy daar niet voor te porren was.

Beneden aangekomen liepen ze door de hal naar buiten, waarna ze het grasveld overstaken naar het parkeerterrein. Een enkele esdoorn kleurde al oranje en geel, maar het was nog zomers warm en de herfst leek nog ver weg.

Ze liepen naar de hoek van het parkeerterrein dat voor bezoekers was gereserveerd en stapten in Marcy's oude Gremlin. Omdat de airco kapot was, had ze de raampjes open laten staan, en Harper zag dat er blaadjes naar binnen waren gewaaid. Marcy probeerde de auto te starten. De motor sputterde, het voertuig schokte.

'We hadden ook mijn auto kunnen nemen,' zei Harper.

'Lucinda doet het. Je moet haar alleen even de tijd geven.' Marcy draaide het sleuteltje nog een keer om en eindelijk kwam de auto ronkend tot leven. 'Hoppa.'

Cherry Lane Books lag op slechts enkele minuten rijden van de campus. Doordat het semester net was begonnen, was het druk in de stad, en de dichtstbijzijnde parkeerplaats die Marcy kon vinden was een paar straten verderop. Ze moest ook nog fileparkeren, waar Lucinda niet blij mee leek te zijn.

De winkelruiten waren te donker om naar binnen te kunnen kijken en de boog boven de deur kraakte toen Harper hem openduwde. De winkel had iets lugubers, wat het contrast met de kittige, kleine Lydia alleen maar groter maakte.

'Hé, kijk eens wie we daar hebben!' riep Lydia stralend toen ze Harper en Marcy zag binnenkomen. Ze liep net met een stapel Edgar Gorey-boeken naar de kinderafdeling, maar maakte meteen rechtsomkeert. 'Hoe gaat het?'

'Kon erger. Ik heb een paar uur vrij genomen,' zei Marcy op een toon die voor blij zou kunnen doorgaan.

'Gaan jullie daar maar even zitten.' Lydia gebaarde naar het kinderhoekje en zette de boeken op de plank. Tegenover een My Little Pony-leunstoel stond een kinderstoeltje in de vorm van een draak, met daartussenin een legotafel, waar kinderen aan konden spelen. Marcy nam de drakenstoel, die veel te klein voor haar was, maar ze wurmde zich net zo lang tussen de leuningen tot ze comfortabel zat. Harper ging in kleermakerszit op de grond zitten.

'Het spijt me dat ik nog niet veel wijzer ben geworden,' verontschuldigde Lydia zich. 'Die vertaling is een ramp.'

Harper voelde zich onwillekeurig teleurgesteld en besefte dat ze al haar hoop op Lydia had gevestigd.

'Ik zal even uitleggen waarom het zoveel tijd kost,' zei Lydia. Ze ging in de My Little Pony-stoel zitten, die bijna perfect om haar kleine gestalte sloot. De paarse bloem in haar haar zakte omlaag, en ze stak hem achter haar oor.

'In die tijd bestond er nog geen Engels,' vervolgde ze. 'Dus ook al staat er een "a", dan wil dat nog niet zeggen dat het dezelfde "a" is als bij ons. Bovendien is het een volstrekt andere taal. Als ik eenmaal een woord heb ontcijferd, moet ik het weer terugvertalen naar het Engels.' Lydia zweeg even en vervolgde toen: 'Een bijkomend probleem is dat het waarschijnlijk niet in één taal geschreven is en dat het ook nog eens een soort dialect is. Helaas waren ze in die tijd niet erg standvastig qua taal en grammatica. Kortom, het is een hele klus.'

'Ik kan niet ontkennen dat ik teleurgesteld ben, maar het zou me eigenlijk niet hoeven verbazen,' gaf Harper toe. 'Heb je wel nog iets over Achelous en Demeter kunnen vinden?'

'Daar ben ik nog mee bezig, maar ook dat gaat moeizaam.' Lydia schudde haar hoofd. 'Het schijnt dat iemand Achelous zo'n tweehonderd jaar geleden voor het laatst heeft gezien. Daarna is hij van de radar verdwenen. Ik heb geen idee of hij ondergronds is gegaan, alleen dat zijn dood niet is vastgesteld.'

'Dat wilde ik je al eerder vragen. Hoe wordt iemand officieel doodverklaard?' vroeg Marcy.

'Twee of meer onsterfelijken moeten het stoffelijk overschot kort na het overlijden hebben gezien. Maar het is nog beter als ze iemand hebben zíen sterven,' antwoordde Lydia.

'Waarom mogen alleen onsterfelijken de dood vaststellen?'

'De meeste sterfelijken weten niet wat ze zien. Mensen hebben geen greep op magische gebeurtenissen, dus ze denken misschien een weerwolf te zien sterven terwijl het in werkelijkheid een wat harig uitgevallen lelijkerd is. Of ze denken dat er een mens op sterven ligt terwijl het in wezen Athena is.'

'Ik zou het verschil wel zien,' zei Marcy beslist.

'Misschien wel, maar deskundigen vertrouwen alleen getuigenissen van onsterfelijken,' zei Lydia.

'En hoe zit het met Demeter?' vroeg Harper.

'Dat ligt nog ingewikkelder,' zei Lydia. 'Zij is nog veel langer geleden van het toneel verdwenen. Ze is ergens zo van geschrokken dat ze al eeuwenlang niet meer in contact is geweest met andere onsterfelijken.'

Harper trok een wenkbrauw op. 'Geschrokken?'

'Ik heb gehoord dat de dochters van Achelous erachter zitten. Ik weet dat de sirenen zijn dochters zijn, hoewel mijn bron daar niets over heeft gezegd. Maar dat is dus een vermoeden. Ik neem iets alleen als een vaststaand feit aan als ik er absoluut zeker van ben.'

'Wat hebben Achelous' dochters met Demeter te maken?' vroeg Harper.

'Ze probeerden haar te vermoorden,' legde Lydia uit. 'Ze haten haar. Demeter heeft niet veel vijanden, omdat ze de godin van de aarde en de groei is, en mensen altijd hielp met het bewerken van hun land en het grootbrengen van hun kinderen. Ze is het grootste deel van haar leven bovengronds gebleven, maar toen ze zelf een doelwit werd, ging ze ondergronds, zoals zoveel goden. Hades is bijvoorbeeld al bijna vanaf het begin der tijden onvindbaar.'

'Wacht eens!' Marcy legde Lydia met wapperende handen het zwijgen op. 'Leeft Hades nog?'

Lydia knikte. 'Ja, hij woont in IJsland.'

Marcy legde nadenkend een vinger tegen haar kin. 'Hm, interessant.'

'Maar als hij onvindbaar is, hoe weet je dan waar hij is?' vroeg Harper.

'Hij woont er al zo'n vijfhonderd jaar omdat niemand hem daar lastigvalt. Hij leidt nu een rustig leventje,' zei Lydia. 'En Demeter is een tijdje geleden gezien in Azië, maar ik weet niet of ze daar nog is. Als ik haar vind, laat ik het jullie weten.' Ze fronste haar voorhoofd. 'Maar ik heb nog meer slecht nieuws over de muzen. Ik hoopte dat de laatste twee – Erato en Polyhymnia – nog in leven waren maar die blijken dus ook te zijn overleden. Sorry.'

'Hoeveel muzen waren er?' vroeg Marcy.

'Oorspronkelijk negen,' zei Lydia. 'De eerste stierf vijftienhonderd jaar geleden. Daarna zijn er steeds meer weggevallen. De laatste overleed vijftig jaar geleden. Die leefde zowaar in Maryland. Misschien zijn de sirenen naar Capri gekomen om haar te zoeken.'

'Waarom zouden ze een muze zoeken?' vroeg Harper.

'Muzen bewaren geheimen. Ze hadden goden en onsterfelijken als minnaars en zouden hun geheimen dus kunnen onthullen. Wellicht wist een van de muzen waar Demeter, of Achelous, zich ophield, of hoe de vloek verbroken kon worden. Of wat de sirenen ook willen weten.'

'Denk jij dat de muzen weten hoe de vloek kan worden verbroken?' vroeg Harper.

'Dat is heel goed mogelijk,' zei Lydia hoewel ze haar hoofd schudde, alsof ze er niet in geloofde. 'Maar dat zullen we nooit weten, want de laatste muze heeft haar geheimen mee het graf in genomen.'

'Waarom zouden de sirenen voor een overleden muze naar Capri komen?' vroeg Marcy.

'Ze wisten niet dat ze was overleden,' zei Lydia. 'In bovennatuurlijke kringen verspreidt nieuws zich niet zo snel als bij ons. Ze kunnen niet gauw even een berichtje op Twitter zetten. En Thalia was de laatste, dus ze hadden...'

'Wat zei je? Thalia?' viel Harper haar in de rede. 'Heette de laatste muze Thalia?'

'Ja, ze was de muze van de komedie.' Lydia keek haar met een verbaasde blik aan.

Harper had honderden keren over de muzen gelezen, maar op de een of andere manier had ze hun namen niet onthouden. Ze had geen aandacht besteed aan figuren die niet in relatie stonden tot de sirenen, en dus had ze Thalia over het hoofd gezien.

De naam was echter wel in haar achterhoofd blijven hangen. Daarom was hij haar ook zo vertrouwd voorgekomen toen ze de foto's van Bernies bruiloft had bekeken. En nu vielen de puzzelstukjes op hun plaats.

'Bernies vrouw heette Thalia,' zei Harper opgewonden. 'Ze

stierf in 1961 of in '62. Ongeveer vijftig jaar geleden dus.'

'Je bedoelt Bernie van Bernies Eiland?' vroeg Marcy. 'Dat kan toeval zijn, Harper.'

'Ja, maar...' Harper schudde haar hoofd en herinnerde zich wat professor Pine had gezegd over toevalligheden. 'Dat is het niet. Bernie heeft altijd gezegd dat zijn vrouw hem heeft geïnspireerd om die blokhut voor haar te bouwen. Volgens mij noemde hij haar zelfs zijn muze, maar daar heb ik verder nooit bij stilgestaan.'

'Hoe is die Thalia om het leven gekomen?' vroeg Marcy.

'Dat weet ik niet precies,' zei Lydia. 'Maar ze was sterfelijk en is een natuurlijke dood gestorven.'

'Dat moet wel Thalia McAllister zijn!' hield Harper vol. 'Ze is na haar trouwen overleden door een val van een ladder. Waarschijnlijk is ze sterfelijk geworden voor Bernie.'

'Er zijn inderdaad muzen die dat hebben gedaan,' zei Lydia. 'Ze worden verliefd, trouwen, worden sterfelijk en gaan dood. Een van de redenen dat er nu geen muzen meer zijn.'

'Zou zij geweten hebben hoe de vloek verbroken kon worden?' vroeg Harper met een hoge stem van opwinding.

'Dat zou best kunnen. Maar daar heb je nu niets meer aan,' zei Lydia bedrukt.

'Daniel heeft een stapel papieren en oude foto's in Bernies huis gevonden. Bernie had ze op zolder verstopt. Hij wilde niet dat ze gevonden werden. Mijn vader zei dat Bernie tegen hem had gezegd dat er een tijd zou komen dat 'de sirenen' achter hem aan zouden komen. Mijn vader dacht dat hij bijgelovig was en een beetje paranoïde, maar Bernie had dus gelijk.'

'Ik kan me niet voorstellen dat Thalia ergens heeft genoteerd hoe de vloek verbroken kan worden. Dat was ook niet nodig,' verklaarde Lydia. 'Muzen hebben een welhaast fotografisch geheugen.'

'Maar dit is dus goed nieuws.' Harper stond op. 'Dit is onze kans. Ik ga meteen naar huis om Bernies spullen te doorzoeken.'

'Nee, jij moet naar je werkgroep.' Marcy wilde opstaan, maar zat klem in het drakenstoeltje. Harper stak haar een hand toe en hielp haar overeind. 'Ik kan beter naar je ouderlijk huis gaan en Gemma en je vader vragen of ze willen meehelpen Bernies spullen te doorzoeken. Als er iets tussen zit, vinden we het zeker.'

'Oké,' gaf Harper met tegenzin toe. 'Dat kan ik jou wel toevertrouwen. Maar jullie moeten me meteen bellen als jullie iets vinden.'

'Harper, verwacht er niet te veel van, hoor.' Lydia stond op en keek Harper met een ernstige blik aan. 'Het is best mogelijk dat ze iets bruikbaars vinden, maar het lijkt me niet waarschijnlijk dat Thalia instructies heeft achtergelaten over hoe de vloek verbroken kan worden. We weten niet eens of de vloek wel verbroken kán worden.'

'Toch moeten we het proberen,' zei Harper. 'Bedankt voor alles, Lydia.'

Ze rende praktisch de winkel uit naar de auto, gevolgd door Marcy, die moeite had haar bij te benen omdat ze een broertje dood had aan rennen. Harper vertraagde haar pas, zodat Marcy haar kon inhalen.

'Mijn god,' zei Marcy. 'Het lijkt kerstochtend wel.'

'Nog beter dan kerstochtend!' schreeuwde Harper. 'Misschien zijn we straks voorgoed van die psychotische heksen verlost! Dat zou toch geweldig zijn?'

'Zeker,' beaamde Marcy.

'Dit zou wel eens de oplossing kunnen zijn, Marce.'

Marcy zuchtte. 'Misschien. Maar ik ben bang dat het niet zo eenvoudig ligt.'

8

Zoeken

'Dit werkt zo niet,' zei Marcy toen Daniel in het zoldergat ging zitten.

Hij had zojuist kruipend de krappe zolder van zijn huis afgezocht, en de enige manier om van de zolder af te komen was via het luik boven in zijn kast. Hij liet zich door het gat zakken en sprong op de grond.

'Sorry, Gemma.' Daniel veegde het stof en de spinnenwebben van zijn kleren. 'De zolder is leeg, op een paar muizenkeutels en een vleermuisskeletje na. Dat zag er trouwens best eng uit.'

'Spannend,' zei Marcy, en ze knikte goedkeurend.

Gemma tuurde door het luik de duisternis in, alsof zij vanaf de plek waar ze stond iets zou kunnen vinden wat Daniel met zijn zaklamp was ontgaan.

Toen Daniel op de zolder aan het zoeken was, was Marcy op zijn queensize bed gaan zitten en had heel brutaal de laatjes van zijn nachtkastje doorzocht. Nu bladerde ze afwezig door een be- duimeld exemplaar van *De oude man en de zee*, dat ze van zijn nachtkastje had gepakt.

'Heb jij dit echt gelezen?' vroeg Marcy aan Daniel met een hoofdknikje naar het boek. 'Ik wed van niet. Ik wed dat het hier ligt om indruk te maken op je bezoek. Denk je echt Harper voor je te kunnen winnen met Hemingway?'

'Dat boek is van mijn grootvader geweest, en ja, ik heb het gelezen,' zei Daniel. 'Twee keer zelfs.'

'Ik heb *101 manieren om langer te leven* op mijn nachtkastje liggen,' zei Marcy. 'Dus als ik in mijn slaap overlijd, zullen de ambulancebroeders zich een deuk lachen omdat het boek klaarblijkelijk niet heeft geholpen. Dat gun ik ze van harte. Het is belangrijk om ook onder moeilijke omstandigheden te blijven lachen.'

'Weet je zeker dat je niets over het hoofd hebt gezien?' vroeg Gemma. Ze stond op haar tenen in Daniels kast en leunde tegen een rij T-shirts aan kleerhangers.

'Ik heb echt elk hoekje en gaatje gehad,' verzekerde hij haar. 'Er ligt niets.'

Gemma zuchtte. 'We zien iets over het hoofd, dat kan niet anders.'

'Waarom? Waarom zouden we iets over het hoofd zien?' vroeg Marcy.

'Daarom.' Gemma stapte uit Daniels kast en haalde een hand door haar haar. 'Als Thalia een muze was, dan móét er iets zijn. In haar papieren heb ik ook niets gevonden. Die heb ik gisteravond al allemaal doorgenomen...'

'Weet ik,' zei Marcy, zonder op te kijken van Daniels boek. 'Ik was erbij, weet je nog? Ik heb je geholpen.'

Na het bezoekje aan Cherry Lane Books had Harper Gemma gebeld en gezegd dat ze onmiddellijk Bernies doos met papieren, die in haar slaapkamer stond, moest doorzoeken. Gemma was meteen aan de slag gegaan, en toen Marcy uit Sundham terugkeerde, had ze zich bij Gemma gevoegd.

Ze waren er uren mee bezig geweest. Ze wilden zeker weten dat ze niets over het hoofd zagen. Letterlijk elke snipper papier hadden ze gecontroleerd op mogelijke aanwijzingen voor Thalia's ware aard. Helaas bleken de spullen nogal alledaags.

Bernie bleek vooral herinneringen aan Thalia van vroeger te hebben bewaard en nauwelijks van de laatste jaren. Veel foto's,

trouwprogramma's, krantenknipsels over hun huwelijk, de koop-
akte van het eiland, tekeningen van de bouw van het huis. Hij
had zelfs bloemen uit haar bruidsboeket gedroogd, evenals van
haar begrafenis.

Niets wees erop dat ze een muze was geweest of over bovennatuurlijke eigenschappen had beschikt. En nergens iets over het
verbreken van de vloek of het doden van sirenen.

'Er móét iets zijn,' zei Gemma.

'Dat zeg je steeds, maar waarom zou er iets moeten zijn?' zei
Marcy weer.

'Marcy, wil je niet steeds zo negatief doen?' vroeg Daniel.

'Ik zeg het niet om vervelend te doen. Ik begrijp het écht niet,'
zei Marcy.

'Penn, Lexi en Thea hebben het huis overhoopgehaald omdat
ze iets zochten.' Gemma wendde zich weer tot Daniel. 'Herinner
je je die avond in juni toen ik met de sirenen ben meegegaan? We
kwamen naar het eiland omdat zij hier waren. Ze vermoordden
Bernie en waren bezig het huis overhoop te halen.'

'Denk je dat ze Bernie hebben vermoord omdat ze op zoek waren naar aantekeningen van Thalia?' vroeg Daniel.

'Ja, ze vermoedden dat hier iets moest zijn,' zei Gemma. 'Ik
denk dat ze daarom naar Capri zijn gekomen. Ze waren hier omdat ze iets zochten. Ik zeg niet dat het iets is waarmee we de vloek
kunnen verbreken, maar wel dat het iets moet zijn wat belangrijk
voor hen was.'

'Weet je zeker dat ze het toen niet gevonden hebben?' vroeg
Marcy. Ze legde Daniels boek naast zich op het bed.

'Ik denk het niet.' Gemma fronste haar wenkbrauwen en riep
de bewuste avond in herinnering. 'Toen ik hier aankwam, waren
ze het huis nog aan het doorzoeken. Thea zocht iets in de keuken.
Als ze hadden gevonden wat ze zochten, zouden ze niet zijn blijven zoeken.'

'Maar ze zijn zonder iets vertrokken,' zei Daniel. 'En Penn is
hier nog een paar keer terug geweest en toen was ze ook niet naar
iets op zoek.'

'Penn is hier nog een paar keer geweest?' vroeg Gemma. Ze zag dat Daniel zijn ogen neersloeg en zich achter zijn oor krabde. 'Op bezoek bedoel je?'

Daniel wipte van zijn ene voet op de andere. 'Ik kan niet zomaar tegen haar zeggen dat ze moet ophoepelen.'

'Natuurlijk wel,' zei Gemma.

'Niet als ik de goede vrede wil bewaren.' Zijn hazelnootbruine ogen smeekten haar om begrip. 'We doen wat we moeten doen om onze dierbaren te beschermen. Toch?'

'Ja, maar...' Gemma's stem stierf weg. 'Weet Harper het?'

'Is Harper op de hoogte van al jóúw plannen?' kaatste Daniel terug.

Gemma zuchtte en staarde naar het plafond. Natuurlijk wist Harper niet alles. Sterker nog, Gemma wist dat Penn een oogje had op Daniel, maar had besloten het niet tegen haar zus te zeggen. Ze nam aan dat hij het voor Harper deed, en als ze het zou vertellen, zou Harper zich nog meer zorgen maken.

Gemma wist echter niet dat Penn bij Daniel thuis kwam. Dat veranderde de zaak. Ze hield alleen iets voor Harper verborgen als ze dacht dat het haar angstiger zou maken, niet als het haar verdriet zou doen.

'Oké... Vertel dan maar wat je met Penn hebt,' zei Marcy.

'Niets.' Daniel schudde zijn hoofd. 'Ze heeft een oogje op mij, denk ik. Ik tolereer haar omdat ik haar niet tegen de haren in wil strijken.'

'Je tolereert haar?' zei Marcy. 'Hoe dan? Met seks?'

'Marcy,' zei Daniel geërgerd, maar hij sloeg zijn ogen weer neer.

'Daniel,' zei Gemma ferm, en ze deed een stap in zijn richting om hem aan te kunnen kijken. 'We hadden afgesproken dat we elkaar alles zouden vertellen. Alleen dan kunnen we elkaar steunen.'

'Nee, dat hadden we niet afgesproken.' Hij schudde zijn hoofd. 'We hadden afgesproken dat jij míj alles zou vertellen, zodat ik jóú kan steunen. Ik red me wel. Heus, er gebeurt niets wat ik niet aankan.' Hij dwong zichzelf te glimlachen. 'Er is niets aan de hand.'

'Maar als er iets is...' Gemma zweeg even en zocht naar woorden. 'Als er iets is, dan kun je dat altijd tegen Harper zeggen. Ze zal het begrijpen.'

'Dat weet ik,' zei Daniel. 'Dat zal ik ook doen, als er echt iets is. Maar op dit moment wil ik haar nergens mee lastigvallen. Ze heeft het al zwaar genoeg met haar studie, om van de sirenen nog maar te zwijgen.'

'En vergeet die feeks van een kamergenote niet,' vulde Marcy aan.

Gemma wendde zich weer tot Marcy, blij dat de spanning gebroken was. 'Bedoel je Liv?'

'Ja.' Marcy keek Daniel met een schuin hoofd aan. 'Jij vond haar toch wel aardig toen Harper je aan haar voorstelde?'

'Ze leek me wel aardig,' beaamde Daniel. 'Wel dertien in een dozijn, denk ik, want ik kan me haar niet meer voor de geest halen.'

'Ze is nu een sirene, dus allesbehalve dertien in een dozijn,' zei Gemma.

'Wat?' Daniel keek haar verbijsterd aan.

'Pardon?' zei Marcy bijna gelijktijdig.

'Hoelang al?' vroeg Daniel. 'Laat je Harper een kamer delen met een sirene?'

'Nee, nee.' Gemma schudde haar hoofd en hief haar handen op. 'Zo lang is Liv nog geen sirene. Hooguit een week. Maar ze is afgelopen dinsdag verhuisd, dus toen kwam ik erachter. Ik heb het nog niet aan Harper verteld.'

'Waarom niet?' vroeg Daniel woedend.

'Omdat Liv al weg was. Ik wilde haar er niet mee lastigvallen. Als ze hoort dat er een nieuwe sirene is, maakt ze zich nog meer zorgen,' haastte Gemma zich het te verduidelijken. 'Ik vertel het haar wel als ze dit weekend thuiskomt. Dan kan ik haar geruststellen als ze in paniek raakt.'

'Je had het haar toch moeten vertellen,' zei Marcy. 'Liv is compleet gestoord. Ze heeft Harper aangevallen en heeft hun hele kamer verbouwd.'

'Echt?' zei Gemma. Nu was het haar beurt om geschokt te reageren. 'Wanneer dat dan?'

'Waar heb je het over?' vroeg Daniel.

'Dat weet ik niet precies. Ik dacht... dinsdag, of zo.' Marcy haalde haar schouders op. 'Jullie moeten echt beter communiceren. Al die geheimzinnigheid is niet goed.'

'Ik hou niets geheim,' zei Gemma. 'Ze is erg gestrest en daar wil ik niet nog een schepje bovenop doen.'

'Waarom heeft ze dat niet tegen mij gezegd?' mompelde Daniel in zichzelf.

'Waarschijnlijk om dezelfde reden dat jij Penns bezoek voor haar verzwijgt,' zei Gemma.

Marcy ging rechtop zitten en haar uitgestreken gezicht leefde op. 'Volgens mij ben ik de enige hier die van alles op de hoogte is. Ik weet wat er speelt.'

'Ik geloof er niks van,' zei Daniel.

'O nee? Wedden?' zei Marcy.

'Oké.' Daniel dacht even na. 'Waar liggen Thalia's papieren?'

'Geen idee.' Marcy haalde nauwelijks zichtbaar een schouder op. 'Ze heeft ze vast verborgen op een geheime plek.'

'Dank je, daar hebben we iets aan,' zei Gemma droogjes.

'Nee, ik meen het. Stel dat er een geheime verstopplek is die niet direct opvalt,' vervolgde Marcy. 'Je duwt een kandelaar opzij en er zwaait een deur open, of je pakt een boek uit een kast en de kast begint te draaien en biedt toegang tot een verborgen kamer. Dat soort geheime plekken.'

Daniel sloeg zijn armen over elkaar. 'Ik woon niet in een kasteel. Dit huis heeft welgeteld één slaapkamer, dus elke vierkante meter is te herleiden. Een verborgen kamer kun je hier dus vergeten.'

'Misschien moeten we naar een losliggende plank of iets dergelijks zoeken,' opperde Marcy. 'Daaronder verstopte ik zelf ook altijd van alles toen ik nog bij mijn ouders woonde.'

'Zijn hier losliggende planken?' Gemma keek naar Daniel.

'Geen idee.' Hij schudde zijn hoofd. 'Maar we kunnen ze altijd even nalopen.'

Ze liepen alle drie een andere kant op, op zoek naar losliggende planken of naar een 'geheim' hoekje dat ze misschien over het hoofd hadden gezien. Marcy wilde in Daniels slaapkamer beginnen, maar hij joeg haar weg en stelde voor dat zij de woonkamer zou doorzoeken.

Gemma liep naar de badkamer en probeerde of er losse tegels op de wand zaten. Ze vond niets, en brak per ongeluk een porseleinen tegel. Toen ze even later op handen en knieën door de keuken kroop, zoekend naar losse planken, hoorde ze Marcy vloeken.

'Heb je iets gevonden?' vroeg Gemma. Ze sprong op en keek over het aanrecht.

'Nee.' Marcy zat geknield naast de bank en staarde met een diepe frons in haar voorhoofd naar haar vinger. 'Ik heb een splinter in mijn vinger, van die rotplank hier.'

'Ik denk niet dat daar iets onder verborgen ligt,' zei Daniel met een zucht. Hij kwam de slaapkamer uit en schudde teleurgesteld zijn hoofd. 'Er zijn me geen losse of krakende planken opgevallen. Volgens mij zitten we op een dood spoor. Maar even iets anders. Gemma moet zo weg voor de repetitie.'

'Shit, dat was ik helemaal vergeten.' Ze wurmde haar mobiele telefoon uit haar broekzak om te zien hoe laat het was. 'Ik moet over tien minuten weg. We kunnen nog even verder zoeken.'

Marcy stond op. 'Is er nog een plek waar we nog niet gekeken hebben?'

'Poe,' verzuchtte Daniel, en hij keek de kamer rond.

'Wat dachten jullie daarvan?' vroeg Marcy. Ze zoog op haar vinger, in een poging de splinter eruit te krijgen, en wees met haar vrije hand naar de open haard.

'Waarvan?'

'Kijk eens in de open haard.' Marcy haalde haar vinger uit haar mond om zich beter verstaanbaar te kunnen maken. 'Die grijze steen daar heeft een andere tint.'

De open haard was opgetrokken uit grote rivierstenen. De meeste hadden een lichtgrijze kleur en waren glanzend geboend. Een van de stenen aan de rand van de schoorsteenmantel was echter donkerder en had een blauwgrijze kleur.

'Heb je die steen laten vervangen?' vroeg Gemma aan Daniel. Haar hart sloeg op hol.

'Nee, waarom zou ik?' Hij schudde zijn hoofd en liep naar de open haard, op de voet gevolgd door Gemma.

Voorzichtig duwde Daniel tegen de steen. Vervolgens wrikte hij eraan, maar er gebeurde niets. Weer duwde hij, en trok eraan totdat de steen eindelijk meegaf. Gemma keek met ingehouden adem toe terwijl hij de steen eruit trok.

'Hier.' Hij gaf haar de steen aan, stak zijn hand in het donkere gat en tastte erin rond. 'Ik voel iets.'

'Wat dan?' vroeg Gemma.

'Geen idee. Ik denk...' Zijn stem stierf weg en het volgende moment haalde hij er een in leer gebonden boekje uit. 'Het is een boek.'

'Lieve hemel.' Gemma liet de steen bijna uit haar handen vallen om het boek aan te pakken, maar Daniel ving hem in een reflex op en legde hem op de grond. Hij keek over haar schouder toe terwijl ze het boekje doorbladerde.

Ze wist meteen dat ze beet hadden. Het kleine, fijne handschrift kwam overeen met het handschrift op de achterkant van de foto's die ze in Bernies huis hadden gevonden.

'"Op 16 juni 1961 trouwde ik met mijn grote liefde, Bernard McCallister",' las Gemma hardop voor. 'Dit is het, jongens. Dit is Thalia's dagboek.'

'Ik zei toch dat ik alles wist,' zei Marcy.

'Wat staat er nog meer in?' vroeg Daniel nieuwsgierig. 'Heeft ze het ook over de sirenen?'

'Geen idee.' Gemma bladerde met bevende hand verder en liet haar ogen over de vervaagde inkt op de vergeelde bladzijden glijden. 'Het gaat zo te zien vooral over de gewone, dagelijkse dingen. Hun tuin. Hoeveel ze van Bernie houdt.'

Toen ze achterin kwam, zonk haar de moed in de schoenen.

Het dagboek bestond uit drie delen: een kalender voorin, een dagboek in het midden en plaats voor aantekeningen achterin, met belangrijke informatie, zoals verjaardagen en adressen.

De bladzijden van het laatste deel waren volgekrabbeld, over de getypte woorden heen; in de kantlijnen, scheef, onder aan de bladzijden en de hoek om. Thalia had elke centimeter papier benut... en de woorden bestonden uit symbolen en vormen – een taal die Gemma niet begreep.

'Shit,' zei Gemma. 'Dit lijkt ook weer Grieks.'

'Misschien heeft Lydia er iets aan voor de vertaling van de papyrusrol,' opperde Marcy.

'We zouden dit vanavond nog naar haar toe kunnen brengen,' zei Gemma. 'Misschien kan ze er iets mee.'

'Jij kunt niet,' zei Daniel. Hij had over haar schouder meegelezen maar deed nu een stap achteruit.

'Hè? Waarom niet?' vroeg Gemma.

'*Het temmen van de feeks* is vanavond. Weet je nog?' zei hij.

Ze wuifde het weg. 'Nee, ik heb een doublure, of hoe heet zo iemand ook al weer? Ik blijf hier om dit te lezen.'

'Nee, je moet er echt naartoe,' zei Daniel.

'Vergeet het maar.' Gemma schudde haar hoofd. 'Dit is misschien wat we zoeken.'

'De helft is niet eens te lezen,' zei Daniel. 'Als je niet meedoet aan het toneelstuk, krijgen Thea en Penn argwaan. Dan hebben we de poppen pas echt aan het dansen. Je wilt toch niet dat ze hier straks voor de deur staan terwijl jij het dagboek probeert te ontcijferen?'

Gemma zuchtte. 'Daar heb je een punt.'

'Dank je,' zei Daniel. 'Kom, dan breng ik jullie terug naar het vasteland.'

Gemma bromde maar deed wat Daniel voorstelde. Op de boot trok ze zich terug in de slaaphoek, op veilige afstand van het opspattende water dat Thalia's dagboek zou kunnen beschadigen. Ze ging in kleermakerszit op het bed zitten en besloot bij de leesbare delen te beginnen.

Aan de binnenzijde van de kaft had Thalia een belangrijke mededeling geschreven, in grote zwarte letters, waarvan de inkt was uitgelopen.

'Allerliefste Bernard, als er ook maar íéts met mij gebeurt, moet je dit boekje vernietigen. Niemand mag de geheimen lezen die ik aan het papier heb toevertrouwd. Als ze in verkeerde handen vallen, kan dat gevaarlijk zijn. Vernietig dit dus alsjeblieft, het is voor je eigen veiligheid.'

9

Voorstelling

Achter de deur, die was versierd met de naam van een beroemde actrice, boog Gemma zich naar de spiegel toe en bracht een dikke lijn eyeliner aan. Op de gang hoorde ze mensen stommelen die op weg waren naar de zaal, waar de eerste voorstelling over twintig minuten zou beginnen.

Gemma keek in de spiegel naar Thea, die achter haar stond. Ook Thea had haar kostuum al aan, maar was, anders dan Gemma, al opgemaakt. Ze had haar donkerrode haar losjes opgestoken en haar lippen in bijna dezelfde rode kleur gestift.

'Ben je zenuwachtig?' vroeg Thea. Haar smaragdgroene ogen keken Gemma via de spiegel aan.

'Hè?' Gemma sloeg haar ogen neer en deed alsof ze naar de rouge zocht in de overmaatse make-uptas die op de kaptafel stond. 'Nee. Niet echt.'

'Mooi.' Thea boog zich naar de spiegel toe en stopte een losgeraakte krul onder haar haarspeld. 'Dat is ook helemaal niet nodig. Je mag je tekst vergeten of een scène verprutsen, het publiek houdt toch wel van je.'

'O ja? Hoe werkt dat dan?' vroeg Gemma. 'Is het hele publiek volledig in de ban van ons tweeën?'

Thea haalde haar schouders op en ging op haar stoel zitten.

'Alleen als we zouden zingen. Maar je zou toch onderhand moeten weten dat wij een speciaal talent hebben om de aandacht naar ons toe te trekken. Als je je daarop concentreert, weet je iedereen te charmeren.'

'Zou je het hele publiek kunnen betoveren als je daar je best voor doet?' vroeg Gemma. Ze bracht veel meer rouge aan dan normaal omdat het felle toneellicht donkerdere make-up vereiste.

'Als ik dat zou willen.' Thea kneep haar ogen samen. 'Ben je soms van plan een leger op te trommelen?'

'Haha. Ik probeer gewoon te begrijpen hoe het sirenenlied werkt.' Gemma schoof haar make-up opzij en draaide zich om. Ze wilde Thea kunnen aankijken in plaats van via de spiegel met haar te communiceren.

'Heel simpel. Als je zingt heb je macht over iedereen die het hoort.'

'Maar voor hoelang?' wilde Gemma weten. Ze probeerde de wanhoop en nieuwsgierigheid uit haar stem te weren.

Sinds haar ontmoeting met Alex de dag ervoor, piekerde ze erover wat hun kus te betekenen kon hebben. Waarom zou een zoen een positief effect op hem hebben? En waarom waren zijn woede en haat afgenomen?

Ze had verwacht dat de effecten van het sirenenlied voor eeuwig zouden blijven bestaan. Maar bij Alex leek dat niet het geval te zijn.

Tenzij zijn liefde voor haar om een andere reden was bekoeld.

'Dat hangt ervan af. Hoe beter je je erop concentreert, hoe langer de effecten van het sirenenlied zullen aanhouden,' verduidelijkte Thea.

'Maar uiteindelijk verdwijnen ze?' drong Gemma aan.

'Min of meer.' Thea schudde haar hoofd, alsof ze er zelf niet in geloofde. 'Zoals met Sawyer. Penn zei tegen hem dat hij van haar hield en dat hij zijn huis aan ons moest geven. Als hij niet was overleden, maar Penn hem had verlaten, dan zou zijn verliefdheid uiteindelijk zijn overgegaan, evenals zijn obsessie voor haar.

Maar hij zou altijd blijven geloven dat het huis van haar was, ook al werd hij negentig.'

Gemma leunde achterover in haar stoel en slaakte een teleurgestelde zucht. 'Ik begrijp het nog steeds niet. Als zij hem had bevolen van haar te houden, en hij bleef haar gehoorzamen, hoe zou hij zich dan kunnen onttrekken aan haar bevelen?'

'Het sirenenlied gaat om het geven van bevelen. Doe dit, doe dat niet, geef me dit, ga daarheen,' vervolgde Thea. 'Maar Demeter regelde het zo dat bevelen geen invloed hebben op het hart. Het lied kan iemands wezen niet veranderen. Als je niet van perziktaart houdt, kan het sirenenlied ervoor zorgen dat je het eet en zelfs glimlachend doorslikt, maar je zult het nooit lekker gaan vinden.'

'Maar stel dat je daarna nog heel vaak perziktaart eet? Herinner je je dan dat je het vroeger niet lekker vond?' vroeg Gemma.

'Waarschijnlijk wel, tenzij er constant een sirene in je oor fluistert dat je het heerlijk vindt.' Thea zweeg even, en toen ze weer sprak, klonk haar stem lager en heser dan normaal. 'Liefde en haat zijn heftige emoties waarover sirenen geen controle hebben, ook al doet Penn alsof dat wel zo is.'

'Dus toen Penn Sawyer opdracht gaf van haar te houden, hield hij eigenlijk niet echt van haar,' zei Gemma. Dat had ze al die tijd geweten. Nadat ze in een sirene was veranderd, hadden ze haar wijsgemaakt dat sterfelijke mannen nooit van haar zouden kunnen houden. 'Hij gedroeg zich alleen zoals een verliefde persoon zich gedraagt.'

'En dat weet Penn. Ze vindt mensen alleen makkelijker te manipuleren als ze denken dat ze verliefd op haar zijn.'

'In je hart verander je dus niet. Als je van iemand hield, dan hou je nog steeds van die persoon. Hield je niet van iemand, dan niet,' mompelde Gemma in zichzelf, en Thea keek haar met een schuin hoofd aan.

De sirenen hadden inderdaad tegen haar gezegd dat mannen nooit van haar zouden kunnen houden, maar Alex hield wel van haar, omdat hij altijd al van haar hield. Misschien deed hij dat nog steeds. Het sirenenlied kon zijn gevoelens voor haar niet veranderen. Als ze hem kuste, herinnerde hij zich wie hij was en wat hij echt voor haar voelde, en trok de mist in zijn hoofd langzaam op.

Gemma besefte dat hij na alles wat er was gebeurd misschien nog steeds van haar hield, en er verscheen spontaan een glimlach op haar gezicht.

Een luide klop op de deur haalde haar uit haar gedachten, en toen ze zich omdraaide zag ze haar vader de Marilyn-deur van de kleedkamer openduwen.

'Ik hoop dat we niet storen,' zei Harper. Ze wurmde zich langs haar vader in de deuropening.

Brians mond viel open toen Gemma naar hem glimlachte, en ze kon hem amper verstaan toen hij mompelde: 'Kind, wat lijk je op je moeder.'

Gemma sloeg haar ogen neer en voelde een lichte blos naar haar wangen stijgen. 'O. Dank je, pap.'

Thea keek Harper in de spiegel aan. Haar groene ogen stonden mat. 'Hallo.'

'Hallo, Thea.' Harper glimlachte koel naar haar.

'Hallo, Thea,' zei Brian. Het klonk bijna als een grom. Gemma zag dat hij zijn vuist balde naast zijn lichaam.

Brian wist dat Thea en Penn sirenen waren en zou hen het liefst willen toeschreeuwen dat ze zijn dochters met rust moesten laten. Maar hij wist dat ze hem konden betoveren met het sirenenlied. Vandaar dat Harper en Gemma hem zo veel mogelijk uit hun buurt probeerden te houden. Dat was soms moeilijk, vooral bij een gelegenheid als deze, omdat hij Thea het liefst zou wurgen.

'Ik zou jullie wel binnen willen vragen, maar het is al zo vol hier,' Gemma gebaarde naar Thea, maar het waren vooral de kostuums aan de muur die de krappe ruimte vulden. 'Heb je Marcy nog gesproken?'

'Ja hoor,' zei Harper snel. Waarschijnlijk wilde ze niet dat Thea erachter kwam dat ze Thalia's dagboek hadden gevonden. Hoe minder Thea wist over de andere sirenen, hoe veiliger het voor haar was. Stel dat Penn haar zou proberen uit te horen. 'Ze is hier ook.'

Marcy, die achter Brian en Harper in de gang was blijven staan, keek nu om de hoek van de deurpost. 'Moet je al kotsen van de zenuwen?'

'Nee, Marcy, ik ga niet overgeven, maar fijn dat je er zo subtiel naar informeert,' zei Gemma met een zelfgenoegzaam glimlachje.

'Marcy,' kwam Harper tussenbeide. 'Ga jij maar vast met mijn vader naar onze plaatsen. Ik ga nog even snel hallo zeggen tegen Daniel.'

'Goed idee,' viel Brian haar bij. 'Dan kunnen jullie je gereedmaken.' Hij wendde zich weer tot Gemma. 'Speel de sterren van de hemel, lieverd.' Hij gaf haar een snelle kus op haar slaap en vertrok.

'We kwamen je alleen even succes wensen,' zei Harper.

'Lief van jullie,' zei Gemma. Ze glimlachte dankbaar naar haar zus, die zich omdraaide om te vertrekken.

'Wacht jij hier maar,' klonk Penns stem op de gang. Gemma hoorde de irritatie in haar anders zo poeslieve stem, en ze stond op om langs Harper heen de gang in te kijken.

Pas toen Penn zich langs de regieassistent wrong en zich in de deuropening posteerde, begreep Gemma waarom: Liv stond achter haar te dralen. Ze had een ontevreden trek om haar mond en ze keek met haar grote ogen verontwaardigd de kleedkamer in. Gemma voelde een koude rilling over haar rug lopen.

'O gelukkig, jullie zijn er al.' Penn bloosde van opluchting, en haar volle lippen plooiden zich in een glimlach. Toen richtte ze haar donkere ogen op Harper. 'Ik geloof dat jullie elkaar al kennen, hè? Dus jullie vinden het vast niet erg dat Liv even hier blijft.'

'Ik...' Harper greep ontdaan naar haar keel, te verbaasd om iets te zeggen.

'Oké!' Penn klapte in haar handen en wendde zich tot Liv. 'Jij blijft hier en verzet geen stap. Ik ga even achter de schermen kijken. Waag het niet me voor de voeten te lopen.'

Liv rolde met haar ogen. 'Je doet maar.' Toen Penn wegliep en was opgegaan in de menigte op de gang, wendde Liv zich tot Harper. De irritatie gleed van haar gezicht en maakte plaats voor een gemaakte glimlach.

'Liv?' zei Harper zodra ze haar stem had teruggevonden. 'Wat doe jij hier?'

'Ik ga met Penn naar het toneelstuk,' antwoordde ze op mierzoete toon. 'En hoe is het met jou?'

'Alsof jou dat iets uitmaakt,' snauwde Harper. 'Ik wil weten wat je hier doet.'

'Zie je niets aan mij?' vroeg Liv, en ze maakte een pirouette.

Harper gaapte Liv aan en trok wit weg. 'Je bent de nieuwe sirene.'

'Sorry, Harper, ik had het je na de voorstelling willen vertellen,' verontschuldigde Gemma zich.

Harper liep de kleedkamer in en gooide de deur voor Livs neus dicht. Toen sloeg ze haar armen over elkaar en keek boos neer op Gemma, die zich steeds kleiner en schuldiger begon te voelen.

'Hoelang is mijn kamergenoot al een sirene?' vroeg Harper op scherpe toon.

'Ex-kamergenoot,' verbeterde Thea haar. 'Ze is gestopt met haar studie, want ze bakte er niks van.'

Gemma haalde haar schouders op en deed haar best nonchalant over te komen. 'Ik heb geen idee. Een paar dagen?'

'Sinds vrijdag,' antwoordde Thea.

'Harper.' Gemma haalde diep adem en keek haar met een berouwvolle blik aan. 'Het spijt me dat ik het niet heb gezegd. Maar ik moet over tien minuten op, dus vind je het goed als we het er straks over hebben?'

'Hm, vooruit dan maar.' Harper zuchtte.

'Direct na de afterparty?'

'Is er een afterparty?' Harper trok een wenkbrauw op.

Gemma zwaaide met haar handen om te benadrukken dat het niet veel voorstelde. 'De burgemeester heeft een feest georganiseerd omdat zijn zoon in het stuk speelt. Ik ga er wel even heen.'

'Jij kunt ook komen, hoor, als je zin hebt,' zei Thea. 'Vrienden en familie van de acteurs zijn ook uitgenodigd.'

'Dank je, Thea,' zei Harper nadrukkelijk. Ze wisselde een veelbetekenende blik met Gemma om haar duidelijk te maken dat ze door háár uitgenodigd had willen worden.

Gemma keek met een smekende blik naar haar op. 'Wil je nu alsjeblieft naar je plaats gaan? Dan praten we straks verder, oké?'

'Oké. Prima.' Harper slikte haar boosheid in en haalde diep adem. 'Je ziet er mooi uit. Succes.'

'Dank je,' zei Gemma met een glimlach, waarna Harper haar alleen liet zodat ze zich kon voorbereiden op haar rol.

10

Feest

Als Gemma ergens geen zin in had, dan was het wel in de afterparty. Ze wilde naar huis om Thalia's dagboek te lezen of te experimenteren met de papyrusrol. Maar ook als ze geen belangrijkere dingen aan haar hoofd had gehad, had ze de afterparty liever aan zich voorbij laten gaan.

'Is dat een ijssculptuur?' zei Marcy met een verbaasde blik op de bevroren zwaan in het midden van de tafel met het koude buffet. 'Wie regelt er nu een ijssculptuur in de zomer?'

'Tja,' mompelde Gemma, 'belachelijk. Maar nog even de tanden op elkaar. Als Penn ons gezien heeft kunnen we weg. Ze moet denken dat ik me amuseer en dat alles normaal is.'

Gemma had zich na de voorstelling omgekleed, en omdat Harper in het theater op Daniel wilde wachten, was ze met Marcy naar het hotel gelopen, waar burgemeester Crawford de danszaal had afgehuurd voor het feest. Behalve de zwaan van ijs stonden er vazen met bloemen op de tafels en hing de zaal vol met fonkelende verlichting.

'Waar is Penn eigenlijk?' vroeg Marcy. 'En Liv en Thea zie ik ook nergens.'

'Ik zou het niet weten,' bekende Gemma. Ze liep naar de tafel met hapjes en glimlachte naar een oudere vrouw die haar complimenteerde met haar toneelspel. 'Als we geluk hebben komen ze niet en zijn we hier voor niks. Dan kunnen we net zo goed gaan.'

'Vergeet het maar. Ik heb net de scampi's ontdekt.' Ze hief het bord tot vlak onder Gemma's neus. 'Ik blijf. Zou de drank gratis zijn?'

'Geen idee.' Gemma pakte een bord en schepte er een paar krabsoesjes op.

Ze wilde zich net in een hoekje terugtrekken toen ze werd aangesproken door een groepje gasten dat haar feliciteerde met haar mooie rol. Ze bedankte hen vriendelijk en liep na een kort gesprekje linea recta naar de rand van de zaal, waar ze zich verdekt opstelde in het halfdonker. Marcy volgde haar op de voet; waarschijnlijk was ze net zo opgelucht als Gemma dat ze zich op een rustig plekje kon terugtrekken.

'Nou ja,' zei Marcy met haar mond vol scampi's, 'ik kan maar beter ook niet drinken, anders loopt het net zo af als op het schoolbal. Dat was ook in deze zaal. Als ik om me heen kijk, krijg ik een déjà vu.'

'Ben jij naar het schoolbal geweest?' vroeg Gemma verbaasd.

Marcy haalde haar schouders op. 'Dat was een heel andere tijd.'

'Hoezo? Het is maar een jaar of zeven geleden.'

'Acht,' verbeterde Marcy haar.

'Zo anders zal het niet geweest zijn,' hield Gemma vol.

'O, kijk, daar heb je je vrienden.' Marcy wees naar de ingang van de zaal.

Hoewel Thea formeel de eregast van het feest was, liep Penn voorop, als een model op de catwalk. Ze werd geflankeerd door Liv en Thea, die al net zo weinig zin in het feest leken te hebben als Gemma.

'Moet ik lachen en doen alsof we het leuk hebben?' vroeg Marcy toen Penn hun kant op keek en naar Gemma knipoogde.

Gemma schudde haar hoofd. 'Nee, zo is het wel goed.'

In het midden van de zaal stond een klein podium opgesteld van zo'n dertig centimeter hoog. De laatste keer dat Gemma hier was, tijdens een reünie, had er een band op het podium gestaan. Nu schalde Sting uit de boxen.

Burgemeester Adam Crawford beklom met een flûte champagne in zijn hand het podium, daarbij geholpen door zijn zoon. Niet dat hij zo dik was, maar met zijn waggelende gang had hij moeite met de hoge stap.

Hij tikte met zijn trouwring tegen het glas en de muziek verstomde.

'Nu iedereen er is, zou ik graag een paar woorden tot u richten voordat het feest losbarst,' zei burgemeester Crawford. Zijn bulderende stem vulde met gemak de danszaal. 'Zoals de meesten van jullie wel zullen weten, ben ik de burgemeester van deze mooie stad en is de jongeman daar mijn zoon, Aiden. U herkent hem misschien van het toneelstuk van vanavond, waarin hij de rol van Petruchio vertolkte.'

Hij gebaarde naar Aiden, die vlak naast het podium stond. Aiden was een aantrekkelijke jongen met rossig haar en een charmante glimlach, die echter niet meer zo verblindend was als vroeger. Hij had onlangs een blauw oog en een nare snee boven zijn mond opgelopen, en hoewel de wonden bijna waren geheeld, had hij er een klein litteken boven zijn lip aan overgehouden.

Gemma had kort een oogje op Aiden gehad en was twee weken daarvoor een keer met hem uit geweest. Naderhand had hij haar aangerand. Ze had op het punt gestaan in het monster te veranderen toen Alex – net op tijd – tussenbeide was gekomen en Aiden een paar stevige tikken op zijn neus had gegeven.

'Dank u,' zei Aiden met zijn nu scheve lachje, en hij wuifde naar het publiek.

'Het is een schitterende productie geworden, en dat is natuurlijk niet alleen de verdienste van mijn zoon,' vervolgde burgemeester Crawford. 'Onze lof gaat tevens uit naar de bekwame regisseur, Tom Wagner, en de rest van de cast, van wie ik met name Aidens tegenspeelster Thea Triton wil noemen, die Katherine speelde.'

Hij gebaarde naar Thea, die ingetogen naar het applaudisserende publiek wuifde. Ze glimlachte, een van de weinige keren dat Gemma haar oprecht had zien glimlachen. Thea hield van toneelspelen, en Gemma vermoedde dat ze alleen gelukkig was als ze op het podium stond.

Hoewel het applaus al was weggestorven, bleef de burgemeester naar Thea staren, totdat zijn vrouw uiteindelijk haar keel schraapte.

'Maar ook zijn andere medespelers waren fenomenaal.' Burgemeester Crawford scheurde zijn blik los van Thea en monsterde het publiek. 'Zijn jullie er allemaal, jongens? Kom ook maar op het podium.'

Thea en Aiden, die het dichtstbij stonden, klommen als eersten op het podium, gevolgd door de rest van de cast, en zelfs de crew. Gemma bleef staan waar ze stond en stak een krabsoesje in haar mond.

'Volgens mij moet jij ook het podium op,' zei Marcy tegen haar.

'Ik sta hier goed.'

'Je kunt er beter bij gaan staan,' drong Marcy aan. 'Je wou toch normaal doen?'

Gemma zuchtte en reikte Marcy haar bord aan. 'Oké.'

Ze baande zich een weg door het gedrang naar het podium, maar toen ze zag dat er amper nog plaats voor haar was, bleef ze aan de rand staan. Thea gebaarde dat ze zich bij hen moest voegen, maar Gemma was niet te vermurwen.

'Is het geen geweldige cast?' zei burgemeester Crawford. Zijn stralende blik gleed van zijn zoon naar Thea en weer terug. 'Ik hoop dat iedereen vanavond heeft genoten van *Het temmen van de feeks*. Zegt het voort tegen vrienden en bekenden, want er staan voor dit weekend nog drie uitvoeringen gepland.'

De burgemeester sloeg zijn ene arm om Aidens schouders en de andere om Thea's middel. 'En het zomerfestival, niet te vergeten. Behalve het toneelstuk is er morgen een visbarbecue in het paviljoen in Bayside Park, en om vier uur een zeilwedstrijd in de baai van Anthemusa.'

Om de aanwezigen enthousiast te maken voor het zomerfestival somde hij de activiteiten op die er die week zouden plaatsvinden. Ondertussen hield Gemma Penn en Liv nauwlettend in de gaten. Penn was bezig met haar telefoon en Liv staarde gebiologeerd naar het podium. De grijns op haar gezicht verbreedde zich, en toen Gemma beter keek, zag ze dat haar hoektanden aan het groeien waren.

Eerst dacht ze dat Liv naar de burgemeester keek. De gedachte alleen al bezorgde haar koude rillingen. Maar zodra de burgemeester uitgesproken was en er weer muziek uit de boxen klonk, stormde ze op Aiden af.

De scherpe hoektanden deden Gemma het ergste vrezen. Als Liv werd overvallen door honger, zou ze ten overstaan van het publiek haar tanden in Aiden zetten.

Gemma stond op het punt tussenbeide te komen toen Liv haar hand op Aidens arm legde en naar hem glimlachte. Haar tanden zagen er weer normaal uit. Menselijk.

Los van het feit dat Aiden een telg uit Capri's invloedrijkste familie was, zag hij er, zelfs met littekens, geweldig uit. Het leek hem niet te deren dat Liv zich aan hem opdrong, sterker nog, hij glimlachte stralend naar haar. Liv wierp al haar sirenencharmes in de strijd en sloeg haar ogen koket naar hem op. Ze straalde. Misschien was het haar honger naar liefde en macht die gestild moest worden.

Voor zolang als het duurde natuurlijk. Gemma kende de monsterlijke honger die schuilging onder haar verleidelijke uiterlijk, en Liv leek haar niet het type dat de bevrediging van haar lusten wenste uit te stellen.

'Wat een knalfeest, hè?' zei Thea spottend terwijl ze van het podium stapte. Gemma wendde haar blik af van Liv en Aiden en draaide zich naar haar om.

'Zeg dat wel.' Ze ging iets achteruit, waar het rustiger was, en vervolgde: 'Neem je Liv vanaf nu overal mee naartoe?'

'Ik ben bang van wel.' Thea zuchtte.

'Durf je haar niet alleen te laten dan?'

Thea keek haar van opzij aan. 'Je weet hoe nieuwe sirenen zijn.'

'Vertel mij wat.' Gemma sloeg haar armen over elkaar en keek Thea recht aan. 'Daarom snap ik ook niet waarom jullie haar een kamer met Harper hebben laten delen.'

'Dat was Penns idee.'

'Om Liv als spion in te zetten?' drong Gemma aan.

'Dat was aanvankelijk niet de opzet.' Thea ontweek Gemma's blik en kamde met haar hand door haar lange rode haar. 'Het was de bedoeling dat Liv jou zou vervangen. Maar toen doodde Penn Lexi, en omdat jij toch nog meedeed, leek het haar een goed idee om iemand van binnenuit belastende informatie over jou te laten verzamelen.'

'En daar was jij het mee eens?' vroeg Gemma. Om het minder veroordelend te laten klinken voegde ze er op zachtere toon aan toe: 'Ik bedoel, ze kon ook belastende informatie over jou vinden.'

Thea keek Gemma onzeker aan. 'Wat had ik dan moeten zeggen? "Nee, je kunt Harper niet laten bespioneren, want dan kom je achter mijn smerige geheimpjes"?' Ze schudde haar hoofd. 'Ik heb het spelletje meegespeeld. Ik ging ervan uit dat jullie niet zo dom zouden zijn om in Livs bijzijn over de vloek te beginnen.'

'Waarom heb je me niet gewaarschuwd?' vroeg Gemma.

'Dat wilde Penn niet. En ik loop al genoeg risico door jou te helpen.' Er verscheen een angstige blik in Thea's smaragdgroene ogen. 'Ik heb al meer voor je gedaan dan goed voor me is, en als dit fout loopt – en daar kun je donder op zeggen – dan wil ik rugdekking hebben.'

'Denk je dat het me niet zal lukken de vloek te verbreken?' vroeg Gemma.

Thea keek naar Penn, die nog steeds druk in de weer was met haar telefoon en te ver van hen af stond om hun gesprek te kunnen volgen. 'Zover ik weet is de vloek niet te verbreken.'

'Maar waarom heb je mij dan die papyrusrol gegeven?' vroeg Gemma bijna fluisterend.

'Dat weet ik zelf eigenlijk ook niet. Ik denk dat ik de vernietigingsdrang van Penn beu was.'

'Heb je spijt dat je de rol aan mij hebt gegeven?' vroeg Gemma.

'Nog niet.' Thea was even stil en zei toen: 'Tenzij ik nog lang te leven heb. Maar dat betwijfel ik.'

'Hoezo?'

'Als de vloek niet snel wordt verbroken, zal Liv ons allemaal vernietigen. Ik denk dat het sowieso binnenkort gedaan is met de sirenen.' Er verscheen een flauwe glimlach op haar gezicht.

Marcy, die aan de andere kant van de zaal had gestaan, voegde zich met een tweede bord vol scampi's bij hen.

'Waar hebben jullie het over?' vroeg ze met volle mond.

'Dat het hier zo gezellig is,' zei Thea gemaakt enthousiast. Ze rolde met haar ogen en liep weg.

Marcy veegde haar mond met de rug van haar hand af. 'Wat is er met haar aan de hand?'

'Geen idee.' Gemma slaakte een zucht. 'Het zit allemaal tegen op het moment. Liv is een ramp.'

'Duh. Ze is niet voor niks in een zeemonster veranderd. Het is haar taak dood en verderf te zaaien.'

Gemma wist dat ze gelijk had, en dat maakte het des te betreurenswaardiger.

'Tussen twee haakjes, wie is dat lekkere ding daar?' zei Marcy. Ze wees naar een jongen in het midden van de zaal.

'Wie bedoel je?' vroeg Gemma. Ze keek in de richting waarin Marcy had gewezen. 'Aiden?'

Marcy snoof. 'Nee, niet die sukkel. Die daar, met dat lekkere kontje.' Ze wees opnieuw naar Kirby Logan, die bij het koude buffet stond. Hij rook even aan een cracker en legde hem toen weer terug.

'Kirby?' vroeg Gemma.

Marcy knikte. 'Ja, die.'

'Ben je op Kirby?'

'Nee. Misschien. Hoezo? Wat is daar mis mee?' Marcy nam Gemma met samengeknepen ogen op.

Kirby was een leuke jongen, maar dat was niet wat Gemma verbaasde. Wat haar verbaasde was dat Marcy op iederéén viel die indruk op haar maakte. Bovendien was Kirby pas negentien terwijl Marcy al vijfentwintig was. Niet dat ze zich als zodanig gedroeg.

'Niets,' zei Gemma. 'Hij is alleen veel jonger dan jij.'

'Nou en? Ik heb altijd al een zwak voor jongere jongens gehad,' bekende Marcy. 'Is hij leuk?'

'Ja, het is een schat.' Gemma was even stil en zei toen: 'En hij zoent nog lekker ook.'

Marcy keek haar met een vies gezicht aan. 'Gatsie. Heb jij met hem gezoend?'

'We hebben maar heel kort iets met elkaar gehad,' wuifde Gemma Marcy's verontwaardiging weg. 'Het mag geen naam hebben. Dus als je hem leuk vindt, zou ik zeker werk van hem maken.'

'Speeksel blijft nog tot drie maanden na het vrijen in je mond. Dus zijn mond zit nog vol met jouw bacteriën,' zei Marcy.

'Dat lijkt me sterk. Bovendien heb ik amper bacteriën.'

'Geloof je het zelf?' Marcy duwde haar bord in Gemma's handen en veegde haar handpalmen af aan haar spijkerbroek. 'Ik ga eropaf.'

Gemma pakte het restje van Marcy's bord en keek haar na terwijl ze op Kirby af liep. Ze kon zich Marcy niet flirtend voorstellen en overwoog of ze dichterbij zou gaan staan om hen af te luisteren. Maar Kirby was een aardige jongen, dus ze vertrouwde erop dat de schade beperkt zou blijven.

II

Flirten

'Hoi, Gemma,' zei Harper.

Gemma keek over haar schouder en zag Daniel en haar zus hand in hand komen aanlopen.

'Sorry dat we zo laat zijn, maar Daniel moest nog opruimen en de set klaarmaken voor morgen,' vervolgde ze.

Harper sloeg haar ogen neer en het viel Gemma op dat haar haar in de war zat. Bovendien was Daniels overhemd verkeerd dichtgeknoopt. Het zou haar niks verbazen als de reden van hun late komst was dat ze nog een beetje met elkaar hadden staan vrijen.

Niet dat ze het hun kwalijk nam. Ze woonden ver van elkaar, en ook al hielden ze bij hoog en laag vol dat de afstand geen probleem was, het moest toch zwaar voor hen zijn. Ze gunde hun de tijd met elkaar.

'Geeft niet, hoor,' zei Gemma, en ze glimlachte inwendig.

'Je hebt geweldig gespeeld vanavond,' zei Daniel. 'Ik heb je vanuit de coulissen bewonderd.'

'Dank je,' zei Gemma. 'Het decor zag er ook prachtig uit.'

'Zeg dat wel,' kwam Penn tussenbeide, en Gemma moest een kreun onderdrukken toen Penn naast Daniel opdook. 'Het is ook zo'n handige jongen,' zei ze, naar hem opkijkend.

Daniel was nog geen minuut binnen of Penn had haar oog al op hem laten vallen. Gemma had geen idee wat er tussen hen speelde, maar wat het ook was, het beloofde niet veel goeds. Niet dat ze Daniel niet vertrouwde – hij zou geen dingen doen om Harper te kwetsen – maar het was duidelijk dat Penns belangstelling voor hem groeide.

'Hallo, Penn,' zei Harper met een zure glimlach. Daniel had haar hand losgelaten en was iets bij haar vandaan gaan staan. 'Ik wist niet dat jij ook naar de afterparty zou komen.'

'Ik zou het voor geen goud willen missen.' Penn knipoogde naar Daniel, die ongemakkelijk heen en weer schuifelde. 'En, Harper? Hoe gaat het met je studie?'

'Een stuk beter sinds mijn kamergenoot weg is. Ik heb eindelijk weer rust.' Harper bleef naar haar glimlachen. 'Bedankt voor de moeite.'

'Ach, je kent me.' Penns toon werd nog verleidelijker dan anders. 'Ik sta graag voor anderen klaar.'

'Ik ga even een glas spa halen,' zei Daniel, en hij deed een stap naar achteren. 'Wil jij ook iets drinken, Harper?'

'Een flesje water graag,' zei ze.

'Doe mij maar een glas wijn,' zei Penn.

Hij aarzelde en keek even van Harper naar Penn. 'Rood of wit?'

Penn glimlachte breed. 'Rood. Doe maar een merlot.'

'Ik hoop dat de barman me drank wil geven, want ik heb geen identiteitspasje bij me. Maar ik zal zien wat ik voor je kan doen,' zei Daniel, en hij haastte zich naar de bar.

'Je vriendje wil graag behagen,' zei Penn tegen Harper terwijl ze Daniel nakeek.

'Liv ook,' onderbrak Gemma hen, en ze wees naar Liv. 'Ze slaat door.'

Ze probeerde het over een andere boeg te gooien. Niet alleen omdat de spanning tussen Penn en Harper te snijden was, maar ook omdat Liv het flirtstadium voorbij was. Ze kroop bijna in Aiden, en dat midden in de zaal.

Penn wierp een blik op Liv en zei: 'Ze kan het heel goed alleen af.'

'Moet je niet op haar passen?' zei Gemma. 'Ze is gevaarlijk als ze nog niet heeft gegeten.'

'Geloof me, Gemma, ze is ook gevaarlijk als ze wel heeft gegeten,' zei Penn op een manier die Gemma's bloed deed stollen. 'Maar als haar gedrag je niet aanstaat, dan moet je er iets aan doen.'

'Nee, Penn, daar moet jíj iets aan doen,' kaatste Gemma terug.

'Jij bent nu even verantwoordelijk voor haar als ik,' antwoordde Penn koel. 'Knoop dat maar in je oren.'

'Waarom zou Liv ook Gemma's verantwoordelijkheid zijn?' vroeg Harper scherp. Ze had waarschijnlijk geprobeerd zich in te houden, maar Penn haalde haar het bloed onder de nagels vandaan. 'Door jou is ze nu zo. Heb je dan helemaal geen verantwoordelijkheidsgevoel?'

'Nee, niet echt.' Penn schudde haar hoofd. 'Liv kan doden wie ze wil. Ze kan dit feest in een bloedbad veranderen. Ik kan er niet mee zitten. Jij bent hier degene met een meerderwaardigheidsgevoel. Als het je niet aanstaat wat ze doet, moet je er iets aan doen.' Ze grijnsde bij het zien van Harpers geschokte blik. 'Sterker nog, als ze zin heeft in een schranspartij, sluit ik me hoogstwaarschijnlijk bij haar aan.'

Zou Daniel op dat moment niet de aandacht op zich hebben gevestigd, dan was Harper tegen Penn uitgevallen. 'Kijk eens, dames.' Hij reikte Harper een flesje water aan en Penn een glas wijn. 'De barman wilde me eerst niets geven, maar toen ik zei dat het voor jou was, was het ineens geen probleem. Hopelijk is de wijn naar je zin.'

Penn nam een slokje. 'Mmm. Jij weet het me toch ook altijd naar de zin te maken,' kreunde ze zachtjes.

Daniel schraapte zijn keel. 'Als iemand het je naar de zin wil maken, is het de barman, niet ik.'

'Pff, hier heb ik echt geen zin in,' zei Gemma. 'Ik ga naar Liv.

Straks scheurt ze Aiden nog de kleren van het lijf. Jullie redden je wel.'

Gemma kon het gesprek niet langer aanhoren. Bovendien liep de situatie met Liv en Aiden uit de hand. Als Penn niet wilde ingrijpen, moest ze zelf in actie komen voordat Liv haar zelfbeheersing verloor. Harper kon het wel alleen af; ze kon zich niet voorstellen dat Penn haar te midden van zoveel publiek iets zou aandoen.

'O ja?' fluisterde Aiden met zijn mond vlak bij die van Liv. Hij trok haar tegen zich aan.

'Hallo, jongens,' zei Gemma nadrukkelijk, in de hoop dat ze hun aandacht op haar zouden richten. 'Ik weet niet of jullie het in de gaten hebben, maar jullie staan praktisch te vrijen voor het oog van de hele zaal. Ik zou me maar een beetje inhouden.'

Aiden draaide zich langzaam naar haar om. Gemma herkende de glazige blik in zijn bruine ogen. Het was dezelfde blik die ze bij Sawyer had gezien. Ze kreeg een knoop in haar maag. Sawyer was zo in de ban geweest van de sirenen dat hij zich niet meer van de vloek had kunnen bevrijden. Gemma had het vergeefs geprobeerd, maar uiteindelijk had Lexi hem vermoord.

'Ben je soms jaloers, Gemma?' vroeg Aiden met een scheef lachje. 'Je mag wel meedoen, hoor.'

'Vergeet het maar,' beet Liv hem toe.

'Sorry.' Aiden schudde zijn hoofd. 'Ik weet niet waarom ik dat zei. Donder op, Gemma.'

'Alsof ik zou willen meedoen,' zei Gemma. 'Ik probeer je duidelijk te maken dat je te veel aandacht trekt. Het lijkt me verstandiger dat je je wat meer op de achtergrond houdt.'

'Waarom? Ik ben de ster van de avond,' zei Aiden, en dat zei hij niet omdat hij betoverd was. Dat soort opmerkingen maakte Aiden anders ook. 'Iedereen mag me zien en Liv is het lekkerste stuk hier in de zaal.'

'Oooh.' Liv giechelde.

'Liv, je hebt je pleziertje gehad,' zei Gemma. 'Kom, zullen we samen iets gaan doen? Dan kunnen we elkaar wat beter leren kennen. Je zei toch dat je nieuwe vrienden wilde maken?'

'Die heb ik al, Gemma,' hield Liv vol. 'En als jij je daaraan stoort, dan kunnen Aiden en ik misschien beter een kamer in dit hotel opzoeken.'

Gemma wist als geen ander hoe het was om een hongerige sirene te zijn; ze kende de knagende, onbeheersbare honger die net onder de oppervlakte smeulde. Romantiek en angst voedden het monster, en omdat Liv nog niet had gegeten, kon alles wat haar honger versterkte de transformatie in gang zetten.

De eerste en enige keer dat Gemma het monster in zichzelf een kans had gegeven, had ze een bloedbad aangericht. Daar was ze zo van geschrokken, dat ze zich had voorgenomen het nooit meer zover te laten komen. Ze had zichzelf niet meer tot de orde kunnen roepen en moest nu zien te voorkomen dat Liv dezelfde fout zou maken. Als dat zou gebeuren, zou niet alleen Aiden maar iedereen in de zaal gevaar lopen.

'Dit is een hotel, dus we kunnen zo naar boven gaan.' Liv beet op haar lip en keek Aiden aan.

'Ja, binnen een paar minuten kunnen we een eigen kamer hebben.' Aiden glimlachte naar haar en sloeg zijn arm om haar middel. 'Dan kan niemand zich ermee bemoeien.'

'Dat lijkt me een rampzalig idee,' zei Gemma streng. 'Dat kun je niet maken.'

'Ik zou niet weten waarom niet.' Liv wilde weglopen maar Gemma belette haar de doorgang.

'Nee, Liv, je weet niet wat je zegt. Je hebt geen flauw idee hoe gevaarlijk dat is. Je kunt je beter niet met hem afzonderen. Met geen enkele jongen trouwens.'

'En jij hebt geen flauw idee hoe gevaarlijk ík ben, Gemma.' Liv liet haar tong langs haar tanden glijden, zodat Gemma haar groeiende hoektanden zou zien.

Livs opengesperde ogen werden donker, en Gemma besefte tot haar afgrijzen dat Liv maar al te goed wist welk monster er in haar schuilde. Gemma had zichzelf niet willen aanleren hoe ze haar transformatie kon afdwingen, omdat ze bang was dat het monster weer de kop op zou steken, maar Liv leek te weten hoe het moest, en er nog van te genieten ook.

Gemma wist dat Aiden het niet zou overleven als hij zich met Liv zou terugtrekken op een hotelkamer. Ze wist ook dat ze zelf gevaar liep als ze daar een stokje voor zou proberen te steken. Maar ze moest iets doen, dat stond vast.

'Jij hebt je kans gehad,' zei Aiden, 'en die heb je niet gegrepen. Dus hou op ons de les te lezen.'

'Moet je luisteren,' zei Gemma met haar blik strak op Liv gericht. 'Ik vind Aiden een enorme sukkel, maar ik kan niet toestaan dat jij of iemand anders hem iets aandoet.'

Liv deed een stap naar haar toe. 'O, en nu denk je mij te kunnen tegenhouden?'

'Ik denk dat je je moet leren beheersen,' verduidelijkte Gemma. 'Anders doet Penn hetzelfde met jou als ze met Lexi heeft gedaan.'

'Ach, hou toch op.' Liv snoof. 'Penn heeft een hekel aan jou, niet aan mij. En ik kan van je afkomen zonder ook maar een vinger naar je uit te steken.' Ze wendde zich met een glimlach tot Aiden. 'Aiden, zorg dat ze weggaat.'

Aiden greep Gemma bij de arm, maar ze trok zich los en keek hem woedend aan.

'Hou je handen thuis, Aiden,' snauwde ze. 'Ik doe dit voor je eigen bestwil. Als je me nog één keer durft aan te raken, breek ik je arm. Begrepen?'

'Hoe gaat het hier?' vroeg Daniel, zich bij hen voegend.

'Goed. Maar het zou nog beter gaan als Gemma ophoepelde,' zei Liv.

'Ik zou niet weten waarom.' Daniel ging achter Gemma staan en sloeg zijn armen over elkaar. 'O ja, voor ik het vergeet. Penn wil je spreken.'

'Je liegt,' zei Liv met een huilstem.

Gemma keek naar Penn, die aan de andere kant van de zaal

stond. Ze glimlachte gemaakt, zoals altijd wanneer ze genoot van Gemma's ergernis.

'Het is toch echt waar,' verzekerde Daniel haar. 'Ik moest het tegen je gaan zeggen. Als ze je zelf zou moeten komen halen, dan... Nou ja, zover zou ik het maar niet laten komen.'

'Bah,' mopperde Liv. 'Ze is nog erger dan mijn moeder.'

Aiden wilde met haar meelopen, maar Daniel hield hem aan zijn arm tegen.

'Hé, dude, laat me los,' zei Aiden, en hij keek Daniel met een harde blik in zijn ogen aan.

'Het lijkt me beter dat jij hier even afkoelt,' zei Daniel. Pas toen hij zeker wist dat Aiden hem niet zou aanvliegen, liet hij zijn arm zakken.

Gemma keek achterom en zag Liv een pruilmondje trekken naar Penn, die een geërgerde indruk maakte en zo te zien allesbehalve blij was Liv te woord te moeten staan. Ze draaide zich om en sjokte met Liv in haar kielzog naar de deur.

'Ik heb nog nooit zo'n stom feest meegemaakt,' mopperde Aiden, waarna hij in de richting van de bar liep.

'Zeg dat wel,' beaamde Gemma. Ze haalde een hand door haar haar en wendde zich tot Daniel. 'Penn heeft je niet op Liv afgestuurd, hè?'

'Nee,' gaf Daniel toe. 'Integendeel. Ze zei dat Liv nu jouw verantwoordelijkheid was en dat ze hoopte dat Liv voor het oog van de hele zaal Aidens hart eruit zou rukken.'

'Wat aardig van haar,' mompelde Gemma. 'Nog een wonder dat ze je liet gaan.'

'Ze had het te druk met Harper beledigen. Toen ze doorhad dat ik wegliep, was het al te laat. Anders had ze vast gedreigd me aan stukken te scheuren of te vermoorden.'

'Ongetwijfeld,' beaamde Gemma. Ze keek om zich heen. 'Kan ik nu ook weg, denk je? De sirenen zijn weg en ik heb mijn neus laten zien.'

Daniel grijnsde. 'En hoe.'

'Ik loop nog even naar Marcy, en dan ga ik.'

'En ik naar Harper, voordat Penn iets zegt waar ik spijt van krijg.' Daniel haalde diep adem en haastte zich naar haar toe.

Marcy stond nog met Kirby te praten bij het koude buffet. Hij lachte, dus kennelijk ging het haar redelijk goed af.

'Hou je van schildpadden?' hoorde Gemma Marcy aan Kirby vragen toen ze binnen gehoorsafstand was. Ze had graag het hele gesprek gevolgd.

'Je bedoelt de reptielen?' vroeg Kirby.

'Hm, je weet dus dat een schildpad een reptiel is.' Marcy knikte goedkeurend. 'Heel goed. Sommige mensen denken dat het een amfibie is.'

'O ja, wie dan?' Kirby trok verward zijn wenkbrauwen op.

'Ik zou ze de kost niet willen geven,' zei Marcy vermoeid.

'Hé, Marce, het spijt me dat ik jullie stoor, maar we gaan zo naar huis, dus als je wilt meerijden?' zei Gemma.

'O, cool,' zei Marcy. 'Nou, dan ga ik ook maar.'

'Oké,' zei Kirby.

Toen Marcy aanstalten maakte om te vertrekken, hield hij haar echter aan haar arm tegen en zei: 'Zullen we onze telefoonnummers nog even uitwisselen? Dan kunnen we samen een *Op zoek naar Bigfoot*-marathon houden.'

'Ja, ja.' Marcy glimlachte en haalde haar telefoon uit haar zak. 'Leuk. Doen we.' Ze gaven elkaar hun nummer. Kirby's handen beefden licht terwijl hij het nummer in zijn telefoon zette.

'Wauw, ik ben onder de indruk,' zei Gemma toen ze wegliepen.

'Waarom?' vroeg Marcy.

'Je hebt zijn nummer en een date.'

'Tja, wat zal ik ervan zeggen,' zei Marcy. 'Ik heb gewoon honing aan mijn kont.'

12

Mijmeringen

Harper mompelde afwezig een dankjewel toen Brian een flensje uit de pan op haar bord schoof. Ze vond het heel lief van hem dat hij het ontbijt voor haar klaarmaakte, maar ze was met haar gedachten bij Thalia's dagboek.

Toen Gemma en zij de avond ervoor waren thuisgekomen van het feest, hadden ze zich teruggetrokken op haar slaapkamer en om beurten voorgelezen uit het dagboek, zij languit op bed, en Gemma zittend in de oude fauteuil.

Harper had beter niet kunnen gaan liggen, maar ondanks haar vermoeidheid waren ze toch bijna halverwege het dagboek gekomen. Ze was moe geweest van de stapels collegestof die ze had moeten inhalen en was al even na middernacht in slaap gevallen.

Gemma daarentegen leek de hele nacht te zijn opgebleven, want toen Harper de volgende ochtend wakker werd, lag ze te slapen in de fauteuil. Thalia's dagboek lag op een van de laatste pagina's opengeslagen op haar borst.

Om haar niet te wekken had Harper het dagboek voorzichtig van Gemma's schoot gepakt en een deken over haar heen gelegd. Vervolgens was ze naar beneden gegaan om te ontbijten, en nu probeerde ze snel verder te lezen tot aan de bladzijde waar haar zus was gebleven.

'Staat er nog iets in waar je iets aan hebt?' vroeg Brian. Hij ging tegenover Harper aan de keukentafel zitten.

'Hè?' Harper keek naar hem op.

'Staat er nog iets in waar je iets aan zou kunnen hebben?' Brian wees naar het dagboek.

'Dat is me nog niet helemaal duidelijk.' Harper leunde achterover in haar stoel. 'Ik denk het wel, maar het is lastig te ontcijferen.'

'Was ze een muze?' vroeg Brian.

'Ja, de laatste,' antwoordde Harper. 'Ze was ondergronds gegaan omdat iemand de muzen wilde vermoorden. Ze zegt niet wie, maar op grond van wat ik nu weet, denk ik dat het de sirenen waren.'

'De sirenen willen iedereen vermoorden, dus dat verbaast me niets. Maar hoe bedoel je, op grond van wat je nu weet?' vroeg Brian.

'Het is de manier waarop ze hen beschrijft.' Harper bladerde een paar bladzijden terug. Pas aan het einde van het dagboek maakte Thalia een angstige indruk en weidde ze uit over haar achtervolgers.

'*Pas op voor het gezang,*' las Harper hardop voor. '*Dat zeg ik elke avond tegen mijn lieve Bernard. Ik zeg hem dat hij nooit moet ingaan op de charmes van hen die uit de zee komen. Hun gezang is betoverend. Hij moet niet naar hen luisteren. Als ze voor mij komen, zal ik niet meer in staat zijn hem te beschermen, tenminste niet meer zoals ik dat vroeger kon. Omdat ik nu ook sterfelijk ben. Ik ben net zo gevoelig voor hun gezang als hij, dus ik zal hem moeten waarschuwen voor hun vergif.*'

'Dat soort dingen zei hij inderdaad. "Pas op voor het gezang." Ik wou dat ik meer aandacht had besteed aan Bernies verhalen.' Brian schudde zijn hoofd. 'Maar ik heb er nooit iets achter gezocht, omdat ik dacht dat het niet meer dan verhalen waren.'

'Wat vertelde hij dan?' Harper veerde op en leunde met haar ellebogen op tafel.

'Ik heb je alles al verteld wat ik me herinner.' Brian haalde zijn flensje door de stroop, maar nam er geen hap van. 'Na een paar drankjes zei Bernie altijd dat ik moest uitkijken voor de sirenen. Hij zei dat zijn vrouw voor niets en niemand bang was, alleen voor hen.'

Hij legde zijn vork neer en staarde in het niets.

'Hij zei dat ze op een dag zouden komen,' zei Brian na een lange stilte. 'Hij waarschuwde me dat ik moest uitkijken voor hun gezang.' Hij schudde zijn hoofd. 'Nee, hij zei het anders. Hij zei: "Pas op voor hen die zingen, want hun gezang is puur vergif." Of zoiets in elk geval.'

'Had hij het er vaak over?' vroeg Harper.

'Nee. Een paar keer maar, in het café, en dan waren het ook alleen maar terloopse opmerkingen. Dronkenmanspraat, bedoeld als waarschuwing dat wij mannen moesten uitkijken voor de verleiding van sirenenzang. Hoewel...' Brian was even stil en vervolgde toen: 'Je moeder en ik waren een keer uit met Bernie. Het was op zijn verjaardag, of oudejaarsavond, dat weet ik niet meer precies. Gemma en jij waren nog klein. Volgens mij gaf Nathalie zelfs nog borstvoeding, want ze dronk niet. Bernie had het toen langdurig over Thalia, sirenen, muzen en nimfen, omdat je moeder erover doorvroeg. Dat interesseerde haar echt. Maar ik luisterde maar met een oor. Ik had aardig wat biertjes op, dus ik herinner me er niet zoveel van.' Brian sloeg zijn ogen neer. 'Maar je moeder weet er veel meer van... als ze zich tenminste nog iets had kunnen herinneren.'

'Had hij het ook echt over sirenen?' vroeg Harper. Ze wilde het over een andere boeg gooien; Brian werd altijd verdrietig als hij aan Nathalie dacht.

'Ja.' Brian knikte. 'Meestal had hij het over verleidsters, feeksen of hoeren, maar hij gebruikte ook het woord sirenen. Het enige wat ik me nog goed herinner, is dat hij zei dat ze zongen, en dat ze mooi maar dodelijk waren.'

'Maar hij heeft je nooit verteld hoe je met ze moest omgaan?' vroeg Harper.

Brian kauwde bedachtzaam op de binnenkant van zijn wang. 'Nee, alleen dat ik bij ze uit de buurt moest blijven.'

'Maar je zei dat hij wist dat ze achter hem aan zouden komen. Waarom dacht hij dat?'

'Ik denk vanwege dat dagboek hier.' Brian wees naar het dagboek op de keukentafel. 'Maar dat heeft hij nooit met zoveel woorden gezegd. Hij suggereerde dat het iets met zijn vrouw te maken had.'

'Ze hebben Thalia toch niet vermoord, of wel?' vroeg Harper.

Ze had in de krant gelezen dat Thalia was overleden na een val van een ladder, en ook Lydia had al eerder bevestigd dat ze een natuurlijke dood was gestorven. Maar ze wilde zeker weten of Bernie niet aan een misdrijf dacht. Als dat het geval was, dan had hij daarover misschien uit angst voor de sirenen gezwegen.

'Nee, nee, dat denk ik niet,' zei Brian. 'Bernie heeft het na je moeders ongeluk vaak met mij over Thalia's dood gehad. Hij nam het zichzelf kwalijk dat hij er niet was toen ze viel. Hij hield veel van haar.'

'En zij van hem.' Harper staarde naar Thalia's sierlijke handschrift in het dagboek voor haar. 'Hun verhaal zou heel romantisch zijn, als het niet zo tragisch was geweest.'

'Hoezo?'

'Ze hebben elkaar ontmoet in 1960 en het was liefde op het eerste gezicht. Thalia beschrijft bladzijdenlang hoeveel ze van hem houdt en schrijft tot in de kleinste details over hun eerste ontmoetingen.'

Harper zocht in het dagboek naar een voorbeeld. Er stonden vooral sonnetten in die waren opgedragen aan Bernard. 'Ik denk dat Gemma er iets aan kan hebben, maar ik weet niet of ze de vloek ermee kan verbreken.'

Haar vader keek haar met een schuin hoofd aan. 'Hoe bedoel je?'

'Toen Thalia en Bernie elkaar leerden kennen, was ze een muze. Hij werd smoorverliefd op haar, maar dat was niet vanwege haar bovennatuurlijke krachten. Hij hield van haar om wie ze was.'

'Maar wat heeft Gemma daaraan?'

'In verband met haar relatie met Alex,' verduidelijkte Harper, en ze zag Brians mond vertrekken. 'Pap, ik weet dat jij het moeilijk vindt, maar ze houdt echt van hem, en hij ook van haar, denk ik.'

'Maar waarom zie ik hem dan nooit meer?' zei Brian.

Toen Harper en Gemma hun vader het hele verhaal hadden gedaan, had Gemma verzwegen dat ze Alex had betoverd met een sirenenlied. Niet dat ze het voor hem verborgen wilde houden, maar omdat ze het nog te pijnlijk vond om erover te praten. Ze liet het liever ongezegd.

'Het ligt op dit moment nogal ingewikkeld tussen hen,' zei Harper ontwijkend, om Gemma een plezier te doen. 'Maar dit dagboek biedt een sprankje hoop.' Ze bladerde weer verder, op zoek naar de juiste bladzijde. Ze vond wat ze zocht, voor in het boekje, kort na de passage waarin Bernie haar ten huwelijk vroeg.

'*Misschien is het hart wel de grootste bovennatuurlijke kracht van alles,*' las Harper hardop. '*Niet alleen omdat het hart macht heeft over goden en sterfelijken, maar ook omdat het de eigenschap heeft om onveranderd te blijven bij gevaar en verleiding. Niets of niemand op aarde of in de hemel kan de ware koers van het hart verleggen. Vloek noch betovering. Waar het hart van houdt, zal het altijd van blijven houden.*'

Harper keek van de vergeelde bladzijden van het dagboek naar haar vader, die in gedachten was verzonken. Ze zag het verdriet in zijn ogen, hoewel ze wist dat hij dat probeerde te verbergen. Hij dacht aan Nathalie; hij hield nog altijd van haar.

'Er staan nog meer pareltjes in,' zei Harper. Ze probeerde van onderwerp te veranderen om haar vaders verdriet te verlichten. 'We weten nog niet hoe we de vloek kunnen verbreken, maar er staan genoeg dingen in waaruit Gemma hoop kan putten.'

'Je zei net dat Thalia wist dat de sirenen achter haar aan zouden komen,' zei Brian. Hij schoof zijn bord opzij en legde zijn armen op tafel. Wat zijn dochter vertelde deed hem zijn honger vergeten. 'Dat zei je toch? Waarom wilden ze haar vermoorden? En hoe wist ze dat ze haar zouden komen opzoeken?'

'Ik weet niet waarom ze haar wilden vermoorden. Misschien waren ze op zoek naar informatie. Muzen bewaarden geheimen, dus misschien werden ze gemarteld en vermoord om hun iets te ontfutselen.' Harper zweeg en staarde naar het omslag van het dagboek. Toen ging haar een licht op. 'Maar ze begon zich pas in Maryland zorgen te maken dat ze haar zouden vinden. Toen ze Bernie voor het eerst ontmoette, was ze in Engeland en repte ze niet over de sirenen. Pas toen ze hier aankwam, werd ze bang.'

'Hoe kwamen Bernie en Thalia in Maryland terecht?' vroeg Brian.

'Heeft hij je dat nooit verteld?' vroeg Harper.

'Hij zei dat hij Thalia achternaging, maar nooit waarom zíj hier kwam wonen.'

'Thalia wilde sterfelijk worden,' legde Harper uit. 'Muzen hielden er allerlei vreemde regels over liefde en relaties op na. Zij wilde dat allemaal opgeven om bij Bernie te kunnen blijven. Maar daarvoor moest ze eerst een god of godin vinden die haar wilde helpen.'

Brian nam een slok van zijn koffie. 'En daarom kwamen ze naar Capri?'

'Ze had gehoord dat Achelous hier was, maar dat bleek niet zo te zijn.'

'Oké.' Brian knikte maar leek het nog steeds niet te begrijpen. 'En wie was die Achelous ook al weer?'

'Hij is de zoetwatergod en vader van de sirenen. Tenminste, de vader van Penn en Thea.'

'Dus Thalia kwam naar Capri voor de vader van de sirenen, en de sirenen voor haar. Dat kan geen toeval zijn.'

'Dat denk ik ook niet,' beaamde Harper. Ze dacht terug aan wat professor Pine had gezegd over toeval. 'Maar het punt is...

Thalia heeft hem nooit gevonden.'

'Wie heeft Thalia nooit gevonden?' herhaalde Gemma geeuwend vanuit de deuropening.

Harper keek op naar haar zus, die kennelijk net wakker was. Haar haar was losgeraakt uit haar door slaap verfomfaaide wrong en ze droeg nog dezelfde kleren – een T-shirt en een joggingbroek – waarin ze de avond ervoor in slaap was gevallen.

'Achelous,' antwoordde Harper terwijl Gemma aanschoof aan de keukentafel.

'Heb jij wel geslapen?' vroeg Brian. Hij monsterde zijn dochter. Gemma zag er een tikje vermoeid uit, maar haar sirenenschoonheid maskeerde hoe moe ze echt was.

'Lang genoeg,' zei Gemma. Ze pakte het flensrestje dat nog op haar vaders bord lag. Ook al had Gemma geen mensenvoedsel meer nodig, ze had er nog altijd zin in. Het smaakte minder goed nu ze een sirene was, maar het lukte haar weer ervan te eten. 'Hoef je dit niet meer?'

'Nee. Ik kan er nog een paar maken, als je wilt?' bood Brian aan.

Gemma stak het flensje in haar mond. 'Nee, ik heb hier genoeg aan,' zei ze, nadat ze de hap had doorgeslikt. 'Achelous is dood. Dat hoorde ik van Lexi.'

'Ja, maar... Lexi was een dom wicht,' zei Harper.

'Dat is waar.' Gemma likte haar lippen af. 'Maar ze leek wel zeker van haar zaak. En Achelous is al tweehonderd jaar niet meer gezien. Dus ik denk dat ze gelijk had.'

'Maar als Thalia nooit een god heeft gevonden, hoe kan ze dan toch sterfelijk zijn geworden?' vroeg Brian.

'Ze vond Achelous niet, maar wel een andere god,' zei Harper. 'Of liever gezegd, een godin. Diana.'

Brian fronste zijn voorhoofd. 'Wie is Diana?'

'Thalia wijdt maar een paar zinnen aan haar.' Harper had de passage over Diana wel vijftig keer gelezen, in de hoop dat ze tot nieuwe inzichten zou komen. Ze citeerde het woordelijk voor haar vader: '*Met behulp van de godin Diana ben ik in staat geweest om van een muze terug te veranderen in een sterfelijk wezen. Maar ik kan verder niets over haar vertellen. Ze bewaakt haar privacy nog angstvalliger dan ik.*'

'Dat vind ik dus vreemd,' zei Gemma, die langzaam wakker begon te worden. Ze trok haar knieën op tot aan haar borst en leunde ertegenaan. 'Diana is de Romeinse godin van de jacht, de maan en de weerwolven. Ze is een sterke feministe en wordt aanbeden door sommige wicca's.'

'Ik dacht dat er nauwelijks iets over haar in het dagboek staat,' zei Brian.

'Klopt, maar ik heb me verdiept in de mythologie en heb ook het een en ander gelezen over Diana,' verklaarde Gemma. 'Maar wat ik bedoel is dat ze geen Griekse godin is maar een Romeinse.'

'Nou en?' zei Harper schouderophalend. Ze begreep niet wat daar zo vreemd aan was. 'Ze zijn inwisselbaar. En Lydia heeft het ook wel eens over Horus, en dat was een Egyptische god. Dat de goden een andere etymologie hebben, wil nog niet zeggen dat ze niet bestaan. En verschillende culturen hadden waarschijnlijk verschillende namen voor dezelfde god.'

'Dus die godin Diana loopt hier nog rond?' vroeg Brian.

'Geen idee,' zei Harper. 'Ze hoeven niet per se hier te zijn geweest.'

'Maar wat deed Thalia hier dan?' vroeg Brian.

'Ze was op zoek naar Achelous,' antwoordde Harper. 'In het dagboek staat dat hij voor het laatst hier is gezien. Thalia probeerde hem op te sporen.'

'Maar dat is niet gelukt, want hij is dood,' vulde Gemma aan.

'Dat is een vermoeden,' verbeterde Harper haar.

'Maar waarom Achelous?' vroeg Brian. 'Waarom niet een andere god of godin? Er moeten er toch veel meer zijn?'

'Dat betwijfel ik, en Achelous heeft altijd een goede verstandhouding gehad met de muzen,' zei Harper. 'Bij twee van hen heeft hij zelfs een kind verwekt.'

'Wacht even.' Brian stak zijn hand op. 'De muzen zijn de moeders van Penn en Thea?'

'Inderdaad,' zei Harper.

'Dus Thalia was hun tante?' vroeg Brian.

'Ja. Maar ze hadden geen hechte band met elkaar,' zei Harper. 'Zover ik weet hebben de sirenen al eeuwenlang geen contact meer met hun familie gehad.'

'Oké.' Brian dacht even na, en de uitkomst beviel hem kennelijk, want hij vervolgde: 'Dat wilde ik even duidelijk hebben. Ga verder.'

'Dus Thalia gaat naar Capri. Ze denkt dat Achelous haar zal helpen, omdat hij in het verleden de andere muzen ook heeft geholpen. Maar ze kan hem niet vinden. En dus gaat ze naar een zieneres...'

'Naar een zieneres? Wat is dat?' onderbrak Gemma haar zus.

'Dat weet ik ook niet precies. Ik denk zoiets als Lydia,' zei Harper. 'Maar zo noemde Thalia haar.'

Toen ging Harper een licht op. Ze bladerde al lezend door het dagboek tot ze op de naam stuitte die ze zocht. 'De zieneres heette Audra Panning.' Ze keek op naar Gemma. 'Zou ze misschien familie zijn van Lydia?'

'Ja. Zij heet toch ook Panning van haar achternaam? En ze komt uit Capri, want ze heeft met Marcy op de middelbare school gezeten.' Gemma knikte. 'Laten we Lydia meteen bellen.'

'Ik heb haar telefoonnummer niet, maar Marcy komt over...' Harper keek reikhalzend op het klokje van de magnetron, '... een minuut of twintig het dagboek ophalen. Daarna rijdt ze door naar Lydia, zodat zij het laatste deel van Thalia's aantekeningen kan vertalen. Dan kan ze er meteen naar vragen.'

Gemma schoof haar stoel naar achteren. 'Ik ga me meteen even omkleden, dan kan ik met haar mee.'

'Dat kan niet,' zei Harper. 'Je hebt vandaag een uitvoering. Twee zelfs.'

Gemma snoof. 'O, nee hè? Ik kan beter naar Lydia gaan dan naar dat domme toneelstuk. Dit is véél belangrijker.'

'Jij bent degene die de sirenen rustig kan houden. Anders zouden wij niet eens de tijd krijgen om dit uit te zoeken,' hield Harper haar kalm voor. 'Want als ze boos worden of argwaan krijgen... dan hebben we pas echt een probleem.'

'Je kunt beter geen risico's nemen, Gemma,' zei Brian op nog indringendere toon dan Harper. 'Zolang jij je naar buiten toe normaal gedraagt, leidt dat de aandacht af van je vrienden. Als je dat niet doet, lopen zij gevaar.'

'Maar als er iemand gevaar moet lopen, dan ben ik het,' hield Gemma vol. 'Dit is míjn probleem, niet dat van hen.'

Brian balde zijn vuist en sloeg ermee op de tafel. Harper en Gemma verstijfden van schrik. 'Ik vind het vreselijk dat ik niets kan doen. Het is mijn taak als vader om je te beschermen. Je bent mijn kind, ik zou je moeten...' Hij klemde zijn tanden op elkaar en schudde zijn hoofd. 'Het liefst zou ik die meiden mores leren voor wat ze jou hebben aangedaan. Dat mag ik niet zeggen, omdat ik je vader ben en geen geweld mag gebruiken, vooral niet tegen meiden. Maar dit zijn geen meiden,' brieste hij, 'dit zijn monsters en... Ik moet me inhouden om dit niet voor jou op te lossen. Want ik weet dat ik daar niets mee opschiet. Hoe graag ik ook jouw plaats zou innemen, het heeft geen zin.'

'Pap, je kunt niet meer doen dan je al doet. Je steunt en helpt me al.' Gemma legde haar hand op de zijne.

'Maar ik heb het gevoel dat ik niet genoeg doe. En dat blijft zo, zolang jij gevaar loopt,' hield Brian vol. 'Dus als het veiliger voor jou is om naar dat toneelstuk te gaan en te doen alsof er niets aan de hand is, dan moet je dat doen. Begrijp je dat? Dan kunnen je vrienden informatie verzamelen.'

Gemma sloeg haar ogen neer en knikte. 'Ja.'

'We lossen dit op, Gemma,' beloofde Harper haar. 'We hebben nu een duidelijk doel voor ogen en dat is Diana vinden. Als Lydia familie is van Audra, dan kan ze ons misschien meer vertellen.'

'Zou die Diana weten hoe de vloek verbroken kan worden?' vroeg Brian.

'Ik heb geen idee,' gaf Harper toe. 'Maar ze heeft Thalia van een muze in een sterfelijk wezen veranderd, dus ze moet er iets vanaf weten.'

'Dus dat is jullie volgende stap?' zei Brian. 'Dat jullie op zoek gaan naar Audra of Diana?'

'Yep.' Gemma raakte het dagboek op de tafel even aan. 'En hopelijk helpt dit boekje ons daarbij.'

13

Glimp

'Stop!' Nathalie wees naar een McDonald's en boog zo abrupt naar voren dat haar veiligheidsgordel blokkeerde. Ze keek geërgerd omlaag en probeerde de gordel los te klikken, maar beschikte niet meer over de oog-handcoördinatie om de knop in te drukken.

Dat was ook de reden dat ze alleen nog maar broeken droeg met een elastieken band, en slippers of schoenen met klittenband.

Nathalie mocht er aan de buitenkant uitzien als een gewone vrouw van begin veertig – afgezien van haar voorkeur voor fuchsia leggings en tienershirts met hartjes – maar ze had meerdere beperkingen overgehouden aan haar hersenletsel.

'Becky zei dat je al had geluncht,' bracht Harper haar moeder in herinnering terwijl ze langs de McDonald's reden.

Ze waren nog geen vijf minuten daarvoor vertrokken bij Nathalies woongroep in Briar Ridge, maar Harper vroeg zich nu al af of het wel verstandig was geweest om haar moeder mee te nemen. Ze keek in de achteruitkijkspiegel naar Daniel op de achterbank, die niet de indruk wekte zich ergens druk om te maken.

Het was Nathalies eerste kennismaking met Daniel en de ontmoeting was boven verwachting goed verlopen. Nathalie had de neiging dweperig gedrag te vertonen en Harper was bang geweest dat ze zich aan Daniel zou opdringen. Maar Nathalie was zo blij dat ze een eindje zouden gaan rijden, dat ze nauwelijks aandacht voor hem had.

Harper had gehoopt dat Nathalie een gesprek met hem zou beginnen, maar bedacht dat het zo misschien toch beter was. Daniel zou nu niet meteen een overdosis krijgen; hij zou nog vaak genoeg moeten meemaken dat ze zich aan hem opdrong.

'Ik heb al in geen eeuwen een hamburger gegeten,' hield Nathalie vol, en ze liet zich onderuitzakken in haar stoel.

'Je krijgt vast wel eens een hamburger waar je nu woont, mam,' zei Harper kalm.

'Maar ik ben al heel lang niet meer uit eten geweest,' pruilde Nathalie.

'Misschien na het toneelstuk,' opperde Harper. Als alles goed ging, kon ze haar moeder misschien mee uit eten nemen, maar dat was afhankelijk van hoe ze zich vanavond gedroeg. 'Anders komen we te laat.'

'Naar welk toneelstuk gaan we ook weer?' vroeg Nathalie, al weer iets vrolijker.

'*Het temmen van de feeks*,' antwoordde Harper geduldig, hoewel ze het al vier keer had gezegd. Nathalies kortetermijngeheugen liet te wensen over. 'Gemma heeft ook een rol.'

Nathalie keek haar met een schuin hoofd aan. 'Is ze niet veel te jong om in een toneelstuk te spelen?'

'Nee, hoor.' Harper keek haar moeder even van opzij aan. 'Hoe oud denk je dat Gemma is?'

'Geen idee.' Nathalie haalde haar schouders op. 'Zeven?'

Harper slikte. 'Zo oud was ze voordat je het ongeluk kreeg.'

'O.' Nathalie staarde uit het raampje naar de snelweg en liet de woorden bezinken. 'Dat is waar ook. Ik ben de laatste tijd een beetje in de war.'

'Geeft niet, mam.' Harper glimlachte geruststellend naar haar. 'Dat heeft iedereen wel eens.'

Nathalie herinnerde zich niet veel meer van de tijd van voor het ongeluk, en zei bijna nooit iets over haar dochters toen ze nog klein waren of over iets wat daarvoor was gebeurd. Maar daar leek verandering in te komen.

Toen Nathalie voor hun vertrek hollend op zoek was gegaan naar haar tas, had Harper het afdelingshoofd, Becky, even gesproken, die haar had verteld dat zich de afgelopen twee weken kleine veranderingen hadden voorgedaan in Nathalies gedrag.

Haar moeder had zich bij vlagen dingen herinnerd. Zo had ze op een middag ineens gezegd dat ze naar huis ging om te koken voor haar man en kinderen. Toen Becky naar haar familie had gevraagd, had Nathalie echter verward gereageerd en was ze op een ander onderwerp overgegaan.

Een andere keer had ze zich na het ontbijt klaargemaakt voor vertrek. Toen het personeel vroeg waar ze naartoe ging, zei ze dat ze naar haar werk moest om de driemaandelijkse rapporten op te stellen. Nathalie was voor het ongeluk accountant geweest, maar had in geen jaren over haar werk gesproken.

Terwijl Harper de verhalen van Becky aanhoorde, voelde ze zich schuldig dat ze de week daarvoor niet bij haar moeder op bezoek was geweest. Gewoonlijk ging ze elke zaterdag met Gemma, maar de afgelopen zaterdag waren ze naar Sundham gegaan om de papyrusrol bij Lydia af te geven en hadden ze er naderhand geen tijd meer voor gehad.

De keer dáárvoor was hun vader meegegaan. Harper vroeg zich af of de ontmoeting met Brian misschien iets bij Nathalie had losgemaakt. Niet dat ze hem sinds het auto-ongeluk nooit meer had gezien. Hun moeder had zelfs nog een tijdje thuis gewoond, maar ook toen herinnerde ze zich hem al niet meer.

Becky verzekerde Harper dat ze het zichzelf niet kwalijk moest nemen dat ze een keer niet op bezoek was geweest. Nathalie leek niet van slag of gespannen door de herinneringen die boven waren gekomen. Becky had zelfs het idee dat ze zich de laatste tijd wat beter voelde, en vertelde dat ze al een poos geen hoofdpijn meer had gehad.

Gewoonlijk had Nathalie een paar keer per week last van migraineaanvallen, waar geen medicijn tegen hielp. Nu hadden ze haar al twee weken lang niet horen klagen over hoofdpijn.

Het was duidelijk dat haar moeder vooruitging, en Harper nam zich plechtig voor meer tijd voor haar vrij te maken als de problemen met Gemma achter de rug waren.

'Stop hier dan maar.' Nathalie wees naar een bord met een ijsreclame. 'Die zaak heeft het beste ijs uit de omgeving. Toen Brian en ik net verkering hadden, gingen we daar altijd een ijsje eten.'

Harper klemde haar handen om het stuur en keek strak naar de weg. Ze was bang dat als ze iets zei of opzij keek, haar moeder zou worden afgeleid. Ze wachtte met ingehouden adem af of Nathalie zich nog meer zou herinneren.

Omdat Nathalie, in die paar seconden dat ze over haar verkering met Brian had gesproken, even een normale moeder had geleken. Harper was als alle andere meisjes, en Nathalie als alle andere moeders, die over vroeger vertelden.

Nathalie deed er echter het zwijgen toe. Harper wist dat ze het gesprek gaande moest houden als ze nog meer te horen wilde krijgen.

'Jij en... en Brian?' Harper bevochtigde haar lippen en wierp een zijdelingse blik op haar moeder. 'Herinner je je jullie eerste afspraakje?'

'Hè?' Nathalie keek haar vragend aan en knipperde met haar ogen. 'Brian? Wie is Brian?' Ze draaide zich om en keek naar Daniel op de achterbank. 'Ben jij Brian?'

'Nee, ik ben Daniel.' Hij glimlachte naar Nathalie, maar zijn blik gleed naar Harper om zich ervan te vergewissen dat hij goed had gereageerd.

'Ben jij Harpers vriendje?' vroeg Nathalie.

Daniel knikte. 'Ja, ik ben Harpers vriendje.'

Nathalie leunde achterover in haar stoel en schudde haar hoofd. 'Ik heb nooit een afspraakje met hem gehad, Harper. Ik begrijp niet waar je het over hebt.'

'Je had het net over Brian,' drong Harper aan, in de hoop haar moeders herinnering terug te kunnen halen. 'Je zei dat je altijd ijs met hem ging eten.'

'Ik ken geen Brian.' Nathalies stem klonk scherp, en Harper wist dat haar moeder geïrriteerd raakte. Nathalie stond bekend om haar woedeaanvallen wanneer ze werd tegengesproken. 'Hou je me soms voor de gek? Ik hou er niet van te worden uitgelachen.'

'Nee, mam, ik lach je niet uit,' zei Harper sussend. 'Het spijt me. Ik denk dat ik je verkeerd heb verstaan.'

'Zijn we er nog niet? Dit ritje duurt wel erg lang,' zeurde Nathalie.

Harper zuchtte. 'We zijn er bijna.'

Voor het eerst in lange tijd had Harper een glimp van de moeder van vroeger opgevangen. Ze wist dat ze daarbinnen nog ergens moest zijn, begraven in het beschadigde hersenweefsel vol slecht functionerende synapsen. De vrouw die voor haar had gezongen toen ze ziek was, die haar broodtrommeltje had klaargemaakt met haar lievelingseten, en haar altijd mooie cadeautjes gaf op haar verjaardag; die vrouw moest er daarbinnen nog altijd zijn.

Door de glimp die Harper had opgevangen besefte ze dat ze al die tijd was blijven hopen dat haar moeder zou terugkeren, terwijl ze dacht dat ze zich erbij had neergelegd dat ze voor altijd was veranderd. Maar dat was niet zo.

Harper zou altijd van haar moeder blijven houden, of ze zich nu misdroeg of zich niets meer van vroeger herinnerde, maar ze miste haar moeder en zou willen dat ze weer gewoon met elkaar konden praten.

14

Temmen

Gemma veegde het poeder van haar gezicht en staarde in de met felle peertjes omlijste spiegel. De kleedkamer rook naar rozen; Thea had na de laatste drie uitvoeringen telkens een paar bossen rode rozen gekregen.

De laatste voorstelling van die avond was zojuist afgelopen en iedereen had de rest van de avond vrij. Buiten op de gang klonken de opgewonden stemmen van de cast en de crew, die zich opmaakten voor een avondje uit. Het was een drukte van belang en iedereen was euforisch vanwege het succes van het toneelstuk.

Gemma voelde zich echter allesbehalve euforisch. Niet meer tenminste. In het begin van de avond was ze trots en blij geweest toen ze haar moeder op de eerste rij had zien zitten, naast Harper, en haar enthousiast had zien klappen toen ze opkwam. Maar dat gevoel was snel weggezakt.

Terwijl iedereen druk was met omkleden, opruimen en plannen maken, had Gemma het idee dat de avond in slow motion verstreek. De wereld leek te draaien en het enige wat ze deed was wezenloos voor zich uit staren.

Ze herkende zichzelf amper. Niet vanwege haar glanzende huid en haar, maar vanwege de harde uitdrukking op haar gezicht en de lege blik in haar ogen. Het was dezelfde uitdrukkingsloze blik die ze weerspiegeld had gezien in Thea's smaragdgroene ogen.

Gemma besefte dat berusting er zo uitzag. En een leven vol compromissen. Eenzaamheid. Al die kleine dingen die ze had opgegeven, al die eigenschappen die ze zich stukje bij beetje had laten afnemen door Penn, om niet alleen zelf te overleven, maar ook haar familie en vrienden te redden.

Als ze de vloek niet snel zou weten te verbreken, zou ze sterven. En als ze nóg meer van zichzelf zou weggeven, zou ze nooit meer worden wie ze was.

'Ga je nu mee of niet?' vroeg Thea.

'Hè?' zei Gemma. Ze besefte dat ze zo in gedachten verzonken was geweest dat ze Thea niet tegen haar had horen praten. Ze draaide zich naar haar om. Thea had haar zware theatermake-up afgeschminkt en haar renaissancekostuum verruild voor een nauwsluitende jurk. Haar rode haar was opgestoken.

Gemma merkte dat het nu praktisch stil was op de gang. De anderen moesten al bijna allemaal weg zijn en ze vroeg zich af hoelang ze voor zich uit had zitten staren.

'Wat is er toch met jou aan de hand?' vroeg Thea met hese stem en monsterende blik.

'Niets.' Gemma keek naar haar eigen kostuum. De stof voelde opeens zwaar en stijf aan. Ze schoof haar stoel naar achteren. 'Ik moet me omkleden.'

'Ja, dat vroeg ik je zo'n tien minuten geleden ook al, maar ik kreeg geen antwoord.'

'Sorry.' Gemma kamde met haar hand door de klitten in haar haar en sloeg haar ogen neer. 'Ik was met mijn gedachten elders.'

'Dat heb ik gemerkt,' zei Thea.

'Zou je me even willen helpen?' Gemma draaide zich met haar rug naar Thea toe, zodat ze bij de knoopjes van haar jurk kon.

'Waar was je met je gedachten?' vroeg Thea terwijl ze het eerste knoopje losmaakte.

'Dat ben ik al weer vergeten.' Opnieuw sloeg Gemma haar

ogen neer, om te voorkomen dat Thea haar zou aankijken in de spiegel.'

'Aan de papyrusrol?' zei Thea zo zacht dat ze het bijna niet verstond.

'Nee,' antwoordde Gemma naar waarheid.

Misschien had ze er wel aan moeten denken, maar ze werd tureluurs van al het gepieker. Eerst over de papyrusrol en nu weer over het dagboek.

Wellicht verklaarde dat haar lusteloze stemming. In het dagboek zat net zomin schot als in de rol. Maar ze wilde Thea er niet mee lastigvallen. Thea liep al genoeg gevaar, en Gemma wilde haar niet met nog meer zorgen en frustratie opzadelen.

En stel dat Penn haar de duimschroeven zou aandraaien en naar Gemma's plannen zou informeren? Dan zou ze eerlijk en op geloofwaardige toon kunnen zeggen dat ze nergens vanaf wist.

Aangezien Gemma een uitvoering had en Harper op pad was met Nathalie, had Marcy hun beloofd het dagboek naar Lydia te brengen, die het achterste gedeelte zou proberen te vertalen. Toen Marcy het dagboek bij Harper was komen ophalen, had Harper gevraagd of ze misschien iets wist over een van hun belangrijkste aanknopingspunten als het om Diana ging: Audra Panning.

Marcy wist het een en ander over Lydia's overgrootmoeder, maar dat was geen goed nieuws: ze was al jaren dood.

Daarmee was hun hoop op het vinden van een godin vervlogen. Gemma had het gevoel dat er na elk nieuw aanknopingspunt iets gebeurde wat het verbreken van de vloek alleen maar moeilijker maakte.

'Heb je nog iets nieuws ontdekt?' vroeg Thea.

'Ik denk niet dat er nog iets te ontdekken valt,' verwoordde Gemma haar angst.

'Dat heb ik je toch al gezegd,' zei Thea kortaf, maar het klonk verontschuldigend.

'*Thea!*' zong Liv. Haar stem galmde door de gang, maar de melodie ging door merg en been.

Terwijl het mooi zou moeten klinken. Niet dat Liv even verleidelijk kon zingen als Lexi had gedaan, maar haar stem was te vergelijken met die van Penn, en zelfs Gemma vond Penn verleidelijk klinken als die haar best deed.

Maar nu liepen Gemma de koude rillingen over haar rug. Livs stem had zo op het gehoor een prachtige, fluwelen klank, maar er ging een bovennatuurlijke trilling onder schuil die klonk als nagels op een schoolbord.

'Thea,' riep Liv weer.

Thea kreunde, en Gemma vroeg zich af of Livs stem op Thea hetzelfde effect had als op haar.

'Ik ben in de kleedkamer!' riep Thea terug.

'Ik moest je van Penn komen ophalen. Ze vraagt zich af waar je blijft.' Liv leunde tegen de deurpost en woelde met haar hand door haar blonde haar. 'Ik wil trouwens ook gaan.'

'Hebben jullie nog plannen voor vanavond?' vroeg Gemma. Ze glipte naar de hoek van de kleedkamer waar ze een goocheltruc met haar kleren moest zien uit te halen. Er was geen kamerscherm en ze wilde haar t-shirt en spijkershort aantrekken terwijl ze haar kostuum uittrok, zodat Liv zo weinig mogelijk van haar lichaam zou zien.

Niet dat Gemma zo preuts was. Ze had zich regelmatig in het bijzijn van Thea en de andere actrices omgekleed, om nog maar te zwijgen van de keren dat ze samen met de sirenen was gaan zwemmen. Ze hadden haar in alle verkleedstadia gezien.

Het was dus niet haar half blote lijf waar ze zich druk om maakte, maar de manier waarop Liv haar met grote, hongerige ogen opnam. De gedachte alleen al gaf haar zo'n onbehaaglijk gevoel dat ze snel haar t-shirt aantrok over de jurk.

'Heb je haar nog niet verteld wat we gaan doen?' Liv schudde haar hoofd en klakte met haar tong. 'Niet erg zusterlijk van je, Thea.'

Thea leunde tegen de make-uptafel en sloeg haar armen over

elkaar. Vervolgens wendde ze zich met een vermoeide blik tot Gemma. 'We gaan uit. Ik dacht dat je toch geen zin had om mee te gaan.'

'We gaan naar een club waar het wemelt van de lekkere jongens,' vulde Liv met een opgewonden lachje aan.

Gemma wist maar al te goed waarom: ze gingen zich voeden.

'Ik denk dat ik maar naar huis ga,' zei ze. Ze wurmde zich in haar korte broek. Bij de gedachte aan eten begon haar maag te rammelen.

Ze had die week zo veel mogelijk menseneten gegeten als ze op kon, maar de groeiende oerhonger in haar binnenste was nog altijd niet gestild. Precies twee maanden geleden had ze voor het laatst écht gegeten, en daar herinnerde de honger haar elke dag aan.

Weldra zou de herfstnachtevening plaatsvinden, en Thea had haar gewaarschuwd dat ze voor die tijd moest hebben gegeten. Hoe langer ze dat uitstelde, hoe meer haar charme en kracht afnamen. Haar stem was nog niet zo hees als die van Thea, maar ook lang niet zo zijdezacht als die van Penn, of zelfs Liv.

Thea had haar stem ooit onherstelbaar beschadigd omdat ze te lang had geweigerd zich te voeden. Haar zwoele stem was voorgoed lager en heser geworden. Thea liet weinig los over de maanden dat ze niet had willen eten, behalve dat het ondraaglijk was geweest en dat ze gek was geworden van de honger.

Gemma had Thea's waarschuwingen niet nodig. Dag in dag uit knaagde de honger. Ze voelde het in haar maag, in haar botten, tot in het diepst van haar vezels. Ze werd er elke minuut van de dag aan herinnerd dat haar lichaam haar uiteindelijk zou dwingen te eten, of ze nu wilde of niet.

Terwijl ze haar korte broek omhoog probeerde te wurmen, gleed haar jurk omlaag, en ze viel bijna voorover toen ze hem snel weer tot aan haar middel probeerde op te hijsen. Vervolgens knoopte ze eerst haar broek dicht en stapte toen uit de jurk. Met een diepe zucht blies ze haar haar uit haar gezicht.

'Is dat niet gevaarlijk?' vroeg Gemma. Het enige wat ze kon doen was proberen hen op andere gedachten te brengen. Ze rilde van het idee dat ze zich met mannenharten gingen voeden, maar wist niet hoe ze hen kon tegenhouden.

'Waarom zou dat gevaarlijk zijn? Als iemand gevaarlijk is, zijn wij het,' merkte Liv op.

'Maar jij komt net kijken,' hield Gemma haar voor. 'Je hebt jezelf nog niet onder controle.'

'Ik heb mezelf prima onder controle,' kaatste Liv terug. Het klonk als een verhuld dreigement, en een sluwe glimlach verspreidde zich over haar gezicht. 'Dat zou je nu onderhand toch moeten weten, Gemma.'

'Dus je gaat mee?' vroeg Thea gemaakt enthousiast. Het was duidelijk dat een avondje uit met Liv wel het laatste was waar ze zin in had.

'Klinkt leuk, maar vanavond toch maar liever niet,' zei Gemma. Ze wilde het hongergevoel zo lang mogelijk negeren.

'Je weet niet wat je mist,' zei Thea, maar ze klonk jaloers omdat ze er zelf niet onderuit kon.

'Tot kijk, Gemma.' Liv zwaaide even met haar vingers en vertrok, schoorvoetend gevolgd door Thea.

Gemma wachtte tot ze weg waren en begon toen de kleedkamer op te ruimen. Harper was het weekend thuis, dus misschien kon ze haar zus overhalen om morgen na de laatste voorstelling samen te gaan zwemmen. Het zou zeker niet hetzelfde effect hebben als eten, maar ze hoopte dat het de pijn in haar buik zou verminderen.

Tegen de tijd dat ze klaar was met opruimen, was ze alleen in het theater. Het laatste crewlid had op weg naar de uitgang bij haar aangeklopt en haar gevraagd of ze het licht uit wilde doen als ze naar huis ging.

Gewoonlijk was Daniel de laatste die vertrok. Soms wachtte hij op Gemma. Maar omdat het decor af was hoefde hij alleen de spullen klaar te zetten voor de voorstelling van de dag erop. Bovendien wilde hij zo veel mogelijk tijd doorbrengen met Harper nu ze in Capri was.

Pas toen ze het licht bij de achteruitgang uitdeed en het theater zich in duisternis hulde, besefte ze hoe eenzaam ze zich voelde. Thuis zou Brian in de woonkamer liggen te slapen in zijn stoel voor de tv en Harper was uit met Daniel.

Ze zag voor zich hoe ze zichzelf zou binnenlaten en op haar kamer zou gaan surfen op het internet, in de hoop wat meer over de tekst op de papyrusrol te weten te komen. Pas als haar ogen pijn zouden doen van het lezen, zou ze naar bed gaan en hopen dat ze de slaap zou kunnen vatten en niet zou dromen.

Maar hoe moe ze ook was, ze zou eerst wakker liggen en denken aan Alex. Ze zou de gebeurtenissen van de afgelopen tijd herbeleven totdat ze hem zo miste dat haar hart opnieuw zou lijken te breken. En als ze dan eindelijk in slaap viel, zou ze nachtmerries over Lexi krijgen.

Haar leven had er nog nooit zo somber uitgezien.

Toen ze de achterdeur openduwde, besloot ze te gaan zwemmen, ook al hadden Harper en haar vader haar dat afgeraden. Ze moest iets doen, anders werd ze gek.

'Gemma,' klonk een stem van opzij toen ze naar haar fiets liep, en vanuit haar ooghoek zag ze een gestalte bewegen bij de muur.

Voordat haar ogen zich hadden aangepast aan de duisternis, stapte Alex in de cirkel van licht van de straatlantaarn die het parkeerterrein achter het theater verlichtte. Hij had bij de achteruitgang op haar staan wachten.

'Alex?' zei Gemma, in de hoop dat ze er niet zo verslagen uitzag als ze zich voelde. Ze had zich net gerealiseerd dat ze hem erg miste en toen dook hij ineens naast haar op.

Zijn brede schouders wierpen een strakke schaduw op de grond en toen ze hem in zijn donkere ogen keek – de ogen waarop ze verliefd was geworden – stokte haar adem in haar keel. Zijn aanwezigheid deed haar hart openbloeien en eindelijk had ze het gevoel dat het hongergevoel minder werd.

'Ik wilde net weggaan,' zei hij, en een opgeluchte glimlach verspreidde zich over zijn gezicht. 'Ik dacht dat ik je was misgelopen.'

'Ik heb nog even wat opgeruimd.' Ze wees naar het theater achter hen.

'Hoe ging het vanavond?' vroeg Alex.

'Goed. Iedereen klapte na afloop, dus zo slecht zal het niet geweest zijn,' zei Gemma, en ze was blij dat hij lachte om haar flauwe grapje. 'Zat jij ook in de zaal?'

'Nee.' Hij schudde zijn hoofd. 'Ik had wel willen komen, maar was bang dat je boos zou worden als je me zag.'

'Waarom zou ik boos worden?' vroeg Gemma.

'Geen idee. Misschien...' Hij dacht even na en keek haar toen weer aan. 'Ik weet niet goed wat je voor me voelt.'

'Alex. Ik voel nog altijd hetzelfde voor je. Ik...' Ze wilde zeggen dat ze van hem hield, maar dat leek haar te intens, te echt, en dus sloeg ze haar ogen neer en vervolgde: '... geef nog altijd om je. Ik heb het uitgemaakt omdat het te gevaarlijk werd. Ik was bang dat ze jou iets zouden aandoen.'

'Dat weet ik, maar ik heb heel vervelend tegen je gedaan. Ik was er niet voor je,' zei hij. Hij klonk boos op zichzelf.

'Je was er niet voor me omdat ik dat niet wilde,' zei Gemma.

'Maar ik had er wel moeten...' Hij staarde naar de lucht en haalde diep adem. 'Het is heel gek. Ik heb hier de hele avond staan oefenen op wat ik tegen je zou zeggen, maar nu je voor me staat, weet ik het niet meer. Als ik jou zie raak ik in de war.'

'Het spijt me,' zei ze zacht.

'Dat hoeft niet.' Hij keek haar weer aan. Er smeulde iets in zijn donkere ogen wat haar de adem benam en de vlinders in haar buik deed opvliegen. 'Wat ik probeer te zeggen... wat ik écht zeggen wil is...'

Hij nam haar gezicht in zijn handen en drukte een kus op haar mond. Het enige wat ze wilde was hem terug kussen en genieten van zijn warme lippen op de hare, zijn vingers in haar haar.

Toen hij zijn kus onderbrak en haar hijgend aankeek, zag Gemma haar wereld weerspiegeld in zijn ogen. Een ogenblik bestond er niets anders dan Alex, en dat was van een verkwikkende eenvoud. Kon ze maar gewoon van hem houden, dan zou alles goed komen.

'Ik wil bij je zijn,' zei Alex zacht, en hij keek haar vorsend aan. 'Ik weet niet of jij dat ook wilt, of wat het beste voor jou is. Het maakt mij niet uit of het gevaarlijk is of dat me iets kan overkomen. Ik zal zijn wie je wilt dat ik voor je ben, of dat nu een vriend, je vriendje of een vreemde is. Ik zal doen wat jij nodig hebt.'

Gemma zou hem om de hals willen vliegen en willen zeggen dat alles goed zou komen, zolang ze elkaar maar hadden.

Maar dat was niet zo, en dat wist ze. De koude werkelijkheid was dat de monsters, die haar alles hadden ontnomen wat haar dierbaar was, dat nooit zouden toestaan.

Haar ogen vulden zich met tranen en ze zocht naar woorden. 'Alex, je weet dat ik bij je wil zijn, maar...'

'Dan is al het andere onbelangrijk, Gemma,' zei hij ferm. 'De sirenen, de vloek, en zelfs je zus. Ik zal er alles aan doen om bij je te zijn.'

'Weet je het zeker?' vroeg Gemma. Haar weerstand verzwakte.

'Gemma, ik hou van je, al... jaren, denk ik.' Hij glimlachte een beetje zielig. 'En dat is nog altijd zo, zelfs nadat je me had betoverd. Ik zal altijd van je blijven houden, wat er ook gebeurt.'

'Ik hou ook van jou.' Ze glimlachte. 'Ik beloof je dat ik je nooit meer op andere gedachten zal proberen te brengen.'

Gemma ging op haar tenen staan en sloeg haar armen om zijn nek. Toen hij zich naar haar toe boog en haar kuste, probeerde ze van het moment te genieten en niet meer te denken aan de talloze manieren waarop dit fout zou kunnen aflopen.

Ze hield van Alex, sterker nog, ze had hem nodig en wilde hem niet nog een keer verliezen.

15

Oefening

Gemma had die zondag na de laatste voorstelling meteen naar huis willen gaan. Ze had min of meer met Harper afgesproken om te gaan zwemmen en popelde om te vertrekken. Ze had de avond ervoor al lang genoeg in het theater rondgehangen.

Toen ze echter naar de uitgang liep, hoorde ze decorstukken omvallen en iemand vloeken. Ze herkende de stem van Daniel. Ze beklom de trap naar het podium aan de achterzijde van het theater en zag hem staan, in een flanellen overhemd en een gescheurde spijkerbroek. Hij was bezig het decor af te breken.

'Werk je over?' vroeg Gemma, op hem af lopend. Haar voetstappen echoden door het lege theater.

'Je kent me. Ik ben niet te stuiten.' Hij keek haar grijnzend over zijn schouder aan.

'Waar is de rest van de crew?' vroeg Gemma, doelend op de mannen die hadden meegewerkt aan het decor en de productie. Daniel had de leiding gehad, maar had niet alles alleen gedaan.

'Die heb ik naar huis gestuurd. Ik wil het materiaal bewaren voor mijn klussen of eventuele volgende toneelstukken, dus dan moet ik het zelf ook opruimen.' Hij trok een paar spijkers uit een namaakluifel boven een deuropening van multiplex.

'Zal ik je helpen?' vroeg Gemma toen hij haar weer over zijn schouder aankeek.

'Graag.' Hij wees naar een andere luifel.

Gemma moest op een trapje gaan staan om erbij te kunnen, maar het kostte haar weinig moeite om de spijkers eruit te krijgen. In de tijd dat Daniel er een omlaag had gehaald, had zij er al twee ontmanteld. Ze begon zachtjes te neuriën.

'Wat ben je vrolijk vanochtend?' zei hij toen hij haar opgewekte deuntje hoorde.

'Ik eh...' Ze aarzelde even of ze hem over Alex zou vertellen, maar besloot hem in vertrouwen te nemen. 'Alex en ik hebben het gisteravond bijgelegd.'

'O ja?' Daniel wierp een zijdelingse blik op haar. 'Dat verklaart alles.'

'Blijft het daarbij?' vroeg ze onzeker.

Hij draaide zich naar haar toe. 'Hoe bedoel je?'

'Krijg ik geen preek omdat het dom en gevaarlijk is en ik me beter kan richten op het verbreken van de vloek?' zei ze onzeker, en ze keek hem verbaasd aan toen hij lachte.

'Volgens mij doe je daar al alles aan,' zei hij. 'Meer kun je niet doen. En als Alex en jij weer bij elkaar willen zijn, wie ben ik dan om daar een stokje voor te steken?'

Gemma haalde haar schouders op. 'Harper zou het afkeuren.'

'Ach ja, Harper wilde ook dat ik bij haar uit de buurt bleef, en je weet hoe dat heeft uitgepakt,' zei Daniel. Hij richtte zijn aandacht weer op het decor.

'Ben je blij dat het aan is tussen jullie?'

'Natuurlijk,' antwoordde hij zonder enige aarzeling.

'Heb je er echt geen spijt van? Zelfs niet na wat er allemaal is gebeurd?'

'Nee. Ik bedoel, het zou natuurlijk fijner zijn als er geen monsters waren die me naar het leven stonden, maar dat is nu eenmaal zo.' Hij had onder het praten voldoende spijkers eruit getrokken om de wand los te krijgen. 'Ik ga niet minder om Harper geven omdat er idiote, gevaarlijke dingen gebeuren. Daar heb ik niets over te zeggen. Zo werkt liefde nu eenmaal.'

Toen de wand loskwam, pakte Daniel de ene kant vast en Gemma de andere. Toen bleek dat ze zijn hulp niet nodig had, droeg ze de plaat in haar eentje naar de stapel met ander sloophout en ging Daniel verder met de spijkers.

'Je bent verdomd sterk voor iemand met jouw postuur,' merkte Daniel op toen Gemma terug kwam lopen.

Harper, die meer op hun moeder leek, was vrij lang, maar Gemma was nogal klein en fijngebouwd. Als ze niet over bovennatuurlijke krachten had beschikt, had ze de platen waarschijnlijk niet in haar eentje kunnen dragen.

Ze wuifde zijn opmerking weg. 'Ach ja, je bent een sirene of je bent het niet.'

'Volgens mij ben je nog niet zo sterk als je zou kunnen zijn.' Daniel kwam overeind en draaide zich naar haar om.

'Hoe bedoel je?' vroeg Gemma.

'In deze gedaante, als mens.' Hij richtte de hamer in zijn hand op haar. 'Je bent sterker dan de gemiddelde tiener, en waarschijnlijk ook dan de gemiddelde volwassen man, maar je benut nog lang niet al je krachten. Toen Lexi veranderde in een vogelmonster, was ze veel sterker dan jij nu. Of was dat omdat ze ouder was?'

'Ik denk een combinatie van beide,' gaf Gemma toe. 'Lexi wist hoe ze haar krachten moest gebruiken. Als monster zijn we veel sterker dan in onze menselijke gedaante.'

'Oké... maar waarom gebruik je die krachten dan niet?' vroeg Daniel.

Gemma schudde haar hoofd en wendde haar blik af. 'Dat ligt nogal ingewikkeld.'

'Dat geloof ik graag. Het is ook niet als kritiek bedoeld, maar Lexi had ons wel bijna vermoord,' zei hij vriendelijk. 'Het had niet veel gescheeld of ze had me gedood. In monstergedaante zou jij beter tegen haar opgewassen zijn geweest.'

'Dat weet ik. Het spijt me dat je door mij in die situatie bent terechtgekomen,' haastte ze zich te verontschuldigen.

'Gemma, je hoeft je niet te verontschuldigen.' Hij deed een stap naar haar toe. 'Ik bedoel alleen te zeggen dat je alles op alles moet zetten om jezelf en je dierbaren te beschermen. Als ik het niet was geweest maar Harper, dan had Penn Lexi haar gang laten gaan en was Harper nu dood geweest.'

Gemma slikte moeizaam. Tot die conclusie was ze zelf ook al gekomen. 'Dat weet ik. Maar je weet niet hoe het is om een monster te zijn. Ik had mezelf niet in de hand. Het overviel me en ik kon niet meer helder denken...'

'Ik weet dat je iemand hebt aangevallen,' zei hij zacht. 'Maar Lexi leek zichzelf wel in de hand te hebben toen ze in het monster veranderde. En als Lexi dat kon, en dat was een roekeloze idioot, dan kan jij het ook.'

'Ik weet dat ik moet oefenen, maar ik ben bang dat ik mijn zelfbeheersing verlies en iemand iets aandoe.'

'Jij bent sterker dan dat monster, Gemma,' zei Daniel vol vertrouwen. 'Je kunt grip op je krachten krijgen en ze leren beheersen. Je moet het alleen oefenen.'

Gemma keek naar hem op. 'Je bedoelt... nu meteen?'

'Waarom niet? Op ons tweeën na is er niemand meer in het theater.' Hij maakte een breed armgebaar naar het podium. 'Als je door het lint gaat, kunnen er alleen een paar stoelen en gordijnen sneuvelen. Maar die heb ik zo weer gemaakt.'

'Maar stel dat ik jou aanval?' vroeg Gemma.

'Dat gebeurt niet.'

'Hoe weet je dat?'

'Dat weet ik gewoon.'

Ze schudde haar hoofd. 'Ik weet niet eens hoe het moet.'

'Herinner je je de laatste keer dat je vleugels gingen groeien?'

'Ja, ik was doodsbang.' Gemma herinnerde zich de aanval in het huis van de sirenen als de dag van gisteren. 'Ik dacht dat Lexi je zou vermoorden, en toen gebeurde het gewoon. Het is ook al een keer met mijn vingers en tanden gebeurd, maar die veranderen alleen als ik me bedreigd voel of omval van de honger.'

'Oké. Probeer die emotie weer op te roepen. Ik kan je bang maken, als je wilt,' opperde Daniel.

'Nee,' zei ze snel. 'Dat lijkt me te gevaarlijk.'

'Denk anders aan Penn of aan die irritante Liv,' stelde hij voor. 'Dat ze achter Harper of Alex aan zitten. Of beter nog, achter allebei. Probeer je voor te stellen dat ze de mensen van wie je het meest houdt iets aandoen.'

Gemma sloot haar ogen en probeerde de angst op te roepen die ze al eens eerder had gevoeld. Ze stelde zich Livs valse glimlach voor, en dat Penn veranderde in het vogelmonster. En toen stelde ze zich voor dat Penn en Liv zich op Alex en Harper stortten, wat niet zo moeilijk was, omdat ze dat al honderden keren voor zich had gezien.

Gewoonlijk probeerde ze haar paniek te onderdrukken en het beeld te verdringen. Meestal ging ze dan iets doen om haar hoofd helder te maken, zoals onderzoek doen naar de papyrusrol of zwemmen in zee, maar nu liet ze het gevoel toe. Ze liet zich overspoelen door de angst en de woede die ze voelde bij de gedachte haar dierbaren te verliezen.

Plots voelde ze een tinteling in haar huid die zich verspreidde over de rest van haar lichaam. Het was een subtiele, aangename gewaarwording, die zich leek te concentreren in haar handen en overging in een vreemd trekkend gevoel. Toen ze haar ogen opende, zag ze wat er gebeurde. Haar vingers werden langer en haar huid rekte zich onnatuurlijk uit. Zelfs haar nagels groeiden. Ze werden donkerbruin en dikker, totdat ze op klauwen begonnen te lijken.

'Help, moet je mijn vingers zien...' Gemma hapte naar adem en keek naar haar groeiende handen.

Ze was bang geweest dat het proces zou stoppen als ze zich niet voldoende op de transformatie concentreerde, maar nu ze als de dood was dat ze haar zelfbeheersing zou verliezen, leek de angst juist een versterkend effect te hebben. Haar vingers bleven groeien, totdat ze zo'n dertig centimeter lang waren, en haar huid spande zo strak om haar handen en haar armen dat de botten erdoorheen schemerden.

'Doet het pijn?' vroeg Daniel. Hij staarde naar haar handen.

'Nee, het tintelt... het is eigenlijk wel een prettig gevoel,' gaf ze toe.

Haar hele lichaam tintelde nu. De hitte golfde door haar armspieren, maar zelfs dat was een prettig gevoel. Het leek of haar borst uitzette en haar hart hard zijn best deed om het bloed sneller door haar aderen te pompen.

De vorige keer, tijdens haar confrontatie met Lexi, had het enorm veel pijn gedaan toen de vleugels doorbraken. Ze had de huid op haar rug voelen scheuren. Maar dit was anders.

'Hoe is het mogelijk,' zei Daniel, en hij keek vol ontzag toe terwijl haar armen transformeerden.

'Ik heb jeuk in mijn mond,' lispelde Gemma. Haar tong schuurde langs de scherpe punten van haar nieuwe tanden.

Haar gehemelte werd gloeiend heet en ze proefde bloed. Ze wist niet of haar tandvlees bloedde omdat er nieuwe tanden waren doorgekomen, of dat ze haar tong had opengehaald aan haar scherpe gebit.

'Argh,' gromde Gemma. 'Ik kan amper praten met al die tanden.'

Daniel gaapte haar met grote ogen aan. 'Oké. Dit is dus écht ranzig.'

'Fijn dat je me steunt,' zei Gemma droogjes.

Gelukkig kon ze zelf niet zien hoe ze eruitzag, maar ze wist hoe Penn en Lexi eruit hadden gezien na hun transformatie, met monden vol rijen vlijmscherpe tanden en lippen die zo uitgerekt waren dat ze als een dunne rode lijn om hun gebit spanden.

Gemma voelde dat haar lippen werden strakgetrokken en merkte dat haar zicht scherper werd naarmate haar ogen verder veranderden in de gele vogelogen van het monster. Ze hoorde de botten van haar gezicht kraken, zodat er meer ruimte kwam voor haar grotere mond.

'Sorry, maar dit ziet er echt niet uit.' Daniel schudde zijn hoofd. 'Het is... allesbehalve mooi.'

Toen het gekraak voorbij was, merkte ze dat ze veel beter hoorde. Het geluid van Daniels ademhaling, en zelfs van zijn hartslag, galmde in haar oren.

De transformatie leek haar hongeriger te maken. Het was niet zo erg als die keer dat ze iemand had vermoord, maar de honger knaagde en verspreidde zich als een stroomstoot door haar lichaam.

'Moet ik doorgaan?' vroeg Gemma. Haar stem had al de duivelse klank die ze kende van Lexi's en Penns transformatie.

'Zal dat lukken?' zei Daniel.

Ze had haar benen nog, en ook de vleugels waren nog niet doorgebroken, dus ze wist dat ze nog verder kon gaan. Maar ze betwijfelde of ze moest doorzetten. 'Geen idee.'

'Hoe voelt het? Heb je jezelf nog onder controle?'

'Ja. Ik bedoel, ik zal je niet opeten, maar ik heb duidelijk meer honger.' Ze haalde diep adem om het hongergevoel te onderdrukken, maar het had eerder een averechts effect. 'Je ruikt...'

'Je ruikt me?' vroeg Daniel verbaasd.

'Ja, je ruikt...' Gemma wist niet hoe ze het moest omschrijven. Niets op aarde rook zoals hij. 'Zalig.'

'Meen je dat?' Zijn ogen werden groot. 'Zou je me willen opeten?'

'Ik denk het wel. Ik kan je hartslag horen...' Gemma sloot haar ogen en zong met de melodie van zijn hart mee. 'Da da doem, da da doem.'

'Jeetje,' zei Daniel gebiologeerd. 'Je hebt een prachtige stem.'

'Echt waar?' Gemma keek naar hem op.

In zijn ogen lag niet de glazige blik die mensen vertoonden als ze door sirenenzang waren betoverd, maar toch klopte er niets aan zijn blik, alsof ze hem had gehypnotiseerd.

'Zeker weten.' Hij schudde zijn hoofd om het verdwaasde gevoel te verdrijven. 'Ik ben niet betoverd, hoor. Tenminste niet zoals al die andere mannen. Maar je stem biologeert me wel.'

'Ik heb een berehonger. Ik moet echt snel iets eten.' Ze probeerde haar lippen af te likken, maar haar tong kwam niet verder dan haar tanden. Haar maag gromde onheilspellend en ze beefde van de honger. 'Eh... liefst meteen. Kun jij iemand voor me regelen? Een of andere ploert?'

'Een of andere ploert? Waar moet ik die vandaan halen?' zei Daniel, en hij deed een stap achteruit.

Haar borst zette uit, haar ribben en ruggengraat kraakten. Ze merkte dat ze haar verstand begon te verliezen. Haar gedachten blokkeerden en ze wist zich de naam van de jongen die voor haar stond nog amper te herinneren. Ze wist niet meer waar ze was, en dat interesseerde haar eigenlijk ook niet. Het enige wat ertoe deed was de brandende honger.

'Geen idee. Maar je moet nu echt iemand voor me gaan zoeken.'

'Gemma... je zit nog midden in je transformatie.' Hij deinsde verder achteruit, maar nog altijd leek ze boven hem uit te torenen. 'Probeer jezelf alsjeblieft weer onder controle te krijgen.'

'Dat komt wel,' snauwde ze. 'Ik moet eerst eten.'

'Je stem klinkt heel akelig nu. Je hebt jezelf niet meer in de hand, Gemma,' zei Daniel streng. 'We moeten eerst zorgen dat je je mensengedaante weer aanneemt.'

Haar gedachten gingen verloren in een grijze mist, maar ze besefte nog dat ze de controle over zichzelf aan het verliezen was. Het monster kon elk moment de regie overnemen en dan zou ze geregeerd worden door een oerinstinct dat ze niet vertrouwde noch begreep.

'Gemma,' zei Daniel kalm maar ferm. 'Gemma, zorg dat je jezelf weer onder controle krijgt.'

'Daniel,' zei ze, omdat ze zijn naam hardop wilde zeggen. Ze moest een echte persoon van hem maken, iemand die ze kende en om wie ze gaf, zodat ze hem niet slechts als een lekker hapje zou zien waarmee ze haar maag kon vullen.

Op dat moment werd er voor in het theater een deur geopend. Gemma spitste haar oren om te horen of ze een nieuw hart hoorde kloppen. Misschien kwam er iemand aan die als voedsel kon dienen.

'Verdorie, Gemma, er komt iemand aan.' Hij hief zijn handen op, en zonder haar aan te raken, probeerde hij haar achter een gordijn te dirigeren. 'Verstop je achter dit gordijn.'

'Daniel...' jammerde ze, maar ze deed wat hij vroeg en verdween achter het fluwelen gordijn.

'Hallo, Daniel,' zei regisseur Tom met zijn zangerige Britse tongval. 'Ik dacht dat je al weg zou zijn.'

Gemma werd verteerd door het verlangen Tom of Daniel, of misschien wel allebei, te verslinden. Ze dacht aan de warme, zoete smaak van hun bloed en moest haar uiterste best doen om achter het gordijn te blijven staan.

Vooral Tom klonk als een zalig hapje. Haar emotionele verbondenheid met Daniel stilde haar honger enigszins, maar dat gold minder voor Tom. Waarschijnlijk was het niet eens een aardige man. Ze had hem ooit tekeer horen gaan tegen Kirby.

Toen ze Jason vermoordde, had ze een black-out gehad. Naderhand had ze zich er niets van kunnen herinneren. Maar nu kwam de herinnering aan de smaak van zijn hart bovendrijven en proefde ze het warme, zoete bloed dat door haar keelgat was gegleden.

Maar waarom zou ze zichzelf proberen te rechtvaardigen en Tom niet gewoon vermoorden? Ze kon niet meer logisch redeneren en alleen nog maar aan eten denken.

'Ik ben bijna klaar, hoor,' zei Daniel gejaagd. 'Maar waarom ben je hier, Tom? Kan ik je misschien ergens mee helpen?'

'Nee, ik heb iets op mijn kamer laten liggen,' zei Tom. 'Ik ben zo weer weg.'

In plaats van zich op hem te storten en hem te verslinden,

klampte Gemma zich aan haar laatste restje verstand vast. Ze sloeg haar lange armen om haar hoofd en hurkte neer om zich zo klein mogelijk te maken. Ze zou willen dat ze door de grond kon zakken en de honger en het monster in haar binnenste kon temmen.

Ze hoorde Toms voetstappen wegsterven en merkte toen dat het stil werd in haar oren. Ze hoorde geen hart meer kloppen en ook de tintelingen waren weg. Bang een black-out te hebben gehad en aan het monster te hebben toegegeven, opende ze haar ogen, in de veronderstelling overal bloed te zien.

Toen besefte ze dat ze nog altijd honger had. Niet meer zo erg als daarnet, maar erger dan voor ze in het monster was veranderd.

'Gemma?' zei Daniel. 'Gaat het?'

Ze hief haar hoofd op en zag hem bezorgd op haar neerkijken. Vervolgens keek ze naar haar handen, die er weer normaal uitzagen, en liet ze haar tong langs haar tanden glijden. Ze had haar normale gebit weer terug.

Haar topje was gescheurd toen haar borst uitzette, en nu was haar paarse beha te zien. Snel sloeg Gemma haar armen voor haar borst en stond op.

'Ja, ik ben weer normaal,' zei ze. Ze hoopte dat haar stem niet zo beverig klonk als ze zich voelde. 'Mijn topje is gescheurd.'

'Ogenblikje.' Daniel trok zijn flanellen overhemd, waaronder hij een T-shirt droeg, uit en reikte het Gemma aan.

'Dat was dus niet zo'n goed idee,' zei ze nadat ze het overhemd had aangetrokken.

'Jawel, hoor. Je deed het heel goed,' zei hij zonder veel overtuiging. 'Ik bedoel, de eerste keer dat je transformeerde, had je jezelf niet meer onder controle. Dat scheelde nu ook niet veel, maar je bleef wel jezelf. Je hebt niemand aangevallen. Je moet gewoon vaker oefenen.'

'Misschien moet ik wat minder gevaarlijke oefeningen doen. Bijvoorbeeld leren hoe ik mijn vleugels kan laten groeien,' zei Gemma.

'Misschien,' beaamde Daniel schoorvoetend. 'Maar als je de vloek de baas wilt worden, zal je het monster in je binnenste moeten temmen. Je zult moeten leren vechten.'

'Ik weet het.' Ze zuchtte. 'Fijn dat je er zo koelbloedig onder bleef.'

'Leek dat zo? Mooi. Want je zag er echt afzichtelijk uit. Het was vreselijk.'

Gemma grijnsde. 'Dank je, Daniel.'

'Graag gedaan.'

Daniel ging weer aan het werk en Gemma deed haar best hem te helpen. Ze liet niet merken dat ze nog steeds behoorlijk uit haar doen was. Het hongergevoel was sterker dan ooit tevoren en ze besefte tot haar schrik dat haar lichaam haar nu nog sneller zou dwingen zich te voeden.

September kwam snel dichterbij. Gemma had nog maar een paar weken voordat haar begeerten onbeheersbaar zouden worden. Als Penn haar al niet eerder had vermoord.

16

Sluimering

Harper besefte dat Daniel niets over haar overvolle boeken-tas had gezegd toen ze in de boot stapte, en ook niet toen ze, eenmaal op het eiland, naar zijn huis liepen. Waarschijnlijk dacht hij dat er schoolboeken in zaten.

Echt lekker sexy, duh. Maar Daniel accepteerde haar zoals ze was. Hij had zoveel geduld met haar dat ze soms niet kon geloven dat iemand zoals hij in haar leven was gekomen.

'Oké...' Ze liet haar zware tas van haar schouder glijden en zette hem met een klap op de keukentafel. 'Vind je het goed als ik van-avond blijf slapen?'

'Ik...' Daniel keek even beduusd van de tas naar haar. 'Ik dacht dat je vanavond terug wilde naar Sundham?'

'Dat zei ik tegen Gemma en mijn vader omdat ik geen zin had om het uit te leggen,' zei Harper. 'Ik heb morgenochtend pas om tien uur college, en omdat we elkaar zo weinig hebben gezien de laatste tijd, dacht ik dat ik hier wel zou kunnen blijven slapen. Tenzij je...'

'Nee nee. Ik bedoel, niks tenzij. Natuurlijk kun je hier blijven slapen. Je bent altijd welkom. *Mi casa, su casa.*' Hij lachte.

'Ik kom alleen maar slapen, hoor,' zei Harper. 'Je weet dat ik... geen... je weet wel. Ik denk er nog altijd hetzelfde over. Ik wil wachten tot we...'

'Ja, nee, prima,' zei hij. 'Wat je wilt.'

Ze sloeg haar handen voor haar gezicht. 'Brr. Ik gedraag me als een idioot, en ik weet zelf niet eens waarom. Je weet dat ik om je geef, maar ik wil geen tegenstrijdige signalen afgeven. Ik ben gewoon nog niet zover. Ik denk dat ik maar beter weer kan gaan.'

'Nee, Harper.' Daniel liep naar haar toe en trok voorzichtig haar handen omlaag. 'Ik geef ook om jou en hoop dat er een tijd komt dat we wel seks zullen hebben. Ik zou liegen als ik zou zeggen dat ik daar nooit aan denk. Ik weet zeker dat we er allebei van zullen genieten.' Hij bracht haar hand naar zijn mond en kuste zacht haar knokkels. 'Maar ik wil het alleen als jij het ook wilt,' vervolgde hij. 'Ik weet dat je nog niet zover bent, maar dat geeft niet. Ik heb geen haast. Als je wilt kunnen we vannacht onze kleren aanhouden. Geen probleem. Oké?'

'Weet je het zeker?' vroeg Harper. 'Ik bedoel, niet dat het daar anders van wordt, maar ik wil het wel weten.'

'Honderd procent zeker. Ik vind het echt niet erg.' Daniel glimlachte. 'Ik heb maanden moeten wachten op een kus van jou. Weet je wat ik daarvan heb geleerd? Dat je het wachten meer dan waard bent.'

Harper leunde tegen zijn borst, en toen ze hem in zijn ogen keek, nam hij haar in zijn armen. Ze kreeg het warm vanbinnen en vroeg zich af of het aan zijn sterke armen lag of aan het vooruitzicht dat ze met Daniel seks zou hebben als ze er klaar voor was.

'Je kunt dat soort dingen niet blíjven zeggen. Het klinkt allemaal te volmaakt,' zei ze zacht.

'Waarom kan dat niet?' vroeg Daniel.

'Omdat ik hetzelfde nog niet terug kan zeggen.'

'Oké. Wat dacht je hiervan? Ik zeg tegen jou "ik hou van je" en jij zegt "ik hou van je" terug,' opperde hij met een speelse glimlach. 'Dat zou mij volmaakt in de oren klinken.'

'Ik hou van je,' zei Harper.

'Ik hou ook van jou.' Hij boog zich naar haar toe en kuste haar teder op haar mond. 'Maar dat had ik eerst moeten zeggen.'

'Dan heb ik dus gewonnen.' Harper lachte en deed een stap opzij. Ze wilde dicht bij hem zijn, maar werd overmand door emoties en had tijd nodig om zich weer onder controle te krijgen.

'Moet je vanavond nog je colleges voorbereiden?' vroeg Daniel. Hij liep achter haar aan naar de bank. 'Of heb ik je de hele avond voor mezelf?'

'Ik heb nog genoeg te doen,' zei Harper, en ze ging op de bank zitten. Zodra Daniel naast haar zat, legde ze haar benen op zijn schoot. 'Maar ik denk dat ik vanavond maar oversla.'

'Weet je het zeker? Ik wil geen slechte cijfers op mijn geweten hebben.'

'Heel zeker. Ik moet zo nu en dan even ontspannen, anders sla ik op tilt.'

'En dat wil niemand.' Hij grijnsde. 'Ben je vandaag nog met Gemma wezen zwemmen?'

'Ja.' Ze knikte. 'Tot voorbij het eiland. Dat was best eng. Ze ging echt a-ke-lig snel.'

Sinds Gemma in een zeemeermin was veranderd, ging ze als een speer door het water. Als mens kon ze al uitstekend zwemmen, maar nu was ze echt bliksemsnel. Zelfs de golven was ze te snel af.

Harper had zich aan haar vastgeklampt en zich door het water voort laten trekken. Gemma was aan de oppervlakte gebleven, zodat Harper kon ademen. Ze had de zon op haar huid voelen branden en zelfs zij had moeten toegeven dat het een heerlijk gevoel was geweest.

'Was het leuk?' vroeg Daniel.

'Ja, heel leuk.' Ze dacht aan de sirenen en haar weemoedige glimlach maakte plaats voor een sombere blik. 'Hoe denk jij over Thea?'

'Hm.' Hij haalde zijn schouders op. 'Hoezo? Jij?'

'Ik vertrouw ze alle drie niet, maar Thea lijkt me het betrouwbaarst.' Harper kauwde op haar lip. 'Ik begrijp alleen niet waarom ze Gemma de papyrusrol heeft gegeven.'

'Misschien is ze suïcidaal,' zei Daniel.

Harper dacht even na en zei toen: 'Penn heeft een kort lontje. Als Thea dood zou willen, hoeft ze Penn maar op de kast te jagen en...' Harper knipte met haar vingers. 'Poef, weg Thea. Ik bedoel, Penn heeft ook geen moment geaarzeld toen ze Lexi vermoordde.'

'Misschien wil Thea ook wel van Penn af.'

'Je bedoelt dat ze wil dat ze door anderen wordt vermoord?'

'Zoiets. Thea wil duidelijk niet tegen Penn in opstand komen en haar ook niet vermoorden.'

'Maar waarom niet? Penn is een kwaadwaardig monster.'

'Ja, maar ze is wel Thea's zus,' zei Daniel. 'Hoe ver zou Gemma moeten gaan voordat jij haar zou vermoorden?'

'Gemma zal nooit zo worden als Penn en Thea,' antwoordde Harper, en ze schudde haar hoofd.

'Dat weet ik ook wel, maar ik vroeg je niet waartoe Gemma in staat zou zijn,' verduidelijkte hij, 'maar jíj. Zou jij je zus kunnen vermoorden?'

'Dat weet ik niet.' Harper slikte moeizaam en staarde voor zich uit. Ze wilde nee zeggen, maar diep vanbinnen hoopte ze dat ze zou weten wat ze moest doen, mocht het ooit zover komen. Als Gemma ooit in de fout ging, hoopte ze dat ze sterk genoeg was om in opstand te komen tegen haar zus en dat ze onschuldige mannen tegen haar zou beschermen. 'Maar die keuze hoop ik nooit te hoeven maken.'

'Oké, genoeg gesomberd voor vandaag,' zei Daniel. 'Tijd voor iets leuks.'

Ze keek hem aan en probeerde haar sombere stemming van zich af te schudden. 'Heb jij een idee?'

'We kunnen tv gaan kijken, als je wilt,' opperde Daniel. 'Ik heb een paar video's van *Quantum Leap*.'

'Daniel,' zei Harper afkeurend, maar ze kon een glimlach niet onderdrukken. 'Je zou je toch niet meer in videobanden laten uitbetalen? Je hebt nu huur te betalen.'

'Hé, *Quantum Leap* is een prima ruil, hoor,' hield hij vol. 'En de huur voor september heb ik al betaald. Ik heb goed verdiend aan het toneelstuk.'

Harper lachte, en Daniel schoof de band in de videorecorder. Ze nestelde zich tegen hem aan, waarna ze de rest van de avond naar grofkorrelige videobanden van de oude televisieserie keken. Harper genoot met volle teugen.

Toen ze af en toe even wegdommelde, stelde Daniel voor dat ze beter naar bed konden gaan. Harper trok in de badkamer haar pyjama aan, een short en een hemdje. Terwijl ze zichzelf in de spiegel bewonderde, twijfelde ze of ze niet iets sexyers had moeten aantrekken, of juist iets degelijkers. Maar daar viel nu niets meer aan te veranderen, dus ze poetste haar tanden, haalde diep adem en liep zijn slaapkamer in.

Daniel had het lampje op zijn nachtkastje aangedaan en stond, slechts gekleed in een boxershort, naast zijn bed. Harper had hem al vaker met ontbloot bovenlijf gezien en kon niet ontkennen dat hij er sexy uitzag.

Hij was niet overdreven gespierd, maar had een strak sixpack en smalle heupen. Om nog maar te zwijgen van het uitdagende streepje haar onder zijn navel dat onder de band van zijn boxershort verdween.

Maar hoe sexy Harper Daniel ook vond zonder shirt, dat was niet de reden dat ze in de deuropening bleef dralen. Het was zijn blote lijf en zijn nabijheid. Als ze bij hem in bed zou kruipen, zou hij overal zijn, en die intimiteit overweldigde haar.

'Gaat het?' vroeg Daniel.

'Ja hoor.' Ze glimlachte stroef en knikte, maar bleef nog altijd in de deuropening staan. 'Slaap jij altijd zo?'

'Meestal wel.' Hij keek naar zijn boxershort. 'Wil je dat ik mijn t-shirt weer aantrek?'

'Nee,' zei ze snel. 'Niet als je het zo gewend bent.'

'Oké,' zei Daniel. Toen wees hij op haar. 'En jij slaapt altijd daar in?'

Ze keek naar haar hemdje, dat ineens erg dun aanvoelde, en haar short, die haar door het dessin van slapende pinguïns heel kinderachtig voorkwam. Ze wenste dat ze iets volwasseners had meegenomen. Niet per se sexy, maar wel iets vrouwelijkers, van satijn of kant... Hoewel, dat klonk meteen weer zo sexy.

Maar waarom eigenlijk ook niet? Ze keek weer naar Daniels uitdagende lijf en bedacht dat het best een beetje spannend mocht worden. Hij zag er geweldig uit, en hij hield van haar. Er waren vervelendere manieren om de avond door te brengen.

'Ja,' zei Harper uiteindelijk, en ze frunnikte aan haar short. 'Dit is mijn pyjama.'

'Leuk.'

'Dank je.'

'Oké...' Daniel liet zijn blik van Harper, die nog steeds roerloos in de deuropening stond, naar zijn bed glijden. 'Heb je misschien liever dat ik op de bank ga slapen?'

'Nee. Ik wilde hier vanavond blijven om bij jou te kunnen zijn.' Ze liep de slaapkamer in en ging naast het bed staan.

'Oké, dan doen we dat toch?' Hij glimlachte.

Harper klom op het bed en ging onder de dekens liggen. Ze had de neiging aan de rand van het bed te blijven liggen, maar besloot dat dat onzin was, dus toen Daniel ook in bed kwam, schoof ze naar het midden van het matras. Ze wilde dichter bij hem zijn.

Toen hij het licht uitdeed, merkte ze dat ze de duisternis prettig vond. Iets aan het verstopt zijn gaf haar een ontspannen gevoel.

Ze bleef echter doodstil op haar rug liggen. Daniel schoof dichter naar haar toe; zijn arm raakte de hare en ze voelde zijn gloeiend hete huid. Ze snapte niet dat hij zonder T-shirt zo warm kon aanvoelen.

'Mag ik je een nachtzoen geven?' vroeg hij.

'Natuurlijk,' zei ze, en ze hoopte dat haar stem normaal had geklonken.

Toen lag zijn hand ineens op haar arm, sterk en geruststellend. Ze voelde zijn stoppels eerst, die ruw over haar huid en lippen streken. En toen kuste hij haar. Pas op dat moment drong het tot haar door dat ze er al die tijd onbewust mee bezig was geweest.

Ze had zich afgevraagd hoe ver ze kon gaan, en op welk moment ze zich aan hem kon geven, maar ook wat hij van haar zou denken. Zodra hij haar echter kuste, verdween haar angst als sneeuw voor de zon. Dit was Daniel. Ze vertrouwde hem, ze hield van hem. Het zou gebeuren als de tijd er rijp voor was, en geen seconde eerder.

Harper sloeg haar armen om hem heen en het was alsof haar huid versmolt met de zijne. Zijn kus werd vuriger en met zijn arm om haar middel trok hij haar dichter tegen zich aan. Ze duwde haar vingers in zijn rug en voelde zijn tatoeage en littekens onder haar handen.

Het ging vanzelf. Ze sloeg haar been over zijn heup en trok hem tussen haar dijen. Zijn mond kwam los van de hare terwijl hij voorzichtig op haar rolde en zijn lippen trokken een spoor vanaf haar kaak naar de zachte huid van haar hals. Toen liet hij een hand onder haar hemdje glijden en streelde haar borst. Ze kreunde zacht.

Het geluid leek Daniel wakker te schudden. Hij onderbrak zijn kus, duwde zich op zijn handen omhoog en keek op haar neer.

'Sorry,' zei hij hijgend. 'Ik wil geen dingen doen waar we later spijt van krijgen.'

'Je hoeft je niet te verontschuldigen.' Ze lachte kort, maar hij lachte niet met haar mee. In plaats daarvan rolde hij van haar af en bleef op zijn rug naast haar liggen. 'Ik vond het fijn, Daniel. We... we hoeven niet te stoppen. Nog niet in elk geval.'

'Jawel,' zei Daniel zacht. Zijn stem klonk hees. 'Het kost me moeite me in te houden en ik weet niet of ik dat nog lang volhoud.'

Ze drukte zich op een elleboog omhoog en keek hem in het donker aan. 'Dat hoeft misschien ook niet. Wat er ook gebeurt, het zal fantastisch zijn, zolang ik maar bij jou ben.'

'Harper,' zei Daniel ten slotte. 'Ik moet je iets vertellen.'

Ze boog zich naar hem toe, en net voordat haar lippen de zijne raakten, zei ze zacht: 'Wat dan?'

Haar kus, die teder begon, werd steeds inniger en hartstochtelijker, en zijn protest verstomde. Dat was de reden waarom ze hem had gekust: ze wilde geen verontschuldigingen horen, ze wilde alleen maar bij hem zijn.

Hij legde zijn ene hand om haar hoofd en de andere om haar heup, een bezitterig gebaar dat het aangewakkerde vuur nog hoger deed oplaaien. Toen liet hij haar echter weer los.

'Wat is er?' vroeg Harper, zonder haar gekwetstheid te verbergen. 'Doe ik iets verkeerd?'

'Integendeel,' verzekerde hij haar snel. 'Maar...' Hij zocht haar blik, en zelfs in het donker zag ze dat zijn ogen haar onderzoekend aankeken.

'Ik denk dat we moeten wachten totdat alles... beter gaat. Totdat de problemen met Gemma, Thea en Penn zijn opgelost. Oké?' Hij had de laatste naam vol walging uitgesproken.

'Oké,' zei Harper. 'En dat meen ik.'

Hij sloeg een arm om haar heen en trok haar tegen zich aan. Ze legde haar hoofd op zijn borst en het duurde niet lang of ze sliep. En hoewel ze het niet kon uitleggen, wist ze zeker dat Daniel nog lang wakker lag.

17

Festiviteiten

Gemma liep naar de ingang van de openbare bibliotheek en keek afwezig naar de glazen pui die volhing met flyers voor het zomerleesprogramma, afgewisseld door een enkele actuele folder op knaloranje papier, zoals die voor de aankomende herfstactiviteiten.

Ineens werd ze opgeschrikt door haar eigen ogen, die haar indringend aanstaarden. Snel schoof ze de foldertjes opzij die voor haar foto hingen, zodat ze de flyer, die met plakband was vastgeplakt op de ruit, kon verwijderen.

Het was de flyer die Alex afgelopen juni had geprint toen ze met de sirenen was meegegaan, en verspreid door de stad had opgehangen. De zwart-witfoto van haar gezicht was vervaagd, maar het HEB JE MIJ GEZIEN? dat erboven stond, was nog duidelijk te lezen.

Gemma trok de flyer van de ruit en verfrommelde hem tot een prop. Ze wilde niet herinnerd worden aan de tijd die ze ver buiten Capri had doorgebracht. Het leek een ander leven en haar herinneringen vormden één grote waas. Het was een tijd waarin ze was afgesneden geweest van haar familie en vrienden, ze was overvallen door een onbedwingbare honger en twee mannen hadden de dood gevonden.

Ze verdrong de herinnering en keek naar de andere flyers op het raam. Ze besefte dat de meeste activiteiten al hadden plaatsgevonden, zoals de picknick op Stichtingsdag, tweeënhalve maand geleden. Ook die flyer trok ze eraf, samen met nog een paar andere, en liep ermee de bibliotheek in.

'Wat doe jij nou?' vroeg Marcy vanachter de balie. Ze schermde met haar hand haar ogen af tegen het zonlicht. 'Nu komt al dat felle zonlicht binnen.'

'Je bent toch geen vampier?' zei Gemma terwijl ze naar de balie liep.

Marcy snoof. 'Je denkt toch zeker niet dat ik bloed ga drinken. Gatver.'

Gemma hoorde kinderen lachen en keek over haar schouder naar de kinderhoek, waar de bibliothecaresse, Edie, een groep kleuters aan het voorlezen was. Ze moest meteen aan Harper denken, die voorlezen altijd de leukste kant van haar werk in de bibliotheek had gevonden. Ze miste haar zus.

Niet omdat Harper niet meer thuis woonde – Gemma had haar de avond ervoor nog gezien – maar uit nostalgische overwegingen. Het leven toen ze nog wedstrijden zwom en Harper in de bibliotheek werkte was voorbij en zou nooit meer terugkomen.

'Ik heb een paar oude flyers voor je weggehaald.' Gemma wendde zich weer tot Marcy en legde de stapel flyers op de balie.

'Dat had ik eigenlijk moeten bijhouden,' zei Marcy. Ze schoof haar dik omrande bril hoger op haar neus.

'O ja? Is dat jouw taak? Er hangen nog flyers van maanden geleden,' zei Gemma droogjes.

'Jaja, ik weet dat ik lui ben, maar het is niet anders.' Marcy wuifde haar kritiek weg. 'Maar ze dienen ook als papieren gordijn. Als de middagzon op die pui staat wordt het hier stikheet.'

'Je zou de kinderen kleurplaten kunnen geven en die op het raam kunnen plakken.' Gemma wees met haar duim naar de kinderhoek achter zich.

'Bèh.' Marcy pakte de verkreukelde flyers en wilde ze net in de prullenbak gooien toen haar blik op de bovenste viel. 'Jeetje, hoe oud is deze? Is die nog van de kerst?'

'Hè?' Gemma leunde op de balie om de flyer te kunnen bekijken. 'Nee, die is van de picknick op Stichtingsdag. Dus dat valt wel mee.'

Kennelijk was het Marcy ontgaan dat er boven aan de flyer in bruine, verschoten inkt 'Stichtingsdag' stond. De rest van het papier werd grotendeels in beslag genomen door een karikatuur van Thomas Thermopolis, een dikke man met een lange baard. Gemma herinnerde zich foto's van de man uit de geschiedenisles, en zag dat de tekening goed getroffen was.

'O,' zei Marcy. Ze draaide zich met stoel en al om naar de prullenbak, gooide de flyers erin en draaide zich toen weer terug naar de balie. 'Thomas Thermopolis doet me altijd aan de Kerstman denken. Het zou fijn zijn als we ook cadeaus kregen op Stichtingsdag. Dan zou het een veel leukere dag worden.'

'Van cadeaus wordt alles leuker,' beaamde Gemma.

'Maar wat kom je eigenlijk doen?' Marcy liet haar kin op haar hand rusten en keek Gemma aan. 'Moet ik je tegen nog meer sirenen beschermen?'

Gemma glimlachte flauwtjes en probeerde niet naar het litteken in Marcy's hals te kijken, dat ze had overgehouden aan een uithaal van Lexi's klauw. Op een paar blauwe plekken na, had ze gelukkig geen ernstige verwondingen opgelopen, omdat ze al vroeg in het gevecht bewusteloos was geraakt.

'Tussen twee haakjes, ik heb goed nieuws voor je.' Marcy pakte haar telefoon en scrolde door haar berichten. 'Lydia heeft de dagboeken van haar overgrootmoeder uitgeplozen en de data vergeleken met die van Thalia. Ze hoopt de godin te vinden naar wie je op zoek bent. Lees maar.'

Marcy hield de telefoon onder Gemma's neus. Gemma moest achteroverleunen om het bericht te kunnen lezen. Bovenaan stond *Lydia*, daaronder het sms'je.

Audra zette belangrijke informatie in haar dagboek in code om te voorkomen dat haar aantekeningen door nieuwsgierige aagjes konden worden gelezen. Maar ik denk dat ik Diana's verblijfplaats binnen een paar dagen heb achterhaald. Zodra ik meer weet, hoor je van me.

'Maar dat is geweldig nieuws.' Gemma glimlachte. 'Dat moet gevierd worden!'

'Hm. Wat dacht je van... de kookwedstrijd in Bayside Park?' Marcy zette haar telefoon uit en stak hem in haar zak.

'Oké,' zei Gemma aarzelend. Ze kon zich wel iets spannenders voorstellen, maar als dit Marcy's idee van een feestje was, legde ze zich daarbij neer. 'Ook een manier om iets te vieren.'

'Ik zag Daniel net bij Pearl's Diner naar binnen gaan.' Marcy wees naar de glazen voorpui. 'Zullen we vragen of hij zin heeft om mee te gaan? Dan zullen we Capri eens laten zien wat feesten is.'

'O, prima,' zei Gemma. Ze haalde haar eigen telefoon tevoorschijn. 'Ik sms Alex ook even. Misschien heeft hij zin om mee te gaan. Volgens mij is hij net klaar met werken.'

'Is het weer aan met je vriendje?' zei Marcy. Ze griste haar autosleutels uit een la en stond op.

'Waar heb je die autosleutels voor nodig? Pearl's is aan de overkant.'

'En dan straks de sleutels zeker weer hier ophalen?' Marcy snoof. 'Maar zijn jullie nu weer bij elkaar of niet?'

'Eh, ja...' antwoordde Gemma afwezig terwijl ze al sms'end achter Marcy aan naar de deur liep. Plotseling bleef ze staan. 'Hé, moet jij niet uitklokken?'

'Nee, dat kan zo wel. Ik kan beter gewoon gaan,' zei ze, en ze duwde de deur open. 'Dan krijg ik minder vragen.'

'Zo kom je nooit aan de acht uur per dag,' zei Gemma.

'Mijn baas ook niet.'

Nadat ze Daniel hadden opgehaald bij Pearl's, liepen ze naar het park. Marcy en Daniel voorop, Gemma een eindje achter hen aan omdat ze nog aan het sms'en was. Op Marcy's aandringen hadden ze overwogen met de auto te gaan, maar daar hadden ze toch maar van afgezien omdat ze vanwege de drukte rondom het zomerfestival toch geen parkeerplek in de buurt van het park zouden kunnen vinden.

Bayside Park grensde aan het strand van de baai. Het bestond uit een weelderig groene grasvlakte met slechts enkele bomen, een kleine speeltuin, een groot, centraal gelegen paviljoen en, aan de rand nabij de haven, een muziekschelp. 's Winters was het park zo goed als uitgestorven, maar in de zomer werden er tal van activiteiten georganiseerd, zoals de picknick op Stichtingsdag en het vuurwerk op 4 juli.

Het was druk in Capri. Het was de laatste week van de zomer en ook in het park wemelde het van de dagjesmensen. Gemma, Marcy en Daniel hadden vijf minuten moeten wachten voordat het verkeer voldoende geluwd was om de weg naar het park te kunnen oversteken.

'Je moet wel eerst alle mosselsoepen proeven voordat je op Pearl's soep stemt,' zei Marcy tegen Daniel. Ze baanden zich door de menigte een weg naar het paviljoen, waar de kookwedstrijd werd gehouden. Gemma begreep ineens waarom Marcy had voorgesteld om naar het park te gaan. Ze sloeg nooit gratis eten af, laat staan Pearl's populaire mosselsoep.

'Natuurlijk, dat zijn de regels,' zei Daniel. 'Maar ik weet nu al dat haar soep het lekkerst zal zijn.'

Marcy fronste haar wenkbrauwen. 'Je bent bevooroordeeld. Ik vraag me af of jij er wel genoeg verstand van hebt.'

'Ik ben heel deskundig als het om mosselsoep gaat,' hield Daniel vol. 'Als er iemand is die er verstand van heeft, ben ik het.'

'Dat zullen we nog wel eens zien,' zei Marcy.

'Wou je me soms uitdagen voor een mosselsoepwedstijdje?' Daniel draaide zich naar haar om en hief speels zijn vuisten, alsof hij met haar wilde boxen.

Marcy keek al even uitdagend terug en zei: 'Waarom niet. Ik hak je in de pan.'

'Wat is een mosselsoepwedstrijdje?' kwam Gemma tussenbeide.

'Geen idee, maar ik ga winnen,' zei Daniel.

'We moeten wel eerst de spelregels vaststellen,' zei Marcy.

Terwijl Daniel en Marcy de spelregels afspraken voor hun zelfverzonnen wedstrijd, keek Gemma rond om te zien wat er nog meer te doen was.

Ergens dichtbij hoorde ze een band de countryversie van een nummer van Rihanna vertolken. Ze zag kleine kinderen rondlopen met tijgers en vlinders op hun wangen, en vermoedde dat er in de buurt een grimeur aan het werk was.

Ook al werd ze omringd door etensgeuren, ze kon nog altijd de zee ruiken, zoals je het parfum van een geliefde nog rook lang nadat hij was vertrokken. Zelfs de golven hoorde ze boven het geluid van de muziek en het gekibbel van haar vrienden uit, en het leek alsof ze haar riepen.

Gemma sloot haar ogen en haalde diep adem, in de hoop de honger in haar binnenste te onderdrukken. Gelukkig had ze de dag ervoor nog met Harper in zee gezwommen. Dat had iets geholpen, maar haar eetlust was er niet minder om geworden. Integendeel. Haar transformatie in Daniels bijzijn moest haar veel energie hebben gekost, en nu eiste haar lichaam nieuwe brandstof.

Haar enige hoop was dat Diana een oplossing wist en dat die oplossing snel zou komen. Ze zou nog liever zelfmoord plegen dan opnieuw een onschuldig slachtoffer te moeten maken. Ze herinnerde zich niet duidelijk dat ze een man had vermoord, maar ze zag nog altijd voor zich hoe Lexi Sawyers hart eruit rukte. Dat stond voor eeuwig op haar netvlies gebrand.

Gemma was vastbesloten dat nooit te doen. Ze zou niet in een monster veranderen.

Een warme, sterke hand op haar schouder deed haar opschrikken, en toen ze zich omdraaide, zag ze Alex achter zich staan.

'Hoi.' Ze glimlachte en probeerde haar sombere gedachten te verdrijven. 'Dat is snel.'

'Ik kom rechtstreeks van de haven.' Alex gebaarde naar de andere kant van de baai. Hij moest schone kleren hebben meegenomen naar zijn werk, want in plaats van een met olie besmeurde overall droeg hij een spijkerbroek en een overhemd, waarvan de bovenste twee knoopjes openstonden, zodat een groot deel van zijn zongebruinde borst te zien was. 'Het spijt me als ik nog naar vis ruik.'

'Nee hoor, je ruikt eerder naar...' Gemma hoefde de lucht niet op te snuiven om de geur van chemicaliën en nepleer te ruiken. 'Ik ruik een overdosis bodyspray.'

'Sorry,' zei hij schaapachtig, en hij stak zijn handen in de zakken van zijn spijkerbroek. 'Ik heb wat bodyspray van een collega geleend. Misschien heb ik iets te uitbundig gesprayd.'

Gemma lachte. 'Geeft niet, hoor. Ik ben blij dat je er bent.'

'Ik ook.' Hij boog zich naar haar toe en drukte een snelle, tedere kus op haar lippen.

Gemma kreeg vlinders in haar buik en toen zijn hand om de hare gleed, dacht ze dat ze zou exploderen. Het was een simpel gebaar, maar ze had niet verwacht dat ze dit nog eens zou meemaken. Tenminste niet met Alex. Ze was bang geweest dat haar kansen verkeken waren, en nu was hij hier en liepen ze hand in hand het paviljoen binnen waar de kookwedstrijd aan de gang was.

Het was trouwens niet erg romantisch om toe te kijken terwijl Marcy en Daniel rondrenden en bij elk kraampje met de snelheid van het licht een bakje soep naar binnen werkten. Daniel at snel, maar Marcy slokte de soep letterlijk naar binnen en rende al weer door naar het volgende kraampje.

'Wat is dit?' vroeg Kirby.

Gemma draaide zich om en zag dat Kirby zich bij hen had gevoegd. Hij volgde Marcy en Daniel met zijn ogen.

Een briesje speelde door zijn donkere haar en hij hield zijn blauwe ogen strak op Marcy gericht. Hoewel hij een jaar ouder was dan Alex, was hij kleiner en magerder, vooral nu Alex de afgelopen maanden door het werk in de haven gespierder was geworden.

Niet dat Kirby lelijk was. Hij was leuk om te zien, met een innemende glimlach en een ietwat serieuze uitstraling, waardoor Gemma zich eerder die zomer tot hem aangetrokken had gevoeld. Maar desondanks was hij niet haar type, dus ze was blij dat Marcy en hij het zo goed met elkaar konden vinden.

'Dat weet ik ook niet precies,' gaf Gemma toe. 'Ze noemen het zelf een mosselsoepwedstrijd. Ik ken de spelregels niet, maar het lijkt me eerder een vreetwedstrijd.'

Kirby zette grote ogen op van verbazing en haalde toen zijn schouders op. 'Ach ja, waarom ook niet.'

Gemma lachte en stelde opgelucht vast dat hij zich niet meer tot haar aangetrokken voelde. Eerlijk gezegd geloofde ze ook niet dat hij echt een oogje op haar had gehad, want zodra hij kans had gezien zich aan haar sirenencharme te onttrekken, had hij zijn belangstelling verloren.

Marcy verloor hij echter geen moment uit het oog, en hoewel Gemma hen niet echt bij elkaar vond passen, wist ze zo snel ook geen andere jongen te bedenken die ze wél bij Marcy vond passen. Ze wilde net aan Kirby vragen of Marcy en hij hun Bigfootmarathon al hadden gehouden toen Marcy juichend haar armen in de lucht stak.

'Klaar!' riep ze trots, waarna ze met haar vuisten boven haar hoofd naar het midden van het paviljoen liep en op Daniel wees. 'Ik heb gewonnen!'

Daniel schudde zijn hoofd en liep met een half verorberd bakje soep in zijn hand naar haar toe. 'Je kunt die soepen onmogelijk allemaal hebben getest. Als je zo snel eet kun je geen subtiele smaken onderscheiden.'

'Boeien,' kaatste Marcy terug, en ze sloeg haar armen over elkaar. 'Ik heb nootmuskaat geproefd, en zeezout. En in die daar in de hoek zit koriander.'

Kirby liep naar haar toe en zei: 'Dan is een felicitatie wel op haar plaats, dacht ik zo.'

'O, eh, hoi Kirby.' Marcy veegde haar mond af met haar arm, wat een verstandig besluit was gezien haar soepsnor. 'Ik wist niet dat je naar ons stond te kijken. Maar... bedankt voor je felicitaties. Ik heb gewonnen. En ja, ik ben beregoed.'

'Dat zag ik.' Kirby glimlachte naar haar.

'Ik ga de soep maar eens op een normale, menselijke snelheid proeven,' zei Gemma. Ze keek Alex aan. 'Jij ook?'

'Graag.' Alex kneep in haar hand, en samen liepen ze naar het dichtstbijzijnde kraampje.

'Die hebben alleen nog oog voor elkaar,' zei Daniel, die zich bij Gemma en Alex voegde. Ze keek over haar schouder en zag Marcy glimlachen om iets wat Kirby had gezegd. 'Is het goed dat ik achter jullie aan hobbel?'

De soep werd geserveerd in plastic bakjes ter grootte van een bekertje. Het was de bedoeling dat je de soep proefde en beoordeelde, niet dat je je er vol aan at. Niet dat er met het mooie zomerweer veel mensen zin hadden in mosselsoep.

Gemma wilde net een hap nemen uit het eerste bekertje toen ze Liv hoorde lachen. Hoewel het licht en zangerig klonk, liepen haar de koude rillingen over de rug, net als de keer dat ze Liv had horen zingen. Haar nekharen gingen ervan overeind staan.

'Ook dat nog,' verzuchtte Daniel, en hij keek om zich heen om te zien waar het gelach vandaan kwam.

Niet alleen Daniel, maar iedereen keek om zich heen. Gewoonlijk was het effect van een sirenenlach niet zo groot, maar Liv manipuleerde haar stem zo dat ze er een zangerig tintje aan wist te geven. En dat midden in een drukbezocht park, vol mensen die door haar betoverd konden worden.

'Ik hoor Liv,' zei Gemma. Ze zette het bakje terug op de tafel en keek gespannen in de richting van het geluid om te zien wat er aan de hand was.

'Hé.' Alex pakte haar hand, en ze keek hem over haar schouder aan. 'Als jij erop afgaat, ga ik met je mee.'

Ze glimlachte naar hem en liep hand in hand met hem weg.

Als ze toch verkering hadden, dan moest ze hem toelaten in haar leven, met alle duistere en gevaarlijke praktijken die daarbij hoorden. Ze zou hem altijd proberen te beschermen, maar omdat hij haar vriendje was, moest ze erop vertrouwen dat hij veilig was aan haar zijde.

Penn en Thea waren eenvoudiger te vinden dan Liv. Ze stonden vlak bij het paviljoen waar de kookwedstrijd werd gehouden. Thea peuterde verveeld aan haar nagels, ogenschijnlijk onverschillig voor Liv, die opnieuw lachte, alleen harder deze keer.

Vlak naast Thea zat Penn, die haar gezicht liet schminken. Ze zat – uiteraard – bij de grimeur op schoot met haar arm om zijn nek geslagen en haar borst tegen hem aan gedrukt terwijl hij schuimende golven op haar wangen schilderde.

'Ik snap niet waarom jij met zo'n del omgaat,' hoorden ze Liv zeggen. Haar zoetgevooisde stem had een vlijmscherpe ondertoon.

Toen Gemma met Alex het paviljoen uit kwam, zag ze Liv. De parkbezoekers liepen in een boog om haar heen, maar gluurden heimelijk naar haar zodra ze binnen gehoorsafstand kwamen.

Tussen de hoofden van de menigte door zag Gemma Liv smalend neerkijken op Aiden Crawford en een blond meisje, dat naast hem stond. Hij had zijn arm losjes om de taille van het arme kind geslagen, wat Liv zichtbaar niet zinde.

'Ik heb niets met haar,' zei Aiden. Zijn woorden gingen zo goed als verloren in het omgevingslawaai, en Gemma spitste haar oren om hem beter te kunnen verstaan. Hij liet het meisje los en deed een stap naar Liv toe.

'En dan nu zeker met hangende pootjes bij me terugkomen?' vroeg Liv. 'Dan moet je toch echt van goeden huize komen.'

'Ik doe alles voor je. Alles. Dat zweer ik,' smeekte Aiden met een glazige blik in zijn ogen.

'Oké. Dat begint er al op te lijken.' Liv lachte weer, en Gemma wilde haar handen tegen haar oren drukken om het niet te hoeven horen. 'Maar er moet wel iets met dat meisje gebeuren.'

'Met mij?' vroeg Aidens date. Ze keek Liv met grote ogen aan. 'Ik heb niets gedaan.'

Liv duwde Aiden opzij, stapte op het meisje af en bleef vlak voor haar staan. Hoewel Liv niet veel langer was dan het meisje, leek ze boven haar uit te torenen.

'Dacht je dat je ongestraft iets van mij kunt inpikken?' vroeg Liv.

Gemma hoorde een subtiele verandering in haar stem. De andere omstanders was het waarschijnlijk niet opgevallen, maar Gemma wist waar ze op moest letten. Een bijna onhoorbaar gegrom, een duivelse verbuiging van de klinkers. Het was het monster in Liv dat aan de oppervlakte kwam.

'Wat is er aan de hand?' vroeg Daniel. Hij kwam naast Gemma staan om het tafereel gade te slaan.

'Ik weet het niet precies, maar het ziet er niet goed uit,' zei Gemma.

Livs lip begon te trekken en haar hoektanden stonden op het punt van doorbreken, als dat al niet was gebeurd.

'Help, ze gaat transformeren,' fluisterde Gemma.

Ze keek naar Alex, die naast haar stond, en besefte dat ze oordopjes had moeten meenemen. Ze wilde niet dat hij in de buurt van de sirenen kwam. Marcy en Kirby stonden vlak achter haar en staarden naar Liv, Aiden en Livs volgende slachtoffer.

'Alex, stop je vingers in je oren,' sommeerde Gemma. Alex keek haar aan met een blik alsof hij wilde protesteren, maar ze schudde haar hoofd. 'Doe alsjeblieft wat ik zeg. Je kunt me niet helpen als je door Liv wordt betoverd.' Ze wendde zich tot haar vrienden. 'Marcy, Kirby, ga als de bliksem terug naar het paviljoen.'

Ze keek op naar Daniel, maar wist niet zo snel wat hij zou moeten doen. Dat hij immuun was voor het lied was handig, maar hij was niet onsterfelijk. Ze moest voorkomen dat hij nog een keer werd aangevallen.

Zonder zich te bedenken, rende ze naar Penn, die nog bij de grimeur op schoot zat en zich niet bewust leek van de commotie die Liv veroorzaakte, of er onverschillig onder bleef.

'Penn,' siste Gemma. 'Je moet Liv tot de orde roepen.'

Penn knipperde niet eens met haar ogen. 'Ze is gewoon een beetje aan het...'

'Nog even en ze gaat dat arme kind te lijf,' zei Gemma. Ze keek Thea met een smekende blik aan. 'Iemand moet haar tegenhouden.'

Thea zuchtte en liep vervolgens in de richting van Liv. Gemma bleef achter bij Penn, omdat ze niet verwachtte dat Liv naar Thea zou luisteren. Misschien luisterde ze ook niet naar Penn, maar Penn accepteerde in elk geval geen grote mond van haar.

'Er is niets aan de hand, mensen,' zei Thea. Ze wuifde de omstanders weg en liep naar Liv toe. Haar woorden leken effect te hebben, want Penn en Gemma hadden plots een onbelemmerd zicht op Liv.

Gemma zag de onwillekeurige spiertrekking in Livs gezicht en vermoedde dat ze zich probeerde in te houden maar op het punt stond haar zelfbeheersing te verliezen.

'Ze luistert niet naar mij, en ook niet naar Thea,' probeerde Gemma Penn duidelijk te maken. 'Als jij niet ingrijpt, vallen er doden en hebben we de poppen aan het dansen. Wil je dat dan?'

Penn keek vermoeid van de grimeur naar Gemma. Penns zwarte ogen hielden haar gevangen en ze perste geërgerd haar volle lippen op elkaar.

'Liv, ze is het niet waard,' zei Thea tegen de nieuwe sirene. Ze deed haar best haar hese stem melodieus te laten klinken, in de hoop dat ze de spanning zou kunnen wegnemen. 'Tel tot tien.'

'Raak me niet aan,' snauwde Liv, die klonk als een personage uit *The Exorcist*. Het kon niet anders of de omstanders hadden het beest in haar gehoord. 'Wáág het niet me aan te raken.'

'Penn,' smeekte Gemma.

'Liv, hou op,' zei Daniel.

Gemma en Penn draaiden tegelijk hun hoofd om om te zien wat Daniel van plan was. Hij was tussen Liv en Aidens vriendin in gaan staan en vormde aldus een menselijk schild voor het meisje, dat beefde en, vermoedde Gemma, zelfs huilde.

Daniel stond met zijn rug naar Gemma toe, maar Liv stond naar haar toe gekeerd, en haar ogen, die waren veranderd in vogelogen, schitterden kwaadaardig. Liv glimlachte haar vlijmscherpe tanden bloot.

'Daniel is ten dode opgeschreven,' fluisterde Gemma. Daniels hoofd kon er elk moment worden afgerukt, en ze had geen idee hoe ze daar een stokje voor kon steken.

18

Vertaling

Harper stond voor de dichte werkkamerdeur van professor Pine waarachter het nummer 'Eleanor Rigby' van de Beatles klonk. Ze klopte hard op de deur om de muziek te overstemmen, en toen Pine niet reageerde, probeerde ze door de melkglazen ruit naar binnen te kijken.

Harper controleerde de tijd op haar telefoon. Eén minuut over vijf. Precies op tijd. Voorzichtig duwde ze de deur open en keek om het hoekje naar binnen. In de hoek van de kamer stond een pick-up. Vandaar dat de muziek zo kraakte.

Pine lag languit in zijn stoel met zijn benen op een groot eikenhouten bureau. Overal lagen scripties van studenten en hij bladerde er een door die op zijn schoot lag.

'Professor?' zei Harper nadrukkelijk. Ze moest bijna schreeuwen om zich verstaanbaar te maken.

'O, Harper!' riep Pine uit toen hij haar zag. 'Dat is waar ook. Kom binnen.' Hij schoot overeind, stootte bijna een blikje Red Bull dat naast hem op het bureau stond om en beende naar de hoek van de kamer om de pick-up uit te zetten.

'Sorry dat ik u stoor,' zei Harper aarzelend vanuit de deuropening.

'Nee hoor, geen enkel probleem.' Hij gebaarde haar binnen te komen. 'Ik heb mijn vader afgelopen weekend verhuisd naar een kleinere woning en kreeg een paar oude langspeelplaten van hem. En die moest ik natuurlijk even draaien.'

Harper glimlachte. 'Natuurlijk.'

Ze liep naar het bureau om in de stoel tegenover hem te gaan zitten, maar daar bleek een doos met lp's op te staan.

'Wacht even, dan zet ik die doos eerst weg. Sorry.' Pine liep snel om het bureau heen en zette de doos op de grond. 'Ga zitten.'

'Dank u,' zei Harper. Ze ging zitten.

'Je zei aan de telefoon dat je me iets wilde laten zien?' zei Pine. Hij liep terug naar zijn bureaustoel en verzamelde de scripties terwijl hij Harper over de rand van zijn bril aankeek.

'Ja. Ik heb mijn zus zover weten te krijgen dat ze me de papyrusrol wilde meegeven.'

Dat was nog een hele klus geweest. Nadat Harper samen met Gemma was gaan zwemmen, had ze alles uit de kast moeten halen om haar ervan te overtuigen dat ze de rol met een gerust hart aan haar kon meegeven. Pas na een uur had Gemma eindelijk toegestemd. Harper had moeten beloven dat de papyrusrol bij haar in veilige handen was.

'O, geweldig,' zei Pine. 'Heb je hem bij je?'

'Ja.' Harper opende haar boekentas en haalde het opgerolde document eruit. Gemma had er een touwtje omheen gebonden, zodat hij niet beschadigd zou raken tijdens het vervoer.

Pine trok het touwtje los en spreidde de rol voorzichtig uit op zijn bureau. Het papyrusvel was ongeveer zestig centimeter lang en om te voorkomen dat het zichzelf weer oprolde, zette hij op de ene kant een bureaulamp en op de andere kant een zware plakbandhouder.

'Wat denkt u?' vroeg Harper. Ze schoof nieuwsgierig naar het puntje van haar stoel.

Pine floot zacht. 'Eerlijk gezegd heb ik geen flauw idee wat dit is.'

Harper liet haar schouders hangen. 'Echt niet?'

'Nee. Ik bedoel, ik heb wel een idee,' hij wreef over zijn voorhoofd, 'maar dat raakt kant noch wal.'

'Hoe bedoelt u?'

'Dit papier lijkt...' Hij liet zijn vinger over de rand glijden. 'Het zou bijna vergaan moeten zijn. Het heeft de textuur van oude papyrus en voelt ook authentiek aan, maar dan zou het er veel... ouder moeten uitzien.' Hij schoof zijn bril hoger op zijn neus en schudde zijn hoofd. 'Maar ik zou het papier aan een koolstoftest kunnen onderwerpen.'

'Wat denkt u van de tekst?' vroeg Harper. De ouderdom van het document interesseerde haar niet. Ze was ervan overtuigd dat de rol echt was – en dus zeker duizenden jaren oud – maar waar het om ging, was de tekst.

'Het type inkt dat is gebruikt heb ik nog nooit gezien.' Pine tilde de plakbandhouder op en hield het papier schuin. 'Zie je dat? De bijna zwarte kleur krijgt in het licht een bijna rode gloed.'

'Hij lijkt te iriseren,' zei Harper.

'Dat zou kunnen.' Pine nam zijn bril af en rommelde in een la, waar hij een loep uit haalde die hij aan zijn bril bevestigde. Vervolgens boog hij zich weer over het papier en bestudeerde de inkt. 'Het zou ook bloed kunnen zijn.'

'Bloed?' zei Harper. Het zou haar eigenlijk niet hoeven verbazen. Natuurlijk was de kans groot dat een eeuwenoude vloek in bloed was geschreven.

'Maar pin me er niet op vast. Het heeft namelijk niet dezelfde samenstelling als bloed. Ik kan niet verklaren waarom ik dat denk, alleen...' Hij zuchtte. 'Noem het intuïtie. Hoe dan ook, het lijkt me deels bloed.'

'Komen de letters u bekend voor?'

'Hm, dit zou wel eens...' Hij tikte met zijn wijsvinger op een letter. 'Dit is de letter die ik op een alef vond lijken en dat vind ik nog steeds. En dit...' Hij tikte op een woord dat met het alefsymbool begon. 'Dit woord komt een paar keer in de tekst voor.'

Dat was Harper ook al opgevallen, maar ze wist niet wat het te betekenen had. In haar ogen leken de meeste woorden op elkaar.

$$\textsf{K Ƴ ш K}$$

Hij pakte een Post-it-velletje en krabbelde er enkele symbolen op. 'Als dit een a is, dan zou het Cypriotisch kunnen zijn. In dat geval is de volgende letter wellicht een i.'

'Dus a i, een soort w en dan weer een a?' zei Harper.

'Ogenblikje, ik moet even iets controleren.' Pine haalde zijn iPad uit een aktetas die naast zijn stoel stond, schoof zijn bril op zijn voorhoofd en tikte iets over van de papyrusrol. 'Kijk eens aan.'

Hij draaide het scherm naar Harper toe. Hij had ingezoomd op één woord, dat nu duidelijk op het scherm te lezen was: a'ima, waaronder αίμα geschreven stond.

'A'ima?' zei Harper onzeker. Ze sprak het uit als *ah-ma*.

'A'ima,' herhaalde Pine, maar hij sprak het uit als *e-ma*. 'Het betekent bloed. Dat doet me ook aan iets anders denken.'

Hij richtte zijn aandacht op zijn tablet en begon weer te typen. 'Ik weet niet eens waarom ik dit denk. Ik weet niet eens zeker welke letters het zijn. Dit lijkt een soort vreemde gimmel, wat weer een variant van de letter gamma is. In dat geval kon het wel eens...' Hij begon weer te typen.

'Ik heb het. Hier staat het.' Hij tikte op het scherm en draaide de tablet naar haar toe. Vervolgens zoomde hij weer in en stond er duidelijk το αίμα νερό δεν γίνεται te lezen.

Harper schudde haar hoofd. 'Ik heb geen idee wat daar staat.'

'Het is een oud Grieks spreekwoord. Letterlijk staat er: "bloed kan geen water worden". Vrij vertaald: "het bloed kruipt waar het niet gaan kan".'

'En u denkt dat dat daar staat?' Ze wees naar de papyrusrol.

'Nee, dat niet. In elk geval niet precies.' Hij schoof zijn iPad opzij, leunde op zijn bureau en staarde naar de rol. 'Daar zou "nero" kunnen staan, het Griekse woord voor water. Maar het zou ook een alternatieve spelling voor het woord "zwart" kunnen zijn.'

ᛁᚱᛏᚴᛎᛏ

Pine zuchtte en schudde zijn hoofd. 'Ik wou dat ik het zeker wist. Ik ga nu alleen op mijn gevoel af en op wat ik weet van klassieke teksten. Ik heb een cryptografische sleutel nodig om de tekst te kunnen ontcijferen. Maar het lijkt me een variatie op bestaande talen, dus ik vermoed dat ik die sleutel zelf zal moeten ontdekken. Dat kan wel even duren.'

'Ik denk dat u op de goede weg bent,' zei Harper. '"Het bloed kruipt waar het niet gaan kan", dat geldt zeker voor sirenen.'

'Wat zei je daar?' Pine keek op van zijn iPad en nam haar vorsend op.

Harper bloosde en sloeg haar ogen neer. Ze besefte dat ze haar mond voorbij had gepraat. 'Niets.'

'Jawel, je zei iets over sirenen.' Hij schoof zijn iPad opzij en richtte zijn aandacht weer op de papyrusrol. 'Jij weet hier meer over dan je me hebt verteld. Waar of niet?'

'Het is...' Harper leunde achterover in haar stoel om tijd te winnen. Ze zocht naar de juiste woorden. '... het ligt nogal ingewikkeld.'

'Ik kan niet zoveel van deze tekst maken,' gaf Pine toe. Hij schoof iets naar achteren, leunde met zijn ellebogen op het bureau en keek haar strak aan. 'Maar nu jij over sirenen begint, denk ik dat ik inderdaad op de goede weg ben.'

'Niet dat ik in sirenen geloof, hoor,' zei Harper snel, bang dat hij zou denken dat er een steekje loszat bij haar. 'Die oude Grieken schreven over de meest idiote dingen.'

Pine knabbelde op het uiteinde van zijn pen en keek haar nadenkend aan. Hij zweeg zo lang dat Harper ongemakkelijk heen en weer begon te schuiven op haar stoel. Bang dat hij de schoolpsycholoog erbij zou roepen, wilde ze net de rol pakken en vertrekken toen hij eindelijk weer sprak.

'Ik ken hier iemand in de stad die je zou kunnen raadplegen,' zei Pine.

Harper zakte de moed in de schoenen. Hij dacht écht dat ze gek was. Nu wilde hij haar vast niet meer verder helpen.

'Iemand die verstand heeft van klassieke talen?' vroeg Harper hoopvol.

'Dat niet direct, maar ze heeft er meer verstand van dan ik,' zei Pine. Hij leunde achterover in zijn stoel. 'Ze heet Lydia Panning. Ze runt een boekwinkel.'

Harper glimlachte opgelucht. 'Ik ken Lydia. Ze helpt me al.'

'Heb je haar al naar deze rol laten kijken?' vroeg Pine. Hij klonk verbaasd.

Harper knikte. 'Ja.'

'Mooi zo.' Hij glimlachte goedkeurend. 'Dit is haar vakgebied. Lydia houdt zich bezig met het paranormale. Ik verdiep me meer in de geschiedenis van de echte wereld.'

'Dus...' Harper aarzelde. Als hij haar Lydia aanraadde, moest hij op de hoogte zijn van haar interesses. Maar dat wilde niet automatisch zeggen dat hij meer wist dan hij had gezegd. 'Dus u kunt ons niet verder helpen?'

'Nee, niet echt,' beaamde hij teleurgesteld. 'Maar dit is een taal.' Hij tikte weer op de rol. 'Misschien heeft het iets te maken met het Cypriotisch of minoïsch schrift. Ik kan er niets mee, maar ik heb wel vrienden die verstand hebben van dode talen. Ik zou ze dit kunnen laten zien, als je wilt.'

Ze knikte opgewonden. 'Graag.'

'Weet je toevallig ook of de tekst gevolgen kan hebben?' Pine was even stil. 'Voor ik de woorden hardop uitspreek, wil ik zeker weten dat we de apocalyps niet over ons afroepen of een leger uit de dood opwekken.'

'Nee,' zei Harper lachend, waarna ze er ernstig aan toevoegde: 'Tenminste, dat denk ik niet.'

'Ik zal voor de zekerheid zeggen dat ze de tekst niet hardop moeten uitspreken.' Pine pakte een camera uit de kast achter zich. 'Vind je het goed dat ik er een paar foto's van neem?'

'Natuurlijk.'

Pine stond op en maakte enkele foto's vanuit verschillende hoeken. Hij klom zelfs op het bureau om de hele tekst in een keer op de foto te krijgen. Toen hij vervolgens van het bureau sprong, stootte hij alsnog het blikje Red Bull om met zijn voet. De gele vloeistof stroomde over de papyrusrol.

'O, nee!' riep Pine geschrokken uit, en hij begon de energydrink op te deppen met de mouw van zijn overhemd. 'Het spijt me... Ik...' Zijn stem stierf weg.

Harper begreep meteen wat er aan de hand was. Ze was er minder van geschrokken dan hij. Gemma had haar verteld dat de rol niet kapot te krijgen was, wat ze er ook mee deed. Ze stond op en zag dat de inkt vuurrood opgloeide. Overal waar de drank het papier had geraakt, vlamden de letters op.

'Wat gebeurt er?' zei Harper. 'Hoe kan dat?'

'Geen idee.' Pine schudde zijn hoofd. 'Misschien hadden de oude Grieken verstand van energydrink.'

Maar zo snel als de inkt was verkleurd, zo snel nam hij ook weer zijn oorspronkelijke kleur aan. De letters zagen er plotseling saai uit vergeleken bij het vurige karmozijnrood van zo-even. Zelfs op de plekken waar de Red Bull een plasje had gevormd waren de letters weer zwart.

'Dat was vreemd,' zei Pine.

'Dat was héél vreemd.' Harper staarde naar de rol.

'Ik zal de foto's zo snel mogelijk versturen.' Hij legde de camera op het bureau en veegde de papyrusrol zo goed mogelijk schoon. Daarna rolde hij het document voorzichtig op en gaf het aan Harper. 'Breng dit maar gauw terug naar je zus en berg het veilig op.'

19

Volgeling

Daniel wist dat het niet verstandig was om tussen Liv en het meisje in te gaan staan, maar hij had geen andere keus. Gemma kon nog zo hard proberen Penn over te halen om Liv tot de orde te roepen, hij wist dat Penn zich alleen ergens mee bemoeide als ze er zelf belang bij had. Vandaar dat hij iets had bedacht wat haar wél zou interesseren. Zelf was hij niet opgewassen tegen Liv, maar Penn zou woedend worden als Liv hem vlak voor hun date iets zou aandoen.

Hoewel, Penn had al een sirene vermoord om hem het leven te redden en stond waarschijnlijk niet te springen om nog een keer voor hem in de bres te springen.

Daniel hoorde het meisje achter zich huilen. Hij kon het haar niet kwalijk nemen. Eerst was ze zo dom geweest om met Aiden Crawford te daten en nu stond ze ook nog oog in oog met een psychotische sirene die haar ter plekke wilde verscheuren.

Aiden keek werkeloos toe. Niet dat Daniel had verwacht dat hij ook maar een vinger zou uitsteken. Hij was een nietsnut en zou dat altijd blijven.

'Liv, niet doen,' zei Daniel, met opgeheven handen. 'Liv.'

Hij had Livs monsterstem gehoord, luid en duidelijk, en wist dat het meisje geen schijn van kans maakte. Liv zat er niet mee dat de omstanders getuige zouden zijn van haar transformatie. Daniel zag dat haar gezicht begon te veranderen. Hij had het de dag ervoor nog bij Gemma gezien, en hoewel hij Gemma vertrouwde, was hij er toch van geschrokken.

Livs lippen weken naar achteren en ze ontblootte haar vlijmscherpe tanden. Het was een weerzinwekkend en angstaanjagend gezicht.

'Zou je dat hier wel doen, Liv?' zei Daniel rustig. Hij sprak haar zo veel mogelijk aan met haar naam, zoals hij een onderhandelaar eens had zien doen tijdens een gijzeling in een film. Hij wist niet of de tactiek ook bij sirenen werkte, maar het was het proberen waard.

'Liv!' schreeuwde Gemma. Ze greep Liv bij haar arm en trok haar weg.

Liv siste als een vampier die een zilveren kruisbeeld zag en richtte haar woede op Gemma.

'Hou op, Liv!' riep Penn. Haar stem ging door merg en been.

Liv greep naar haar oren en Gemma kromp ineen. De mensen die het dichtst bij hen stonden schudden hun hoofd en keken verbaasd omhoog, alsof ze meenden dat het geschreeuw uit de hemel kwam.

Toen Liv haar handen liet zakken, was haar gezicht weer normaal. Haar ogen hadden zelfs weer hun saaie bruine kleur. Maar haar gezicht stond allesbehalve blij. Haar frons, de hangende schouders, zelfs de mokkende blik in haar ogen deden Daniel aan een klein kind denken dat net een standje had gekregen.

'Er is niks aan de hand,' hield Liv vol. Ze trok haar arm los uit Gemma's greep. 'Het was maar een spelletje.'

'Je liegt,' snauwde Penn. 'Je bent een verwend kreng. Vergeleken bij jou is Gemma een heilige.' Ze sloeg haar armen over elkaar en keek Liv woedend aan. Liv keek echter met opgeheven hoofd terug. 'Oké, is dat wat je wilt, Liv? Wil je dat ik Gemma leuker vind dan jou?'

'Wat is hier aan de hand?' Burgemeester Adam Crawford stapte uit de menigte naar voren.

Er steeg gemompel op en Daniel hoorde iemand zeggen: 'Zag je wat er met het gezicht van dat meisje gebeurde?' De inwoners van Capri hadden hun ogen niet in hun zak. Als er niet werd ingegrepen, zouden ze snel genoeg doorhebben dat Penn en haar vriendinnen bovennatuurlijke wezens waren.

'Gaat het?' De burgemeester legde een hand op de schouder van zijn zoon. 'Is er iets gebeurd? Hebben die meiden je iets aangedaan?'

'Nee hoor, ze hebben niks verkeerd gedaan,' zei Aiden, maar hij klonk verdwaasd.

'Thea, handel jij dit samen met Gemma af?' Penn gebaarde vaag naar de omstanders. 'Ik ga er met Liv vandoor.'

'Ho, wacht eens even.' Burgemeester Crawford liep naar Penn toe, die hem met een van afkeer vertrokken gezicht aankeek. 'Niemand gaat ergens heen voordat ik weet wat hier aan de hand is.'

'Geloof me, dat wilt u helemaal niet weten,' kaatste Penn terug.

'Burgemeester, zal ik u dat uitleggen?' zei Thea spinnend. Ze had een zangerige klank in haar stem en loodste hem met haar hand op zijn arm bij Penn vandaan. 'Wacht even, ik weet het beter gemaakt. Komt u allemaal wat dichterbij staan, dan vertellen Gemma en ik u wat er aan de hand is.'

Gemma keek even verbaasd om zich heen, maar deed toen wat er van haar werd verlangd. Thea was een en al glimlach, en haar stem klonk verleidelijker dan ooit. Gemma volgde Thea's voorbeeld en gooide haar charme in de strijd. Terwijl de menigte zich om Gemma en Thea schaarde, trok Penn Liv aan haar arm mee. Daniel bleef achter om te zien hoe de herinnering aan Livs beginnende transformatie zou worden uitgewist.

'Daniel.' Penn bleef staan en draaide zich naar hem om. 'Kom mee.'

'Ik wil deze show graag meemaken.' Hij wees naar Thea en Gemma.

'Ze gaan alleen maar dom zingen, dus kom nu maar mee,' drong Penn aan. 'Ik moet met je praten.'

Daniel kreunde zacht. Hij besloot dat hij Penn beter kon gehoorzamen dan tegen haar in gaan. Terwijl hij naar haar toe liep hoorde hij het lied. Hij was graag gebleven om gade te slaan hoe Thea en Gemma de menigte kalmeerden, maar van het ene op het andere moment verstomde het lied.

Hij bleef staan om te luisteren, maar hoorde niets meer. Thea en Gemma hadden zo hard gezongen dat hij het zou moeten horen.

'We bepalen zelf hoe ver het lied te horen is,' legde Penn uit toen ze merkte dat hij weer was blijven staan. 'We kunnen het van een paar meter tot enkele kilometers ver laten doorklinken. Net wat nodig is. Nu hoeven we echter alleen de mensen te bereiken die Livs beginnende transformatie hebben gezien.'

'Zie je wel,' zei Liv. 'Het kan helemaal geen kwaad. Ik snap niet waarover jullie je zo opwinden.'

'Dat snap jij maar al te goed. Ik wil er niets meer over horen,' bromde Penn. 'Begrepen?'

Liv mompelde iets en werd weer door Penn meegetrokken. Niet al te zachtzinnig, besefte Daniel bij het zien van de grimas op Livs gezicht.

Toen ze bij Penns kersenrode cabriolet aan de overzijde van de straat aankwamen, duwde Penn Liv op de achterbank van de auto.

'Sluit de kap en blijf zitten waar je zit,' sommeerde Penn haar terwijl Liv zich mokkend installeerde.

'Ik wil de kap niet dicht,' jammerde Liv.

Penn leunde op het portier en bracht haar gezicht tot vlak bij dat van Liv. 'Het kan me geen donder schelen wat jij wilt. Begrepen? En doe nu die kap dicht of je krijgt het met mij aan de stok. Je blijft in de auto tot ik terug ben.'

Ze liep over het trottoir een eindje bij de auto vandaan. Daniel vermoedde dat ze wilde voorkomen dat Liv hen zou afluisteren.

Hij wist niet wat Penn van hem wilde, maar het leek hem verstandiger haar niet tegen te spreken.

De gebruinde huid van haar gezicht rimpelde licht, waardoor de blauwe glitterverfgolven op haar wangen leken te deinen. Daniel besefte dat Penn zich zo ergerde aan Liv dat ze haar best moest doen om niet te transformeren.

Hij wilde iets zeggen, maar besloot dat hij beter kon wachten tot Penn kalmeerde en haar huid weer net zo soepel was als anders. Ze haalde diep adem en kamde met haar hand door haar lange, ravenzwarte haar.

'Ik kan haar wel vermoorden,' zei ze ijzig. 'Maar ik hou me in.' Ze keek hem met fonkelende ogen aan en glimlachte dunnetjes. 'Daar had je op gehoopt, hè? Ik had je wel door. Vandaar je stunt van daarnet. Je wilde dat ik haar zou vermoorden om jou te redden. Maar daar trap ik geen tweede keer in. De volgende keer laat ik ze hun gang gaan.'

'Daar kan ik in komen,' zei Daniel.

'Ik vermoord geen van mijn meiden meer voor jou. Tenzij het Gemma is. Dan hoef je maar een gil te geven, en poef, weg is ze.' Ze knipte met haar vingers.

Hij zuchtte. 'Dat begrijp ik dus niet. Liv is veel erger dan Gemma. Ze daagt je uit en heeft zichzelf niet onder controle.'

'Dat is waar,' vervolgde Penn, en ze klonk al een stuk rustiger en redelijker nu, 'maar Liv is als een lastig kind, en daarom kan het geen kwaad. Ze jengelt als een kleuter en heeft driftbuien, maar daar geef ik niet aan toe. Dat weet ze – zoals iedereen weet dat er met mij niet valt te spotten – dus ze leert zich vanzelf te gedragen. Ik kan haar kneden tot de sirene die ik wil. Ze kan de zus worden die ik had gehoopt dat Lexi voor me zou zijn maar nooit was.'

'Gemma daarentegen...' Ze schudde haar hoofd. 'Ik dacht dat ze geschikt was voor het sirenenleven, maar zag al snel na haar transformatie in dat ik me had vergist. Ze is te...' Penn leek naar woorden te zoeken en zei toen vermoeid: 'Te volhardend.'

'Blijkbaar heb je de laatste tijd geen geluk met het uitkiezen van je volgelingen,' merkte Daniel op. 'Lexi, Gemma, en nu Liv weer. Moest ik daarom met je mee? Had je iemand nodig om je problemen met je knechtjes op af te reageren?'

'Daar zijn vriendjes toch voor?' Penn raakte koket zijn arm aan en beet op haar lip.

Daniel rolde met zijn ogen en gooide lachend het hoofd in de nek. 'Ik ben je vriendje niet, Penn.'

De plagende blik verdween meteen uit haar ogen en ze trok haar arm terug. Daniel wist dat hij iets verkeerds had gezegd, maar kon het niet laten.

'Wie het laatst lacht, lacht het best. Maar ik zie je woensdag dus?'

'Als jij je afspraak kunt nakomen,' zei hij.

Penn kneep haar ogen samen. 'Hoe bedoel je?'

'Liv is een wandelende tijdbom.' Hij gebaarde naar de auto, waarin Liv nog altijd zat te mokken. 'En jij wilde haar met Harper op een kamer laten wonen? Als ze Harper ook maar met één vinger aanraakt, gaat het feest niet door.'

'Denk je echt dat je er nog onderuit kunt?' Penn glimlachte en legde haar ene hand op zijn borst terwijl ze met de andere aan de kraag van zijn flanellen overhemd trok. 'Denk je dat ik je zomaar laat gaan?'

'Ja, dat denk ik,' bromde Daniel. 'We hebben een afspraak, Penn. Je kent de spelregels. Als iemand ze misschien niet kan nakomen, ben jij het.'

'Het kan me niet schelen wat Liv uitspookt.' Ze glimlachte nog steeds, maar de valse toon in haar stem deed hem huiveren. 'Ze mag iedereen vermoorden. Harper, je vader en moeder, tot aan je achterneef in de tweede graad. Maar zolang er nog één dierbare van je op deze planeet rondloopt, ben je van míj.'

'Penn, je...'

'Dus ik zou onze afspraak maar serieus nemen, want anders maak ik Harper een kopje kleiner,' viel ze hem in de rede. 'En dan leg ik haar hoofd aan het voeteneind van het bed en mag ze toe-kijken hoe ik jou te pakken neem. Helpt dat nog niet, dan pak ik de volgende. Gemma, Alex, je ouders, of zelfs dat stomme ser-veerstertje van die lunchroom op wie je zo dol bent. Dan gaat ie-dereen eraan.'

Daniel keek haar in haar zwarte ogen en slikte. Hij wist dat ze elk woord meende. 'Als jij je belofte nakomt, doe ik wat ik moet doen.'

'Dus ik zie je woensdag?' zei Penn. Haar stem had weer de ge-bruikelijke mierzoete klank.

'Acht uur,' antwoordde hij zonder enige aarzeling.

'Oké.' Ze draaide zich om en liep terug naar de auto. 'Ik moet hier weg, voordat Liv trek krijgt in een tussendoortje.'

'Penn, wacht even!' klonk ineens de stem van Gemma.

Daniel keek over zijn schouder en zag Thea en Gemma aan de overkant van de weg staan. 'Ik moet met je praten.'

Gemma holde de straat over, voordat Penn zou instappen en wegrijden. Thea liep op haar gemak achter haar aan.

'Het gaat over Liv,' zei Gemma toen ze Penn had ingehaald.

'Ik zou niet weten waarom we het over Liv moeten hebben,' zei Penn. Ze opende het portier van haar cabriolet. 'Maak dat je wegkomt.'

'Penn!' riep Gemma weer, maar Penn was al ingestapt. Gemma bonkte op het raampje. 'Toe nou, Penn.'

Penn weigerde het raam open te doen. Ze wachtte stoïcijns totdat Thea naast haar in de auto zat en reed toen vol gas weg. Daniel zag dat ze bijna een andere auto schampte, wat hem niets verbaasde. Penn was niet iemand die rekening met anderen hield.

'Verdorie,' mopperde Gemma. Ze liep naar Daniel toe. 'Liv heeft zichzelf absoluut niet in de hand. Zelfs Thea vindt het on-verantwoord.' Ze schudde haar hoofd, als om haar gedachten hel-der te krijgen. Toen ze weer naar hem opkeek, zag hij een blik van argwaan in haar goudkleurige ogen. 'Waar hadden jullie het eigenlijk over?'

'Hoe bedoel je?' zei Daniel. Hij deed alsof zijn neus bloedde.

'Penn en jij.' Gemma keek hem uit de hoogte aan. 'Waarom wilde ze dat je met haar meeging? En waar hadden jullie het over?'

Hij wreef in zijn nek en wendde zijn blik af. 'Ach, je weet wel. Penn heeft altijd wat te zeuren.'

'Nee, dat weet ik niet.' Gemma ging voor hem staan, zodat ze hem in de ogen kon kijken. Toen hij zijn blik opnieuw afwendde, ging ze weer in zijn blikveld staan. Zo gemakkelijk kwam hij niet van haar af. 'Ze staat altijd tegen je te smoezen, maar je vertelt me nooit waarover. Je haalt alleen je schouders op en draait er-omheen. Wat wil ze van je?'

Daniel had al vanaf het moment dat Penn haar oog op hem liet vallen opgezien tegen dit gesprek. Hij wist dat anderen – en dan vooral Harper en Gemma – zich zouden afvragen wat er tus-sen Penn en hem speelde. Hij kon het echter niet uitleggen.

Hoewel, dat kon hij wel, maar dat wilde hij niet. Hij wilde niet toegeven wat er speelde, zelfs niet tegenover Gemma. Hij wilde het niet hardop uitspreken en zag op tegen de gevolgen. Boven-dien schaamde hij zich om dergelijke vunzige details te moeten opbiechten aan Gemma.

'Je hoeft me niet zo uit te horen,' zei Daniel, defensiever dan zijn bedoeling was. 'Ik heb niets verkeerds gedaan.'

Hij had genoeg van het gesprek en liep weg, maar zoals ver-wacht kwam Gemma achter hem aan.

'Waarom geef je dan geen antwoord op mijn vraag?' zei ze.

'Ik geef wel antwoord,' loog hij. 'Ik doe gewoon wat nodig is.'

'En dat is?'

Hij bleef staan en zuchtte geërgerd. 'Waarom vertrouw je me niet gewoon?'

'Kan ik je vertrouwen?' kaatste Gemma terug.

Daniel wreef over zijn voorhoofd en zuchtte diep. Toen keek hij haar voor het eerst recht aan. 'Jij zegt altijd dat je je dierbaren koste wat kost zult beschermen. Dat doe ik dus ook.'

'En wat moet je daarvoor doen?' vroeg Gemma, niet van plan los te laten. 'Daniel, ik vertel jou ook alles. Je moet me vertellen wat er aan de hand is.'

Hij lachte smalend. 'Ik moet niks, Gemma. Er zijn dingen in mijn leven die jij niet hoeft te weten omdat ze niets met jou te maken hebben. Het gaat niet altijd over jou.'

'Dat weet ik ook wel. Maar als mijn zus gevaar loopt, zeg het dan, want...'

'Denk je echt dat ik iets zal doen wat Harper in gevaar brengt?' zei Daniel met afgeknepen stem. 'Wat ik doe, doe ik om haar gelukkig te maken en haar te beschermen. Begrijp je dat?'

'Jawel,' gaf ze toe.

'Alles wat ik doe, doe ik voor haar.'

'Daniel...' Ze had een alwetende blik in haar ogen die hem bang maakte. 'Het lijkt me beter dat je met haar gaat praten. Ze moet weten wat er speelt. Wat het ook is, ze houdt van je. Ze zal het begrijpen.'

Toen Penn hem voor het eerst duidelijk had gezegd dat ze met hem naar bed wilde, had hij zich voorgenomen het aan Harper te vertellen. Hij wist dat ze zou proberen hem op andere gedachten te brengen, maar dat gaf niet. Hij zou er alles aan doen om Harper te beschermen.

Maar na het gevecht met Lexi had hij zich gerealiseerd dat hij een ding over het hoofd had gezien. Slapen met Penn zou niet genoeg zijn. Door één keer met Penn naar bed te gaan zou hij Harpers leven slechts met een dag verlengen. Zodra de seks achter de rug was, had hij geen troef meer in handen om Harper en Gemma tegen Penn te beschermen.

Dat betekende dat hij een affaire met Penn zou moeten beginnen. Van het een zou het ander komen, en hij zou vervolgens alles in het werk moeten stellen om Penn tevreden te houden: zodra ze op hem uitgekeken was, was Harper ten dode opgeschreven.

Hij had stiekem gehoopt dat Harper hem een eenmalige misstap zou kunnen vergeven. Misschien kon ze dat ook wel, maar dan moest ze ervan overtuigd zijn dat hij van haar hield en spijt van zijn keuze had.

Maar als hij regelmatig achter haar rug met Penn naar bed zou gaan, zou ze het hem nooit vergeven. Als hij een affaire met Penn begon zou zijn relatie voorgoed voorbij zijn. Harper zou hem nooit meer kunnen vertrouwen en nooit meer op dezelfde manier naar hem kunnen kijken.

Dat was de reden dat hij het voor Harper verzweeg. Als hij het haar zou vertellen, zouden ze ruzie krijgen omdat ze hem ervan zou proberen te weerhouden. Maar zijn besluit stond vast. Hij zou haar hoe dan ook beschermen, al moest hij zijn ziel verkopen aan de duivel.

Bovendien wilde hij zijn laatste dagen met Harper niet ruziënd doorbrengen. Hij zou nooit van haar verlangen dat ze zijn contact met Penn goedkeurde. Het enige wat hij wilde was een paar extra dagen voordat hij haar voorgoed zou verliezen.

Zijn date met Penn op zijn verjaardag stond vast. Hij besloot die vrijdag naar Sundham te gaan en Harper persoonlijk te vertellen wat er speelde. Dat zou het einde van hun relatie betekenen, maar tot die tijd zou hij nog een paar dagen met haar kunnen sms'en en bellen. Nog een paar dagen om haar te kunnen horen lachen en tegen haar te zeggen dat hij van haar hield.

Om die reden had hij Harper eerder die zondagavond afgehouden toen het in bed uit de hand dreigde te lopen. Hij had niets liever gewild dan intiem met haar te worden, maar dat zou niet eerlijk tegenover haar zijn geweest. Hij kon niet met haar naar bed gaan, omdat hij wist dat hij met haar zou moeten breken.

Daniel schudde zijn hoofd. 'Nog niet. Je moet me vertrouwen.' Hij keek Gemma smekend aan. 'Laat me dit alsjeblieft zelf oplossen.'

'Oké,' zei ze schoorvoetend. 'Maar als je hulp nodig hebt... dan weet je me te vinden.'

20

Bastian

Na het incident weigerde Penn te reageren op Gemma's sms'jes of telefoontjes. Gemma overwoog naar het huis van de sirenen te gaan en had zelfs aan haar vader gevraagd of ze zijn auto mocht lenen.

Toen kreeg ze een sms'je van Thea: *Penn en Liv hebben ruzie. Je kunt beter niet komen.*

Wil ze van Liv af? antwoordde Gemma.

Lijkt me onwaarschijnlijk, sms'te Thea terug.

Gemma mopperde binnensmonds. *Maar ik moet Penn spreken.*

Wil ze niet, sms'te Thea.

Kan ik met jou praten? Wil je me bellen? vroeg Gemma.

Liv en Penn gaan morgen eten. Kom 's middags maar, dan ben ik alleen.

Gemma zou geduldig moeten wachten tot de volgende middag.

Harper praatte haar via sms'jes bij over de papyrusrol. Ze gebruikte veel uitroeptekens. Gemma was minder enthousiast. Per slot van rekening had ze de tekst al eens zien opgloeien toen hij in contact was gekomen met water. Maar omdat de inkt sterk had gereageerd op Red Bull, had Harper de rol meegenomen naar haar kamer en verder geëxperimenteerd met andere vloeistoffen.

Red Bull bleek echter het sterkste effect te hebben; in aanraking met water en jus d'orange gloeide de inkt amper op, met melk gebeurde er helemaal niets.

Maar het bleef bij opgloeien. Harper wilde het per se tot op de bodem uitzoeken en verder experimenteren. Ze vroeg of ze de rol nog een paar dagen mocht houden, maar daar wilde Gemma niets van weten. Ze wilde het document niet zo lang uit het oog verliezen. Niet omdat ze Harper niet vertrouwde, maar ze wilde zelf ook nog een paar experimenten uitvoeren. Marcy bood aan de rol te gaan ophalen en uiteindelijk had Harper ermee ingestemd hem terug te geven.

Ze had Harper niets verteld over haar gesprek met Daniel. In de eerste plaats omdat ze hem dat had beloofd, maar ook omdat ze niet precies wist wat er aan de hand was. Ze wilde zijn relatie met Harper niet kapotmaken vanwege iets onbelangrijks.

Bovendien was Daniel een aardige jongen en ook háár vriend. Ze besloot hem te vertrouwen.

De volgende ochtend moest Gemma op de fiets naar het huis van de sirenen. Haar auto stond nog altijd als een bovenmaatse presse-papier kapot op de oprit. Het was geen gemakkelijke tocht. De sirenen woonden aan de andere kant van de stad, boven op een klif, die alleen te bereiken was via een lange, slingerweg door het bos.

Haar bovennatuurlijke krachten ten spijt, viel de rit tegen. Waarschijnlijk was ze ook verzwakt omdat ze al zo lang niets had gegeten. Tegen de tijd dat ze het chique huis bereikte, was ze buiten adem.

'Je bent helemaal bezweet,' begroette Thea haar toen ze opendeed.

'Dank je,' zei Gemma droogjes. 'Ik ben met de fiets.'

Gemma ging het huis binnen en keek om zich heen. Tot haar verbazing was er sinds de vechtpartij van twee weken daarvoor weinig veranderd. Ze hadden een beetje opgeruimd – de koelkast en de meubels stonden weer overeind – maar niets was gerepareerd of vervangen. Zelfs de ruiten waren nog kapot en afgeplakt met tape.

'Heb je geen auto?' vroeg Thea aan haar.

'Er moet een nieuwe accu in,' zei Gemma. Ze veegde het zweet van haar voorhoofd. 'Heb je misschien een glaasje water voor me?'

'Er staat een fles bronwater in de koelkast.' Thea gebaarde naar de keuken en liep door naar de woonkamer. 'Als ik een auto had, zou je hem mogen lenen, maar volgens Penn heb ik geen auto nodig.'

Gemma pakte de fles bronwater uit de koelkast en zette hem aan haar mond. Na een paar flinke slokken voegde ze zich bij Thea in de woonkamer, die al languit op de bank lag. Ze ging in een stoel zitten met een kussen waar een deel van de vulling uit was.

'Waarom zou jij geen auto nodig hebben?' vroeg Gemma. Ze schoof heen en weer over de bobbelige zitting totdat ze een beetje comfortabel zat. 'Waarom mag alleen Penn rijden?'

'Geen idee.' Thea zuchtte geërgerd. 'Ze verzint de gekste redenen, maar eigenlijk is ze gewoon een controlfreak. Ze wil niet dat ik de auto neem.'

'Je kunt vliegen en zwemmen, maar mag niet met een auto weg?' zei Gemma.

Thea lachte kort. 'Het is ook niet logisch. Het is eerder een machtsspelletje. Zoals met alles wat ze doet.'

'Ik snap niet waarom ze Liv tolereert,' zei Gemma, om het gesprek op het onderwerp te brengen waarvoor ze was gekomen. 'Ik ken niemand die zo onvoorspelbaar is als Liv.'

'Ik snap het ook niet. Ik heb geprobeerd met haar te praten, maar...' Thea schudde haar hoofd. 'Penn wil niet toegeven dat ze zich in Liv heeft vergist. Bovendien kan ze zich geen twee "foute" sirenen veroorloven.'

'Hm, ze is al op zoek naar een vervanger voor mij,' vulde Gemma aan. 'Ze heeft geen zin om voor Liv een vervanger te moeten zoeken.'

'Zoiets.'

'Ik weet dat Penn me haat en van me af wil. Maar ik ben lang niet zo lastig als Liv, al zeg ik het zelf.'

'Jij bent op een andere manier lastig,' zei Thea. 'Je ondermijnt Penns gezag ook, maar anders. Liv gedraagt zich extreem, maar is in feite een extreme versie van Penn. Ze beschikken over eenzelfde moreel kompas. Penn hoopt dat Liv bijdraait en dat ze dan dikke vriendinnen worden.'

'Ik terroriseer geen heel dorp en krijg ook niet om de haverklap een driftbui. Penn en ik zitten compleet op een andere golflengte,' was Gemma's inschatting.'

Thea zakte nog verder onderuit op de bank. 'Ik denk dat ze ons als bondgenoten zien, en dat vinden ze maar niks.'

'Waarom?' vroeg Gemma. 'Geeft ze dan ook niets om jou?'

'Niet echt. Dat zit niet in haar. Ze is nooit dik met iemand geweest, zelfs niet toen we jong waren. Ze was altijd jaloers op mij omdat ik zo'n hechte band met Aggie en Gia had.'

'Gia?'

'Ligeia. Onze andere zus. De sirene vóór Lexi.'

'In het begin dacht ik nog dat Lexi en Penn goed met elkaar overweg konden,' zei Gemma. Toen ze net bij de sirenen kwam, dacht ze dat Penn en Lexi twee handen op één buik waren, maar de band was toch minder hecht geweest dan ze had gedacht.

'Dan zou Penn Lexi's vleugel er niet afgerukt hebben voor ze haar vermoordde,' zei Thea. 'Ze waren eigenlijk bondgenoten, maar daar is ook alles mee gezegd. Ik denk niet dat ze elkaar echt mochten.'

'Dus Penn heeft eigenlijk nooit echte vrienden gehad?' vroeg Gemma.

'Daar komt het wel op neer. Hoewel...' Thea dacht even na en zei toen aarzelend: 'Ze heeft één keer een vriendje gehad. Bastian.'

'Bastian?'

'Ja, maar eigenlijk heette hij Orpheus.'

Nog geen paar maanden geleden zou de naam Orpheus Gemma niets hebben gezegd. Inmiddels had ze echter zoveel over Griekse mythologie gelezen dat ze meteen wist wie Thea bedoelde. Hij was geen echte god, maar wel een belangrijke figuur die bekendstond om zijn gedichten en muzikaal talent.

'Die muzikale jongen?' vroeg Gemma. 'Speelde hij geen harp?'

'Nee, lier,' verbeterde Thea haar. 'Zoiets moois heb je nog nooit gehoord. Zijn spel was hemels, werd beweerd, en dat was niets te veel gezegd. De goden bewonderden hem zo dat ze hem het eeuwige leven schonken.'

'Als hij onsterfelijk was, was hij dan ook immuun voor jullie gezang?' vroeg Gemma.

'Ja. Penn kon hem niet manipuleren. Hoe graag ze anderen ook onder de duim heeft, ze voelt zich het sterkst aangetrokken tot mensen die ze niet in haar macht heeft.'

'Vreemd,' zei Gemma, maar het verklaarde wel waarom Penn een oogje had op Daniel.

'Ja, maar Bastian had iets wat je niet kon negeren. Hij zag er niet alleen geweldig uit, hij was ook nog eens charismatisch, intelligent, geestig, en had heel bijzondere ogen...' Thea staarde weemoedig voor zich uit. 'Blauwe ogen, maar dan van een kleur die ik verder nooit in de natuur ben tegengekomen...'

'Was jij ook verliefd op hem?' vroeg Gemma.

'Hij was het vriendje van Penn,' zei Thea ontwijkend.

'Maar híéld ze ook van hem?'

'Ik heb er veel over nagedacht, maar ik ben er nog altijd niet uit. Ze dácht dat ze van hem hield, en misschien komt dat er het dichtst bij in de buurt.'

'Wat is er gebeurd?' vroeg Gemma. 'Als Bastian onsterfelijk was, waarom zijn ze dan niet meer samen?'

'Nogmaals, ze had geen macht over hem. En op een avond was hij...' Thea sloeg haar ogen neer en het duurde even voordat ze haar zin afmaakte, '... weg.'

'Ik kan me niet voorstellen dat Penn dat accepteerde.'

Thea snoof. 'Nee, allesbehalve. Het is nu driehonderd jaar geleden. Ze is een stuk milder geworden, maar destijds draaide ze volledig door. Ik weet dat je haar nu intens slecht vindt, maar je moest eens weten.'

'Hoe bedoel je?'

'Ze was ontroostbaar en ging als een bezetene tekeer.' Thea kwam overeind. 'De eerste honderd jaar na zijn verdwijning heeft Penn het ene bloedbad na het andere aangericht. Ze was meedogenloos en doodde alles wat haar in de weg stond. In een vlaag van woede vermoordde ze zelfs onze zus, Gia.'

'Ze heeft jullie zus vermoord? Zonder dat ze daar een reden voor had?' vroeg Gemma.

Thea haalde een hand door haar haar en wendde haar blik af. 'Ze had zo haar redenen, maar die bleven voor de rest van de wereld verborgen.'

'Waarom heb je haar niet gestopt?'

'De enige manier om haar te stoppen was door haar te vermoorden, en dat kon...' Thea haalde haar schouders op. 'Daar kon ik me niet toe zetten. Ze blijft mijn kleine zusje.' Ze schudde haar hoofd, alsof ze eigenlijk iets anders had willen zeggen. 'Ik voelde me verantwoordelijk.'

'Waarom?' vroeg Gemma.

'Dat is moeilijk uit te leggen. Aggie bleef hopen dat Penn bij zinnen zou komen en zou stoppen als we bleven aandringen. Ze dacht dat Penn wel zou bijdraaien, zolang we maar genoeg van haar hielden en aardig voor haar waren. Maar wat we ook deden, het hielp allemaal niets. Ik denk dat dat Aggie de das heeft omgedaan.'

'Hoe bedoel je?'

'Aggie was nooit zo wreed als Penn, en zelfs niet zo wreed als ik,' antwoordde Thea. 'Ze was niet in de wieg gelegd voor het sirenenleven. Maar ze deed haar best en doodde alleen als het echt niet anders kon. En zelfs dan nog zo barmhartig mogelijk. Maar Penn was meedogenloos, en daar kon Aggie niet meer tegen.'

'Jij wel dan?' vroeg Gemma nadrukkelijk. 'Zat jij niet met al die zinloze moorden van Penn in je maag?'

'Daar kun jij niet over oordelen. Als mens besef je niet hoe kort en kwetsbaar het leven is. Jullie gaan allemaal dood. Mensen sterven bij bosjes. Door ziekte, ongelukken, oorlogen. Een mensenleven is vluchtig. Maar ík ga zeker nog duizend jaar mee. Ik laat mijn zus niet vallen voor iets wat in een oogwenk weer verdwenen is.'

'Maar Aggie dus wel,' zei Gemma.

'Ze gaf om mensen.' Thea's stem klonk zachter nu, zoals altijd als ze over Aggie sprak. 'Te veel zelfs. Jij zult er anders over denken, maar als je zoveel doden hebt gezien als ik – niet alleen door ons toedoen maar ook door de eeuwen heen – dan raakt het je gewoon minder. Aggie zocht naar een manier om aan het sirenenbestaan te ontsnappen, en daar was Penn woedend over. De bom ontplofte afgelopen zomer.'

'Penn ontspoorde driehonderd jaar geleden, maar deze zomer werd ineens de druppel?' zei Gemma sceptisch.

'Aggie heeft geprobeerd Penn te veranderen. Toen dat niet lukte, zocht ze naar een vreedzame oplossing. Ze wilde de vloek ongedaan maken. Toen ook dat niet lukte, liet ze Penn weten dat ze er genoeg van had.'

'Ze zei tegen Penn dat haar tijd voorbij was?' vroeg Gemma.

'Ja. Ze wilde dat we zo ver mogelijk de zee in zouden zwemmen, totdat we zouden omkomen van de honger. Daar dacht Penn uiteraard anders over. Aggie dreigde er kort voor volle maan vandoor te gaan, zodat we geen vervanger meer zouden kunnen vinden en we alle vier zouden bezwijken. Ik denk niet dat ze het meende, maar dat ze wilde uitlokken dat Penn haar zou vermoorden. Aggie wilde geen sirene meer zijn en de dood was de enige manier om aan dat leven te ontsnappen.'

'Als jullie het zo erg vonden dat Penn de dienst uitmaakte, waarom zijn jullie dan niet samen tegen haar in opstand gekomen?' vroeg Gemma. 'Ik bedoel, als je toch moest kiezen tussen

Aggie en Penn, waarom heb je dan niet voor Aggie gekozen?'

'Het zijn allebei zussen van me,' bracht Thea haar in herinnering. 'Onze ouders hebben ons aan ons lot overgelaten. Ik ben acht jaar ouder dan Penn.'

Gemma keek verbaasd op. Ze wist dat Thea ouder was, maar niet dat ze zoveel verschilden. Zowel Thea als Penn zag eruit als achttien, hooguit twintig.

Maar toen herinnerde ze zich dat Penn had gezegd dat ze nog maar net veertien was toen ze in een sirene veranderde. Door de vloek zagen ze er echter uit alsof ze in de bloei van hun seksuele leven waren, en Gemma vermoedde dat ze nu van dezelfde leeftijd leek als de andere sirenen.

'Acht jaar lijkt misschien geen groot verschil, maar als je jong bent is het dat wel. Vooral als je geen moeder meer hebt die voor je zorgt,' zei Thea. 'Ik heb Penn en Aggie opgevoed alsof het mijn eigen kinderen waren. Het is alsof je me zou vragen welke van mijn beide kinderen ik zou opofferen. Dat kon ik niet.' Ze schudde haar hoofd. 'Ik kon geen keuze maken.'

'Maar dat deed je wel,' hield Gemma vol. 'Je offerde Aggie op. Je liet Penn haar vermoorden.'

Thea sprak haar niet tegen. Ze staarde naar de grond en veegde toen snel haar ogen af. Er drupte een traan van haar wang op de vloer.

Ten slotte zei ze met omfloerste stem: 'Ik had nooit gedacht dat ze het zou doen. Ze vlogen elkaar regelmatig in de haren, maar ik had nooit gedacht dat Penn Aggie iets zou aandoen.'

'Maar dat deed ze dus wel. Waarom heb je Penn niet vermoord toen je eindelijk wist waartoe ze in staat was? Ik bedoel, ze heeft twee zussen van je vermoord,' zei Gemma. 'Drie zelfs, als je Lexi meetelt.'

'Ik heb Lexi nooit als mijn zus beschouwd,' mompelde Thea.

'Je weet dat Penn zal doorgaan met moorden,' vervolgde Gemma. 'Als je haar niet stopt, zal ze mij ook vermoorden, en Liv, en... jou.'

'Als ze dat doet, dan is dat mijn verdiende loon,' antwoordde Thea zacht. Toen schudde ze weer haar hoofd en haalde diep adem. De trieste uitdrukking verdween van haar gezicht. 'Maar goed... zo is het dus gekomen.'

'Dat jullie mij erbij hebben betrokken, bedoel je?' vroeg Gemma.

'Nee, dat we in Capri zijn beland.' Thea maakte een weids armgebaar. 'Dit maakt allemaal deel uit van Penns plan. Ze wil wraak.'

Gemma fronste haar wenkbrauwen. 'Dat begrijp ik niet.'

'Ze geeft Demeter de schuld van Bastians verdwijning,' legde Thea uit. 'Het kwam door de vloek dat hij niet van haar kon houden, en dat was Demeters schuld.'

'Waarom heeft ze niet geprobeerd om Bastian op te sporen?' vroeg Gemma.

'Dat heeft ze geprobeerd,' zei Thea. 'Maar toen dat niet lukte, werd ze met de dag bozer. Die woede reageerde ze af op haar omgeving, maar met name op Demeter.'

'Hoelang was ze toen al een sirene?' Gemma probeerde zich te herinneren wat ze haar hadden verteld. 'Zo'n tweeduizend jaar toch? En nu ineens besluit Penn wraak te nemen op de vrouw die haar heeft vervloekt?'

'Nee, natuurlijk niet,' zei Thea. 'Penn heeft altijd een hekel gehad aan Demeter, vanaf het moment dat we dienstmeisjes werden voor haar dochter Persephone. In het begin woonden Penn, Demeter en de andere goden vredig samen. Pas honderden jaren later, aan het einde van de middeleeuwen, toen wij en alle andere onsterfelijke wezens uit Griekenland werden verbannen, besloot Penn Demeter te vermoorden.'

'Waarom werden jullie verbannen?' vroeg Gemma.

'Verbanning is misschien niet het juiste woord, maar zo voelde het wel,' verduidelijkte Thea. 'De mensen werden slimmer. Ze waren bang of jaloers, en begonnen goden en andere onsterfelijken te doden. Het was voor ons veiliger om ondergronds te gaan en onze ware aard geheim te houden.'

'En dat is bij Penn in het verkeerde keelgat geschoten,' giste Gemma.

Thea knikte. 'Penn wil haar grillen niet hoeven te onderdrukken, dus haatte ze Demeter, ook al was het niet haar schuld dat de wereld veranderde. Uit die tijd stamt onze zoektocht naar Demeter, hoewel Penn toen nog lang niet zo fanatiek was als nu. Ze genoot van haar leven als sirene. Als ze in een pestbui was, informeerde ze naar Demeter, maar meestal was ze al weer snel afgeleid. Dus tussen twee lange perioden vol uitspattingen lagen eeuwen waarin we zo nu en dan probeerden om Demeter te vinden.' Thea was even stil en vervolgde toen: 'En toen kreeg Penn iets met Bastian.'

'Totdat ook hij verdween,' zei Gemma.

'Precies. Toen sloegen bij Penn de stoppen door. Ze vermoordde alles en iedereen die haar pad kruiste. Mensen, goden, wie ze maar wilde,' zei Thea. 'Penn nam zich heilig voor Demeter op te sporen en zette alles op alles om haar te vinden. Maar Demeter had lucht gekregen van Penns gewelddadige uitbarstingen en ging ondergronds. Daarna is ze nooit meer gezien.'

'Weet je zeker dat ze nog leeft?' vroeg Gemma.

Thea haalde haar schouders op. 'Clio zegt van wel.'

'Clio?'

'Een muze die we ongeveer vijftig jaar geleden opspoorden. Officieel was ze onze tante,' zei Thea, 'maar we hebben nooit een hechte band met onze moeders gehad, dus laat staan met haar zussen. De muzen wilden zo weinig mogelijk met hun kinderen te maken hebben, en Clio vormde daarop geen uitzondering.'

'Wie zegt dat ze de waarheid sprak?' vroeg Gemma.

'Eerst hebben we er gewoon naar gevraagd, maar uiteindelijk heeft Penn haar gemarteld. Ze wilde zekerheid,' legde Thea uit. 'Helaas kon ze ons niet vertellen waar Demeter was, en dus heeft Penn haar vermoord.'

'Jullie hebben haar eerst gemarteld en toen vermoord?' zei Gemma. 'Lijkt je dat niet wat overdreven?'

'Penn wilde per se weten waar Demeter was,' zei Thea. 'Het was dat onze moeders al lang dood waren, anders hadden we bij hen aangeklopt. We zwierven al sinds 1700 over de wereld, op zoek naar een muze die ons meer zou kunnen vertellen. De meeste bleken echter al overleden. Clio was pas de tweede muze in vijfhonderd jaar die we levend aantroffen.'

Dat verklaarde Thalia's angst. Toen ze Bernie net kende, stond er niets over de sirenen in haar dagboek. Totdat ze ineens van de ene op de andere dag bang en paranoïde werd.

Thalia had het kort aangestipt: ze schreef dat ze een vroegere vriendin had verloren, maar noemde geen naam. Waarschijnlijk was haar via via ter ore gekomen dat haar zus Clio was vermoord door de sirenen en had ze – terecht – aangenomen dat zij het volgende slachtoffer zou worden.

'Dus jullie dachten dat Demeter in Capri was,' zei Gemma. Dankzij Thalia's dagboek vielen de meeste puzzelstukjes nu op hun plaats; ze hoopte dat Thea de lege plekken zou invullen.

'Nee, we kwamen voor een andere muze,' zei Thea. 'De laatste. Er werd beweerd dat ze hier zou wonen.'

'Maar ze was al dood,' zei Gemma.

Thea knikte verbitterd. 'Ja. Zij was onze laatste hoop.'

'Waarom?' vroeg Gemma.

'Omdat we nog maar met weinigen over zijn. De grote goden zijn allang verdwenen: Zeus, Ares, Medusa, Athena, noem ze maar op. Ze zijn of dood of ondergronds gegaan. Hades leeft nog, maar niemand heeft hem gesproken sinds... sinds wij sirenen werden. Hij weet niets.'

'En omdat iedereen verdwenen is, weten jullie niet meer waar jullie haar moeten zoeken. Jullie hebben geen idee waar Demeter kan zijn,' zei Gemma. Ze hoopte dat ze haar teleurstelling uit haar stem had weten te houden. Hoewel ze blij was dat Penn geen muze meer had gevonden, had ze gehoopt iets te horen wat haar verder kon helpen.

'Klopt.' Thea knikte. 'Daarom heb je ook niets aan die papy-

rusrol. Aggie heeft er echt alles aan gedaan om de vloek te verbreken. Er zijn geen goden of godinnen meer die ons daarbij kunnen helpen. We staan er alleen voor.'

'Heb je me de rol daarom gegeven?' vroeg Gemma. 'Omdat je
weet dat ik er niets aan heb?'

'Nee. Ik besef nu pas dat Aggie gelijk had. Onze tijd op deze
aarde zit erop. Er zijn al te veel doden gevallen.' Thea zuchtte diep
en staarde uitdrukkingsloos voor zich uit. 'Maar dat had ik eerder
moeten inzien. Nu is het te laat.'

21

Bloedlijn

Harper ging voor het eerst bij Lydia langs zonder van tevoren te hebben gebeld, dus toen ze de deur van Cherry Lane Books openduwde, vroeg ze zich af of ze niet te vrijpostig was. Natuurlijk wist ze dat het onzin was, want Lydia had een winkel en er hing een bordje met OPEN op de deur.

Eigenlijk zou ze zich juist welkom moeten voelen, omdat dit pas de tweede keer was dat de winkel ook echt open was. Dat betekende dat er ook klanten waren, onder wie een medestudente van Harper, met wie ze colleges Biologie volgde. Het meisje stond aandachtig de top 10 van bestsellers te bestuderen.

Harper besefte dat dit niet het juiste moment was om met Lydia te praten over zaken die niet voor andermans oren bestemd waren.

Helaas had de winkelbel gerinkeld toen Harper de deur opende, dus voor ze rechtsomkeert kon maken, kwam Lydia van achter uit de winkel op haar toe gelopen.

'Hé, hallo!' Lydia glimlachte en leek oprecht blij haar te zien. 'Goed dat je er bent, want ik moet je iets laten zien.'

Lydia wendde zich tot de klanten in de winkel. 'Mag ik even jullie aandacht?' zei ze met stemverheffing. 'Ik moet beneden even iets uit mijn kantoortje halen. Wie me nodig heeft, kan het belletje naast de kassa gebruiken. Dan kom ik er meteen aan. Oké?'

Haar klanten mompelden begrijpend, waarna Lydia zich met een grijns omdraaide naar Harper. Ze droeg een eenvoudigere outfit dan de vorige keer – een skinny jeans en een paars t-shirt – maar had roze, glanzende glitterlippenstift op.

'Zullen we?' zei Lydia, en nog voor Harper kon instemmen, zette ze koers naar achteren.

Ze liepen door een schaars verlicht gangpad, waar Lydia tarot-kaarten, gevoelsstenen en oude boeken bewaarde. Geen gewone oude boeken, zoals eerste drukken van Charles Dickens, maar echt oude boeken. De vorige keer had Harper een boek ontdekt dat vermoedelijk was geschreven in het Soemerisch, maar de meeste boeken hier vielen bijna uit elkaar van ouderdom.

In de verste hoek aangekomen, duwde Lydia met moeite een loodzware deur open. Het hout had een vreemde marmerstruc-tuur die Harper nog nooit had gezien. In het voorbijgaan liet ze haar vingers over het glanzende oppervlak glijden; de deur voelde zacht maar koud aan, als glas.

'Hij is van slangenhout,' zei Lydia toen ze Harpers bewonde-rende blik zag. 'Om indringers buiten te houden.'

Aan de andere kant van de deur bevond zich een kleine over-loop en een smalle trap van beton. Omdat Lydia de deur amper van zijn plaats kreeg, hielp Harper haar hem dicht te duwen. Hij was verrassend zwaar.

'Hier bewaar ik de écht oude boeken,' verduidelijkte Lydia ter-wijl ze de trap afdaalden.

'In tegenstelling tot die gloednieuwe boeken waar we zojuist langskwamen?' zei Harper.

Lydia lachte, en het tinkelende keelgeluid weergalmde in het smalle trapgat. 'Oké, de belángrijke oude boeken dan.'

De trap kwam uit in een warme en droge kelder vol met boe-kenplanken aan de muur. Het rook er naar verbrande bladeren. Harper keek om zich heen, bang dat er iets in brand stond.

'Waar komt die brandlucht vandaan?' vroeg ze.

'Van de toverdrankjes,' antwoordde Lydia, alsof het de normaalste zaak van de wereld was. 'Ter bescherming van de boeken.'

Grenzend aan de kelder, die grotendeels vol stond met boeken, lag links van de trap nog een kamer. Lydia opende de deur en gebaarde Harper naar binnen te gaan. 'Kom even in mijn kantoortje.'

Harper stapte naar binnen. Het kantoortje zag er precies zo uit als ze had verwacht. Drie van de vier wanden waren lichtroze geschilderd, maar de wand achter het bureau had een behang met een zwart-wit fleur-de-lis-patroon. Verder hingen er overal posters van boekomslagen: J.M. Barries *Peter Pan*, Roald Dahls *De Heksen*, en *Het oneindige verhaal* van Michael Ende.

Op een eenvoudig zwart bureau zag Harper een computer en een ingelijste foto. Op twee bureaustoelen na stonden er verder overal boeken. Stapels boeken op de grond, op het bureau, op de overvolle schappen aan de muren. Achter het bureau stonden drie dozen, en hoewel ze dicht waren, nam Harper aan dat ook daar boeken in zaten.

'Weet je zeker dat je niet in de winkel hoeft te zijn?' zei Harper terwijl ze ging zitten. 'Ik bedoel, er zijn klanten. Ik wil je niet van je werk houden.'

'Dit is ook werk,' zei Lydia. Ze verplaatste een stapel boeken van haar bureau naar de grond, zodat ze Harper kon zien als ze zat. 'Ik help lezers graag aan hun favoriete boeken, maar ik heb de winkel eigenlijk om mensen zoals jij te kunnen helpen. Boeken verkopen is een façade voor mijn echte werk.'

'Hoe bedoel je?' vroeg Harper.

Lydia ging zitten en glimlachte veelbetekenend. 'Er zijn dingen waarmee je niet naar de politie kunt gaan. Niemand kan je helpen als je een trol of een heks bent. Niet dat de Ghostbusters bestaan, maar zelfs dan hebben geesten soms hulp nodig.'

'Moet ik je eigenlijk voor je hulp betalen?' vroeg Harper. 'Ik vind het geweldig dat je zoveel voor ons doet en ik wil graag iets terugdoen.'

Lydia had nooit gerept over een honorarium, maar nu ze zei dat het haar werk was, was Harper bang dat ze van haar profiteerden.

'Doe niet zo raar,' wuifde Lydia het aanbod weg. 'Als we doen wat we moeten doen, en we helpen anderen als dat nodig is, dan valt alles vanzelf op zijn plaats. Dat zei Nana altijd, en ze had gelijk.'

'Dank je,' zei Harper met klem. 'Ik zou niet weten wat Gemma en ik zonder jou moesten beginnen.'

'Ik doe het graag.' Lydia glimlachte. 'Maar goed, ik wilde je iets laten zien.' Ze bukte zich om een van de dozen te openen, maar bedacht zich. 'Maar jij bent natuurlijk niet voor niets hier. Wou je me iets vertellen?'

'Ik wou vragen of je al vooruitgang had geboekt met de papyrusrol,' zei Harper. 'En ik wilde je op de hoogte houden van de laatste ontwikkelingen.'

'Oké?' Lydia kwam overeind en leunde achterover in haar stoel.

'Ik heb de rol gisteren aan een docent op de universiteit laten zien. Hij heet professor Pine. Hij zei dat hij je kent.'

'O ja, Kipling.' Lydia grijnsde. 'We kennen elkaar al heel lang. Een prima kerel.'

'Toen we het over de rol hadden – ik had hem bij me, zodat hij hem met eigen ogen kon zien – stootte hij per ongeluk een blikje Red Bull om,' vervolgde Harper. 'Het papier raakte er niet door beschadigd, want dat lijkt onmogelijk, maar op de plekken waar het nat werd, gloeide de inkt karmozijnrood op.'

'Gebeurde er verder nog iets?' vroeg Lydia.

'Nee, na een paar seconden werd de inkt weer zwart,' zei Harper. 'Later heb ik op mijn kamer nog wat geëxperimenteerd met andere vloeistoffen. Water had hetzelfde effect als Red Bull, maar melk deed niets.'

'Hm,' zei Lydia nadenkend. 'Heb je de rol bij je?'

Harper fronste haar wenkbrauwen. 'Nee. Sorry,' verontschuldigde ze zich. 'Gemma verliest hem liever niet uit het oog, dus Marcy is hem vanochtend bij mij komen ophalen.'

'Geeft niet.' Lydia maakte een wegwuifgebaar. 'Ik kan er toch niet veel aan zien. Wat met de Red Bull is gebeurd, is heel normaal.'

'Dat de inkt gaat gloeien als hij in aanraking komt met energydrink?' vroeg Harper met een opgetrokken wenkbrauw.

'De tekst reageert op verschillende vloeistoffen, vooral als er een verband is met de vloek,' zei Lydia. Toen Harper haar uitdrukkingsloos aankeek, vervolgde ze: 'Neem Medusa's vloek. Je herinnert je Medusa toch nog wel? Dat mens met die slangen in haar haar?'

'Ja, ik heb wel eens van Medusa gehoord.'

'Bij haar werd het papier gloeiend heet als het in contact kwam met slangengif. Ik heb geen idee waarom, of waarom iemand er slangengif op zou doen, maar uit mijn research blijkt dat het zo is gegaan,' zei Lydia.

'Wat leid je daaruit af?' vroeg Harper.

'Dat weet ik nog niet precies.' Lydia schudde teleurgesteld haar hoofd. 'In Medusa's geval zit er waarschijnlijk gif in de inkt of in het papier. Maar ik neem aan dat er geen Red Bull is gebruikt voor de sirenenvloek.'

'Dat lijkt mij ook niet.'

'Maar misschien wel een ingrediënt dat in Red Bull zit,' zei Lydia. 'Waar is Red Bull eigenlijk van gemaakt? Water, suiker, cafeïne?'

Harper knikte. 'Maar volgens Pine zou er bloed in de inkt kunnen zitten.'

'Oké. Dat zou wel passen bij wat ik van de sirenen weet,' beaamde Lydia. 'Dat zou de reactie op Red Bull kunnen verklaren. Kooldioxide is een afvalproduct dat in de bloedbaan terechtkomt, en het zit ook in koolzuurhoudende dranken. Misschien dat Red

Bull daarom wel effect heeft en melk niet.'

'Ja,' zei Harper aarzelend. 'Maar... het zegt dus eigenlijk niets?'

'Je bedoelt of we eruit kunnen afleiden hoe de rol vernietigd kan worden?' Lydia zuchtte diep. 'Ik zou het echt niet weten.'

'Maar hoe ging dat dan bij Medusa?' vroeg Harper. 'Kon zij met het gif haar papyrusrol vernietigen?'

'Zij heeft hem niet vernietigd,' zei Lydia. 'Volgens mij heeft ze het wel geprobeerd. Ik bedoel, dat zou het slangengif kunnen verklaren. Maar ze werd verliefd op Perseus – die waarschijnlijk op haar slangenhaar viel – en toen heeft ze het opgegeven.'

'Weet je zeker dat we het over dezelfde Medusa hebben?' vroeg Harper. 'Ik heb de laatste tijd veel over mythologie gelezen en ik herinner me dat niemand van Medusa hield. Sterker nog, ik dacht juist dat Perseus haar had vermoord.'

'Aanvankelijk werden mythologische verhalen mondeling overgeleverd,' zei Lydia. 'Voor de uitvinding van de boekdrukkunst werd informatie op die manier verspreid. Maar als mensen belang hadden bij een ander verhaal, verdraaiden ze de waarheid.'

'Hoe dan?' vroeg Harper.

'De godin Athena haatte Medusa, en omdat Athena veel machtiger was, werd haar verhaal als het ware verhaal gezien,' legde Lydia uit. 'Medusa was een mooie jonge meid en had een affaire met Poseidon. Dat zette kwaad bloed bij Athena, die zelf een oogje op hem had, en dus veranderde ze Medusa in een gorgo. Daarna gaf Athena Perseus de opdracht Medusa te vermoorden. Maar hij werd verliefd op haar, en dus maakte Athena het karwei zelf af.'

'Hoe weet je dat allemaal?' vroeg Harper. 'Dat heb ik nergens gelezen. Het komt me hier en daar bekend voor, maar Medusa wordt overal omschreven als een lelijk gedrocht en Perseus als de held die haar heeft vermoord.'

'Dat komt omdat Athena een kreng was,' zei Lydia. 'Ze heeft hun liefdesverhaal verdraaid en de rollen simpelweg omgekeerd, zodat Medusa als een feeks de geschiedenis in zou gaan. Een misselijke streek. En hoe ik dat weet?' vervolgde Lydia. 'Omdat mijn familie al eeuwen waarheden en informatie verzamelt uit bovennatuurlijke sferen. Wij zijn de verzamelaars van feiten die de rest van de mensheid niet wil – of kan – bijhouden.'

Lydia draaide opzij in haar stoel en maakte de doos open. Terwijl ze de inhoud doorkeek, viel Harpers oog op het litteken op haar schouder: een stukje ruw, donkerrood vlees dat onder het bandje van haar hemdje uit kwam. Lydia had haar verteld dat ze het litteken had overgehouden aan een beet van een weerwolf, en Harper vroeg zich af of het de tol was die ze als herinneringenbewaarder van de bovennatuurlijke wereld betaalde.

'Daar wilde ik het dus met je over hebben,' zei Lydia. Ze trok een groene map uit de doos. De map was versleten en had een gebarsten band. 'Marcy vroeg me naar Audra.'

'Ja, ze vertelde me dat Audra familie van je is. Was ze niet je overgrootmoeder?'

Lydia knikte 'Ze was de grootmoeder van mijn moeder. Mijn grootmoeder is nooit getrouwd, en mijn moeder ook niet, dus dat maakte het uitstippelen van de bloedlijn van Panning naar Panning een stuk makkelijker.'

'Leeft ze nog?' vroeg Harper hoopvol.

'Nee, helaas niet,' zei Lydia. 'Maar ze zou niet zo heel erg oud zijn geweest als ze nog had geleefd. Ik schat...' Ze hield haar hoofd schuin en maakte de rekensom. 'Audra zou nu in de tachtig zijn geweest. Ze is zo'n vijftien jaar geleden overleden. Ze was al een tijd ziek. Dementie.'

'Wat vervelend om te horen,' zei Harper.

'Het is een neveneffect van het beroep, denk ik.' Lydia zuchtte. 'Ik heb haar niet zo goed gekend. Vandaar dat het me aardig wat tijd heeft gekost om haar code te ontcijferen.' Ze haalde de papieren uit de map en keek Harper weer aan. 'Heeft Marcy je verteld over de code?'

'Ze zei dat Audra haar dagboeken in codetaal schreef,' zei Harper.

Lydia staarde naar de papieren in haar hand. Harper kon ze

vanaf de plek waar ze zat niet zo goed zien, maar het leken op het eerste gezicht oude bladzijden uit aantekeningenboekjes. Hoewel ietwat vergeeld, zagen ze er verder nog redelijk uit. De tekst was geschreven in een heel klein, schuin handschrift, dat onleesbaar was.

'Klopt. Onbelangrijke dingen schreef ze in het Engels, maar zodra ze iets extra privé wilde houden, gebruikte ze een code die alleen zij kon lezen,' vervolgde Lydia.

'Nana's code was een variant op die van Audra, dus dat komt goed uit,' zei Lydia. 'Maar het is dus geen lineaire code zoals wij die kennen, en hij is voor vreemden moeilijk te ontcijferen. Mijn eigen code borduurt voort op die van Nana, maar Audra's code is nogal eigenzinnig, net als zijzelf trouwens.' Lydia legde haar hand op de groene map. 'Hierin zitten de aantekeningen die Audra maakte in de zomer dat Thalia naar haar op zoek was. Dus wat ik wil weten zit hierin, en in feite...'

Lydia onderbrak zichzelf en zocht in de map, waar ze twee zwart-witfoto's uit haalde.

'Ik denk dat je deze wel interessant zult vinden.' Lydia reikte haar een van de twee foto's aan over het bureau.

Op de foto stonden drie mensen, onder wie een lichtblonde vrouw van vermoedelijk begin dertig, met strak opgestoken haar. Ze zag er aantrekkelijk uit, maar haar glimlach had iets hards en haar ogen glinsterden achterdochtig, alsof ze geheimen had die ze niet wilde prijsgeven.

Voor haar stond een jong meisje van hooguit een jaar of tien in een overall. Ze had twee lange vlechten en een stralende glimlach die veel weg had van die van Lydia.

De derde vrouw, wier hand op de schouder van het meisje rustte, herkende Harper meteen. Het was dezelfde stralende blondine als op de foto's die ze in Bernies huis had gevonden.

'Dit is Thalia,' zei Harper, en ze tikte op de foto.

'Klopt. De andere twee vrouwen zijn Audra en mijn grootmoeder,' zei Lydia.

Harper draaide de foto om en zag dat er iets achterop stond: *Audra, Delia*, en vervolgens alleen een *T*. Ze draaide de foto weer om en zocht naar aanwijzingen.

'Waar is deze genomen?' vroeg Harper.

'Geen idee,' zei Lydia. 'Ik herken de achtergrond niet. Ik heb er ook nog niets over gelezen in Audra's aantekeningen.'

Omdat de foto van dichtbij was genomen, was er weinig van de achtergrond te zien. Naast Thalia zag Harper een deel van een bloempot, met grote rozen. Achter hen stond een gebouw, maar ook daarvan was, op de punt van het dak na, amper iets te zien.

'Wat staat er op die andere foto?' vroeg Harper. Ze gaf de foto terug aan Lydia.

'Een nephilim die Audra die zomer ook heeft geholpen.' Lydia hield de foto omhoog, maar van waar Harper zat, kon ze alleen zien dat het een zwart-witfoto was van een knappe jongeman.

'Dus Audra heeft Thalia geholpen,' concludeerde Harper.

'Ja, uit wat ik begrijp heeft ze aanvankelijk geprobeerd Thalia's muzeschap ongedaan te maken... dat is niet echt een vloek, maar ook niet direct een zegen. Ik weet niet hoe je het zou moeten noemen.' Lydia schudde haar hoofd. 'Audra heeft geprobeerd haar te helpen, maar dat is niet gelukt.'

'Heb je dat gedeelte kunnen ontcijferen?' vroeg Harper.

'Het stond niet in code,' zei Lydia. 'Dat ze iemand probeerde te helpen, hoefde ze niet geheim te houden. Maar daarna schrijft ze dat ze voor Thalia iemand moest vinden die onbekend wilde blijven.'

'Zou ze Diana bedoelen?' vroeg Harper.

'Waarschijnlijk wel.' Lydia knikte. 'Ik denk dat ze geen van beiden precies wisten waar Diana was, maar dat ze haar samen hebben gevonden.'

'Waar is Diana nu?' vroeg Harper.

'In de Verenigde Staten. Ze zijn naar haar toe gereden om haar te ontmoeten.'

Harpers hart sloeg over. 'Wie zijn "ze"?'

'Audra, Thalia en Nana, denk ik.' Lydia kneep haar ogen samen en staarde naar de papieren voor zich.

'Zijn ze met de auto gegaan? Dan kan het dus niet zo heel ver weg zijn,' zei Harper. 'Heb je enig idee waar ze is?'

Lydia zoog op haar lip. 'Nog niet. Maar daar kom ik wel achter. Dat duurt niet meer zo lang.' Ze bladerde de papieren door. 'Het spijt me. Ik weet dat jullie weinig tijd hebben, maar ik moest dus eerst de juiste map in Audra's spullen vinden en nu blijkt dat ze nogal cryptisch is met het oog op Diana's privacy. Maar dat is tegelijk ook goed nieuws.'

'Hoezo?' zei Harper.

'Uit het feit dat Audra zoveel moeite deed om Diana te beschermen, leid ik af dat ze erg belangrijk moet zijn. Ik gok niet graag, maar ik durf te wedden dat Diana een godin is,' zei Lydia.

'Maar ook als dat niet zo is, ze heeft Thalia wel weten te bevrijden,' zei Harper. 'Dan weet ze waarschijnlijk ook hoe ze Gemma van de vloek kan verlossen.'

'Ik wil geen valse hoop wekken, maar ik denk inderdaad dat Diana dingen weet die Gemma kunnen helpen de vloek te verbreken.' Lydia glimlachte naar haar. 'Diana is moeilijk te vinden, maar het zal me lukken. Dit heeft prioriteit. Dat brengt me bij mijn volgende vraag.'

'En dat is?'

'Omdat ik vooral met het dagboek en Audra's aantekeningen bezig ben geweest,' begon Lydia, 'heb ik weinig tijd gehad om aan de vertaling van de papyrusrol te werken. Wat wil je dat ik doe? Zal ik eerst Diana proberen te vinden of heb je liever dat ik verder ga met de papyrusrol?'

'Eh...' Harper dacht even na. 'Ik denk... Laten we eerst Diana vinden. Pine heeft de tekst van de rol ter vertaling doorgestuurd naar een collega, dus als er toch al aan gewerkt wordt, lijkt het me beter dat jij Diana probeert te vinden.'

'Dat lijkt me ook. Ik heb al wat ideeën over de papyrusrol, maar daarover neem ik nog wel contact op met Pine,' zei Lydia. 'Ik zal mijn aantekeningen aan hem doorgeven.'

Toen Harper Cherry Lane verliet, voelde ze een mengeling van hoop en angst. Ze had het gevoel dat Lydia op het goede spoor zat, en dat betekende dat ze dichter bij het verbreken van de vloek waren dan ooit.

22

Voornemen

Na Livs theatrale gedrag en Thea's moedeloze aanvaarding van hun lot, was Gemma nog nerveuzer en rustelozer dan anders. Liv was gek, en niemand was van plan haar tot de orde te roepen.

Het feit dat zij zich waarschijnlijk zou moeten neerleggen bij haar sirenenbestaan, wilde niet zeggen dat anderen er ook onder zouden moeten lijden. Of dat hun iets werd aangedaan. Het werd tijd dat ze haar krachten – hoe kwaadaardig of angstaanjagend ook – onder controle kreeg, zodat ze de strijd met Penn en Liv zou kunnen aangaan.

Toen ze laatst met Daniel had geoefend op haar transformatie, was alles goed gegaan. Tenminste bijna goed. Sindsdien had ze echter nachtmerries over de avond dat ze Jason had vermoord. Ten tijde van de moord had ze een black-out gehad, maar nu kwamen de herinneringen bovendrijven en werd ze 's nachts achtervolgd door wrede beelden.

Ook werd ze geplaagd door honger en schuldgevoelens, maar ze zou zich er niet door laten weerhouden. Ze zou de almaar toenemende honger moeten leren beheersen, evenals de opwellingen en het monster in haar binnenste dat daar verantwoordelijk voor was.

Ze was niet langer het bange meisje dat er in juni vandoor was gegaan met de sirenen, dus het werd tijd dat ze zich daar ook niet meer naar gedroeg.

Omdat haar kamer te klein was om een volledige transformatie te oefenen, besloot ze het te proberen in de garage.

Die was zo goed als leeg. Haar vader parkeerde zijn pick-up achter haar auto op de oprit en behalve een paar zaagbokken, stonden er alleen een gereedschapskist en enkele oude gasbetonblokken. Gemma schoof ze aan de kant om ruimte te maken.

Het zonlicht viel door een klein raampje naar binnen. Er hing geen rolgordijn voor, maar omdat het raam uitkeek op Alex' huis, was de kans klein dat iemand haar zou zien.

Nadat ze alles aan de kant had gezet en zich had voorbereid, concentreerde ze zich op haar transformatie, in een poging haar vleugels te laten doorbreken.

Maar er gebeurde niets.

Ze kneep haar ogen stijf dicht en balde haar vuisten, maar hoe ze zich ook concentreerde, het was tevergeefs. Ze probeerde zelfs haar adem in te houden, en waarschijnlijk was haar gezicht net rood aangelopen toen ze werd opgeschrikt door een klop op de deur. Snel haalde ze een keer heel diep adem.

De deur waarop was geklopt was niet de deur naar de bijkeuken, en ook niet de grote garagedeur voor de auto's, maar de zijdeur. Gemma maakte hem voorzichtig open. Het was Alex, die haar met een grijns op zijn gezicht aankeek. Zijn haar was vochtig, en hij rook naar zoete appelshampoo.

'Wat doe jij hier?' vroeg Gemma met een verbaasde glimlach.

'Ik ben net klaar met werken en kwam vragen of je zin had om iets te gaan doen. En toen zag ik je door het raampje.' Hij wees er even naar. 'Maar wat doe jij in de garage?'

Ze veegde met haar arm het zweet uit haar wenkbrauwen. Niet vanwege het warme weer, maar van de inspanning. 'Ik probeer te transformeren, maar het lukt niet.'

Alex leunde tegen de deurpost en trok een wenkbrauw op. 'Te transformeren?'

'Veranderen van gedaante, net zoals de andere sirenen. Dat moet ik ook kunnen. Ik moet mijn krachten leren oproepen, zodat ik Penn en Liv de baas kan,' legde ze uit. 'Ik moet ze kunnen stoppen als dat nodig is.'

'Je wilt in zo'n idioot monster veranderen?' vroeg Alex spottend. Ze had verwacht dat hij zou schrikken of vol afkeer zou reageren.

'Dat is wel de bedoeling,' gaf ze toe. 'Ik probeer de transformatie op te roepen. Ik heb het laatst een keer geprobeerd waar Daniel bij was. Er zijn geen ongelukken gebeurd, maar ik kon me maar net beheersen. Dus vandaag wil ik het wat voorzichtiger aanpakken en alleen mijn vleugels proberen.'

Hij knikte en ging rechtop staan. 'Kan ik je helpen?'

Gemma leunde tegen de deur. Ze was zojuist voor Alex gaan staan omdat ze niet wilde dat hij binnenkwam. Toen hij een stap naar voren deed, verroerde ze zich niet. 'Lief aangeboden, maar het lijkt me beter dat ik het in mijn eentje probeer.'

'Waarom?' Hij keek haar niet-begrijpend aan. 'Je hebt het toch samen met Daniel geoefend?'

Ze keek hem vorsend aan en probeerde zijn gedachten te lezen. 'Je bent toch niet jaloers?'

'Nee, natuurlijk niet. Tenminste niet op de manier die jij bedoelt.'

'Waarom zou je jaloers zijn? Het was heel gevaarlijk, hoor, dus ik snap niet waarom je dat ook zou willen.'

'Omdat je hem wel vertrouwt en mij niet,' zei Alex met een strak gezicht. Hij had in de afgelopen maand geleerd zijn gevoelens voor zich te houden, maar aan zijn blik zag ze dat ze hem had gekwetst. 'Ik ben sterker dan je denkt, Gemma.'

'Dit heeft niets met sterk zijn te maken. Ik wil niet dat je weer gevaar loopt.' Ze keek met een smekende blik naar hem op, in de hoop dat hij het zou begrijpen.

'Maar Daniel mag wel gevaar lopen?' kaatste hij terug.

'Nee, natuurlijk niet, maar...'

Gemma zuchtte en deed een stap achteruit. Toen Alex in de deuropening bleef staan, leunde ze tegen een zaagbok.

'Jij denkt dat hij er beter mee kan omgaan dan ik,' zei hij.

Ze haalde haar schouders op. 'Hij heeft het natuurlijk wel vaker meegemaakt.'

'Gemma, ik ken je al meer dan tien jaar. Ik ken de sirenen tegen wie je strijdt. Ik zei dat ik er alles aan zou doen om bij je te zijn, en dat meende ik. Omdat ik je ken en weet wat er aan de hand is.' Hij kwam naar haar toe lopen en bleef vlak voor haar staan. Haar benen raakten de zijne. 'Ik kan jou en je innerlijke monsters aan. Maar dan moet je me wel vertrouwen.'

'Stel dat ik je iets aandoe?'

Hij pakte haar hand vast. 'Ik raak liever gewond dan dat ik eeuwig zonder jou verder moet.'

'Dus je wilt het echt? Je wilt overal bij betrokken worden?' vroeg Gemma.

'Ja.'

'Oké.' Ze glimlachte naar hem. 'Doe de deur dicht.'

Terwijl Alex de deur sloot, liep Gemma naar het midden van de garage. Ze rekte haar nek en rolde met haar schouders.

'Ik ben er nog niet achter hoe ik de transformatie kan oproepen. Ik ga het proberen, maar ik weet dus niet of het gaat lukken.'

Alex leunde tegen de diepvrieskist en sloeg zijn armen over elkaar. 'Hoe heb je het de vorige keer gedaan?'

'Ik dacht aan dingen die me angst inboezemden,' zei ze, terugdenkend aan de transformatie in het Paramount Theater.

'Volgens mij lokt paniek de transformatie uit, alsof het een soort verdedigingsmechanisme is. Maar ik denk niet dat het goed voor mij is om zo bang te zijn en de verandering op die manier op te roepen.'

Hij knikte. 'Daar kan ik me iets bij voorstellen. Net als in de Groene Lantaarn-strips. In dat verhaal is het gele wezen de belichaming van angst, die voor instabiliteit en corruptie zorgt. Je wilt iets zuiverders, zoals wilskracht, hoop of liefde.'

Gemma moest onwillekeurig lachen. 'Grappig dat jij altijd alles weet terug te brengen tot een stripverhaal.'

'Maar heb ik gelijk of niet?' zei Alex. 'Hoe vaak ben je volledig veranderd in het monster?'

'Eén keer maar.' Ze sloeg haar ogen neer en haar hart kromp ineen bij de herinnering. 'Met Daniel was het bijna gelukt. Ik heb mijn handen een paar keer kunnen laten veranderen, maar met mijn vleugels is het nog maar één keer gelukt.'

'En dat gebeurde steeds als je bang was?' vroeg Alex.

Ze slikte moeizaam en knikte. 'Doodsbang. Ik dacht dat ik of iemand van wie ik hou, zou worden verwond of vermoord.'

'Oké. De angst neemt dus bezit van je en daardoor krijgt het monster je in zijn greep. Maar jíj moet degene zijn die greep houdt op de situatie.'

'Dus ik moet mijn wilskracht gebruiken om mijn vleugels te laten groeien?' zei Gemma.

Alex haalde zijn schouders op. 'Zoiets.'

Gemma dacht terug aan de keer dat ze haar vleugels had laten doorbreken. Ze zat op een rots te midden van een woeste zee. Lexi had haar over de rand van het klif geduwd terwijl Daniel boven op de rotsen vocht voor zijn leven. Ondanks dat ze zich er uit alle macht op had geconcentreerd, had het lang geduurd voordat de vleugels waren doorgebroken, maar uiteindelijk was het haar angst geweest die de verandering in gang had gezet.

'Ik weet niet zeker of ik het kan. Niet zonder dat angstgevoel op te roepen,' hield ze vol.

'Als je je door angst laat leiden, ben je jezelf niet de baas. Dan is het monster de baas. En dan kunnen er slachtoffers vallen.'

'Dat weet ik, maar ik weet niet hoe ik het dan wél moet doen.' Ze haalde geërgerd een hand door haar haar. 'Misschien kan het alleen op die manier. Misschien transformeren de andere sirenen ook door hun angst en honger te kanaliseren.'

'Denk je echt dat Penn vaak bang is?' vroeg Alex weifelend.

'Misschien niet, maar misschien heeft ze wel altijd honger.'

Alex beet op zijn duimnagel en staarde naar de grond. Zijn haar viel over zijn voorhoofd. Gemma herkende de ingespannen uitdrukking op zijn gezicht van de keren dat ze hem huiswerk had zien maken of een videospelletje had zien doen.

'Waar ben je het meest bang voor?' vroeg hij ten slotte, naar haar opkijkend.

'Behalve dat mij of iemand anders iets overkomt?' vroeg Gemma met een vreugdeloos lachje.

'Waar ben je het bangst voor... dat je zelf doodgaat of iemand anders?'

'Ik wil niet dood maar... Ik zou het erger vinden als er iets met jou, Harper of Daniel gebeurt. Of met mijn ouders.'

'Waarom?'

Gemma lachte. 'Hoe bedoel je?'

'Waarom zou je het erger vinden als ik werd vermoord?' vroeg Alex op de man af.

'Omdat...' Ze begreep niet waar hij heen wilde, maar omdat hij haar wilde helpen, besloot ze mee te werken. 'Omdat ik van je hou. Maar dat zou ik niet eens het ergste vinden aan je dood. Natuurlijk zou ik er kapot van zijn als ik je verloor, maar het ergste van je dood heeft niets met mij te maken.' Ze zocht naar woorden. 'Je bent lief, slim en loyaal en hebt nog een leven voor je. Je hebt deze wereld nog zoveel te bieden. Je verdient een mooi, lang leven. Het ergste wat ik me kan voorstellen, is dat er voortijdig een einde komt aan jouw leven.'

'Denk daar dan aan,' zei Alex. 'Als wilskracht alleen niet voldoende is, denk dan aan de liefde. Niet alleen aan mij, maar ook aan Harper en aan je moeder. Aan alle mensen die iets voor je betekenen. Liefde is sterker dan angst.'

'Oké.'

Gemma sloot haar ogen en haalde diep adem. Ze probeerde zich te concentreren op Alex: niet op de angst om hem te verliezen maar op haar liefde voor hem. Ze dacht aan zijn kussen, aan zijn armen om haar heen, aan de manier waarop hij lachte, en ze stelde zich voor dat haar vleugels door haar huid heen zouden breken.

'Je kunt het. Kijk me aan,' zei Alex op vastberaden toon, en ze opende haar ogen en gehoorzaamde. 'Gemma, je kunt het.'

En toen zag ze het weer, net als die keer dat ze hadden gezoend: heel haar wereld werd weerspiegeld in zijn ogen. Er was enkel liefde, enkel Alex, en terwijl ze langzaam inademde, voelde ze een kriebel in haar schouders; haar botten kraakten, haar huid scheurde en een vlammende hitte schoot door haar schouderbladen. Alex' ogen werden groot en zijn mond viel open.

Ze voelde haar vleugels groeien, voelde hoe ze achter haar openvouwden, en toen ze ermee sloeg, voelde ze de lucht tussen haar veren door stromen.

'Wauw!' Alex staarde vol ontzag naar haar vleugels, die glansden als koper in het licht dat door het garageraam naar binnen viel.

Ze glimlachte naar hem. 'Het is me gelukt.'

'En hoe. Ik wist dat je het kon.'

Alex grijnsde, liep naar haar toe en sloeg zijn armen om haar middel. Maar toen zijn lippen bijna de hare raakten, trok hij zich terug. Hij keek naar zijn hand. Zijn vingertoppen waren rood.

'Je bloedt,' zei hij, en hij keek bezorgd op haar neer.

'Ja, mijn vleugels. Het deed pijn.' Ze grimaste, ook al was de pijn gezakt. 'Ik heb geen idee waarom, want van de rest van de transformatie voel ik niets.'

Hij veegde zijn hand af aan zijn spijkerbroek en liet toen zijn vingers over de zijdeachtige veren glijden. Gemma voelde een huivering van genot door haar heen gaan.

'Misschien vond Demeter vleugels te mooi en heeft ze de sirenen pijn geschonken om jullie eraan te herinneren dat ze deel uitmaken van de vloek,' zei Alex. Hij keek bewonderend naar haar vleugels.

'Dat zou kunnen.'

'Oké...' Zijn arm lag nog altijd om haar middel en hij keek haar glimlachend aan. 'Zou je niet eens lekker willen vliegen met die vleugels?'

'Ik kan toch niet zomaar de garage uit vliegen?' Gemma sloeg haar armen om zijn nek en leunde tegen hem aan. 'Thea en Penn vliegen wel eens over de stad. Maar zij weten hoe je mensen moet betoveren om ze te laten vergeten wat ze hebben gezien. Ik wil geen risico's nemen, het wemelt deze week van de toeristen in Capri. Straks moet ik nog vogelaars en dagjesmensen hypnotiseren.'

'Oké,' stemde Alex schoorvoetend in. 'Maar je bent me wel een vluchtje verschuldigd, oké?'

'Wil je echt dat ik met je ga vliegen?' vroeg Gemma.

'Ja hoor. Sirene zijn heeft ook leuke kanten, dus we kunnen het er maar beter van nemen zolang het nog kan.'

Hij trok haar tegen zich aan. Haar haltertopje was iets omhooggekropen toen ze haar armen om zijn nek sloeg, en zijn handen voelden warm en sterk aan op de blote huid tussen haar topje en haar short.

Uiteindelijk boog Alex zich naar haar toe en kuste haar. Ze ging op haar tenen staan om hem beter te kunnen zoenen, maar haar vleugels brachten haar uit balans. Ze viel voorover, tegen Alex aan, en instinctief sloeg ze haar vleugels uit om haar evenwicht te hervinden.

De garage bleek te klein voor de spanwijdte van haar vleugels: het gereedschap viel van de muur en ze stootte een zaagbok om. Ze deed een stap opzij om het gevaarlijke gereedschap te ontwijken, maar struikelde en viel alsnog voorover. Alex tuimelde achterover, en Gemma viel boven op hem.

'Ik heb er nooit bij stilgestaan hoe moeilijk het voor Pino moet zijn om met iemand te zoenen,' zei Alex, en Gemma lachte.

Op dat moment zwaaide de deur naar de bijkeuken open en verscheen Brians hoofd om de hoek. Vermoedelijk had het lawaai van het vallende gereedschap en de zaagbok hen verraden.

'Wat is hier aan de hand?' vroeg hij.

Gemma, die boven op Alex lag, krabbelde snel overeind, voordat haar vader naar zijn geweer zou grijpen. Alex volgde haar voorbeeld en streek zijn kleren glad onder Brians boze blik.

'Ik probeerde mijn vleugels uit, maar viel voorover,' zei Gemma schaapachtig.

Brian keek met een strak gezicht naar haar vleugels en toen weer naar Alex. 'Als je denkt dat je met mijn dochter kunt doen wat je wilt omdat ze vleugels en bovenaardse krachten heeft, heb je het mis, jongeman.'

'Páp!' riep Gemma, hoewel ze diep in haar hart niet boos op hem was. Ze wist dat hij een moeilijke tijd doormaakte. Het zat hem dwars dat hij haar niet kon beschermen tegen de sirenen. Maar hij kon haar wel beschermen tegen tienerjongens.

'Ik begrijp het, meneer Fisher,' zei Alex respectvol.

'Goed zo.' Brian knikte. Toen hij weer naar Gemma's vleugels keek, verscheen er toch iets van ontzag in zijn ogen. 'Het ziet er geweldig uit, Gemma. Goed gedaan.' Hij draaide zich om om te gaan, maar zei toen over zijn schouder. 'Laat deze deur maar open. Oké?'

23

Afspoelen

Harper had haar laatste college gehad en was net klaar met het inpakken van haar tas toen haar mobiele telefoon ging. Bij het zien van het nummer op het schermpje zonk de moed haar in de schoenen. Als íéts niet gelegen kwam, was het dit.

'Hallo?' zei ze. Ze hoopte dat ze niet zo teleurgesteld klonk als ze zich voelde.

'Hallo, Harper, met Becky van Briar Ridge. Het spijt me dat ik je stoor.'

'Nee, hoor, je stoort niet,' zei ze. Ze kon niet anders. Briar Ridge belde alleen als het belangrijk was, en wat haar plannen ook waren, haar familie ging voor.

'Ik weet dat je studeert, dus we hebben eerst je ouderlijk huis gebeld, maar daar werd niet opgenomen. We zijn ten einde raad,' zei Becky gejaagd.

'Geeft niet,' zei Harper. 'Wat is er? Is er iets met mijn moeder?'

'Ze is erg angstig sinds ze zaterdag naar het toneelstuk is geweest,' zei Becky. 'We wilden je er niet mee lastigvallen, maar we proberen haar al vier dagen te kalmeren.'

'Angstig?' Harper ging naast haar schooltas op het bed zitten. 'Waar is ze dan bang voor?

'Ze is erg verward. Ze citeert zinnen uit toneelstukken,' legde

Becky uit, 'en loopt de hele dag te ijsberen. Ze wil niet eten en weigert haar medicijnen in te nemen. En ze heeft het aldoor over je zus en jou.'

Harper veegde een lok haar uit haar gezicht en zuchtte. 'Wil je dat ik langskom? Misschien dat ik haar kan kalmeren.'

'Als dat niet te lastig is? We zijn ten einde raad, want ze moet haar pillen slikken.'

'Nee, dat kan wel.' Ze dwong zichzelf te glimlachen, ook al kon Becky haar niet zien. 'Ik ben er in een kwartiertje.'

Het voordeel van Sundham was dat het op slechts tien minuten rijden van Briar Ridge was. Ze was verder van Capri, maar dichter bij haar moeder.

Het was lang geleden dat Harper haar bezigheden had moeten staken om op stel en sprong naar haar moeder te gaan. Nathalie was de laatste jaren rustiger geworden. De laatste tijd was ze echter weer regelmatig in de war.

Misschien had ze haar moeder niet moeten meenemen naar het toneelstuk. Nathalie was lange tijd niet in Capri geweest. Maar ook vóór het toneelstuk had ze zich vreemd gedragen. Mogelijk had het bezoekje van Brian, nu tweeënhalve week geleden, er iets mee te maken.

Harper zong uit volle borst mee met de autoradio terwijl ze in volle vaart van Sundham naar Briar Ridge reed. Ze hoopte haar zenuwen onder controle te krijgen. Voordat Becky belde, was ze ook al nerveus geweest, en een bezoek aan haar moeder was niet wat ze zich van haar woensdagmiddag had voorgesteld. Maar Nathalie had haar nodig, en dat ging voor alles.

Toen Becky de deur opende, hoorde Harper haar moeder op de achtergrond zeggen dat ze weg moest.

'Jullie zijn heel aardig voor me, maar ik moet nu echt naar huis,' zei Nathalie vastbesloten. 'Ik moet de lunch klaarmaken voor mijn man en kinderen.'

'Denkt ze dat ze voor haar gezin moet zorgen?' vroeg Harper zacht aan Becky, omdat ze niet wilde dat haar moeder het hoorde.

Becky glimlachte flauw. 'Daar heeft ze het al de hele dag over. Misschien kun jij haar op andere gedachten brengen.'

'Oké.'

Harper liep naar binnen en ging op het geluid van haar moeders stem af. Ze trof Nathalie aan in de zitkamer, waar ze tegen een personeelslid van de woongroep een verhaal stond af te steken. Haar lange, vormeloze jurk bolde achter haar op terwijl ze door de kamer ijsbeerde.

Nathalies haar was vet en warrig, alsof ze het lange tijd niet had gewassen of geborsteld. Dat was vreemd, want doorgaans verzorgde ze zichzelf goed. Ook had ze donkere kringen om haar ogen en droge, gebarsten lippen. Het was lang geleden dat ze er zo verwaarloosd had uitgezien.

'Hallo, mam, wat is er aan de hand?' vroeg ze zo opgewekt mogelijk. De begeleidster verontschuldigde zich zacht en liet Harper alleen om haar moeder gerust te stellen.

'Ik heb deze aardige dames hier een bezoekje gebracht, maar het wordt tijd dat ik naar huis ga.' Nathalie hield haar pas in en keek Harper aan. 'Mijn echtgenoot verwacht me elk moment thuis en mijn dochters komen zo uit school. Ik moet voor het avondeten zorgen.'

Harper glimlachte en vervolgde op geruststellende toon: 'Mam, ík ben je dochter.'

'Doe niet zo raar,' zei Nathalie lachend, en ze begon weer te ijsberen. 'Jij bent veel te oud om mijn dochter te zijn.'

'Hoe oud denk je dat je dochters zijn?' vroeg Harper.

'Harper is in januari negen geworden en Gemma is net zeven.' Nathalie glimlachte dromerig en leek even volmaakt gelukkig. Toen keerde de angstige blik terug in haar goudkleurige ogen.

'Mam.' Ze ging voor haar moeder staan, zodat Nathalie haar wel móést aankijken. 'Ík ben Harper.'

'Nee, dat ben je niet.' Nathalie schudde haar hoofd en glimlachte gespannen. 'Je bent... een vrouw. Mijn dochter is een kind. Ik vind dit geen leuke grap. Ik moet nu echt weg.' Ze probeerde langs haar dochter te glippen, maar Harper hield haar met een voorzichtige hand op haar schouder tegen.

'Nathalie, je hoeft nergens heen.' Harper glimlachte en hield haar toon luchtig. 'Je echtgenoot is met je kinderen uit eten. Als je het hier toch zo gezellig vindt, kunnen we beter hier blijven.'

'Maar dat wil ik niet.' Nathalie deed een stap opzij en keek schichtig om zich heen terwijl ze nerveus over haar arm wreef. 'Ik wil hier weg.'

'Kom, dan gaan we even zitten.' Harper ging op de bank zitten en klopte naast zich op het kussen.

Nathalie schudde haar hoofd. 'Ik ga niet zitten.'

'Oké. Wat heb je vandaag allemaal gedaan?' Harper hoopte dat haar moeder zou ontspannen als ze over iets anders begon.

'Dat heb ik je al verteld,' snauwde Nathalie. 'Ik was bij deze dames op bezoek en ik mag het dus niet vergeten.'

'Wat mag je niet vergeten?'

Nathalie begon weer te ijsberen en wreef over haar slapen. 'Ik moet tegen hen zeggen dat ze het moeten afspoelen.'

'Tegen wie moet je dat zeggen?' vroeg Harper. Ze keek haar moeder na, die driftig rondjes liep door de kamer.

'Ze weet wel wat ik bedoel,' zei Nathalie, de vraag wegwuivend. 'Maak je maar geen zorgen.'

'Oké, ik zal me geen zorgen maken,' zei Harper.

Nathalie bleef staan en keek om zich heen alsof ze de kamer voor het eerst zag. 'Waar zijn mijn meiden? Past Bernie op ze?'

'Bernie?' vroeg Harper, verbaasd dat Nathalie hem ter sprake bracht.

Haar moeder was voor het ongeluk bevriend geweest met Bernie McAllister, maar de afgelopen tien jaar had ze het nauwelijks over hem gehad. Zelfs niet na al die keren dat Bernie bij Nathalie op bezoek was geweest toen Harper en Gemma nog klein waren en hun vader opzag tegen een bezoek aan de woongroep.

Als Bernie met hen binnenkwam, had Nathalie altijd zonder enig blijk van herkenning gevraagd wie hij was, alsof hij volledig uit haar geheugen was gewist. Tot vandaag.

'Past hij op de kinderen?' Nathalie zweeg even. 'Ik heb van-avond een afspraak met mijn man, dus Bernie moet op de kinderen passen.' Ze knikte, alsof ze zichzelf wilde overtuigen.

'Herinner je je Bernie, mam?' vroeg Harper.

'Natuurlijk.' Ze keek Harper aan alsof ze dacht dat ze niet goed wijs was. 'Waarom blijf je me toch steeds mam noemen?'

'Sorry. Dat ging per ongeluk.' Harper glimlachte schaapachtig. 'Herinner je je Brian, je echtgenoot?'

Nathalie staarde afwezig voor zich uit en wreef in haar nek. 'Bernie heeft het me verteld, wist je dat?'

'Wat heeft Bernie je verteld?''

'Dat heb ik je toch al gezegd!' Ze wierp haar dochter een boze blik toe. 'Als je niet luistert, kan ik net zo goed weggaan.'

'Je kunt nergens heen, Nathalie. Je woont hier,' bracht Harper haar vriendelijk in herinnering.

'Helemaal niet. Waarom lieg je toch steeds tegen me?' Hoe nerveuzer Nathalie werd, hoe harder ze begon te praten. Ze schreeuwde nu bijna. 'Waarom lieg je tegen me?'

'Ik lieg niet tegen je,' zei Harper kalm. 'Wil je alsjeblieft gaan zitten?'

'Nee, ik ga niet zitten.' Nathalie schudde haar hoofd en begon te stampvoeten. 'Jullie liegen allemaal. Iedereen spant tegen me samen om mijn dochters van me af te pakken.'

'Niemand wil je je dochters afpakken,' probeerde Harper haar gerust te stellen.

'Jij wel! Lieg niet tegen me!' schreeuwde Nathalie. Haar anders zo bleke wangen waren nu vuurrood, en haar ogen vulden zich met tranen. 'Als jullie mijn meiden geen kwaad wilden doen, had hij niet gezegd dat ik het moest afspoelen.'

'Mam!' Harper stond op en hief haar handen. 'Met je dochters is alles goed. Ik ben je dochter, en Gemma is veilig.'

'Je bent mijn dochter niet,' hield Nathalie vol. Er rolde een traan over haar wang. 'Harper is nog een kind.'

'Ik wás een kind,' zei Harper. 'Negen jaar geleden. Maar je hebt een ongeluk gehad, mam, en nu zijn we groot. Herinner je je dat niet meer?'

Nathalie had zich nooit iets van het ongeluk zelf kunnen herinneren, en ook Harper had er slechts vage herinneringen aan. Maar Nathalie herinnerde zich doorgaans wel dat er een ongeluk had plaatsgehad en dat ze niet altijd geweest was zoals nu. Vandaag leek het echter alsof ze niet doorhad dat er sindsdien jaren waren verstreken. Ze zat gevangen in een verloren moment in de tijd van voor het ongeluk.

'Nee, er was...' Nathalie veegde over haar wang en schudde weer haar hoofd. 'Nee.' Ze slikte moeizaam, balde haar vuisten en begon hard op haar bovenbenen te slaan. Harper hoorde de vuisten neerkomen. 'Nee. Nee!'

'Mam, hou op.' Harper pakte haar moeders handen vast, bang dat ze zich zou bezeren.

Nathalie rukte zich echter los. Ze rende naar het televisiemeubel, veegde de snuisterijen en stapels videobanden van de bovenste plank en begon de spullen die in de kast stonden eruit te gooien. Ze snikte en bleef maar 'nee' roepen terwijl ze een boekenkast omtrok, schilderijen van de muur rukte en kussens van de bank door de kamer smeet.

Becky kwam binnengestormd en probeerde samen met Harper op Nathalie in te praten. Maar het was tevergeefs. In een mum van tijd had Nathalie de hele kamer overhoopgehaald, totdat ze zich te midden van de puinhoop op haar knieën liet zakken.

Harper knielde naast haar moeder neer en wreef voorzichtig over haar rug.

'Het komt allemaal goed,' zei Harper zacht.

Nathalie keek op en veegde haar haren uit haar ogen. 'Harper?'

Harper glimlachte en slikte haar tranen in. 'Ja, mam, ik ben bij je.'

'Ik voel me niet lekker. Ik denk dat ik beter even kan gaan liggen.'

'Dat lijkt me een goed idee,' gaf Harper toe.

Harper bracht haar moeder naar haar kamer en stopte haar in bed. Even later kwam Becky binnen met een glas water en pillen, die Nathalie zonder tegensputteren innam. Haar uitbarsting leek haar te hebben uitgeput.

Harper kuste haar moeder op haar wang en maakte aanstalten te vertrekken. 'Ik hou van je, mam. Tot ziens.'

'Harper,' zei Nathalie.

Harper bleef in de deuropening staan en keek haar moeder aan.

'Vergeet niet het af te spoelen,' vervolgde ze. 'Beloof me dat je het niet zult vergeten.'

'Dat beloof ik, mam.'

Harper sloot de slaapkamerdeur achter zich en liep meteen door naar het toilet, waar ze, leunend tegen de wastafel, haar tranen stilletjes de vrije loop liet. Zoals zo vaak treurde ze om haar moeder. Op dagen als deze had ze het gevoel dat ze Nathalie opnieuw kwijtraakte.

Toen ze was uitgehuild, spoelde ze met een plens water haar tranen en de uitgelopen eyeliner van haar gezicht. Vervolgens pakte ze haar make-upspullen uit haar tasje en maakte zich voor de tweede keer die dag op, totdat ze er weer uitzag als een gewone student en niet als iemand wiens leven op instorten stond.

24

Bloed & Water

Gemma had de papyrusrol op de keukentafel uitgespreid en een pak koffie en een tweeliterfles cola op de randen gezet om te voorkomen dat hij zichzelf zou oprollen. Vervolgens had ze eerst alle vloeistoffen die ze in de koelkast kon vinden erop uitgetest en daarna de schoonmaakmiddelen uit het keukenkastje. Nu lag er een plasje kippensoep vermengd met bleekmiddel op, en de iriserende inkt scheen dof door de vloeistof heen.

Gemma sloeg geërgerd haar armen over elkaar en wiebelde heen en weer op de ballen van haar voeten, alsof ze zo een idee zou kunnen losschudden waarmee ze die verdomde vloek kon verbreken.

Ze dacht terug aan de nacht dat ze in een sirene was veranderd. Ze was ervan overtuigd dat daar de oplossing te vinden moest zijn. Gemma had heerlijk gezwommen in de baai en de sirenen hadden om een vuur gedanst in de grot.

Op dat moment wist ze nog niet wie de meisjes echt waren. Lexi had gezongen en haar geroepen met haar lied. Toen ze naar hen toe was gezwommen, had het sirenenlied haar angst weggenomen, en ze had niet meer kunnen nadenken, alsof haar lichaam een eigen wil had.

Toen Gemma de kust bereikte, stak Lexi haar een hand toe en trok haar overeind.

Penn had met een shawl om haar heen gedanst. Het was een gaasachtige, goudkleurige doek geweest, die ze later over Gemma's schouders had gelegd. 'Hier. Om warm te blijven.'

Daarna had Lexi een arm om haar heen geslagen. Gemma's nekharen waren overeind gaan staan, en ze had zich in een reflex teruggetrokken, maar Lexi was weer gaan zingen en had haar in de ban gehouden met het sirenenlied.

'Doe met ons mee.' Penn had Gemma strak aangekeken en een stap achteruit gedaan, naar het vuur.

Lexi had een koperen flesje uit de zak van haar jurk gehaald. 'Laten we een borrel nemen.'

'Sorry, maar ik drink niet.'

'*Gemma*,' zei Lexi op zangerige toon. Ze reikte haar het flesje aan, maar Gemma aarzelde. '*Drink.*'

Gemma had het gevoel dat ze geen keus had. Ze kon zelfs niet overwegen te weigeren. Haar handen bewogen als vanzelf, namen het flesje van Lexi aan, haalden de dop eraf en zetten het aan haar mond. Het leek automatisch te gaan, net als ademhalen.

De vloeistof was dik en had een bittere, zoutige smaak. Hij brandde in haar keel. De brei was te heet om door te slikken, en ze kokhalsde.

Pas veel later had ze van Penn gehoord waar het drankje van was gemaakt: bloed van een sirene, bloed van een sterveling en bloed van de zee. Toen Gemma dat hoorde, had ze weer bijna moeten overgeven.

Toen ze het mengsel eindelijk had weggewerkt, had de grot om haar heen gedraaid, en om niet te vallen had ze Lexi vastgegrepen. Alles draaide voor haar ogen. Toen ze vervolgens rechtop probeerde te staan, tuimelde ze bijna voorover in het vuur, maar Penn had haar net op tijd opgevangen. Daarna was alles zwart voor haar ogen geworden.

Nadat ze was flauwgevallen, had Penn haar in de shawl gewikkeld en in zee gegooid. Als de vloek werkte, zou Gemma de ochtend erna wakker worden als sirene. Werkte hij niet, dan zou ze verdrinken.

Gelukkig – of helaas, afhankelijk van hoe ze het bekeek – had de vloek gewerkt en was ze als sirene wakker geworden op de rotsachtige kust.

'Wat heb ik nog niet geprobeerd?' mompelde Gemma in zichzelf. 'Er moet iets voor de vloek zijn gebruikt waarmee hij ook verbroken kan worden.' Toen ging haar een licht op. 'Blóéd.'

Ze had het nog niet gezegd of ze herinnerde zich het sms'je dat Harper haar de maandag na haar bezoek aan professor Pine had gestuurd. Hij had nog niet veel van de tekst op de rol weten te vertalen en over de paar woorden die hij wel dacht te begrijpen, had hij zijn twijfels. Maar één zinsdeel was er volgens hem uitgesprongen.

'Het bloed kruipt waar het niet gaan kan,' had er in Harpers sms'je gestaan.

Die ochtend was Gemma meteen naar de zee gerend om een weckpot te vullen met zout water. Ze had het water uitgeprobeerd op de rol, maar de inkt had slechts licht opgegloeid. De pot stond nog altijd half gevuld met zeewater op de keukentafel.

'Zo eenvoudig kan het toch niet zijn,' zei ze met een blik op de pot. Ze liep naar het aanrecht en pakte een scherp aardappelmesje uit de keukenla.

Gemma beet op haar lip om moed te verzamelen en sneed in het topje van haar wijsvinger. Zodra er een druppel bloed verscheen, hield ze de vinger boven de rol en kneep erin, zodat er wat bloed op het papier zou vallen. Vervolgens pakte ze snel de weckpot en schonk een scheutje zeewater bij het bloed. De woorden begonnen te gloeien, intenser dan de keren daarvoor. Daarna mengde ze met haar gewonde vinger het bloed door het water en wreef het dieper het papier in.

De woorden gloeiden nog even na, maar werden geleidelijk

aan weer zwart. Eerlijk gezegd had ze ook niet anders verwacht. Het mengsel waarmee Penn haar in een sirene had veranderd was een combinatie geweest van het bloed van een sirene, het bloed van een sterveling en het bloed van de zee.

Behalve sirenenbloed en oceaanwater had ze dus ook bloed van een sterveling nodig. Gelukkig wist ze iemand die maar al te graag bloed zou willen geven. Gemma pakte haar telefoon en stuurde Marcy een sms'je.

Nog geen tien minuten later werd er op de voordeur geklopt. Tijdens het wachten had Gemma nog geëxperimenteerd met haar eigen bloed. Niet dat ze er iets van verwachtte, maar het kon geen kwaad nog een poging te wagen.

Toen Gemma opendeed, viel Marcy praktisch naar binnen. Kirby stond schuin achter haar en glimlachte schaapachtig toen Gemma hem verrast aankeek.

'O, ik wist niet dat je Kirby zou meenemen,' zei Gemma.

'Hij was toevallig bij mij, dus ik dacht: hij kan wel mee,' legde Marcy uit. 'En omdat je het over een noodgeval had...'

'Ik heb het niet over een noodgeval gehad. Ik vroeg alleen of je snel langs kon komen,' verbeterde Gemma haar. 'Maar fijn dat je zo snel bent gekomen.'

'Vind je het erg dat ik erbij ben?' vroeg Kirby. 'Ik kan wel gaan, hoor. Of anders wacht ik wel in Marcy's auto.'

'Normaal zou ik het geen probleem vinden, maar ik heb een... Ik wou Marcy onder vier ogen spreken,' antwoordde Gemma met een verontschuldigende glimlach.

'Gaat het soms over vrouwelijke hygiëne?' vroeg Marcy.

'Hè? Néé, joh. Hou op zeg.' Gemma schudde haar hoofd. 'Nee, het gaat over de... vloek.'

'Je bedoelt dat gedoe met die sirenen?' vroeg Kirby.

Gemma keek Marcy hoogst verbaasd aan. 'Heb je het hem verteld?'

Marcy haalde haar schouders op. 'Ja, Kirb is cool. Als hij zich niet kan inleven in de dingen die mij interesseren, dan wordt het niks tussen ons. Daarom moest ik het wel vertellen, en hij is geslaagd voor de test.'

'Weet je zeker dat je erbij betrokken wilt worden?' vroeg Gemma aan Kirby, Marcy's geruststelling dat hij alles wat bovennatuurlijk was aankon negerend. 'Want het wordt nog veel gekker.'

'Ik kan wel tegen een stootje.' Hij knikte gretig, en Marcy glimlachte goedkeurend naar hem.

'Oké,' zei Gemma, omdat er niets tegen in te brengen viel. 'Want ik heb bloed nodig.'

'Moet het een bepaalde bloedgroep zijn? Ik ben O-positief,' zei Marcy, waarna ze met haar duim op Kirby wees. 'Kirb is AB-positief.'

'Hoe weet jij dat?' vroeg Gemma.

'Ik trek mijn vrienden altijd helemaal na,' zei Marcy.

'En met helemaal bedoelt ze ook helemaal,' vulde Kirby met een vertwijfelde blik en een diepe zucht aan.

'Nee, de bloedgroep maakt niet uit.' Gemma deed een stap opzij en gebaarde hen binnen te komen. 'Kom binnen. Ik praat aan de voordeur liever niet over bloed.'

'Wat je wilt,' zei Marcy.

'Als het bloed maar van een sterveling is. Ik weet alleen niet hoeveel ik precies nodig heb,' bekende Gemma. Ze liep met Marcy en Kirby naar de keuken. Kirby monsterde de troep in de keuken en deed zijn best een onaangedaan gezicht te trekken. Marcy knipperde niet eens met haar ogen.

'Wil je gaan inbreken bij een bloedbank?' vroeg Marcy.

'Ik stel voor dat we met een paar druppels bloed van jullie beginnen. Daarna zien we wel verder,' zei Gemma.

'Oké. Heb je een scherp mesje?' vroeg Marcy.

'Wil je niet weten waarom?'

'Ik ga ervan uit dat het nodig is om de vloek te verbreken,' zei Marcy droogjes, en ze gebaarde naar de rol op de tafel. 'Maar als je er zo nodig over wilt uitweiden, ga je gang.'

'Harper vertelde dat professor Pine vermoedt dat er bloed in de inkt zit,' zei Gemma. Ze liep naar de keukenla om een ander mesje te pakken. 'Dat leek Lydia een logische veronderstelling, omdat een vloek meestal wordt geschreven met iets waar hij betrekking op heeft. Het ligt eigenlijk voor de hand. De manier waarop de vloek verbroken kan worden is meestal door de vloek zelf.'

'Oké, prima. Klinkt inderdaad logisch.' Marcy knikte. 'Dus... je gaat de rol in een sirene veranderen?'

'Ik gebruik alleen het idee erachter. Ik veranderde in een sirene nadat ik een mengsel had gedronken van het bloed van een sterveling, het bloed van een sirene en het bloed van de zee.'

'Wat is bloed van de zee?' vroeg Kirby.

Gemma tilde de weckpot op. 'Gewoon, zeewater.'

'Dus je wilt een mengsel maken van jouw bloed, mijn bloed en zeewater, en dat over de rol uitsmeren?' vroeg Marcy. Toen Gemma knikte, stroopte ze de mouw van haar capuchonvest op. 'Oké, ga je gang.'

Gemma pakte een keukenrol en veegde het papyrus schoon. Ze wilde voorkomen dat het nieuwe mengsel werd vervuild door de resten van de andere vloeistoffen en dat de test daardoor zou mislukken.

Toen puntje bij paaltje kwam bleek dat Gemma niet in Marcy's vinger durfde te snijden en probeerde Marcy het zelf. Toen dat ook niet lukte, moest Kirby eraan te pas komen. Marcy keek de andere kant op terwijl Kirby met het mesje een sneetje in haar vinger maakte.

Marcy hield haar hand boven de rol en kneep een paar druppels uit haar vinger. Omdat Gemma's bloed inmiddels was gestold, moest ze een nieuw sneetje in haar eigen vinger maken, waarna ze haar bloed mengde met dat van Marcy. Tot slot voegde ze het zeewater toe.

Het was niet zoveel als ze had gewild, maar het was net genoeg om het mengsel uit te smeren over de tekst. De symbolen begonnen te gloeien en lichtten felrood op.

In eerste instantie zag het er net zo uit als tijdens het experiment met de energydrink. Maar opeens begon de tekst nog feller te gloeien en veranderde de donkere inkt van rood naar oranje, alsof de letters vlamvatten.

Gemma hield haar adem in, in de hoop dat er eindelijk iets zou gebeuren... maar toen stopte het proces even plotseling als het was begonnen. De inkt vervaagde weer naar zijn oorspronkelijke donkere kleur. Er was niets veranderd.

'Verdorie,' zei Marcy. 'Ik dacht even dat de rol in vlammen zou opgaan. Maar je hebt nog nooit zo'n sterke reactie gehad, of wel?'

Gemma beet op haar lip en schudde haar hoofd. Ze staarde nadenkend naar de rol. 'Nee, dit is inderdaad nog nooit gebeurd. In elk geval niet op deze manier. Hadden we de vertaling maar, want ik heb echt geen flauw idee waaróm dit gebeurt.'

25

Eeuwigheid

Daniel zat achter het stuur van de auto die hij van Alex had geleend en staarde naar de telefoon in zijn hand. Hij slaakte een diepe zucht. Het schermpje lichtte nog op van het laatste sms'je dat hij van Harper had ontvangen en waarin ze op zijn laatste berichtje had gereageerd met: *Ik hou ook van jou.*

Hij had nog meer willen zeggen, maar wist niet wat. Dit was misschien het laatste contact dat hij met haar zou hebben. In dat geval was 'Ik hou van jou' het enige wat er uiteindelijk toe deed.

Voordat hij de voordeur van zijn huis achter zich had dichtgetrokken, was hij alles nog een keer nagelopen. Hij had gecontroleerd of de sleutels op de tafel in de eetkamer lagen, naast het telefoonnummer van zijn moeder en zijn verzekeringspapieren. Hij had geprobeerd een brief te schrijven, een laatste wilsbeschikking, maar zoveel liet hij niet achter. Het enige wat er echt toe deed waren zijn boot en Harper.

Vandaag was zijn eenentwintigste verjaardag, de dag waarop hij seks zou hebben met een vrouw die hij haatte, en hoewel hij hoopte dat ze zijn aanbod om haar minnaar te worden zou accepteren, wist hij dat de kans groot was dat ze hem naderhand zou vermoorden. Hij zou sterven op de dag dat hij was geboren. Die symmetrie bood nog een zekere troost.

Hij was nog met zijn gedachten bij Harpers sms'je toen hij werd opgeschrikt door een klop op het autoraam. Het was Penn, die verleidelijk naar hem glimlachte. Hij forceerde een glimlach en drukte op het knopje om het raampje te openen.

'Was je nog van plan om binnen te komen of doe je het liever in de auto?' vroeg Penn. Ze leunde op het portier, zodat hij recht in het decolleté van haar nauwsluitende zwarte jurk keek. 'Ik heb het wel eens in een auto gedaan, maar dat is heel wat minder spannend dan het lijkt.'

'Ik kom binnen... tenzij je af wilt van onze date.'

Penn wierp lachend haar hoofd in haar nek. 'Mocht je willen. Kom.' Ze deed een stap achteruit.

Daniel sloot het raampje en zette de motor uit. Hij besloot zijn sleutels en telefoon in de auto te laten liggen. Als Penn hem vanavond vermoordde, zouden ze hem sneller vinden.

Hij liep met haar mee naar binnen. Tot zijn verbazing bleek ze er werk van te hebben gemaakt. Er brandde geen licht, maar overal waar hij keek stonden kaarsen, die een warme gloed door de kamer verspreidden. Op de achtergrond klonk muziek van Civil Twilight, maar verder was het stil in huis.

'Zijn je zussen er niet?' vroeg Daniel, om zich heen kijkend.

'Nee. We hebben het huis voor ons alleen,' zei Penn over haar schouder terwijl ze de keuken in liep. 'Ik heb gezegd dat ze vannacht maar ergens anders moeten gaan slapen.'

'Niet dat ik op pottenkijkers zit te wachten,' mompelde hij.

Op het aanrecht stond een fles wijn in een ijsemmer. Zonder hem iets te vragen, schonk ze twee glazen in.

'Hier, neem een borrel,' zei ze toen ze zich weer bij hem had gevoegd. Ze reikte hem het glas aan. 'Om te ontspannen.'

Daniel rook aan het glas. 'Je hebt er toch geen verdovend middel in gedaan?'

Penn lachte weer en gooide haar zwarte haar over haar schouder. 'Natuurlijk niet. Ik wil dat je er vanavond met je hoofd bij bent.'

'Dank je.' Hij nam een flinke teug en klokte de wijn naar binnen.

'Zal ik je de slaapkamer laten zien?' opperde Penn.

'Nu al? Moeten we niet eerst even opwarmen en elkaar een beetje beter leren kennen?'

Toen ze glimlachte, schrok hij van de duivelse glans in haar donkere ogen. 'Ik weet alles van je wat ik moet weten.'

Penn pakte zijn hand en liep met hem door de woonkamer naar een trap die naar een loft leidde. In de loft stond één bed, in het midden, met zwarte satijnen lakens en een massief ijzeren hoofdeinde waarover een goudkleurige doek was gedrapeerd. Daniel vroeg zich af waar Thea en Liv sliepen.

Penn nam het bijna lege glas uit zijn hand en zette het op het nachtkastje naast een zwarte kaars met een vreemd paarse vlam. Vervolgens kwam ze zo dicht bij hem staan dat zijn borst de hare zou raken als hij diep zou inademen. Om haar mond speelde een boosaardige glimlach, en ze beet zacht op haar lip, met tanden die te scherp waren om nog voor menselijk te kunnen doorgaan.

In het licht van de flakkerende kaarsen leek haar huid te gloeien. Daniel deed zijn best haar schoonheid te zien. Als hij zich richtte op haar uiterlijk, in plaats van op het kwaadaardige wezen dat eronder schuilging, kon hij zich er misschien doorheen slaan.

Penn leek zich afwachtend op te stellen, dus hij wist dat hij iets moest doen. Hij legde zijn hand op haar onderrug en trok haar tegen zich aan. De warmte van haar huid drong door de dunne stof.

Meer aanmoediging had Penn niet nodig. Ze begon te spinnen en terwijl ze haar ene hand om zijn nek legde, kamde ze met haar andere hand door zijn haar. Haar greep was sterk, te sterk, en haar gloeiend hete vingers zonden een elektrische schok door zijn lichaam.

Haar kus begon bijna teder, en in gedachten ging hij terug naar de keer dat ze hem had gezoend op Bernies Eiland. Haar lippen streken zacht over de zijne; het was duidelijk dat het haar moeite kostte zich in te houden.

Ze sloeg haar armen om hem heen en klampte zich aan hem vast. Vervolgens liet ze zich achterover op het bed vallen en trok hem op zich. Hij liet haar begaan. Toen ze haar benen om hem heen sloeg en zich tegen hem aan drukte, merkte hij dat zijn lichaam reageerde.

Hij wist dat hij de lichamelijke reactie nodig had om door te gaan en te kunnen presteren, maar toch voelde hij zich verraden door zijn eigen lichaam. Penn was weerzinwekkend en monsterlijk; hij zou er niet van mogen genieten.

Hijgend maakte hij zich los uit haar omhelzing, wat hem grote moeite kostte omdat ze zich aan hem bleef vastklampen, en steunend op zijn handen keek hij neer op haar pruilende gezicht.

'Penn, mag ik je iets vragen?'

Ze kreunde en rolde met haar ogen. 'Hebben we niet al lang genoeg gepraat?'

'Nee, er is iets wat ik moet weten.'

'Daniel,' jammerde ze, en ze kamde met haar hand door zijn haar. Haar vingers streken ruw over het litteken op zijn achterhoofd. 'Toe, je kunt nu niet meer stoppen.'

'Ik stop ook niet. Dat beloof ik je,' zei hij naar waarheid. 'Als het kon, zou ik het doen, maar ik weet dat ik niet meer terug kan.'

Penn zuchtte en liet hem los. 'Wat wil je weten?' vroeg ze. Hij kwam overeind en ging naast haar zitten. 'Wat is er opeens zo belangrijk?'

'Ga je me straks vermoorden?'

'Ik ben geen bidsprinkhaan.' Ze lag roerloos op het bed en staarde door het dakraam naar de donkere lucht. Toen hij bij haar huis was aangekomen, was de zon net ondergegaan en waren de eerste sterren aan de hemel verschenen.

'Maar daar komt het wel op neer,' kaatste Daniel terug.

Penn ging rechtop zitten, zodat ze hem recht in de ogen kon kijken. 'Waarom vraag je dat?'

'Omdat ik het wil weten. Zou jij het niet willen weten als je nog maar een paar uur te leven hebt?'

'Een paar uur?' vroeg Penn met een grijns. 'Hoe gul.'

'Jij beweert steeds dat het er heftig aan toe zal gaan, dus daar hou ik rekening mee.'

Penns glimlach veranderde, en ze klom op zijn schoot. Toen ze schrijlings op hem probeerde te gaan zitten, duwde hij haar benen opzij, zodat ze genoegen moest nemen met haar armen om zijn nek.

'Penn,' zei Daniel resoluut. Hij liet zijn hand op haar bovenbeen liggen, voor het geval ze haar been weer om hem heen wilde slaan. 'Laat dat. Geef eerst eens antwoord op mijn vraag.'

'Stel dat ik het doe?' vroeg Penn met een zwoele glimlach. Haar ogen glinsterden.

'Wat doe?'

Ze liet haar blik naar zijn mond glijden. 'Stel dat ik je zou willen vermoorden als we klaar zijn? Wat dan?'

'Dan... Dan wordt het tijd dat ik me er op ga voorbereiden.'

Ze zette grote ogen op. 'O? Zou je niet eerst proberen me op andere gedachten te brengen?'

'Ik weet niet of ik keus heb,' bekende hij. 'Als ik je afwijs, neem je wraak op Harper of Gemma. Maar als ik vanavond met je naar bed ga, vermoord je me misschien. Ik kies voor de minste van twee kwaden.'

'Stel...' Ze beet op haar lip, alsof ze aarzelde. 'Stel dat er een derde optie is?'

'Een derde optie?'

'Ja.' De opwinding in haar fluwelen stem groeide. 'Ik heb erover nagedacht. Ik ril van het woord "liefde" en dat soort onzin, maar wat ik voor jou voel, heb ik in geen jaren gevoeld. En ik ben niet van plan je te laten gaan.'

'Dus je gaat me niet vermoorden?' vroeg Daniel.

Penn schudde haar hoofd. 'Nee. Ik wil dat je je bij ons aansluit.'

Daniel hield zijn adem in. Hij durfde bijna niet te vragen wat ze bedoelde. 'Dat ik me bij jullie aansluit?'

Penn liet zich van zijn schoot glijden en ging op haar knieën naast hem zitten. 'Mits je me niet teleurstelt en ik morgen nog net zo in de wolken ben als nu.'

'Dus het hangt van je humeur af of ik morgen nog leef?'

'Precies.'

'Maar wat wil je dan?'

'Weet je nog dat wij het vreemd vonden dat je immuun was voor ons gezang en dat dat onnozele vriendje van Gemma verliefd op haar was? Dat was begin deze zomer.'

Hij knikte. 'Ja, dat weet ik nog goed.'

'We begrepen niet hoe dat kon. Daarom wilde Thea per se weten hoe de vloek precies werkt. We pakten de oude papyrusrol erbij en toen we de tekst bekeken, viel me iets op.' Penn streek haar haren achter haar oor. 'Er stond uitgebreid in beschreven dat we jongensharten moesten eten, dat we moesten zingen en altijd met vier moesten zijn, bla bla bla. Maar er was één ding dat er voor mij uitsprong.'

'En dat is?' drong Daniel aan.

Ze begon te stralen en onthulde haar grote ontdekking: 'Er stond niet dat de vier sirenen van het vrouwelijke geslacht moeten zijn.'

Het duurde even voordat hij zijn stem hervond. 'Pardon?'

'We hebben altijd automatisch aangenomen dat een nieuwe sirene een meisje moet zijn. Ik heb er verder nooit bij stilgestaan,' zei Penn, die van enthousiasme sneller was gaan praten. 'Wij vier waren de originele sirenen tot rond 1700, toen Ligeia overleed, en hebben dus niet vaak gebruikgemaakt van de vervangingsclausule. Ik wilde ook nooit iets anders dan een meisje, maar jij hebt me aan het denken gezet.'

Daniel kreunde inwendig. Waarom zette hij haar toch altijd aan het denken terwijl hij juist zijn best deed om zich zo onzichtbaar mogelijk te maken, in de hoop dat ze hem zou vergeten.

'O ja? Hoezo?' zei hij.

'Gisteren, in het park. Je zei dat ik slecht was in het kiezen van mijn volgelingen, en daar heb je gelijk in. Ineens wist ik wat eraan schortte. Ik wil geen volgeling, ik wil een partner.'

'Een partner? En jij denkt dat ik die partner kan zijn?'

Daniel wilde lachen, maar wist dat Penn woedend zou worden als hij dat zou doen. In plaats daarvan wendde hij zijn blik af en stond op. Hij had het gevoel dat hij beter kon nadenken als hij meer afstand tot haar nam.

'Daniel, het wordt geweldig,' vervolgde Penn. In haar opwinding had haar stem een bijna zangerige klank gekregen. 'Ik verveel me dood. Ik heb alles gedaan wat er te doen valt. Ik heb genoeg van deze wereld. Maar met jou zou ik alles met andere ogen kunnen bekijken. Een nieuwe wereld wacht op jou en mij.'

Hij keek naar haar verwachtingsvolle gezicht. 'Gaan we Disneyteksten citeren?'

'Nou en? Ik meen toch wat ik zeg?'

'Ik kan jouw nieuwe ogen niet zijn, Penn. Ik kan je niet gelukkig maken.' Hij schudde zijn hoofd. 'Ik weet dat ik je ervan zou moeten overtuigen dat ik een lot uit de loterij ben, maar dat is niet zo. Je zult snel op me uitgekeken raken, en dan? Dan heb je de eeuwigheid om mij het leven zuur te maken.'

'Natuurlijk dump ik je als ik me ga vervelen,' zei Penn, alsof hij een pak melk was dat ze zou weggooien zodra de houdbaarheidsdatum verstreken was.

Hij lachte diep in zijn keel. 'Het wordt steeds aantrekkelijker.'

'Ik wil jou, Daniel, en geloof me, ik ben nog nooit zo aardig voor iemand geweest.'

'Gek genoeg geloof ik dat ook nog.'

'Het klinkt misschien raar, maar jij bent mijn laatste kans op geluk en ik ben bereid daar alles voor te doen,' zei Penn. 'Je moet op mijn voorstel ingaan.'

'Welk voorstel? Ik begrijp niet eens wat je van me wilt.'

'Als je nee zegt, zal ik je moeten doden. En Harper en Gemma ook, tot en met de laatste sterveling uit dit domme dorp. Ik maak ze een voor een af en laat jou toekijken. En dan ben jij als laatste aan de beurt.' Haar stem klonk niet dreigend maar monotoon: ze somde enkel feiten op, maar juist dat deed hem de rillingen over het lijf lopen.

'Romantisch,' mompelde hij. Hij slikte en keek naar haar op. 'En als ik ja zeg?'

Ze glimlachte. 'Als je ja zegt, krijg je er veel meer dan mijn bescherming en het eeuwige leven voor terug. Ik zal van je houden, ik zal je dienen, ik zal aan al je verlangens voldoen. Ik zal er alles aan doen om je gelukkig te maken, en jij mij. We zullen het eeuwige leven hebben, met al onze krachten en onbeperkte vrijheid. Samen.'

'En hoe zit het dan met de rest?'

'Die laten we achter,' zei ze eenvoudigweg. 'We gaan hier ver vandaan en keren nooit meer terug naar Capri. Je zult Harper en haar familie nooit meer zien, maar dat betekent ook dat ik ze met rust zal laten. Ik zal niemand ook maar een haar krenken. Ze zullen nog lang en gelukkig leven. In mensentermen dan. Ik zal iedereen sparen, voor jou.'

Het voorstel, hoe vreselijk ook, leek te mooi om waar te zijn. Hij zou tot in de eeuwigheid emotioneel, fysiek en seksueel aan Penn gebonden zijn, maar zijn dierbaren zouden veilig zijn. Alles wat hij had geprobeerd te bereiken zou uitkomen. Hij zou de vloek niet kunnen verbreken – tenminste niet meteen – maar hij zou Gemma kunnen bijstaan en beschermen.

Hij vroeg zich koortsachtig af of er misschien een addertje onder het gras zat en wat de nadelen waren.

'Met mij erbij zouden jullie met vijf zijn,' zei hij toen. 'Ik dacht dat er maar vier sirenen mochten zijn.'

'Dat is ook zo,' beaamde Penn.

Daar was hij al bang voor. 'Wie moet er weg?'

Penn hield haar hoofd een tikje schuin, alsof ze nadacht, maar vervolgde toen al snel: 'Ik denk Thea.'

'Thea?' vroeg Daniel geschrokken.

Ze lachte. 'Verbaast je dat?'

'Ik dacht dat je Gemma zou zeggen.'

'Ik ben niet gek, Daniel. Als ik haar zou vermoorden, ga je niet op mijn voorstel in. Dat weet ik zeker.'

'Maar Thea is je zus, en geen ongeleid projectiel zoals Liv,' kaatste Daniel terug.

Hij kende Thea's agenda niet en wist niet of hij haar kon vertrouwen, maar vergeleken bij Penn en Liv leek zij hem het aardigst en verstandigst. Als hij mocht kiezen zou hij, behalve Gemma, het liefst Thea aan zijn zijde hebben.

'Thea is irritant en bazig.' Bij de gedachte aan haar zus trok Penn haar neus op.

'Ik denk niet dat ik nog honderd jaar met Liv opgescheept wil zitten,' bekende Daniel. Hij zei er niet bij dat dat ook voor Penn zelf gold. 'Als je wilt dat ik op je voorstel inga, dan moet zij weg.'

'Je wilt dat ik Liv vermoord?' Penn kraaide bijna van plezier en likte over haar volle lippen. 'Hm, je hebt kwaadaardige trekjes, Daniel. Ik had verwacht dat je op je achterste benen zou staan.'

'Ik weet zeker dat Liv al een aantal moorden op haar geweten heeft. En er komen er binnenkort nog veel meer bij,' redeneerde hij. 'Liv is een monster. Veel erger dan Gemma of Thea, en misschien zelfs erger dan jij. Als het om het uitroeien van het kwaad gaat, heb ik geen last van mijn geweten.'

Penn ging verzitten en leunde achterover op haar ellebogen. Haar ene been lag gestrekt op het bed, het andere bungelde over de rand, dus toen ze haar knie optrok, kon Daniel onder haar jurk kijken – als hij dat zou hebben gewild.

'Die kant ken ik nog niet van je. Maar ik moet zeggen dat het me bevalt,' zei ze spinnend. 'Dus als beloning zal ik Liv vermoorden. Omdat jij het wilt. En dan kun jij haar vervangen.'

'Wanneer?'

'Als vanavond alles goed gaat, doe ik het morgen. Aanstaande maandag is de eerstvolgende volle maan. We zullen dus snel moeten beginnen met de voorbereidingen, voor het geval het niet lukt.'

'Morgen? Binnen vierentwintig uur?' vroeg Daniel. Eén dag om zich voor te bereiden op de transformatie naar onsterfelijk monster leek hem wel erg kort.

'Ja, morgenmiddag vermoord ik Liv, daarna kom jij naar mij, drinkt wat bloed, en de volgende ochtend vertrekken we,' zei Penn.

'Tenzij ik het loodje leg natuurlijk,' bracht hij haar in herinnering. 'Je weet niet zeker of het werkt bij mij, omdat ik een man ben. Zelfs Gemma is er bijna aan bezweken.'

'Die kans bestaat inderdaad.'

'Wat dan?'

'Wat dan? Als jij het loodje legt, bedoel je?' Penn haalde haar schouders op. 'Dan ben je dood.'

'En dat maakt jou niets uit? Je beweert bezeten van me te zijn, maar als ik doodga doet het je niks?' zei hij.

'Natuurlijk wel, maar dat is de tol die ik betaal. En als je nee zegt, vermoord ik je toch.'

'Je weet dat dit krankzinnig is, hè? Je bent een sociopaat,' zei hij op zo redelijk mogelijke toon. 'Je vermoordt geen mensen van wie je houdt. Dat is geen liefde.'

'Ik heb het ook nooit over liefde gehad, Daniel,' verbeterde Penn hem. 'Maar er is wel íéts tussen ons. Ik ben heel meegaand als het om jou gaat, dus neem het zoals het is. Meer kan ik je niet geven.'

Hij wist dat het waar was. Meer zou hij niet van haar krijgen, en het was dé kans om Harper, Gemma en alle andere inwoners van Capri te redden. Om te overleven moest hij een monster worden en vreemden vermoorden, maar alles was beter dan zijn dierbaren te moeten zien sterven.

En als hij een sirene was, zou hij misschien achter de werking van de vloek kunnen komen, of in elk geval kunnen achterhalen hoe hij de sirenen kon stoppen. Hij zou net als zij beschikken over bovennatuurlijke krachten, dus als hij in een gevecht tegenover Penn kwam te staan, zouden ze aan elkaar gewaagd zijn. Dit zou wel eens dé manier kunnen zijn om aan de vloek te ontsnappen.

'Dus dit is het dan?' vroeg hij uiteindelijk.

'Hoe bedoel je?'

'Ik ga met je naar bed en dan ben ik morgen een sirene.' Hij slikte de brok in zijn keel weg en hoopte dat hij er niet zo misselijk uitzag als hij zich voelde. 'Ik laat dit leven voor eeuwig achter me en ga er met jou vandoor.'

'Je zegt het alsof het een straf is,' zei Penn op een toon alsof ze zich gekwetst voelde.

'Nee, geen straf,' zei hij, en hij forceerde een glimlach. 'Dit is de beste keuze die ik heb.'

'Zo is dat. Dus je mag me wel dankbaar zijn voor mijn goedgeefsheid.'

Daniel liep snel naar haar toe, zo graag wilde hij dat dit achter de rug was. Toen hij haar kuste, leek het alsof ze gewoon verdergingen vanaf het punt waar ze gebleven waren. Penn was nu echter veel vasthoudender. Ze begon zijn overhemd open te knopen, en toen dat niet snel genoeg ging, gaf ze er zo'n harde ruk aan dat de knoopjes door de kamer vlogen.

'Veel beter zo,' zei ze, en ze liet haar vingers over de zachte huid van zijn buik glijden.

Zijn huid tintelde onder haar aanraking. Ze moest het gemerkt hebben, want ze glimlachte voldaan en kuste hem weer, om hem vervolgens in een onmenselijk snelle beweging op zijn rug te rollen en op hem te gaan zitten.

Haar jurk, die was opgekropen tot aan haar middel, onthulde het fijne kant van haar string. Hij legde zijn handen in haar taille en liet ze onder de jurk glijden. Penn glimlachte, maar greep zijn handen vast en drukte zijn armen langs zijn zij op het bed.

'Je bent nu van mij,' spinde ze.

'Dat weet ik.'

Toen ze hem weer kuste, was haar mond hongerig en gretig. Hij voelde haar tanden over zijn lippen schrapen, wat ondanks de pijn ook iets aangenaams had. Ze kronkelde zich tegen hem aan, en toen ze zich vooroverboog, voelde hij het zachte vlees van haar onderlichaam tegen zijn harde buik.

Zijn gedachten dwaalden meteen af naar Harper. Toen ze hadden gevreeën in zijn bed, was haar hemdje omhooggeschoven en had hij haar huid tegen de zijne gevoeld. Het had hem opgewonden. Niet alleen omdat hij zo graag seks met haar wilde, maar omdat hij zich dicht bij haar had gevoeld, zo dicht als twee mensen maar bij elkaar konden zijn...

Hij besefte dat hij Harper uit zijn hoofd moest zetten, want als hij aan haar dacht, kreeg hij een knoop in zijn maag. Hij had het gedaan om niet aan Penn te hoeven denken, maar hij besefte dat hij van de regen in de drup kwam.

Als hij Harper niet in gevaar wilde brengen, moest hij haar vergeten en zich concentreren op Penns hand, die nu over zijn borst naar beneden gleed.

Penn ging ineens rechtop zitten, en even was Daniel bang dat ze had gemerkt dat hij met zijn gedachten bij Harper was. Maar toen glimlachte ze en liet ze haar handen naar zijn benen glijden. Vervolgens boog ze zich weer voorover, en terwijl ze een spoor van kussen over zijn buik trok, knoopte ze zijn broek los.

Daniel sloot zijn ogen en wenste dat het voorbij was.

Op dat moment ging er een telefoon. Het was een scherp, klaaglijk geluid. Penn gromde.

'Die is niet van mij,' zei Daniel, voor het geval ze haar ergernis op hem zou willen afreageren.

Penn wierp een boze blik op de telefoon, die naast haar op het nachtkastje lag. 'Grr, het is mijn zus.' Ze pakte de telefoon op en smeet hem tegen de muur. 'Zo, ook weer opgelost.'

'Je had hem ook kunnen uitzetten,' merkte Daniel op.

'Dit was leuker.' Ze klom weer op hem. 'Oké, waar waren we gebleven?'

'Hier.' Daniel kwam iets overeind, zodat hij haar kon kussen. Als ze zoenden, kon ze zijn spijkerbroek niet omlaag trekken. Het ging hem veel te snel.

Toen ze hem weer achterover wilde duwen, probeerde hij haar tegen zich aan te houden. Hij liet zijn ene hand onder haar jurk glijden en de andere onder het elastiek van haar string.

'Penn!' klonk een stem van beneden, waarna de voordeur met een klap in het slot viel. Het was Thea. Daniel keek verbaasd op en vroeg zich af hoe ze zo snel hier kon zijn. Penn had haar telefoon nog geen twee minuten daarvoor tegen de muur gegooid.

'Verdomme, Thea!' riep Penn woedend over haar schouder. Haar stem echode in Daniels hoofd. 'Maak dat je wegkomt, anders kom ik naar beneden en breek ik je...'

'Bespaar je de moeite, Penn,' zei Thea, die al boven aan de trap stond en het tafereel op het bed, waar Penn schrijlings op Daniel zat, gadesloeg. 'Ik weet dat ik je alleen in geval van nood mag storen, maar...'

'Nee, ik heb gezegd dat je me óók in geval van nood niet mag storen,' verbeterde Penn haar.

'Jaja,' zei Thea, onaangedaan door het venijn in de stem van haar zus. Daniel kwam overeind en keek reikhalzend om Penn heen. Toen pas zag hij dat Thea's shirt en gezicht onder het bloed zaten. 'In het centrum is de hel losgebroken. Ik kan het niet alleen af. Je zult me moeten komen helpen.'

26

Slachting

Gemma liep door de schemering naar de branding en ging aan de waterlijn zitten. Het waterlied trok. Ze had gehoopt dat het tegen de avond niet meer zo druk zou zijn in de baai en dat ze zou kunnen gaan zwemmen, maar daarvoor had het zomerfestival te veel mensen op de been gebracht.

Eerder op de dag was er in Bayside Park een klassieke-autoshow georganiseerd, maar nu stond er een lokale band op het podium die covers van oude jarenvijftighits ten gehore bracht. De melodie van een oud Elvis-nummer zweefde over het strand.

Gemma wroette met haar tenen in het zand. Ze durfde niet dichter bij de branding te gaan zitten. Het water, dat alleen haar tenen raakte, zorgde voor een lichte tinteling, maar was onvoldoende om de transformatie in gang te zetten.

Gemma ging op haar rug liggen en staarde naar de fonkelende sterren aan de indigoblauwe hemel. Zoekend naar de sterrenbeelden die Alex haar had aangewezen, wenste ze bijna dat ze hem had meegevraagd naar het strand.

Ze had echter een paar uurtjes voor zichzelf gewild. Het waterlied gonsde in haar hoofd en ze was diep teleurgesteld dat ze de vloek nog steeds niet had weten te verbreken. Tot overmaat van ramp werden haar hongeraanvallen met de dag heviger.

Ze moest iets doen, anders werd ze gek. De zwoele zeebries verzachtte haar hoofdpijn enigszins, maar als het zo druk bleef, zou het erg laat worden voordat ze ongezien een duik in zee kon nemen.

Haar ogen stelden zich automatisch in op de invallende duisternis. Het viel haar op dat ze alles haarscherp zag en ze keek een poosje naar de vleermuizen die vanuit de nabijgelegen cipressen duikvluchten maakten.

Ze zag vanaf de rand van het klif een grote vogel opstijgen die in de richting van de andere kant van de baai vloog. Ze keek de vogel na en besefte al snel dat het geen vogel was. De donkerrode vleugels waren te groot voor de vogels uit de streek, en tot haar schrik zag ze geen staart maar mensenbenen.

Thea was opgestegen vanuit Bayside Park.

Gemma ging rechtop zitten en keek in de richting van het park om te zien of er iemand reageerde, maar het enige wat ze hoorde was 'Heartbreak Hotel'. Misschien had niemand Thea gezien – of omdat ze voorzichtig was geweest en mensen in het donker niet zo goed konden zien als Gemma, of omdat ze het sirenenlied had gebruikt als camouflage – maar ze had niettemin een groot risico genomen.

Penn en Liv maalden er niet om dat ze de aandacht trokken, maar Thea hield zich altijd op de achtergrond.

Gemma's hart sloeg over. Ze was bang dat er iets was gebeurd. Thea was naar het klif aan de andere kant van de baai gevlogen en uit het zicht verdwenen zodra ze het bos rondom het huis van de sirenen bereikte.

Ze probeerde zich tevergeefs te herinneren of Thea iets had gezegd over haar plannen voor die dag. Ze was met haar hoofd bij de vloek geweest. Omdat ze nog steeds niet verder was gekomen, had het haar verstandiger geleken haar krachten onder controle te krijgen. Ze was bij Alex langsgegaan, waar ze in de garage hadden geoefend op haar vleugels. Daarna hadden ze wat gezoend om haar honger te stillen.

Ze zat nog steeds te piekeren toen haar telefoon een Heart-deuntje begon te spelen: Thea's ringtone.

Gemma nam snel op. 'Is er iets gebeurd?'

Het duurde even voordat Thea antwoordde. 'Ja, hoe wist je dat?'

'Ik zag je overvliegen.' Ze stond op. 'Wat is er aan de hand?'

'Zie ik je zo achter de muziekschelp in Bayside Park?'

'Waarom? Wat is er gebeurd?'

'Kom nou maar, oké?' zei Thea. Ze hing op zonder Gemma's antwoord af te wachten.

Gemma stopte haar telefoon in haar zak en rende naar het park. Het was niet ver, maar omdat ze onder het rennen telkens naar de lucht keek om te zien of ze Penn of Thea misschien zag, schoot ze niet op.

Hoe dichter ze het park naderde, hoe drukker het werd, en het duurde dan ook niet lang of ze moest zich lopend een weg door de menigte banen. Gewoonlijk waren de mensen zo onder de indruk van haar schoonheid dat ze voor haar opzij gingen, maar nu werden de bezoekers zo geboeid door de band op het podium dat ze haar niet zagen. Ze moest zelfs mensen opzij duwen om erdoor te kunnen.

Gemma vroeg zich af of dat de reden was dat niemand Thea had gezien. Mogelijk had ze het sirenenlied gebruikt om het publiek te dwingen zijn aandacht bij de band te houden, zodat niemand haar transformatie zou opmerken of in de gaten zou hebben wat er in het park aan de hand was.

De muziekschelp was van beton en zorgde voor een geweldige akoestiek. Hij stond aan de andere kant van de plek waar Gemma had gezeten op het moment dat Thea belde, in de buurt van haar vaders werk en de oude ligplek van Daniels boot.

Achter het podium lag een dicht bos van cipressen en esdoorns, dat grensde aan een steile helling die aan de voet uitkwam op een goed begaanbaar pad naar de haven.

Eenmaal bij het podium keek Gemma behoedzaam om zich

heen om zich ervan te vergewissen dat ze niets over het hoofd had gezien. De sirenen waren echter nergens te bekennen. Ze vroeg zich af of Thea wel zo snel ter plekke kon zijn, maar begaf zich niettemin zoals afgesproken naar de achterkant van de muziektent.

Nadat ze om de hoge speakers aan weerszijden van de muziekschelp heen was gelopen, wurmde ze zich onder een stekelige bosschage door. Even was ze bang dat Thea haar een poets had gebakken, totdat ze achter het podium uitkwam en begreep dat er iets ernstig mis was.

Waar ze ook keek zag ze bloed: tegen de gladde, lichtbetonnen achterwand van de muziekschelp, in het gras aan haar voeten. Zelfs de bladeren aan de bomen zaten onder de donkerrode vlekken, en aan een tak bungelden mensendarmen.

Gemma schrok van haar eigen reactie, want in plaats van te kokhalzen, begon haar maag te rammelen van de honger en moest ze zich bedwingen om haar tanden niet in het vlees te zetten.

Hoe dichter ze het slachtoffer naderde, hoe groter de smeerboel. Het lichaam was volledig gevild en opengereten, vanaf de keel tot aan de lies. De meeste organen waren eruit gerukt, en hoewel er ongetwijfeld van was gegeten, lagen de resten van de lever en de longen verspreid over de grond.

'Ben je daar eindelijk?' bromde Liv.

Gemma werd zo geobsedeerd door het verse bloed en de warme organen dat ze Liv, die naast het lijk stond, niet had gezien.

Haar wangen en voorhoofd zaten onder de fijne bloedspetters, als zomersproeten, en van haar lippen droop het bloed. Ook haar goudblonde haar was doordrenkt met bloed dat in dikke druppels op haar schouders viel. Maar ook de rest van haar lijf zag eruit alsof iemand haar met een brandslang nat had gespoten met rood water.

'Hoezo eindelijk?' zei Gemma met een frons in haar voorhoofd. Ze begreep nog altijd niet wat er precies was gebeurd.

'Ik sta hier al een eeuw te wachten.' Liv was in mensengedaante, op een lange klauw aan het eind van haar pink na, waarmee ze iets tussen haar tanden uit pulkte. 'Ik weet niet waar ik met dat lijk naartoe moet.'

'Ik ook niet.' Gemma wees naar de muziekschelp, die trilde en dreunde. 'Het stikt aan de andere kant van de bezoekers. Denk maar niet dat je daar ongezien langskomt met een verminkt lijk.'

'Ugh.' Liv staarde naar de hemel. 'Wat een gedoe. Misschien kunnen we beter meteen het hele dorp uitroeien.'

'Pardon? Je bedoelt al die duizenden inwoners van Capri?' vroeg Gemma ongelovig.

'Waarom niet?' Liv keek haar woedend aan. 'Dat stelletje slappelingen kunnen we makkelijk aan. Wie ons in de weg staat, moeten we uitroeien. We staan boven aan de voedselketen.'

'Dit is geen voedselketen, Liv! Je hebt het over mensenlevens!' schreeuwde Gemma tegen haar. Het deerde haar niet dat iemand haar kon horen. 'Je kunt niet zomaar een heel dorp uitmoorden!'

'Ach, schat.' Liv zette haar meest onschuldige gezicht op en knipperde met haar wimpers, die rood waren van het bloed. 'Heb ik vanavond niet bewezen dat ik dat kan? Ik kan vermoorden wie ik maar wil.'

'Waar heb je het over? Wie heb je vermoord?'

Nog voordat Liv antwoord kon geven, knielde Gemma neer naast het lijk. Het gezicht van het slachtoffer zat onder het bloed en ze zou hem niet hebben herkend als ze niet met hem had gezoend.

'Aiden Crawford,' mompelde Gemma verbijsterd. Ze stond verschrikt op.

'Ocharm.' Liv lachte bijna vertederd om Gemma's reactie. 'Wat ben je toch gevoelig.'

Gemma greep naar haar maag om haar misselijkheid te onderdrukken. 'Ik dacht dat je hem leuk vond.'

'Dat vond ik ook,' zei Liv. 'Maar nu heb ik een van de populairste jongens van het dorp vermoord, op nog geen tien meter afstand van het festivalpubliek. Wat zeg ik, van zijn vader, de burgemeester.' Liv plukte een reepje vlees uit haar haar. 'Ik had het natuurlijk liever op het podium gedaan zodat iedereen het had kunnen zien, maar dat mocht niet van Thea, dus toen heb ik maar gedaan alsof ik me in de bosjes terugtrok voor een vluggertje.'

'Je hebt hem vermoord...' Gemma zweeg. Ze begreep nog altijd niet waar Liv heen wilde. 'Maar waarom? Om te bewijzen dat het kan?'

'Nee, natuurlijk niet.' Haar mond plooide zich tot een glimlach. 'Ik heb hem vermoord omdat ik daar zin in had. Ik had honger en wilde zijn bloed proeven.'

'Liv, je zult...' Gemma stond met haar mond vol tanden. Met zo'n koud persoon viel niet te praten.

'Ik voel me al een stuk sterker.' Liv stapte over het lijk heen en ging bij Gemma staan. 'Ik ben nu sterker dan jij, ook al ben ik jonger. En Thea kan ik vanaf nu ook de baas. Kwestie van tijd dat ik sterker ben dan Penn. Ik voed me dagelijks. Straks kan niemand me meer stoppen.'

'Tenzij de politie je oppakt,' zei Gemma. 'Wat zullen ze je graag in handen krijgen. Dan ga je de cel in en snijden ze je schedel open om te zien waar die bloeddorst vandaan komt.'

'Gemma, ik maak iederéén af,' zei Liv met nadruk. 'Ik vermoord iedereen op deze planeet als ik dat wil.' ·

'Ik dacht eerst dat het machtshonger van je was,' zei Gemma. 'Dat je moeite had om je aan te passen aan de nieuwe situatie. Maar je bent gewoon gek. Zo gek als een deur.'

Liv kneep haar donkerbruine ogen samen en haar onschuldige blik maakte plaats voor het kwaad in zijn zuiverste vorm. Gemma voelde een koude rilling over haar rug lopen. Penn was wreed, maar een lege huls. Liv was een en al duisternis.

Ze hoorde geritsel in de struiken naast zich, maar durfde pas opzij te kijken toen Liv haar blik afwendde. Gemma wilde het kwaadaardige wezen voor haar geen seconde uit het oog verliezen.

'Onzin, Thea, dat weet je net zo goed als ik,' mopperde Penn, die uit de struiken tevoorschijn kwam. Thea volgde in haar kielzog.

'Maak dat Liv dan maar eens duidelijk,' kaatste Thea terug. Ze droeg een plunjezak over haar schouder, waar aan de bovenkant een blauw zeil uit stak.

En weer klonk er geritsel in de struiken. Gemma verstijfde, bang dat iemand hen was gevolgd. Maar het was Daniel. Toen hij haar zag, bleef hij als aan de grond genageld staan. Zijn overhemd stond tot aan zijn navel open.

'Wat doe jij hier?' vroeg Gemma verbaasd, maar hij schudde slechts zijn hoofd.

'O, Thea, dit had je ook wel alleen afgekund,' snauwde Penn, nadat ze de smeerboel in ogenschouw had genomen.

'Misschien wel, maar ik heb er genoeg van,' zei Thea. Ze gooide de plunjezak op de grond. 'Als jij Liv zo geweldig vindt, mag je haar rotzooi zelf opruimen. Vanaf nu is ze jouw probleem. Ik ben het beu.'

'Thea, overdrijf je niet een beetje?' mengde Liv zich met een poeslief stemmetje in het gesprek. 'Ik weet niet waar ik met dat lijk naartoe moet, dat is alles.'

'Je hebt anders ervaring genoeg, dus als iemand het zou moeten weten, ben jij het,' kaatste Thea terug.

'Ik kan hier niet met een lijk gaan sjouwen. Het maakt mij niet uit dat ik gezien word, maar je zei zelf...' sputterde Liv tegen, net zoals ze even daarvoor bij Gemma had gedaan.

'Liv!' onderbrak Penn haar geërgerd. 'Hou op met stennis maken en mensen uitdagen. Ik wil dat je je gedeisd houdt. We hebben het eeuwige leven. Je hoeft niet iedereen in één dag uit te roeien.'

Liv stelde voor de rotzooi de rotzooi te laten en de dieren en de regen het werk te laten doen, waarna Penn, Thea en Liv begonnen te kibbelen over de vraag wat er moest gebeuren, waarbij elk van hen de verantwoordelijkheid op de ander probeerde af te schuiven.

Terwijl de sirenen bekvechtten, liep Gemma naar Daniel toe, die als verdoofd naar het lijk stond te staren. Ze vroeg zich af of zijn gevoelige mensenmaag een bloedbad als dit aankon.

'Was dat een mens?' zei hij.

'Ja.' Gemma knikte. 'Aiden Crawford.'

'Aiden? Shit.'

Daniel draaide zich net snel genoeg om om in de struiken te kunnen overgeven. Het klonk meer als hoesten dan braken, maar de aanblik moest hard zijn aangekomen. Toen hij klaar was, veegde hij met zijn arm zijn mond af en mompelde een verontschuldiging.

'Het is ook wel erg veel bloed,' zei Gemma toen hij zich naar haar had omgedraaid.

'Ik wist niet dat er zoveel bloed in een mensenlichaam zat,' gaf hij toe. 'Het lijkt wel of hier vijf mensen zijn doodgebloed in plaats van één.'

'Ik denk dat Liv er met opzet zo'n zootje van heeft gemaakt.' Gemma sprak op gedempte toon, in de hoop dat de sirenen haar niet zouden horen. Ze hadden het echter te druk met zichzelf; al had ze geschreeuwd, dan nog zouden ze niet hebben opgekeken.

Daniel haalde diep adem. 'Verdomme. Aiden was een vervelende jongen, maar... Hij is jarenlang bevriend geweest met mijn overleden broer, John. Hij was geen goed mens, maar dit heeft hij niet verdiend.'

Nee, dit had Aiden niet verdiend, dacht Gemma, maar ze was hem zelf nog niet zo lang geleden ook bijna naar de keel gevlogen toen hij geen nee wilde horen. Geen goed mens was zwak uitgedrukt.

'Ja,' zei Gemma niettemin. 'Het spijt me.'

'Jij kunt er ook niks aan doen.'

Ze fronste haar wenkbrauwen. 'Dat vraag ik me af. Door mij zijn de sirenen terug naar Capri gekomen. Ze zijn hier omdat...'

'Hou op,' viel Daniel haar in de rede, en omdat hij zichtbaar niet in de stemming was voor een discussie, drong ze niet verder aan.

'Oké, we houden erover op,' zei ze na een veelbetekenende stilte. 'Maar wat doe jij hier?'

Daniel klemde zijn kaken op elkaar en staarde strak voor zich uit. 'Vraag dat alsjeblieft niet.'

Gemma wist dat er maar één conclusie mogelijk was. Daniel was hier met Penn aangekomen en zijn hemd hing open; er zat amper nog een knoop aan.

Ze wist ook waarom hij het had gedaan. De enige reden waarom Daniel zoiets zou doen was om Harper te beschermen. Ze kreeg buikpijn bij de gedachte: hij prostitueerde zich voor haar zus. Harper zou er kapot van zijn als ze erachter kwam.

'Daniel. Je moet het Harper vertellen.'

Hij zuchtte en staarde naar de grond. 'Ik doe wat ik doe omdat ik geen keus heb.'

'Nee, Daniel,' zei Gemma gedecideerd. 'Als jij het haar niet vertelt, doe ik het.'

'Oké!' Penn gooide haar handen in de lucht en wendde zich tot Gemma en Daniel. 'We wikkelen hem in het zeil en dan gooit Daniel hem straks op zijn boot overboord.'

'O? Kunnen jullie hem zelf niet mee de zee in nemen?' vroeg Daniel.

'Nee, want die twee hebben hun handen vol aan de smeerboel hier.' Penn wees naar Thea en Liv. 'En het is minder verdacht als jij met een rol zeil aan boord van je boot gaat dan als wij ermee de zee in lopen.'

'Oké.' Daniel haalde zijn schouders op, alsof het feit dat hij hun vuile zaakjes moest opknappen hem onverschillig liet. 'Zolang ik het lijk maar niet hoef aan te raken.'

'Zo mag ik het horen.' Penn glimlachte naar hem en wendde zich vervolgens weer tot Thea en Liv. 'Jullie wikkelen het lijk in het zeil en dan dumpt Daniel hem in zee. Daarna maken jullie de boel hier spic en span.'

'Nee, Penn, ik meende wat ik zei. Ik doe niet meer mee.' Thea wreef in haar handen, alsof ze ze schoonwaste. 'Regel jij het maar. Het is nu jouw probleem.'

Penn rolde met haar ogen en keek toen naar Daniel. 'Wat zei ik? Irritant en bazig.'

'Thea is niet verantwoordelijk voor dit bloedbad,' zei hij kalm, 'maar zij.' Hij wees met een hoofdknikje naar Liv.

Liv glimlachte naar hem en zei op mierzoete toon: 'Er komt een dag dat Penn je spuugzat is en je met plezier een kopje kleiner maakt. En dan kijk ik toe.'

'Sorry jongens, maar ik ben weg,' zei Thea. Ze voegde de daad bij het woord en liep naar het bosschage. 'Succes ermee.'

Op aanwijzing van Penn reten Gemma en Liv het lichaam van Aiden in stukken, zodat het eenvoudiger te vervoeren zou zijn. Daniel stond aan de zijkant van de muziekschelp op de uitkijk om niet te hoeven toekijken terwijl de jongen die hij al zijn halve leven kende werd verscheurd.

Nadat ze het karwei hadden geklaard, bleek het zeil waarin Aidens lichaam was gewikkeld nauwelijks in de plunjezak te passen, en omdat de zak te zwaar was voor Daniel alleen, bood Gemma aan hem te helpen.

Penn had met hem mee willen gaan, maar Gemma wist niet hoe ze het bloed van de bomen moest krijgen. Met een van de handdoeken die Thea had meegenomen in de plunjezak veegde ze haar armen zo goed mogelijk schoon en daalde vervolgens met Daniel het pad af naar zijn boot.

'Ik kan het verder wel alleen af,' zei hij toen ze op de kade bij *De Flierefluiter* bleven staan.

'Weet je het zeker? Ik kan je helpen het lijk te dumpen,' bood Gemma aan.

'Nee, dat lukt wel.' Hij nam de zak van haar over en gooide hem over de reling op de boot. 'Ik vaar eerst tot voorbij het eiland en dan ga ik thuis héél lang onder de douche staan.'

Er zat wat bloed op zijn handen en zijn armen, en zelfs wat op zijn blote borst, dat waarschijnlijk uit de bomen op hem was ge-druppeld. Maar door de manier waarop hij haar blik ontweek, kreeg ze het gevoel dat het bloed niet de enige reden was waarom hij zich zo vies voelde.

'Wat jij en Penn samen...' begon Gemma voorzichtig, maar Da-niel legde haar met een opgestoken hand het zwijgen op.

'Ik weet dat je het goed bedoelt, en ook dat je denkt dat je het begrijpt, maar...' Zijn stem stierf weg. 'Ik kan er niet met jou over praten.' Hij slikte moeizaam. 'Harper hoort spoedig wat ze moet weten.'

'Wat het ook is, ik weet dat je het voor mij en Harper doet.'

Daniel kauwde op de binnenkant van zijn wang en staarde over het water. In een opwelling sloeg Gemma haar armen om hem heen en gaf hem een stevige knuffel. Toen ze haar wang te-gen zijn borst drukte, voelde ze tranen prikken in haar ogen.

'Bedankt,' mompelde ze tegen zijn borst. 'Voor alles wat je voor ons doet en hebt moeten opgeven.'

Daniel streelde haar even over haar haar. Toen duwde hij haar van zich af.

'Ik moet aan het werk,' zei hij met verstikte stem, en zonder nog een keer om te kijken, stapte hij op zijn boot.

27

Puinhoop

Harper keek op de klok boven de schoorsteenmantel. Het was al na elven en Daniel was nog steeds niet thuis. Ze nam aan dat hij op stap was met zijn vrienden. Zo vreemd was het immers niet dat iemand van eenentwintig 's avonds een biertje ging drinken. Bovendien wist hij niet dat ze bij hem langs was gegaan om hem te verrassen.

Ze had zich de halve avond afgevraagd of ze hem zou bellen of sms'en. Ze wilde weten waar hij was en wanneer hij naar huis kwam, maar dan zou de verrassing eraf zijn.

Harper had haar bezoek al enkele weken daarvoor gepland. Toen ze ging studeren had ze meteen een afspraak gemaakt met de campusarts voor de pil. Op dat moment wist ze niet dat het voor vanavond was, maar omdat haar relatie met Daniel steeds serieuzer werd, had het haar verstandig geleken om voorzorgsmaatregelen te nemen.

Het kleine blauwe lingeriesetje dat ze droeg had ze speciaal voor deze avond gekocht. Ze was tussen de colleges en de experimenten met de papyrusrol door stiekem een boetiekje in Sundham binnengewipt, waar ze een mooie beha en een kanten broekje had gekocht om Daniel te verrassen voor zijn verjaardag.

Afgelopen zondag, toen ze in hun relatie weer een stapje verder waren gegaan, had ze bedacht dat het vanavond moest gebeuren. Daniel had gezegd dat hij wilde wachten tot de omstandigheden perfect waren, maar Harper had zich gerealiseerd dat ze geen flauw idee had of en wanneer die 'perfecte' omstandigheden zich zouden voordoen.

Voor hetzelfde geld kwam er nooit een einde aan de problemen met Gemma en de sirenen. Ze was bang dat er geen oplossing was, en als die er wel was, kon het nog wel even duren voordat ze die zouden vinden.

Harper had nog nooit zoveel van iemand gehouden als van Daniel en wilde bij hem zijn. Niet alleen vandaag, maar voor de rest van haar leven. Ze had erover nagedacht en er met hem over gepraat. Ze was er klaar voor.

Het zou fijn zijn geweest als ze niet zo lang op hem zou hoeven wachten, maar aan de andere kant was ze blij met de extra tijd die zijn afwezigheid haar bood. Ze was moe van het bezoek aan haar moeder eerder die dag, en had tijd voor zichzelf nodig. Ze had haar auto uit het zicht van de haven geparkeerd, zodat Daniel hem niet zou zien staan, en was met Bernies oude speedboot naar het eiland gevaren in de hoop dat ze er eerder was dan hij en hem kon verrassen.

Zijn verlate komst had als voordeel dat ze ruim de tijd had gehad om zich voor te bereiden. Ze had haar make-up bijgewerkt en wel vijftig verschillende houdingen uitgeprobeerd op de bank. Het was bijna donker in de kamer. Ze had alleen een lampje in de hoek van de kamer aangedaan zodat hij van buitenaf niet kon zien dat ze er was.

Om de duisternis minder beangstigend te maken, had ze haar iPod aangesloten op de stereo en concentreerde ze zich op de zachte muziek die de kamer vulde.

Toen ze eindelijk de deurklink hoorde, maakte haar maag een salto. Om haar aanwezigheid niet te verklappen, zette ze de muziek snel op pauze en nam een verleidelijke pose aan op de bank. Ze wist niet precies hoe ze er verleidelijk uitzag, maar leunde licht achterover en drapeerde haar lange donkere haar over haar schouders.

Daniel zag haar pas toen hij het licht in de keuken had aangedaan. Hij verstijfde en staarde haar met een geschokte blik aan. Ze had er geen ander woord voor.

Harper liet haar blik over hem heen glijden en zag toen pas hoe vreselijk hij eruitzag. Zijn borst zat onder de bloedspetters en ook zijn handen en voorhoofd waren bedekt met opgedroogde bloedvegen. In zijn hazelnootbruine ogen lag een lege uitdrukking, die ze niet van hem kende, en zijn flanellen overhemd, dat half openhing, leek gescheurd. Hoewel ze zijn ietwat sjofele stoppelbaard gewend was, vond ze hem nu een ronduit verlopen indruk maken.

'O god, Daniel.' Ze sprong op van de bank en haastte zich naar hem toe. 'Wat is er gebeurd?'

'Shit,' zei hij effen. 'Heb ik net de ergste dag van mijn leven achter de rug en dan dit.'

'Dan dit?' Harper deinsde achteruit maar probeerde te glimlachen. Het moest een grapje zijn. 'Sorry, ik had niet gedacht dat je het zo erg zou vinden mij te zien.'

'Dat is het niet. Normaal niet, maar...' Hij zweeg en sloeg zijn ogen neer.

'Daniel. Wat is er?' Ze legde haar hand op zijn arm. 'Je maakt me aan het schrikken.'

Hij wreef over zijn slapen. 'Ik wil graag onder de douche, maar ik vrees dat dit niet kan wachten, of wel?'

'Wat niet? Zeg jij maar wat je wilt.'

'Geef me een paar minuten.'

Zonder haar aan te kijken, glipte hij langs haar heen de badkamer in. Harper wreef over haar armen en luisterde naar het geluid van het stromende water. Om haar angstige voorgevoel te onderdrukken, zette ze de muziek weer aan, en het volgende moment klonk 'Landfill' van Daughter zachtjes uit de boxen.

Niet veel later kwam Daniel de badkamer uit. Hij droeg geen

overhemd, en nu het bloed van zijn lichaam was gespoeld, zag ze dat hij geen verwondingen had. Ze zag alleen de oude littekens die hij had overgehouden aan zijn gevechten met de sirenen en de zwarte takken van zijn tatoeage die over zijn schouder uitliepen op zijn bovenarm.

Hij reikte Harper een flanellen overhemd aan. 'Hier, trek dit maar aan. Het is schoon.'

Blozend trok ze het overhemd aan, maar ze knoopte het niet dicht. 'Het spijt me dat je het vervelend vindt dat ik hier ben. Ik wilde je verrassen.'

'Nee hoor, ik vind het niet vervelend.' Hij liep het keukentje in en opende de koelkast. 'Wil je een biertje? Of liever iets anders?'

'Nee. Ik wil weten wat er aan de hand is,' zei ze. Daniel opende het bierflesje, gooide het dopje in de gootsteen en nam een flinke teug. 'Kom bij me zitten. Ik wil met je praten.'

Hij zuchtte diep, sjokte naar haar toe en ging op de rand van de salontafel zitten die hij eerst een stukje dichter naar de bank trok. Met het flesje nog in zijn handen, leunde hij met gebogen hoofd met zijn ellebogen op zijn knieën.

Harper sloeg haar armen om zijn hoofd, drukte een kus op zijn kruin en wreef hem over zijn rug. Ze voelde de ribbels van zijn littekens onder haar hand.

'Daniel,' zei ze zacht in zijn haar. 'Wat is er gebeurd?'

Toen hij eindelijk zijn hoofd ophief, keek hij haar een ogenblik alleen maar aan. Om zijn mond speelde een verdrietige glimlach.

'Je ziet er prachtig uit vanavond.'

'Dank je,' zei Harper, maar ze was niet uit op complimentjes. Haar hart ging sinds zijn thuiskomst als een razende tekeer. 'Waarom zat je onder het bloed? Ben je gewond?'

Hij sloeg zijn ogen weer neer en staarde naar het flesje in zijn handen. 'Nee, ik ben niet gewond. Het was niet mijn bloed maar het bloed van Aiden Crawford.'

'Van Aiden? Wat is er gebeurd? Is alles goed met hem?'

'Nee.' Hij nam een flinke slok van zijn bier. 'Ik heb zijn verminkte lichaam zojuist vanaf mijn boot in zee gedumpt. Liv heeft hem vermoord.'

Harper schudde verbijsterd haar hoofd. 'Waarom?'

'Geen idee.' Hij lachte vreugdeloos. 'Omdat ze de duivel in eigen persoon is? Ik weet het echt niet.'

'Waarom heb je hen geholpen van het lijk af te komen? Had Gemma je gebeld?' Harper wierp een blik op haar mobiele telefoon op de salontafel. Hij stond aan, dus als Gemma haar nodig had gehad, had ze wel gebeld. 'Is alles goed met haar?'

'Ja, met Gemma wel,' verzekerde hij haar snel. 'Ze heeft me niet gebeld.' Hij zweeg, en het duurde lang voordat hij vervolgde: 'Ik was bij Penn.'

'Je was... bij Penn?' Harper leunde achterover en probeerde wijs te worden uit zijn woorden.

'Ik ben vanavond bij haar thuis geweest.' Hij sprak langzaam en tuurde naar de grond. 'Om met haar naar bed te gaan.'

'Om...' Harpers adem stokte in haar keel en het kostte haar moeite te vervolgen: 'Om wat?'

'Als ik met haar naar bed zou gaan, zou ze jou en Gemma sparen. Als ik weigerde zou ze jullie vermoorden. Dus ik, eh... Dus heb ik ja gezegd.'

Het was alsof de grond onder haar voeten wegzakte. Ze had zich veilig gevoeld, maar nu gaapte er een diepe afgrond voor haar. Haar hoofd duizelde en haar gedachten buitelden over elkaar heen. Ze was misselijk en moest blijven slikken om niet over te geven of in huilen uit te barsten.

'Dus je bent met Penn naar bed geweest?' vroeg Harper. Ze hoopte dat haar stem niet beefde. 'Met dat verschrikkelijke monster dat het leven van mijn zuster en mij tot een hel maakt en alles en iedereen uit de weg ruimt? Met díé Penn?'

'Ik ben vanavond niet met haar naar bed geweest.'

'Maar een andere avond wel?' zei ze. Ze wist dat als hij ja zou zeggen, ze zou moeten overgeven.

'Nee,' zei hij snel. 'Néé. Ik ben nog niet met haar naar bed geweest.'

'Waarom niet?'

'Het zou vanavond moeten gebeuren, maar omdat Liv Aiden vermoordde, ging het niet door.'

Harper streek haar haren uit haar gezicht en merkte dat haar handen beefden. 'Was het anders wel gebeurd?'

Hij knikte. 'Ja.'

'Dus... Heb je wel andere dingen met haar gedaan?' vroeg Harper. Toen hij niets zei, vervolgde ze: 'Daniel, geef antwoord.'

'Ja.'

'Heb je met haar gezoend? Heb je je kleren uitgedaan?' vroeg ze, en toen hij niet antwoordde, vervolgde ze: 'Zijn jullie verder gegaan dan wij laatst?'

Hij haalde diep adem en zei toen zo zacht dat ze hem amper verstond: 'Ja.'

En toen kon ze zich niet meer inhouden. Voor ze wist wat ze deed, gaf ze hem een klap in zijn gezicht. De pets echode in haar oren en haar hand begon te tintelen. Haar ogen vulden zich met tranen.

'Het spijt me heel erg, Harper,' zei Daniel. Hij keek haar eindelijk aan.

'Hoelang is dit al aan de gang?' vroeg ze zonder op zijn excuses in te gaan. 'Wanneer kwam ze met dat voorstel?'

'Dat weet ik niet meer precies.' Hij schudde zijn hoofd. 'Ik denk... zo'n twee weken geleden.'

'Twee wéken?' Ze keek naar het plafond om te voorkomen dat de tranen over haar wangen zouden rollen en lachte cynisch. 'Shit, Daniel.'

'Ik wist niet wat ik anders moest doen,' zei hij.

'O nee?' Ze glimlachte bitter en veegde haar tranen af. 'Je kuste me en hield me in je armen. Je zei dat je van me hield. Ik vertelde je mijn geheimen terwijl jij al wist dat je met iemand anders naar bed zou gaan. Ik ben hier, op je verjaardag, en was van plan me aan je te geven terwijl jij me bedriegt...'

'Ik weet dat het verkeerd is,' hield hij vol. 'Seks met Penn is afschuwelijk, maar ik deed het om jou te beschermen.'

Er rolde een traan over haar wang. Ze liet het gebeuren. 'Nee, Daniel. Ik ben niet boos omdat je van plan was met haar naar bed te gaan.' Ze schudde haar hoofd. 'Natuurlijk doet het pijn, en ik weet niet of ik ooit aan het idee zal kunnen wennen, ook al deed je het voor Gemma en mij. Ik ben boos omdat je me erbuiten hebt gehouden.' Ze keek hem recht aan. 'Ik vertrouwde je, Daniel, in alles, met heel mijn hart, terwijl jij... Jij vertrouwde mij niet.'

'Nee, Harper, het heeft niets met vertrouwen te maken. Ik wist dat je het me uit het hoofd zou proberen te praten, en dat kon ik niet...' Hij zuchtte. 'Ik wist dat het voorbij zou zijn tussen ons als je het zou weten. Maar ik wist niet hoe ik je anders kon beschermen.'

'Wat een onzin, Daniel!' Harper stond op en liep van hem weg, te boos om zelfs maar in zijn nabijheid te zijn. Ze trok het flanellen overhemd strakker om zich heen en keek hem woedend aan. 'Je wilde het me pas vertellen als het achter de rug was. Als je het al wilde vertellen. Toch?'

'Daar was ik nog niet uit,' gaf hij toe.

'Hoe kon je.' Harper kamde haar vingers door haar haren en krabde op haar hoofd. Ze kon het niet bevatten. Toen liet ze haar armen zakken en haalde diep adem. 'Ik zat hier op de bank en sms'te je dat ik van je hield terwijl jij op het punt stond om met mijn grootste vijand naar bed te gaan. Het kan me niet schelen waaróm je het hebt gedaan, je had het me moeten vertellen, en dat weet je.'

Daniel stond op. 'Het spijt me heel erg, Harper,' zei hij met tranen in zijn ogen.

'Wat bezielde je?' zei ze. Ze moest zich inhouden niet tegen hem te schreeuwen. Ze wilde hem slaan en vragen hoe hij dit had kunnen laten gebeuren, hoe hij zoiets moois kapot had kunnen maken, het enige bijna volmaakte in haar leven.

'Ik moest je beschermen,' zei hij eenvoudigweg.

'O ja, hoe dan? Door me op zo'n gruwelijke manier te kwetsen?'

'Nee, dat heb ik niet gedaan...' Hij schudde zijn hoofd. 'Dat was niet mijn bedoeling.'

'Je hebt je aan me opgedrongen terwijl ik afstand wilde houden. Je bent steeds dieper mijn leven binnengedrongen, totdat ik verliefd op je werd. Je beloofde me dat je me nooit pijn zou doen en deed je best mijn vertrouwen te winnen.' Ze snikte zacht toen de waarheid eindelijk tot haar doordrong. 'Ik ben bang dat ik je nooit meer zal kunnen vertrouwen.'

'Je zou me omgepraat hebben!' schreeuwde Daniel, alsof hij haar zo kon overtuigen. 'Wat had ik dan moeten doen?'

'Je had er met mij over moeten praten!' schreeuwde Harper terug. 'Als ik je zo makkelijk had kunnen ompraten, dan was het dus een foute keuze van je! Want als het de goede keuze was geweest, dan had ik ermee ingestemd, hoeveel pijn het me ook zou doen.'

Met een vertrokken gezicht zei hij: 'Het spijt me.'

'Hou op. Ik kan het niet meer aanhoren. Ik ben misselijk.' Ze pakte haar iPod en schooltas die naast de open haard stond. 'Ik moet hier weg.'

'Nee, Harper, wacht.' Hij kwam met uitgestoken hand op haar af, maar ze deinsde achteruit.

'Nee. Ik kan nu niet met je praten. Ik kan niet eens naar je kíjken.'

'Ik wil niet dat we zo uit elkaar gaan.'

Ze duwde hem opzij en liep naar de deur. 'Het kan me niet schelen wat jij wilt.'

'Harper, ik hou van je,' zei hij.

Ze bleef staan en keek hem over haar schouder aan. 'Dat geloof ik niet meer,' zei ze met betraande ogen. Ze draaide zich om en liep de deur uit.

28

Impact

Harper kwam net voor middernacht thuis aan. Hoe het haar was gelukt wist ze niet, maar ze had tijdens de terugtocht haar tranen weten te bedwingen. Het was aardedonker in huis en ze sloop de trap op naar haar oude kamer. Ze had gehoopt dat ze niemand zou wekken, maar ze was nog niet boven of Gemma kwam uit de badkamer met een handdoek om haar hoofd gewikkeld.

'Harper? Wat doe jij hier?' vroeg Gemma verbaasd.

'Eh, ik...' Ze haalde een hand door haar haar en haalde diep adem.

'Wat is er gebeurd? Alles goed?'

Harper had alleen het flanellen overhemd van Daniel en haar nieuwe lingeriesetje aan. Gelukkig had ze het overhemd wel dichtgeknoopt, en omdat het veel te ruim was, kwam het bijna tot op haar knieën. In haar haast het eiland te verlaten, had ze geen tijd gehad om zich om te kleden.

'Ik heb het net min of meer uitgemaakt met Daniel,' zei Harper uiteindelijk. Ze begon te huilen.

'O, Harper, toe nou.' Gemma sloeg een arm om haar heen en loodste haar mee naar haar kamer. Terwijl Harper op het bed ging zitten, sloot ze de deur zorgvuldig achter zich. Ze wilde niet dat Brian wakker zou worden.

'Wist jij dat Daniel het bed deelt met Penn?' vroeg Harper aan haar.

Gemma, die voor haar stond, slaakte een diepe zucht en ging naast haar zus op het bed zitten.

'Nee,' zei Gemma uiteindelijk. 'Ik bedoel, ik vermoedde wel iets, maar Daniel hield vol dat hij alles onder controle had. Maar vanavond bekende hij het min of meer, dus toen heb ik hem gezegd dat hij het aan jou moest vertellen.'

Harper lachte om niet te huilen. 'Nou, dat heeft hij dus gedaan.'

'Heeft hij... is hij echt met Penn naar bed geweest?' vroeg Gemma voorzichtig.

'Hij zegt van niet, maar ik weet niet of ik hem moet geloven.' Ze haalde haar schouders op. 'En ook niet of ik hem nog kan vertrouwen.'

'Heeft hij gezegd waarom hij het heeft gedaan?'

'Voor ons twee. Hij heeft er niet over uitgeweid, maar Penn had gezegd dat hij ons zou vermoorden als hij niet met haar naar bed zou gaan.' Harper kauwde op de binnenkant van haar wang. 'Hij deed het om mij te beschermen.'

'Hij houdt van je, Harper.' Gemma wreef haar zus zachtjes over haar rug. 'Ik zeg niet dat je hem moet vergeven of dat ik het goedkeur wat hij heeft gedaan, maar hij deed het voor jou.'

'Het was misschien goedbedoeld, maar dat maakt het nog niet tot een juiste beslissing. Het blijft verkéérd,' zei Harper. 'Toen Penn hem dat ultimatum stelde, had hij tegen mij moeten zeggen: "Dit is er aan de hand. Dit is wat ik moet doen."'

'Ja, hij had er met jou over moeten praten,' beaamde Gemma.

'Daar voel ik me nog het meest door gekwetst. Ik weet niet of ik hem ooit zou kunnen vergeven als hij met een ander slaapt. En al helemaal niet met iemand die zo kwaadaardig en gestoord is als Penn. Maar ik begrijp waaróm hij het deed, en als het nu niet alleen was om mijn leven te redden, maar ook dat van jou, en als...'

'Je hoeft jouw relatie niet op te offeren voor mij, Harper,' zei Gemma resoluut. 'Ik red me wel.'

'Als hij er met mij over had gepraat, weet ik niet hoe ik zou hebben gereageerd,' zei Harper. 'Ik weet niet of ik het dan goed had gevonden. Omdat ik zoveel van hem hou en niet wil dat hij met een ander slaapt of zich voor mij prostitueert. Ik weet dat het egoïstisch klinkt, zo van: jouw leven versus mijn verdriet. Dus misschien had ik het toch wel goed gevonden.' Harper schudde haar hoofd. 'Maar daar gaat het niet om.'

'Hoe bedoel je?' zei Gemma.

'Het gaat er niet om of ik het met zijn keuze eens zou zijn geweest,' legde ze uit. 'Het gaat erom dat hij zo'n drastisch besluit heeft genomen zonder naar mijn mening te vragen. Per slot van rekening is het iets wat ons beiden aangaat. Het gaat om onze relatie. Het steekt me dat hij het stiekem deed.'

'Ik denk dat hij je niet ongerust wilde maken,' zei Gemma.

Harper snoof. 'Die neiging hebben jullie allebei, verdorie. Ik ben achttien. Ik ben ouder dan jij, Gemma, en ik ben zijn vriendin. Jullie hoeven niets voor mij te verzwijgen. Ik ben geen kleuter. Ik kan best wel tegen een stootje. Ik zit in hetzelfde schuitje als jullie.'

'Dat weet ik. Ik probeer je ook overal bij te betrekken,' zei Gemma op verdedigende toon. 'Ik wil me alleen niet meer dan nodig met jullie leven bemoeien.'

'Dat doe je ook niet!' Harper schreeuwde bijna. Ze dempte snel haar stem, bang dat ze haar vader zou wekken. 'Jíj bent mijn leven. Jij, en mama en papa. En Daniel. Als er iets belangrijk is in mijn leven, dan ben jij het.'

Gemma glimlachte naar haar. 'Het spijt me. Ik zal mijn leven beteren. Dat beloof ik je.'

'Dank je.' Harper haalde haar hand weer door haar haar en probeerde haar onvrede van zich af te schudden. 'Sorry dat ik me als een huilerige tiener gedraag.'

Ze vond het egoïstisch van zichzelf. Er speelden zoveel andere zaken die belangrijker waren dan zijzelf en haar relatie met Daniel. Bij nader inzien vond ze haar reactie op hun breuk nogal overdreven. Het deed veel pijn hem te verliezen, maar er waren belangrijkere zaken om zich druk over te maken. Zoals het feit dat de sirenen die avond iemand hadden vermoord.

'Liv heeft Aiden Crawford vermoord,' zei Harper.

Gemma sloeg haar ogen neer en zei: 'Dat weet ik.' Ze maakte een doodvermoeide indruk, maar toen ze weer sprak, klonk haar stem sterk en vastberaden. 'Daarom is het belangrijk dat ik mijn krachten onder controle probeer te krijgen. Als het Penn niet lukt om Liv onder de duim te krijgen, zal ik het weer moeten opknappen.'

'Ben je van plan Liv te vermoorden?' vroeg Harper. Ze dwong zichzelf haar stem effen te laten klinken.

Gemma knikte. 'Als het moet wel. Als we de vloek niet snel verbreken, zal ik haar moeten stoppen. Ze maakt iedereen af als ze de kans krijgt.'

'Maar ben je er klaar voor?' vroeg Harper.

'Geen idee, maar ik blijf oefenen. Ik doe het nu ook nog niet. Maar... spoedig.'

Harper wilde tegen Gemma zeggen dat ze er niet aan moest beginnen. Het was te gevaarlijk om in opstand te komen tegen de andere sirenen, vooral als ze de strijd wilde aanbinden met iemand die zo gestoord was als Liv.

Diep vanbinnen wist ze echter dat Gemma gelijk had. Ze konden niet toestaan dat Liv als een of andere sexy Godzilla Capri terroriseerde. Gemma was veel sterker dan zij, en als ze haar sirenenkracht onder controle kreeg, zou ze Liv aankunnen, beter dan wie dan ook.

Voor het eerst besefte Harper dat Gemma een eigen strijd te voeren had. Ze zou haar zus waar mogelijk helpen en steunen, maar sommige dingen zou Gemma alleen moeten opknappen.

'Wees alsjeblieft voorzichtig,' zei Harper. 'Ik weet niet wat ik zonder jou zou moeten.'

Gemma gaf Harper een knuffel. Harper koesterde het moment en liet zich door haar jongere zus troosten. Het was lang geleden dat Gemma haar uit eigen beweging had geknuffeld.

'Maar ik heb een zware avond achter de rug, en jij zo te zien ook. We praten morgenvroeg wel verder, oké?' zei Gemma, en ze keek Harper aan. 'Je bent morgenvroeg toch nog hier?'

'Ja, maar niet lang. Ik sta vroeg op, want ik heb morgen college.'

'Dan sta ik ook vroeg op.'

Net voordat Gemma de kamer verliet, zei Harper: 'Gemma, je denkt toch niet... Denk je dat Daniel zín had om met Penn naar bed te gaan? Dat hij het me daarom niet heeft verteld?'

Ze had het nog niet gezegd of ze besefte dat dat het was wat haar had dwarsgezeten. Diep in haar hart dacht ze dat Daniel tegen haar had gelogen omdat hij haar niet goed genoeg vond en de nacht wilde doorbrengen met een mooiere en meer ervaren vrouw dan zij.

'Nee.' Gemma schudde meelevend haar hoofd. 'Hij zat er echt mee, en toen ik het met hem over Penn had, kon ik duidelijk aan hem zien dat hij van haar walgt. Hij vindt het net zo erg als jij.'

Toen Gemma weg was, kroop Harper in bed. Ze had Daniels flanellen overhemd aangehouden en rolde zich op onder haar dekbed. De stof van het hemd rook naar hem. Ze begon te huilen en vroeg zich af of ze er goed aan had gedaan met Daniel te breken. Het enige wat ze zeker wist, was dat ze zielsveel van hem hield.

29

Keerpunt

Het was nog altijd donker toen de deurbel ging. Gemma sjokte binnensmonds vloekend naar beneden om open te doen. 'Wie is daar?' vroeg Brian, die slaapdronken zijn hoofd om de hoek van zijn slaapkamerdeur stak.

'Geen idee, ik doe wel open,' riep Gemma naar boven.

Er werd nu onophoudelijk op de voordeur gebonkt. Toen Gemma opendeed, trof ze Marcy op de stoep aan, die verwoed in het luchtledige stond te bonken. Ze droeg een merkwaardige hansop met uiltjesdessin en een gebleekt spijkerjasje.

'Marcy. Wat doe jij hier op dit...'

'Lydia heeft haar gevonden!' zei Marcy opgewonden. Zo enthousiast had Gemma haar nog nooit gezien. 'Ze heeft Diana gevonden.'

'Is dat Marcy?' vroeg Brian. 'Is er iets gebeurd?'

'Nee hoor, niks aan de hand,' riep Gemma. Ze moest zich bedwingen het niet uit te schreeuwen van blijdschap.

'Had ze niet gewoon kunnen bellen?' hoorde Gemma haar vader mompelen, gevolgd door het geluid van de badkamerdeur die open- en weer dichtging.

'Lydia heeft dé Diana gevonden?' vroeg Gemma aan Marcy.

'Diana?' herhaalde Harper boven aan de trap. Ze holde de trap af en voegde zich bij Gemma in de deuropening.

'Wanneer? Hoe?' vroeg Gemma.

'Nog maar net. Lydia was bezig met Audra's aantekeningen en Thalia's dagboek. Ze is de hele nacht opgebleven, want ze voelde dat ze heel dicht bij de oplossing was. Eindelijk is het raadsel opgelost.' Op Marcy's gezicht verscheen een ongebruikelijk brede glimlach.

'Waar is Diana dan?' vroeg Harper. Ze klonk buiten adem. 'Dus ze leeft nog? Wanneer kunnen we haar spreken?'

'Ja, ze leeft nog,' zei Marcy, en Harper haalde opgelucht adem. 'Ze woont net even buiten Charleston, in West Virginia. We kunnen meteen naar haar toe als we willen.'

'In West Virginia?' Gemma trok rimpels in haar voorhoofd. 'Wat een vreemde onderduikplek voor een godin.'

'Tja, het is ook vreemd dat kwallen geen ogen hebben, meisjes zittend moeten plassen en jij een mythisch wezen bent,' zei Marcy. 'Dus laten we niet gaan muggenziften over de vraag wat vreemd is.'

'Wat is er aan de hand?' vroeg Brian. Hij kwam de trap af en deed de buitenlamp aan. 'Heb je iemand gevonden?'

Gemma keek over haar schouder naar haar vader. Zijn gezicht had een grauw waas door zijn stoppelbaard en hij kamde met een hand door zijn rossige haar. Hij droeg slechts een T-shirt en een boxershort, maar leek te slaperig om zich druk te maken over hoe hij erbij liep.

'Ja. Herinner je je Diana nog?' vroeg Gemma aan hem. 'Ze is de godin die Thalia heeft geholpen toen ze geen muze meer wilde zijn.'

Zijn blauwe ogen keken hen al iets wakkerder aan. 'En kan ze jullie ook helpen?'

Gemma knikte. 'Hopelijk wel.'

'Hoe ver is het naar Charleston?' vroeg Harper. Ze draaide zich om en keek de kamer rond. 'Waar is mijn laptop?' Toen zuchtte ze diep. 'Verdorie, dat is waar ook. Ik heb mijn laptop gisteravond in de auto laten liggen.'

Toen ze langs Marcy heen de koude nacht in stormde, staarde Brian haar verbaasd na.

Het ruwe litteken op Harpers been, dat ze had overgehouden aan het auto-ongeluk, kwam net onder de zoom van Daniels overhemd uit. Hoewel ze er altijd voor zorgde dat niemand – zelfs Gemma of haar vader niet – het zag, rende ze deze keer spontaan naar de auto om haar laptop te halen.

Harpers ogen waren rood en opgezet, alsof ze de hele nacht had gehuild. Die indruk werd versterkt door de zwarte wasbeerkringen van uitgelopen make-up rond haar ogen. Maar ondanks haar verdriet over haar breuk met Daniel, leek ze erop gebrand om Diana zo snel mogelijk te vinden.

'Wacht eens even,' zei Brian. 'Harper heeft vandaag colleges. Waarom is ze nog niet naar Sundham?'

'Daniel was gister jarig, dus ze wou in de loop van de ochtend teruggaan naar Sundham,' zei Gemma. Ze hield zich op de vlakte, omdat ze niet wist of Harper wilde dat haar vader wist dat ze ruzie had gehad met Daniel. 'Tenminste, dat was de bedoeling. Ik weet niet of ze nu nog teruggaat.'

Brian fronste zijn wenkbrauwen en trok diepe rimpels in zijn gebronsde gezicht. 'Ik had gezegd dat ze niet voor zijn verjaardag naar huis hoefde te komen. Ze mist al veel te veel lessen zo.'

'Hebben jullie het over mij?' zei Harper toen ze zich weer bij hen voegde in de hal. 'Ik zorg wel dat ik weet wat ik voor de volgende colleges moet doen. Ik mail straks mijn docenten, dan komt het goed. Dit is belangrijker.'

Harper liep de woonkamer in, ging in een fauteuil zitten en opende haar laptop. Brian had al eerder benadrukt dat het belangrijk was dat ze colleges volgde, maar hij moest aan haar hebben gemerkt dat haar hoofd op dit moment niet naar een preek stond.

'Waar is Lydia nu?' vroeg Gemma, zich weer tot Marcy wendend. 'Gaat ze met ons mee?'

'Ze is nog in Sundham, maar wil per se met ons mee. Ze wil niet dat het fout loopt.'

'Ga jij ook mee?' vroeg Gemma.

Marcy snoof. 'Duh. Dacht je dat ik die kans liet lopen? Ik wil al mijn hele leven een godin ontmoeten.'

'Oké,' zei Harper. 'Ik heb het gevonden. Charleston, West Virginia.' Harper keek op van het computerscherm en streek haar donkere haar achter haar oren. 'Ik schat dat het vanaf Capri een kleine negen uur rijden is.'

Gemma trok een gezicht. 'Poeh, dat is wel heel ver.'

'Hoezo?' zei Harper.

'Het ligt te ver van de kust. Als ik naar Sundham ga, krijg ik al vreselijke hoofdpijn, terwijl dat niet eens ver van zee ligt. Het waterlied heeft een enorme aantrekkingskracht,' legde Gemma uit. 'Heen en terug is het ruim zestien uur rijden, dus we zijn zeker een dag onderweg. Het lijkt me moeilijk om zo lang zo ver landinwaarts te gaan.'

'Weet je dan wel zeker dat je het kan?' vroeg Harper.

'Wat moet dat moet, maar we moeten de reis zo kort mogelijk proberen te houden,' zei Gemma. 'En als ik te lang weg blijf, krijgen de sirenen argwaan, en dat moeten we natuurlijk niet hebben.'

'Wou je dan tegen hen zeggen dat je weggaat?' vroeg Brian.

'Eh...' Gemma dacht even na. 'Ik kan tegen Thea zeggen dat ik bij Harper op bezoek ga in Sundham. Dan zal het minder verdacht zijn als ze merken dat ik weg ben.'

'Is het voor jou wel veilig om te gaan? Met het oog op het waterlied en de sirenen? Misschien kun je beter hier blijven,' zei Brian met een kwetsbare, bezorgde uitdrukking op zijn gezicht.

Gemma voelde een steek in haar hart. Haar vader wilde dat ze thuisbleef. Hij zou haar het liefst verbieden te gaan, maar dat zou het probleem alleen maar groter maken. Hij begreep dat het gevaarlijk kon worden, maar ook dat het Gemma's laatste kans was om aan de sirenen te ontsnappen.

'Pap, ik moet gaan,' zei ze met een glimlach, en ze haalde hulpeloos haar schouders op. 'Diana kan de vloek misschien ongedaan maken. Ik moet erbij zijn.'

'Ik denk dat ik beter met jullie kan meegaan,' zei Brian resoluut.

'Nee, dat is niet nodig. Harper is erbij, en Lydia weet precies hoe dat soort dingen in zijn werk gaat,' stelde Gemma hem gerust.

'En ik ga ook mee,' voegde Marcy eraan toe.

'Zie je wel? Het gaat vast goed,' zei Gemma, maar Brian leek niet overtuigd.

Eerlijk gezegd had ze zelf ook haar twijfels. Ze had geen idee wie Diana was en wat hun te wachten stond. Gemma was ten einde raad en wilde alles proberen, maar ze wilde haar vader er niet onnodig bij betrekken.

'Er vertrekt om acht minuten voor zeven een vlucht vanaf vliegveld Salisbury,' zei Harper. 'Dat is... over ongeveer twee uur. Het vliegveld is een halfuur rijden. Dat kunnen we halen, maar dan moeten we wel opschieten.' Zonder het antwoord van de anderen af te wachten, stond Harper op en pakte de huistelefoon uit de standaard. 'Ik bel even om te vragen of er plek is. Pap, mag ik jouw creditcard gebruiken?'

'Hè?' zei Brian. Haar onverwachte vraag deed hem opschrikken.

'Sorry, pap.' Harper glimlachte schaapachtig naar hem en hield haar hand op. 'Ik betaal je terug. Al mijn geld staat op mijn spaarrekening en we hebben de tickets nu nodig.'

'Maak je daar maar geen zorgen over. Doen jullie maar wat er gebeuren moet.'

Terwijl Harper het vliegveld belde, liep Brian weg om zijn portemonnee te pakken.

'Ik ga me omkleden,' zei Gemma. 'Moet ik nog iets meenemen?'

'De papyrusrol, lijkt me,' opperde Marcy. Ze keek naar zichzelf. 'Ik ga me thuis ook even snel omkleden. Ik kan niet in mijn pyjama bij een godin aanbellen. Ik kom jullie over ruim een kwartier

ophalen en zal Lydia sms'en dat ze naar het vliegveld moet komen. Dat gaat sneller dan dat wij haar eerst in Sundham moeten
ophalen.'

'Goed idee,' zei Gemma toen haar vader met de creditcard voor
Harper weer de kamer binnenkwam.

'Oké, tot straks.' Marcy duwde de hordeur open en knipoogde
naar Brian. 'Mooi ondergoed, meneer Fisher.'

30

Landinwaarts

Hoe verder ze van de kust vandaan vlogen, hoe erger Gemma's hoofdpijn werd. Harper zat bij het raampje en bladerde door een boek over Romeinse mythologie. Gemma had het boek meegenomen, maar kon zich er niet op concentreren vanwege de hoofdpijn. Hoe vaak ze een zin ook overlas, ze begreep niet wat er stond.

Gemma boog zich voorover en trok het rolgordijntje omlaag. De ochtendzon verergerde haar migraine.

'Heb je zo'n erge hoofdpijn?' vroeg Harper zacht.

'Valt wel mee,' loog Gemma, en ze glimlachte flauw.

Als om te bewijzen dat ze geen barstende hoofdpijn had, of misschien om er niet aan te hoeven denken, besloot ze een praatje aan te knopen met Marcy en Lydia, die aan de andere kant van het gangpad zaten.

Het grootste deel van de vlucht hadden ze gezwegen. Harper zat te lezen, Gemma had vergeefs geprobeerd een dutje te doen, Lydia keek Audra's aantekeningen door die uitgespreid op het klaptafeltje voor haar lagen en Marcy zat fanatiek berichtjes in te toetsen op haar telefoon.

'Ben je aan het sms'en?' vroeg Gemma.

'Nee, aan het twitteren.'

'Heb je echt twintig dollar betaald om aan boord te kunnen twitteren?' vroeg Gemma. Ze was zo verbaasd dat ze de zoemende zwerm muggen in haar hoofd even vergat.

'Wacht eens.' Harper keek op van haar boek. 'Heb jij een Twitteraccount?'

Marcy zuchtte. 'Wat weet je toch weinig van mij.'

'Wat is er zo belangrijk dat je zelfs in het vliegtuig moet twitteren?' vroeg Gemma.

'Ik zit met Kirby te kletsen,' zei Marcy vaag.

'Kirby Logan?' Harper klapte het boek dicht en leunde voorover zodat ze Marcy beter kon zien. 'Hebben jullie verkering?'

'Pardon?' Marcy keek hen met samengeknepen ogen vanachter haar brillenglazen aan. 'Zit je me soms uit te horen over mijn liefdesleven? Dat doe ik toch ook niet bij jou?'

Harper lachte spottend. 'Je doet niet anders!'

'Ja, uit beleefdheid,' zei Marcy. 'Maar eigenlijk kan het me niks schelen.'

'Dat maakt het minder erg?' Harper rolde met haar ogen.

'Niet dan?' zei Marcy.

'Heb je eigenlijk al eens eerder een vriendje gehad, Marcy?' vroeg Gemma. Ze had echt het gevoel dat ze minder hoofdpijn had als ze wat afleiding zocht. Althans iets minder. 'Ik heb je er nooit eerder over gehoord.'

'Een dame klapt niet uit de school.' Marcy richtte haar aandacht weer op haar telefoon. 'De ideale vrouw is een dame op straat en een prinses in de keuken.'

'En een hoer in bed,' mompelde Gemma.

'Hè? Wie is er een hoer in bed?' Marcy schudde haar hoofd. 'Wat een taalgebruik. Daar heb ik dus helemaal niks mee.'

'Marcy heeft een paar vriendjes gehad,' zei Lydia. Ze wreef in haar nek en keek op van Audra's aantekeningen. 'Ze had een serieuze relatie met een jongen op de middelbare school. Keith heette hij.'

Lydia en Marcy waren negen jaar ouder dan Gemma, dus Harper noch zij had bij hen op school gezeten. Lydia had in hetzelfde jaar als Marcy eindexamen gedaan en was met haar bevriend geweest. Gemma besefte dat Lydia de nodige smeuïge details over haar vriendin moest weten.

'Kéíth?' Harper klonk twijfelachtig. 'Wat een gewone naam.'

'Ik dacht dat je alleen zou daten met jongens die Bram, Xavier of Frodo heetten,' vulde Gemma aan.

Marcy leunde met haar hoofd tegen de rugleuning van haar stoel en zuchtte. 'Oké. Ten eerste zou ik nooit een hobbit als vriendje willen. En ten tweede heb je gelijk dat dat leukere namen zijn, maar ik ben niet degene die bepaalt hoe mijn vriendjes heten.' Ze dacht even na. 'Ik vraag me af of Kirby erg aan zijn naam gehecht is. Ik heb hem altijd meer een Stanley gevonden.'

'Waarom is Stanley beter dan Kirby?' vroeg Gemma.

Lydia leunde met haar armen op het klaptafeltje en wierp Gemma en Harper een schalkse blik toe. 'Keith was trouwens een voetballer.'

'Hij was tweede reserve en zat het hele seizoen op de bank,' zei Marcy geërgerd, alsof ze het al honderd keer had uitgelegd. 'Hij deed ook mee aan wiskundewedstrijden en heeft een paranormale stichting opgericht. Vanwege dat laatste voelde ik me tot hem aangetrokken. Daarom kon ik me ook over dat stoere gedoe heen zetten.'

'Wauw.' Gemma keek haar ongelovig aan. 'Ik kan me jou helemaal niet datend of zoenend voorstellen.'

'Je moet je me ook niet zoenend voorstellen. Dat is raar en onsmakelijk,' zei Marcy.

'Ze zijn zelfs samen naar het eindbal geweest,' kwam Lydia tussenbeide.

Marcy kreunde. 'Jezus, dit is de langste vlucht uit mijn leven. Duurt het nog lang voor we er zijn?'

'Marcy is naar het eindbal geweest? Dat meen je niet,' grinnikte Harper.

'Het is toch echt waar,' zei Gemma. 'Ik kon het ook amper geloven toen Marcy het me vorige week vertelde.'

'Ja, ongelofelijk hè?' Lydia klonk al even verbijsterd als Harper en Gemma. 'Eerst dacht ik dat het een grap was en dat het footballteam haar in de maling wilde nemen. Maar niks hoor. Keith vond haar écht leuk.'

'Brr, dat eindbal was verschrikkelijk. Ik had me het liefst in een mascottepak verstopt,' mompelde Marcy, en ze begon weer een berichtje te tikken.

'Wat weet ik toch weinig van jou, Marcy,' zei Harper.

'Wat twitter je nu?' Gemma boog zich over het gangpad naar Marcy toe en probeerde op het schermpje te kijken.

'Niks. Ik googel op teleportatietechnologie, zodat ik dit nooit meer hoef mee te maken.'

Marcy had gelijk, dacht Gemma. De vlucht duurde veel te lang. En na de landing werd het er al niet beter op. Sterker, toen ze weer met beide benen op de grond stond nam haar hoofdpijn alleen maar toe. Gemma kocht een flesje water en een veel te duur doosje aspirine, nam er een paar in en liep toen met de anderen mee naar het autoverhuurbedrijf.

Omdat Harper en Gemma nog geen vijfentwintig waren, huurde Marcy de auto met haar creditcard.

'Bedankt,' zei Gemma voor de zoveelste keer terwijl ze naar de gehuurde sedan liepen.

'Als ik straks een alwetend, almachtig magisch wezen te zien krijg, staan we quitte,' zei Marcy.

Gemma zuchtte. 'Dit kost handenvol geld.' Ze voelde zich schuldig. 'Zodra alles achter de rug is, zal ik jullie de rest van mijn leven in de watten leggen om het goed te maken.'

'Ik ben allang blij als je zorgt dat we weer heelhuids thuiskomen,' verzekerde Harper haar.

Marcy reed terwijl Harper naast haar de weg wees met behulp van de GPS en de aanwijzingen die Lydia uit Audra's aantekeningen haalde. Gemma had te erge hoofdpijn om te kunnen meedenken. Ze legde haar voorhoofd tegen het koude raampje en sloot haar ogen.

'Laat mij dadelijk maar het woord doen,' zei Lydia toen ze bijna op de plaats van bestemming waren.

'Hoe weten we zeker dat het Diana is?' Harper keek over haar schouder naar Lydia op de achterbank. 'Weet jij hoe ze eruitziet?'

Lydia schudde haar hoofd. 'Nee, Audra heeft bewust geen foto's van haar genomen of een beschrijving gegeven. Maar meestal weet ik het gewoon.'

'Hoe dan? Met behulp van een wichelroede voor bovennatuurlijke krachten?' vroeg Harper.

'Nee, hoor. Audra en mijn grootmoeder voelden dat soort dingen feilloos aan, maar bij mij is het vooral ervaring.' Lydia haalde haar schouders op. 'Als je iets maar vaak genoeg meemaakt, pik je het vanzelf op.'

'Weet je wat voor soort godin ze is? Zal ze ons iets aandoen? Is ze gewelddadig?' vroeg Marcy.

'Ze heeft Audra en Thalia geholpen,' zei Lydia. 'Maar ik heb eerlijk gezegd geen idee hoe ze op ons zal reageren.'

'Misschien vermoordt ze ons wel,' zei Marcy.

Lydia zuchtte. 'Dat lijkt me sterk.'

'Maar het zou kunnen,' hield Marcy vol. Merkwaardigerwijs joeg het vooruitzicht haar geen angst aan.

'Hoe gaat het nu, Gemma?' Harper draaide zich helemaal om naar haar zus.

'Goed, hoor. Helaas helpen die aspirines niet tegen de hoofdpijn,' gaf ze toe.

'Omdat het geen echte pijn is. Het is bovennatuurlijk,' legde Lydia uit. 'Daar helpt geen pil tegen.'

'Dan hoop ik maar dat het snel achter de rug is,' zei Gemma.

'Zo... we zijn er,' zei Marcy, en Gemma keek uit het raampje.

Marcy stopte voor een grijsgroen gebouw dat een pakhuis zou kunnen zijn, ware het niet dat er heel veel planten omheen stonden. Op een groot, verkleurd uithangbord stond IN DE ROOS, in mooie, krullerige letters. Door het schuine dak met de dakramen had het gebouw ook iets van een plantenkas, en bijna elke vierkante centimeter van de aangrenzende grond was bedekt met bloemen en struiken.

'Het is een bloemist,' zei Harper met een blik op het pand.

'Ja, zo heeft Audra haar gevonden.' Lydia wees naar het gebouw. 'In deze bloemenwinkel.'

Harper draaide zich om naar Lydia. Niemand maakte aanstalten uit te stappen. 'Ik denk niet dat ze hier woont.'

'Waarom niet?' Marcy boog zich voorover en bekeek de bloemenwinkel nog eens goed. 'Het lijkt me er groot genoeg voor. Er kan best nog een appartement achter zitten.'

'Dus volgens Audra werkte Diana hier vijftig jaar geleden? Vijftig jaar.' Harpers ergernis nam toe. 'Ze werkt hier vast niet meer. Tenminste niet als ze incognito door het leven wil gaan, want een excentrieke dame zou hier meteen argwaan wekken. Ik bedoel, een leeftijdsloze vrouw die in een bloemenwinkel woont...'

'Ze is een godin,' bracht Lydia haar geduldig in herinnering. 'Als ze wil, kan ze van uiterlijk én van leeftijd veranderen. Als ze een lange twintigjarige blondine wil zijn, of een kleine, zwarte man of een geit, dan kan dat.'

'Kan ze zichzelf in een geit veranderen?' vroeg Marcy gefascineerd.

'Ja. Lees jij geen mythologie?' zei Lydia. 'Goden veranderden aan de lopende band in dieren. Zeus deed alsof hij een stier was toen hij Hercules' moeder zwanger maakte.'

'Waarom deed hij zich voor als een stier?' vroeg Marcy. 'Waarom was het voor hem makkelijker iemand te nemen als stier dan als god?'

Harper staarde weer naar de bloemenwinkel. 'Weet je zeker dat we hier aan het goede adres zijn?'

'Ja,' zei Lydia resoluut. 'Als Diana nog leeft, moet ze hier wonen.'

'Harper, moet je die struik daar naast het gebouw eens zien,' zei Gemma, en ze stapte uit om de heester van dichtbij te kunnen bekijken.

Het was een enorme rozenstruik die bijna tot aan de dakrand reikte. De knalpaarse bloemen waren bijna twee keer zo groot als Gemma's vuist en de opvallend sterke geur overheerste de geuren van de stad en de andere planten.

'Zo'n zelfde struik stond achter Bernies huis,' zei Gemma toen ze Harper hoorde naderen. 'Thalia had hem geplant.'

'Zou ze hem hier hebben gekocht?' vroeg Marcy, die zich met Lydia bij hen voegde.

'Dat kan bijna niet anders,' zei Harper. 'Ik heb nog nooit ergens anders zulke grote rozen gezien.'

'En moet je deze eens zien.' Lydia was naar een varen iets verderop gelopen en wees naar de roze, spiraalvormige bloemen. Vervolgens gebaarde ze naar de weelderige, exotische planten om zich heen. 'De bloemen en planten hier zijn even prachtig als uniek. Ze zou wel eens de godin van de natuur kunnen zijn.'

'Ik dacht dat Diana de godin van de jacht was,' zei Harper.

'De Romeinse godin. Maar Demeter was de godin van de natuur.' Gemma's adem stokte in haar keel. 'Je denkt toch niet...'

Lydia haalde haar schouders op. 'Audra heeft het alleen over een zekere Diana.'

'Maar het zou dus Demeter kunnen zijn,' zei Gemma bedachtzaam.

Niemand verroerde zich. Gemma verstijfde en werd vervuld met een mengeling van angst en hoop.

Marcy, die kennelijk ongeduldig werd, duwde de deur open en stapte naar binnen. De deurbel klingelde luid.

'Marcy,' siste Harper, en ze haastte zich achter haar aan naar binnen. 'Wacht op ons.'

Vanbinnen leek de winkel nog groter dan vanbuiten. Het was alsof ze een jungle in stapten. Het plafond was begroeid met klimplanten, en komkommer- en courgetteplanten slingerden zich over de kratten in de gangpaden. Buiten was het warm, maar binnen was het zo benauwd en vochtig dat Marcy's brillenglazen besloegen. Ze veegde ze schoon met de mouw van haar shirt.

'Ik kom eraan!' riep een vrouwenstem vanachter in de zaak. 'Kijk maar alvast rond.'

Gemma en Harper wisselden een blik uit, waarna Gemma haar schouders ophaalde en ze gevieren in de richting van de stem liepen. Het was echter onmogelijk om niet te worden afgeleid door de planten.

Gemma verliet het hoofdpad en stuitte op een oud, ijzeren hek dat was overwoekerd met klimplanten met vreemde uitlopers. Aan de plant zaten kleine, diepblauwe bloemen die op viooltjes leken. Het was echter de geur die haar had aangetrokken: een bedwelmende geur, die haar haar hoofdpijn leek te doen vergeten.

'Hallo,' zei de vrouw weer. Ze klonk nu veel dichterbij. Gemma hoorde haar armbanden rinkelen. 'Waarmee kan ik jullie van dienst zijn?'

'Bent u Diana?' vroeg Lydia.

Gemma probeerde door de bladeren heen een glimp van de vrouw op te vangen, maar het enige wat ze zag, was een soepel vallende beige stof.

'Ja, dat ben ik,' zei de vrouw opgewekt.

Gemma kwam vanachter de klimplanten vandaan en zag een vrouw van achter in de vijftig bij Harper, Lydia en Marcy staan. Ze zag eruit zoals ze zich een docente kunstgeschiedenis voorstelde, of een eigenaresse van een reformwinkel.

Diana droeg een enkellange Indiase jurk met wijde mouwen en was getooid met ouderwetse kralenkettingen en armbanden van niet al te dure makelij. Ze had kroezig blond haar dat achterover was gekamd. Toen ze Gemma zag, duwde ze haar schildpadhoornen bril hoger op haar neus en haalde diep adem.

'O,' zei ze, en ze keek langs de andere meisjes naar Gemma. 'Ben je dan eindelijk gekomen om mij te vermoorden?'

31

Schuldig

'Het is hier een mooie avond voor,' zei Alex terwijl hij de biertent in Bayside Park rondkeek.

'Klopt. Alleen wij twee en een paar dronkaards.' Daniel nam een slok uit zijn flesje bier. 'Perfect.'

Buiten de tent hoorde hij de ceremoniemeester Miss Capri aankondigen; het publiek joelde en applaudisseerde. Binnen in de tent was het een stuk rustiger.

Aan de andere kant van het groene tentzeil scheen de zon en waren de festiviteiten van het zomerfestival gaande. Niet dat er helemaal geen toeristen binnen waren. Er was zelfs een groepje jongens dat het in een andere hoek op een drinken had gezet, maar niettemin gaf de tent Daniel de schijn van privacy die hij prettig vond.

Maar dat was niet wat Alex bedoelde. Het was warm, de lucht was blauw en de vogels zongen. Kortom, een volmaakte zomeravond, ook al was het al september.

Alex was na zijn werk in de haven direct naar de tent gegaan. Hoewel hij zich had omgekleed in een spijkerbroek en een T-shirt, rook hij nog altijd vaag naar smeerolie en zeewater. Kennelijk amuseerde hij zich, want op zijn gezicht lag een jongensachtige grijns.

Alex was volwassen en zag er ouder uit dan aan het begin van de zomer toen Daniel hem voor het eerst ontmoette, maar door die grijns werd hij niet voor eenentwintig aangezien en had de barman een feloranje bandje om zijn pols gedaan, zodat hij in de tent alleen frisdrank kon bestellen.

Daar zat Daniel niet mee. Hij had snel zijn ID-kaart laten zien, een koud biertje besteld en was in de hoek van de tent aan een picknicktafel gaan zitten. Alex was naast hem komen zitten en nam zo nu en dan een slokje uit zijn blikje Mountain Dew.

'Ik keek wel op van je sms'je,' bekende Alex. 'We gaan nooit samen uit.'

'Ik heb zo vaak je auto geleend dat ik vond dat we elkaar maar eens beter moesten leren kennen,' zei Daniel. Dat was echter niet de enige reden dat hij Alex had uitgenodigd.

Hij had die nacht na Harpers vertrek geen oog dichtgedaan. Toen ze weg was, had hij in een vlaag van woede een trap tegen een eetkamerstoel gegeven. Er was een poot afgebroken en hij was de hele dag bezig geweest om de stoel te repareren. Daarna was hij zich gaan vervelen en had hij zich een gevangene gevoeld op het eiland.

Hij had niet eens een leuke verjaardag gehad. Niet dat hij dat had verdiend. Hij wist maar al te goed dat Harper gelijk had. Hij had het verpest bij haar, omdat hij niet had nagedacht. Nu wilde hij niet meer nadenken. Niet over haar. Niet over gisteravond.

Vandaar dat hij Alex had uitgenodigd om samen een biertje te gaan drinken. Hij zou willen geloven dat hij het had gedaan omdat hij Alex een aardige jongen vond, maar het kwam erop neer dat zijn leven zo vervlochten was geraakt met de meisjes Fisher dat hij alleen nog contact had met mensen die op de een of andere manier met hen verbonden waren.

Gemma had hem eerder die dag ge-sms't dat ze met Harper naar Charleston zou vliegen om Diana te ontmoeten, zodat hij zich geen zorgen zou maken als hij bij hen aan de deur kwam en Harper niet thuis bleek te zijn. Maar zorgen maakte hij zich toch.

Misschien was dat ook wel de reden dat hij Alex had gevraagd. Als er iets met Harper of Gemma gebeurde, wilde hij dat weten. Ook al zou Harper hem nooit meer aankijken, hij moest en zou weten dat alles goed met haar was. Hij wilde er voor haar zijn als ze hem nodig had.

'Het is leuk als we goed met elkaar kunnen opschieten,' zei Alex. 'Omdat we met twee zussen daten is het handig als we met z'n vieren kunnen uitgaan.'

Daniel krabde zich op zijn achterhoofd. 'Ik neem aan dat Gemma nog geen tijd heeft gehad om het je te vertellen?'

'Wat te vertellen?'

'Ik denk dat het uit is tussen Harper en mij.' Hij draaide het flesje rond op de tafel en staarde naar de condensdruppels die over het glas rolden. 'Ze heeft het gisteravond min of meer uitgemaakt.'

'Meen je dat?' Alex klonk verbaasd. 'Om dezelfde idiote reden die Gemma bij mij had? Dat het voor je eigen bestwil is?'

'Nee.' Daniel schudde zijn hoofd. 'Ik heb iets doms gedaan. Iets héél doms. Ik snap heel goed dat ze kwaad op me is. Dus...'

'Man. Balen.'

'Zeg dat wel,' beaamde Daniel. 'Ik werd gek thuis. Ik zat mezelf maar voor idioot uit te maken. Dus toen dacht ik: laat ik Alex vragen of hij al plannen heeft.'

'Dank je.' Alex glimlachte.

'Dus je werkt nu in de haven?' vroeg Daniel na een lange stilte.

'Ja.' Alex knikte. 'Totdat ik ga studeren. Ik wil me inschrijven voor het tweede semester. Hopelijk word ik toegelaten. Ik wil astronomie of meteorologie gaan doen. Alles wat zich daarboven in de lucht afspeelt interesseert me.'

'Oké. Cool,' zei Daniel. Hij probeerde zich te herinneren of astronomie de studie van de sterren of van de horoscopen was. Als hij Alex goed inschatte, was hij geïnteresseerd in sterren en kometen, niet in de dierenriem.

'En jij?' vroeg Alex aan hem. 'Wil jij nog gaan studeren?'

'Neu. Ik had nooit zoveel met school. Het ging wel, hoor, maar ik deed liever iets met mijn handen dan dat ik met mijn neus in de boeken zat.' Daniel stak zijn handen uit en liet de ruwe eeltplekken en vage littekens zien die hij had overgehouden aan jaren reparatiewerk. 'En ik doe het nog altijd graag.'

Hij had een paar meubels onder handen, zoals de stoel die hij gisteravond had vernield, en de koffietafel in zijn zitkamer. Maar hij had minder tijd dan hij zou willen. Hij had gehoopt dat hij zijn energie op het eiland kwijt kon aan nieuwe timmerprojecten, maar de sirenen leken al zijn tijd op te slokken.

Er viel weer een stilte. Hoe langer ze zwegen, hoe ongemakkelijker ze zich voelden. Er was geen tv die als bliksemafleider kon dienen, en ook konden ze vanuit de tent de parade van meisjes voor de Miss Capri-verkiezing niet voorbij zien trekken.

'Wat een gezellige boel hier,' klonk ineens Penns zijdeachtige stem achter hen. Daniel klemde zijn hand om zijn bierflesje en kreunde inwendig. 'Als jongens maar lol kunnen trappen, hè?'

'Jongens wel, maar hier zitten twee mafkezen,' zei hij droogjes.

Toen ze haar hand op zijn schouder legde, voelde hij de hitte van haar huid door de stof van zijn t-shirt dringen. Hij dook weg. Penn liet haar hand zakken en ging naast hem zitten.

'Wat drink jij?' Penn boog zich voor Daniel langs en keek naar Alex' glas. Ze glimlachte zelfgenoegzaam. 'Frisdrank? O, Alex, ik snap echt niet wat Gemma in jou ziet.'

'Alsof ik daarmee zit,' zei Alex.

Daniel wist niet precies welk effect de charmes van de sirenen op Alex hadden. Per slot van rekening was hij al eens betoverd, en Daniel vermoedde dat Penn hem in haar macht kon krijgen als ze dat zou willen.

Ze leek echter niet in hem geïnteresseerd, en Alex wekte niet de indruk voor haar charmes te vallen. Ook wrong hij zich niet in allerlei bochten om haar te behagen, en als hij naar haar keek, verscheen er een zweem van walging in zijn ogen.

'Wat kom je doen?' vroeg Daniel. Hij deed zijn best haar niet aan te kijken. 'Buiten is een Miss Capri-verkiezing aan de gang. Moet je de jury niet verleiden om jou tot Miss te verkiezen?'

'Alsjeblieft zeg,' zei ze misprijzend. 'Hier uitverkoren worden tot het mooiste meisje van het dorp staat gelijk aan gekozen worden tot het schoonste varken van de varkensstal. Dan moet ik me tussen al die vuile varkens begeven om te bewijzen wat iedereen al weet.'

'Zo, wat een beeldspraak, Penn,' zei Alex.

Penn negeerde hem. 'Jammer dat we gisteravond werden gestoord,' fluisterde ze met zwoele stem in Daniels oor. 'En nu ik weet dat je vanavond vrij bent...'

'Over gisteravond gesproken,' viel Daniel haar in de rede, en hij schraapte zijn keel. 'Waar is Liv?'

Penn kreunde. Ze leunde met haar rug tegen de tafel, zodat ze een andere kant op keek dan Daniel en Alex, en schudde haar donkere haar uit over het houten blad. Toen ze vervolgens ook nog eens opzettelijk haar borsten vooruitstak, hield Daniel zijn blik afgewend om haar niet te hoeven zien.

'Ze heeft huisarrest,' zei Penn. 'Ze mag het huis niet verlaten tot...'

'Tot wat?' vroeg Daniel.

'Dat weet ik nog niet.' Ze zuchtte. 'Misschien wel nooit meer. Ik ben dat gedrag van haar beu.'

Hij grijnsde. 'Dat zei ik je toch.'

'O ja?' Ze keek hem aan. 'Thea en Gemma zeuren me al genoeg aan mijn hoofd, dus begin jij niet ook nog.'

'Dat is hem!' bulderde de stem van burgemeester Adam Crawford door de tent. 'Hé, jij daar!'

Daniel keek over zijn schouder om te zien waar de burgemeester zich over opwond. Vanwege de warmte – het was boven de twintig graden – had meneer Crawford zijn colbertje uitgetrokken, maar hij droeg wel een broek en het overhemd met opgerolde mouwen. Zijn anders zo strak naar achteren gekamde kapsel zat in de war, en een ontsnapte haarlok viel over zijn voorhoofd.

De burgemeester wees woedend naar Daniel. Zijn kleine, blonde vrouw volgde hem op de voet. Ze maakte een verdrietige, geschokte indruk. Daniel keek voor de zekerheid nog even om zich heen, maar het was zonneklaar dat Crawford de beschuldigende vinger op hem richtte.

Hij beende naar Daniel toe. Een assistent probeerde hem tegen te houden, maar hij duwde de man van zich af. Vervolgens loodste de assistent de vrouw van de burgemeester behoedzaam de tent uit. Vermoedelijk wilde hij voorkomen dat ze getuige zou zijn van de uitbarsting van haar echtgenoot.

Toen de burgemeester voor hem kwam staan, draaide Daniel zich om op de bank, zodat hij hem kon aankijken.

'Jij.' Zijn ogen schoten van Daniel naar Alex. 'Jullie waren er allebei.'

'Waar waren wij allebei?' vroeg Alex verbijsterd. 'Waar hebt u het over?'

'Over de kookwedstrijd afgelopen maandag,' verduidelijkte de burgemeester. Penn, die nog steeds naast Daniel zat, lachte in haar vuistje.

'Hoe bedoelt u?' zei Daniel. 'Ik heb geen woord met Aiden gewisseld. Ik heb alleen zijn vriendin beschermd tegen Liv.'

De burgemeester schudde zijn hoofd met een bijna komisch aandoende felheid. 'Nee, jij had ruzie met mijn zoon over zijn vriendin.'

'Hè?' Daniel gaapte hem stomverbaasd aan. 'Nee, ik had helemaal geen ruzie met uw zoon. Ik...'

Penn boog zich naar hem toe en fluisterde zacht in zijn oor: 'Schat, ze herinneren zich er niets meer van.'

'Hè?' Hij keek haar van opzij aan. Toen drong het tot hem door. 'Het lied.'

Tijdens het gevecht in het park was Liv bijna voor het oog van de omstanders getransformeerd. Haar vlijmscherpe tanden waren voor iedereen te zien geweest. Om het incident uit te wissen voordat de FBI in Capri arriveerde, hadden Thea en Gemma gebruikgemaakt van het sirenenlied om de mensen te laten vergeten wat ze hadden gezien.

Kennelijk deed het lied hen niet alles vergeten. Het moest hun herinneringen in de war hebben gestuurd, want de burgemeester dacht nu dat Daniel zijn zoon te lijf was gegaan, hoewel hij Aiden met geen vinger had aangeraakt.

De confrontatie met de vader van Aiden bracht een stroom van herinneringen op gang. Daniel zag gruwelijke beelden voor zich van Aidens lichaam en dacht terug aan het moment dat hij het in stukken gereten lijk in zee had gedumpt. In gedachten hoorde hij het lichaam weer in de golven plonzen. Er ging een golf van misselijkheid door hem heen, die hij snel weg probeerde te slikken.

'Het spijt me dat u boos bent,' zei Daniel. Zijn stem kwam nauwelijks boven het lawaai in de biertent uit. 'Als ik u ergens mee zou kunnen helpen, zou ik het doen, gelooft u me.'

Burgemeester Crawford leek geen woord van wat hij had gezegd te hebben gehoord. Hij keek slechts met samengeknepen ogen op hem neer en richtte een priemende vinger op zijn gezicht.

'Ik ken jou. Volgens mij ben jij de jongere broer van John Morgan.'

Daniel knikte langzaam. 'Ja, dat ben ik.'

'Dat was een lastpak.' De burgemeester keek boos op hem neer. 'Hoe vaak ik Aiden niet heb gewaarschuwd dat hij bij die jongen uit de buurt moest blijven. Ik wilde niet dat hij met zulk tuig als je broer omging.'

'Túíg?' Daniel sprong op. Hij besefte echter wat de burgemeester moest doormaken en wist zijn woede net op tijd te beheersen. John was geen makkelijke maar wel een aardige jongen geweest. Aardiger dan Aiden, dat zeker.

Vanuit zijn ooghoek zag hij dat Alex overeind kwam en naast hem kwam staan. Hij besloot de zaak niet uit de hand te laten lopen, voor zover hij daar invloed op had. Maar het was fijn om te weten dat Alex hem steunde, vooral nu hij zo sterk was door zijn werk in de haven. Hij zou zijn mannetje staan.

'Ik snap uw probleem niet. Ik zou maar een toontje lager zingen en maken dat u wegkomt,' zei Alex.

De burgemeester negeerde Alex en hield zijn boze blik op Daniel gericht. Om de een of andere reden moest Penn daar vrolijk om grinniken.

'Jij was altijd al jaloers op Aiden,' zei de burgemeester. 'Ik zag het in je ogen. Daarom heb je hem aangevallen. Wat heb je met hem gedaan?'

'Waar hébt u het over?' zei Alex. Daniel slikte moeizaam, maar slaagde erin strak terug te blijven kijken. 'We hebben niks met hem gedaan.'

'Waar is hij dan?' vroeg burgemeester Crawford op eisende toon.

Daniel sloot zijn ogen en schudde zijn hoofd. 'Ik heb geen idee.'

'Je liegt.' De burgemeester wekte de indruk alsof hij Daniel een flinke dreun wilde verkopen. Eerlijk gezegd zou Daniel dat hebben toegejuicht. 'Ik had deze post nooit gekregen als ik niet zou aanvoelen wanneer iemand me voor de gek houdt. Jij bent een gladjakker. Aiden wordt vermist, en jij bent de laatste met wie hij gezien is. Mensen hebben jou met hem zien vechten.'

'Dat is absoluut onmogelijk,' zei Daniel vermoeid.

'Je had het al langer op hem gemunt. Ik ga zo eerst naar de politie om aangifte te doen,' dreigde de burgemeester.

'Ik heb niets met Aidens verdwijning te maken,' loog Daniel. Hij kon niets zeggen over de sirenen of wat ze met Aiden hadden gedaan.

Daniel zou er alles voor overhebben om de burgemeester de waarheid te kunnen vertellen. Hoe boos meneer Crawford ook was, in wezen was hij gewoon een bange vader die op zoek was naar zijn zoon. Als Daniel hem rust kon geven, zou hij dat doen.

'Ik zou maar niks zeggen,' zei Penn giechelend, en Daniel keek boos opzij.

Penn stond glimlachend op en trok haar korte rokje recht. Vervolgens stapte ze op de burgemeester af, wurmde zich tussen Daniel en hem in en legde haar hand op zijn borst. Toen sloeg ze haar houtskoolzwarte ogen naar hem op. Zodra hij in haar ogen keek, was hij verloren.

'Burgemeester Crawford, ik denk dat u zich vergist,' zei ze spinnend.

'Wat doet ze nu?' vroeg Alex zacht terwijl hij naar Daniel toe boog. 'Komt ze je te hulp?'

Daniel schudde zijn hoofd, omdat hij zo snel geen antwoord klaar had. Als hij de verantwoordelijkheid op zich nam voor Aidens dood, zou het voor Penn een heel karwei zijn om hem uit de gevangenis, en dus in haar bed te krijgen.

'Hè?' De burgemeester klonk alsof hij ontwaakte uit een droom.

'Daniel zou uw zoon nooit kwaad doen. Hij kan het ook niet geweest zijn.' Penn hief haar hand en streek de lok van Crawfords voorhoofd naar achteren. 'Hij was de hele nacht bij mij, dus hij kan Aiden onmogelijk iets hebben aangedaan.'

'Maar dan...' Het gezicht van de burgemeester betrok, alsof hij besefte dat hij zich om iets anders zorgen moest maken. Hij kon echter alleen aan Penn denken. 'Waar is Aiden?'

'Ik heb gehoord dat hij er met een meisje vandoor is gegaan. Met een nogal sexy model,' loog Penn op de overtuigende manier zoals alleen een sirene dat kon. De melodie in haar stem zorgde ervoor dat de burgemeester geloofde wat zij wilde dat hij geloofde. 'Hij is naar een tropisch eiland vertrokken om het er eens goed van te nemen. Zijn telefoon heeft daar geen bereik. Aiden zal wel een poos wegblijven. U hoeft zich geen zorgen te maken en ook niet naar hem op zoek te gaan. Hij maakt het goed.'

'Aiden maakt het goed,' mompelde de burgemeester, en een

opgeluchte glimlach trok over zijn gezicht. Daniel kreeg een misselijk gevoel in zijn maag. 'Ik weet eigenlijk niet meer waarover ik me zorgen maakte. Hm. Heb jij al plannen voor vanavond? We zouden ergens een hapje kunnen gaan eten.'

'Ik heb al een afspraak, maar bedankt voor de uitnodiging,' zei Penn. 'Waarom vraagt u de toekomstige Miss Capri niet?'

'Misschien doe ik dat. Dank je.' Hij glimlachte en het kostte hem moeite zijn blik van haar los te scheuren. Toen dat uiteindelijk lukte, kwam er meteen de gladde uitdrukking van de politicus voor in de plaats. 'Het spijt me dat ik jullie heb gestoord. Ik hoop dat jullie van de rest van het zomerfestival zullen genieten.'

Toen burgemeester Crawford wegliep – waarschijnlijk met de bedoeling zich op Miss Capri te storten – ging Daniel hoofdschuddend aan de tafel zitten en nam een flinke teug van zijn bier.

'Waar ging dat nou over?' vroeg Alex, die weer naast Daniel ging zitten. 'Weet jij wat er met Aiden is gebeurd?'

'Dat kun je beter aan Liv vragen,' zei Daniel. Hij keek even opzij en zag een bedroefde blik in Alex' ogen verschijnen. Hij moest begrijpen wat Liv had gedaan.

'Was dat lachen,' zei Penn, die ook weer aan de tafel ging zitten.

Daniel keek haar woedend aan. 'Ik heb de burgemeester nooit gemogen en Aiden en ik waren niet bepaald vrienden, maar dat was ziek, Penn. Hij heeft net zijn zoon verloren! En dan zeg jij dat hij zijn zoon niet moet gaan zoeken en dat hij zijn vrouw moet gaan bedriegen.'

Ze haalde haar schouders op. 'Hij bedriegt zijn vrouw aan de lopende band. Als hij er met mij vandoor had kunnen gaan, had hij dat gedaan. Het was zijn idee, niet het mijne.'

Daniel schudde zijn hoofd. 'Ik wist dat je gemeen was, maar dit slaat alles.'

'Had je soms liever gezien dat hij naar zijn zoon was blijven zoeken?' zei Penn. 'Dan waren ze bij jou uitgekomen. Ik weet zeker dat ze sporen van Aidens bloed op jouw boot zullen aantreffen.'

'Die man heeft het recht te rouwen om zijn zoon,' hield Daniel vol.

'Dus er kan niet eens een bedankje af? Ik heb anders wel de aandacht van jou afgeleid, hoor.' Penn trok een pruilmondje en keek naar hem op.

'Hou op!' Daniel schreeuwde nu bijna. Het had niet veel gescheeld of hij had Penn een klap in haar gezicht gegeven. 'Het is jouw schuld dat ze mij verdenken. Door jou is Aiden nu dood, en wie kon de rommel opruimen? Ik.'

'Ik heb hem niet vermoord, maar Liv.'

'Liv is jouw schuld,' zei hij tegen haar. 'Jij hebt haar gemaakt. Alles wat ze doet, komt door jou.'

'Ach ja.' Penn haalde kort haar schouders op en gooide haar haren naar achteren. 'Hoe sneller we ons plan doorvoeren, hoe eerder ik me van Liv kan ontdoen. Precies zoals jij het wilt.' Ze boog zich met een hongerige glimlach naar hem toe. 'Zullen we dan nu naar jouw huis gaan?'

'Vanavond niet,' zei hij resoluut.

'Wat nu weer?' snauwde Penn. Haar glimlach verdween als sneeuw voor de zon. 'Heb je soms iets beters te doen?'

'Ik moet eerst een paar dingen regelen.'

'Zoals?' vroeg ze op eisende toon.

Het zou fijn zijn als hij een paar extra dagen kon krijgen om zijn leven, of wat daarvan over was, op orde te brengen. Dat was echter niet de reden dat hij haar aan het lijntje hield. Uit Gemma's sms'je had hij begrepen dat de vloek misschien ongedaan kon worden gemaakt. In dat geval zou alle ellende spoedig voorbij zijn. Als ze van de vloek verlost konden worden zonder dat hij met Penn naar bed hoefde, zou dat geweldig zijn.

'Gewoon een paar dingen, Penn. Oké? Maak je geen zorgen.'

'Wanneer zie ik je weer?' vroeg ze.

'Over een paar dagen.' Hij moest wel iets zeggen, want daarmee won hij tijd. Dat hoopte hij tenminste.

Ze lachte spottend. 'Dan is het bijna volle maan.'

'Dan doen we het toch na volle maan?' opperde Daniel. 'Dat is voor iedereen gemakkelijker.'

'Ik weet niet of ik zo lang kan wachten,' zeurde Penn.

Hij keek haar aan. 'Daarna ben ik voor altijd van jou. Dat heb je van me gevraagd, dus dat doe ik. Geef me nu maar gewoon een paar extra dagen.'

'Oké. Ik zou maar opschieten als ik jou was, voor ik me bedenk. Je hebt gezien waartoe Liv in staat is. Maar dat is nog niets vergeleken bij wat ik voor jou in petto heb als je me bedriegt.' Penn stond op en slenterde weg.

Alex keek hem bevreemd aan. 'Waar ging dat nou weer over?'

Daniel stond op om nog een biertje te halen. 'Dat is een lang verhaal.'

'Heb je... heb je soms iets met Penn?'

'Nee, nee, alsjeblieft zeg.' Hij schudde zijn hoofd. 'Ik hou van Harper. Ik doe alles voor haar, zelfs al zou dat betekenen dat ik haar voor altijd verlies.'

32

Afwijzing

De kamer rook naar de kleur paars. Dat leek onmogelijk, zelfs voor Gemma, die bijna nergens meer van opkeek, maar het viel op geen andere manier te beschrijven. Het was een rijke, bijna fluweelachtige geur, en als ze haar ogen sloot, zag ze alleen nog maar amethist voor zich.

Omdat de goden en godinnen in de voorbije eeuwen geleidelijk aan waren uitgemoord, ging Diana ervan uit dat elk bovennatuurlijk wezen dat haar opspoorde, haar kwam martelen en doden, en ze had in Gemma meteen een ander mythisch wezen herkend.

Zodra Lydia Diana er echter van had overtuigd dat ze geen kwade bedoelingen hadden, werden ze door de oudere vrouw naar een klein kamertje achter in de bloemenzaak geleid, waar ze ongestoord konden praten. Lydia liep meteen naar een van de wandkasten om Diana's verzameling te bewonderen.

De planken stonden vol met antieke spullen: boeken, beelden, gereedschappen, muziekinstrumenten. De verzameling moest teruggaan tot het begin van de beschaving. Ondanks de grote hoeveelheid spullen deed de kamer niet rommelig aan. Alles had zijn eigen plek en was netjes uitgestald.

Terwijl Diana thee zette, ging Gemma naast Harper op een

luxueuze fluwelen sofa zitten. Ze had de thee afgeslagen, maar Diana had volgehouden dat het haar goed zou doen. Hoewel het een driepersoonsbank was, ging Marcy bij het raam in kleermakerszit op de grond zitten, waar een dikke, pluizige Siamese kat zich koesterde in de zon.

Toen Diana terugkeerde met een dienblad, stond Harper op om haar te helpen, maar Diana wuifde haar weg. Ze kon het wel alleen af, zei ze, en zette het dienblad op een sierlijke salontafel die voor de sofa stond.

Gemma had ook willen helpen, maar het waterlied zorgde nog altijd voor een ondraaglijke hoofdpijn. Ze had een hard gesuis in haar linkeroor – dat naar de oostkust was gericht – en het zicht in haar linkeroog was almaar waziger geworden.

'Ik zie dat je al vriendschap hebt gesloten met Thallo,' zei Diana tegen Marcy. Ze ging in een stoel met een hoge rug zitten, tegenover de sofa. 'Ze houdt van aandacht. Haar zus, Carpo, is verlegen en bespiedt ons liever.'

Gemma keek op naar de slanke Siamese kat boven op een van de kasten, die miauwde toen ze haar naam hoorde.

'Ze is lief,' zei Marcy onverstoorbaar terwijl ze Thallo over haar pluizige vacht streek.

Diana had vijf koppen thee ingeschonken, maar Marcy en Harper waren de enigen die ervan dronken. Lydia werd te zeer in beslag genomen door Diana's boeken en Gemma was te ziek om zelfs maar aan thee te kunnen denken.

'Misschien is het naïef van me om jou hier binnen te laten,' zei Diana tegen Gemma. Ze leunde achterover in haar stoel en dronk van haar thee. 'Maar als je was gekomen om me te vermoorden, dan had je wel meer dan drie stervelingen meegenomen.'

'Ik zweer dat ik u geen kwaad zal doen,' stelde Gemma haar opnieuw gerust.

Nadat Lydia Diana er met haar overredingskracht en uitgebreide kennis van het paranormale van had weten te overtuigen dat ze geen kwaad in de zin hadden, had ze zich op de oude artefacten gestort en het gesprek aan Gemma overgelaten.

'Klopt het dat je een sirene bent?' zei Diana. Ze keek Gemma over de rand van haar bril aan.

'Ja.' Gemma liet een korte stilte vallen en viel toen met de deur in huis: 'En bent u Demeter?'

'Demeter.' Diana glimlachte, alsof ze werd verrast door een vergeten herinnering. 'Zo ben ik al lang niet meer genoemd. Maar je hebt gelijk, ooit was ik Demeter.'

'Nu niet meer dan?' Marcy keek op van de kat. 'Bent u geen godin meer?'

Diana lachte hartelijk. 'Godin. Je zegt het alsof het iets bijzonders is.'

'Is het dat dan niet?' zei Marcy.

'Niet vergeleken bij wat een godin ooit voorstelde.' Diana nam weer een slokje van haar thee en zette het kopje toen op het bijzettafeltje naast haar stoel. 'Iedereen die mij goed kende – vrienden, familie – is al lang niet meer in leven. Ik ben alleen en word door niemand meer aanbeden. Waarom zouden ze ook? Ik ben een oude vrouw en de weinige magische krachten die ik nog heb, gebruik ik voor mijn bloemen en planten.'

'Maar kiest u daar niet zelf voor? U zou toch ook weer jong kunnen zijn als u dat wilt?' vroeg Gemma.

'Ik kies voor deze gedaante omdat zij bij me past. Dit gezicht, deze winkel, dit leven, dat is wat ik nu ben.' Ze gebaarde om zich heen. 'De godin in mij is bijna gedoofd.'

'Maar waarom? Ik heb de verhalen over u gelezen. U was zo machtig,' zei Marcy, alsof ze Diana een peptalk wilde geven. Ze had zich zo verheugd op een bijzondere ontmoeting dat ze het idee nog niet leek te kunnen loslaten. 'U hebt de aarde geholpen. U hebt mensen gered. Waarom zou u dat allemaal opgeven?'

'Onsterfelijkheid is lang niet zo belangrijk als je denkt. En dat geldt ook voor macht. Het is niet overal het antwoord op. Het is slechts een andere vorm van zijn, en dan vooral een lángere vorm,' legde Diana uit. 'Maar als jullie niet zijn gekomen om me te vermoorden, waarvoor dan wel?'

'Ik wil de vloek verbreken,' zei Gemma.

Diana sloeg haar blik neer en streek een paar denkbeeldige kreukels in haar jurk glad. 'O, maar dat kan ik niet.'

'Dat kunt u niet?' Gemma haalde diep adem en vermande zich. Misschien had ze het verkeerd begrepen. 'Maar... u bent een godin.'

'Nogmaals, dat stelt tegenwoordig niet zoveel meer voor.'

'Maar u hebt mijn overgrootmoeder Audra toch ook geholpen?' mengde Lydia zich in het gesprek. Ze liep met een boek in haar handen naar de sofa en ging op de armleuning zitten, naast Harper. 'Ze is zo'n vijftig jaar geleden bij u langsgekomen met een muze die sterfelijk wilde worden. Ze zei dat u haar had geholpen.'

'Aha, dus zo zijn jullie me op het spoor gekomen,' zei Diana. 'Ben je een zieneres?'

Lydia glimlachte bescheiden. 'Nee, dat niet. Maar ik ben wel in Audra's voetsporen getreden en probeer mensen die me nodig hebben te helpen.'

Diana keek Lydia verbijsterd aan. 'En jij denkt dat een sirene het waard is om geholpen te worden?'

'Ik ben geen sirene.' Gemma schudde haar hoofd. 'Nou ja, niet zoals de andere drie. Ik wil geen monster zijn. Ik wil dat de vloek ongedaan wordt gemaakt.'

'Het spijt me,' zei Diana, hoewel het niet klonk alsof het haar speet, 'maar ik kan je niet helpen.'

'U kunt het toch proberen?' hield Gemma vol. 'U hebt de vloek zelf uitgesproken. Er moet toch iets zijn wat u ertegen kunt doen? Iets waarvan alleen u op de hoogte bent?'

'Helaas, ik kan je niet helpen.' Het gesprek leek Diana te vermoeien.

'Kunt u het niet of wílt u het niet?' vroeg Marcy, Gemma's gedachten verwoordend.

'Misschien wel beide,' gaf Diana met een kort schouderophalen toe.

'Ik heb de papyrusrol bij me,' zei Gemma. De rol lag nog in de auto, maar ze had hem zo gepakt als het moest. 'Ik weet dat de vloek verbroken is zodra de papyrusrol wordt vernietigd, net als bij Asterion en de andere minotaurussen.'

Gemma wisselde een blik met Harper. Ze vroeg zich af of ze de waarheid moest vertellen, maar besefte dat het geen zin had om tegen Diana te liegen. Niet hierover. 'Ik heb allerlei stoffen op de papyrusrol uitgeprobeerd, maar niets helpt. Ze laten zelfs geen spoor achter.'

'Vanzelfsprekend. Anders zou het papier niet deugen,' zei Diana.

'Is het papier betoverd? Is er echt geen manier om de rol te vernietigen?' vroeg Gemma.

'Nee. Het papier is onverwoestbaar,' bevestigde Diana hun ergste vrees. 'De vloek zit in de inkt.'

'In de inkt?' zei Harper kalm, om niet al te gretig over te komen. 'Wat gebeurt er dan met de inkt?'

'Ik zei toch dat ik jullie niet kan helpen? Als jullie daarvoor hier zijn, dan moet ik jullie teleurstellen. Dan kunnen jullie beter gaan.' Alle vriendelijkheid was uit Diana's stem verdwenen. 'Het heeft geen zin om verder te praten als jullie steeds hetzelfde blijven vragen.'

'Maar waarom wilt u mij niet helpen?' vroeg Gemma. 'Penn doet al millennia waar ze zin in heeft. Het zou een vloek moeten zijn, maar voor haar is het één groot feest. Met alle respect, als u haar echt wilt straffen, dan moet u haar een halt toeroepen.'

'Penn?' Diana klonk geïntrigeerd. 'Noemt Peisinoe zich tegenwoordig zo?'

'Ja. Penn is een van de twee oorspronkelijke sirenen die nog over zijn,' zei Gemma.

Diana knikte. 'Ik had wel verwacht dat zij de anderen zou overleven.'

'En ze leeft nog lang en gelukkig als wij niet ingrijpen.' Gemma boog zich met haar ellebogen op haar knieën naar Diana toe, in een poging haar te overtuigen.

Diana nam haar met een schuin hoofd op. 'Hoe oud ben jij eigenlijk?'

'Zestien.'

'Is dat je menselijke of bovennatuurlijke leeftijd?'

'Mijn mensenleeftijd,' zei Gemma. 'Ik ben pas sinds een paar maanden sirene.'

'Zestien jaar is voor jou een lange tijd, maar voor mij een oogwenk. Mensen hebben geen benul van het verschijnsel tijd,' zei Diana op neerbuigende toon.

Gemma liet zich niet uit het veld slaan. 'Ik begrijp niet wat dat met Penn te maken heeft.'

'Alles,' zei Diana. 'Ik ben oud, heel oud. Niet zo oud als de aarde, maar veel scheelt het niet. In het begin waren wij goden de enige bewoners. Er waren geen stervelingen. Maar de tijd schreed voort terwijl wij hetzelfde bleven. We ruzieden en kibbelden onder elkaar, en dat werd algauw een zinloze bezigheid. Pas toen de mensen kwamen, begon het echte leven.' Diana zweeg even en vervolgde: 'Ik stelde het krijgen van kinderen lang uit. Ik wist wat het was om alleen te zijn en het eeuwige leven te hebben. Dat veranderde toen mijn dochter Persephone werd geboren. Penn en haar zussen zouden op mijn lieve Persephone passen, maar in plaats van op haar te passen gingen ze zwemmen en probeerden ze met hun zang indruk op de jongens te maken. Terwijl ze mijn dochter moesten beschermen, maakten ze plezier en werd Persephone ontvoerd en vermoord,' zei ze vinnig. Haar mond vertrok in een boze grimas, haar ogen spuwden vuur.

Toen haalde ze diep adem en maakte haar woede plaats voor verdriet. Ze liet haar schouders hangen. 'Persephone was mijn zon op aarde. Zonder haar...'

Ze zweeg en staarde uit het raam. Haar ogen vulden zich met tranen en even was er alleen het gespin van Thallo te horen.

'Mijn dochter overleed bijna tweeduizend jaar geleden,' hernam Diana zich. 'En nog altijd gaat er geen dag voorbij dat ik niet aan haar denk. Nog elke dag voel ik de pijn in mijn hart. Die pijn wilde ik Penn en haar zussen ook laten voelen. De dood is gemakkelijk vergeleken bij dit.'

'Dat lijkt misschien een gerechtvaardigde straf, maar Penn heeft die pijn nog nooit ervaren, en zal die ook nooit ervaren,' zei Gemma. 'Ze heeft nooit genoeg van iemand gehouden om te weten wat pijn is.'

'Dat is waar. Dat was al zo toen ik haar in een sirene veranderde. Maar dat is juist de reden dat ik het heb gedaan.' Diana wendde zich af van het raam en keek Gemma weer aan. 'Penn was een egoïstisch meisje. Ze gaf om niemand, en door haar nalatigheid verloor ik mijn enige kind. Ik vroeg me af hoe ik haar net zo kon laten lijden als ik leed, ook al had ze nog nooit van iemand gehouden en was ze niet in staat om lief te hebben op een manier zoals ik mijn dochter had liefgehad. De vloek – het zwemmen, het zingen, de mannen – is maar een deel van de straf,' legde Diana uit. 'Dat was het enige waar zij en haar zussen om gaven, en ik wilde dat ze dat telkens opnieuw zou beleven. De straf zit hem in de herhaling. Dat heb ik geleerd in de jaren dat ik over de wereld zwierf en er nog geen mensen waren, voordat Persephone werd geboren. Ik wilde dat de dingen waar ze plezier in had uiteindelijk niets meer voor haar zouden betekenen. Dat ze zo gevoelloos zou worden dat ze er niet meer van kon genieten.' Diana glimlachte bitter. 'Het andere deel van de vloek, waar het eigenlijk om draait, begreep ze niet. Dat heeft eeuwen geduurd. Het duurde zelfs zo lang dat ik dacht dat het er nooit meer van zou komen.'

'Wat gebeurde er toen?' vroeg Gemma.

'Ze werd verliefd,' zei Diana eenvoudigweg.

33

De vloek

'Op wie?' vroeg Harper. Uit de toon waarop ze het zei, leidde Gemma af dat ze bang was dat het Daniel was.

Gemma wist niet of Penn echt van Daniel hield, of wat ze nu eigenlijk precies van hem wilde. Wat ze wel wist, was dat Penn niet veel goeds in de zin had, maar dat was waarschijnlijk niet wat Diana bedoelde.

'Bastian,' zei Gemma. Ze herinnerde zich het verhaal dat Thea haar had verteld. Penn was smoorverliefd op hem geweest. Gemma vermoedde dat Thea ook een oogje op hem had gehad, maar dat had ze ontkend.

'Hij heette toen inderdaad Bastian. Maar oorspronkelijk luisterde hij naar de naam Orpheus. Ik kende hem toen hij nog zo heette,' zei Diana. 'Ik heb hem op haar afgestuurd.'

'O? Waarom?' vroeg Harper.

'Om haar hart te breken natuurlijk,' zei Diana, en ze glimlachte alsof ze genoot van de gedachte. 'Hij was onsterfelijk en immuun voor haar lied. Dat had Penn nog nooit meegemaakt, dus dat intrigeerde haar. Ik kende hem al een tijdje. Hij was een aantrekkelijke jongen en stond erom bekend dat hij succes had bij de meisjes. Ik hoopte dat hij Penn met een beetje geflirt voor zich zou winnen en dat ze voor het eerst verliefd zou worden.'

'En dat lukte,' zei Gemma.

'Ja. En toen liet hij haar in de steek. Zoals we hadden afgesproken.' Diana's glimlach verflauwde en ze staarde even nadenkend voor zich uit. 'Ik weet eigenlijk niet wat er van hem is geworden, want ik heb daarna nooit meer iets van hem vernomen. Hij is vertrokken en nooit meer teruggekeerd. Ik denk dat hij ondergedoken is omdat hij bang was dat Penn zich op hem zou wreken.'

'Maar Penn hield niet van hem,' bracht Gemma Diana in herinnering. 'Tenminste niet écht. Daar is ze niet toe in staat.'

'Dat is zo. In elk geval niet op de manier waarop de meeste levende wezens van iemand houden,' gaf Diana toe. 'Maar wat ze voor Bastian voelde was meer dan ze ooit voor iemand had gevoeld. Hij kon echter niet van haar houden; ik had hem slechts gestuurd om haar een lesje te leren. Haar liefde zou nooit beantwoord worden, wat ze ook deed of hoe verliefd ze ook op hem was. Dus toen hij vertrok, was ze er kapot van.'

'Waarom? Ze hield toch niet echt van hem?' zei Marcy.

'Voor haar stond het gelijk aan houden van. Dichter bij de liefde zou ze nooit komen,' verduidelijkte Diana. 'Hij was alles voor haar. Ze had altijd gekregen wat haar hartje begeerde, dus toen ze iemand verloor die echt belangrijk voor haar was, was ze ten einde raad.'

'U trok dus toch aan het langste eind. Ze lijdt zoals u lijdt,' zei Gemma.

'Néé.' Diana keek haar geschokt aan. 'Iemand verliezen is niet genoeg. Het is vooral de dagelijks terugkerende pijn en het feit dat je er voortdurend aan wordt herinnerd. Daarom heb ik haar onsterfelijk gemaakt. Ik wilde dat ze er voor eeuwig onder zou lijden.'

'Maar ze wekt niet de indruk dat ze ermee zit. Volgens mij gaat het juist heel goed met haar,' zei Harper. 'Ze heeft zelfs een oogje op iemand anders.'

'O ja?' Diana trok een wenkbrauw op, maar leek niet echt verbaasd. 'Een gewone sterveling?'

'Ja, mijn vriendje.' Harper schudde haar hoofd en sloeg haar ogen neer. 'Of misschien moet ik ex-vriendje zeggen.'

'Geweldig,' zei Diana. 'Eerstdaags is hij dood en dan moet ze opnieuw door de pijn van het verlies heen.'

'Geweldig?' Harper keek haar fel aan. 'Ik wil niet dat hij doodgaat.'

'Ik bedoel niet dat ik het geweldig vind dat ze hem zal vermoorden, of dat ik dat hoop, hoewel ze het waarschijnlijk wel zal doen,' merkte Diana zonder een spoor van medeleven op. 'Een mensenleven is buitengewoon kort vergeleken bij dat van ons, dus jullie zijn allemaal in een oogwenk verdwenen.'

'Penn is gelukkig. Ze heeft weer een vriendje,' hield Gemma vol. 'Hoe weet u trouwens dat ze er veel verdriet van heeft gehad? Ze doet nog steeds waar ze zin in heeft en krijgt wat ze wil. Uw vloek is voor haar geen straf.'

'De sirenen hebben eeuwenlang relatief rustig en onopvallend onder de mensen geleefd,' zei Diana. 'Pas na de verdwijning van haar geliefde is Penn op strooptocht gegaan. Daarna hebben de sirenen onder haar leiding duizenden mensen vermoord.'

'Maar is dat een bewijs dat ze kapot was van verdriet?' zei Marcy. 'Ik heb eerder het gevoel dat ze het fijn vindt om mensen te vermoorden. Die strooptocht lijkt me eerder een gezellig reisje voor haar.'

'Dit was anders,' hield Diana vol. 'Bovendien heeft ze haar vader vermoord.'

'Heeft ze Achelous vermoord?' vroeg Gemma, hoewel het haar niet echt verbaasde. Ze vermoedde al langer dat hij niet meer leefde en ze wist dat Penn haar zussen zonder enige aarzeling had gedood.

'Zowel sterfelijken als onsterfelijken vielen bij bosjes, en daar had Achelous genoeg van,' zei Diana. 'Hij wist dat zijn dochter gestopt moest worden, maar Penn wilde niets met hem te maken hebben. Wat hij ook probeerde, ze was onvermurwbaar.' Diana zweeg even en vervolgde toen: 'Uiteindelijk bouwde hij een stad voor haar om haar terug te lokken. Hij noemde de stad naar haar lievelingsplek: het eiland waar ze was opgegroeid. Hij wilde een paradijs voor haar en zijn andere dochters scheppen. Dat de meisjes boos op hem waren was verklaarbaar, want hij had hen behoorlijk verwaarloosd. Maar hij besloot zijn leven te beteren, de banden aan te halen en het bloedbad te stoppen.'

'Wacht, wacht.' Marcy vormde een T met haar armen. 'Time-out. U bedoelt Capri in Maryland, of niet? Was Achelous soms Thomas Thermopolis?'

Marcy had het nog niet gezegd of de puzzelstukjes vielen op hun plaats. Capri, Anthemusa Bay, de rivier Achelous: plekken die genoemd waren naar plaatsen waar volgens Griekse geschied-schrijvers sirenen hadden gewoond. Het kon geen toeval zijn dat ze waren neergestreken op een plek die naadloos aansloot op hun mythologie.

Diana knikte. 'Ja. Hij vertelde me over zijn plannen. Ik pro-beerde het hem uit zijn hoofd te praten, maar hij was onverbid-delijk. Hij zei dat ik jaloers was en dat ik werd verblind door het verlies van mijn dochter. Dat was misschien ook wel zo, maar Penn was meedogenloos en zou dat altijd blijven. Dus toen de si-renen uiteindelijk naar de stad kwamen, verbaasde het me niet dat ze hem al na een paar weken vermoordden.'

'Ze hebben hun eigen vader vermoord?' vroeg Harper. 'Maar waarom? Na al die tijd?'

'Omdat Penn voor het eerst in haar leven gekwetst was. Ze nam het hem kwalijk dat hij haar niet in bescherming had genomen,' zei Diana. 'En mij nam ze het ook kwalijk, dus misschien heeft ze hem ook vermoord omdat hij haar niet wilde zeggen waar ik was ondergedoken. Hij geloofde niet dat ze hem zouden vermoorden. Hij was niet bang voor hen. Dat werd zijn ondergang.'

'Hm.' Marcy schudde haar hoofd. 'Ik snap het nog steeds niet. Heeft hij Capri voor Penn en haar zussen gebouwd?'

'Hij wilde het goedmaken. Ik wist dat hem dat nooit zou luk-ken,' zei Diana. 'Penn heeft nu eenmaal een boosaardig karakter.'

'U hebt haar onsterfelijkheid en verschrikkelijke krachten gegeven,' zei Gemma. 'Dat lijkt me niet echt eerlijk tegenover de andere levende wezens op aarde.'

'Al vernietigt ze de hele planeet, zolang zij zich maar ellendig voelt,' zei Diana.

'Maar u hebt uw dochter verloren!' riep Harper uit. Ze kon haar woede en frustratie niet langer bedwingen. 'U weet hoeveel pijn dat doet! Hoeveel mensen moeten hun dochter nog verliezen omdat u die monsters hebt geschapen? Ik zal mijn zus verliezen, en mijn vader zijn dochter. En dat alleen vanwege een tweeduizend jaar oude vete? Heeft er niet al genoeg bloed gevloeid? Zijn er niet al genoeg mensen gewond en gedood om Persephone te wreken?'

'Ik begrijp jullie verdriet, maar hoeveel leed ze anderen ook berokkent, Penn kan nooit genoeg gestraft worden. Hoeveel ellende ze ook doormaakt, mijn dochter komt nooit meer terug. Dus nee, ze heeft nog niet genoeg geleden.' Diana's stem had een harde, bittere klank gekregen.

'Waarom bent u zo gefocust op Penn?' wilde Lydia weten. Tot nu toe had ze de anderen zo veel mogelijk het woord laten doen. 'Persephone werd die dag door vier meiden alleen gelaten en u hebt ze alle vier vervloekt.'

'De andere twee zijn dood en waren niet meer dan bijkomende schade. Net zoals jij nu.' Diana gebaarde naar Gemma. 'Om Penn en Thelxiepeia goed te kunnen straffen, moest ik de anderen ook vervloeken.'

'Thelkispediplipa?' zei Marcy, struikelend over de naam. 'Is dat Thea?'

'Thea?' zei Diana, maar toen knikte ze. 'Anders dan Penn kon Thea echt liefhebben. Ze hield zielsveel van haar zussen. Dat ze hen moest zien lijden was mijn straf voor haar. Eigenlijk was ik vooral kwaad op Thea.'

'Waarom? Ze is lang niet zo kwaadaardig als Penn,' merkte Gemma op.

'Daarom juist,' zei Diana. 'Zij begreep dat het verkeerd was wat ze deed. Ze hield van Persephone, maar heeft haar niet beschermd. Ze had in opstand moeten komen tegen Penn, maar ze gunde haar zus haar pleziertjes. Penn was de rotte appel, maar Thea was degene die de boom water gaf.'

'Het kwaad gedijt waar anderen wegkijken,' zei Lydia zacht, en opnieuw knikte Diana.

'Daarom heb ik Bastian gevraagd om ook Thea te verleiden. Maar hij moest zich vooral op Penn richten, want ik wilde dat zij het meest zou lijden onder haar liefdesverdriet. Ik had gehoopt dat Thea in opstand zou komen tegen haar zus en voor haar liefde zou vechten, maar dat heeft ze nooit gedaan.'

'En dat zal ze ook nooit doen,' fluisterde Gemma.

Bij alles wat Penn deed, had Thea een stap opzij gedaan en toegekeken. Zelfs toen Penn haar zussen, van wie ze zielsveel hield, vermoordde, sprong ze niet voor hen in de bres. Ze had altijd gehoorzaamd. Tot voor kort.

Thea had Gemma geholpen. Dat was een daad van verraad tegenover Penn, wat aangaf dat er iets aan het veranderen was. Door Gemma de papyrusrol te geven had ze bewezen dat ze bereid was te sterven om Penn te stoppen, maar haar pogingen bleven beperkt tot clandestiene acties.

Thea stond aan Gemma's kant. Als ze érgens bang voor was, dan was het om de confrontatie met Penn aan te gaan. Ze was niet bang voor de dood. Ze wilde Gemma helpen de vloek te verbreken, maar weigerde in opstand te komen tegen haar zus.

'Dat denk ik ook niet,' beaamde Diana.

'Om nog even terug te komen op Capri,' viel Marcy hen in de rede. 'Is het echt waar dat Achelous onze stad voor de sirenen heeft gebouwd? Maar waarom zijn ze er dan bijna nooit? Als het een sirenenparadijs is, zou je verwachten dat ze er graag woonden.'

'Omdat ze hun vader haatten,' zei Gemma.

Marcy schudde haar hoofd. 'Maar waarom zijn ze dan teruggekomen?'

'Voor mij,' zei Diana. 'Ze waren op zoek naar de muze Thalia en hoopten dat het spoor naar mij zou leiden.'

'Penn zal u op een dag vermoorden,' zei Harper nadrukkelijk. Ze klonk nu zo boos en geïrriteerd dat Gemma bang was dat ze Diana een klap zou verkopen. 'Als wij u kunnen vinden, dan kunnen Penn en Thea dat ook. En dan vermoorden ze u. Dat weet u zelf ook.'

'Natuurlijk. Maar daar heb ik me bij neergelegd.' Diana keek weer uit het raam. 'Misschien kijk ik wel uit naar de dood en is dat de reden dat ik in de buurt van Capri ben gaan wonen. Het is ver genoeg landinwaarts om er zeker van te zijn dat Penn niet snel deze kant op zal komen, maar tegelijk zo dichtbij dat ze me zonder veel moeite kunnen vinden.' Ze haalde diep adem. 'Het eeuwige leven is te lang, voor iedereen.'

'Maar als ze u vermoordt, kunt u niet meer genieten van uw wraak,' zei Gemma. 'En als u er niet meer bent om de sirenen te zien lijden, waarom zou u dan geen einde maken aan de vloek? Waarom kunt u het niet loslaten?'

'Dan is mijn zus weer vrij,' vulde Harper aan. 'Ze is niet zoals die andere sirenen. Ze heeft u noch uw dochter kwaad gedaan. Is er echt geen manier om aan de vloek te ontsnappen?'

Diana schudde haar hoofd. 'Nee, de vloek verbindt hen. Nogmaals, ik ben niet van plan om jullie te helpen.'

'Dat wilt u niet omdat u Penn wilt zien lijden.' Gemma kreeg een idee, en bevochtigde haar lippen. 'Maar stel dat ik Penn vermoord? Vertelt u me dan hoe ik de vloek kan verbreken?'

Diana staarde uit het raam en zei: 'Als je zou proberen Penn te vermoorden, dan hoef jij de vloek niet meer te verbreken.'

'Waarom niet?' vroeg Gemma. Haar hart ging nu zo tekeer dat ze bang was dat ze Diana's antwoord niet zou verstaan. 'Hoe bedoelt u?'

Diana antwoordde niet meteen, en voor ze iets kon zeggen, ging de deurbel boven de ingang van de winkel.

'Dit bezoek heeft nu lang genoeg geduurd. Ik moet naar mijn

klanten toe.' Diana stond op. 'Excuseer me. Jullie komen er wel uit, hè?'

Gemma sprong op. 'Nee, Diana, alstublieft. Als ik Penn vermoord, is de vloek dan verbroken?'

'Ik heb je mijn antwoord al gegeven,' zei Diana terwijl ze naar de deur liep.

'Diana!' schreeuwde Harper, en ze sprong op van de bank. 'U kunt ons niet zomaar aan ons lot overlaten.'

'Harper.' Lydia greep Harper bij haar arm om te voorkomen dat ze de kamer uit zou stormen. 'Zo is het wel genoeg. Verwacht niet nog meer hulp van haar.'

'We kunnen haar gijzelen totdat ze ons vertelt wat we moeten doen,' opperde Marcy, die nog altijd op de grond Thallo aan het aaien was.

'Als ze weg wil, lukt haar dat toch. Ze is sterker dan wij. Bovendien is dat niet de manier waarop ik te werk wil gaan,' zei Lydia. 'Als ze niet wil helpen, kunnen we haar niet dwingen.'

Diana liep de winkel in. Gemma gaf zich echter niet zonder slag of stoot gewonnen. Ze holde achter haar aan en greep haar bij de wijde mouw van haar jurk, zodat ze zich wel moest omdraaien.

'U kunt niet zomaar weglopen,' smeekte Gemma, half in tranen. 'Demeter. Alstublíéft.'

Ze stonden zo goed als verborgen onder de weelderige bloemen en ranken van de planten boven hen, maar vanuit haar ooghoek zag Gemma de nieuwe klanten in hun richting komen lopen. Gelukkig waren ze nog buiten gehoorsafstand.

Diana keek met een vermoeide blik in haar groene ogen op haar neer, maar Gemma zag haar woede al weer oplaaien. Ze weigerde echter los te laten voordat ze antwoord op haar vraag had gekregen.

'Een van de andere meisjes, Aglaope, kwam hier rondsnuffelen. Het moet ongeveer een jaar of vijf geleden zijn,' zei Diana uiteindelijk. 'Ze vond me niet, maar ik hoorde dat ze in de buurt was.

'Ze was heel lief en hartelijk,' ging ze verder, 'maar om Thea te straffen, moest Aglaope nog zwaarder worden gestraft. Het deed me verdriet haar pijn te moeten doen, maar haar angst was een middel tot een doel. En wat had ze geleden onder Penns wrede heerschappij, al duizenden jaren lang.

Maar toen ze naar me op zoek was, omdat ze onder de vloek uit wilde, negeerde ik haar. Ik mocht haar en had met haar te doen – ze was genoeg gestraft – maar ik ging niet op haar smeekbeden in. En als ik Aglaope niet wilde helpen, waarom zou ik een onbeduidend iemand als jij dan wel helpen?'

34

Confrontatie

Het enige waaraan Gemma nog kon denken was de zee. Ze móést zwemmen. Hun retourvlucht had uren vertraging opgelopen en het was al na vijven in de ochtend toen ze eindelijk in Capri aankwamen. Het had weinig gescheeld of ze had de reis niet volgehouden. De migraine was zo erg geworden dat ze onderweg twee keer had moeten overgeven.

Toen ze terug waren in Capri, had ze zich meteen door Marcy laten afzetten bij de baai. Als ze niet snel het water in ging, zou ze het niet overleven. Haar haar begon uit te vallen en ze voelde zich nog ellendiger dan destijds in Sawyers strandhuis, toen ze lange tijd niet had gegeten.

Gelukkig was het nog donker buiten hoewel de lucht aan de horizon al begon op te lichten. Voor de zekerheid bleef ze uit de buurt van het strand, waar al snel de eerste toeristen zouden verschijnen. In plaats daarvan zocht ze de rotsige kuststrook nabij het cipressenbos op, waar de baai afboog in de richting van de grot.

Gemma merkte amper dat de scherpe punten van de rotsen door de dunne zolen van haar teenslippers drongen. Het waterlied verdoofde haar zintuigen. Ze trok haar korte broek, t-shirt en onderbroek uit en stapte, slechts gekleed in haar beha, het water in.

Zodra het zoute water haar huid raakte en ze dieper de baai in waadde, voelde ze de spanning van zich af glijden. De kwellende hoofdpijn zakte en haar tintelende huid veranderde in gladde, iriserende visschubben.

Ze dook in de golven en zwom zo snel mogelijk bij de kust vandaan, steeds dieper het water in dat haar, godzijdank, niet langer riep.

Op dat moment, toen haar lichaam weer jong en fris aanvoelde en haar gedachten niet meer in beslag werden genomen door het waterlied, drong de volledige betekenis van haar bezoek aan Diana tot haar door en besefte ze hoe teleurgesteld ze was.

Tijdens de terugweg vanuit Charleston, terwijl Gemma in half bewuste toestand haar best had moeten doen om niet over te geven of in huilen uit te barsten, had ze Harper opgewonden met de anderen horen overleggen over wat Diana kon hebben bedoeld. Om Gemma te bevrijden zouden ze óf Penn moeten vermoorden of moeten uitzoeken hoe het zat met de inkt.

Harper was ervan overtuigd dat er een manier moest zijn om de inkt uit te wissen, ook al hadden de vloeistoffen die Gemma en zij op de rol hadden uitgeprobeerd niet het gewenste effect gehad. Hoe ziek ze zich ook voelde, Gemma was ervan overtuigd dat Harper zichzelf voor de gek hield. Maar haar zus leek zo opgewonden en gelukkig. Gemma kon het niet over haar hart verkrijgen om haar dat af te nemen.

Terwijl Gemma in elkaar gedoken op de harde stoelen van de luchthaven had gezeten, was Lydia naast haar in de weer geweest met haar tablet. Harper en Marcy waren iets te eten gaan halen; Gemma had het aanbod om iets voor haar mee te nemen afgeslagen: ze was te misselijk om te eten.

'Verdomme,' vloekte Lydia. 'Volgens mij heeft ze gelogen.'

Gemma verschoof op haar stoel zodat ze Lydia kon aankijken. 'Wie heeft gelogen?'

'Diana.'

'Hoezo?' Gemma kwam overeind. Even draaide de hal om haar heen.

'Ik heb net even contact gehad met mijn vriend, Kipling Pine, je weet wel, de professor in Sundham met wie Harper over de papyrusrol heeft gesproken,' verduidelijkte Lydia. 'Hij is op het moment bij een vriend die taalkundige is en alles weet van dode talen.'

'En hij zegt dat Diana heeft gelogen?' zei Gemma.

'Oké, voordat ik verderga, zal ik eerst uitleggen hoe het vertalen van de rol in zijn werk gaat.' Lydia draaide zich op haar stoel naar Gemma toe. 'We dénken dat de tekst oud-Cypriotisch is, hoewel het taalgebruik veel informeler en vrijer is. Als we daar uit zijn moet het ook nog eens terug worden vertaald naar het Engels. Dat is lastig, want eerst moeten we er dus in het Cypriotisch iets van kunnen maken.'

'Zoiets zei je al toen ik je de papyrusrol voor het eerst liet zien,' bracht Gemma haar in herinnering.

'Ja, maar ik kan het niet vaak genoeg benadrukken.' Haar grote ogen stonden ernstig. 'Zelfs nu we er met z'n drieën aan werken, kan ik niet garanderen dat de vertaling de lading dekt. Ik bedoel, wetenschappers twisten nog steeds over de vertaling van bepaalde woorden in de Bijbel, en daar wordt toch ook al honderden jaren aan gewerkt.'

'Begrijp ik goed dat een deel van de rol nu vertaald is?' zei Gemma. 'En dat daaruit blijkt dat Demeter liegt?'

'Ze hebben voor een deel een cryptografische sleutel ontdekt, waarmee ze grofweg een idee hebben van welk symbool voor welke letter staat. Op die manier kunnen ze met hun kennis van het Grieks woorden die ze niet begrijpen op het gevoel proberen in te vullen. Pine heeft me net een ontcijferde passage gestuurd...' Lydia zuchtte en tuurde weer naar het scherm van haar tablet. 'Ik lees het even voor. Oké, het begint met "Ze moeten altijd met z'n vieren zijn." De vier daaropvolgende woorden zijn waarschijnlijk namen, hoewel het een ruwe vertaling is: "Peisinoe,

Thelxiepeia, Aglaope en Ligeia/Staan aan het begin van de vloek maar hoeven niet tot het einde samen te blijven/Elk van hen is te vervangen door een sterveling die begiftigd is met..."'

Lydia fronste haar voorhoofd en schudde toen haar hoofd. 'Van dat laatste weet ik niet zeker of dat klopt. Maar volgens mij kan het ook niet "een sterveling die vervloekt is" zijn. De zin eindigt met zoiets als "met de krachten van de sirene."'

'Mag ik eens zien?' Gemma boog zich over de tablet. Ze moest haar ogen samenknijpen om de letters scherp te krijgen. Haar zicht werd almaar slechter.

Ze moeten altijd met z'n vieren zijn
Peisinoe, Thelxiepeia, Aglaope en Ligeia
Staan aan het begin van de vloek maar hoeven niet tot het
einde samen te blijven
Ze kunnen worden vervangen door een sterveling
die begiftigd is met de krachten van de sirene.

Gemma las de tekst drie keer over, maar het waterlied vertroebelde haar gedachten. Op de een of andere manier leken de woorden niet tot haar door te dringen.

'Wat betekent dat?' vroeg ze, opkijkend naar Lydia.

'Dat zolang ze met z'n vieren zijn, het er niet toe doet wie het zijn. Elk van hen kan worden vervangen.' Lydia schudde somber haar hoofd. 'Dus ook Penn.'

'Maar waarom zou Diana daarover liegen?' Gemma wreef over haar voorhoofd en liet zich onderuitzakken op haar stoel. 'Ze zei dat de vloek verbroken zou zijn als ik Penn vermoordde. We stonden al op het punt om weg te gaan.'

'Misschien was het niet gelogen,' zei Lydia.

'Maar de papyrusrol...'

'Nee, volgens mij zei Diana: "Als je zou probéren Penn te vermoorden, dan hoef je de vloek niet meer te verbreken",' herhaalde Lydia Diana's opmerking. 'Misschien bedoelt ze dat je toch van

Penn verliest als je de strijd met haar zou aangaan.'

'Diana weet dat ik nog jong ben en waarschijnlijk maakte ik een verzwakte indruk op haar. Ze zal wel gedacht hebben dat ik Penn allang had vermoord als ik er sterk genoeg voor was geweest.' Gemma liet zich nog verder onderuitzakken en kneep haar ogen stijf dicht. 'Als ik tegen Penn in opstand kom, vermoordt ze me, en als ik dood ben, rust de vloek dus niet meer op me.'

'Maar dat staat nog niet vast,' zei Lydia. Ze deed haar best hoopvol te klinken. 'Ik bedoel, Pine werkt nog aan de vertaling. We zijn nog niet klaar. Zoals gezegd weten we niet of de vertaling klopt.'

Nu, zwemmend in de koude diepte van de oceaan, kwam de klap bij Gemma extra hard aan. Diana/Demeter was hun laatste hoop geweest, en die was nu de bodem in geslagen. Haar zogenaamde oplossing bleek niet meer te zijn geweest dan een spottende opmerking.

Het plezier in zwemmen maakte plaats voor een vertrouwd gevoel van wanhoop en een almaar toenemende honger. Haar transformatie-oefeningen hadden haar hongergevoel versterkt, en het voortdurend weerstand bieden aan de lokroep van het waterlied tijdens de lange reis had haar nog eens extra verzwakt.

Het was al september en de herfstnachtevening zou over een paar weken plaatsvinden. Gemma zou snel iets moeten eten, anders liep ze het gevaar de controle over zichzelf te verliezen. Als ze wilde blijven oefenen op het transformeren mocht ze het monster in haar binnenste geen kans geven.

Ze vermoedde dat het hongergevoel een van de redenen was geweest dat ze zichzelf niet meer in de hand had gehad toen ze Jason Way vermoordde. Ze was op sterven na dood geweest. Daarom had ze nu meer controle over het monster. Dat verklaarde ook Livs greep op het transformatieproces. Liv at aan de lopende band en had dus nooit honger. Misschien dat ze daarom zo makkelijk van gedaante wisselde.

Terwijl Gemma door de duisternis over de bodem van de zee zwom, her en der vissen en krabben opschrikkend, merkte ze dat ze werd gevolgd. Ze versnelde, maar de donkere gedaante bleef achter haar aan zwemmen. Als ze érgens geen zin in had, was het een gevecht met een haai.

Maar hoe snel ze ook zwom, haar achtervolger liet zich niet afschudden. Omdat ze de baai al uit was, besloot ze in een boog terug te zwemmen naar de kust. Ze hoefde niet achterom te kijken om te weten dat de donkere gedaante steeds dichterbij kwam; een elektrische lading in de stroming en de subtiele verplaatsingen van het naderende roofdier spoorden haar aan.

De kust was nog ver weg, maar even verderop stak een grote rots boven het water uit. Gemma spurtte ernaartoe, duwde zich met haar staart omhoog en greep zich vast aan een richel van de rots. Ze was nu half uit het water maar haar staart hing nog in de golven. Ze keek paniekerig over haar schouder, in het besef dat haar staart te glad en zwaar was om snel uit het water te kunnen komen.

Op dat moment dook Penn naast haar op. Haar lach klonk als het gekras van een kraai. 'O, Gemma, wat ben je toch grappig als je bang bent!'

Gemma ontspande, maar bleef zich aan de rots vasthouden. 'Jezus, ik dacht dat er een haai achter me aan zat.'

'Je mag blij zijn dat ik geen haai ben,' zei Penn terwijl ze naast haar in het water dobberde. 'Anders had ik je nu al half verslonden.'

'Waarom achtervolg je me?'

'Ik wou weten hoe het vandaag is gegaan.' Haar bloedrode lippen plooiden zich in een dunne glimlach. 'Was het een leuk avontuur?'

Gemma keek naar de kust en streek haar natte haren uit haar gezicht. De lucht kleurde lila-roze, in afwachting van de eerste zonnestralen.

'Waar heb je het over?' zei Gemma ten slotte.

'Je bent vandaag ergens naartoe geweest. Ergens ver weg van het water.'

'Hoe weet jij dat?'

'Dat voelen we. We weten wanneer een van ons te ver van zee af gaat,' zei Penn. 'Als je sterft, moet ik voor een vervanger zorgen.'

Gemma rolde met haar ogen. 'Alsof jij dat erg zou vinden.'

'Waar was je?' Penn wilde per se een antwoord.

'Thea wist ervan. Ik was naar Harper in Sundham.'

'Sundham is niet zo ver landinwaarts.' Penn nam haar met samengeknepen ogen op. Het water kwam tot aan haar kin en haar haren deinden mee op de golven. Ze had iets van een zeemonster.

Gemma haalde haar schouders op. 'Toch is het zo, dus ik heb er niets aan toe te voegen.'

'Ik weet niet wat voor spelletje je met me speelt, maar ik waarschuw je.'

'Ik speel geen spelletje met je,' hield ze vol.

'Vertel me dan toch maar waar je was vandaag.'

Ze keek Penn uitdagend aan en zei: 'Nee.'

Penn duwde zich omhoog uit de golven en keek al balancerend op haar staart dreigend op Gemma neer. 'Ik ben dat tegendraadse gedrag van jou meer dan zat. Ik heb al genoeg te stellen met Liv. Het wordt tijd dat je je plaats leert kennen.'

Gemma's hoektanden begonnen te jeuken. Ze besloot zich deze keer niet in te houden. Waarschijnlijk was ze niet sterk genoeg om Penn te doden, maar er was maar één manier om daar achter te komen. Ze was het beu. Niet alleen Penns tirannieke gedrag, maar ook het idee dat ze zich spoedig zou moeten voeden. Ze wilde geen sirene meer zijn. En ook al kon ze Penn niet stoppen, dan stopte Penn haar tenminste.

Een van hen zou vandaag sterven. Het maakte Gemma al haast niet meer uit wie dat zou zijn, zolang er maar een einde aan deze lijdensweg kwam.

Gemma grijnsde haar vlijmscherpe tanden bloot. 'Misschien wordt het tijd dat jíj je plaats leert kennen.'

'Kreng dat je bent,' zei Penn met een nog bredere grijns. 'Kom maar op!'

35

Vijandig

Gemma dook op Penn, die geen enkele poging deed zich te verzetten, en terwijl ze Penns nek beetgreep om haar te wurgen, voelde ze haar vingers langer worden; de botten kraakten. Toen ze nog harder kneep, gleed ze van de rots en zonk ze pijlsnel met Penn naar de bodem van de zee.

Penns lippen trokken zich terug, spanden om haar hoektanden, en haar gezicht veranderde van vorm. Haar jukbeenderen kwamen naar voren, haar ogen weken terug, en haar houtskoolzwarte haar leek uitgedund op haar uitdijende schedel. Haar gezicht was nu volledig getransformeerd in het monster en weerspiegelde de veranderingen in Gemma's gezicht.

Het duurde echter niet lang of Penn kwam in verzet tegen de klauwen om haar nek. Ze ontblootte haar tanden, stootte een lage, kelige lach uit en greep Gemma bij haar armen. Haar vlijmscherpe klauwen drongen moeiteloos door de uitgerekte huid, tot diep in het bot. Gemma schreeuwde het uit van de pijn.

Penn zwiepte heen en weer met haar staart om kracht te zetten en smeet haar vervolgens met zo'n klap tegen de voet van de massieve rots waaraan ze zich nog maar even daarvoor had vastgeklampt dat ze dacht dat hij zou splijten.

In een reflex had ze Penns nek losgelaten, maar voor ze zich kon herpakken, had Penn haar al weer vastgegrepen en werd ze met haar hoofd tegen de rotswand geslagen. Haar schedel kraakte.

Gemma voelde een vlammende pijnscheut in haar hoofd en even werd het haar zwart voor de ogen. Toen haar zicht terugkeerde, keek ze in Penns grijnzende gezicht; het piekerige zwarte haar deinde als een donkere halo om haar heen.

Dat was de druppel. Gemma had die gemene grijns al zo vaak van Penns gezicht willen slaan dat ze besloot haar kans te grijpen. Voordat Penn haar weer tegen de rots kon smijten, haalde ze met haar klauw naar haar uit en sneden haar puntige nagels Penns wang open, totdat ze bleven haken in haar oog, dat meteen werd doorboord. Het water kleurde in een mum van tijd rood van het bloed.

Penn gilde het uit van de pijn en sloeg haar handen voor haar gezicht. In een flits balde Gemma haar lange vingers en liet haar reusachtige, marmerharde vuisten op haar rivale neer regenen.

Zodra Penn haar armen hief om de slagen af te weren, richtte Gemma haar vuisten op het zachte vlees van haar buik. Penn sloeg achterover en bewoog zich pas weer toen Gemma haar ribben raakte, net boven haar hart.

Penn dook opzij, en Gemma draaide met haar mee, in de veronderstelling dat Penn ervandoor wilde gaan, maar voor ze er erg in had, werd ze van achteren in de houdgreep genomen.

'Waag het niet mijn hart eruit te rukken,' gromde Penns duivelse stem in Gemma's oor.

Gemma kreeg geen lucht meer. Ze rekte tandenknarsend haar nek uit en begon wild om zich heen te bijten. Haar vlijmscherpe tanden troffen doel, reten Penns schouder open en schraapten over haar sleutelbeen.

Toen Penn haar arm wegtrok om de tanden te ontwijken, rukte Gemma zich los en sloeg haar met een krachtige beweging van haar staart in het gezicht. Penn brulde en schoot omhoog, maar Gemma zette meteen de achtervolging in en klauwde haar nagels in Penns heup.

Penn probeerde te ontkomen, maar Gemma liet niet los. Haar klauwen verloren grip en sneden door Penns staart. Tientallen schubben scheurden los.

Penn kwam als eerste boven, en Gemma hoorde haar onder water vloeken. Toen ze zelf bovenkwam, zag ze Penn een paar meter van haar vandaan rekkende bewegingen maken met haar hoofd. De botten kraakten. Tot Gemma's verbazing had ze, op de vlijmscherpe hoektanden na, weer haar mensengedaante aangenomen.

De wonden in haar gezicht waren zo goed als geheeld en behalve een donkere kras over haar oog was er nauwelijks nog iets van de snee te zien. Gemma begreep waarom Penn weer mens was geworden: door te transformeren versnelde ze het genezingsproces.

Gemma concentreerde zich op haar eigen wonden en liet haar gezicht langzaam terug veranderen naar zijn oorspronkelijke vorm, maar ze behield, net als Penn, haar scherpe tanden.

'Hm, je wilt dus echt het gevecht aangaan?' zei Penn met haar vertrouwde spotlachje. 'Ik wilde je even stoom laten afblazen, maar kennelijk is het je menens.'

'Ja, ik wil het uitvechten,' zei Gemma, verbaasd over de onmenselijke grom in haar stem. Het monster was er nog, maar ze had zichzelf gelukkig onder controle.

'Dus je wilt vandaag sterven?'

'Ik ben niet degene die vandaag gaat sterven,' zei Gemma. Ze dook weer op Penn en stompte haar in haar mond.

Penns lip bloedde, en ze greep Gemma bij haar haren, waarbij ze haar vuist zo strak balde dat de nagels van haar klauwen over haar schedel schraapten. Gemma besefte dat ze zou worden gescalpeerd als ze zich zou proberen los te trekken.

Voordat ze een tactiek kon bedenken, werd ze met een ruk omgedraaid en tegen Penns borst getrokken; haar zwiepende staart schuurde langs Penns schubben, en het volgende moment trok Penn haar hoofd achterover en drukte een klauw in haar hals.

Gemma greep Penns arm vast en probeerde zich los te rukken, maar het was alsof ze een blok beton wilde verplaatsen. Ze besefte dat Penn veel sterker was dan zij en dat ze zich al die tijd moest hebben ingehouden.

'Slappeling,' zei Penn met een grijnslach. Gemma ademde oppervlakkig om te voorkomen dat de klauwnagels nog dieper in haar vlees zouden snijden. 'Je eet niet, je verandert nooit van gedaante, je bent op sterven na dood. Dacht je echt dat je kans maakte tegen een sterke, goed doorvoede sirene zoals ik?'

'Het was het proberen waard,' kaatste Gemma terug.

'Wist je dat ik op deze manier Ligeia's hoofd van haar romp heb gerukt?' zei Penn. 'Ik had haar ook zo bij haar haar vast' – ze trok aan Gemma's haar om haar woorden kracht bij te zetten – 'en brak haar nek. Dat kan ik ook zo bij jou doen. Dus ik vraag het je nog één keer: Wil je echt dood vandaag?'

Tijdens het gevecht had het Gemma niets uitgemaakt of ze zou sterven of niet, maar nu ging haar hart zo tekeer van angst dat ze wist dat ze iets moest doen.

In plaats van zich te verzetten, besloot ze te doen alsof ze zich overgaf. Ze liet haar staart en armen hangen en leunde slap tegen Penn aan, die daardoor zo in de war raakte dat ze kopje-onder ging.

Penn duwde zich echter meteen weer omhoog met haar staart, maar toen ze Gemma aan haar haren mee omhoog wilde trekken, wurmde Gemma zich onder haar arm uit en rukte zich los. Penns klauw kerfde in haar nek en borst.

Vervolgens draaide ze zich pijlsnel om en trok Penns arm in een onnatuurlijke hoek. Ze voelde dat er plukken haar uit haar hoofd getrokken werden, maar wist Penn niettemin zo ver van zich af te duwen dat ze haar tanden in Penns onderarm kon zetten; haar messcherpe tanden sneden in de gevoelige pezen net boven de pols, tot diep in het bot.

Penn brulde en liet haar los. Gemma zwom als een speer terug naar de kust. Ze wist niet wat ze zou doen als ze het strand bereikte, ze wist alleen dat ze aan Penn moest zien te ontsnappen als ze het er levend van af wilde brengen.

Ze merkte dat Penn achter haar aan kwam, maar keek niet achterom. Ze zwom met haar staart terwijl ze haar armen weer hun mensengedaante liet aannemen. Met kleine handen kon ze beter crawlen dan met lange, stakerige vingers, waardoor ze meer vaart kon maken.

Het water werd ondieper. De eerste zonnestralen braken door het wateroppervlak en schenen helderblauw tot op de bodem. Het strand was niet ver meer.

Toen voelde ze Penns tanden door haar staartvin scheuren. Ze keek snel over haar schouder en zag dat Penn een groot stuk uit haar vin had gebeten. De wond bloedde hevig.

Gemma zwom door. Zonder vin ging het langzamer, maar al-gauw was ze zo dicht bij het strand dat het water te ondiep was om te zwemmen. Haar buik schuurde over de ruwe stenen bo-dem en ze sloeg een laatste keer met haar staart.

Tijgerend op haar ellebogen kroop ze het strand op hoewel ze wist dat het verspilde moeite was. Het ging te traag om aan Penn te kunnen ontsnappen.

Gemma rolde hijgend op haar rug. Het koude zand plakte aan haar huid. Toen verscheen Penns gezicht boven haar, maar om-dat ze tegen de zon in keek, kon ze de uitdrukking op haar gezicht niet zien.

Penn lachte en rolde van haar weg. Gemma duwde zich op haar elleboog omhoog. Penn lag naast haar op het strand. Haar gezicht was volledig geheeld en om haar mond speelde een merk-waardige glimlach.

De golven, die tot aan hun navel kwamen, onttrokken hun staarten aan het zicht. Gemma voelde een tinteling in haar on-derlichaam en vroeg zich af of haar staart aan het transformeren was of dat hij weer aangroeide.

'Te gemakkelijk,' zei Penn toen Gemma haar vragend aankeek. 'Te gemakkelijk?'

'Ik moet toegeven dat je sterker bent dan ik dacht,' zei Penn met een zucht. 'Maar dat zegt niet zoveel.'

'Waarom heb je me niet gedood?' vroeg Gemma.

Penn keek naar haar op. 'Had je dat liever gehad?'

'Nee, maar ik begrijp niet waarom je het niet hebt gedaan.' Gemma schudde ongelovig haar hoofd. 'Je haat me. Je hebt je zussen Aglaope en Ligeia gedood, en Lexi niet te vergeten. Je hebt zelfs je eigen vader vermoord.'

Penn keek haar met samengeknepen ogen aan. 'Hoe weet jij dat ik Achelous heb vermoord?'

'Van Lexi,' loog Gemma.

Penn kon niet meer controleren wat Lexi precies had gezegd, maar Gemma kon haar niet over Diana vertellen. Niet omdat ze bang was dat Penn de godin zou vermoorden, maar omdat ze zich in een vlaag van woede op Lydia en Marcy zou kunnen storten. Ze was onvoorspelbaar in haar wraakzucht.

'Mijn vader was een zelfzuchtige narcist.' Penn sloot haar ogen, vouwde haar armen achter haar hoofd en zwiepte loom met haar staart door het water. Klaarblijkelijk nam ze genoegen met Gemma's antwoord. 'Het was zijn verdiende loon.'

'Dat verklaart nog steeds niet waarom je mij niet hebt gedood,' zei Gemma.

Het duurde even voordat Penn antwoordde. 'Ik heb Daniel beloofd dat ik je zou sparen.'

Gemma wist dat ze de waarheid sprak. Wat haar verbaasde was dat Penn zich aan haar afspraak hield. Vooral omdat Gemma het lef had gehad zich tegen haar te verzetten.

'Ben je verliefd op hem?' vroeg Gemma.

'Liefde is een onnozele menselijke emotie.'

'Hij houdt niet van jou,' zei Gemma. Ze wist eigenlijk niet waarom ze het zei. Misschien ter verdediging van Harper, van wie Daniel écht hield, of omdat ze niet wilde dat Penn zou denken dat ze gewonnen had.

'Hij kán niet van me houden,' verbeterde Penn haar. 'Maar misschien is er een uitweg. Als die sukkel van een Alex van jou kan houden, dan zie ik niet in waarom Daniel niet van mij kan houden.'

'Jij kunt mensen dwingen iets voor je te doen, maar je kunt ze niet dwingen van je te houden, Penn. Alex' liefde is echt, net zoals Daniels liefde voor Harper. Hoe zou hij ooit van een monster als jij kunnen houden?'

Penn vervolgde onverstoorbaar: 'Laat dat maar aan mij over.'

'Heeft er ooit iemand van jou gehouden?'

'Je denkt me te kennen, hè? Mammie hield niet van me. Pappie heeft me niet vaak genoeg geknuffeld. Kon jij mij maar begrijpen, dan zou ik mijn slechte leven vaarwel zeggen en de wereld redden.' Penn keek haar boos aan, kroop het strand op en tilde haar staart uit het water.

'Het stelt allemaal niks voor, Gemma. Weet je waarom ik achter Daniel aan zit en met hem naar bed zal gaan? En waarom ik zijn hart uiteindelijk toch lekker oppeuzel?'

'Omdat je het kunt?' zei Gemma terwijl ze toekeek hoe Penns staart weer in benen veranderde.

Gemma meende dat ze een tanktopje droeg, maar toen Penn opstond en de natte stof over haar heupen trok, besefte ze dat het een jurkje was.

'Precies,' zei Penn. Ze wierp Gemma een stralende glimlach toe en bracht haar gezicht vlak bij het hare. 'En daar geníét ik van. De jacht is het enige in mijn leven waarvan ik nog kan genieten. Dat je iets ten koste van alles najaagt en het nog kunt krijgen ook. Om je er weer van te ontdoen als je er genoeg van hebt.'

'Wat een leeg bestaan, Penn.'

'Zeur niet zo, Gemma.' Penn rolde met haar ogen en stond op. 'Alsof mij het iets kan schelen wat jij denkt. Jij denkt dat Alex een goede partij is, ha! En het maakt me trouwens ook niets uit waar je vandaag bent geweest. Jou kennende zal het wel een of ander patchworkclubje geweest zijn.'

'Ik ben dol op patchwork,' mompelde Gemma.

'Ik heb mijn zinnen op Daniel gezet,' vervolgde Penn. 'Hij wil niet dat ik ook maar één vinger naar je uitsteek, dus ik kijk wel uit. Maar hoelang denk je dat ik in hem geïnteresseerd blijf? Hm?' Penn bewoog haar wenkbrauwen op en neer. 'En dan ben jij je menselijke schild kwijt en zal ik je eens leren hoe je je hebt te gedragen.'

Penn draaide de opkomende zon de rug toe en liep het strand op, Gemma alleen achterlatend in de branding om haar wonden te likken.

36

Aanvaarding

Na het bezoek aan Diana was Harper verrassend goed gehumeurd. Het zou handiger zijn geweest als Diana hun had verteld hoe ze de vloek konden verbreken, maar ze had een paar hints gegeven die strookten met wat Harper zelf ook al vermoedde.

1. De vloek zit in de inkt.
2. Als ze Penn doodden, hoefde de vloek niet meer verbroken te worden.

Ze wist dat er iets was met de inkt. Ze wist alleen niet wat precies of hoe ze het in haar voordeel kon gebruiken, maar ze was ervan overtuigd dat ze de oplossing zou vinden als ze zich er nog eens in verdiepte, eventueel samen met Lydia en professor Pine.

Penn vermoorden was gemakkelijker gezegd dan gedaan. Desalniettemin was Harper in een goede bui. Ze waren dichter bij het verbreken van de vloek dan ooit en dat was tenminste iets.

Toen ze na de lange reis in Capri waren teruggekeerd, was Gemma gaan zwemmen en was Harper naar bed gegaan. De volgende ochtend had ze meteen haar docenten en medestudenten gemaild om te vragen naar de opgaven en de aantekeningen van de colleges die ze had gemist.

Gemma werd pas veel later wakker, en toen Harper met haar wilde praten over de inkt of haar plannen hoe ze Penn zouden kunnen doden, reageerde ze ongeïnteresseerd.

'Moet jij geen huiswerk maken?' vroeg Gemma toen Harper al een tijdje tegen haar had zitten mopperen over haar onverschillige houding. Ze zocht in de koelkast naar iets eetbaars terwijl Harper leunend tegen het aanrecht toekeek.

'Jawel, maar maandag is het de Dag van de Arbeid, dus ik heb drie dagen om eraan te werken.'

'Dan hebben we dus nog drie dagen om erover na te denken.' Gemma haalde een pakje rosbief uit de koelkast en at er een paar plakjes van. 'Waarom ga je niet eerst even wat uitrusten of studeren?'

Gemma draaide zich om, liep naar de voordeur en zei over haar schouder dat ze naar Alex ging.

Harper schudde haar hoofd. Ze besloot zelf op onderzoek uit te gaan. Ze had van Lydia gehoord dat professor Pine contact had opgenomen met een taalkundige in verband met de vertaling van de papyrusrol. Zijn nummer stond in haar telefoon, maar ze aarzelde of ze hem zou bellen omdat Lydia het haar had gegeven en niet Pine persoonlijk.

Snel zette ze zich over haar twijfel heen. Ze móést iets doen en misschien had hij nieuws.

De telefoon leek eeuwig over te gaan en toen hij eindelijk opnam, klonk zijn stem blikkerig en ver weg.

'Hallo, u spreekt met Harper Fisher,' zei ze. 'Het spijt me dat ik u stoor. Ik weet dat het nogal vrijpostig van me is, maar...'

Pine lachte opgewekt. 'Nee hoor, geen probleem. Ik wilde net zelf ook al contact met je opnemen. Ik ben met jullie, eh... met jullie zaak bezig.'

'Oké. Ik hoorde van Lydia Panning dat u contact had gezocht met een collega.'

'Ja. Ik ben nu bij hem in Macedonië en heb hem de kopieën laten zien die jij me hebt gegeven.'

'U bent in Macedonië?' zei Harper verbaasd. Dat verklaarde het blikkerige geluid in hun verbinding.

'Ja. Hier woont de vriend van me die is gespecialiseerd in dode talen. We zijn al aardig opgeschoten.'

'Echt waar? Geweldig.'

'Ik vlieg maandag terug en dan hoop ik een paar concrete antwoorden op jullie vragen te hebben,' zei Pine. 'Zou je dinsdag kunnen langskomen?'

Harper wierp een blik op de kalender naast de koelkast, alsof het daarmee sneller dinsdag zou zijn. 'Zou ik u al eerder kunnen spreken?'

'Helaas niet,' zei Pine. 'Lydia en ik verschillen nog van mening over de vertaling. Het lijkt misschien muggenzifterij, maar die paar dagen heb ik nodig om de puntjes op de i te zetten.'

'Ik begrijp het,' zei Harper, en ze besloot het erop te wagen. 'Mag ik vragen waarover Lydia en u van mening verschillen?'

'O, over sommige woorden. Of iets met "vervloekt" of "begiftigd" moet worden vertaald,' zei Pine. Kennelijk schoot hem op dat moment iets te binnen, want hij zei: 'Weet jij misschien of de sirenen verwant zijn aan Jason of de Argonauten?'

'Hm, geen idee.' Harper dacht koortsachtig na. 'Volgens de mythologie zeilden de Argonauten op hun reis langs de sirenen en lukte het hun weerstand te bieden aan hun gezang omdat ze was in hun oren hadden gestopt. Maar ik heb Gemma noch Thea of Penn erover gehoord. Hoezo?'

'Ik weet dat Jason en de Argonauten op hun queeste naar het Gulden Vlies langs de sirenen voeren. Maar ik was net als jij van mening dat ze geen direct contact met elkaar hadden gehad.'

'Denkt u dat Jason en de Argonauten iets met de vloek te maken hebben?' vroeg Harper. Ze groef in haar geheugen of Lydia er misschien iets over had gezegd, dat ze nog leefden of iets dergelijks.

'Nee, dat denk ik niet.' Hij ademde diep in. 'Of beter gezegd, dat weet ik wel zeker. Ik vermoed alleen dat het Gulden Vlies in de roltekst wordt genoemd en ik weet dat de Argonauten ernaar zochten.' Pine was even stil. 'Maar daar zijn Lydia en ik het dus niet over eens. Zij denkt dat er "huid" staat in plaats van "vlies", omdat de wol van een ram toentertijd ook huid werd genoemd. En met "gouden huid" zou ook de schoonheid van de sirenen kunnen worden bedoeld.'

'Weet u het zeker?' zei Harper.

Pine lachte. 'Nee. Niets is zeker. Maar omdat in de tekst niets over de Argonauten staat, zou Lydia wel eens gelijk kunnen hebben. Toch boeken we vooruitgang, hoor. Normaal gesproken zouden we veel meer tijd hebben om het over dit soort zaken eens te worden.'

'Ja, natuurlijk. Sorry.' Harper veegde een lok haar van haar voorhoofd en knikte. 'Als u liever hebt dat ik dinsdag kom, doe ik dat.'

'Prima. Waarschijnlijk heb ik dan iets meer zekerheid,' zei hij. 'Dan zie ik je...'

'Staat er ook nog iets in over de inkt?' vroeg Harper voordat hij kon ophangen.

'Hoe bedoel je?'

'Wordt er in de rol iets gezegd over de inkt die is gebruikt?'

'Eh, nee, dat dacht ik niet,' antwoordde Pine nadenkend. 'Maar ik zal erop letten.'

'Volgens mij is de inkt belangrijk,' zei Harper. Ze zei niets over hun bezoek aan Diana of de hint die ze had gegeven. Ze wist niet of Pine op de hoogte was en wilde hem niet in de problemen brengen.

'Als ik voor dinsdag iets over de inkt weet, dan bel ik je, oké?' opperde Pine.

'Graag,' zei Harper. 'Nogmaals bedankt.'

'Graag gedaan,' zei hij lachend. 'Mijn werk is mijn hobby.'

Harper hing op en staarde naar de papyrusrol die voor haar lag. Ze wist dat ze er urenlang naar kon blijven staren zonder dat er iets zou gebeuren en algauw dwaalden haar gedachten af naar de persoon die ze al twee dagen uit haar hoofd probeerde te zetten: Daniel.

Ze had hem niet meer gesproken sinds ze die bewuste woensdagavond met ruzie was vertrokken. Haar gevoelens waren één grote warboel en ze zou niet weten wat ze tegen hem zou moeten zeggen. Ze was gekwetst en boos... Maar diep in haar hart hield ze nog van hem en het voelde niet goed om voor haar problemen te blijven weglopen.

Ze had geen idee of hij al met Penn naar bed was geweest of dat ze hem nog op andere gedachten kon brengen. Ze wist niet eens of hij nog leefde. Dat besef zette haar meteen aan tot actie.

Een gesprek over de telefoon zou niet genoeg zijn. Ze wilde hem in de ogen kunnen kijken, en dus nam ze de kleine speedboot naar het eiland. Onderweg, met de zon en het opspattende water op haar gezicht, oefende ze wat ze tegen hem zou zeggen. Ze nam zich voor hem niet zomaar te vergeven.

Maar toen ze bij Daniel aanklopte en hij na lang wachten opendeed, verdween haar voornemen als sneeuw voor de zon. Ze was nog altijd boos op hem, maar had hem zo gemist dat ze al haar wilskracht moest aanspreken om zich niet in zijn armen te werpen.

Hij droeg het oude Led Zeppelin-t-shirt met de Icarus-afbeelding en toen hij de deur voor haar openhield, viel haar oog op de donkere lijnen van zijn tatoeage die onder de korte mouw van zijn shirt uit kwamen. Zijn stoppelbaard leek zwaarder dan anders, en de blauwe vlekjes in zijn hazelnootbruine ogen schitterden als saffieren.

'Hoi. Ik had je niet verwacht,' zei hij, nadat ze elkaar een volle minuut zwijgend hadden aangestaard.

'Nee. Ik had je eerst willen bellen maar... Dat heb ik niet gedaan.'

'Dat merk ik. Kom binnen.' Daniel deed een stap opzij en gebaarde haar binnen te komen.

Harper liep met een boogje om hem heen. In de keuken bleef ze staan en keek de woonkamer in. De bank zag er comfortabel uit maar ook gevaarlijk: de kans was groot dat ze zich, zoals al vaker was gebeurd, in zijn armen zou werpen.

Daniel bleef achter haar staan, en toen ze zich naar hem omdraaide, keek hij haar met zijn handen in zijn zakken afwachtend aan.

'Om te beginnen wil ik zeggen dat het niets te betekenen heeft dat ik hier ben,' zei Harper.

'Oké.'

Ze wendde haar blik af. 'Het is nog steeds uit tussen ons en ik ben ook nog steeds boos op je.'

'Ik had niet anders verwacht.' Hij was even stil. 'Logisch.'

'Ja.'

'Juist...' Hij verplaatste zijn gewicht van de ene voet op de andere. 'Dus het is definitief uit tussen ons?'

Ze beet op haar lip. Ze wist niet wat ze moest zeggen. 'Dat weet ik niet. Misschien.'

'Oké.'

'Ik wil niet dat je met Penn naar bed gaat,' flapte ze eruit. 'Bij de gedachte alleen al word ik misselijk.' Haar maag maakte een salto en ze legde haar hand op haar buik om het misselijke gevoel te onderdrukken.

'Dat begrijp ik. Ik ook,' zei hij, en ze zag aan zijn bleke gezicht en gekwelde blik dat hij het meende.

'Ik begrijp waarom je het doet, en dat respecteer ik,' vervolgde Harper. 'Ik vind het geweldig dat je er alles aan doet om Gemma en mij te beschermen.' Ze deed een stap naar hem toe, maar bleef toen staan, bang te dicht bij hem in de buurt te komen. 'Dat betekent heel veel voor me.'

'Ik wil niet dat jou iets overkomt.' Hij haalde hulpeloos zijn schouders op. 'Dat zal ik te allen tijde proberen te voorkomen.'

'Maar dat je het voor me hebt verzwegen en het er zelfs niet van tevoren met me over hebt gehad...' Tranen prikten in haar ogen, maar ze knipperde ze weg en vervolgde: 'Dat vind ik on-vergeeflijk, Daniel. Je hebt iets gedaan wat ons beiden aangaat, zonder eerst met mij te overleggen.'

Hij sloeg zijn ogen neer. 'Ik weet het. Ik heb het verpest, Har-per. Dat snap ik heel goed.'

'Ben je nog steeds van plan om met haar naar bed te gaan?' Ze slikte de brok in haar keel weg. 'Of is het al gebeurd?'

'Nee, er is niets gebeurd,' antwoordde hij snel, en hij schudde zijn hoofd. 'Nog niet. Maar de afspraak staat nog.'

'Als het eenmalig zou zijn en we daarna voor altijd van haar verlost zouden zijn, zou ik het begrijpen.' Harper koos haar woor-den met zorg. 'Als je door één keer met haar naar bed te gaan van haar af kon komen, dan zou het de moeite waard zijn. Maar je weet net zo goed als ik dat Gemma en ik opnieuw gevaar lopen als je na die eerste keer weigert om het bed met haar te delen.'

Hij zuchtte diep en sloeg zijn ogen naar haar op. 'Ze heeft al nieuwe voorwaarden gesteld voor onze date.'

Harper voelde haar hart letterlijk in haar schoenen zakken, alsof het uit haar borst omlaag viel.

'Hoe bedoel je?' zei ze.

Daniel wreef in zijn nek en het duurde even voordat hij ant-woordde. 'Ze wil me na de seks in een sirene veranderen... mits ze ervan heeft genoten.'

'Maar...' Ze schudde haar hoofd. 'Je bent een man.'

'Dat zei ik ook al. Maar Penn denkt dat het kan.'

'Weet ze het zeker?'

'Zo goed als.' Hij knikte. 'Ik weet niet of ze het meent of dat ze gewoon gek is, maar ze denkt dat ze me in een sirene kan ver-anderen en dat ik dan eeuwig bij haar zal blijven.'

Harper wrong haar handen ineen en drukte ze tegen haar buik om te voorkomen dat ze zouden gaan beven. 'En heb je ja gezegd?'

'De afspraak is dat zij Liv vermoordt en dat ik dan haar plaats inneem,' verduidelijkte Daniel. 'We zouden meteen na mijn transformatie vertrekken, samen met Gemma. Ik zou altijd bij

Gemma kunnen blijven en haar kunnen beschermen. De sirenen zouden ver bij jou en Capri uit de buurt blijven. Ik blijf in leven, net als de mensen om wie ik geef.'

'Maar je zou een seksslaaf zijn van een monster, en dat voor... eeuwig. Je geeft je leven op en verkoopt je ziel. Als het al lukt. En als het niet lukt, ga je dood, wat misschien nog wel te verkiezen is.'

'Ja. Maar misschien is het niet voor eeuwig.' Daniel deed een stap naar haar toe, alsof hij haar wilde troosten, maar bleef toen staan. 'Misschien lukt het ons de vloek te verbreken en verdienen we zo meer tijd.'

'Als je een sirene bent, wil dat niet automatisch zeggen dat Penn je niet zal doden. Of Gemma. Ze heeft al meerdere sirenen vermoord,' bracht ze hem in herinnering.

'Maar ik zal sterker zijn. Ik zal dan over bovennatuurlijke krachten beschikken. Ik kan Gemma helpen, en samen kunnen we Penn doden. Zelfs als we de vloek niet kunnen verbreken, of ons dat duizend jaar gaat kosten, is het voor iedereen beter als Penn er niet meer is.'

Het werd haar te veel. Ze ging op een keukenstoel zitten, bang dat haar knieën het zouden begeven. Als hij gelijk had – als de moord op Penn de vloek zou verbreken en Daniel veilig was als hij een sirene werd – dan moest hij het doen. Maar de gedachte eraan was onverdraaglijk.

'Wanneer zou het moeten gebeuren?' vroeg Harper uiteindelijk.

'Na de eerstvolgende volle maan.' Daniel liep naar haar toe en legde zijn hand op de tafel naast haar. 'Maandag.'

'Dus over een dag of drie heb jij je date met Penn, en daarna ben je weg?' Ze keek naar hem op.

'Dat is de bedoeling.'

'Weet Gemma het al?'

'Nee. Ik heb het haar nog niet verteld. Niemand weet ervan.'

Ze ademde nerveus uit. 'Ga je het doen?'

'Ik heb geen keus.'

'Natuurlijk wel, Daniel!' schreeuwde Harper. Ze rechtte haar rug. Hij stond pal voor haar en ze had nog nooit zoveel zin gehad om iemand te zoenen en tegelijk te slaan. 'Je hebt altijd een keuze!'

'Dan heb ik mijn keuze gemaakt,' zei hij. 'Ik heb ervoor gekozen om jou te beschermen. Ik kies ervoor om het kwaad dat ons leven kapotmaakt te stoppen. Ik wil de mensen die mij dierbaar zijn redden.'

'Dus dinsdag ben je of dood of een sirene?' vroeg Harper. Ze wist niet wat ze ertegen in kon brengen.

'Ja,' zei hij.

'Maar stel dat je het niet overleeft, Daniel?' zei ze met een snik in haar stem. 'Wat dan? Dan kun je Gemma en mij niet meer helpen. Dan ben je dood.'

'Maar dan heb ik het in elk geval geprobeerd.'

'Nee, dat kun je niet maken,' zei ze hoofdschuddend. De tranen rolden over haar wangen. 'Ik hou van je.'

Hij veegde een traan van haar wang. 'En ik hou van jou.'

'Daniel, ik kan dit niet goedvinden.'

Hij liet zijn hand langs zijn zij vallen en schudde vastberaden zijn hoofd. 'Harper, je kunt me niet tegenhouden. Als ik het niet doe, vermoordt ze je. En Gemma en mij ook. Wil je dat?'

'Nee, natuurlijk niet, maar...'

'Dan moet ik het doen.'

'Maar ik dan? Moet ik je zomaar laten gaan? Moet ik werkeloos toekijken?'

'Deze ene keer wel.'

'Nee, dat kan ik niet. Ik kan je niet zomaar... Ik moet iets doen.' Ze deed een stap achteruit en veegde de tranen uit haar ogen. 'Ik ga Lydia en Pine bellen.' Ze zocht in haar broekzak naar haar telefoon.

Daniel slaakte een diepe zucht. 'Je hoeft ze niet meteen te bellen.'

'Dat maak ik wel uit,' snauwde ze, maar ze besloot Pine te sms'en in plaats van te bellen. Ze had hem vandaag al genoeg lastiggevallen.

Zegt de rol ook iets over mannen? sms'te Harper hem.

Ja, een paar keer zelfs. Kun je iets specifieker zijn? antwoordde Pine vrijwel onmiddellijk.

Kunnen mannen sirenen zijn? verduidelijkte Harper.

Geen idee. Is het belangrijk?

HEEL BELANGRIJK, antwoordde Harper.

Ik kijk het na. Wordt vervolgd, sms'te Pine terug.

Hoewel er geen tranen meer kwamen, veegde ze opnieuw haar ogen af.

'Goed nieuws?' zei Daniel.

'Geen nieuws helaas. Nog niet.'

Ze keek hem aan en even vergat ze haar woede en verdriet. Het enige wat ze wist – en wat ertoe deed – was dat ze van hem hield en niet meer zonder hem kon.

Niet dat Daniel álles voor haar was, maar hij vulde haar leven aan – vulde háár aan – en zonder hem leek het of een helft van haar wereld ontbrak.

Harper liep naar hem toe en legde haar handen op zijn borst. 'Daniel, ik wil je niet kwijt.'

'Je raakt me ook niet kwijt.' Hij sloeg zijn armen om haar heen en hield haar stevig vast. 'Ik ben nu hier, bij jou.'

Ze keek naar hem op. 'Ja, maar voor hoelang nog?'

Hij glimlachte met zijn scheve lachje naar haar. 'Dat doet er niet toe. We zijn nu samen.'

Hij boog zich naar haar toe en kuste haar vuriger dan ooit. Wanhopiger ook, veeleisender; ze klemde zich aan hem vast.

Op dat moment trilde Harpers telefoon in haar broekzak. Ze overwoog even om niet op te nemen. Maar ze wist dat het belangrijk kon zijn, en dus maakte ze zich los uit zijn omhelzing en wurmde de telefoon uit haar zak.

De tekst lijkt geslachtsneutraal, had Pine ge-sms't.

En dat betekent? antwoordde ze.

Dat mannen waarschijnlijk sirenen kunnen zijn. Maar ook een man zal mannen moeten eten om te kunnen overleven.

'Pine denkt dat jij ook een sirene kan worden,' zei ze met tegenzin tegen Daniel.

'Mooi.' Hij trok haar weer in zijn armen en keek op haar neer. 'Over een paar dagen ben ik sterker dan ooit en zijn Gemma en ik in staat Penn te doden. Daarna hebben we alle tijd van de wereld om de vloek te verbreken.'

'En je wilt dat ik dat goedvind?' zei Harper. Ze moest haar best doen om niet opnieuw in tranen uit te barsten.

'Nee.' Hij schudde zijn hoofd. 'Je hoeft het niet goed te vinden. Of je het ermee eens bent of niet, ik doe wat ik me heb voorgenomen. Omdat ik niet anders kan.'

'Wat moet ik dan doen?'

'Bij me blijven,' zei Daniel. 'Blijf bij me totdat ik moet gaan.'

37

Passie

Gemma liep met Alex de keuken van zijn huis in en probeerde haar zenuwen te negeren. Ze was met hem meegegaan omdat ze bij hem wilde zijn en van hun liefde wilde kunnen genieten zonder zich zorgen te hoeven maken.

Het gevecht met Penn van die ochtend had haar doen inzien dat ze nog lang niet klaar was voor de strijd en dat misschien ook wel nooit zou zijn. Penn en Liv zouden altijd sterker zijn dan zij omdat ze regelmatig mensenvlees aten.

Een deel van hun sirenenkrachten ontleenden ze aan de zee, maar het grootste deel – de sterkere, monsterachtige eigenschappen – werd gevoed met harten van sterfelijke mannen. Zolang Gemma weigerde daaraan mee te doen, zou ze nooit zo sterk worden als zij. En ze ging nog liever dood dan nog een keer een man te moeten doden.

Haar hoop dat ze Penn zou kunnen uitschakelen en verlost zou worden van de vloek werd met de dag kleiner. Ze zou moeten eten en dat kon ze niet. Gemma zou nooit meer een mens doden, ook al zou dat betekenen dat ze het zelf niet zou overleven.

Haar dagen op deze aarde waren geteld. Toen ze na het gevecht met Penn in bed was gekropen en de slaap probeerde te vatten, had ze zich afgevraagd hoe ze de laatste uren van haar leven zou willen doorbrengen als ze vandaag of morgen zou sterven.

Het antwoord op die vraag was eenvoudig. Wat ze het liefst wilde was bij Alex zijn. Ze hield van haar ouders en van Harper, en zelfs van Daniel, maar er was geen plek op de wereld waar ze zich fijner, veiliger en gelukkiger voelde dan in Alex' armen. Daar zou ze de rest van haar leven willen doorbrengen.

'Ik kom net van mijn werk en val om van de honger,' zei Alex. Hij opende de koelkast. 'Wil jij ook iets?'

'Eh, nee, ik heb geen honger,' loog Gemma.

Het gevecht met Penn en het herstel van haar staartvin hadden veel van haar gevergd. Ze was met pijn in haar botten wakker geworden, maar na een warme, verkwikkende douche had ze zich beter gevoeld.

Het hongergevoel was echter toegenomen en zelfs zo sterk geworden dat ze alleen nog maar naar vlees hunkerde. Bij de gedachte aan een rauwe biefstuk liep haar het water in de mond, maar behalve de vleeswaren die haar vader in huis had gehaald voor zijn lunchpakket, had ze niets meer gegeten. Ze had er een minder voldaan gevoel aan overgehouden dan ze had gehoopt.

Haar wilskracht, daarentegen, werd met de dag sterker. Alex had gelijk: ze had zichzelf beter in de hand als ze aan liefde dacht dan wanneer ze zich liet leiden door angst of woede. Vandaar dat ze het hongergevoel zo veel mogelijk probeerde te negeren.

'Of wil je liever iets gaan doen?' Alex draaide zich met een tupperwarebakje spaghetti in zijn handen naar haar om. 'We kunnen ook uitgaan.'

Gemma schudde haar hoofd. 'Ik blijf liever hier.'

'Cool,' zei hij met een grijns, en hij schoof het bakje in de magnetron. Vervolgens pakte hij een blikje Mountain Dew uit de koelkast en zette het op de keukenbar. 'Mijn ouders zijn er vanavond niet. Ze zijn naar het carnaval in Bayside Park.'

'Maar beter ook.' Gemma ging op een kruk zitten en leunde op de bar. 'Je ouders mogen me niet zo.'

'Dat komt omdat ik me zo vreemd gedraag sinds ik met jou omga.' De magnetron piepte en Alex haalde de spaghetti eruit. 'Het ligt niet aan jou.'

'Een beetje wel,' corrigeerde Gemma hem. 'Volgens mij hadden ze liever gezien dat je verkering met Harper had gekregen.'

'Misschien,' gaf hij toe. 'Maar ik niet.' Hij haalde zijn schouders op en ging op de kruk naast haar zitten met het kliekje spaghetti.

'Waarom is het eigenlijk nooit iets geworden tussen Harper en jou?'

'Geen idee. We wilden het geen van beiden,' zei hij tussen twee happen door.

'Ik heb altijd gedacht dat jullie verkering zouden krijgen.'

Hij trok een wenkbrauw op en keek haar aan. 'Altíjd?'

'Nou ja, tot ik zelf verliefd op je werd,' verduidelijkte Gemma. 'Maar toen was ik bang dat je voor Harper zou kiezen.'

'Hm, en wanneer werd je voor het eerst verliefd op mij?' vroeg Alex.

Ze kende Alex al zo lang dat ze niet meer precies wist wanneer hij meer voor haar werd dan een buurjongen. Als ze erover nadacht, kon ze zich amper herinneren dat er een tijd was geweest dat hij er niet was. Hij had altijd voor Harper en haar klaargestaan als ze hem nodig hadden.

Ze waren vaak samen van school naar huis gelopen en hij had een keer een vleermuis uit hun huis verjaagd toen hun vader op zijn werk was. Toen Gemma eens aan het babysitten was en dacht dat ze iemand in de tuin zag, was Alex naar haar toe gekomen om te kijken of de kust veilig was. Hij was naar haar zwemwedstrijden komen kijken en had haar aangemoedigd, ook als Harper of haar vader er niet bij kon zijn.

Na het auto-ongeluk, toen Harper en haar moeder nog in het ziekenhuis lagen, was haar vader ingestort. Gemma had in de tuin zitten huilen en Alex was naar haar toe gekomen om haar te troosten. Hij had een arm om haar heen geslagen en haar beloofd dat alles goed zou komen. Ze had hem geloofd.

Hij was er altijd voor haar geweest. Behalve de zee en haar familie, was Alex een constante factor in haar leven, en toen de sirenen haar alles dreigden te ontnemen, kon ze op hem bouwen.

'Was je al verliefd op me toen je me dat spannende valentijnskaartje gaf?' zei Alex, haar uit haar gedachten halend.

Gemma steunde haar kin in haar hand en keek hem aan. 'Valentijnskaartje?'

Hij schoof het bakje spaghetti opzij en veegde zijn mond af met een servetje. Vervolgens nam hij een flinke teug van zijn Mountain Dew.

'Volgens mij was je een jaar of twaalf, in elk geval op een leeftijd om iemand zomaar een valentijnskaartje te geven. Er stond een groene dinosaurus op met de tekst: "Neem geen hap uit mijn hart. Wees mijn Valentijn." Je had er ook nog "xoxo, Gemma" onder gezet, wat ik heel brutaal vond.'

'Hè? Daar herinner ik me niks van,' zei Gemma lachend. 'Dat verzin je.'

'Nee hoor,' hield hij vol. 'Ik heb het kaartje boven liggen.'

'Je hebt het nog?' zei ze ongelovig.

'Ja. Wil je het zien?' Hij schoof zijn kruk naar achteren en stond op. 'Kom mee.'

'Oké, maar ik geloof er niks van, hoor,' zei Gemma. 'Als het kaartje al ooit heeft bestaan.'

Ze liep met hem mee naar zijn slaapkamer. Pas toen ze over de drempel stapte, besefte ze dat ze lang niet op zijn kamer was geweest. De wanden hadden nog dezelfde blauwe kleur, maar voor de rest was alles veranderd.

Zijn oude twijfelaar was vervangen door een kingsize bed, en behalve een nieuw bureau stond er een stijlvolle zwarte ladekast in dezelfde stijl als het bed. Ze herkende de astronomieposter, maar De *Teenage Mutant Ninja Turtles*- en *Blade Runner*-affiches waren verdwenen. Op het bureau stond een mooie computer en aan de muur boven de ladekast, waar een X-box en games op stonden, hing een flatscreen.

'Wauw,' zei Gemma, om zich heen kijkend. 'Je hebt je kamer opnieuw ingericht.'

'Ik heb nieuwe meubels gekocht van mijn salaris. Mijn ouders waren het er niet mee eens. Ze willen dat ik voor mijn studie ga sparen, maar ik moest nodig van dat *Transformers*-dekbedovertrek af,' zei Alex.

Hij opende een la van zijn bureau en rommelde erin.

'Dat vond ik juist zo leuk,' zei Gemma. Maar ze begreep het wel. Alex was deze zomer ouder geworden. Ze genoot van zijn krachtige kaaklijn en van de manier waarop de mouwen van zijn T-shirt om zijn bovenarmen spanden.

'Daarom weet ik dat ik je kaartje nog heb. Ik kwam het tegen toen ik de laden van mijn oude bureau aan het opruimen was. Kijk! Hier heb ik het!' Hij hield een beduimeld kaartje ter grootte van een halve ansichtkaart omhoog.

'O, help,' zei Gemma lachend terwijl ze de kaart aannam. Hij zag er precies zo uit als hij had gezegd, alleen was de inkt vervaagd. 'Nu herinner ik het me weer. Je was met Harper naar een tienkamp voor whizzkids geweest en jij had verloren.'

'Dat was in het kader van de Slimste School van Californië,' zei Alex. 'We hadden nooit eerder verloren.'

'Je was heel erg teleurgesteld. Ik had zo'n medelijden met je dat ik je dit kaartje heb gegeven. Je keek altijd zo lief als je verdrietig was.'

'Ik heb nog nooit iemand het woord lief horen gebruiken voor iemand die verdrietig is.'

'Maar dat was je wel. Je keek heel zielig, met van die grote ogen. Net een puppy. Zo schattig.' Hij deed alsof hij zich beledigd voelde, dus ze probeerde het goed te maken door eraan toe te voegen: 'Een sexy puppy welteverstaan.'

'Dat klinkt eng.'

'Helemaal niet,' hield ze vol, en ze gaf hem het kaartje terug. 'Je snapt wel wat ik bedoel.'

Hij legde de kaart weer in de la en leunde tegen het bureau. 'Ja, eigenlijk ben ik best sexy.'

'Maar het verbaast me dat je dat kaartje al die jaren hebt bewaard,' zei Gemma. 'Volgens mij heb ik zelfs mijn verjaardagskaarten van afgelopen april al weggedaan. Jij hebt mijn kaartje viér jaar bewaard.'

'Ik vond het zo lief van je. Misschien had ik toen al een oogje op je.' Hij haakte zijn vingers in de riemlussen van haar short en trok haar naar zich toe.

'O ja? Vanaf wanneer dan?' Ze keek naar hem op en sloeg haar armen om zijn middel.

'Poe, nou vraag je me wat.' Hij haalde zijn schouders op. 'Weet je nog die dag dat wij hier kwamen wonen?'

Gemma dacht even na. Ze was toen zes, dus het moest tien jaar geleden zijn. Harper en zij hadden vanuit Harpers slaapkamerraam toegekeken terwijl de verhuisauto werd leeggehaald. Ze hadden Alex zien rondlopen, maar toen Harper naar beneden ging om kennis te maken met de familie Lane, had Gemma zich verlegen achter haar moeder verstopt.

Harper had haar er dagenlang mee gepest en haar voor baby uitgemaakt, wat ze boos had ontkend. Om te bewijzen dat ze geen baby was, had Harper haar uitgedaagd om naar Alex toe te gaan en hem een kus te geven. Zelfs toen al ging Gemma, hoe verlegen ze ook was, nooit een uitdaging uit de weg.

Ze was naar Alex toe gerend en had hem een natte zoen op zijn mond gegeven, die precies een halve seconde had geduurd. Daarna was ze hysterisch giechelend weer naar binnen gestormd.

'Jij was de eerste jongen met wie ik heb gezoend,' zei Gemma. Ze schaamde zich dat ze het was vergeten. Het was eigenlijk geen echte zoen geweest, en daarom was de herinnering eraan waarschijnlijk weggezakt. Tot vandaag, nu de zoen veel meer gewicht kreeg.

'Jij was voor mij het eerste meisje,' zei Alex.

'Dus het was bij jou liefde op het eerste gezicht?'

Hij schudde zijn hoofd. 'Volgens mij niet. Ik denk dat het pas echt begon toen we wat ouder waren.'

'Je zei dat je al jaren een oogje op me had,' zei Gemma, doelend op wat hij een paar dagen eerder had gezegd toen ze het buiten het theater goed hadden gemaakt. 'Meende je dat?'

'Waarom wil je dat zo precies weten?'

'Dat weet ik eigenlijk niet. Uit nieuwsgierigheid, denk ik,' zei ze, maar ze wist wel waarom.

Ze wilde opgaan in hun herinneringen en zich in hem verliezen, zodat ze niet hoefde te denken aan kwade machten die hen het leven zuur maakten.

Gemma maakte zich los uit zijn armen en ging op het bed zitten. De nieuwe sprei was van donkerpaars satijn, een veel volwassenere keuze dan zijn vorige beddengoed. Voor de zoveelste keer vroeg ze zich af waarom ze niet eerder had ingezien hoeveel ze om hem gaf.

'Ik weet het zeker vanaf het schoolbal in de vijfde,' zei Alex. Hij leunde nog altijd tegen het bureau. 'Toen zat jij in de derde.'

'Vanaf het schoolbal?' Ze fronste haar wenkbrauwen. 'Maar daar ben ik helemaal niet met jou naartoe geweest.'

'Nee. Ik ben niet gegaan,' zei hij. 'Maar ik was buiten toen je thuiskwam.'

'Je stond in de voortuin met Luke Benfield. Jullie waren bezig met een telescoop, wat ik vreemd vond, want de zon was nog niet onder,' herinnerde Gemma zich.

Haar vader had erop gestaan dat ze om negen uur thuis was, wat ze belachelijk had gevonden omdat het buiten nog licht was.

'Er zou een komeet langs de zon scheren. Maar daar gaat het nu niet om.' Zijn mahoniebruine ogen stonden weemoedig. 'Je had een baljurk aan en ik moest letterlijk naar adem happen toen ik je zag, zo mooi zag je eruit.'

Gemma werd warm vanbinnen en kreeg vlinders in haar buik. Haar liefde en bewondering voor hem waren zo overweldigend dat ze dacht dat ze zou exploderen.

'Je was met een jongen,' zei Alex.

'Derek Huppeldepup,' vulde Gemma aan. 'Hij stonk naar knoflook en praatte de hele avond met zijn vrienden. Mij liet hij links liggen.'

'Ik deed alsof ik jullie niet zag, maar ik zag jullie naar de voordeur lopen. Toen hij je wilde zoenen, zei je dat hij beter kon gaan. Hij vertrok met hangende pootjes. Toen je mij naar jou zag staren, gaf je me een kushandje.'

'Jemig.' Ze lachte, maar haar wangen kleurden van schaamte. 'Ik schaam me dood. Dat was ik helemaal vergeten. Het was gewoon aanstellerij, denk ik, omdat ik dacht dat Derek nog naar me keek.'

'Je deed het dus alleen om hem te pesten? Hm.' Alex deed alsof hij gepikeerd was. 'Onze relatie is gebouwd op een leugen. Nu moet ik dus overal aan twijfelen.'

'Ach gut.' Gemma stond op en liep naar hem toe. Ze sloeg haar armen om zijn nek en drukte zich tegen hem aan. 'Het kwam bij mij misschien wat later dan bij jou, maar ik hou van je en zal voor altijd van je blijven houden. Dat is het enige wat telt.'

'Wanneer gebeurde het bij jou?' vroeg Alex. Hij sloeg zijn armen om haar middel.

'Dat ik verliefd op je werd?'

'Ja. Sinds wanneer weet je dat je van me houdt?'

'Ik vond je al een tijdje leuk, maar ik denk dat ik pas echt besefte dat ik van je hield toen we voor het eerst zoenden, in de tuin onder de sterrenhemel.'

'Wauw. Dat is dus véél later dan bij mij,' zei hij.

'Ja, maar nu ben ik hier.' Ze zou willen dat ze eerder verliefd op hem was geworden, dan hadden ze niet zoveel tijd verspild. Hoeveel zoenen hadden ze niet misgelopen?

Ze ging op haar tenen staan en kuste hem. Maar een kus was niet meer genoeg, besefte ze; misschien was ze zich daar al van bewust geweest toen ze besloot naar hem toe te gaan. Ze hield zielsveel van hem en wilde zich volledig aan hem geven.

Gemma deed een stap achteruit en trok hem al zoenend met zich mee, waarna ze zich met hem in zijn armen omdraaide en hem naar de rand van het bed duwde. Voordat hij achteroverviel, greep ze zijn shirt vast en trok het uit over zijn hoofd.

Zijn huid was warm, zijn spieren stevig en glad. Hij liet zijn handen over haar lichaam glijden en voor ze er erg in had, had hij haar topje uitgetrokken. Ze had de vooruitziende blik gehad om geen beha aan te doen, en even genoot hij van haar aanblik.

Toen kuste hij haar weer. Ze drukte haar blote huid tegen de zijne, en was verbaasd hoe intiem en dichtbij dat voelde, en toch wilde ze nog dichter bij hem zijn.

Het monster in haar binnenste dreigde de kop op te steken, maar ze liet het niet toe. Ze was niet gekomen om haar verlangens en honger te stillen en weigerde de sirene in haar deel te laten hebben aan hun liefde. Dit was iets tussen Alex en haar.

Nadat ze zijn broek had uitgetrokken, rolde Alex haar op haar rug en stroopte in een verrassend behendige beweging haar short en onderbroek uit. Een ogenblik lang gebeurde er niets. Naakt zoenend lagen ze tegen elkaar aan, totdat hij haar hand vastpakte en boven haar hoofd in het kussen drukte. Gemma voelde zijn versnelde hartslag in hun vervlochten vingers.

Toen stopte hij. Ze had haar vrije arm nog altijd stevig om hem heen geslagen, en hij keek haar diep in haar ogen.

'Wat is er?' zei ze, bang dat hij niet verder wilde gaan.

'Ik wil dit moment koesteren,' zei hij zacht. 'Ik wil me alles kunnen herinneren omdat ik zoveel van je hou.'

'Ik hou ook van jou,' zei ze. Meer durfde ze niet te zeggen.

Toen vonden zijn lippen weer de hare, en innig zoenend kwam hij in haar. Gemma voelde een scherpe pijn, maar vreemd genoeg was het ook een aangename pijn, omdat ze wist dat het met Alex was, dat ze samen waren op een manier waarop ze nog nooit met iemand samen was geweest. Toen hij haar hand losliet, sloeg ze haar armen weer om hem heen en klampte zich aan hem vast. Ze had nooit gedacht dat ze zich zo verbonden met iemand kon voelen.

Naderhand, met hun benen verstrengeld en haar hoofd op zijn borst, luisterde ze naar zijn hart. Hij kuste haar op haar kruin en streelde haar blote rug.

Ze beefde van geluk. Even wist ze niet meer waar ze zelf eindigde en hij begon. Een volmaakt gevoel. Ze klampte zich aan hem vast en koesterde het moment. Ze wenste dat het eeuwig zou duren.

38

Desillusie

Harper zat met Gemma en Brian aan de keukentafel. Ze hoorde hen praten, knikte en humde op de juiste momenten, maar luisterde slechts met één oor. Ze was met haar hoofd en hart bij Daniel en vroeg zich af hoe het verder moest met hun relatie.

Ze hadden de avond ervoor nog lang gepraat nadat hij haar duidelijk had gemaakt dat hij met Penn naar bed zou gaan en zich in een sirene zou laten veranderen. Ze had geprobeerd hem op andere gedachten te brengen, maar zijn besluit stond vast. Aan het einde van de avond had ze niet meer geweten of ze het met hem eens moest zijn of niet.

Ze wilde dat hij ervan afzag omdat ze bang was dat hem iets zou overkomen. Maar als ze heel eerlijk was, moest ze bekennen dat ze waarschijnlijk hetzelfde zou hebben gedaan als ze in zijn schoenen stond. Zij zou ook alles opofferen om haar dierbaren te beschermen.

Harper was echter vastbesloten de vloek te verbreken voordat Daniel zich aan Penn kon geven. Er móést een manier zijn, en die zou ze vinden ook.

Toen ze na haar gesprek met Daniel thuis was gekomen, had ze meteen de papyrusrol tevoorschijn gehaald. Diana had gezegd dat de vloek in de inkt besloten lag, en Pine vermoedde dat de inkt uit bloed bestond. Water had een reactie opgeleverd, evenals Red Bull en een paar andere vloeistoffen die ze op de rol had uitgeprobeerd. Van Gemma had ze gehoord dat de inkt het sterkst reageerde op een combinatie van de vloeistoffen die haar in een sirene hadden veranderd.

Gemma had haar verteld dat ze met Marcy had geprobeerd om de inkt uit te wissen met een mengsel van hun bloed en zeewater. Het was niet gelukt, hoewel de rol wel sterk op beide vloeistoffen had gereageerd. De avond ervoor, toen iedereen naar bed was en Harper de slaap niet kon vatten, had ze een ingeving gekregen: ze hadden menselijk bloed altijd in combinatie met andere stoffen geprobeerd maar nooit puur. Voor hetzelfde geld was het zo eenvoudig.

Ze trok zich terug in de badkamer en deed de deur op slot. Daarna maakte ze met een scherp mesje een sneetje in haar vinger dat net diep genoeg was om te bloeden. Er kwam niet zoveel uit als ze had gehoopt, maar het was net voldoende. De symbolen begonnen te gloeien en lichtten vuurrood op onder haar bloed.

Ze sloeg haar armen om zich heen en begon zacht te bidden. Tegen beter weten in hoopte ze dat ze eindelijk de oplossing gevonden had... totdat de inkt weer doffer werd en zijn oorspronkelijke kleur aannam.

'O nee, laat er alsjeblieft iets gebeuren,' mompelde ze vertwijfeld. 'Dit móét werken. Alsjebliéft.'

Haar pogingen om nog meer bloed uit het sneetje te persen faalden en in plaats van nog wat bloed toe te voegen, smeerde ze het opgedroogde bloed uit. De inkt gloeide niet meer op; de letters stonden er nog altijd. De vloek was niet verbroken. Het was haar wéér niet gelukt.

Gefrustreerd smeet ze de rol door de badkamer. Toen ging ze op de grond zitten, leunde tegen de rand van het bad en huilde stilletjes met haar gezicht in haar armen.

Vandaar dat Harper zich nu amper op het gesprek tussen haar vader en haar zus kon concentreren. Gemma was opvallend vrolijk, maar het enige waaraan zij kon denken, was dat ze haar vriendje en haar zus teleurstelde, en dat alles over een paar dagen anders zou zijn.

'Dat klinkt goed,' zei Brian. Gemma had hem zojuist verteld over de vertaling van professor Pine. 'Ik zou de rol weer meenemen als jullie naar hem toe gaan. Met wat jullie nu weten over de inkt en de vertaling, moet toch te achterhalen zijn hoe de vloek verbroken kan worden.'

'Ja.' Harper glimlachte geforceerd en probeerde overtuigend te klinken. 'Dat denk ik ook.'

'Yep,' beaamde Gemma, maar ze staarde naar de tafel.

'Jullie klinken niet erg enthousiast.' Brian keek van de een naar de ander. 'Verzwijgen jullie soms iets voor mij?'

'Nee hoor.' Gemma glimlachte naar hem. 'Ik ben alleen moe. De reis heeft me veel energie gekost.'

Gemma mocht dan beweren dat ze zich belabberd voelde, aan haar uiterlijk was niet te zien dat ze had geleden. Haar huid gloeide en haar ogen twinkelden, en zelfs haar glimlach straalde. Haar ware gevoelens werden door de sirene in haar verborgen achter een masker van schoonheid.

'En jij, Harper?' vroeg Brian.

'Ik voel me prima,' antwoordde ze, maar haar stem beefde. Ze hoopte dat het niet opviel.

'Het is al laat,' zei Brian met een blik op de klok. 'Wilden jullie vandaag nog naar jullie moeder?'

Harper was helemaal vergeten dat het zaterdag was, de dag van hun wekelijkse bezoek aan Briar Ridge. Ze ging al acht jaar lang bijna elke zaterdag naar haar moeder in de woongroep, en het was nooit eerder voorgekomen dat ze er niet aan had gedacht.

'Ik denk het niet,' zei Harper. 'Ik heb het erg druk en ik ben woensdag nog bij haar geweest.'

'Ben je woensdag bij haar geweest?' zei Brian. 'Dat wist ik niet.'

'O, ze was nogal nerveus de laatste tijd, dus ik ben even aangewipt,' zei Harper luchtig omdat ze hen niet ongerust wilde maken. 'Toen ik wegging, was ze al weer veel rustiger. Maar als het de komende weken niet beter gaat, wil Becky de medicatie aanpassen.'

Gemma kwam bezorgd overeind. 'Wat vertel je me nou. Het gaat toch wel goed met haar?'

'Ja hoor, het ging al weer veel beter,' stelde Harper haar zus gerust voor ze in paniek zou raken. 'Ze heeft alleen rust nodig, dus het lijkt me beter dat we vandaag niet bij haar langsgaan.'

'Laat je me wel weten wanneer de volgende teamvergadering is?' zei Gemma sarcastisch. 'Of vergeet je dat ook?'

'Wat gaan jullie vandaag dan doen?' vroeg Brian.

'Er is een feest in het park in verband met het zomerfestival,' zei Gemma. 'Ik ga er misschien met Alex naartoe. Ik wil voor de verandering wel weer eens iets normaals doen.'

'Daniel heeft me ook gevraagd,' zei Harper.

Ze had eigenlijk geen zin, maar hij had erop gestaan dat ze meeging. Nu ze niet veel tijd meer samen hadden, wilde hij graag iets leuks met haar doen.

'Dat lijkt me een goed idee.' Brian klapte in zijn handen en keek hen grijnzend aan. 'Na al die drukte van de laatste tijd zal een feestje jullie goeddoen. Dan experimenteer ik ondertussen verder met de papyrusrol. Gaan jullie maar gezellig een avondje uit. Ik neem het over, zoals het een vader betaamt. Kinderen moeten kind kunnen zijn. Het wordt tijd dat jullie je ook als zodanig gaan gedragen.'

Harper verdween schoorvoetend naar haar kamer om zich om te kleden. Ze stond voor haar kast om een geschikte outfit uit te zoeken toen Gemma haar kamer binnenkwam.

'Heb je iets nodig?' vroeg Harper.

Gemma sloot de deur achter zich en liep naar haar toe. Ze had een serieuze blik in haar goudkleurige ogen en sloeg haar armen over elkaar. 'Wat is er?'

'Hoe bedoel je?'

'Je bent zo afwezig vandaag. Is er iets gebeurd?' Ze praatte zacht verder. 'Hoe gaat het nu écht tussen Daniel en jou?'

'Goed hoor.' Harper wendde haar blik af en staarde naar de kleding in haar kast. 'Maar goed dat ik niet al mijn kleren mee naar Sundham heb genomen. Mijn jurken hangen hier gelukkig nog.'

'Is Daniel nog steeds...' Gemma's stem stierf weg.

Harper slikte en haalde een bloemetjesjurk uit de kast. 'We hebben een goed gesprek gehad.' Ze hield de jurk omhoog. 'Wat dacht je hiervan?'

'Ja dus,' giste Gemma. 'Harper, hij hoeft het niet te doen. Zeg hem dat hij het niet moet doen.'

Harper zuchtte en hing de jurk terug in de kast. Toen wendde ze zich weer tot Gemma. 'Gemma, dat is iets tussen Daniel en mij. We zijn eruit.'

'Harper.'

'Het is goed zo, oké?' Harper gaf Gemma een geruststellend kneepje in haar arm. 'Ga jij je nu maar omkleden.'

Gemma sputterde tegen, maar Harper wuifde haar de kamer uit en sloot de deur. Even leunde ze met haar voorhoofd tegen de deur en haalde toen een paar keer diep adem. De tranen prikten in haar ogen.

Om zichzelf op te vrolijken zette ze een cd van Metric op en draaide de volumeknop open. Meezingend met de muziek koos ze een licht zomerjurkje uit dat tot net boven de knie kwam, zodat haar litteken niet te zien zou zijn. Daarna krulde ze haar haren in losse slagen en maakte ze zich zorgvuldig op.

Toen ze klaar was, draaide ze een paar rondjes voor de spiegel. Niet om zichzelf te bewonderen of te zien of ze er goed uitzag, maar om zich ervan te overtuigen dat ze de avond aan zou kunnen.

'Denk erom, je gaat je ontspannen vanavond en er wordt niet gesomberd,' zei Harper tegen haar spiegelbeeld. 'Zorg dat je je amuseert met Daniel en maak plezier.'

Er viel niets meer te zeggen of te doen. Ze zette de muziek uit en ging naar beneden.

Alex was al gearriveerd en zat naast Gemma op de bank. Haar zus zag er stralend uit. Niet alleen vanwege het mouwloze jurkje dat haar zo goed stond, of haar mooi opgestoken haar waarin ze een roze anjer had gestoken, maar omdat er een gloed over haar huid lag die niets van doen had met het feit dat ze een sirene was.

De twee staarden elkaar met grote ogen en een zwijmelende glimlach aan. En als Gemma lachte, leunde ze tegen hem aan, als-of ze een geheim deelden.

Harper had het gevoel dat ze stoorde, ook al zaten ze alleen maar naast elkaar op de bank. Ze probeerde zo onopvallend mogelijk naar de keuken te lopen toen Gemma opkeek.

'Wat zie je er mooi uit, Harper,' zei Gemma, en Harper onderbrak haar vlucht naar de keuken en draaide zich met een glimlach naar hen om.

'Ik heb je niet de trap af horen sluipen,' zei Alex. Hij stond op. Gemma volgde zijn voorbeeld, zonder echter zijn hand los te laten. 'Gemma heeft gelijk, je ziet er heel mooi uit. Ik zie je niet zo vaak in een jurk.'

'Dank je. Jullie zien er ook heel mooi uit.' Ze streek verlegen haar jurk glad. 'Wachten jullie ergens op?'

'Ja, op jou,' zei Alex, en hij keek opzij naar Gemma, alsof hij zich ervan wilde vergewissen dat hij niets verkeerds had gezegd.

'Het leek ons leuk om met z'n vieren naar het feest te gaan,' zei Gemma.

'Oké.' Harper glimlachte. 'Gezellig.'

Het leek haar ook heel gezellig om samen te gaan, maar op dit moment voelde ze zich vooral het vijfde wiel aan de wagen. Alex boog zich naar Gemma toe en fluisterde iets in haar oor. Ze glimlachte en bloosde.

Op dat moment ging de voordeurbel. Harper vloog naar de

deur om open te doen. Ze was blij dat Daniel er was, maar ook dat ze aan de tortelduiven kon ontsnappen omdat ze zich geen houding wist te geven.

'Wauw,' zei Daniel toen ze de deur opende. Hij nam haar vol bewondering op. 'Wat zie jij er geweldig uit.'

'En jij heel knap.'

Harper had hem nog nooit zo netjes gezien. Hij droeg een fris, wit overhemd met opgerolde mouwen tot aan zijn ellebogen en een smalle, blauwe stropdas die de kleur van zijn ogen accentueerde. Hij droeg zoals altijd een spijkerbroek en oude All Stars, maar die deden hem er op de een of andere manier nog sexyer uitzien dan anders.

'Ik had een corsage voor je moeten meenemen,' zei hij.

Ze lachte. 'Haha, we gaan niet naar het schoolbal.'

'Desalniettemin.' Hij haalde zijn schouders op. 'Je verdient een bloem.'

'Oké, zullen we dan maar gaan?' Ze deed een stap terug en riep naar haar vader in de keuken: 'Pap! Daniel is er. We gaan ervandoor!'

'Wacht even!' Brian kwam de keuken uit gebeend en liep naar de voordeur, waar Alex en Gemma zich net bij Harper en Daniel hadden gevoegd. Hij keek de beide jongens streng aan en zei toen: 'Jullie kennen de afspraak, hè? Uiterlijk om twaalf uur thuis. En denk erom, mijn dochters worden hier weer heelhuids afgeleverd. Jullie vinden Penn erg als ze boos is, maar dat is niets vergeleken bij een boze vader.'

Gemma kreunde. 'Páp.'

'De meisjes zijn voor middernacht thuis, meneer Fisher,' beloofde Alex.

'Dat is jullie geraden,' waarschuwde hij.

Gemma schudde haar hoofd, maar ging toen op haar tenen staan om Brian een kus te geven. 'Fijne avond, pap.'

'Dag pap,' zei Harper, en ze liep achter Gemma aan naar buiten. Maar ze was nog niet over de drempel of ze draaide zich schuldbewust om. 'Ik zou eigenlijk hier moeten blijven om de rol...'

'Nee, ga nu maar.' Brian gaf haar een zetje in Daniels richting. 'Ik kan ook wel wat frisdrank en water op een stuk papier gieten, daar heb ik jou niet voor nodig. Hup, wegwezen. En amuseer jullie.'

39

Zomerfestival

Op het weelderige gazon van Bayside Park lag een dansvloer van kurk die rondom werd verlicht door papieren lampionnen. De zon was net achter de horizon gezakt en de lucht kleurde lila-oranje terwijl hier en daar al een fonkelende ster aan het firmament verscheen.

Harper zat niet ver van de dansvloer vandaan naast Daniel op een vouwstoel te genieten van de punch die hij voor haar had gehaald en keek naar de dansende stelletjes. Uit de boxen, die aan de rand van het park stonden opgesteld, klonk een oud nummer van David Bowie.

Het was een van de laatste mooie zomeravonden en het park was bomvol bezoekers. Harper speurde de volle dansvloer af om te zien of ze Gemma en Alex zag en kreeg ze pas na lang zoeken in het oog. Hoewel het een snel nummer was, dansten ze dicht tegen elkaar aan.

Haar blik gleed vervolgens al snel naar Marcy en haar date, Kirby, die op de vloer de show stalen. Marcy droeg een zwarte short en een gestippeld topje. De short was duidelijk gekozen vanwege de wijde pijpen, die veel bewegingsvrijheid boden.

Marcy sprong, draaide en maakte de meest ingewikkelde danspassen alsof ze de afgelopen tien jaar in het geheim dansles had gehad. Kirby moest zijn best doen om haar bij te benen, maar gelukkig was Marcy zo goed dat haar danskunsten op hem afstraalden.

'Wauw,' zei Daniel. Hij volgde Marcy met zijn blik. 'Wat een temperament heeft die meid. Wist jij dat ze zo goed kon dansen?'

'Ik had geen flauw idee.' Harper schudde haar hoofd. 'Ik besef dat ik nauwelijks iets van haar af weet.'

'Het blijft vreemd om haar normale menselijke activiteiten te zien ontplooien.' Daniel hield zijn hoofd een tikje schuin, alsof hij Marcy probeerde in te schatten. 'En dan heeft ze ook nog een date met die jongen. Waar denk je dat ze het over hebben?'

'Over de chupacabra.'

Hij knikte. 'Zoiets moet het zijn.'

Terwijl David Bowie over monsters zong, kwamen Gemma en Alex door de menigte op Harper en Daniel toe lopen. Gemma grijnsde zo breed dat Harper er bijna zelf pijn van in haar kaken kreeg.

'Zijn jullie van plan de hele avond te blijven zitten?' zei Gemma toen ze voor hen stond.

'Ik heb al gedanst, hoor. Nou ja, wij samen dan.' Harper wees naar zichzelf en Daniel. 'Maar ik ben niet zo goed.'

Ze hadden gedanst, maar niet langer dan de helft van een nummer. Harper had eigenlijk helemaal geen zin om te dansen. Het kostte haar al moeite genoeg om te blijven glimlachen, laat staan dat ze de energie had om te doen alsof ze wist hoe ze op de muziek moest bewegen.

'Je kunt hier niet de hele avond blijven zitten,' drong Gemma aan.

'Dat doen we ook niet,' kaatste Harper terug.

'Hé, dit is een mooi nummer!' schreeuwde Gemma zodra de eerste klanken van 'All Alright' van Fun te horen waren. 'Hier moet je echt op dansen.'

'Dat weet ik niet, hoor.' Harper verbaasde zich over Gemma's enthousiasme. 'Het klinkt niet eens als een dansnummer.'

Gemma gaf het op en wendde zich tot Daniel. 'Kom,' zei ze, en ze stak hem een hand toe. 'Dan gaan wij toch dansen.'

'Oké.' Hij stond op en liet zich naar de dansvloer leiden.

Alex stak zijn handen in zijn broekzakken en keek op Harper neer. 'Blijven wij twee over.'

'We hoeven niet te dansen.'

'Natuurlijk wel.' Hij haalde zijn handen uit zijn zakken en bood haar een arm aan.

Harper glimlachte, en omdat ze wist dat ze er niet onderuit kon, haakte ze haar arm in de zijne. Zodra ze een lege plek op de dansvloer hadden gevonden, legde hij zijn hand in haar taille en trok haar naar zich toe. Vervolgens nam hij haar hand in de zijne, en legde Harper haar hand op zijn schouder.

'Jullie zijn in een goed humeur vandaag,' merkte Harper op. 'Ik zie Gemma alleen maar stralen. En jou ook trouwens.'

'Klopt, ik heb het heel erg naar mijn zin,' beaamde hij met een ontspannen grijns.

Daniel en Gemma walsten zwierend en lachend voorbij. 'Alles goed tussen jullie?' vroeg Harper zodra Gemma en Daniel buiten gehoorsafstand waren.

'Kon niet beter,' zei Alex. Toen fronste hij zijn wenkbrauwen. 'Het zou natuurlijk mooier zijn als we van die sirenen verlost waren... maar los daarvan gaat het heel goed tussen ons.'

'Ik ben blij voor jullie. Jullie passen prima bij elkaar.'

'Dank je.' Alex leek oprecht verheugd over het compliment, en Harper besefte dat ze hem nog nooit zo gelukkig had gezien. 'Nu je eraan gewend raakt, kunnen wij misschien ook weer eens afspreken.'

Even leek alles weer zo gewoon en eenvoudig als vroeger. Harper besefte dat ze hem had gemist. Ze hield van Daniel en Gemma, maar het zou fijn zijn als het contact met Alex werd hersteld.

Alex pakte haar hand vast en draaide haar in het rond. Harper lachte verbaasd en liet zich na de draai weer in zijn armen trekken.

'Je hebt leren dansen,' zei ze terwijl ze steeds sneller over de dansvloer zwierden. Ze meende dat het een versie van de charleston was, maar haar voeten deden niet wat ze wilde dat ze deden.

'Ik heb nog veel meer geleerd. Het is lang geleden,' zei Alex, en toen Harper bijna over haar eigen voeten struikelde, barstten ze beiden in lachen uit. 'We kunnen beter iets langzamer dansen.'

'Ja, voor ik een been breek,' zei ze, en ze keek hem grijnzend aan. Toen ze een langzamer ritme te pakken hadden, streek ze haar haren uit haar gezicht.

'Ik heb je gemist,' zei hij glimlachend.

'Ik jou ook,' bekende ze.

'Ik wil in de lente in Sundham gaan studeren. Misschien kunnen we weer studiemaatjes worden,' opperde Alex.

'Oké, lijkt me leuk. Tot nu toe wil de studie niet zo vlotten.' Harper fronste haar voorhoofd. Ze besefte dat het zwak uitgedrukt was.

'Het gaat vast veel beter als de problemen met Gemma zijn opgelost.'

Ze glimlachte en probeerde net zoals Alex zelfverzekerd te klinken. 'Dat denk ik ook.'

Toen het nummer afgelopen was volgde het veel langzamere 'Riverside' van Agnes Obel. Harper keek om zich heen of ze Daniel ergens zag. Als Gemma en hij gestopt waren met dansen, had ze een smoes om te gaan zitten.

Terwijl ze links van zich de zaal in keek, doken Daniel en Gemma rechts van haar op. Toen ze zich naar hen omdraaide, vroeg Daniel aan Alex: 'Vind je het erg als ik Harper van je overneem?'

'Nee hoor.' Alex deed een stap naar achteren en bood Daniel haar hand aan. 'Ze is helemaal van jou.'

Harper nestelde zich dankbaar in Daniels armen en zag vanuit haar ooghoeken Gemma en Alex tussen de andere dansers verdwijnen. Ze sloeg haar armen om Daniels nek.

'Was het leuk met Alex?' vroeg hij, en hij trok haar dicht tegen zich aan, veel dichter dan Alex had gedaan.

Ze knikte en liet zich heen en weer wiegen in zijn armen. 'Ja hoor. En hoe ging het bij jullie?'

'Redelijk. Je zus is behoorlijk fanatiek.'

'O ja?'

'Ja. En toen ging ze ook nog op mijn voet staan.'

'Heb je er last van?' Ze probeerde omlaag te kijken, maar hij weigerde haar los te laten en hield haar dicht tegen zich aan. 'Wil je liever gaan zitten?'

'Nee hoor.' Hij glimlachte en schudde zijn hoofd. 'Ik wil helemaal niet zitten. Ik wil de rest van de avond met jou dansen.'

Toen ze in zijn ogen keek, kreeg ze een brok in haar keel. Snel legde ze haar kin op zijn schouder en drukte zich nog steviger tegen hem aan. Ze genoot van het gevoel van de beginnende stoppels die langs haar wang streken en van zijn arm die krachtig om haar middel lag terwijl zijn andere hand warm over de blote huid van haar rug streek.

Harper koesterde het moment. Ze genoot van het veilige gevoel in zijn armen, van zijn sandelhoutgeur, van zijn ruwe stoppelbaard en zelfs van de stof van zijn overhemd onder haar handen.

'Ik wou dat er nooit een einde kwam aan dit nummer,' fluisterde ze.

'Ik kan even een babbeltje gaan maken met de dj,' grapte Daniel. 'Dan koop ik hem om en vraag ik of hij dit de hele avond wil draaien.'

Harper zei niets. Ze hoorde hem diep inademen en voelde zijn warme adem in haar nek. Toen hij haar zacht op haar wang kuste, keek ze naar hem op.

Daniel vlocht zijn vingers door haar dikke lokken en streelde met zijn duim over haar wang. Ze wilde hem aankijken maar kon het niet. Ze wilde niet dat hij de tranen in haar ogen zag.

Toen voelde ze zijn mond op de hare. Zijn vingers streken door haar haar, en met zijn hand op haar onderrug drukte hij haar nog steviger tegen zich aan. Ze kuste hem terug, gretig, hongerig bijna, en trok hem met haar armen om zijn nek zo dicht mogelijk tegen zich aan.

Het maakte haar niet uit dat ze werden gezien, en ook niet hoe het eruitzag. Alleen Daniel deed er nog toe, en ze wilde hem zo lang mogelijk vasthouden. Ze zou hem willen opeten, zou elk stukje van hem willen doorslikken, zodat hij altijd bij haar zou zijn en niemand hem pijn kon doen of hem van haar kon afnemen.

Het nummer liep af en werd gevolgd door een melodie met een snelle beat. Ze hielden op met zoenen. Met een diepe zucht drukte ze haar gezicht in de holte van zijn hals, en zijn hand gleed naar haar achterhoofd en streelde haar haar.

'Zo, dat ziet er gezellig uit,' klonk Penns stem boven de muziek en de stemmen van de bezoekers uit.

'O nee, niet vanavond. Alsjeblieft,' mompelde Harper smekend tegen zijn schouder. 'Niet vanavond.'

'Het spijt me,' mompelde Daniel bijna onhoorbaar in haar haar.

'Mag ik deze dans?' vroeg Penn, die nu vlak naast hen stond. Het was geen vraag.

Harper keek op en leunde achterover, zodat ze Penn beter kon zien. Daniel hield zijn armen echter stevig om haar heen geslagen, niet van plan haar los te laten.

'Ik ben met mijn vriendin aan het dansen, dus nee,' zei hij vastberaden tegen Penn. 'Deze dans is voor haar. En de volgende ook, mocht je het willen weten. Harper heeft me voor de hele avond gereserveerd. Sterker nog, tot maandag, dus...'

'Oké, oké.' Marcy kwam uit het niets tevoorschijn en redde de situatie door tussen Daniel en Penn in te gaan staan. 'Als je toch zo graag wilt dansen, Penn, dan dans ik wel met je. Als je maar niet te klef gaat doen.'

Penn sloeg haar armen over elkaar en bleef Daniel strak aankijken, zonder Marcy ook maar een blik waardig te gunnen. 'Ik ben van gedachten veranderd, Daniel. Ik wil je vannacht.'

'Heb je niet gehoord wat hij zei?' zei Marcy. 'Hij is vanavond bezet. Ik zou zeggen, trek maar een nummertje.'

Harper hoorde Livs vrijpostige lach achter zich. Ze keek over haar schouder en zag haar ex-kamergenoot een arm om Kirby heen slaan. Thea stond een meter bij hen vandaan bij de drankentafel een glas punch in te schenken. Ze maakte zoals gewoonlijk een verveelde indruk.

'Dat is heel aardig van je, Marcy, maar ik zou maar terug naar Kirby gaan, voordat Liv hem verslindt.' Harper wees naar de flirtende Liv. Ze waardeerde Marcy's hulp, maar als Penn problemen maakte, had ze liever dat Marcy uit de buurt bleef.

'Verdorie. Hij trekt die heksen aan als kattenkruid,' mompelde Marcy, en ze liep weg om in te grijpen.

'Dat was niet de afspraak, Penn.' Daniel was iets bij Harper vandaan gaan staan om Penn te woord te staan, maar had nog altijd zijn arm om haar middel.

Penn haalde haar schouders op. 'Afspraken kunnen veranderd worden.'

'Je kunt niet zomaar een afspraak veranderen omdat jij daar toevallig zin in hebt,' protesteerde Daniel. 'Afspraak is afspraak.'

'Daniel,' verzuchtte Penn. Haar ogen schoten vuur. 'Als je het nog wilt, doen we het nú. Anders vervalt de afspraak bij deze. En je weet wat dat voor Gemma en je vriendinnetje betekent.'

Daniel wendde zijn blik af en staarde naar de horizon. Hij klemde zijn tanden zo hard op elkaar dat de spieren in zijn kaak trilden.

'Je hoeft het niet te doen,' zei Harper, die zijn tweestrijd gadesloeg. 'We kunnen iets anders verzinnen.'

'Nou, wat wordt het? Wil je dat ze dit morgen kan navertellen of niet?' vroeg Penn. De manier waarop ze haar lippen in een gemeen lachje krulde, maakte duidelijk dat ze al wist hoe zijn antwoord zou luiden.

'Harper.' Daniel schudde zijn hoofd en keek haar aan. 'Het spijt me. Ik moet weg.'

'Nee, Daniel, je moet niks,' hield ze vol. 'Je hoeft het niet te doen.'

Hij nam haar gezicht in zijn handen. 'We hebben het gisteravond besproken, oké? Ik hou van je.'

'Daniel,' smeekte Harper met tranen in haar ogen.

'Ik moet dit doen, dus geef me een kus en laat me gaan,' zei hij.

Ze kuste hem en proefde het zout van haar tranen op zijn lippen. 'Ik hou van je. Kom alsjeblieft terug.'

Daniel zei niets, en zonder haar aan te kijken, draaide hij zich om en baande zich een weg door de dansers totdat hij uit het zicht was verdwenen. Penn bleef nog even staan dralen.

'Liv! Thea!' riep ze. Ze draaide zich naar de anderen om. 'Zorg dat ik niet word gevolgd of gestoord. Begrepen?' Toen glimlachte ze en wuifde ze even naar Harper. 'Toedeledokie.'

Toen Penn wegliep, scheidden de dansers zich als de Rode Zee voor haar. In de verte, aan de rand van het park, stond Daniel naast Penns cabriolet te wachten totdat Penn met hem zou wegrijden. Harper kon hen alleen maar nakijken.

40

Offer

Gemma zwierde met Alex over de dansvloer toen ze Penn met Daniel en Harper zag staan praten. Ze had zich er niet mee willen bemoeien, omdat Harper had gezegd dat het een zaak tussen Daniel en haar was, maar toen ze Daniel zag vertrekken en haar zus midden op de dansvloer zag huilen, rende ze naar haar toe. Alex volgde in haar kielzog.

'Wat is er? Waar gaat Daniel met Penn naartoe?' vroeg Gemma.

Harper had haar armen om zichzelf heen geslagen. 'Hij doet wat hij doen moet.'

'Wat is hier in hemelsnaam aan de hand?' vroeg Gemma aan Thea, die bij hen kwam staan, vermoedelijk om een oogje in het zeil te houden, zoals Penn haar had opgedragen. 'Thea?'

'Vraag dat maar aan je zus.' Thea hief haar handen op. 'Ik wil er niets mee te maken hebben.'

Gemma wierp haar een boze blik toe en wendde zich weer tot Harper. 'Gaat Daniel met Penn naar bed?'

'Wat?' Alex keek haar verbijsterd aan.

'Ja.' Harper haalde diep adem en staarde naar de plek waar Penns auto had gestaan. 'En daarna verandert ze hem in een sirene.'

'Hè?' Nu was het Thea's beurt om grote ogen op te zetten. 'Ik wist dat ze iets in haar schild voerde, en is ze dat echt van plan?'

'Onmogelijk.' Gemma schudde haar hoofd. Ze was ervan overtuigd dat Harper het verkeerd had begrepen. 'Hij is een man. Bovendien zijn er al vier sirenen.'

'Ze wil Liv vermoorden zodat hij haar plaats kan innemen. En mannen schijnen dus ook sirenen te kunnen worden,' legde Harper uit. Er rolde een traan over haar wang, maar haar stem klonk mat, alsof ze verdoofd was.

'Ben je helemaal gek geworden!' schreeuwde Marcy achter hen.

Gemma keek over haar schouder naar Marcy, die tussen Liv en Kirby in was gaan staan om te voorkomen dat Liv hem zou verleiden. Gemma wilde Marcy te hulp schieten, maar had eerst iets belangrijkers te doen.

'Dat kun je niet goedvinden,' zei Gemma tegen Harper.

'Dat vind ik ook niet. Maar het is zijn keuze, en ik weet op dit moment niet wat het verstandigst is.' Ze kneep haar lippen op elkaar. 'Als hij het níét doet, gaan we er allemaal aan. Jij en ik, Alex, en papa waarschijnlijk ook.'

'Niet als ik haar eerst vermoord,' zei Gemma grommend.

Haar tandvlees jeukte en haar hoektanden dreigden door te breken. Ze balde haar vuisten om de groei van haar vingers af te remmen. Dit kon ze niet toelaten. Ze had al veel te veel gepikt van Penn.

Hier ging niet alleen haar zus maar ook Daniel aan ten onder. Hij was haar vriend en had al zoveel offers gebracht voor hen. Ze kon dit niet over haar kant laten gaan. Ze zou proberen er een stokje voor te steken, ook al zou ze dat met de dood moeten bekopen.

Als sirene verloor ze dagelijks een stukje van haar ziel. Ze verzette zich ertegen, vocht voor haar menselijkheid, maar uiteindelijk zou er niets van haar ziel overblijven. Een wreder noodlot kon ze zich niet voorstellen, en Daniel mocht niet hetzelfde overkomen.

Harper draaide zich langzaam naar haar toe. 'Gemma, je bent niet sterk genoeg.'

'Dat is dan maar zo,' kaatste ze terug. Ze meende het. Sinds haar gevecht met Penn wist ze dat ze weinig kans maakte, maar ze was nog liever dood dan dat ze dit tolereerde. Het was haar schuld dat haar familie en vrienden in moeilijkheden verkeerden en daar moest een eind aan komen. 'Ik kan niet werkeloos blijven toezien. Geef me de sleutels van je auto.'

'Nee,' zei Harper gedecideerd. Haar sleutels zaten in het polstasje dat ze stevig tegen haar borst klemde. 'Ik laat je niet achter hen aan gaan.'

'Harper.'

'Daniel is míjn vriendje. Als jij gaat, ga ik met je mee,' hield Harper vol.

Gemma wilde niet dat haar zus zich nog meer problemen op de hals haalde, maar als Harper meeging, kon ze misschien met Daniel ontsnappen terwijl zij Penns aandacht afleidde. Bovendien was Harper met de auto en als Gemma niet met haar meereed, zou het te veel tijd kosten om bij het huis van de sirenen te komen.

Ze durfde het risico niet te nemen om te gaan vliegen. Weliswaar had ze geoefend op haar vleugels, maar met het sirenenlied had ze nog niet zoveel ervaring. Opstijgen te midden van zoveel mensen was te gevaarlijk, en ze wilde het sirenenlied niet in haar eentje hoeven uitproberen.

'Oké, ga dan maar mee,' zei Gemma.

'Gemma.' Alex greep haar bij de hand. 'Dat is zelfmoord.'

'Ik moet Penn stoppen. Dit kan niet langer zo.' Gemma gaf hem een kneepje in zijn hand en keek hem smekend aan, in de hoop dat hij het zou begrijpen. 'Ik kan zo niet verder. Hier mogen niet nog meer mensen de dupe van worden. Niet nu ik eindelijk sterk genoeg ben om in actie te komen.'

'Doe wat je niet laten kunt,' kwam Thea tussenbeide. 'Ik heb geen zin om jullie tegen te houden.' Ze gebaarde naar Liv en Marcy, die elkaar nog altijd de huid stonden vol te schelden. 'Maar ik ben bang dat Liv daar anders over denkt. Niet uit gehoorzaamheid, maar omdat ze je haat. Ze doet niets liever dan doden.'

'Alex, kun jij ervoor zorgen dat Marcy Liv hier bezighoudt?' zei Gemma. 'Je weet dat ik geoefend heb. Ik kan het gevecht met Penn aan, maar dan wel zonder Liv.'

Hij keek even over zijn schouder naar Liv. 'Gemma.'

'Ik kan het, oké? Maar dan moet je me wel helpen.'

Hij knikte aarzelend en liet toen haar hand los. 'Oké.'

'Ik hou van je.' Ze kuste hem snel, ook al wilde ze dat het veel langer zou duren. Misschien was dit hun laatste kus. Maar ze had geen tijd te verliezen. 'Wees voorzichtig.'

'Ik hou ook van jou,' zei Alex. 'Jij gaat dat kreng doden en komt heelhuids terug.'

Gemma keek naar haar zus. Harper zag er al even pips en nerveus uit als zij zich voelde, maar in haar grijze ogen lag een vastberaden blik.

Samen baanden ze zich een weg door de menigte, weg van de dansvloer, en holden door de schemering naar de auto. Achter hen hoorde Gemma Liv roepen dat ze moesten blijven staan. Hopelijk wist Alex haar af te leiden.

41

Plicht

Alex keek zijn vriendin na, maar toen hij Liv naar Gemma hoorde roepen, keek hij achterom. Ze had een paar meter bij hen vandaan staan ruziën met Marcy, maar nu kregen haar bruine ogen een vreemde groene kleur, die hem deed denken aan de ogen van een vogel, of van een hagedis.

Gemma luisterde niet naar haar en dat deed Liv besluiten achter haar aan te gaan, want ze trok een soepel sprintje op haar hoge hakken.

'Hé, Teenage Mutant Ninja-meermin, waar ga jij naartoe?' riep Marcy haar na. Ze liep op haar beurt weer een paar passen achter Liv aan. 'Ben je soms bang voor me?'

Het was Alex al eerder opgevallen dat Liv snel op haar teentjes was getrapt, dus het verbaasde hem niet dat ze bleef staan toen Marcy haar beledigend nariep. Ze draaide zich om en liep terug naar Marcy.

Alex hield Marcy niet tegen, maar liep als een schaduw achter haar aan. Liv bleef vlak voor Marcy staan en keek glimlachend op haar neer. Marcy duwde onverstoorbaar haar bril hoger op haar neus en keek haar strak aan.

'Marcy toch,' zei Liv op mierzoete toon, zoals hij van haar gewend was.

Alex' nekharen gingen overeind staan. Hij wist dat haar zoet-gevooisde stem de macht had hem te hypnotiseren, maar haar toon werkte averechts bij hem.

'Als het niet zo druk was hier, had ik je lever er allang uitgerukt en hem opgepeuzeld,' vervolgde Liv opgewekt. 'Maar ik heb helaas andere dingen aan mijn hoofd.'

Ze draaide zich weer om en wilde weglopen toen Alex zich voor haar posteerde en haar de doorgang belette. Ze botste bijna tegen hem op.

'Waar ga jij naartoe?' vroeg Alex.

'Opzij,' sommeerde Liv. Haar stem kreeg iets zangerigs en hij merkte dat zich een mist vormde aan de rand van zijn gedachten.

Dat had hij al eerder meegemaakt toen Gemma haar lied tegen hem had gebruikt, maar daar was hij na een tijd tegen in opstand gekomen, en met succes. Niettemin was hij een maand in haar ban geweest, en dat was de moeilijkste tijd van zijn leven geweest. Nu wist hij echter hoe hij afstand moest houden. Niet dat hij precies wist hóé – als Liv zich zou inspannen zou hij voor de bijl gaan – maar hij kon zijn gedachten bij elkaar houden.

Alex schudde zijn hoofd. 'Ik kan je niet doorlaten.'

'Als je niet opzij gaat, zing ik een liedje voor je, en dan krijg je zin om Gemma te vermoorden. Ik kan wel wat hulp gebruiken om van haar af te komen.' Ze glimlachte poeslief naar hem. 'Hoe lijkt je dat?'

'Geweldig. Onder één voorwaarde. Een ogenblikje,' zei hij, en hij stak zijn rechterwijsvinger in de lucht. Vervolgens tastte hij in zijn broekzak en haalde er twee oordopjes uit die hij haar toonde voordat hij ze in zijn oren stopte. 'Die heb ik altijd bij me.'

Ook al had hij een zekere weerstand opgebouwd tegen de sirenenzang, hij wist als geen ander hoe krachtig hun lied kon zijn. Zolang de sirenen in Capri rondzwierven, ging hij niet zonder setje oordopjes van huis.

Liv rolde met haar ogen en gaf hem totaal onverwacht een

duw. Geen duw zoals een normaal mens een duw gaf, maar een die zo hard aankwam dat hij het gevoel had dat hij werd aangereden door een bus.

Hij vloog achteruit de menigte in – hij besefte dat er om hem heen mensen omvielen, alsof hij een menselijke sloopkogel was – en viel boven op de drankentafel. De punch spatte in het rond.

Zijn borst deed pijn op de plek waar haar handen hem een duw hadden gegeven, en zijn rug kraakte, maar verder viel de schade mee. Hij krabbelde snel overeind en zag Liv er als de bliksem vandoor gaan. Kennelijk had ze geen tijd te verliezen.

'Gaat het?' vroeg Marcy geschrokken terwijl ze naar hem toe snelde.

Althans, hij dácht dat ze dat vroeg, want hij hoorde het niet goed met zijn oordopjes in. Hij haalde ze uit zijn oren en stopte ze weer in zijn broekzak. Toen pakte hij Marcy's uitgestoken hand en liet zich overeind trekken.

'Ja. Maar we moeten haar onmiddellijk proberen te stoppen,' zei Alex.

'Heb je gezien hoe snel ze was?' vroeg Kirby, die zich bij Marcy had gevoegd om te zien hoe het met Alex was. 'Die is al halverwege Memphis.'

'Ze is niet naar Memphis.' Alex stapte van de omgevallen tafel weg. Het rondslingerende glas en de kleine sandwiches knarsten onder zijn voeten. 'Ze gaan naar het huis op het klif. Ben jij met de auto?' vroeg hij aan Marcy.

'Ja. Maar Lucinda staat wel een paar straten verderop.'

'Lucinda?'

'Ja, mijn auto.'

'Als jij die snel gaat ophalen, kijk ik of ik versterking kan regelen.'

'Oké.' Marcy knikte en wendde zich tot Kirby. 'Jij kunt wel hier blijven.'

'Nee.' Kirby schudde zijn hoofd. 'Samen uit, samen thuis.'

'Maar het kan gevaarlijk worden,' protesteerde Marcy.

Hij glimlachte. 'Ik loop nergens voor weg.'

'Whoa, sexy!' riep Marcy, en ze kuste Kirby abrupt op zijn mond.

Daarna pakte ze hem bij de hand en renden ze naar de straat om de auto te gaan ophalen.

Alex zocht de menigte af naar Thea. Het was nu veel minder druk op de dansvloer. Waarschijnlijk had Livs duw de feestvreugde getemperd. Er klonk echter nog steeds muziek uit de boxen en toen hij beter keek, zag hij Thea bij de dj staan.

'Thea,' zei Alex. 'Moet je niet ingrijpen? Ik weet dat je Liv nog meer haat dan Gemma.'

Thea aarzelde en tuurde even in de richting van het klif, maar schudde toen haar hoofd. Haar rode haar golfde over haar schouders. 'Ik hou me erbuiten.'

'Maar dat geeft juist extra problemen,' hield hij vol. 'Gemma is niet tegen Penn én Liv opgewassen, dus als je hier blijft ben je indirect verantwoordelijk voor haar dood.'

Thea ontweek zijn blik en haar stem klonk zwak toen ze zei: 'Dat is niet mijn probleem.'

Alex ging voor haar staan, zodat ze hem wel móést aankijken. 'Je bent nog erger dan Penn. Je doet alsof je erboven staat en moreel superieur bent, maar je bent net zo koud als Penn. Je hebt evenveel bloed aan je handen als zij.'

'Ik heb nooit gezegd dat ik beter ben dan Penn,' kaatste Thea koel terug. 'En ik doe me ook niet superieur voor. Als ik jou of Gemma die indruk heb gegeven, spijt me dat.'

Hij schudde afkeurend zijn hoofd. Verderop werd luid geclaxonneerd.

'Alex! Opschieten!' riep Marcy.

Hij had Thea niets meer te zeggen. Het was duidelijk hoe zij erover dacht. Omdat er in de straat langs Bayside Park geen parkeerplaatsen waren, was Marcy met haar auto over het trottoir het grasveld op gereden.

Kirby zat op de achterbank, en ze had het portier aan de passagierskant van de kleine Gremlin opengegooid. Alex holde naar hen toe en sprong naast Marcy in de auto; de tijd ontbrak om zich af te vragen of het wel zin had om een bovennatuurlijk snelle sirene te proberen in te halen met een auto die uit de vorige eeuw stamde.

Hij had het portier nog niet dichtgetrokken of Marcy gaf vol gas. Maar in plaats van vooruit, schoot de auto eerst knarsend en piepend achteruit voordat hij in de goede richting wegspoot.

'Redt deze ouwe bak het wel?' vroeg Alex. De auto stuiterde van de stoeprand en er klonk een ijzingwekkend geluid van metaal over beton.

'Vertrouw die ouwe Lucinda nu maar,' zei Marcy. 'Als ze moet presteren, doet ze dat.'

Alex betwijfelde het, maar dat duurde niet lang. Marcy reed plankgas weg, en hoewel het even duurde voordat de auto vaart had, vlogen ze al snel door de straten. Marcy stopte nergens voor, zelfs niet voor stopborden of verkeerslichten.

Toen ze op een kruispunt door rood reed, werden ze bijna van opzij geschept door een Jeep, maar Marcy gooide net op tijd het stuur om en stoof er langs. En weer trapte ze het gaspedaal in. Nadat ze enkele tientallen meters tegen het verkeer in had gereden, zwenkte ze terug naar de rechterbaan.

Alex hoorde Kirby op de achterbank van hot naar her geslingerd worden.

'Kirby, lieverd, doe je gordel om,' zei Marcy. 'Straks ben je te dizzy om te vrijen.'

Na een vijftigtal bijna-ongelukken bereikten ze in recordtijd de rand van de stad. Het sirenenhuis lag boven op een klif en de steile kronkelweg ernaartoe voerde door een cipressen- en sparrenbos.

Marcy nam de bochten veel krapper dan Alex zou willen, maar ze waren nog niet halverwege de berg of ze konden de ijsblauwe Sable van Harper door de bomen heen zien rijden.

'Daar rijdt Harper!' riep Alex, en na de eerstvolgende bocht reden ze al achter haar. 'Hoe kan dat nou! Ze is veel eerder wegge-gaan.'

'Omdat Harper achter het stuur zit. Noodgeval of niet, ze zal nooit de verkeersregels aan haar laars lappen,' zei Marcy.

'Dat denk ik ook niet,' zei Alex. Omdat Harper als kind een auto-ongeluk had gehad, was ze erg voorzichtig, op het dwangma-tige af. 'Maar waar is Liv? Ze ging er als een speer vandoor in het park.'

'Ze is waarschijnlijk al binnen om Gemma in de val te laten lo-pen.'

Alex wilde het net beamen toen er iets zwaars op de auto viel en de ruiten uit de raampjes sprongen.

42

Valstrik

De motor van de cabriolet liep nog toen Daniel uitstapte en het huis binnenging. Er brandden geen kaarsen deze keer, en hoewel het binnen vrij donker was, zag hij genoeg om naar de keuken te kunnen lopen.

Hij had net een fles cognac uit een van de kastjes boven de koelkast gehaald toen Penn binnenkwam en licht maakte. Uit het kastje ernaast pakte hij een glas en schonk zichzelf een borrel in.

'Doe alsof je thuis bent,' zei Penn droogjes. Ze trok haar zwarte stiletto's uit, gooide ze op de bank en liep de keuken in.

Zonder iets te zeggen sloeg Daniel het glas cognac achterover en zette het daarna met een klap op het aanrecht. Hij huiverde even en zijn gezicht vertrok van het brandende gevoel in zijn keel. Hij was niet zo'n drinker, en als hij al dronk, was het meestal bier.

Hij was voorzichtig met drank vanwege zijn alcoholische vader en oudere broer, maar nu hij op het punt stond zijn leven te vergooien, kon hij maar beter aangeschoten raken. Het zou draaglijker zijn als hij niet wist wat hij deed en zich niet zou kunnen herinneren dat hij met Penn naar bed was geweest.

'Waarom vanavond, Penn? We hadden toch een afspraak? Je had het allemaal keurig uitgestippeld.'

'Jij hebt onze afspraak al twee keer verzet.' Ze leunde met haar handen tegen de rand van het keukeneiland naar hem voorover. 'Nu had ik voor de verandering eens geen zin om me aan onze afspraak te houden.'

'De eerste keer probeerde Liv me te vermoorden, de tweede keer had ze écht iemand vermoord. Dat lag dus eerder aan jou dan aan mij,' kaatste Daniel terug. Hij schonk zich nog een glas cognac in. 'Door jou kwam er twee keer iets tussen.'

'Wat doe je vijandig, Daniel.'

'Vind je het gek?' In plaats van het glas achterover te slaan, nam hij een paar kleine slokken. 'Je deed het omdat ik het naar mijn zin had, hè? Je kon het niet uitstaan dat ik daar met Harper was.'

'Hm, wie weet.' Haar toon werd zwoel en flirterig. 'Je bent nu toch van mij?'

'Ik ben van niemand. Begrepen?' Hij dronk zijn glas leeg, zette het op de tafel en liep om het keukeneiland heen naar Penn toe om haar recht in de ogen te kunnen kijken. 'Niet van Harper en niet van jou. Nu niet, nóóit niet.'

Ze glimlachte onverstoorbaar. 'Je zult toch een beetje moeten dimmen als je wilt dat ik met je naar bed ga.'

Penn duwde hem speels tegen het keukeneiland en liet haar handen naar zijn buik glijden. Toen hij zijn hoofd afwendde, sloeg ze haar armen om zijn nek en zoende hem in zijn hals.

De alcohol had zijn verdovende werk nog niet gedaan, want zodra ze hem aanraakte, kromp hij ineen. Het idee met haar te moeten vrijen stond hem tegen.

'Nee. Ik kan het niet.' Hij duwde haar van zich af en veegde het speeksel uit zijn hals. 'Ik offer mijn leven voor je op, Penn. Dat is niet niks. Het enige wat ik van je vraag is een paar dagen extra.'

'Hoezo het enige, Daniel?' Ze deed koppig een stap naar hem toe. 'Je stelt alleen maar eisen. Je wilt dat ik je vriendin met rust laat, en Gemma, en al die andere vrienden van je. Het enige wat ik van jou vraag, moet ik nog krijgen.'

'Oké. Jij wilt seks? Laten we het dan maar meteen doen,' zei hij, en hij trok zijn stropdas los. Hij besloot er nog een schepje bovenop te doen. Hij draaide zich om en veegde met een zwaai de spullen – glas, fles cognac, borden, messenstandaard – van het eiland. Ze kletterden op de grond. 'Hier ter plekke.'

'Geen seks, idioot!' schreeuwde Penn. 'Ik wil dat je van me houdt!'

Hij zuchtte geërgerd. 'Dat kan niet op commando, Penn.'

'Dat wil ik ook niet. Ik wil je alles geven wat je wilt. Je kunt het zo gek niet bedenken. Onsterfelijkheid, macht, geld.' Ze deed haar best vriendelijk te klinken en keek hem bijna smekend aan terwijl ze haar handen op zijn borst legde. 'Alle aardse geneugten die je maar wenst zal ik je geven.' Ze keek hem diep in de ogen. 'Ik beloof je de hemel op aarde. Het enige wat ik van je vraag is dat je altijd van me zult houden.'

'Ik zal doen wat je zegt en je zo goed mogelijk proberen te gehoorzamen,' beloofde Daniel. 'Maar ik kan niet van je houden.'

'Dat weet je niet. Je hebt het nog niet geprobeerd.'

Toen kuste ze hem. Haar kus was heftiger dan hij van haar gewend was, alsof haar geduld opraakte; de manier waarop ze haar lippen op de zijne drukte had iets wanhopigs. Maar hij liet haar begaan en probeerde haar kus te beantwoorden.

Penn begon zijn overhemd los te knopen, en om er toch een romantisch tintje aan te geven legde hij zijn handen op haar armen. Toen hij echter haar warme, zachte vingers en vlijmscherpe nagels over zijn huid voelde strijken, schrok hij terug.

'Je dacht aan háár, hè?' zei Penn grommend.

'Nee, dat is het niet. Het is eerder...' Hij deed een stap terug en schudde zijn hoofd. 'Het gaat me te snel. Ik moet eerst in de stemming komen.'

'Dat komt vanzelf.'

Ze trok hem naar zich toe en begon hem weer te zoenen. Hij probeerde erin mee te gaan, maar ze was te agressief, en haar hand, die naar de band van zijn broek gleed, deed bijna pijn aan zijn huid.

'Penn.'

Hij greep haar bij de pols om haar ervan te weerhouden verder te gaan. Ze lachte en probeerde haar arm los te rukken, maar hij verstevigde zijn greep en pakte toen ook haar andere pols vast. Als hij Harper zo stevig zou hebben vastgehouden, had ze er zeker blauwe plekken aan overgehouden, maar Penn voelde het waarschijnlijk niet eens.

'Hou je van ruig, Daniel?' Haar grijns werd breder. 'Zal ik je eens laten zien hoe dat moet?'

Hij hoorde iets kraken. Hij vroeg zich af waar het geluid vandaan kwam, totdat hij achter haar rug een paar vleugels tevoorschijn zag komen. Gitzwarte vleugels. Penn keek hem nog steeds grijnzend aan en spreidde haar vleugels, die de keuken in de volle breedte vulden.

'Dat lijkt me net iets te ruig,' zei Daniel, en hij liet haar polsen los.

Penn zei niets maar sloeg lachend haar armen om zijn middel, klapte met haar vleugels en voor hij wist wat er gebeurde, steeg ze op en vloog over de reling van de loft.

Daar bleef ze even in de lucht hangen om hem vervolgens van zich af te duwen. Met een pijnlijke smak kwam Daniel op de vloer van de slaapkamer neer.

Penn streek elegant naast hem neer, klom met gespreide vleugels op hem en rukte zijn overhemd uit.

'Ik twijfel wat ik zal doen: met je naar bed gaan of je hart oppeuzelen,' zei ze. Toen kuste ze hem vurig; haar hoektanden schraapten over zijn lippen, haar klauwen drongen in zijn blote rug.

43

Botsing

Gemma keek verbaasd opzij naar Harper, die ruim boven de toegestane maximumsnelheid over de kronkelweg naar het kliftop racete. Gewoonlijk moest ze haar zus aansporen vaart te maken, maar nu moest ze zich vasthouden aan het dashboard om niet uit haar stoel geslingerd te worden.

Het licht van een paar koplampen achter hen deed haar achteromkijken. Ze had niet gedacht dat ze iemand zou zien die ze kende, maar tot haar verbazing herkende ze Marcy's oude Gremlin.

'Marcy rijdt achter ons.' Zodra Gemma scherp stelde namen haar ogen meteen hun geavanceerde vogelvorm aan. 'Met Alex en Kirby.'

'Hè? Wat doen die hier?' Harper keek over haar schouder om te zien wat er achter haar gebeurde, waardoor ze bijna een bocht miste en langs een boom schampte.

'Harper! Kijk voor je!' riep Gemma.

Harper gaf net op tijd een ruk aan het stuur. 'Sorry.' Ze keek in de achteruitkijkspiegel. 'Had je niet gezegd dat ze bij Liv...'

Gemma zat nu achterstevoren in haar stoel en hield Marcy's auto in de gaten. Het was op een reepje na volle maan en ze zag alles haarscherp, totdat er ineens een donkere schaduw over de Gremlin viel.

Het ging te snel om Harper te waarschuwen. Meteen nadat ze de schaduw had gezien, stortte Liv zich met gespreide vleugels op Marcy's auto en landde met blote voeten en uitgestrekte vuist op het dak.

Het dak deukte in en het glas sprong uit de ramen.

'Stop!' schreeuwde Gemma. Marcy trapte op de rem. De auto slipte en kwam piepend achter hen tot stilstand.

'Wat is er aan de hand?' riep Harper. Ze ging meteen vol op de rem staan en keek over haar schouder. 'O, nee toch.'

Gemma sprong uit de auto en holde naar de Gremlin toe. Ze wilde zien of haar vrienden niets mankeerden. Maar toen ze Liv overeind zag komen, besefte ze dat het niet verstandig was om op Liv af te stormen en dus bleef ze staan.

Liv was, op haar vleugels na, in mensengedaante. Haar grote ogen en brede grijns gaven haar iets onschuldigs, wat Gemma al meteen tijdens hun eerste ontmoeting was opgevallen. Ze sprong van het dak op de motorkap, die kraakte onder haar gewicht.

'Als er ook maar iemand in die auto iets mankeert...' zei Gemma terwijl Liv van de motorkap sprong en met behulp van haar vleugels, die werkten als een parachute, sierlijk op de grond neerstreek.

'Wat dan?' vroeg Liv met een lach. 'Kietel je me dan dood?'

Het passagiersportier vloog open en Alex rolde uit de auto. Hij bleef even versuft liggen, maar krabbelde al snel overeind en schudde de glasscherven uit zijn haar. Op een paar schrammen en wat bloed bij zijn slaap na, leek hij met de schrik te zijn vrijgekomen.

'Ik mankeer niets,' zei Alex. 'En Marcy en Kirby volgens mij ook niet.'

Terwijl Liv Gemma strak bleef aankijken, glipte Harper langs hen heen om Marcy uit de auto te helpen. Ze was er slechter aan toe dan Alex. Haar bril was verbogen maar de glazen waren nog heel, en ze had een lelijke snee in haar scheenbeen waardoor ze moeilijk liep.

'Zo is het genoeg, Liv,' zei Gemma. Ze concentreerde zich op haar vleugels, zoals ze met Alex had geoefend. Hoe vaker ze het probeerde, hoe minder pijn het deed, maar ze hoorde het vlees scheuren toen de veren doorbraken.

'Ohh.' Liv deed alsof ze onder de indruk was. 'Kom je eindelijk met me spelen?'

Kirby was uit de auto geklommen en was bij Marcy en Alex in de berm gaan staan. Harper stond dichter bij haar in de buurt en leek te overwegen wat ze zou doen.

'Harper, maak dat je wegkomt,' zei Gemma tegen haar. 'Hou Daniel tegen voor het te laat is. Ik kom zo.'

'Haha, mevrouw komt zo,' zei Liv spottend.

'Ik ben een snelle eter,' kaatste Gemma terug. 'Dat hart van jou slik ik in één keer door.'

Toen Harper aarzelde, zei Alex: 'Ga maar. Ik dek je wel.'

Hij veegde het glas uit zijn kleren en liep naar Gemma toe, zodat hij haar kon helpen als dat nodig was. Harper twijfelde, maar omdat Gemma over sirenenkrachten beschikte en Daniel er alleen voor stond, knikte ze en rende ze terug naar haar auto.

'Ach, moet je nou toch zien,' zei Liv toen Harper wegscheurde. 'En dat stelletje invaliden moet jou te hulp komen?'

'Jij hebt wel iets anders om je druk over te maken,' zei Gemma.

Ze opende haar mond en haar vlijmscherpe hoektanden schitterden in het maanlicht. Vervolgens stortte ze zich op Liv, die achterover tegen Marcy's auto viel; het portier kraakte en het rondvliegende glas boorde zich in Livs huid en vleugels.

Liv stootte een woedende brul uit en gaf Gemma een dreun in haar gezicht. Gemma vloog achterover, maar spreidde net op tijd haar vleugels zodat ze haar evenwicht hervond voordat ze de grond kon raken. Liv sprong op en ging weer klapwiekend in de aanval. Gemma was haar echter te slim af. Ze zette zich schrap, haalde met haar been uit en schopte Liv in het gezicht.

Nu was het Livs beurt om achterover te vliegen. Gemma keek

vanuit de lucht naar haar vrienden. Ze zag dat Marcy de achterklep van haar auto had geopend. Hij ging niet helemaal open, maar dat weerhield Alex en Kirby er niet van de kofferbak te doorzoeken.

Gemma had geen tijd om lang toe te kijken, want Liv kwam al weer op haar af, greep haar bij haar jurk en gaf haar zo'n harde dreun dat ze boven in een cipres belandde. Ze bezeerde zich lelijk aan de takken die langs haar vleugels schuurden.

Liv had gelijk. Omdat ze voortdurend at was ze beresterk geworden, misschien wel sterker dan Penn. Maar Gemma was woedend en bereid zich volledig te geven.

'Je bent toch minder sterk dan je dacht, hè?' zei Liv. Ze glimlachte haar hoektanden bloot.

Als reactie gaf Gemma haar een kopstoot. Liv viel niet, maar liet haar los en klapperde een ogenblik doelloos met haar vleugels. Helaas was Gemma zelf ook duizelig van de kopstoot, en ze herstelde minder snel dan ze had gehoopt.

Omdat haar vleugels gehavend waren door de val in de cipres, kon ze moeilijk vaart maken voor haar aanval. Ze greep Liv vast om haar te vloeren, maar Liv lachte slechts en buitte de situatie in haar voordeel uit.

Ze nam Gemma in de houdgreep en wierp haar op het harde asfalt. Haar vleugels kraakten en er trok een pijnscheut door haar rug, maar ze klemde haar tanden op elkaar om te voorkomen dat ze het zou uitschreeuwen.

In plaats daarvan stompte ze Liv een paar keer achter elkaar in het gezicht, totdat Liv haar bij haar polsen greep en haar armen op de grond drukte. Gemma zag de rijen vlijmscherpe tanden boven zich; er droop wat speeksel op haar wang.

'Ik wed dat je heerlijk smaakt,' zei Liv met mierzoete stem, maar Gemma hoorde de duivelse toon van het monster erdoorheen schemeren.

Toen klonk er een knal, gevolgd door een oranje lichtflits, die Liv doorboorde en op nog geen tien centimeter van Gemma's hoofd op de grond terechtkwam. De lichtkogel brandde nog even na. Hij had zich in een vreemde hoek door Livs buik geboord, net boven haar navel, waar nu een fraai gat met een verschroeide rand zat.

Gemma keek door het gat naar Kirby, die beduusd naar het seinpistool in zijn hand staarde.

'Geweldig schot!' riep Marcy.

Liv keek grommend om naar Kirby. 'Jij... klootzak.'

'Kirby! Rénnen!' riep Gemma, en ze probeerde Liv van zich af te duwen.

Maar Liv krabbelde overeind en was niet alleen Gemma maar ook Kirby te snel af. Ze vloog op hem af en nog voor Gemma weer op haar benen stond, had ze Kirby de keel doorgebeten. Hij viel achterover en greep naar zijn hals, in een vergeefse poging het bloed te stelpen.

44

Insluiting

Harper trapte zo hard op de rem dat de auto schokkend tot stilstand kwam. Het had niet veel gescheeld of ze was tegen de voorgevel van het huis gereden. Ze gooide het portier open, sprong uit de auto en holde naar de voordeur, zonder acht te slaan op de draaiende motor. Ze had geen tijd te verliezen.

Ze wist niet of ze er goed aan had gedaan om Gemma alleen achter te laten bij Liv. Maar voor het eerst in haar leven maakte het haar niet uit of ze een verkeerde keuze maakte. Ze moest Penn stoppen en zou er alles aan doen om te voorkomen dat Daniel met haar naar bed ging.

Harper rende het huis in. 'Daniel!' riep ze.

'God, wat doet die bitch hier?' gromde Penn in de loft.

'Harper, maak dat je wegkomt!' riep Daniel terug.

Ze rende echter door naar de trap, maar bleef staan toen ze Penn aan de balustrade op zich zag neerkijken. Ze had haar jurk verruild voor een zwart negligé.

Harper hoopte dat ze niet te laat was. Maar al was dat wel zo, dan nog zou dat niet het einde van de wereld betekenen. Niet dat ze wilde dat Daniel met Penn naar bed ging, maar ze moest koste wat kost voorkomen dat ze hem in een sirene zou veranderen. Ze was bereid haar leven te geven. En uit het feit dat Liv nog leefde leidde ze af dat het nog niet gebeurd kon zijn.

'Het spel is uit, Penn. Ik vertrek niet zonder Daniel,' zei Harper.

Penn grijnsde. 'Haha, denk jij dat je daar iets over te zeggen hebt?'

Daniel verscheen met ontbloot bovenlijf naast Penn aan de balustrade. Over zijn borst liepen rode krassen en op zijn armen zag ze wonden die van beten afkomstig leken te zijn.

'Mijn god, Daniel,' zei Harper geschrokken. 'Wat heeft ze met je gedaan?'

'Ga alsjeblieft weg,' smeekte hij haar.

Ze schudde haar hoofd. 'Nee, ik had dit nooit goed moeten vinden. Kom mee, voor het te laat is.'

Daniel wilde naar de trap lopen, maar voor hij wist wat er gebeurde, stond Penn voor hem en belette hem de doorgang.

'Waar gaan we naartoe?' zei Penn.

'Ik ga haar het huis uit zetten,' antwoordde hij, en hij glipte langs haar heen.

Harper holde naar hem toe, maar Daniel rende omlaag, zodat ze niet verder dan halverwege de trap kwam. Toen ze zich in zijn armen wilde werpen, greep hij haar bij haar polsen.

'Er moet een oplossing zijn,' zei Harper.

'Ja, als jullie niet uitkijken vermoord ik jullie allemaal,' zei Penn. 'Dit is de moeite niet waard.'

'Ik ga liever dood dan dat jij als een sirene door het leven moet gaan,' zei Harper. Ze bleef hem strak aankijken. 'Dat vind jij toch ook, Daniel? Ik weet dat je dit niet wilt. We kunnen haar aan.'

'O, dacht je dat?' gromde Penn. Ze liep naar de trap.

Daniel draaide zich naar haar om en ging beschermend voor Harper staan. 'Penn, ik heb de zaak onder controle.'

'Geloof je het zelf?' Penn keek woedend op hem neer. 'Je bent een slapjanus. Ik verspil mijn tijd met jou. Het kan me niet schelen wat je wilt. Ik ga haar vermoorden. Nú.'

Zonder af te wachten of ze de daad bij het woord zou voegen, vloog Daniel terug de trap op en duwde haar achterover op de grond. Vervolgens ging hij schrijlings op haar zitten en drukte haar handen op de vloer. Hoewel Harper nog nooit met Penn had gevochten, begreep ze dat Penn hem liet begaan. Het ging te gemakkelijk.

'Oef, opwindend,' zei Penn glimlachend. 'Dit is nou precies wat ik wil.'

Ze gooide haar benen in de lucht en duwde hem van zich af, maar zodra hij op zijn rug achter haar neerkwam, maakte ze een achterwaartse salto, zodat ze op hem kwam te zitten. Daniel zette zich schrap en probeerde haar vergeefs van zich af te duwen.

Harper holde de trap op om hem te helpen. Ze sprong op Penns rug en gaf haar een harde vuistslag, maar voor ze wist wat er gebeurde gaf Penn haar zo'n dreun terug dat ze achterover tegen de balustrade vloog. De lucht werd uit haar longen geperst en even was ze volledig de kluts kwijt. Ze was tot niets meer in staat. Alles deed pijn.

'Ik had je al veel eerder moeten vermoorden,' zei Penn. Ze stond op om de daad bij het woord te voegen.

Daniel was haar echter te snel af en greep haar bij haar arm om haar tegen te houden. Dat was voor Penn de druppel. Ze kneep zijn keel zo hard dicht dat hij geen lucht meer kreeg. Vervolgens tilde ze hem op en liep met hem naar de badkamer, die naast de slaapkamer lag.

Ze opende de deur, smeet Daniel naar binnen en sloeg de deur achter hem dicht. Toen pakte ze een pook uit de kleine open haard in de hoek van de kamer, die ze met bovennatuurlijke kracht om de deurklink en het kozijn vouwde, zodat hij niet zou kunnen ontsnappen.

Harper krabbelde overeind en zocht steun tegen de balustrade achter zich. Ze hoorde Daniel op de deur bonzen en aan de deurklink rukken. Hij zou hem met geen mogelijkheid open kunnen krijgen.

'Harper!' riep hij, bonzend op de deur. 'Maak dat je wegkomt! Ren voor je leven!'

'Opgeruimd staat netjes. Nu kunnen wij eindelijk een hartig woordje met elkaar spreken.' Penn liep langzaam naar haar toe en toen ze glimlachte, maakte haar mooie gebit plaats voor enkele rijen vlijmscherpe tanden.

45

Pandemonium

Gemma kneep uit alle macht Livs keel dicht. Ze wilde haar onthoofden, zoals Penn bij Lexi had gedaan, maar daar was ze niet toe in staat. Misschien omdat Liv haar al die tijd strak bleef aankijken.

Of omdat Liv haar klauwen had uitgeslagen en, in plaats van Gemma's hand los te trekken, haar borst probeerde open te scheuren om haar hart eruit te kunnen rukken. Livs klauwnagels sneden in haar huid en schraapten langs haar ribben.

Gemma besefte dat ze Liv beter kon loslaten voordat ze haar hart te pakken kreeg, maar ze wilde haar niet laten ontsnappen. Niet na wat ze Kirby had aangedaan.

Op dat moment werd ze echter zo hard aan haar vleugel getrokken dat ze Liv los moest laten. Ze krabbelde overeind en draaide zich met een ruk om, klaar om aan te vallen, totdat ze zag dat het Thea was, die met karmozijnrode vleugels achter haar stond.

'Hou altijd je hart in de gaten,' zei Thea terwijl Liv opstond. 'Geloof me.'

'Verdorie, Thea! Waarom help je Gemma?' jammerde Liv als een klein kind.

'Dacht je soms dat ik jou zou helpen? Na alle ellende die je hebt veroorzaakt?' zei Thea.

'Oké, oké.' Liv rekte en strekte haar nek. 'Geeft niet. Nu sla ik twee vliegen in één klap.'

Thea schudde haar hoofd. 'Geloof je het zelf?'

Liv gromde en vloog op haar af, maar Thea spreidde haar vleugels, greep Liv vast en wierp haar in de bosjes enkele meters verderop.

'Je hebt mijn leven gered,' zei Gemma met een blik van ontzag op Thea.

'Wen er maar niet aan,' kaatste Thea op nonchalante toon terug.

'Dat was ik ook niet van plan.'

'Wil je je zus helpen om Penn te stoppen?' zei Thea. 'Ik neem aan dat ze naar het huis is gereden?'

Gemma keek Thea onzeker aan. 'Ga je me niet tegenhouden?'

'Wil je een eerlijk antwoord? Ik denk niet dat het je gaat lukken, maar ik wens je veel succes,' zei Thea. Er klonk gekraak in het kreupelhout van het bosje waar Liv was terechtgekomen. 'Ik heb hier nog iets af te ronden.'

Op dat moment kwam Liv uit het bosje gestormd. Thea sprong op haar af en greep haar beet, waarna ze beiden zo hard tegen een dennenboom smakten dat hij brak. De stam kraakte oorverdovend en viel op de grond, een wolk van zand en dennennaalden opwerpend. De bodem trilde.

Aangezien Thea Liv voor haar rekening nam, voegde Gemma zich bij Marcy en Alex. Terwijl Marcy naast het dode lichaam van Kirby neerknielde, bedekte Alex hem met een deken uit Marcy's auto.

'Marcy, het spijt me,' zei Gemma. Ze vond het vreselijk dat er slachtoffers vielen. Kirby was een vriendelijke, onschuldige jongen. Hij had nooit bij de sirenen betrokken mogen raken.

Maar ze had geen tijd om te rouwen of zich schuldig te voelen. Dat kon de rest van haar leven nog. Ze moest eerst Harper en Daniel helpen, anders zou ze de rest van haar leven ook om hen moeten rouwen.

Marcy veegde de tranen uit haar ogen en knikte, maar zei niets.

'Gaat het?' Alex, die naast Marcy stond, raakte voorzichtig Gemma's vleugel aan. De vleugel deed pijn, maar ze kon hem gelukkig nog bewegen, dus waarschijnlijk was hij niet gebroken.

'Jawel hoor,' wuifde ze zijn bezorgdheid weg. 'Ik ga Harper helpen. Jullie kunnen beter naar huis gaan.'

'Ben je gek? Na wat dat kreng Kirby en Lucinda heeft aangedaan?' zei Marcy verontwaardigd. 'Ik ga Thea een handje helpen. Dat mens moet dood.'

'Wees voorzichtig en blijf hier,' zei Gemma. Ze had geen tijd om te redetwisten. Bovendien begreep ze het maar al te goed. Als Liv Alex te grazen had genomen, zou ze ook niet vertrekken voordat ze Liv naar de andere wereld had geholpen.

'Ik zorg wel dat Marcy niet in de problemen komt,' zei Alex. 'Maar wees zelf ook voorzichtig.'

'Beloof me dat je me niet achterna zult komen.' Gemma legde haar hand op zijn borst en keek naar hem op. 'Ik moet er niet aan denken dat jij ook zo eindigt.'

Toen Gemma hem kuste, sloeg hij voorzichtig zijn armen om haar heen om haar vleugels te ontzien. Ze hoorde opnieuw gekraak, gevolgd door Livs woedende geschreeuw. Snel maakte ze zich los uit zijn armen. Het moment was verbroken.

Ze keek hem nog een laatste keer verlangend aan en rende toen de heuvel op, net zo lang klapperend met haar vleugels tot ze genoeg lucht ving om op te stijgen. Vliegen deed pijn, maar omdat het sneller ging dan lopen, klemde ze haar tanden op elkaar en vloog ze naar de top van het klif.

46

Monster

Harper rechtte haar rug en deed een stap terug van de balustrade. Penn hoefde niet te weten dat ze bang was. Maar toen Penn vlak voor haar stond en haar tanden ontblootte, dook ze weg en zocht ze steun met haar handen op de balustrade terwijl ze Penns benen onder haar uit schopte.

Toen Penn achterovertuimelde, greep Harper haar haar beet en trok haar met een ruk naar de balustrade toe. Ze wilde haar naar beneden gooien, maar omdat Penn zich vastgreep aan de rand, moest Harper haar bij haar benen pakken om haar over de balustrade te wippen.

Penn viel en slaakte een gil, maar in plaats van te blijven toekijken, stoof Harper naar de deur van de badkamer. Penn kennende zou ze in een mum van tijd weer boven zijn.

'Harper? Wat is er aan de hand?' vroeg Daniel.

'Ik kom je hier weghalen,' beloofde ze. Ze rukte aan de verwrongen pook om het slot, maar er was geen beweging in te krijgen. Geen millimeter.

'Maak je geen zorgen om mij. Zorg dat je wegkomt!'

'Had maar naar je vriendje geluisterd,' hoorde ze Penn achter zich zeggen.

Voordat ze zich kon omdraaien, voelde ze Penns hand in haar

haar en werd ze achteruit getrokken. Ze slaakte een gil.

'Penn! Laat haar met rust!' riep Daniel. 'Verdomme, Penn! Je doet haar pijn!'

Penn luisterde niet. Ze tilde Harper aan haar haar op en gooide haar over de balustrade. Harper gilde het uit. Toen ze bij haar positieven kwam herinnerde ze zich niet meer wat er was gebeurd. Ze was even bewusteloos geweest en lag boven op een kapotte, houten koffietafel. Haar hele lijf deed pijn.

Toen ze haar ogen opende, zag ze Penn vanaf de loft naar beneden komen vliegen. Haar zwarte vleugels bewogen traag op en neer. Harper probeerde weg te komen, maar alles deed pijn. Een arm uitstrekken was al te veel. Toen ze hem liet zakken, schuurde ze echter met haar hand langs het scherpe uiteinde van een gebroken tafelpoot.

'Je bent een nagel aan mijn doodskist. Ik ben die kuren van jou en je zus beu. Maar ik wilde je eerst flink laten lijden.' Penn streek naast haar neer op de grond en boog zich over haar heen. 'En vandaag is het zover.'

'Maar jij gaat eerst,' zei Harper.

Penn was zo gefocust op Harper dat ze niet zag dat Harper de tafelpoot pakte. Ze besefte pas was er gebeurde toen Harper haar buik doorboorde met de poot.

Penn krijste van de pijn en wankelde wild klapperend met haar vleugels achteruit. Harper krabbelde overeind en rende naar de aangrenzende keuken. De adrenaline deed haar de pijn bijna vergeten.

'Kreng,' gromde Penn. Ze rukte de tafelpoot uit haar buik en gooide hem opzij.

In paniek begon Harper laden en kasten open te trekken, op zoek naar iets waarmee ze zich kon verdedigen. Wijnglazen te over, maar nergens een mes. Ze trok per ongeluk een la uit de kast; de lepels en vorken vlogen in het rond, en het enige wat ze vond was een botermesje.

'Normaal eet ik geen meisjesharten,' zei Penn, en haar zijdeachtige stem kreeg iets monsterlijks. 'Maar voor jou maak ik graag een uitzondering.'

Harper keek op. Penn was volledig veranderd in het monster. Ze was zo'n dertig centimeter gegroeid en stond op lange, grijze vogelpoten. Haar armen, die nu zeker een meter langer waren, eindigden in lange, dunne vingers met kromme klauwen.

Het uitgerekte negligé spande potsierlijk om haar uitstekende ribben en ruggengraat. Haar schedel was gegroeid om plaats te maken voor de grote vogelogen en de nieuwe rijen tanden, en haar haar hing in uitgedunde slierten om haar hoofd.

Toen Penn weer op haar afkwam, viel Harpers oog net op tijd op een glimmend slagersmes. Ze griste het naar zich toe en richtte het mes op Penn, maar voor ze kon steken, sloeg Penn het mes uit haar hand; het kletterde een paar meter verderop op de vloer.

Penn boog zich voorover en zei dreigend: 'Rén voor je leven.' Haar slangentong flitste tussen haar tanden door.

Dat liet Harper zich geen twee keer zeggen. Ze wist dat ze Penn in monstergedaante niet kon verslaan en rende, haar blote voeten glibberend over de stenen vloer, voor haar leven.

Ze holde in de richting van de achterdeur, hoewel ze geen idee had hoe ze het huis uit moest komen. Voor ze echter kon ontsnappen krasten Penns klauwen over de tere huid van haar rug.

Harper werd opgetild en hoorde haar jurk scheuren. Ze hoopte dat Penn haar haar jurk van het lijf zou rukken, maar in plaats daarvan draaide ze haar om en keek ze in Penns monstergezicht. De slangentong glipte weer uit haar mond, alsof ze Harper wilde proeven. Harper aarzelde geen moment en schopte haar in het gezicht; Penns vlijmscherpe tanden schraapten over haar tenen.

'Laat mijn zus los, kreng!' klonk Gemma's stem bij de voordeur.

Penn rekte haar struisvogelachtige nek om naar de voordeur te kunnen kijken, en Harper keek om Penns reusachtige vleugels heen om een glimp van Gemma te kunnen opvangen. Haar zus stond in de deuropening.

Gemma's koperkleurige vleugels waren gehavend, maar toen ze voor Harpers ogen van een mens in een monster veranderde, herstelden de vleugels zich en werden de beschadigde veren vervangen door een glanzend nieuw verenkleed.

Vervolgens begonnen Gemma's armen te groeien. Haar vingers werden langer en kregen zwarte klauwen. De gladde huid van haar benen werd grijs en schubbig, en haar voeten veranderden in scherpe emoe-achtige klauwenpoten.

Haar torso werd langer en haar jurk scheurde doormidden, waarna er aan de onderkant een kort rokje overbleef, en aan de bovenkant een krap topje, waar haar sleutelbenen en skeletachtige ribbenkast uitstaken.

Haar ogen, die al de gelige kleur van vogelogen hadden, werden steeds groter totdat ze bijna haar hele gezicht besloegen. Haar mond verbreedde zich en haar lippen trokken zich terug over rijen vlijmscherpe tanden. Haar schedel was uitgezet, waardoor er van haar weelderige bruine haardos weinig meer over leek dan een paar dunne slierten.

Gemma bestond niet meer. Ze was veranderd in het monster.

47

Harteloos

Alex hoorde Liv en Thea boven zich tekeergaan in de boom-toppen, die wild heen en weer zwiepten en oorverdovend kraakten. Hun gekrijs had niets menselijks meer. Het deed hem denken aan Jurassic Park, alsof er elk moment een tyrannosaurus rex met een groepje velociraptors uit de bosjes kon komen stui-ven.

Marcy zat nog steeds over Kirby's lichaam gebogen, en hoewel hij begreep dat ze hem niet alleen wilde achterlaten, leek hun po-sitie hem te kwetsbaar. Ze konden zich beter verstoppen of op zoek gaan naar wapens.

Op dat moment kwamen Liv en Thea klapwiekend uit de bo-men gevallen en smeet Liv Thea op slechts enkele meters van Marcy op het asfalt.

'Kom mee,' zei Alex, en hij trok Marcy aan haar arm overeind. 'We moeten hier weg.'

Ze hadden zich nog niet uit de voeten gemaakt of Liv smeet Thea tegen de boom waarvoor Alex nog maar even daarvoor had gestaan. De dikke stam kraakte maar brak niet.

Alex zocht vliegensvlug dekking achter de Gremlin. Hij trok Marcy met zich mee, maar omdat ze slecht ter been was, durfde hij niet verder te vluchten, het bos in. Toen ze met haar rug tegen de auto aan ging zitten, hurkte hij naast haar neer en gluurde door de kapotte raampjes naar de vechtende sirenen.

'Je bent te oud, Thea,' zei Liv. Ze liep op Thea af, die tegen de boom op adem stond te komen. 'Je denkt dat je sterker bent dan ik, maar je bent zwak en veel te traag.'

Alex besefte dat Liv gelijk had. Thea was sterk begonnen, maar had te weinig uithoudingsvermogen. Liv had duidelijk de overhand, en hij was bang dat Thea het onderspit zou delven als ze niet snel hulp kreeg.

'En jij bent een verwend nest, Liv. Ik popel om die verwaande grijns van je gezicht te slaan.'

'Dat wil ik nog wel eens zien.'

Thea rechtte haar rug en gaf Liv zo'n dreun dat Alex het van een paar meter afstand kon horen. Wat er vervolgens gebeurde ging zo snel dat zijn ogen het niet konden registreren; het enige wat hij zag was een wolk veren die tussen de boomkruinen verdween.

'Kom mee.' Alex trok Marcy mee naar de bestuurderskant van de auto en zei: 'Stap in.'

Marcy schudde het hoofd. 'We kunnen niet zomaar vertrekken.'

'Dat doen we ook niet,' stelde hij haar gerust. 'Stap nou maar in.'

Omdat het portier niet helemaal open ging, wurmde Marcy zich door de kleine opening de auto in en ging uiterst voorzichtig op de met glasscherven bedekte stoel zitten. Toen ze vervolgens het portier wilde dichttrekken, maakten de scharnieren zo'n ijzingwekkend lawaai dat ze haar poging staakte.

'Denk je dat ze nog rijdt?' vroeg Alex door het kapotte raampje.

'Wat dacht jij dan? Lucinda geeft nooit op,' zei Marcy. 'Waar wil je dat ik naartoe rijd?'

Thea kwam weer uit de lucht vallen en kwam met een misselijkmakende klap langs de kant van de weg neer. Ze kreunde: het enige bewijs dat ze nog leefde. Het volgende moment kwam Liv omlaag gezweefd en landde met uitgestrekte poten op haar.

'Je maakt al veel te lang de dienst uit,' zei Liv, en ze klemde haar handen om Thea's keel. Thea piepte en kuchte, en probeerde Livs vingers los te rukken.

Alex keek om zich heen. De grond was bezaaid met takken die tijdens het gevecht in de boomtoppen waren gesneuveld. Een paar meter bij hem vandaan lag een stevige, dikke tak. Hij rende ernaartoe.

Op het moment dat hij de tak opraapte, spuugde Thea Liv in het gezicht. Liv lachte kakelend. Hij holde op hen af, maar net toen hij de tak hief om Liv de genadeklap te geven, scheurde ze Thea's borst open en rukte haar hart eruit; de klap op haar rug kwam twee seconden te laat.

'Dat is niet zo slim van je, jongetje.' Liv keek hem woedend over haar schouder aan. 'Ik was je bijna vergeten.'

Ze kwam overeind en gooide Thea's hart in de berm, waar het tussen de dennennaalden in het zand belandde. Vervolgens kuierde ze op haar dooie gemak op Alex af. Hij overwoog te vluchten maar besloot te blijven staan toen hij Marcy hoorde starten en schakelen. Liv leek het niet te merken en liep onverstoorbaar door.

Plotseling schoot de auto vooruit en werd Liv geschept. Liv gilde, maar in plaats van te stoppen, reed Marcy vol gas met Liv op de bumper tegen een boom. Er kwam rook uit de motor, die allerlei geluiden maakte die je niet wilde dat een auto maakte, maar Marcy vertrok geen spier.

Thea rolde op haar zij en stond op. Uit de gapende wond in haar borst stroomde bloed. Een van haar vleugels hing los en sleepte over de grond terwijl ze naar Alex toe liep. Hij gaapte haar met open mond aan, ervan overtuigd dat ze in een zombie was veranderd.

'Geef die tak maar aan mij,' zei Thea vermoeid. Toen ze haar hand naar hem uitstak, reikte hij haar de tak aan. Vervolgens liep ze naar de auto. 'Zet de motor uit. Ze zal er niet vandoor gaan.'

Marcy gehoorzaamde, en zodra het stil was, klonk Livs lach door het bos.

'Je bent halfdood, Thea. Denk je nu echt dat ik bang voor je ben?'

Thea klom op de motorkap; het ingedeukte metaal knarste onder haar voeten.

'Je durft me toch niks aan te doen,' zei Liv. 'Penn vermoordt je als je mij iets aandoet. Daarom ben je ook nooit opgekomen voor je andere zussen. Je kunt me niet...'

'Hou je kop,' zei Thea.

Ze haalde uit met de tak alsof het een honkbalknuppel was en mepte Liv in het gezicht. De tak brak doormidden, de splinters vlogen in het rond. Er klonk een huiveringwekkend gekraak, en voordat Alex doorhad wat er gebeurde, vloog Livs hoofd door de lucht en kwam meters verderop neer op straat.

Livs mond stond wagenwijd open, alsof ze probeerde te schreeuwen, maar er kwam slechts een rasperig geluid uit haar keel. Haar lichaam leek zonder hoofd nog net zo te functioneren als met hoofd, en haar armen klauwden blindelings over Thea's onderlijf.

Het leek Thea niet te deren. Ze boog zich over Livs bloederige, gapende nek heen en stak haar arm in het gat. Alex grimaste maar dwong zichzelf te blijven toekijken. In het zwakke maanlicht was moeilijk te beoordelen hoe groot de schade was, aangezien het bloed er niet rood uitzag, maar toen Thea Livs hart eruit rukte en hij de druiperige, donkere vloeistof op haar arm zag, wist hij genoeg.

Livs lichaam zakte in elkaar en viel voorover op Marcy's auto. Thea keek even naar het hart in haar handen, haalde haar schouders op en gooide het toen achteloos in de bosjes achter haar. Vervolgens sprong ze van de auto. Haar hele lijf zat onder het zand en het bloed.

'Godver!' Marcy duwde het portier zo ver mogelijk open en

wurmde zich uit de auto. 'Je hebt geen hart meer.'

Thea haalde haar schouders op. 'Het groeit wel weer aan.' Ze leek nu pas te beseffen dat ze een tak in haar handen had en gooide hem op de grond. 'Daarom moet je eerst het hoofd van de romp slaan en dan pas het hart eruit rukken.'

'Dus als ik jouw hoofd eraf mep groeit het ook weer aan?' vroeg Marcy.

'Uiteindelijk wel.' Thea keek haar streng aan. 'Maar dat is heel pijnlijk, dus dat zou ik maar uit je hoofd laten, anders zwaait er wat.'

Alex dacht koortsachtig na en besloot Gemma te gaan helpen. Liv was dood en het zag ernaar uit dat Thea en Marcy zich zouden redden. Het was hem gelukt om samen met Thea Liv uit te schakelen, dan moest het hem ook lukken om met behulp van Gemma van Penn af te komen. Hij draaide zich om en rende de heuvel op.

'Alex!' riep Marcy hem na. Hij bleef staan en keek om. 'Waar ga je naartoe?'

'Ik ga kijken of Gemma hulp nodig heeft.'

'Wacht op mij.' Marcy liep hinkend de weg op, maar omdat ze nauwelijks gewicht op haar gewonde been kon zetten, kwam ze amper vooruit. 'Nee, wacht maar niet op mij. Ik ben te langzaam. Ik kom wel na.'

'En jij, Thea?' vroeg Alex.

Thea zuchtte en schudde haar hoofd. 'Als Gemma Penn wil vermoorden, zal ik haar niet tegenhouden, maar ik ga haar niet helpen. Ik blijf hier.'

Alex knikte, draaide zich om en vervolgde zijn weg.

48

Rancune

Gemma voelde haar bloed als hete, vloeibare energie door haar aderen stromen, alsof ze voor het eerst pas echt leefde. Het was een ander gevoel dan de eerste keer dat het monster bezit van haar had genomen. De kracht, de snelheid, de honger, het was er allemaal, maar deze keer had ze zichzelf volledig onder controle. Het monster zou doen wat zij, Gemma, wilde.

Penn stond aan de andere kant van de kamer en gooide Harper opzij, als was ze een levenloos stuk vlees. Gemma ontplofte. Dit was de druppel. Ze had genoeg van Penns spelletjes.

Ze stoof op haar lange poten met grote, snelle passen door de kamer op Penn af, maar Penn bukte zich, draaide zich om en gaf haar met een dierlijke brul een gerichte trap in haar buik. De klauwnagels scheurden door haar zachte vlees en voor ze wist wat er gebeurde, vloog ze achterwaarts de keuken in.

Penn lachte en stormde met grote, stampende passen op haar af. Haar lach had niets menselijks meer en leek op het gekras van een agressieve raaf. Gemma was onmiddellijk overeind gekrabbeld, maar haar klauwpoten slipten weg op het bestek en de glasscherven waarmee de vloer bezaaid was.

Voorzichtig schuifelde ze naar het keukeneiland. Ze wilde Penn naar zich toe lokken en haar het gevoel geven dat ze de overhand had. Gemma siste naar haar. Praten had ook gekund, maar in haar monstergedaante leek grommen en krassen natuurlijker. Voor woorden moest ze kunnen nadenken en haar brein leek terug te vallen op haar oerinstincten.

Penn boog haar hoofd en spreidde licht haar vleugels, alsof ze zich voorbereidde op een sprong. Haar bewegingen hadden iets van een prehistorisch roofdier en ze was dusdanig op haar prooi gefixeerd dat ze niet op haar omgeving lette.

Gemma deed een stap achteruit, bleef staan en wachtte totdat Penn haar besprong, waarna ze pijlsnel de roestvrijstalen koelkast omvertrok en boven op haar liet vallen.

De koelkast zou haar niet doden, maar hield haar wel op, dus Gemma rende de keuken uit en ging op zoek naar haar zus. Ze trof Harper aan in de bezemkast bij de achterdeur.

'Maak dat je wegkomt,' zei Gemma met haar duivelse monsterstem.

'Ik zoek iets waarmee ik haar kan onthoofden,' zei Harper. Ze duwde een stofzuiger opzij. 'Ik laat je hier niet achter.'

Er klonk een oorverdovende klap vanuit de woonkamer. Toen Gemma omkeek, zag ze dat Penn de koelkast – zonder deur, want die had ze eraf gerukt – de kamer in had gegooid. Penn gromde naar haar en brak de koelkastdeur met haar reusachtige klauwen doormidden.

Vervolgens wierp ze een van de twee helften, die nu scherpe, gekartelde randen hadden, als een vliegende guillotine naar Gemma's hoofd.

Gemma dook ineen, maar net niet diep genoeg, en ze voelde de scherpe rand over de bovenkant van een van haar vleugels scheren. Penn slaakte een gefrustreerde gil, waarna Gemma haar hoofd boog en opnieuw in de aanval ging. Toen ze zag dat Penn haar weer een trap wilde geven, zette ze haar messcherpe tanden in haar been.

Penn krijste en viel achterover. Gemma zag haar kans schoon en sprong boven op haar. Penn was nog altijd sterker dan zij, wist ze, en als ze haar hart uit wilde rukken, moest ze het nu doen. Ze had echter haar klauwen nog niet in Penns borst gezet of ze werd weer achterovergeduwd.

De grond leek onder haar voeten weg te zakken, en Gemma begreep pas wat er aan de hand was toen ze de wind van Penns vleugels voelde. Penn was opgestegen en had haar mee de lucht in genomen.

Gemma klapte met haar vleugels, in een poging weer naar de grond te komen, maar het volgende moment werd ze met haar rug tegen het puntdak geslagen. Penn bleef haar tegen het dak drukken, alsof Gemma een sloopkogel was, en om haar heen regende het houtstukken en splinters.

Ze braken door het dak heen. Penn wist van geen ophouden. Als Penn een luchtgevecht wilde, kon ze het krijgen. Gemma klauwde haar met haar ene hand in het gezicht terwijl ze met haar andere hand een van Penns vleugels vastgreep. Als ze hem eraf zou rukken, zou Penn omlaag storten.

Penn moest haar gedachten hebben geraden, want ze grijnsde en dook op haar af. Gemma wilde schreeuwen, maar er kwam geen geluid uit haar keel: Penn had haar keel dichtgeknepen en stond op het punt haar hoofd af te bijten.

49

Duivels

Na Alex' vertrek had Marcy een sweater van de achterbank gepakt, er een mouw afgerukt en die strak om de wond in haar scheenbeen gebonden. Het bot was nu niet zichtbaar meer, wat ze een stuk minder stoer vond, maar het lopen ging erdoor op vooruit.

Thea had de rest van de sweater om het gapende gat in haar borst gebonden, waarin een kloppend roze blobje al weer uitgroeide tot een nieuw hart.

Marcy had vervolgens een aantal middelgrote takken verzameld waarmee ze Kirby had toegedekt. Behalve de deken die Alex over hem heen had gelegd, wilde ze hem een extra beschermende laag geven.

'Het spijt me, Kirby.' Marcy veegde de tranen uit haar ogen, wat een paar smeren opgedroogd bloed achterliet op haar wangen. 'Ik kende je nog niet zo lang, maar ik vond je ontzettend lief. Dit had nooit mogen gebeuren.'

Ze haalde diep adem en vervolgde: 'Het spijt me dat ik niet bij je kan blijven om te rouwen. Dat is niet omdat ik niet om je geef, maar omdat ik achter de monsters aan moet die jou dit hebben aangedaan.'

'Wat ben je aan het doen?' vroeg Thea. Ze kwam bij Marcy

staan en rolde een paar keer met haar schouder. Haar gebroken vleugel kraakte.

'Ik hou een toespraak. Dat kan natuurlijk ook op de begrafenis, maar het lijkt me goed om nu ook al iets te zeggen,' zei Marcy. 'Zijn geest is waarschijnlijk nog in de buurt. Ik wil hem zeggen dat het me spijt.'

'Waarom heb je die takken over hem heen gelegd?' vroeg Thea.

'Dan blijven de dieren van hem af.' Marcy draaide zich om. 'Oké. Kom, we gaan.'

'Hoezo, we gaan?' Thea schudde haar hoofd. 'Ik blijf hier.'

'O? Om je wonden te likken? Mijn vrienden zijn in gevaar. Ik blijf hier niet wachten tot ze me om hulp komen vragen.'

'Wat heb jij ineens een praatjes,' zei Thea.

'Ja, vergeet niet dat ik net je leven heb gered,' zei Marcy. Ze hinkte naar Thea toe en stak haar een arm toe. 'Help me die heuvel eens op. Ik heb nog iets van je te goed.'

Thea maakte geen aanstalten haar te helpen en zei: 'En die gunst wil jij zo terugbetaald krijgen?'

'Ja. Meer hoef je niet te doen.'

'Maar je bent gewond.' Thea wees naar Marcy's been. 'Je kunt amper lopen. Hoe denk je hen te kunnen helpen?'

Marcy haalde haar schouders op. 'Misschien door als lokaas te dienen? Stel dat Penn mij verslindt, dan zit ze te vol om zich nog op iemand anders te kunnen storten. Ik weet niet hoe ik kan helpen, maar als ik hier blijf, doe ik helemaal niks. Dat wil ik niet. Ik heet geen Thea.'

Thea ging niet op de belediging in en nam haar van top tot teen op. 'Dat overleef je niet.'

'Dat zou jou wel goed uitkomen, hè? Dan ben je van me af. Nou, vooruit. Breng me naar boven. Daarna mag je ervandoor.'

Op dat moment doorbrak een oorverdovend gekrijs de stilte die na het gevecht tussen Thea en Liv was neergedaald over de heuvel en dat alle dieren op de vlucht had doen slaan.

Marcy keek omhoog en in het licht van de heldere maan zag

ze boven de boomtoppen twee reusachtige vogels naar elkaar klauwen.

Thea zuchtte. 'Dat ziet er niet best uit.'

Ze sloeg haar arm om Marcy's middel, zodat Marcy op haar kon steunen, en begon de steile weg op te lopen. Het was een mooi gebaar, maar bij elke stap sloeg Thea's gebroken vleugel tegen Marcy's rug.

'Kun je die vleugel alsjeblieft bij je houden?' zei Marcy. Ze veegde een bebloede veer uit haar gezicht.

'Nee, hij is gebroken. Ik kan hem pas bij me houden als hij genezen is.'

'Nou, vooruit dan maar,' zei Marcy, en ze versnelde haar pas. Gemma was in moeilijkheden en kon wel wat hulp gebruiken. 'Misschien kunnen we beter gaan liften.'

'Penn is zeer gesteld op haar privacy en heeft alle buren verjaagd. Er woont daarboven niemand meer,' verduidelijkte Thea. 'En je gelooft toch niet dat er iemand voor ons zal stoppen.'

'Waarom niet? Met die vleugels zou je ook een engel kunnen zijn,' zei Marcy. 'Wie wil er nou niet graag een engel in nood helpen?'

'Ik ben eerder een duivel, dat zie je toch wel?'

'Ik wel, maar een voorbijrijdende automobilist niet.'

50

Zwaar geschut

Alex was bijna boven op de heuvel toen hij een klap hoorde. Om de weg af te snijden had hij het pad door het bos genomen, en hij moest tussen de boomtakken door omhoogturen om de botsing tussen de twee grote vogels te kunnen zien.

Zolang het gevecht zich afspeelde in de lucht kon hij weinig uitrichten, maar als hij snel doorrende naar het huis, kon hij Harper en Daniel misschien op tijd bevrijden.

Toen hij bij het huis aankwam, zag hij Harpers auto met draaiende motor op de oprit staan. De voordeur van het huis stond wagenwijd open. Nog voordat hij over de drempel stapte, zag hij dat het binnen een chaos vanjewelste was. De vloeren lagen bezaaid met hout, eten, apparaten, meubels.

'Harper?' riep Alex. Hij stapte over de rotzooi heen.

'Alex!' riep Harper terug van achter uit het huis. 'Ik ben in de woonkamer!'

Hij rende naar achter en zag dat de woonkamer, die uitkeek op de baai, zo goed als ongeschonden was. Harper zat tussen een berg van versplinterd hout en bestek in het midden van de kamer. Hij wilde haar net vragen wat er was gebeurd toen hij werd opgeschrikt door gebons.

'Wie is dat?' vroeg hij met een blik op de loft.

'Daniel. Hij is veilig en mankeert niks.' Harper schudde haar hoofd en liet haar blik over de rommel gaan. 'Ik moet iets hebben waarmee ik Gemma kan bijstaan.'

Alex hurkte naast haar neer. 'Een soort wapen bedoel je?'

'Ja, voor als ze terugkomen.'

Alex keek omhoog naar het gat in het dak, waardoor een enkele zwarte veer omlaag dwarrelde.

'En als ze niet terugkomen?' vroeg hij met een brok in zijn keel. Hij moest er niet aan denken.

'Daniel zit opgesloten in de badkamer, dus Penn zal hem komen ophalen. We moeten zorgen dat we voorbereid zijn.'

Het feit dat Harper er niet bij zei dat Gemma ook terug zou komen, deed Alex de ernst van de situatie inzien. Hij wist dat Gemma had geoefend om het monster in haar binnenste te kunnen aansturen, zodat ze het gevecht met Penn kon aangaan, maar hij had geen idee hoe sterk ze was. Misschien maakte ze geen schijn van kans.

In dat geval zou hij samen met Harper het stokje van haar moeten overnemen.

'Oké, wat heb je gevonden?' vroeg hij, en hij draaide zich weer naar haar om.

'Vooral dit soort dingen.' Ze hield een doormidden gebroken bezem omhoog; het uiteinde van de steel had een scherpe punt. 'Ik kan haar doorboren. Maar ik denk niet dat het helpt. Waarschijnlijk werkt het alleen bij vampiers.'

'Hoe dood je een sirene? Zonder hoofd en hart zijn ze toch ten dode opgeschreven?' zei Alex. Toen Harper knikte, keek hij de kamer rond. 'Dan moeten we dus iets zoeken wat...' Zijn oog viel op de halve koelkastdeur met de scherpe rand. 'Wat dacht je van die koelkastdeur?'

'Daar dacht ik zelf ook al aan, maar hij is te zwaar voor mij. Voor Gemma waarschijnlijk niet, maar...' Haar stem stierf weg. Als Gemma gewond was, zouden ze niets aan de deur hebben.

'Dat roestvrij staal dat erop zit is alleen maar voor de sier. Volgens mij zit het erop gelijmd.' Alex liep naar de koelkastdeur en trok aan de plaat. 'Kom, dan proberen we hem eraf te trekken.'

Harper stond op en stapte snel naar hem toe. Ze grepen allebei een kant van de plaat vast en probeerden hem los te trekken, maar door de scherpe randen kregen ze weinig grip op het metaal, dat bovendien glad en stevig verlijmd was. Alex had net een hoek losgekregen toen achter hen de laatst overgebleven ruit aan diggelen ging.

In een reflex boog hij zich over Harper heen om haar met zijn lichaam tegen de rondvliegende veren, glasscherven en brokstukken te beschermen. Penn stootte een vreemd, vogelachtig gekras uit en rolde vechtend met Gemma over de vloer.

51

Slachting

Gemma stond op en schudde het glas uit haar haar. De voorkant van haar shirt was doorweekt met bloed en alles deed pijn. Penn had zo hard in haar linkerarm gebeten dat hij gebroken was en in een vreemde hoek aan haar schouder hing.

Penn stond tegenover haar en begon langzaam om haar heen te cirkelen. Tot Gemma's opluchting bleek ze Penn behoorlijk te hebben toegetakeld. Ze hinkte, had twee afgebroken hoektanden en zat onder het bloed van bijt- en klauwwonden.

Gemma was blij dat ze Penn had weten te verwonden, maar haar energie was bijna op. Mogelijk door bloedverlies uit de wonden in haar hals, of doordat ze te lang niets had gegeten. Ze voelde haar krachten afnemen.

Dit was haar laatste kans om Penn uit te schakelen, dus ze zou alles op alles moeten zetten.

Ze wachtte tot Penn haar aanviel en stapte toen op het laatste nippertje opzij. Terwijl Penn langs haar heen stormde, greep Gemma haar bij haar vleugel, draaide haar een kwartslag, sprong op haar rug en werkte haar tegen de grond.

Penn sloeg wild om zich heen met haar vleugels, maar met haar tanden en klauwen kon ze niets uitrichten. Gemma drukte haar tegen de grond, ging met haar volle gewicht op haar onderrug staan en haalde met haar laatste krachten Penns rug open met haar klauwnagels.

Penn krijste en probeerde Gemma van zich af te werpen, maar daardoor haakten Gemma's nagels alleen maar nog dieper in haar vlees, totdat ze uiteindelijk op Penns kloppende hart stuitte. Ze greep het beet en rukte het eruit.

Penn gooide zich achterover en wierp Gemma van zich af. Ze viel op de grond en probeerde weer overeind te krabbelen, maar haar voeten slipten weg; haar benen waren verzwakt en de vloer was glad van het bloed.

Penn stortte zich weer met volle kracht op haar. Gemma hief haar armen voor haar gezicht en probeerde haar af te weren, maar Penn beet en klauwde als een dolle hond om zich heen.

'Gemma!' riep Harper, en Gemma zag haar zus met een ijzeren brokstuk in haar handen aan komen rennen.

Penn was zo verblind door woede dat ze Harper niet opmerkte, zelfs niet toen Harper op haar af kwam gestormd. Harper haalde uit en ramde de stalen plaat in Penns nek. Helaas doorkliefde het metaal alleen haar keel en luchtpijp en had ze te weinig kracht om de wervels te breken. Harper drukte door, maar in plaats van Penn te onthoofden, verwondde ze haar eigen hand. Toen het bloed begon te vloeien verloor ze haar grip. Penn wankelde achterover, waardoor de plaat uit haar handen viel en de scherpe rand haar onderarm openhaalde.

Penns keel bloedde hevig en ze maakte een boos, rochelend geluid.

Gemma richtte zich op en gaf een trap tegen de plaat. De scherpe rand sneed in de zool van haar voet, maar desondanks slaagde ze erin de ijzeren plaat door Penns nekwervels te trappen.

Penns hoofd – de mond nog altijd in een woedende grijns – vloog van haar romp en kwam met een onrustbarende klap neer op de grond. Een fractie van een seconde later zakte haar lichaam als een zoutzak naast het hoofd in elkaar.

52

Bloedig

'Harper! Hárper!' riep Daniel. Hij bonkte weer tegen de deur. Het deerde hem niet dat zijn schouder straks bont en blauw zou zien.

Hij zat nog steeds opgesloten in de badkamer en had geen idee wat zich aan de andere kant van de deur afspeelde. Het enige waar hij op kon afgaan waren geluiden, zoals het geschreeuw van mensen en brekend glas.

Maar nu was het ineens doodstil.

'Een ogenblikje, Daniel,' hoorde hij Gemma zeggen, gevolgd door het geknars van metaal.

En toen zwaaide de deur eindelijk open. Hij was nog nooit zó opgelucht geweest. Gemma stond in mensengedaante voor hem. Ze zat onder het bloed, haar kleren waren gescheurd, maar ze leek verder ongedeerd.

Daniel legde zijn handen op haar schouders. Hij wilde zich ervan vergewissen dat ze echt was en niets mankeerde. 'Alles goed?'

'Ja hoor.' Ze knikte. 'Penn is dood. En Harper maakt het goed. Nou ja, redelijk goed.'

'Redelijk goed?' herhaalde Daniel. Hij liep snel langs Gemma heen en zag Harper, geholpen door Alex, boven aan de trap verschijnen. Haar rechterarm zat onder het bloed, maar ze leefde, en ze glimlachte door haar tranen heen naar hem.

Hij rende naar haar toe en nam haar in zijn armen. Hij besefte dat hij haar misschien wat te ruw optilde en knuffelde, maar Harper protesteerde niet en knuffelde hem terug.

Toen zette hij haar weer neer om haar beter te kunnen bekijken. Hij streek het haar uit haar gezicht en keek haar in de ogen. 'Gaat het?'

'Ja hoor.' Ze glimlachte. 'En met jou?'

Hij grijnsde. 'Beter dan ooit.' Zijn blik gleed naar de snee die van haar armholte tot aan haar handpalm liep. 'Je arm. Je moet gehecht worden.'

'Nee hoor, het lijkt erger dan het is,' stelde Harper hem gerust. 'De snee is niet zo diep. Ik denk niet dat er een ader is geraakt.'

Hij keek om zich heen, op zoek naar iets om Harpers arm mee te verbinden. Penn had zijn overhemd aan flarden gescheurd en hij betwijfelde of Harper gebruik wilde maken van het zijden beddengoed waarop Penn hem nog maar even daarvoor had proberen te verleiden. Zelfs niet in geval van nood.

Ter verhoging van de sfeer had Penn een goudkleurige shawl om het hoofdeinde van haar bed gebonden. Daniel beende ernaartoe en trok de shawl los. De stof, die van gehaakt satijn leek, was waarschijnlijk niet erg absorberend, maar hij zou het bloed kunnen stelpen.

'Hier.' Hij wikkelde de shawl om Harpers arm en legde er vlak onder de elleboog een strakke knoop in, zodat hij als tourniquet kon fungeren. 'Dit voldoet voorlopig wel.'

'Wat is hier gebeurd? Is het feestje over?' zei Marcy.

Daniel keek over de balustrade naar Marcy en Thea, die net het huis binnenkwamen. Marcy maakte een ietwat verfomfaaide indruk, maar Thea zag eruit alsof ze door een hel was gegaan. Ze was weer in mensengedaante, zonder vleugels of klauwen, maar zat van top tot teen onder het bloed.

Gemma, die intussen naar beneden was gehold, liep naar Thea toe.

'Altijd als ik hier binnenkom ligt er een onthoofd lijk in de woonkamer,' zei Marcy onverstoorbaar. Ze hurkte naast Penns gevleugelde lichaam neer en bekeek het aandachtig.

Gemma en Thea stonden in de deuropening op gedempte toon met elkaar te praten. Daniel sloeg zijn arm om Harper heen en keek met gefronste wenkbrauwen toe.

'Is iedereen nu hier?' vroeg Daniel, en hij keek om zich heen. 'Niemand ernstig gewond?'

'Liv en Penn zijn dood,' zei Alex, en Daniel keek voor het eerst zijn kant op. Alex' gezicht betrok. 'Maar dat geldt helaas ook voor Kirby.'

'O nee,' zei Harper zacht.

'Mankeer jij niets?' zei Daniel. 'Je ziet er behoorlijk toegetakeld uit.'

Alex keek naar zijn kleren, die vol bloedvlekken zaten. 'Het meeste bloed is niet van mezelf. Ik heb Gemma een dikke knuffel gegeven. Het valt wel mee.'

'Is de vloek nu verbroken?' vroeg Daniel.

'Ik zou het niet weten,' gaf Harper toe. 'Volgens Diana zouden we de vloek niet hoeven te verbreken als we Penn vermoordden. Maar Gemma heeft haar krachten nog, anders had ze die badkamerdeur nooit open gekregen.'

'Ze lijkt helemaal genezen. Maar misschien is het sirenenbloed nog niet helemaal verdampt,' opperde Alex.

Harper schudde haar hoofd, alsof ze niet overtuigd was, en maakte zich los uit Daniels armen. Vervolgens liep ze naar de balustrade. 'Wat denk jij, Gemma? Is de vloek verbroken?'

Gemma draaide zich om en glimlachte zwakjes naar haar. 'Ja, het is voorbij.'

'Maar...' Harper zweeg. Daniel kwam achter haar staan en legde voorzichtig een hand op haar rug. 'Je bent nog steeds heel sterk en Thea is er ook nog. Ik dacht dat zij tot stof zou vergaan zodra de vloek verbroken was.'

'Dat was een van onze theorieën, maar die klopt dus niet,' zei Gemma.

'Welke theorie klopt dan wel?' vroeg Daniel.

Gemma keek over haar schouder naar Thea, alsof ze zelf graag ook antwoord op die vraag zou krijgen.

'Dat we geleidelijk aan weer sterfelijk worden,' antwoordde Thea in haar plaats. 'In de komende dagen zullen de sirenenkrachten langzaam ons lichaam verlaten, tot we weer mens zijn. Ik ga dan een normaal mensenleven leiden.'

'Maar hoe weet je dat alles weer normaal is?' vroeg Harper. 'Hoe kun je daar zeker van zijn als er niets is veranderd?'

'Ik zei niet dat er niets veranderd is,' verbeterde Gemma haar. 'Ik kan het voelen. Vanbinnen.' Ze zweeg even en bloosde toen. 'Mijn hongergevoel is lang niet meer zo sterk.'

'Weet je het zeker?' vroeg Harper nogmaals.

Gemma knikte. 'Heel zeker.'

Thea zei iets tegen Gemma wat Daniel noch de anderen in de slaapkamer konden verstaan. Gemma knikte, waarna Thea zich omdraaide en wegliep. Gemma sloeg haar armen om zich heen en keek Thea na.

'Wat is er?' vroeg Harper. 'Waar gaat Thea naartoe?'

'Ze wil naar de bergen, of misschien wel naar een woestijn.' Gemma haalde haar schouders op. 'In elk geval naar een plek waar ze al honderden jaren niet meer is geweest.'

'Wil dat zeggen dat we nu echt verlost zijn van de sirenen?' zei Harper.

'Ja.' Gemma zuchtte diep. 'Eindelijk. We zijn vrij.'

53

Geradbraakt

'Ik zweer het, pap,' zei Harper. 'Het ontbijt heeft me nog nooit zo lekker gesmaakt.' Ze nam nog een hap van haar roerei.
Brian keek met een mengeling van geamuseerdheid en verbazing toe. 'Maar dit heb ik al zo vaak voor je klaargemaakt.'

'Nee hoor.' Ze schudde haar hoofd. 'Nooit zo lekker als nu.'

Harper en Gemma waren de avond ervoor laat thuisgekomen, nadat ze de dode lichamen en vernielde auto's op het klif hadden opgeruimd. Daarna waren ze nog lang opgebleven om hun vader verslag te doen van de gebeurtenissen.

Harper had de dag ervoor amper iets gegeten en was te moe en geradbraakt geweest om te eten toen ze thuiskwamen. Maar toen ze de volgende ochtend wakker werd, rammelde ze van de honger.

Brian, die al vroeg was opgestaan en had ontbeten, had per se een ontbijt voor haar willen klaarmaken. Ze vroeg zich af of hij haar gewoon wilde verwennen of dat hij haar er nog wat te slapjes vond uitzien.

Die ochtend was ze behoorlijk geschrokken toen ze een glimp van zichzelf had opgevangen in de spiegel. Ze had zich de avond daarvoor gedoucht om het vuil en bloed van zich af te spoelen, maar bleek toch nog heel wat schrammen en blauwe plekken te hebben overgehouden aan het gevecht met Penn. Daniel had haar aangeraden naar het ziekenhuis te gaan om te zien of haar arm gehecht moest worden, maar ze had er de voorkeur aan gegeven de wond te verbinden met gaasverband. Tot dusver leek dat voldoende. Ze had een pleister op haar linkerwang en een flinke blauwe plek in haar hals, maar de rest zou ze kunnen verstoppen onder lange mouwen en een lange broek als ze naar college moest.

'Dag, slaapkop,' zei Brian toen Gemma de keuken binnen kwam sloffen. 'Ik dacht dat je nooit meer wakker zou worden.'

Gemma, wier wonden na het gevecht meteen waren genezen, had geen schrammetje. Haar ogen stonden nog een tikje moe, en ze was duidelijk nog niet helemaal wakker, maar verder zag ze eruit zoals altijd.

'Wat zijn jullie vroeg op,' zei Gemma geeuwend. Ze liet zich op een stoel aan de keukentafel ploffen.

'Het is al middag, hoor,' zei Harper tussen twee happen door. 'Dat noem ik niet vroeg.'

'Maar zo voelt het wel. Ik ben nog doodmoe.' Ze stopte een paar lokken terug in haar slordig opgestoken haar.

'Je ziet er beter uit dan vannacht,' zei Brian. Daarna wierp hij een vluchtige blik op Harper. 'Dat kan ik van jou niet zeggen.'

'Dank je, pap,' zei Harper droogjes.

'Ik bedoel te zeggen dat Gemma gelijk heeft,' zei Brian. 'Je had beter ook kunnen uitslapen.'

'Ik voel me goed. Prima zelfs,' hield Harper vol. Haar goede humeur had haar de pijn bijna doen vergeten, hoewel ze die ochtend voor de zekerheid toch een paar aspirientjes had genomen. 'Gemma is verrassend snel opgeknapt.'

'Ja, eigenlijk al sinds ik gisteravond van monster weer mens werd.'

'Is het nu echt allemaal voorbij?' Brian leunde met zijn armen op de tafel en keek Gemma aan. 'Weet je zeker dat je geen sirene meer bent?'

'Ja hoor, het is voorbij,' zei Gemma vastberaden. 'Ik voel dat mijn sirenenkrachten afnemen. In een paar dagen zijn ze verdwenen.'

Harper was klaar met eten en schoof haar bord opzij. 'Weet je het absoluut zeker?'

'Toe nou, jongens.' Gemma lachte, maar het klonk een tikje ongemakkelijk. 'Ik weet echt wel wat ik voel, hoor.'

Harper keek haar vorsend aan en schudde toen haar hoofd. 'Ik zie het verschil gewoon niet meer.'

'Hoe bedoel je?' vroeg Gemma.

'Ik weet niet of je zo mooi bent van jezelf of dat het je sirenenschoonheid is.'

Gemma grijnsde. 'Dat zal ik dan maar opvatten als een compliment.'

Op dat moment ging de deurbel. Harper stond op om open te doen. Terwijl ze de keuken uit liep, probeerde Brian Gemma vergeefs over te halen een saucijsje te nemen.

'Jeetje,' zei Alex toen Harper opendeed. 'Penn heeft je goed te pakken gehad.'

'Ja, ze was behoorlijk pissig. Maar gelukkig is ze nu dood.' Harper glimlachte onwillekeurig.

Ze had zich in tijden niet zo goed gevoeld. Na al het getreiter van Penn had ze het gevoel dat er een zware last van haar schouders was gevallen.

'Maar jij ziet er prima uit,' zei Harper tegen Alex. Hij droeg een t-shirt en een korte broek, maar behalve een blauwe plek op zijn arm, zag ze geen verwondingen.

'Ja. Nadat ik had gedoucht, bleek ik amper een schrammetje te hebben opgelopen,' zei hij.

'Kom binnen.' Harper deed de deur verder open. 'Gemma is nog aan het ontbijten. Volgens mij is er nog een saucijsje over. Dus als je trek hebt?'

'Ja hoor,' zei hij nonchalant, en hij liep met haar mee naar de keuken.

Toen Gemma hem zag, begon ze te stralen. 'Hoi.'

'Hoi.' Alex liep naar haar toe en kuste haar. Toen Brian echter luidruchtig zijn keel schraapte, kwam hij overeind en glimlachte hij beleefd naar Gemma's vader. 'Goedemorgen, meneer Fisher.'

'Goedemorgen, Alex,' zei Brian nors terwijl Harper grinnikend aan tafel ging zitten.

Alex trok een stoel naar zich toe en ging naast Gemma zitten. 'Hoe voel jij je nu?'

'Redelijk. Alleen nog een beetje slaperig.' Ze geeuwde weer, als om haar woorden kracht bij te zetten, en pakte onder de tafel zijn hand vast.

'Ik wou na het ontbijt bij Marcy langsgaan,' zei Harper. 'Ga je mee?'

Gemma schudde haar hoofd. 'Nee, ik kruip nog even terug in bed.'

'Je bent net op,' zei Harper verbaasd.

'Ik ben doodmoe,' hield ze vol. 'Blijkbaar kost krachtverlies veel energie.'

'Oké.' Harper haalde haar schouders op en wendde zich tot Alex. 'En jij?'

'Als Gemma toch weer naar bed gaat...' Hij zweeg even en keek haar aan, alsof hij haar om goedkeuring vroeg.

'Je mag wel meegaan, hoor,' zei Gemma. 'Marcy mag je graag en kan wel wat afleiding gebruiken.'

'O?' Hij keek haar verbaasd aan. 'Ik dacht dat Marcy een hekel aan me had.'

'Nee hoor, zo doet ze tegen iedereen,' verduidelijkte Harper.

'Vinden jullie het erg als ik nu al ga liggen?' Gemma liet Alex' hand los en schoof haar stoel achteruit. 'Ik ben echt te vroeg opgestaan.'

'Gaat het?' vroeg Brian bezorgd. 'Je hebt niets gegeten.'

'Ja, het gaat wel. Een dutje zal me goeddoen.' Gemma stond op. 'Verontschuldig me maar bij Marcy en bedank haar nog van mij.'

'Zal ik doen,' zei Harper.

Toen Alex ook opstond, ging Gemma op haar tenen staan en kuste hem snel op zijn wang, zodat haar vader niet opnieuw zijn keel hoefde te schrapen. Vervolgens wuifde ze even en verdween naar haar kamer.

'Vinden jullie niet dat ze zich vreemd gedraagt?' zei Harper toen ze Gemma de trap op hoorde lopen. 'Dat moet jullie toch ook zijn opgevallen?'

'Ja, maar vind je het gek, na wat er gisteravond allemaal is gebeurd?' zei Brian.

'Als ze al die superkrachten aan het verliezen is, snap ik wel dat ze uitgeput is,' beaamde Alex. Hij ging weer zitten. 'Het ene moment ben je oersterk, het volgende moment sterfelijk. Dat moet een vreemd gevoel zijn.'

Harper dacht even na en knikte toen. Alex had gelijk: het moest fysiek een vreemde gewaarwording zijn om van een onsterfelijk wezen terug te veranderen in een normale tiener. Om nog maar te zwijgen van de stress en krachtsinspanningen van de vorige avond.

'Ja, dat moet het wel zijn,' beaamde Harper.

'Alex,' zei Brian, waarop Alex meteen rechtop ging zitten. 'Dat je het leven van mijn dochters hebt gered, wil nog niet zeggen dat nu alles is toegestaan. De oude regels gelden nog steeds. Dus mocht ik je op Gemma's slaapkamer aantreffen, dan deins ik er niet voor terug om datgene af te hakken waarmee je haar op dat moment aanraakt. Begrepen?'

Alex slikte. 'Maar al te goed, meneer Fisher.'

54

Requiem

Marcy woonde in een piepklein appartement boven een souvenirwinkel op een paar straten van het strand. Zomers had ze een hekel aan de plek vanwege de hordes toeristen, maar in de winter, als de wijk uitgestorven was, vond ze het er heerlijk wonen.

Harper en Alex stonden op de overloop voor de deur van haar appartement. Tussen de gebouwen door was de baai van Anthemusa te zien en in de verte klonk muziek en gelach.

'Hallo.' Lydia deed met een stralende glimlach open.

'Hé, Lydia, ik wist niet dat je bij Marcy was,' zei Harper.

'Ik dacht: Marcy is alleen, laat ik maar verpleegstertje gaan spelen.' Dat verklaarde Lydia's witte hoofdkapje met rode kruis.

'Wat aardig van je,' zei Harper. Toen gebaarde ze naar Alex. 'Ik weet niet of jullie elkaar al kennen, maar dit is Alex Lane, het vriendje van Gemma.'

'Nee, nog niet. Leuk je te leren kennen, Alex.' Ze gaf hem een hand. 'Ik ben Lydia Panning.'

'Ik heb al veel over je gehoord,' zei hij.

Lydia maakte een reverence in haar pluizige roze rokje. 'Ik hoop aan al uw verwachtingen te voldoen.'

'Hoe is het met Marcy?' vroeg Harper. Ze wilde weten hoe haar vriendin het maakte voordat ze naar binnen ging.

'Goed hoor. Ze ligt al de halve ochtend op de bank met haar fret te spelen en Scooby Doo-afleveringen te kijken.' Lydia sprak zachter. 'Ze heeft gehuild. Ik denk om Kirby, niet vanwege de pijn.'

Harper knikte. Marcy had moeite met het tonen van emoties, zelfs als ze verdriet had. Toen ze met Lydia de kamer binnenkwam, zat Marcy op de bank met haar gewonde been omhoog op een zitzak.

Aan de muur achter haar hing een grote, ingelijste zwart-witfoto van het vermeende monster van Loch Ness dat Harper echter meer op een drijvende tak vond lijken.

'Hoi.' Harper glimlachte en ging naast Marcy op de bank zitten. 'Hoe gaat het, lieverd?'

'Lieverd?' Marcy keek haar bevreemd aan. 'Ik heb alleen mijn been bezeerd, hoor. Ik ben geen zielige bejaarde met een zwak voor poesjes.'

'We komen even kijken hoe het met je gaat,' zei Alex. Hij leunde naast Harper tegen de leuning van de bank, alsof hij bang was om te dicht bij Marcy in de buurt te komen.

Marcy haalde haar schouders op. 'Goed, gezien de omstandigheden.'

'Ik wilde net wat soep voor haar warm gaan maken,' zei Lydia. 'Naar een recept van mijn grootmoeder. Willen jullie ook wat?'

'O ja, die moeten jullie echt proberen,' zei Marcy.

'Ik heb al gegeten.' Harper klopte op haar buik.

'Ik ook, maar ik lust nog wel een bord soep,' zei Alex.

Lydia verdween in het aangrenzende keukentje en algauw klonk het gekletter van potten en pannen. Op de televisie loste Scooby Doo een mysterie rondom een oude terreinknecht op. Marcy bleef het verhaal nog een paar minuten aandachtig volgen en zette toen de tv uit.

'Hebben jullie nog met de politie gesproken?' vroeg Marcy, zich tot Harper wendend.

'Na gisteravond niet meer.'

Na alles wat er was gebeurd had het hun verstandiger geleken de politie te bellen. Vanzelfsprekend pas nadat ze de dode lichamen van Penn en Liv hadden opgeruimd. Harper had gedacht dat Thea was vertrokken, maar ze was de heuvel af gelopen om Livs lichaam op te halen.

Niet veel later was ze teruggekeerd en had ze Livs bijeengeraapte lichaamsdelen van het klif gegooid. Gemma en Daniel hadden hetzelfde gedaan met Penns lichaam. Thea had uitgelegd dat de lichamen niet gevonden zouden worden omdat ze binnen een paar uur helemaal opgelost zouden zijn in het zoute water.

In het huis van de sirenen hadden ze alle bloedsporen zo goed mogelijk uitgewist en de deuren afgesloten. Doordat Penn de buren de stuipen op het lijf had gejaagd, kon de woning lange tijd leegstaan zonder dat het zou opvallen. Ze besloten een week of twee te wachten en het huis dan plat te branden om mogelijke bewijzen te vernietigen.

Het enige wat ze aan de politie hadden verteld was dat Kirby was verongelukt. Dat was eenvoudiger te verkopen geweest. Ze hadden gezegd dat Marcy het klif op was gereden voor een romantische date met Kirby toen er een boom, die tijdens de augustusstorm was beschadigd, op de auto was gevallen. Ze was geslipt en tegen een andere boom gereden. Kirby had bij het ongeluk het leven gelaten.

Hoe ongelofelijk het ook mocht klinken, dankzij Gemma en Thea's resterende sirenencharmes leek de politie het verhaal voor zoete koek te slikken. Bovendien was er geen andere logische verklaring voor de omgevallen boom en de verbrijzelde auto.

'Denk je dat ze het geloofden?' vroeg Marcy.

Harper knikte. 'Gemma en Thea hebben de agenten weten te overtuigen.'

'Hier, pak aan.' Lydia kwam de woonkamer binnen met een peper-en-zoutkleurige fret in haar handen, die twee keer zo dik was als de gemiddelde fret, en overhandigde hem aan Marcy. 'Hij probeert steeds in de pan te springen.'

'Bruce is dol op kip.' Marcy aaide de fret die aan haar vingers begon te knabbelen. 'Hij is familie van de wezel, en die eten het liefst vogels.'

'Hoe gaat het met je? Het is toch vreselijk wat er met Kirby is gebeurd?' zei Harper. Nu Marcy Bruce in haar armen had, leek het haar een goed moment om over Kirby te beginnen.

'Hm. Het was nog niet zo lang aan tussen ons, maar...' Haar ogen vulden zich met tranen, waardoor ze achter de dikke brillenglazen nog groter leken dan ze al waren. Ze schudde haar hoofd en haalde haar neus op. 'Gedane zaken nemen geen keer.'

'Weet je al wanneer de begrafenis is?' vroeg Alex.

'Nee. Ik heb zijn ouders nog niet gesproken, en dat wil ik ook niet.' Ze drukte de fret tegen haar borst, die aan een traan op haar wang snuffelde. 'Dat zal uit de overlijdensadvertentie moeten blijken.'

Harper wreef over de rug van haar vriendin, die haar hand tot haar verrassing niet afschudde. Marcy moest behoorlijk aangeslagen zijn.

Even later kwam Lydia met twee kommen soep de kamer binnen. 'Tast toe, jongens.' Ze gaf eerst Alex een kom en toen Marcy, die ze verruilde voor Bruce. 'Hoe gaat het met Gemma?'

'Goed. Ze is alleen nog erg moe. Ze is thuisgebleven om te slapen,' zei Harper. 'Ik moest je beterschap wensen en bedanken.'

'Bedanken?' Marcy haalde haar schouders op. 'Ik zou niet weten waarvoor.'

'En... is ze weer de oude Gemma?' vroeg Lydia tussen neus en lippen door. Ze stond in de hoek van de kamer en aaide de fret.

'Ja. Penn is dood,' zei Harper. 'Diana had gelijk. Nu Penn dood is, is de vloek verbroken.'

'Nou, niet precies. Ze zei: "Als je zou proberen Penn te vermoorden, dan hoef jij de vloek niet meer te verbreken."' Lydia zei het luchtig, maar iets in haar toon maakte Harper nerveus. Alsof Lydia niet wilde laten merken dat ze dat een belangrijk verschil vond.

'Dat zei ik toch,' zei Harper, en het klonk bijna als een sneer.

'Nee, het ligt iets anders.' Lydia zette Bruce op de grond. 'Ik heb het nog met Pine over de vertaling gehad. Het ziet ernaar uit dat het niet uitmaakt of Penn of een van de andere sirenen wordt gedood, zolang ze maar vervangen worden.'

'Dan klopt de vertaling dus niet,' zei Harper nors. 'Gemma zei dat de vloek verbroken was. Toch, Alex?'

'Ja, het is voorbij,' beaamde Alex. Het klonk echter onzeker, alsof hij niet precies begreep waar Harper en Lydia het over hadden. 'Ik bedoel, ik heb het ook aan Gemma gevraagd en ze zei dat het voorbij was. Waarom zou ze liegen?'

'Misschien weet ze het zelf ook niet,' opperde Marcy.

Lydia schudde haar hoofd. 'Jawel, zij zal het altijd weten.'

'Precies. Zowel Gemma als Thea voelt dat de vloek verbroken is,' zei Harper gedecideerd. 'Ze merken dat hun krachten afnemen. Daarom is Gemma ook nog zo moe en uit haar doen.'

Er viel een ongemakkelijke stilte. Alex nam een hap van zijn soep en zei nadrukkelijk: 'Mmm, heerlijke soep, Lydia.'

'Dank je.' Ze glimlachte beleefd.

'Mijn vader heeft Lucinda naar huis laten slepen,' zei Marcy. 'Ze is total loss, maar ik heb er alle vertrouwen in dat ze weer kan worden opgelapt.'

'De Gremlin?' vroeg Alex. 'Is het niet goedkoper om een nieuwe auto te kopen?'

'Lucinda is niet zomaar een auto,' wees Marcy hem terecht. 'Je hebt haar gezien. Ze is magisch. Al zou ik voor de rest van mijn leven in de bieb moeten werken om de reparatie te bekostigen, dan nog zou ze het waard zijn. O ja, dat is waar ook, ik moet me ziek melden voor dinsdag.'

'Maar het is pas zondag,' zei Harper.

Marcy haalde haar schouders op en viste haar mobieltje uit haar zak. 'Dinsdag heb ik waarschijnlijk nog steeds last van mijn been.'

55

Vriendschap

Daniel had net voor de tweede keer in twaalf uur gedoucht en had nu pas het gevoel dat hij alle viezigheid van zich had afgespoeld. Niet dat hij zo ernstig gewond was geraakt tijdens het gevecht met Penn, maar hij was bij het opruimen van de ravage onder het bloed komen te zitten. Om nog maar te zwijgen van het vieze gevoel dat hij had overgehouden aan zijn korte vrijpartij/sm-sessie met Penn, voordat Harper arriveerde.

Hij schoot een t-shirt en een pyjamabroek aan. Vandaag ging hij voor comfort. Terwijl hij zijn haar droogwreef met een handdoek, liep hij de badkamer uit, en pas toen hij de handdoek te drogen wilde hangen, zag hij Gemma in de kamer staan.

'Jezus!' Hij greep naar zijn hart. 'Ik schrik me dood. Wat doe jíj hier?'

'Ik moet met je praten.'

Ze stond blootsvoets in een druipnatte jurk in de deuropening. Of beter gezegd, alles was nat, tot aan haar goudbruine lokken, die in slierten aan haar gezicht plakten.

'Hoe ben je hier gekomen?' vroeg Daniel achterdochtig.

'Zwemmend.'

'Je bedoelt... als zeemeermin?'

Ze glimlachte, echter zonder veel overtuiging. 'Ik zat vroeger in het zwemteam, weet je nog? Ik zwom dagelijks in de baai. Dat stukje stelt niks voor, of ik nu sterfelijk ben of niet.'

'Dat is geen antwoord op mijn vraag. Hoe ben je hiernaartoe gezwommen?'

'Met mijn benen.' Ze tilde er een op en wiebelde er nadrukkelijk mee.

'Oké.' Hij gaf zich gewonnen en reikte haar zijn handdoek aan. 'Waaraan heb ik de eer te danken?'

Ze wreef haar haar droog met de handdoek, kneep het overtollige vocht eruit en gaf de handdoek weer aan Daniel, die hem op het aanrecht legde.

'Dank je,' zei ze. 'Ik bedoel, niet alleen voor de handdoek maar voor alles, wat je voor me hebt gedaan.'

'Dat valt wel mee, hoor.' Hij schudde zijn hoofd. 'Volgens mij ben jij degene die het meeste heeft gevochten.'

'Ik heb het niet alleen over gisteravond. Je hebt alles gegeven om mij te redden. Je wilde zelfs je leven voor me opofferen. Ik weet dat je het deed om Harper te beschermen, maar toch. Het betekent heel veel voor me.'

'Ik deed het niet alleen voor Harper.' Hij keek haar liefdevol aan. 'Deels natuurlijk wel, maar als zij er niet bij betrokken was geweest, had ik het ook gedaan.'

'Dat heb ik ook zo gevoeld.' Ze glimlachte en grinnikte even. 'Het klinkt misschien raar, maar je bent mijn beste vriend.'

'Hoezo raar? Jij bent waarschijnlijk ook mijn beste vriendin,' zei hij. 'Behalve Harper, praat ik het meest met jou. Op Pearl na misschien.'

'Maar die heeft dan ook verrukkelijke mosselsoep,' zei Gemma over de eigenaresse van de lunchroom die Daniels lievelingssoep serveerde.

'Zo is dat,' beaamde hij. 'Dus misschien is zij mijn beste vriendin en ben jij een goede tweede.'

Gemma glimlachte om zijn grapje en vervolgde: 'Ik kan je nooit genoeg bedanken voor je hulp, ook al had ik alle tijd van de wereld.'

'Had? Hoezo? Hoeveel tijd heb je dan nog?'

'De rest van mijn leven,' zei ze, zijn blik ontwijkend.

'Hm.' Hij leunde achterover tegen het aanrecht. 'Je draait om de hete brij heen. Daar word ik zenuwachtig van.'

'Ik wou alleen zeggen dat ik niet weet hoe ik je moet bedanken.'

'Je hoeft me niet te bedanken,' hield hij vol. 'Ik ben allang blij dat je nog leeft.'

'Je had wel dood kunnen zijn, Daniel!' bracht Gemma hem in herinnering. 'Dat is niet niks. Daar hoef je niet zo luchtig over te doen.'

'Hoezo? Ik zou een sirene zijn geworden. Misschien was dat niet eens zo vervelend geweest.' Hij grijnsde. 'We zouden Penn uitgeschakeld hebben en de heerschappij over de wereld hebben gekregen.'

Ze lachte en rolde met haar ogen. 'Ach ja, als je van mensenvlees houdt.'

'Alles went.'

Gemma sloeg haar ogen neer en de vrolijke uitdrukking verdween van haar gezicht. 'Dat hoop ik toch niet.'

'Nee, ik ook niet.'

'Ik weet dat je het raar vindt dat ik je wil bedanken, maar ik ben hier ook om je om een gunst te vragen.' Ze beet op haar lip en keek nerveus naar hem op.

Hij trok een wenkbrauw op. 'Een gunst?'

'Wil je me beloven dat je bij Harper zult blijven en voor altijd voor haar zult zorgen, wat er ook gebeurt?'

Hij aarzelde even en schudde toen zijn hoofd. 'Dat kan ik je niet beloven.'

'Maar je houdt van haar!' drong Gemma aan.

'Daarom kan ik het dus niet beloven. Ik wil dat we door onze liefde bij elkaar blijven, omdat we elkaar respecteren en naar elkaar verlangen. Ik wil me niet met haar verbonden voelen omdat ik jou dat heb beloofd. Dat is niet in haar belang.'

Gemma zuchtte. 'Daniel.'

'Ik beloof dat ik op haar zal passen zolang ik leef, zelfs als we niet meer samen zijn of ze me haat,' zei hij. 'Meer kan ik niet beloven.'

'Dank je.'

'Maar waarom maak je je zo druk om de toekomst van je zus? Wil je Capri soms voor altijd verlaten?'

'Nee. Ik wil alleen...' Ze besloot er luchtig op te reageren. 'Ik kan gewoon niet altijd in haar buurt zijn en wil er zeker van zijn dat ze veilig is.'

'Dat is ze. Eerlijk gezegd maak ik me meer zorgen om jou.'

Gemma was ruim dertig centimeter kleiner dan hij, en met haar natte haar leek ze nog kleiner. Hij wist dat ze mooi was, maar dat was niet wat hij zag toen hij haar aankeek.

Haar goudkleurige ogen waren de afgelopen maanden harder geworden, hoewel haar uitdrukking nog altijd iets onschuldigs en optimistisch had, en als ze lachte had ze nog steeds iets van een klein meisje.

Hij had in haar een bang kind gezien, dat gevangenzat in een situatie waarin ze wanhopig verandering had proberen te brengen. Hij had angst in haar ogen gelezen toen hij haar die eerste keer, toen Penn haar in het nauw had gedreven op de kade bij zijn boot, uit handen van de sirenen had gered. Ze was zelf toen nog geen sirene. Die angst was de reden geweest dat hij haar destijds had geholpen en nog altijd wilde helpen.

'Dat is nergens voor nodig,' zei Gemma. Ze liep naar de deur. 'Ik ga maar weer eens. Het is nog een eind zwemmen.'

'Gemma.' Hij hield haar met zijn hand op haar arm tegen en deed een stap naar haar toe. 'Heb ik je ooit verteld hoe mijn broer om het leven is gekomen?'

'Door een bootongeluk toch?'

Daniel knikte. 'Hij was dronken. Ik had al zo vaak gezegd dat hij moest stoppen met drinken. Hij ging uit varen terwijl ik hem dat afraadde, en toen ik zei dat hij te hard ging, wilde hij niet luisteren. Het ging dus mis.'

'Wat vreselijk,' zei ze onzeker, alsof ze niet wist wat ze nog meer moest zeggen.

'Ik voel me er niet meer schuldig over. Hij was zelf degene die ervoor koos om te drinken en met de boot uit te varen. Ik heb geleerd de keuzes die hij maakte naar beste kunnen te accepteren. Hij wist wat hij deed en ik heb er alles aan gedaan om hem over te halen het niet te doen. Hij was vijf jaar ouder dan ik en liet zich niet de wet voorschrijven.' Daniel was even stil en vervolgde toen: 'Wat ik mezelf niet vergeef, en wat me nog steeds dwarszit, is dat ik hem nooit heb kunnen vinden. Na het ongeluk in de baai werd hij vermist. Ik heb naar hem gezocht maar hem niet gevonden.' Hij ging voor Gemma staan.

'Waarom kun je jezelf dat niet vergeven?' vroeg ze, naar hem opkijkend.

'Omdat ik hem had moeten redden, hoe gek dat ook klinkt. Ik heb het gevoel dat ik er niet alles aan heb gedaan om hem te vinden. Het feit dat ik niet in het water ben gebleven om hem te vinden en nog leef, geeft me het gevoel dat ik niet genoeg heb gedaan.'

'Jouw dood zou hem niet hebben teruggebracht,' zei Gemma.

'Dat weet ik, verstandelijk gezien,' gaf hij toe. 'Maar zo voelt het niet als ik 's nachts wakker lig.'

'Je hebt geen schuld aan zijn dood.'

'Ik ben lang in therapie geweest voor Johns dood. Maar dat is niet de reden dat ik dit zeg.'

'O nee?'

'Nee. Ik zeg het omdat ik voel dat er iets is. Ik kan er alleen de vinger niet achter krijgen,' zei Daniel. 'Ik wil niet dat ik je straks ergens dood vind en dat ik er niet alles aan heb gedaan om dat te voorkomen.'

'Daniel, je zult me niet dood vinden. En je hebt gedaan wat je kon. Veel meer zelfs dan nodig was.'

Ze ging op haar tenen staan, kuste hem op zijn wang en sloeg toen haar armen om hem heen. Hij knuffelde haar terug en drukte een kus op haar kruin. Toen maakte ze zich los uit zijn armen en keek glimlachend naar hem op. Ze had tranen in haar ogen.

'Ik hou van je, zoals ik van een broer zou houden,' zei Gemma.

'Ik ook van jou. Heel veel.'

'Maar nu moet ik echt gaan.' Ze liep naar de deur. 'Doe me een plezier en maak je geen zorgen. Geloof me, alles komt goed.' Ze glimlachte en haar bruine ogen twinkelden op zo'n manier dat hij haar bijna geloofde.

Gemma draaide zich om en haastte zich de deur uit. Terwijl hij haar over het pad naar de baai zag rennen, overwoog hij haar te volgen om te zien of ze, zoals ze had gezegd, als mens terug zou zwemmen. Maar hij meende het antwoord al te weten.

56

Vakantie

Aangezien Brian die maandag vrij had vanwege de feestdagen, stelde hij voor de dag door te brengen met het gezin. Niet alleen omdat ze zoveel hadden meegemaakt, maar ook omdat Harper weer naar Sundham moest en Gemma de dag daarop naar de vijfde klas zou gaan.

Gemma vond het een uitstekend idee. Na haar geheime bezoek aan Daniel had ze de rest van de middag met Alex doorgebracht, dus het zou fijn zijn om ook nog een dag met haar vader en zus te kunnen doorbrengen.

Het was de laatste officiële dag van het zomerseizoen. De meeste gelegenheden sloten vroeg en de toeristen waren massaal uit Capri vertrokken. De zomerfestivalweek was de drukste week van het jaar geweest, maar nu de bezoekers weg waren, had Capri bijna iets van een spookstad. Een verademing na alle drukte.

Gedrieën wandelden ze naar het strand, blij dat ze zich geen weg meer hoefden te banen door de kinderen, zonnebadende dames of rondslingerende bierblikjes. Ze probeerden stenen te keilen over het water, wat hun niet al te best afging, maar het was een leuke bezigheid.

Ze gingen lunchen bij Pearl's Diner en kletsten over vroeger. Pas toen ze zo hard moesten lachen dat Harper bijna geen lucht meer kreeg en Brian rood aanliep, besefte Gemma dat het lang geleden was dat ze hen zo gelukkig had gezien.

De afgelopen zomermaanden hadden zwaar op hen gedrukt. Maar ook voor die tijd waren haar zus en haar vader zo druk bezig geweest om overal voor te zorgen dat ze bijna vergeten waren plezier te maken en gelukkig te zijn.

Weer thuis wilde Brian hun per se leren pokeren omdat hun dat later in hun leven goed van pas zou kunnen komen. Harper had het spel snel onder de knie, en het duurde dan ook niet lang of Gemma en Brian waren blut.

Omdat het al laat was, ging Harper haar tas pakken; ze zou de volgende ochtend naar Sundham vertrekken. Gemma bleef met haar vader in de woonkamer naar een oude *Rocky*-film kijken die hij al honderd keer had gezien toen er iets door de brievenbus in de voordeur werd gegooid.

'Wat kan dat nou zijn?' zei Brian. 'Er komt nooit post op de Dag van de Arbeid.'

'Ik ga wel even kijken.' Gemma sprong op voordat haar vader uit zijn stoel kon opstaan en liep naar de voordeur.

Eerst dacht ze dat het een ansichtkaart was, maar daarvoor zag hij er te beduimeld en kromgetrokken uit, en zodra ze hem oppakte, wist ze wat het was.

Het was de oude foto waarop ze samen met Harper en haar moeder stond. Hij was kort voor het ongeluk genomen. De foto had jarenlang op haar nachtkastje gestaan en ze had hem meegenomen toen ze in het begin van de zomer was weggelopen met de sirenen. Vandaar dat hij er zo smoezelig uitzag. Later, toen ze Sawyers huis was ontvlucht, had ze inderhaast vergeten de foto mee te nemen.

Gemma draaide hem om en zag dat er iets in een prachtig handschrift op de achterkant stond.

Deze vond ik in een rommella tussen Lexi's spullen. Dacht dat je hem wel terug zou willen. Nog bedankt voor je hulp. Je hebt me mijn vrijheid teruggeven. Thea.

'Wat heb je daar?' vroeg Harper, die achter haar de trap af kwam.

'Thea heeft iets teruggebracht wat ik had vergeten.' Gemma hield de foto voor Harper omhoog.

'Had je die meegenomen toen je wegliep?' vroeg Harper.

Gemma knikte, en Harper gaf de foto aan haar terug. 'Ik had hem per ongeluk laten liggen, maar Thea heeft hem blijkbaar weer gevonden.'

'Aardig van haar dat ze hem terugbrengt. Maar ik dacht dat ze al weg was uit Capri?'

'Dat dacht ik ook.'

'Waar denk je dat ze naartoe gaat?'

Gemma haalde haar schouders op. 'Waarheen ze maar wil.'

'Oké. Maar ik moet nu echt weg.' Harper draaide zich om naar Brian, die de tv zacht zette en opstond uit zijn stoel.

'Heb je nog wat kunnen studeren?' vroeg hij. Hij liep naar de voordeur en voegde zich bij Gemma en Harper.

'Ja, maar ik ben nog lang niet klaar,' gaf Harper somber toe. 'Gelukkig is het nog vroeg in het semester en kan ik mijn cijfers nog ophalen.'

'Dan zien we je dus voorlopig niet in Capri,' zei Brian.

'Nee, dat denk ik ook niet,' beaamde Harper. 'Maar je weet hoe ik ben, ik kan toch niet lang wegblijven.'

Ze wendde zich weer tot Gemma en gaf haar een stevige knuffel. Dat deden ze niet vaak, maar deze keer konden ze elkaar moeilijk loslaten.

'Bedankt voor alles wat je voor me hebt gedaan,' fluisterde Gemma.

'Daar heb je een zus voor,' zei Harper met een kort lachje.

'Ik hou van je.'

'Ik hou ook van jou,' zei Harper. Eindelijk liet ze Gemma los. Ze gaf haar vader een knuffel, die haar een snelle kus op haar wang gaf. 'Tot ziens, pap.'

Hij hield de voordeur voor haar open. 'Rij voorzichtig en bel me deze week om te vertellen hoe het gaat met de studie.'

'Doe ik.'

Harper liep over het gazon naar de Sable, die op de oprit geparkeerd stond. Gemma had de neiging met haar mee te lopen en haar na te wuiven, zoals ze als klein meisje had gedaan toen haar moeder haar naar de crèche bracht.

Maar dat deed ze niet. Ze liet haar zus gaan en sloot de deur.

57

Emoties

De zon was al bijna onder toen Harper in de kleine speedboot de baai van Anthemusa overstak. Ze genoot van de zachte bries in haar haren en terwijl ze Bernies Eiland naderde, zag ze tot haar verbazing dat Daniel met zijn handen in zijn zakken op de steiger op de uitkijk stond.

Harper voer naar hem toe, en hij legde de boot voor haar vast aan de steiger, pakte haar hand en hielp haar aan wal.

'Je had me niet hoeven opwachten, hoor,' zei ze.

'Weet ik, maar daar had ik zin in.' Hij nam haar boekentas van haar aan en hing hem over zijn schouder.

Vervolgens liepen ze door het donker over het zandpad naar de hut. De lucht was vol van de geuren van hondsdraf en dennenbomen, die zo hoog waren dat het licht van de ondergaande zon bijna geheel werd opgeslokt.

'Wat ben je stil vanavond,' zei ze toen ze bij zijn huis aankwamen.

'Je zei in je sms'je dat je wilde praten. Dus ik wilde jou eerst laten praten.'

Eenmaal binnen zette hij haar tas op de grond en bood haar iets te drinken aan. Ze zei dat ze niets wilde en ging op de bank zitten.

'Waarom kom je niet bij me zitten?' vroeg Harper. Ze klopte naast zich op de bank.

'Oké,' zei hij aarzelend.

'Ben je zenuwachtig?'

Zijn hazelnootbruine ogen keken haar onzeker aan. 'Zou ik zenuwachtig moeten zijn?'

'Nee hoor. Het wordt geen vervelend gesprek. Echt niet.'

'Ik wacht af.' Daniel leunde met zijn ellebogen op zijn knieën, zijn hoofd gebogen, afwachtend, als een man die wachtte op een bom die elk moment kon vallen.

Harper haalde diep adem en stak van wal. 'We hebben samen een vreemde, heftige tijd achter de rug.'

'Zeg dat wel,' beaamde hij, maar het klonk niet van harte.

'We hebben nauwelijks de tijd gehad om gezellig samen te zijn en de dingen te doen die stellen doen, zoals kibbelen over wat we willen zien op tv. Toen was er die toestand met Penn, en nu moet ik weer terug naar Sundham.'

Hij vouwde zijn handen ineen en staarde naar de grond. 'Ja.'

'Maar wat we ook deden, je hebt bewezen dat je sterk, loyaal, geduldig en geweldig bent, waardoor ik steeds meer van je ben gaan houden.'

'Nu doe je het wéér.' Hij zoog lucht in zijn longen en wreef in zijn nek. 'Je zegt iets aardigs maar het klinkt tegelijk als iets verschrikkelijks.'

'Ik hou meer van je dan ik ooit van iemand heb gehouden,' bekende ze, zijn groeiende ongemak negerend. 'Je bent niet de man van mijn dromen, omdat ik nog nooit heb gedroomd over iemand die zo geweldig is als jij. Ik had nooit gedacht dat er zo'n leuke, volmaakte jongen bestond. Maar er is één ding.'

Hij zuchtte. 'Nu komt het.'

'Ik weet je tweede naam niet,' zei ze.

Hij bleef nog even naar de grond staren en keek haar toen van opzij aan. 'Hè?'

'We hebben de gesprekken die je met elkaar voert als je elkaar net kent overgeslagen. Misschien omdat we eerst vrienden waren, of omdat we dachten dat we toch elk moment dood konden zijn. We hebben eigenlijk meteen een serieuze relatie gekregen.'

Hij opende zijn mond, maar sloot hem weer, en zei toen hoofdschuddend: 'Ik heet Daniel Grant.'

'En ik Harper Lynn. Ik ben jarig op 9 januari, dus een steenbok,' zei ze. 'Volgens mij ben jij een schorpioen.'

'Klopt. Maar waarom zitten we nu dan zo?' Hij wees eerst naar Harper en toen naar zichzelf. 'Wat is het probleem?'

'Als ik de rest van mijn leven bij je wil blijven, en dat wil ik, dan moeten we doen wat je normaal op een eerste date doet.'

'Wat gemeen van je.' Hij kneep zijn ogen samen en op zijn gezicht verscheen voor het eerst een voorzichtige glimlach. 'Je zit me met opzet zenuwachtig te maken, hè.'

'Klopt,' bekende ze met een lach.

Daniel schudde zijn hoofd en boog zich naar haar toe om haar te kussen. Toen Harper echter haar armen om hem heen sloeg en hem naar zich toe trok, hield hij haar af.

'Wacht even.' Hij stond op. 'Ik wil je iets geven.'

'Hè? Waarvoor?'

'Het is net klaar.' Hij stak haar een hand toe. 'Het staat in mijn slaapkamer.'

Harper pakte zijn hand vast en liep met hem mee naar zijn kamer. Toen hij het licht aandeed, zag ze aan het voeteneind van zijn bed een glanzend houten kist op de grond staan. Het leek een soort schatkist, maar dan met een uniek detail op de deksel.

Uit een stuk vergrijsd hout was een hart gesneden, dat werd omringd door gevlochten takken. In het midden van het hart stond in sierlijke letters 'Harper' gegraveerd.

'Heb jij dat gemaakt?' vroeg Harper vol bewondering.

'Ja. Een deel van het hout heb ik gekocht, maar het meeste heb ik hergebruikt. De blokhut was aan de voorkant deels verrot. Van de goede delen heb ik het hart gemaakt.'

Harper ging op haar hurken voor de kist zitten en streek voorzichtig met haar vingers over het hart.

'De takken om het hart zijn van de rozenstruik,' vervolgde Daniel. Hij wees op de takken. 'Ik weet dat je veel van dit eiland houdt en dat je nog jarenlang in Sundham zult moeten blijven voor je studie. Als je arts wilt worden heb je nog een lange weg te gaan. Op deze manier heb je altijd een stukje van het eiland bij je.'

'Daniel.' Ze keek naar hem op en glimlachte door haar tranen heen. 'Wat ontzettend lief van je.'

'Dank je.'

Ze stond op en keek hem in zijn ogen. 'Je bent echt volmaakt.'

'Dat komt omdat ik een meisje heb voor wie ik volmaakt probeer te zijn.'

Terwijl ze hem kuste, herinnerde ze zich wat hij allemaal voor haar had gedaan. Ze hield meer van hem dan van wie of wat ook, en het enige wat ze wilde was bij hem zijn.

Ze sloeg haar armen om zijn nek en terwijl ze hem innig zoende, voelde ze zijn arm om haar middel glijden. Het volgende moment werd ze opgetild en naar het bed gedragen.

Hij legde haar voorzichtig op het bed, en onderbrak zijn kus net lang genoeg om zijn overhemd uit te trekken. Harper volgde zijn voorbeeld, en binnen enkele seconden lag hij weer op haar en voelde ze zijn lippen in haar hals; zijn stoppels schuurden over haar huid.

Ze droeg een beha met een sluiting aan de voorzijde, die hij loshaakte terwijl hij zijn mond over haar huid omlaag liet glijden. Harper sloeg haar benen om hem heen en drukte haar dijen tegen zijn middel. Meer aanmoediging had hij niet nodig.

Daniels lippen vonden de hare weer, en terwijl hij haar vurig kuste ritste ze zijn spijkerbroek open. Hij ging rechtop zitten, trok hem uit en schopte hem over de rand van het bed op de grond. In een mum van tijd had Harper haar eigen broek ook uitgedaan. En toen lag hij weer op haar.

Hij drong voorzichtig bij haar naar binnen. Ze klemde zich aan hem vast en toen hij haar kuste, kreunde ze tegen zijn lippen. Ze bewogen samen, sneller en steeds dieper, totdat Harper een fantastische, haast serene hitte zich door haar lichaam voelde verspreiden.

Alles wat er was gebeurd, was het waard geweest. Alles wat ze had doorgemaakt, viel op zijn plaats, omdat ze hier nu lag, in Daniels armen, waar ze thuishoorde.

58

Fragmenten

Gemma staarde naar de foto die naast haar op het dekbed lag. Haar notitieboekje lag opengeslagen op haar schoot, maar in plaats van te schrijven staarde ze naar de foto waar ze samen met Harper en haar moeder op stond. In het warme licht van het bedlampje verloor ze zich in herinneringen.

'Wat ben je aan het doen?' vroeg haar vader, die zijn hoofd om de hoek van de deur stak.

Gemma sloeg snel haar notieboekje dicht, zodat hij niet kon zien wat ze had geschreven, en glimlachte naar hem. 'Ik schrijf in mijn dagboek.'

'Ik wist niet dat je dat nog deed.' Brian liep naar haar toe en bleef naast haar bed staan.

'Jawel.' Ze haalde haar schouders op. 'Soms.'

'Ik ben zo blij dat je weer veilig thuis bent.' Hij gaf haar een aai over haar bol en drukte een kus op haar kruin. 'Ik hou van je.'

'Ik hou ook van jou, pap.'

Hij liep terug naar de deur. 'Niet te lang opblijven, hoor. Je moet morgen naar school.'

'Ik ga zo slapen,' zei ze, en voordat hij de deur uit was, voegde ze eraan toe: 'Ik vond het heel gezellig vandaag, pap. Fijn dat we er met z'n drieën op uit zijn geweest.'

'Ik vond het ook heel gezellig.' Hij glimlachte, sloot de deur en liep door naar zijn eigen kamer.

Gemma zuchtte diep en sloeg het notitieboekje weer open. Ze las de bladzijde een paar keer over om te zien of alles erin stond wat ze wilde zeggen.

Toen ze zeker wist dat het goed was, schreef ze het in haar beste handschrift over en keek ze het nog een laatste keer door.

Aan Papa en Harper

Tegen de tijd dat jullie dit lezen ben ik al weg. Het spijt me dat ik jullie niet heb verteld wat er aan de hand is, maar ik wilde niet dat jullie je zorgen zouden maken in de paar dagen die we nog samen hadden. Ik heb er alles aan gedaan om de vloek te verbreken, maar dat is me niet gelukt, en daarom leek het me beter om samen te genieten van de tijd die ons nog restte. En genoten heb ik, meer dan ik kan zeggen. Het waren de mooiste dagen van mijn leven.

Het spijt me dat ik jullie zoveel last heb bezorgd. Ik heb geluk gehad met zo'n liefhebbende, behulpzame, fantastische familie als jullie.

Ik wil dat jullie weten dat ik niet bang ben of mijn verstand ben verloren. Ik heb er vrede mee. Ik ben alleen verdrietig dat ik jullie nooit meer zal zien. Ik weet niet waar ik als sirene na mijn dood naartoe ga, maar ik zal jullie missen.

Ik hou van jullie, voor eeuwig en altijd.
Gemma

Ze legde de brief naast de foto op haar bed. Eerder die avond had ze haar pyjama al aangedaan, zodat haar vader zou denken dat ze naar bed ging, maar nu trok ze hem weer uit en deed haar lievelingsjurk aan. Als ze toch doodging, wilde ze het zo veel mogelijk op haar eigen manier doen.

Zodra haar vader sliep, legde ze alles op het bed, op een manier zoals zij wilde dat hij het zou vinden. Toen ze vervolgens haar schoenen wilde aandoen, besefte ze dat ze geen schoenen of mobieltje nodig zou hebben op de plek waar ze naartoe ging. En dus liet ze de spullen bij haar bed liggen. Daarna sloop ze de trap af en verdween door de voordeur in de zomeravond.

59

Herkansing

'Je kunt niet zeggen dat *The Phantom of the Opera* je favoriete film is,' hield Daniel vol.

Harper lag naast hem in bed, met haar hoofd in de kromming van zijn arm, die hij om haar heen had geslagen. Ze had zijn Led Zeppelin-T-shirt aangetrokken en was van plan het shirt stiekem in haar tas mee te nemen naar Sundham.

'Waarom niet?' Harper lachte. 'Het is echt een goede film.'

'Dat kan ik niet beoordelen, want ik heb hem niet gezien. Maar je kunt niet zeggen dat het je favoriete film is als je *The Devil wears Prada* leuker vindt,' redeneerde hij.

'Die vind ik leuk, maar *The Phantom* is beter. En dat klinkt ook interessanter.'

'Het doet er niet toe wat anderen ervan vinden, of welke van de twee beter is. Het gaat erom welke je het mooist vond.'

Ze schudde haar hoofd. 'Nee, ik blijf bij mijn mening.'

'Het is maar goed dat we dit gesprek nu pas hebben en niet toen we elkaar net leerden kennen, want dan zou ik je voor een leugenaar hebben aangezien, en ik heb niks met leugenaars.'

'Maar je bent nog steeds bij me.' Ze keek hem glimlachend aan.

'Ja, omdat je me eerst via slinkse wegen verliefd op je hebt laten worden. Nu zit ik voor eeuwig aan je vast.'

'Het leven is lijden,' zei ze lachend, en Daniel kwam iets overeind om haar een kus te geven.

Op dat moment ging haar telefoon over in de zak van haar spijkerbroek, die nog steeds in een hoopje op de grond lag nadat ze hem had uitgeschopt voordat ze met Daniel in bed lag. Dat was vóór de seks, en voor ze besloot verder te gaan met de ondervraging, die was uitgelopen op het gekibbel over haar lievelingsfilm.

'Neem maar niet op,' zei Daniel.

Ze ging rechtop zitten en keek op de wekker. 'Het is al laat. Misschien is het belangrijk.' Ze maakte zich los uit zijn armen en sloeg met een zucht het dekbed terug.

'Balen.'

Harper kroop naar de rand van het bed en boog zich voorover om haar telefoon uit de zak van haar spijkerbroek te halen. Het lukte haar op te nemen net voordat hij overschakelde op de voicemail. 'Hallo?'

'Hoi, Harper, met mij, professor Pine. Ik weet dat het al laat is, dus ik hoop niet dat ik stoor?'

'Nee hoor.' Ze haalde een hand door haar haar en fronste haar wenkbrauwen. Ze had de dag erop een afspraak met hem om over de papyrusrol te praten, maar door de gebeurtenissen van de afgelopen dagen was ze helemaal vergeten die af te zeggen. 'U stoort absoluut niet.'

'Leugenaar,' zei Daniel achter haar, en ze keek hem verwijtend aan.

'Ik ben net terug uit Macedonië en moest denken aan wat je had gezegd.'

'U bedoelt over de inkt?' zei ze.

'In de vertaling lijkt dezelfde zin telkens te worden herhaald: bloed van een sirene, bloed van een sterveling, bloed van de zee,' vervolgde Pine. 'Ik denk dat het de samenstelling van de inkt is. Bloed en zeewater. Ook staat er één keer "spoel het af", direct na het "bloed van een sirene, bloed van een sterveling, bloed van de zee".'

'Oké. Maar ik denk dat het probleem al is opgelost en dat we de vertaling niet meer nodig hebben,' zei Harper schaapachtig. 'Het spijt me dat we u zoveel werk hebben bezorgd.'

'Geen probleem. Ik ben blij voor jullie dat het is opgelost. Maar vind je het goed dat ik me er nog verder in verdiep?' vroeg Pine. 'Ik blijf het een interessante zaak vinden.'

'Natuurlijk, als u dat graag wilt,' zei ze, opgelucht dat hij niet gepikeerd was. 'Volgens mij wilde mijn zus de rol aan Lydia geven, dus u kunt bij haar terecht.'

'Dank je. Geweldig, dat zal ik doen.'

'Nogmaals bedankt voor de moeite. Ik waardeer het zeer dat u er zoveel tijd in hebt gestoken.' Dat meende ze, ook al hadden ze zijn hulp uiteindelijk niet nodig gehad.

'Graag gedaan. Als je nog eens zoiets vreemds tegenkomt, aarzel dan niet contact met me op te nemen.'

'Doe ik,' zei Harper, en ze hing op.

'Waar ging dat over?' vroeg Daniel.

'Het was Pine.' Ze trok haar knieën op tot aan haar borst, sloeg haar armen eromheen en speelde met haar telefoon. 'Hij belde over de papyrusrol.'

'Heeft hij nog iets ontdekt?'

Harper schudde haar hoofd. 'Niet echt. Hij zei alleen dat het woord bloed vaak terugkomt. Dat is interessant omdat de inkt reageerde op bloed, maar er niet door werd uitgewist. De vloek werd er dus niet door verbroken...'

'Waarvoor belde hij dan?'

Ze beet nadenkend op haar duimnagel en herinnerde zich ineens iets wat haar moeder had gezegd. 'Hij zei dat de vertaling rept van "spoel het af". Weet je wat zo vreemd is? Ik was een paar dagen geleden bij mijn moeder op bezoek en ze bleef maar herhalen dat Bernie tegen haar had gezegd dat ze het moest afspoelen.'

'Wat moest afspoelen?'

'Dat weet ik dus niet.' Ze keek hem aan. 'Denk je dat ze iets weet?'

'Hoe zou ze iets kúnnen weten?'

Harper haalde haar schouders op. 'Ze sprak er jaren geleden met Bernie over. Ze wist eerder ook al dat Gemma in moeilijkheden was, die keer dat ze wegliep. Haar brein werkt niet meer zoals vroeger maar ze lijkt bepaalde dingen wel aan te voelen.'

'Zoals jij en Gemma elkaar aanvoelen?' zei Daniel.

Harper knikte. 'Zoiets.'

'Wil je je zus bellen? Ze hoort dit ook te weten, ook al is de vloek verbroken.'

Harper dacht even na en schudde toen haar hoofd. 'Ik bel haar morgenochtend wel. Volgens mij ging ze vanavond naar Alex. Ik gun ze ook hun tijd samen na wat ze hebben meegemaakt.'

'Weet je het zeker?' zei Daniel op een toon die haar deed opkijken. Er klonk ongemak door in zijn stem en zijn blik stond bezorgd.

Ze draaide zich op haar knieën naar hem om. 'Je maakt me bang.'

'Dat is niet de bedoeling. Ik vraag me alleen af of Gemma ons wel alles vertelt, of de vloek wel verbroken is en zo.'

Harper dacht weer even na. 'We vinden het gewoon moeilijk te geloven dat het achter de rug is en ons leven weer normaal is. Gemma is duidelijk veranderd. Ze lijkt gelukkiger en meer ontspannen. Ik ben ervan overtuigd dat ze elke dag een beetje meer de oude zal worden naarmate haar sirenenkrachten afnemen. Het is voorbij, Daniel. Ik wil het leren loslaten en me niet altijd zorgen maken.'

Harper ging weer op bed liggen en het duurde even voordat Daniel naast haar kwam liggen. Toen hij een arm om haar heen sloeg, nestelde ze zich tegen hem aan, met haar hoofd op zijn borst.

'Oké, bel haar dan morgenochtend maar,' zei hij, 'ook al heeft het misschien niks te betekenen wat Pine zei. Ik zou het zekere voor het onzekere nemen als ik jou was.'

60

Sterfelijkheid

Gemma zat al een poosje op het dak voor Alex' raam en keek door een kier in de gordijnen zijn kamer in. Hij lag in bed een boek te lezen en had haar nog altijd niet opgemerkt.

Aan een kant hoopte ze dat hij haar niet zou zien. Ze was gekomen om afscheid te nemen, maar misschien was het voor hen beiden beter als ze ongezien zou vertrekken. Geen tranen, geen smeekbeden.

Ze kon het echter niet over haar hart verkrijgen. De volle maan noch de lokroep van de zee was sterk genoeg om Alex in de steek te laten zonder hem te hebben gesproken.

Op dat moment keek hij op van zijn boek en zag hij haar. Ze had nog weg kunnen glippen maar bleef zitten en glimlachte naar hem. Hij kwam naar haar toe gelopen en opende het raam.

'Moet jij niet al lang in bed liggen?' vroeg hij met een ontspannen glimlach.

'Vanavond niet.' Ze had het nog niet gezegd of de tranen rolden over haar wangen.

Hij begreep meteen dat er iets mis was. 'Wat is er?' vroeg hij met een somber gezicht. 'Kom binnen.'

'Ik kan niet binnenkomen.'

'Waarom niet?'

Gemma haalde diep adem en slikte haar tranen in. 'Ik moet je iets vertellen. Ik was het niet van plan, maar nu ik hier toch ben en eigenlijk niets liever wil dan bij jou zijn, doe ik het toch.'

'Wat is er dan?'

'De vloek is niet verbroken,' zei ze met een brok in haar keel.

Hij keek haar een ogenblik met ingehouden adem aan. 'Hoe bedoel je? Je zei toch van wel?'

'Ja, maar... dat was gelogen. Ik wilde je niet ongerust maken. Ik wilde dat je van onze laatste dagen kon genieten zonder dat er weer paniek zou uitbreken.'

'Maar als de vloek niet verbroken is, dan... wat betekent dat?' vroeg Alex.

'Er moeten vier sirenen zijn. Als er een sterft, hebben de anderen tot de eerstvolgende volle maan de tijd om voor een vervanger te zorgen. We zijn nog maar met z'n tweeën en het is volle maan.'

Hij keek langs haar heen naar de stralende maan boven hen, die rond en onmiskenbaar vol aan de hemel hing, en toen weer naar haar. 'Maar... je leeft nog. Er klopt iets niet.'

'Ik heb tot aan zonsopgang morgenochtend.'

'Gemma...' Hij schudde zijn hoofd. 'Nee. Waar is de papyrusrol?'

'Die heb ik weggegooid. Ik had tegen Lydia gezegd dat ik hem aan haar zou geven, maar toen het me gisteravond weer niet lukte de vloek te verbreken, was ik zo boos dat ik hem in de vuilnisbak heb gegooid.'

De nacht daarvoor had ze amper een oog dichtgedaan. Ze was opgebleven en had zich opnieuw op de rol gestort en dingen uitgeprobeerd die ze al honderden keren had uitgeprobeerd. Ze wilde er zeker van zijn dat ze niets over het hoofd had gezien. Uiteindelijk had ze het opgegeven en de rol in de vuilnisbak achter hun huis gegooid.

'We halen hem er weer uit. We verbreken de vloek,' hield hij vol.

'Alex.' Ze probeerde hem tegen te houden, maar hij sloot het raam en liep de kamer uit.

Gemma sprong van het dak en trof hem op het gazon tussen hun huizen. Hij liep meteen door naar de vuilnisbak en rommelde in het vuilnis totdat hij de rol had gevonden. De daaropvolgende uren verliepen precies zoals ze had gevreesd.

In zijn wanhoop haar te redden stortte hij zich op de rol. In de keuken van haar huis probeerde hij al die dingen uit die ze zelf, evenals Harper en haar vader, al vergeefs had uitgetest.

Zo nu en dan leek hij te beseffen dat zijn pogingen vergeefs waren en nam hij Gemma even in zijn armen. Dan legde ze haar hoofd op zijn schouder en genoot ze van zijn armen om haar heen. Zo wilde ze het liefst haar laatste uren op aarde doorbrengen.

Maar die tedere momenten leken hem des te vastbeslotener te maken. Na een paar minuten knuffelen richtte hij zijn aandacht toch weer op de rol. Hij moest en zou de vloek verbreken. Maar ook zijn pogingen waren tevergeefs.

Hoe later het werd, hoe zwakker Gemma zich voelde. Vanuit haar buik verspreidde zich een kou door haar lichaam. Toen ze begon te rillen, liep Alex naar de wasruimte om iets te pakken wat hij om haar heen kon slaan. Hij kwam terug met een shawl die Harper uit het huis van de sirenen had meegenomen. Hij hing de schone shawl om Gemma's schouders en ging weer verder met de rol.

Het waterlied klonk steeds luider. Het was niet pijnlijk of beangstigend, zoals die keer toen ze naar Charleston was gegaan; deze keer klonk het meer als een slaaplied, alsof ze door de golven in slaap werd gewiegd.

Het leven sijpelde uit haar weg, ze voelde het letterlijk uit haar lichaam vloeien. Het was alsof ze langzaam haar bewustzijn verloor. Ze wist dat ze niet lang meer te leven had.

Gemma ging op de keukenvloer zitten, legde haar hoofd tegen de muur en trok de shawl strakker om zich heen. 'Alex,' fluisterde ze vermoeid, 'ik moet naar de zee.'

Hij stond bij het aanrecht de rol onder te dompelen in water en keek over zijn schouder. 'Naar de zee? Waarom?'

'Ik word zwakker en moet het water in,' zei ze eenvoudigweg. 'Dat voel ik.'

Alex wilde ertegenin gaan, maar toen hij haar aankeek, bleven de woorden hem in de keel steken. Hij zag dat ze wegkwijnde. Haar anders zo glanzende huid was asgrauw, haar haren dof, en ze moest haar best doen om haar ogen open te houden.

Hij rolde het papier op, stak de rol onder de band van zijn pyjamabroek en schoot haar te hulp. Hij stelde voor naar de baai te rijden, maar omdat het buiten donker genoeg was, wilde ze liever door de nacht naar het strand lopen. Het waren maar een paar straten.

Dat viel haar zwaarder dan gedacht, en ze waren de straat nog niet uit of ze was te verzwakt om te lopen. Alex tilde haar op in zijn armen en met haar hoofd tegen zijn borst droeg hij haar naar de baai.

Hij waadde door de golven. Toen ze zo diep in zee waren dat ze nat werd van het opspattende water, begon haar huid te tintelen. Ze had gedacht dat ze te zwak was, maar ze kreeg een lichte energiestoot, en toen haar benen in een staart veranderden, liet Alex haar los.

Ze bleef in zijn buurt, omdat ze hem nog niet kon verlaten, maar als het zover was, zou ze zo ver mogelijk van hem vandaan zwemmen. Niemand had haar verteld hoe een stervende sirene eruitzag, maar ze wilde niet dat hij er getuige van was.

Toen de zon aan de horizon verscheen, kleurde de lucht langzaam roze. Alex nam haar in zijn armen en kuste haar teder.

'Ik wil je niet kwijt,' zei hij met een brok in zijn keel.

'Ik moet gaan.'

'Nee, nog niet.' Hij drukte haar nog steviger tegen zich aan. Ze liet hem even begaan en duwde hem toen van zich af. 'Nee, blijf. Nog een paar minuten.'

'Alex, ik moet nu echt weg.' Haar tranen vermengden zich met het zeewater.

'Er moet een oplossing zijn.' Hij trok de rol uit de band van zijn pyjamabroek en begon er woedend aan te rukken, maar het papier scheurde niet. In plaats daarvan haalde hij zijn vinger open aan de scherpe rand. 'Verdorie!' mopperde hij, met een blik op de snee. Hij liet het papier los, dat naast hem op het water bleef drijven.

Gemma zwom naar hem toe en drukte de shawl tegen de snee. Maar in plaats van naar zijn vinger, gleden haar ogen naar het gloeiende papier naast hem.

Telkens wanneer de inkt in contact was gekomen met water, waren de letters kort opgegloeid. Maar Alex' bloed was op de rol gedruppeld en terwijl het zich vermengde met het zeewater, begon de inkt te gloeien als nooit tevoren. De woorden vatten letterlijk vlam.

'Mijn god.' Alex greep de rol vast om te voorkomen dat hij zou wegdrijven. 'Is dit misschien de oplossing? Zou de vloek worden verbroken?'

Ze schudde haar hoofd. 'Nee, ik zie de woorden nog.'

Alex schudde zijn hoofd en ze zag dat hij koortsachtig nadacht. 'Bloed van een sirene, bloed van een sterveling, bloed van de zee. Zo wordt een sirene gemaakt,' prevelde hij voor zich uit.

'Het werkt niet, Alex,' probeerde ze hem duidelijk te maken. 'Ik begin al...'

'Alsjeblieft, Gemma. Probeer het nog één keer. We moeten het proberen,' drong Alex zo wanhopig aan dat ze de kracht niet had om ertegenin te gaan.

Ze beet in haar vinger en scheurde tegen beter weten in met haar scherpe tanden een stuk uit haar vlees. Per slot van rekening had ze al eens geëxperimenteerd met haar eigen bloed. Desondanks hoopte ze dat het deze keer anders zou uitpakken, en gebiologeerd keek ze toe hoe haar bloed zich vermengde met het zeewater en Alex' bloed.

En het onmogelijke gebeurde: voor hun ogen gingen de woorden in vlammen op. Overal waar het mengsel het papier raakte, loste de inkt op, en algauw was de tekst verdwenen, zelfs op de plekken waarop Alex geen bloed had gemorst.

Het papier was blanco. Gemma hield haar adem in en wachtte af wat er zou gaan gebeuren. Maar er gebeurde niets.

'Het werkt.' Alex keek haar met een opgeluchte glimlach aan. 'De vloek is verbroken.'

'Ik merk er niets van, Alex.' Ze hield zich met haar staart in evenwicht en sloeg haar armen om hem heen. 'Misschien is het te laat.'

'Nee, het mag niet te laat zijn. Nee, Gemma.' Hij had tranen in zijn ogen. 'Ik hou van je.'

'Ik hou ook van jou, Alex.'

Hij keek haar diep in haar ogen en streek haar natte haren uit haar gezicht. En toen kuste hij haar, wanhopig, alsof hij haar kon redden als hij maar genoeg van haar hield. Hij klampte zich aan haar vast, en ze voelde zijn hand onder aan haar rug, op de gladde schubben aan het begin van haar staart. Ze proefde de zilte zee in hun tranen.

Achter hen kwam de zon op. Toen ze de eerste stralen op haar huid voelde, drukte ze zich tegen Alex aan en sloot haar ogen.

61

Stof

Thea had lang niet zoveel van de wereld gezien als ze had gewild. Sterker nog, ze had er amper iets van gezien. Ze had duizenden jaren over de planeet gezworven, maar was alleen in kustgebieden geweest omdat de binnenlanden te ver van zee lagen.

Bovendien was Penn altijd degene geweest die uitmaakte waar ze naartoe gingen. Ze had de lokroep van het waterlied niet kunnen weerstaan en had streken die ook maar de minste of geringste pijn opleverden vermeden. Thea had gedacht dat ze, nu ze eindelijk van Penn verlost was, alle gebieden kon bezoeken die voor haar verboden terrein waren geweest.

Ze ontdekte echter al snel dat ze net als Penn geen weerstand kon bieden aan het waterlied. Ze ging nooit ver van de kust en op de een of andere manier keerde ze altijd weer terug naar de zee.

Toch waren de twee laatste dagen van haar leven geen straf. Integendeel, het waren de mooiste dagen in lange tijd. Het leven was zoveel aangenamer zonder Penns eeuwige bevelen, dreigementen en driftbuien.

Thea wenste dat Aggie bij haar was, en zelfs Ligeia. Ze had van hen gehouden en miste hen nog altijd. Penn had haar verboden over haar zussen te praten, en voor de zoveelste keer vroeg ze zich af waarom ze zich altijd naar haar had gevoegd.

Niet dat ze bang was geweest voor Penn, maar ze had zich diep vanbinnen altijd schuldig gevoeld. Penn had zich vanaf haar geboorte onbemind gevoeld omdat ze in de steek was gelaten door haar ouders. Thea had haar hele leven geprobeerd dat gemis te compenseren, maar haar inspanningen hadden een averechts effect gehad.

Maar wat haar het meest dwarszat was dat het háár schuld was dat Demeter hen had vervloekt. Als ze Penn die bewuste dag dat ze Persephone alleen hadden gelaten niet haar zin had gegeven, of beter nog, als ze niet met haar was meegegaan, dan was er niets gebeurd. Vandaar dat ze de afgelopen tweeduizend jaar haar best had gedaan het goed te maken tegenover Penn.

Tot overmaat van ramp had Demeter hen met haar vloek vooral willen raken in hun liefde voor het zwemmen. Penn had er nooit zoveel om gegeven. Ze was smoorverliefd geweest op Poseidon, meer niet. Thea was degene geweest die dol was op water, en dat was eigenlijk altijd zo gebleven.

Ze liep de golven in en genoot voor de laatste keer van de tintelingen die voorafgingen aan haar transformatie. Starend naar de lichter wordende lucht boven zich, zwom ze op haar rug steeds verder de zee in en liet zich meedrijven op de golven.

Ze dacht aan haar zussen, en aan het plezier dat ze hadden gehad voordat Demeter hun leven zo'n drastische wending gaf. Penn had het een zwaar leven gevonden, en hoewel Thea het met haar eens was, herinnerde ze zich vooral hoeveel ze van haar zussen had gehouden.

Ze miste hen en hoopte dat ze hen zou weerzien, hoewel ze betwijfelde of dat zou gebeuren. Ze had in haar leven genoeg ellende gezien om nog in een hemel te kunnen geloven. En als die wel bestond, dan zou zij er niet naartoe gaan, dat stond vast.

Thea voelde de warme zonnestralen op haar huid en sloot haar ogen. De tintelingen begonnen in haar vingers en tot haar opluchting was het geen pijnlijk gevoel. Het was eerder aangenaam, alsof ze een geheel nieuwe transformatie doormaakte, alleen dit keer van lichaam tot stof.

Al snel was er niets meer van haar over. De as verspreidde zich in zee. Thea bestond niet meer.

62

Afgesneden

Harper vloog in paniek overeind in bed en greep naar haar hart. Ze was bezweet en voelde een hevige pijn in haar binnenste, alsof iets in haar werd weggesneden.

'O nee,' fluisterde ze.

Daniel kwam slaapdronken overeind. 'Huh? Wat is er?'

'Er is iets mis. Er is iets met Gemma.'

'Hoe bedoel je?' zei hij.

Ze drukte harder op haar borst, alsof het gevoel daardoor zou verdwijnen. 'Ik voel het. Er is iets mis.'

'Bel haar anders even,' opperde Daniel.

Ze pakte haar telefoon van het nachtkastje en belde haar zus, maar Gemma nam niet op. Precies zoals ze had verwacht.

Harper sprong uit bed en griste haar spijkerbroek van de vloer. 'Ik moet gaan.'

'Waar naartoe?' Hij stapte loom uit bed, ook al zag ze aan hem dat hij haast probeerde te maken. 'Harper. Wacht nou even.'

Ze sloeg haar armen over elkaar en wiegde ongeduldig heen en weer terwijl Daniel zijn spijkerbroek en een T-shirt aantrok.

'Ik voel haar niet meer,' jammerde Harper.

'Hè?'

'Alsof ze er niet meer is.'

Daniel kneep zijn lippen op elkaar en zei niets. Het beangstigde haar dat hij haar niet probeerde te troosten of gerust te stellen. Hij leek even bezorgd als zij.

Ze renden het pad af naar zijn boot. De motor weigerde dienst. Daniel vloekte binnensmonds en gaf er een schop tegen, waarna *De Flierefluiter* sputterend tot leven kwam.

De tocht over de baai leek nog nooit zo lang te hebben geduurd. De ochtendzon schitterde oogverblindend op het water, maar Harper hield haar blik strak op de kust gericht.

Zodra Daniel aanlegde, sprong ze van de boot op de kade, en ze wilde net naar de parkeerplaats rennen om haar auto op te halen toen ze zich bedacht.

'We moeten die kant op,' zei ze tegen Daniel, die achter haar aan kwam. Ze wees naar het strand.

'Hoe weet je dat, als je haar niet meer voelt?' zei hij hijgend.

'Ik voel wel iets, maar het is anders dan anders.'

Haar voeten slipten weg in het zand, maar ze liet zich niet ontmoedigen en rende verder. In de verte zag ze een eenzame figuur op het strand zitten. Toen ze dichterbij kwam, zag ze dat het Alex was. Hij staarde uit over de golven.

'Alex!' riep Harper, en toen ze bijna bij hem was schreeuwde ze: 'Alex! Waar is Gemma?' Hij stond op en keek haar beduusd aan. Ze greep hem bij zijn t-shirt. 'Waar is ze?'

'Daar!' Alex wees naar de baai. Haar felle reactie leek hem te overrompelen.

'Waar?' zei Harper, maar ze hoefde haar hoofd alleen maar om te draaien.

Een paar meter verderop lag Gemma in het water. 'Ik ben hier.'

'Mijn god, Gemma.' Zonder zich te bekommeren om haar kleren, rende Harper het water in. Toen ze bij haar zus was, sloeg ze haar armen om haar heen en drukte haar bijna fijn. 'Ik dacht dat je dood was.'

'Nee hoor,' zei Gemma lachend, en ze knuffelde Harper terug. 'Ik ben alleen geen sirene meer.'

Harper hield haar op armlengte afstand en keek haar vorsend aan. Ze durfde Gemma niet los te laten, bang dat ze alsnog zou verdwijnen. 'Maar je was toch al geen sirene meer?'

'Dat was gelogen. Maar nu is het echt zo.'

'Hoe weet je dat?' Harper keek haar met samengeknepen ogen aan.

'Ik sta in zee... op mijn benen.'

Het water reikte tot aan Gemma's heupen en ze trok haar jurk op om haar benen te tonen. Geen vinnen, geen schubben. Harper bekeek haar nog eens goed en besefte dat Gemma er anders uitzag. Ze was nog steeds mooi en haar ogen hadden nog steeds de kleur van verbrande honing, maar ze glinsterden niet meer zoals voorheen. Ze zag er jonger uit; weer als een normaal tienermeisje in plaats van een model op de cover van een tijdschrift.

Dat verklaarde het gevoel dat ze zich afgesneden had gevoeld van haar zus. Hoewel ze altijd al een bijzondere band met elkaar hadden gehad, was die band sterker geworden toen Gemma in een sirene veranderde. Dat was ook de reden geweest dat ze Gemma in Sawyers huis had weten te vinden toen ze was weggelopen.

Maar nu Gemma's paranormale krachten waren verdwenen, was de band weer als vanouds, en lang niet meer zo sterk.

'Hoe kan dat?' vroeg Harper ongelovig. 'Wat heb je gedaan?'

'We waren er zo dichtbij, Harper,' zei Gemma met een brede grijns. 'Het bloed van een sirene, het bloed van een sterveling, het bloed van de zee. Zo ben ik een sirene geworden en zo moest de vloek ook worden afgespoeld. Maar we vergaten één ding.' Ze wees naar de plek waar Alex stond; de goudkleurige shawl glinsterde naast hem in het zand.

'De goudkleurige shawl die we vonden op de avond dat je in een sirene veranderde,' herinnerde Harper zich. 'Dat was natuurlijk het Gulden Vlies waar Pine het over had.'

'Hè?' Gemma keek haar vragend aan.

'Het Gulden Vlies,' herhaalde Harper. 'Pine vertelde me dat hij er iets over vertaald had in de roltekst, maar hij dacht dat het te maken had met Jason en de Argonauten.'

'Het was de shawl van Persephone,' legde Gemma uit. 'De sirenen hadden me dat al eerder verteld, en Demeter vertelde ons dat toen Persephone gevonden werd, ze op dezelfde manier in de shawl gewikkeld was als ik toen je me, nadat ik een sirene was geworden, op het strand vond.'

'Die vloek heeft alles met Persephone te maken, dus Demeter maakte haar zoveel als ze kon onderdeel van de vloek,' realiseerde Harper zich. 'Ze dwong de sirenen Persephones gouden shawl te gebruiken.'

'Klopt. Om een sirene te worden, moest ik het bloed drinken van de sirenen, van een sterveling en van de zee, en ik moest gewikkeld worden in de shawl en in zee geworpen,' zei Gemma. 'Dus om de vloek te verbreken moest ik het hele proces omkeren. Ik moest het mengsel van bloed gebruiken én de shawl dragen, in zee. Dus alles wat ik daarvoor had gedaan, nu ongedaan maken, waarbij ik de inkt op de rol uitwiste met het bloed.'

Harper glimlachte naar haar zus. 'Maar waarom sta je in zee?'

'Ik wilde weten hoe het ook al weer was om met benen te zwemmen in plaats van met een staart. Beter dan ik me herinner.'

'Weet je nu echt zeker dat het voorbij is?'

'Absoluut zeker,' zei Gemma lachend, en Harper knuffelde haar zus nog een keer, gewoon omdat het kon.

'Je hebt me de stuipen op het lijf gejaagd, Gemma,' zei Daniel, die door de golven naar hen toe waadde. Hij sloeg zijn armen om de zussen heen en trok hen tegen zich aan.

Toen Alex het water in liep om zich bij hen te voegen, maakte Gemma zich los uit Daniels omhelzing en rende naar hem toe. Ze sprong in zijn armen en klemde lachend haar benen om zijn middel.

Harper keek op naar Daniel. 'Ik kon al niet geloven dat het voorbij was.'

'Maar nu dus wel.' Hij sloeg zijn armen om haar heen en trok haar tegen zich aan. 'Dus blijf in Sundham maar uit de buurt van vampiers en gestoorde heksen, dan wordt het leven één groot feest.'

Harper glimlachte. 'Dus zolang ik die engerds weet te ontlopen is alles volmaakt?'

'Dat niet, maar zolang wij samen zijn weet ik zeker dat we een heel eind komen.'

Harper hoorde Gemma achter zich lachen, en toen Daniel haar te midden van de opspattende golven kuste, wist ze dat hij gelijk had.

11 April

Harper klom op het keukentrapje en plakte het uiteinde van een slinger aan de hanenbalk van de blokhut. Toen ze weer op de grond stond keek ze met haar handen in haar zij bewonderend naar de verjaardagsversiering.

'Die slingers en ballonnen zijn misschien een beetje te veel van het goede,' zei Daniel achter haar.

Harper keek even over haar schouder naar Daniel die kartonnen bordjes en plastic bekers op de eetkamertafel zette. Vervolgens tuurde ze met een schuin hoofd naar de slingers en de ballonnen waarmee ze zijn woonkamer had volgehangen. 'Denk je?'

'Gemma wordt zeventien, geen zeven,' zei hij.

'Ach ja.' Harper haalde haar schouders op. 'Ze vindt het vast leuk, en ik doe gewoon waar ik zin in heb.'

'Zo. Jij hebt wel praatjes sinds je terug bent uit Sundham,' zei Daniel plagend. Hij liep naar haar toe.

'Waar blijven ze trouwens?' vroeg Harper zonder op zijn opmerking in te gaan. Ze keek op de klok boven de open haard. 'Ze hadden allang hier moeten zijn.'

'Hoezo? Alex is waarschijnlijk nog maar net terug uit Sundham,' zei Daniel. Hij sloeg een arm om haar middel en trok haar tegen zich aan.

'Dat weet ik ook wel. Hij is toch met mij mee teruggereden?' bracht ze hem in herinnering.

'Misschien willen ze eerst wat quality time samen.'

Harper trok haar neus op. 'Ranzig.'

'Hé, daar dacht je vanochtend heel anders over toen wij quality time hadden,' zei hij. Hij sloeg zijn andere arm om haar heen en trok haar stevig tegen zich aan.

Harper verzette zich niet. Ze vond het heerlijk als hij haar in zijn armen nam en zijn mond op de hare drukte. Een vertrouwde warmte verspreidde zich door haar lichaam en ze sloeg haar armen om zijn nek.

Na al die tijd, en nog meer zoenen, zoals die ochtend in bed nog, waren het vuur en het verlangen nog net zo groot als in het begin, alsof ze nooit genoeg van elkaar zouden kunnen krijgen.

Harper had graag de hele middag zijn armen om haar heen gehad en met hem gezoend, maar op dat moment hoorde ze buiten op het pad stemmen naderen.

'Daar zul je ze hebben,' zei ze, en ze wurmde zich los. Toen ze zijn teleurgestelde gezicht zag, gaf ze hem een snelle zoen op zijn mond.

Harper stond net haar blouse te fatsoeneren toen Marcy met een cadeautje in haar hand de kamer binnenkwam. Ze werd op de voet gevolgd door Lydia, die een glitterjurkje droeg waarin ze eruitzag als een cupcakeje. Achter hen kwamen Alex en Gemma binnen, hand in hand.

'Waar wil je dat we de cadeautjes neerleggen?' vroeg Marcy terwijl ze haar cadeau op het aanrecht neerlegde.

'Op het aanrecht is prima,' zei Daniel. Hij wees naar de plek waar ze het cadeau al had neergelegd.

'Dus we krijgen zo taart?' vroeg Marcy zonder omwegen.

'Ja, er is taart,' verzekerde Harper haar, en ze liep naar de koelkast om hem eruit te halen. 'Ik wilde wachten totdat iedereen zit.'

'Met taart moet je nooit te lang wachten,' hield Marcy vol.

'Vanwaar die haast?' vroeg Alex aan haar. Hij stond in de hoek van de keuken tegen het aanrecht geleund en had een arm om Gemma heen geslagen. 'Heb je soms een spannende date vanavond?'

Gemma kreunde. 'Alex, vraag dat nou niet.'

'Huh? Waarom niet?' Hij keek haar verbaasd aan.

'Ze heeft een afspraakje met een geest,' verduidelijkte Gemma.

'Ik heb helemaal geen date,' zei Marcy afwerend. 'Ik praat gewoon regelmatig met Kirby. We zijn vrienden.'

'En gaan jullie dan ook samen pottenbakken?' vroeg Daniel met een grijns. 'Zoals in *Ghost*?'

Gemma wierp hem een blik toe. 'Moedig haar nu niet aan, Daniel.'

'Lydia, zeg eens tegen haar dat dat gevaarlijk is.' Harper stak zeventien kaarsjes in de taart en keek Lydia over de tafel aan. 'Marcy kan zich beter verre van dat soort zaken houden.'

Marcy haalde haar schouders op. 'Zolang ik Kirby er niet van weerhoud om naar gene zijde te gaan, kan het volgens Lydia geen kwaad.'

Harper wendde zich tot Gemma en besloot het over een andere boeg te gooien. Nu de sirenen uitgeschakeld waren, wilde ze het paranormale, geest Kirby incluis, zo veel mogelijk laten rusten.

'Over daten gesproken, hoe gaat het met papa?'

'Goed. Hij heeft Sarah nu twee keer ontmoet en het schijnt te klikken,' zei Gemma. 'Ik heb nog geen kennis met haar gemaakt, maar ik heb tegen hem gezegd dat we maar snel een keer iets moeten afspreken.'

'Ik ook,' zei Harper. Ze hoopte dat ze niet zo gretig klonk als ze zich voelde.

De afgelopen acht maanden had ze het naar haar zin gehad op de universiteit. Na alle gedoe met de monsters had ze zich eindelijk op haar studie kunnen concentreren en haalde ze goede resultaten. Soms had ze zelfs plezier.

En sinds Alex in het voorjaar ook in Sundham aan zijn studie was begonnen, was het er alleen maar leuker op geworden. Ze hadden twee colleges samen, wat goed uitkwam in examentijd als ze moesten studeren, en het was heerlijk om samen van en naar Capri te kunnen carpoolen. Harper was blij dat ze een vriend om zich heen had die begreep wat ze het voorbije jaar had meegemaakt en die ervoor zorgde dat ze minder heimwee had.

Gelukkig leken Alex en Gemma niet al te veel moeite te hebben met het feit dat ze elkaar niet dagelijks zagen, en Alex ging regelmatig naar huis om haar te zien. Gemma kwam zo vaak als ze kon naar Sundham, maar omdat ze Harpers baantje bij de bibliotheek had overgenomen, kwam het er minder vaak van dan ze zou willen.

Gemma en Alex probeerden er het beste van te maken. Gemma zat nu op het aanrecht en Alex stond naast haar met zijn arm om haar middel. Telkens als ze dachten dat er niemand keek, zag Harper vanuit haar ooghoek dat ze elkaar een zoen gaven of iets in het oor fluisterden.

Het stel deed Harper denken aan twee krachtige magneten waar niets of niemand tussen kon komen. Hoewel ze aanvankelijk haar twijfels had gehad over hun relatie, wist ze nu zeker dat ze smoorverliefd op elkaar waren.

Misschien dat ze het nu beter begreep omdat ze hetzelfde voor Daniel voelde. Ze keek naar hem terwijl hij frisdrank uit de koelkast pakte, en glimlachte in zichzelf. Dat ze niet bij hem kon zijn omdat ze in Sundham studeerde, was moeilijk, maar ze wisten beiden dat het de juiste weg was.

Harper vond het ook zwaar om niet bij Gemma en haar vader te kunnen zijn, vooral nu hij aan het daten was. Ze belde en skypete regelmatig met hem, maar toch was ze altijd bang dat ze iets miste.

Brian had Sarah een paar weken daarvoor voor het eerst ontmoet bij Pearl's en maakte de laatste tijd een veel gelukkigere indruk aan de telefoon. Harper was blij dat hij het verleden had afgesloten en eindelijk verder kon met zijn leven. Vooral omdat

Gemma na de middelbare school ook graag in Sundham wilde gaan studeren, en ze vond het geen prettig idee dat haar vader alleen zou achterblijven in hun ouderlijk huis. Nu had ze het gevoel dat hij ook zonder zijn dochters gelukkig kon worden.

Gemma hield haar braaf op de hoogte van haar vaders relatie, maar ze begon een tikje ongeduldig te worden omdat ze de nieuwe vrouw in haar vaders leven graag wilde ontmoeten.

'Ranzig, ouders die daten,' zei Marcy. Ze wilde een vinger in het glazuur steken, maar Harper gaf haar net op tijd een tik.

'Ik vind mensen die met hun vingers aan het eten zitten veel erger,' zei Harper, en Marcy stak haar tong naar haar uit.

'Als mama zou kunnen daten, dan zou ze met Cody afspreken,' zei Gemma.

'Cody wie?' zei Marcy.

Gemma schudde haar hoofd. 'Geen idee, maar ze heeft alle Justin Bieber-posters in haar kamer vervangen.'

'Het maakt mij niet zoveel uit op wie ze is,' zei Harper. Ze begon de kaarsjes op de taart aan te steken. 'Zolang het maar beter met haar gaat dan afgelopen jaar.'

Gemma had uiteindelijk bekend dat ze het sirenenlied op Nathalie had uitgeprobeerd. Dat was de reden dat ze zich aan het einde van de zomer zo vreemd had gedragen. De precieze woorden die ze had gebruikt luidden: *Ik wil dat je je alles herinnert van wat je vergeten bent. Alles over Harper, papa en mij. Ik wil dat je terugkomt.*

Nathalie had het geprobeerd. Haar geheugen was iets verbeterd, maar het was haar niet gelukt zich alles te herinneren. Haar brein was beschadigd. Het sirenenlied was krachtig genoeg geweest om de synapsen beter te laten functioneren, maar niet om het beschadigde weefsel te herstellen.

Niettemin had ze meer heldere momenten gehad dan in de eerste jaren na haar ongeluk. Ze herinnerde zich vaker dingen, en de keren dat Gemma en Harper haar op zaterdag bezochten, maakte ze een tevredener indruk. Waarschijnlijk had dat ook te maken met het feit dat Gemma het sirenenlied had gebruikt om een einde te maken aan Nathalies regelmatig terugkerende migraineaanvallen. *Je zult nooit meer hoofdpijn hebben*, had ze gezongen.

Thea had Gemma eens verteld dat de effecten van het sirenenlied na verloop van tijd konden afnemen, maar tot dusver was dat niet gebeurd. Niet alleen niet bij Nathalie maar ook niet bij burgemeester Crawford en de politie. Penn had het sirenenlied gebruikt om de burgemeester ervan te overtuigen dat hij niet op zoek moest gaan naar zijn vermiste zoon Aiden. Daniel had nog lang geworsteld met zijn rol in het dumpen van het lichaam. Hij had willen opbiechten wat hij wist van de verdwijning, zodat de burgemeester dat hoofdstuk zou kunnen afsluiten.

Uiteindelijk had hij een anonieme tip doorgegeven en gezegd waar de burgemeester het beste naar het lichaam van zijn zoon zou kunnen zoeken. Maar burgemeester Crawford wilde er niets van weten. Hij bleef publiekelijk volhouden dat zijn zoon zijn geluk had gevonden op een tropisch eiland, en als iemand daartegenin ging en voorstelde te gaan zoeken, hield hij zich doof.

Daniel vermoedde dat er bij de burgemeester ook sprake was van verdringing. Het was gemakkelijker te leven met het idee dat zijn zoon nog leefde en gelukkig was dan dat hij dood was.

Gemma had Lydia na het verbreken van de vloek een tijdje naar Thea laten zoeken. Ze had gehoopt dat Thea nog in leven was en dat ze door de vloek in een sterveling was veranderd, maar uiteindelijk had ze moeten accepteren dat Thea er niet meer was. Het was gegaan zoals ze had voorspeld: ze was tot stof vergaan.

'Oké,' zei Harper. Ze stak het laatste kaarsje op de taart aan en glimlachte naar haar zus. 'Als het je lukt alle kaarsjes uit te blazen, mag je een wens doen.'

Het feestje duurde nog de hele middag. Er werd veel gepraat en gelachen. Toen het begon te schemeren, namen ze afscheid. Harper bleef op het eiland om Daniel te helpen met opruimen. Ze liep met Gemma en haar vrienden mee naar de steiger en keek hen na terwijl ze met Bernies oude boot terug voeren naar het vasteland.

Toen ze terugkeerde in de blokhut was Daniel al bezig de slingers weg te halen. Ze pakte het keukentrapje om hem te helpen, maar hij hield haar tegen.

'Dat kan wel wachten,' zei hij, en hij pakte haar bij de hand.

'Hoezo?' zei Harper verbaasd. Ze keek hem vorsend aan. 'Je was zelf toch ook al begonnen?'

'Omdat jij met de anderen meeliep naar de steiger. Maar het kan straks ook wel, als we terugkomen.'

'Als we terugkomen? Waar gaan we dan naartoe?' vroeg ze lachend.

'Gewoon, naar buiten.'

Buiten viel de zon door de cipressen en de sparren waar het kleine eiland vol mee stond en bedekte de bodem met ontelbare oranje vlekken. De takken deinden zachtjes in de ruisende wind en in de verte klonk het gekabbel van de golven tegen de oever. Verder was het stil.

Harper genoot. Het eiland was zo rustig en verlaten dat er een haast magische sfeer hing. Toen ze nog klein was en Bernie McCallister op haar paste, had hij haar verhalen verteld over feeën, en ook al was ze een vroegwijs kind, stiekem had ze sommige van zijn fantasieverhalen geloofd. Het eiland vergrootte de verbeeldingskracht.

Het pad om de blokhut was overwoekerd met hondsdraf, die bij elke stap een subtiele muntgeur verspreidde die maar al snel werd overvleugeld door de geur van de rozenstruik achter het huis. Het zoete parfum van de bloemen was overweldigend, en ook al was het nog pas april, ze stonden vol in bloei.

Bernies overleden vrouw Thalia had de rozenstruik geplant en sinds Harper Diana/Demeter afgelopen zomer had ontmoet, geloofde ze dat de struik een bovennatuurlijke oorsprong had.

Harper had nog nooit zulke mooie paarse rozen gezien. De kleur leek te stralen en hoewel het nog vroeg in het seizoen was, waren de bloemen al zo groot als haar vuist. Weldra zouden ze nog eens zo groot zijn.

Daniel had een bankje getimmerd dat hij tegen de achtergevel van de blokhut had gezet en dat uitkeek op de rozenstruik die de tuin domineerde. Hij gebaarde naar Harper dat ze moest gaan zitten, en toen hij even later naast haar plaatsnam, nestelde ze zich tegen hem aan en legde haar hoofd op zijn schouder.

'Dank je,' zei ze. De laatste zonnestralen vielen door de bomen op de kleurige rozen. De lucht boven hen was bijna donker.

'Waarvoor?' vroeg Daniel.

'Dat je me mee naar buiten hebt genomen. Het is zo mooi hier.'

Hij draaide zijn hoofd iets opzij en keek op haar neer. 'Jíj bent mooi.'

Harper lachte. 'O, hou op.'

'Nee, ik meen het.' Hij maakte zich van haar los, zodat hij haar kon aankijken, en nam haar handen in de zijne. Om zijn mond speelde een nerveus lachje en in zijn hazelnootbruine ogen lag een blik die ze niet kon thuisbrengen. 'Je bent zo mooi, en ik hou zoveel van je.'

'Ik hou ook van jou,' zei Harper aarzelend, omdat ze niet wist waar hij naartoe wilde. Ze ging rechtop zitten.

Hij sloeg zijn ogen neer en slikte. 'We hebben veel meegemaakt het afgelopen jaar en er zijn vreselijke dingen gebeurd. Maar toch was het het mooiste jaar uit mijn leven, omdat wij samen waren.' Hij schraapte zijn keel. 'Ik kan me een leven zonder jou niet meer voorstellen.'

'Daniel, wat is er? Is er iets gebeurd?'

'Nee, er is niets gebeurd.' Hij glimlachte naar haar, maar zijn gezicht was verkrampt. 'Wat ik eigenlijk wil zeggen, is dat ik me geen leven zonder jou wíl voorstellen.'

Daniel liet haar handen los en tastte met een nerveus lachje in zijn broekzak. Pas toen hij zich op zijn knieën liet zakken, begreep Harper wat er aan de hand was. Haar handen begonnen te beven en haar mond viel open toen hij een klein doosje opende en haar de inhoud toonde.

Hoewel ze de ring amper kon zien door de tranen in haar ogen, keek ze hem met wild kloppend hart aan.

'Wat ik bedoel, Harper Fisher... wil je met me trouwen?' vroeg Daniel haar.

Ze haalde diep adem, bang dat ze in huilen zou uitbarsten of een gil zou slaken, en toen ze eindelijk sprak, kwam het antwoord er zwak en beverig uit. 'Ja.'

'Ik bedoel, we hoeven niet meteen te trouwen,' zei Daniel snel. Kennelijk had hij haar fluisterzachte antwoord niet gehoord. 'We kunnen ook wachten tot je klaar bent met je studie. Of tot wanneer jij eraan toe bent. Maar ik wilde het officieel maken...'

'Ja,' zei Harper, veel luider nu, en ze glimlachte naar hem. 'Ja, natuurlijk wil ik met je trouwen.'

'Echt waar?' Hij lachte opgelucht, en met licht bevende handen schoof hij een kleine diamanten ring aan haar vinger. 'Ik was zo bang dat je nee zou zeggen.'

'Waarom zou ik nee zeggen?' zei ze. 'Ik kan me ook geen leven zonder jou voorstellen.'

Daniel stond op, en toen hij haar kuste, sloeg Harper haar armen om zijn nek. Ze kuste hem innig terug onder de sterrenhemel, in het besef dat ze nooit zoveel van iemand zou houden als van hem. Toen hij haar in zijn armen nam, haalde ze diep adem en verloor zich in de magie van het eiland.

Dankwoord

Toen ik aan de *Watersong*-serie begon leefde mijn grootmoeder nog. Tegen de tijd dat ik het laatste boek had voltooid niet meer. Ze vocht al jaren tegen de ziekte van Alzheimer en heeft daardoor geen van mijn boeken kunnen lezen. Wel las ze honderden van mijn korte verhalen en gedichten. Ze bewaarde alles wat ik schreef, van kerstkaarten tot schrijfopdrachten van de middelbare school. Wanneer oma iets tegenkwam bewaarde ze het.

De impact die zij op mij en mijn werk heeft gehad is enorm. Elk woord dat ik ooit heb geschreven wil ik dan ook opdragen aan haar.

Hoewel zij niet de enige was die mij steunde en aanmoedigde, was haar liefde het meest onvoorwaardelijk. Ik heb veel geluk gehad met mijn fantastische familie en vrienden.

Mijn grote dank gaat uit naar mijn beide ouders, die altijd in mij hebben geloofd. Duane, mijn stiefvader, en Lisa, mijn stiefmoeder, die altijd voor me zorgden, ook wanneer het niet nodig was. En mijn broer Jeremy die mijn grootste fan was en is.

Zoals gewoonlijk veel dank aan Eric, mijn assistent/beste vriend/rechterhand, die ervoor zorgt dat alles voor elkaar komt. Hij maakt alles mogelijk en weet om te gaan met mijn stemmingen die kunnen variëren van catatonisch tot Faye Dunaway in *Mommie Dearest*.

Ook bedank ik mijn andere vrienden – Fifi, Valerie, Greggor, Pete, Matt, Gels en Mark – die om de een of andere reden mijn gezelschap waarderen, maar die ook mijn veelvuldige afwezigheid accepteren wanneer ik met mijn denkbeeldige vriendjes aan het spelen ben.

Schrijven mag dan een eenzame bezigheid zijn, het maken van een boek is dat niet. Er is een heel team voor nodig van geweldige mensen, zoals mijn redacteur Rose Hilliard, die alles beter maakt dan ik in mijn eentje ooit zou kunnen. Lisa Marie Pompilio, die zulke mooie omslagen voor mijn boeken maakt. En alle anderen bij St. Martin's Press die duizend-en-een dingen doen die de boeken zo bijzonder maken.

Mijn agent Steve Axelrod en zijn rechtenmanager Lori Antonson zijn fenomenaal. Zonder gekheid. Als mensen beweren dat agenten overbodig zijn geworden dan huiver ik. Ik kan me niet voorstellen hoe ik alles in goede banen zou kunnen leiden zonder Steves ervaring en kennis.

En verder complimenteer ik The Other House met de prachtige trailers die ze hebben gemaakt voor de *Watersong*- en *Trylle*-serie.

Last but not least, bedank ik jullie, mijn lezers. Zonder jullie zou ik een gestoorde persoon zijn die de hele dag in zichzelf praat. Ontzettend bedankt.